TUROW

Innocent toujours

Traduit de l'anglais (États-Unis)
par Stéphane Carn

J'AI LU

Titre original
INNOCENT

Publié par Grand Central Publishing,
un département de Hachette Book Group, Inc.

À Nina.

PROLOGUE

Nat, 30 septembre 2008

Un homme, assis sur un lit. Cet homme est mon père.

Sous les couvertures, le corps d'une femme. Ma mère.

Ça n'est pas vraiment le début de l'histoire. Ni d'ailleurs sa fin. Mais c'est l'instant où se heurte sans cesse ma mémoire. Celui où je les revois, tous les deux.

À en croire mon père, il n'a pas bougé de cette chambre pendant vingt-quatre heures, en dehors de quelques allers-retours aux toilettes. La veille au matin, il s'était réveillé à 6 heures et demie, comme d'habitude, et avait tout de suite senti un changement en se tournant vers elle, juste avant d'enfiler ses pantoufles. Il l'avait secouée par l'épaule, lui avait effleuré les lèvres. Il avait tenté de lui appuyer sur le sternum du plat de la main, à plusieurs reprises, mais sa peau avait déjà pris cette consistance de glaise froide. Ses membres ne bougeaient déjà plus que d'un seul tenant, comme ceux d'un mannequin.

Comme il devait me l'expliquer plus tard, il s'était alors assis en face d'elle, dans un fauteuil. Les yeux toujours secs. Il s'était plongé dans ses pensées, me dirait-il. Au point d'en perdre la notion du temps. Le soleil avait pratiquement fait le tour de la pièce, quand il s'était enfin ressaisi. Il avait alors été pris d'une obsession de rangement.

Il se souviendrait d'avoir remis sur l'étagère une pile de livres qu'elle lisait. D'avoir rangé dans la penderie les vêtements qu'elle avait laissés sur une chaise, devant le miroir du dressing. D'avoir refait le lit autour d'elle, en lissant les draps et les couvertures, d'avoir soigneusement remis en place le couvre-lit, en allongeant les mains de la morte sur la bordure de satin de la couverture, comme celles d'une poupée. Il avait jeté deux des fleurs qui avaient fané dans le vase, sur la table de chevet de ma mère, et rectifié la pile de journaux et de magazines sur son bureau...

Plus tard, il m'expliquerait que s'il n'avait appelé personne, ni le médecin ni l'ambulance, c'était qu'il n'y avait pas le moindre doute, quant à sa mort. Il n'avait envoyé qu'un e-mail d'une ligne à sa secrétaire, pour lui dire qu'il ne viendrait pas. Le téléphone avait sonné plusieurs fois, mais il n'avait pas décroché. Il devrait s'écouler presque un jour, avant qu'il ne pense à m'appeler.

Morte ? Mais comment ? Pourquoi ? lui demanderais-je. Elle allait très bien, avant-hier, la dernière fois que nous avons dîné ensemble. Elle n'a pas pu se tuer..., ajouterais-je au bout d'une vertigineuse seconde.

Non, conviendrait-il aussitôt.

L'autre soir, elle avait l'air bien.

C'est le cœur qui a lâché, a-t-il dit. C'est sûrement le cœur. Ça et l'hypertension. Comme ton grand-père.

Tu vas appeler la police ?

La police, répète-t-il au bout d'un certain temps. Pourquoi j'appellerais la police ?

Bon Dieu, p'pa ! Tu es juge, non ? C'est pas ce qui se fait, en cas de mort subite ? J'étais en larmes, à ce moment-là, mais je ne saurais dire au juste quand j'ai commencé à pleurer.

J'allais appeler le funérarium, mais je me suis dit que tu voudrais venir la voir avant.

Bien sûr, merde... bien sûr, que je veux la voir !

Ensuite, le funérarium nous conseillerait d'appeler notre médecin de famille, lequel convoquerait le coroner, qui nous enverrait la police. Une matinée éprouvante, suivie d'un après-midi tout aussi interminable, avec des tas de gens qui allaient et venaient dans la maison. Six longues heures, avant l'arrivée du coroner. Il n'est resté qu'une minute dans la chambre avec maman, avant de demander à mon père l'autorisation de dresser la liste de tous les médicaments qu'elle prenait. Une heure plus tard, en passant près de la salle de bains, j'ai vu un flic bouche bée devant l'armoire à pharmacie, un calepin à la main.

Nom d'un chien, a-t-il lâché.

Dépression bipolaire, ai-je dit, quand il s'est aperçu de ma présence. Elle devait prendre tout un tas de médicaments.

De guerre lasse, il s'est contenté de transvaser le contenu des étagères dans un sac-poubelle qu'il a ensuite emporté.

Pendant ce temps, toutes les quelques minutes débarquait un nouvel agent de police, qui demandait à voir mon père et se faisait expliquer ce qui s'était passé. Et chaque fois, mon père répétait son histoire, inlassablement, sans y changer un iota.

À quoi vous avez bien pu penser, tout ce temps ? a demandé un flic.

Les yeux bleus de mon père peuvent vous transpercer de part en part – il doit tenir ça de son propre père, qu'il haïssait cordialement.

Vous êtes marié, inspecteur ?

Oui, monsieur le juge.

Alors vous devez le savoir, à quoi je pensais. À notre vic. À notrc couplc. À cllc.

Les flics lui ont fait raconter son histoire, encore et encore, trois ou quatre fois de plus : comment il était resté là sans rien faire, et pourquoi. Il ne variait pas. Il répondait à toutes les questions avec la même patience butée, avec le sang-froid d'un homme de loi qui contemple la vie comme il regarderait la mer, devant lui, à perte de vue.

Il leur a énuméré tout ce qu'il avait déplacé.

Expliqué où et comment il avait passé chaque heure.

Mais il s'est bien gardé de leur parler de la fille.

LIVRE UN

I.

1.

Rusty, 19 mars 2007, dix-huit mois plus tôt

Du haut de mon estrade de noyer, plus de trois mètres au-dessus de la tribune des avocats, j'abats mon marteau pour appeler la dernière affaire de la matinée.

— Le ministère public contre John Harnason, annoncé-je. Nous entendrons chaque partie quinze minutes.

La grande salle d'audience de la cour d'appel, avec ses majestueuses colonnades de marbre sang-de-bœuf qui s'élèvent vers le haut plafond, dégoulinant de dorures rococo, n'est pas prise d'assaut, ce matin. Dans le public clairsemé, je repère Molly Singh, la chroniqueuse judiciaire du *Tribune*, et quelques jeunes procureurs adjoints, attirés par les subtilités de l'affaire et la perspective d'assister à une prestation exceptionnelle de leur chef, Tommy Molto, actuellement *prosecuting attorney*[1] par intérim, qui doit intervenir en personne, le temps d'un bref réquisitoire. Molto, qui affiche tou-

1. Aux États-Unis, le *prosecuting attorney* d'un district est le représentant du ministère public, chargé de l'instruction des dossiers d'accusation et des réquisitoires. Magistrats élus, tout comme les juges, les PA sont des personnages publics, soucieux de leur image et donc tributaires des médias. Ils disposent de pouvoirs étendus par rapport à nos procureurs, et sont secondés par des équipes d'adjoints. (*Toutes les notes sont de la traductrice*).

jours son air de vieux cheval fourbu, blanchi sous le harnais, a pris place en face de moi avec deux de ses assistants, à l'une des grandes tables de noyer. À l'autre table se tient John Harnason, accusé d'avoir empoisonné son colocataire et amant. L'appelant attend l'issue de ces débats dont dépend le reste de sa vie, tandis que son avocat, Mel Tooley, s'avance vers la tribune.

Le long du mur du fond se sont installés les assistants des trois juges de la cour d'appel, dont Anna Vostic, ma première assistante, qui doit quitter mon service dès la fin de la semaine. À mon signal, elle allume les voyants lumineux de la tribune de la défense – vert, orange et rouge – qui s'interprètent exactement comme dans la signalisation routière.

— Avec la permission de la cour… attaque Mel, usant de la formule rituelle des avocats pour s'adresser aux juges d'appel.

Tooley a beau avoir, au bas mot, trente ou trente-cinq kilos à perdre, il s'obstine à porter des costumes trois-pièces rayés qui le boudinent comme un chapelet de saucisses – le spectacle a quelque chose de vertigineux –, et son éternelle moumoute m'évoque irrésistiblement un trophée prélevé sur un caniche. Marvina Hamlin et George Mason siègent à mes côtés. L'avocat de la défense commence par nous gratifier d'un sourire visqueux, mes deux collègues et moi, comme si nous étions les meilleurs amis du monde, mais je n'ai jamais eu le moindre atome crochu avec ce vieux crabe, qui n'est qu'un spécimen un peu plus bouffi que les autres, dans le panier des criminalistes locaux.

— Avant tout, dit-il, je m'en voudrais de débuter cette plaidoirie sans présenter mes meilleurs vœux au président Sabich, en ce jour d'anniversaire qui marque un cap si important dans sa vie professionnelle et personnelle !

Eh oui, j'ai soixante ans aujourd'hui. Et j'ai vu se profiler le cap en question d'un œil plutôt maussade. Mel a dû glaner ce scoop quelque part dans la rubrique

« Potins et Faits divers », en deuxième page du *Tribune* – un ramassis de rumeurs, d'extrapolations et de bruits de couloir qui s'achève en général sur quelques bons souhaits adressés à une brochette de notabilités locales – dont, ce matin, moi.

Rusty Sabich, juge principal de la cour d'appel de l'État pour le troisième district, et candidat à la Cour suprême, soixante ans aujourd'hui.

Ça m'a fait l'effet d'une balle tirée à bout portant.

— Espérons que vous serez le seul à l'avoir remarqué, Mr Tooley, répliqué-je, à la grande joie de l'auditoire.

J'ai découvert, voilà des lustres, que le seul fait d'être juge rendait irrésistibles vos blagues les plus vaseuses…

D'un geste, j'invite Tooley à poursuivre.

La mission de la cour d'appel est, pour le dire simplement, de s'assurer que l'appelant a bénéficié d'un procès impartial en première instance. Les dossiers qui nous arrivent reflètent assez fidèlement la justice à l'Américaine : ils se divisent à parts égales entre les affaires civiles des riches, qui se soldent par des millions en dommages et intérêts, et les affaires criminelles des pauvres, lesquels risquent généralement de lourdes peines de prison. Comme la Cour suprême n'accepte d'examiner qu'une infime proportion des dossiers, neuf fois sur dix, c'est à la cour d'appel que revient le dernier mot dans ces procès.

Dans cette affaire, la question est parfaitement définie : le ministère public a-t-il produit suffisamment de preuves à l'appui du verdict de meurtre porté par le jury contre John Harnason ? Il est rare que des juges d'appel décident de réformer un jugement pour ce genre de motif, la règle étant que la décision du jury, dès lors qu'elle n'est pas franchement aberrante, doit prévaloir sur tout le reste. Mais l'affaire est délicate.

Ricardo Millan, qui était à la fois le conjoint et le partenaire de Harnason dans l'agence de voyages organisés qu'ils avaient montée, est mort à l'âge de trente-neuf ans d'un mal mystérieux qui l'a emporté en quelques mois. Le coroner ayant d'abord diagnostiqué une parasitose intestinale mal soignée, les choses en seraient sans doute restées là sans l'obstination de la mère de Millan. La vieille femme a fait plusieurs fois l'aller-retour depuis Porto Rico et n'a pas hésité à sacrifier toutes ses économies pour engager un détective privé et un toxicologue de l'hôpital universitaire, lesquels ont fini par convaincre la police d'exhumer le corps. L'examen d'un échantillon de cheveux a révélé une concentration létale d'arsenic.

Le poison est l'arme des faibles. Pas de bruit, pas de sang. Pas de vertige nietzschéen, au moment où vous plongez les yeux dans ceux de votre victime. Pas de grand frisson, à l'instant ultime où s'exerce votre volonté de puissance. Le poison suppose de la rouerie plutôt que de la violence. Et j'ai du mal à m'ôter de l'esprit cette idée dérangeante : Harnason n'a que trop le physique du rôle. C'est ce qui a dû le perdre, face au jury. Sa tête m'est d'ailleurs vaguement familière. J'ai dû apercevoir sa photo quelque part, car, si je l'avais croisé en personne, je vois mal comment j'aurais pu oublier sa dégaine. Aujourd'hui, il arbore un costume d'un rouge brique vibrant. Les ongles de sa main droite, qui griffonne hâtivement quelques notes sur un papier, ont poussé au point de se recourber, façon mandarin, et son crâne se hérisse de touffes rebelles, d'un roux orangé. Ça déborde de partout, comme s'il avait trop de cheveux sur la tête. Ses sourcils broussailleux lui donnent l'air d'un père castor, tout comme cette grosse moustache rousse qui lui retombe sur la bouche… Ce genre d'individu m'a toujours sidéré. Cette bizarrerie délibérément affichée est-elle pour lui un moyen de s'attirer les projecteurs, ou une façon de renvoyer le reste de l'humanité à son manque d'imagination ?

Toute considération esthétique mise à part, les preuves contre lui sont plus que tenues. Des voisins l'ont vu descendre la rue ivre mort, brandissant un couteau de cuisine et vitupérant contre Ricardo, qu'il accusait de fréquenter un amant plus jeune. La partie adverse a abondamment souligné que Harnason n'avait pas hésité à porter plainte contre Mrs Millan pour s'opposer à l'exhumation du corps, traitant la mère du défunt de vieille radoteuse, qui s'était juré de le faire casquer une seconde fois, pour l'enterrement. À part ça, la police n'avait pas trouvé grand-chose : d'infimes traces d'oxyde d'arsenic provenant d'un poison pour fourmis, retrouvées sous l'auvent de la maison que Harnason avait héritée de sa mère. Comme le produit n'était plus fabriqué depuis des lustres, la défense avait fait valoir que ces résidus n'étaient probablement que de vieux restes d'une boîte autrefois entreposée là un jour par la mère Harnason. Le véritable meurtrier, lui, se serait vraisemblablement procuré une version plus fiable du poison, disponible sur le Net. Malgré l'abondante tradition romanesque qui nous a rendu l'arsenic familier, ce genre d'empoisonnement se fait rare, de nos jours. Au point qu'il ne figure même plus dans la liste des tests toxicologiques de routine pratiqués lors des autopsies. Ce qui explique que la cause de la mort soit si aisément passée inaperçue au service médico-légal.

Bref, les preuves sont si minces et leur interprétation si difficile que, en ma qualité de premier président, j'ai décidé de mettre Harnason en liberté provisoire pendant la durée de la procédure d'appel. Le cas reste exceptionnel, s'agissant d'un appelant condamné pour meurtre, mais il ne m'a pas semblé juste de maintenir Harnason en prison sur la foi d'un dossier aussi peu tangible, avant d'en avoir plus mûrement débattu.

C'est précisément ce qui a poussé Tommy Molto, l'actuel PA, à venir défendre les arguments de l'accusation. Molto a toute compétence pour plaider en appel, mais, vu les multiples responsabilités qu'il doit assumer dans son service, il n'a généralement pas le temps de venir le faire lui-même. S'il s'en donne la peine aujourd'hui, c'est que toute son équipe a clairement interprété ma décision de remettre Harnason en liberté provisoire comme le signe que la cour d'appel s'apprêterait à annuler sa condamnation pour meurtre. La présence de Molto confirme la détermination de son service et sa totale absence de doute quant aux preuves déjà produites. J'accède donc au souhait tacite de Tommy, que je soumets à un interrogatoire serré dès qu'il monte à son tour à la tribune.

— Mr Molto, lui dis-je, corrigez-moi si je me trompe, mais j'ai beau lire le compte-rendu d'audience, je ne vois rien qui nous permette d'établir que Mr Harnason savait que l'arsenic n'était pas sur la liste des produits testés lors de l'examen toxicologique, à l'autopsie, et qu'il pouvait donc espérer faire passer le décès de Mr Millan pour naturel. Cette information n'est pas accessible au public, il me semble ? Où aurait-il pu trouver la liste des tests en usage dans le service médico-légal ?

— Ça n'a rien d'un secret d'État, Votre Honneur – mais non, cela n'est pas publié.

— Secret ou pas, rien ne prouve que Harnason a bien eu accès à cette information, n'est-ce pas ?

— Non, monsieur le premier président, admet le PA.

Sa franchise et sa droiture sont les principaux atouts de Tommy, mais il n'a pu s'empêcher de laisser transparaître son mécontentement, face à mes questions. Nous avons un lourd passé, Molto et moi. C'est lui qui a instruit mon procès, il y a vingt et un ans – une épreuve qui a marqué ma vie aussi nettement que si on y avait tracé une ligne jaune. Il était déjà procureur adjoint, tout comme moi, lorsque je fus inculpé du meurtre d'une de nos collègues.

— Et en fait, Mr Molto, il n'existe aucune preuve matérielle incontestable de la façon dont Mr Harnason aurait pu empoisonner la victime, n'est-ce pas ? N'avons-nous pas plusieurs témoins qui ont affirmé que c'était Mr Millan qui préparait tous leurs repas ?

— Oui, mais Harnason s'occupait des boissons.

— À quoi l'expert chimiste, cité par la défense, a répondu que le goût de l'oxyde d'arsenic était trop amer pour passer inaperçu, même dans un Martini ou un verre de vin, sauf erreur de ma part, et, que je sache, le ministère public n'a rien opposé à cet argument ?

— Nous n'avons pas réfuté ce point, Votre Honneur. C'est exact. Mais les deux hommes prenaient tous leurs repas ensemble, ce qui a certainement fourni à Mr Harnason une multitude d'occasions de commettre le crime pour lequel le jury l'a condamné.

Ces derniers temps, dans les couloirs du tribunal, j'entends régulièrement parler de la récente métamorphose de Molto, à la suite de son mariage. Il vient de convoler pour la première fois – mieux vaut tard que jamais… –, et, la chance persistant à lui sourire, a fini par décrocher le poste de ses rêves. Tous ces heureux événements n'en ont pourtant pas fait un Apollon. Ses traits tirés, bouffis de fatigue, le font paraître plus vieux qu'il ne l'est. Les quelques cheveux qui se dressent sur son crâne ont uniformément blanchi. Ses yeux sont soulignés de cernes sombres, dont la forme et la couleur évoquent deux vieux sachets de thé. Récemment, on note cependant de subtils efforts. Il a perdu plusieurs kilos et s'offre à présent des costumes dignes de ce nom, dans lesquels il n'a plus l'air d'être en pyjama. Il affiche ordinairement une expression sereine, voire guillerette. Mais pas ce matin, et encore moins devant moi. Malgré les années, il n'a jamais cessé de me voir comme un ennemi personnel, et, à en juger par la tête qu'il tire en regagnant sa place, je viens de confirmer une fois de plus ses craintes.

Dès la fin de l'audition des deux parties, nous nous retirons, mes deux collègues et moi, dans une salle de réunion adjacente pour confronter nos points de vue sur les affaires de la matinée et décider de la suite à leur donner, en désignant pour chacune celui de nous trois qui se chargera de résumer l'opinion de la cour.

La pièce, élégamment décorée, fait penser à la salle à manger d'un country club, avec son lustre de cristal et sa longue table Chippendale, entourée de luxueux sièges de cuir à haut dossier, assez nombreux pour accueillir les dix-huit membres de la cour, dans les rares occasions où nous nous réunissons au grand complet pour statuer sur un cas.

— Je confirme, déclare Marvina Hamlin, quand nous en venons au cas Harnason.

Elle a assené son verdict d'un ton définitif, comme s'il n'y avait pas matière à discussion. Marina est l'exemple même de la femme noire, gouailleuse et coriace, dans toute sa splendeur – et elle a de bonnes raisons de l'être. Elle a grandi dans un ghetto et a eu un fils à seize ans, ce qui ne l'a pas empêchée de gravir ensuite les échelons, un à un. Elle a décroché tous ses diplômes et a débuté comme secrétaire juridique pour percer enfin comme avocate, grâce à son indéniable talent. Elle avait plaidé deux affaires devant moi, du temps où j'étais juge de première instance, voilà des années. D'un autre côté, pour avoir siégé à ses côtés pendant une décennie, je sais que personne ne lui fera changer d'avis. Depuis le lointain jour où sa mère lui a dit qu'elle allait devoir ne compter que sur elle-même, rien de ce qu'on peut lui dire ne lui paraît digne d'intérêt.

— Enfin, qui d'autre aurait pu le faire ? demande-t-elle.

— Est-ce votre assistant qui vous apporte votre café, Marina ?

— Je m'en occupe moi-même, merci, répond-elle.

— Vous voyez où je veux en venir. Quelle preuve avons-nous que ce n'est pas quelqu'un d'autre qui s'en est chargé – un employé, par exemple ?

— Les procureurs ne sont pas censés soulever chaque pierre où pourrait s'embusquer ce genre de lézards – et nous non plus !

En quoi elle n'a pas tout à fait tort. Mais, conforté par cet échange, j'annonce à mes collègues ma décision de voter la révision. Nous nous tournons alors vers George Mason, qui se retrouve en position décisionnaire. Originaire de Virginie, George a gardé des manières civilisées et une pointe d'accent sudiste. Le sort l'a doté d'une magnifique tignasse blanche digne de la panoplie du parfait petit juge. George est mon meilleur ami au tribunal et mon successeur le plus probable, si je suis élu à la Cour suprême, ce qui suppose que je remporte à la fois à la fois les primaires et les élections générales de l'an prochain.

— Pour moi, ça reste tangent, déclare-t-il.

— George !

Mason et moi, nous avons eu maintes fois l'occasion de nous affronter dans les prétoires depuis qu'il a débarqué, voilà plus de trente ans, comme avocat commis d'office, dans la salle d'audience où j'officiais comme procureur adjoint attitré. Dans le monde juridique comme ailleurs, les expériences précoces sont généralement formatrices et laissent des traces indélébiles. D'habitude, George est le plus prompt à prendre le parti de la défense. Mais, aujourd'hui, non.

— J'admets que j'aurais prononcé un non-lieu si l'affaire avait été plaidée devant moi, mais nous sommes en appel. Mon jugement ne peut se substituer à celui du jury.

La pique m'est destinée. Pour rien au monde je ne l'admettrais de vive voix, mais je sens que la présence de Molto et la vigueur avec laquelle il a défendu ses positions sur cette affaire ont fait pencher la balance de son côté. J'ai donc perdu. Mais ça aussi, ça fait partie du boulot. Composer avec les ambiguïtés de la loi. Je demande à Marvina de rédiger l'opinion de la cour.

Elle quitte la salle, toujours un peu à cran, nous laissant seuls face à face, George et moi.

— Une affaire délicate, dit-il.

Tout comme des conjoints ne doivent pas se coucher sur une dispute, les juges d'une cour d'appel doivent laisser leurs dissensions en salle de réunion. Je ne lui adresse qu'un haussement d'épaules pour toute réponse, mais George me sent troublé.

— Et si tu rédigeais une opinion divergente ? suggère-t-il.

Reflétant mon propre point de vue, veut-il dire. Les raisons que j'ai de considérer que mes deux collègues se fourvoient.

— Je te promets de réexaminer les faits d'un œil neuf, quand tu auras mis tout ça noir sur blanc.

Il est rarissime que j'émette une opinion divergente, en tant que juge principal, puisque l'une de mes principales charges consiste justement à faire régner la concorde au sein de mes troupes. Mais je prends George au mot et je regagne mon bureau pour lancer la procédure avec mes assistants. Le service du juge principal occupe une suite de la taille d'une petite maison. Depuis une vaste antichambre où travaillent ma secrétaire et mes appariteurs, on accède d'un côté à deux autres petits bureaux, occupés par mes deux assistantes juridiques et, de l'autre, au mien, une vaste pièce de neuf mètres sur neuf, haute d'un étage et demi, avec des lambris de vieux chêne ciré qui donnent à mon antre l'atmosphère sombre et feutrée d'un donjon.

En poussant la porte de mon bureau, je tombe sur une horde d'une quarantaine de personnes qui s'exclament en chœur : « Surprise ! » – et pour une surprise, c'est une surprise. Mais ce qui me sidère le plus, c'est l'arrière-goût morbide que revêt pour moi la célébration de mon anniversaire. Je m'applique néanmoins à afficher un sourire de circonstance, et je fais le tour de l'assistance, en saluant et en remerciant ces gens qui sont tous d'importants jalons dans mon parcours. Leur présence, durant tant d'étapes de ma vie, me les rend aussi lugubres et aussi pathétiques qu'autant d'épitaphes sur des pierres tombales.

Mon fils Nat, un grand gamin de vingt-huit ans, un peu efflanqué mais d'une obsédante beauté, sous son épaisse tignasse d'un noir de jais, est venu avec sa mère, Barbara, mon épouse depuis trente-six ans. Je dénombre seize des dix-huit autres juges de la cour. George vient juste d'arriver. Il me donne l'accolade (un geste d'une époque révolue, qui nous inspire toujours, à l'un comme à l'autre, un certain malaise), avant de me remettre un paquet cadeau, de la part de tous mes collègues.

Je repère aussi plusieurs cadres administratifs du tribunal, et quelques-uns de mes amis qui continuent à exercer dans le privé. Sandy Stern, mon ancien avocat, toujours robuste et bien en chair, quoique affligé d'un rhume d'été tenace, est escorté de sa fille Marta, qui est aussi son associée, et, un peu plus loin, j'aperçois l'ex-PA Ray Horgan, qui avait fait de moi son premier adjoint, voilà vingt-cinq ans… En l'espace d'une même année, Ray m'a déclaré la guerre, en témoignant contre moi à mon procès, avant de redevenir mon meilleur allié, quand j'ai été innocenté. Nous avons alors uni nos forces et il s'est démené pour mettre en branle toute la machine administrative et politique qui a abouti à ma nomination à son précédent poste. Il joue à présent un rôle tout aussi important dans ma vie et ma carrière, puisqu'il est actuellement le grand stratège de ma campagne pour la Cour suprême. Il se charge d'échafauder nos plans de bataille médiatiques et de collecter des fonds auprès de nos sponsors, confiant les détails pratiques à ses assistantes, deux jeunes louves de trente et un et trente-deux ans qui semblent avoir embrassé ma cause corps et âme, avec un dévouement aussi total que celui d'un homme de main.

La plupart des personnes présentes sont ou ont été des avocats plaidants, des gens conviviaux par définition. L'ambiance est à la franche camaraderie. En juin, mon fils aura son diplôme de droit et, après son inscription au barreau, travaillera comme assistant juridique à la Cour suprême de l'État où j'ai moi-même débuté, après mes études. Nat, toujours égal à lui-même, répond timidement aux efforts de mes amis pour le sonder sur son avenir. Sa mère et moi, nous avons depuis longtemps pris le pli de rôder dans les parages quand il discute avec des gens, prêts à intervenir pour l'épauler. Mes deux assistantes juridiques, qui occupent des postes comparables à celui que va prendre Nat – elles se chargent d'une partie des recherches et de la rédaction de mes décisions pour la cour d'appel –, se contentent aujourd'hui d'assurer le service. Barbara n'ayant jamais été très à l'aise en public, surtout dans les réunions mondaines, c'est Anna Vostic, ma première assistante, qui joue les maîtresses de maison, distribuant petits fours et parts de gâteaux. Les flûtes à champagne en plastique se lèvent bientôt, aux accents d'un vigoureux *Happy Birthday,* dont le « cher... » est suivi d'un amusant assortiment de titres et d'appellations diverses – *Rusty, papa, monsieur le juge,* et même *Votre Honneur* ! Une ovation nourrie salue ma prestation quand je prouve à l'assistance que, loin de manquer d'air, je suis toujours capable d'éteindre d'un seul souffle la petite forêt de bougies qui scintille sur le quatre-quarts à la carotte préparé par Anna.

Les invitations précisaient « Pas de cadeaux ! », mais il y a deux ou trois plaisanteries. George a trouvé une carte de vœux ainsi libellée : *Soixante ans ! Jusqu'ici, tu as réussi à surfer sur les années sans trop faire de vagues, mais maintenant...* Et à l'intérieur : *Gare aux fuites !* En dessous, George a rajouté un post-scriptum : *Tu viens de comprendre pourquoi les juges portent des robes...*

Son paquet contient une robe neuve d'un noir funèbre, agrémentée d'épaulettes dorées de tambour-major. Cette tenue d'apparat, quelque peu parodique pour un juge principal, soulève une rafale de gloussements quand je la présente aux invités.

Après un quart d'heure de bavardage et d'échange de civilités, l'assistance commence à se disperser.

— J'ai des nouvelles, m'annonce Ray Horgan, dans un murmure à peine perceptible, comme il me croise en se frayant un chemin vers la sortie.

Un grand sourire plisse sa large bouille rose – mais toute discussion sérieuse concernant ma candidature est exclue, dans ce fief de l'administration publique, et le juge principal se doit de donner l'exemple. Nous nous donnons donc rendez-vous à son bureau, une demi-heure plus tard.

Les invités partis, nous nous attelons aux corvées de rangement : ramasser les dernières assiettes en carton. Je remercie les membres de mon équipe.

— Anna a été formidable ! dit Barbara.

Et, en un de ces accès de candeur dont mon canard boiteux d'épouse ne comprendra jamais qu'ils n'ont rien d'indispensable, elle ajoute :

— C'est elle qui a eu l'idée de cette petite fête, tu sais !

Barbara, qui ne tarit pas d'éloges sur ma première assistante, a toujours déploré qu'Anna soit un poil trop âgée pour son fils, d'autant que Nat vient de rompre avec sa dernière petite amie en date... Je renchéris en félicitant Anna pour ses talents de cuisinière qui ont fait sa célébrité dans toute la cour d'appel. Enhardie par la présence de ma famille qui ôte à son geste toute nuance suspecte, elle s'avance vers moi pour m'embrasser, et je lui tapote le dos comme à un vieux copain.

— Bon anniversaire, monsieur le juge ! Vous assurez !

Sur quoi, elle tourne les talons et s'éclipse, tandis que je fais de mon mieux pour chasser – sinon de mon esprit, du moins de mon expression – le saisissement où me plonge le bref contact de son corps contre le mien.

Je confirme nos projets de repas familial, avec ma femme et mon fils. Comme prévu, Barbara préfère rester à la maison plutôt que d'aller dîner en ville. Puis ils s'en vont. Des odeurs de gâteau et de champagne planent tristement dans mon grand bureau vide, à nouveau silencieux. Soixante ans dans les pattes et me voilà seul, comme toujours, face à moi-même.

Je n'ai jamais été ce qu'on appelle un gai luron. J'ai pourtant bien conscience d'avoir été gâté par la vie. J'adore mon fils, tout comme mon travail. J'ai réussi à reconquérir les sommets de la respectabilité, après m'être sorti d'un bourbier auquel j'ai cru ne jamais devoir échapper. Mon couple a survécu à une crise défiant l'imagination et, à présent, même si nos liens se sont passablement distendus, nous abordons sereinement la maturité, Barbara et moi. Mais j'ai grandi dans une maison lugubre, entre une mère effacée et distraite, et un père qui se conduisait comme un vrai salaud, sans la moindre vergogne. Après des débuts aussi maussades, il aurait été surprenant que je devienne un adulte épanoui et comblé.

Mais même pour quelqu'un dont le climat émotionnel oscille, en moyenne, entre la grisaille et le crachin, j'ai été d'une humeur massacrante pendant toute la semaine qui a précédé mon anniversaire. Chaque seconde nous rapproche insensiblement de notre fin, mais certaines étapes nous marquent plus profondément. Mon quarantième anniversaire, le seuil de l'âge mûr, m'était tombé dessus comme un tas de briques. Au soixantième, je n'ai que trop conscience que le rideau vient de se lever sur le dernier acte. Les sombres présages sont légion et crèvent les yeux. Les statines pour lutter contre le cholestérol. Le Flomax pour la prostate, et quatre Advil chaque soir au dîner, pour calmer les protestations de mes lombaires, après une journée passée derrière mon bureau – le métier que j'exerce n'est pas exempt de certains risques…

La perspective de la décrépitude physique est pour moi une raison supplémentaire de craindre l'avenir, tout comme cette campagne que je mène actuellement pour siéger à la Cour suprême. Car quand je prêterai serment, dans un an et huit mois, j'aurai atteint le summum de ce que pouvait guigner mon ambition. Mais je sais que rien ne pourra faire taire cette agaçante petite voix, au fond de moi. Tu n'y es pas, me dira-t-elle. Tu n'y es toujours pas. Tout ce chemin parcouru, tous ces succès… Mais, au fond de mon cœur, il me manquera toujours quelque chose. Cette indéfinissable part de bonheur qui, depuis soixante ans, persiste à m'échapper.

L'anniversaire de Rusty (19/03/2007) — La mort de Barbara (29/09/2008) — L'élection (04/11/2008)

2.

Tommy Molto, 30 septembre 2008

Tomassino Molto III, *prosecuting attorney* du comté par intérim, était à son bureau, le grand bureau des PA de Kindle County, ample et lourd comme une Cadillac des années soixante. Il s'interrogeait sur l'ampleur des changements qui s'étaient opérés en lui, ces deux dernières années, quand Jim Brand, son premier adjoint, s'annonça en frappant un coup de son index replié sur le montant de la porte.

— Toujours plongé dans vos pensées, Boss !

Tommy sourit, ce qui était pour lui la meilleure façon d'éluder la question. Avait-il tant changé ? Cette idée revenait le tarauder plusieurs fois par jour, comme une goutte d'eau s'insinuant dans la brèche d'un toit. Sa récente métamorphose faisait jaser. Des blagues circulaient sur son compte – certains se demandaient, non sans malice, où il cachait sa lampe magique et son bon génie. Attaquant son deuxième mandat de PA par intérim, Molto avait eu tout le temps d'apprendre à dépister les flatteries qu'attirait le pouvoir. Car, après tout, comment aurait-il pu subir une métamorphose si radicale ? Était-il vraiment devenu un autre homme, ou s'était-il borné à devenir celui qu'il avait toujours été, au fond de lui ?

— Je viens d'avoir au bout du fil un flic de Nearing, dit Brand en entrant dans le bureau. Barbara Sabich a été retrouvée morte dans son lit. Vous savez, la femme du juge principal...

Tommy appréciait Jim Brand. Un bon juriste capable de faire preuve de loyauté, ça ne courait pas les rues, ces temps-ci. Mais le PA tressaillit sous la remarque de Brand et ce qu'elle suggérait. Comme s'il avait eu la moindre raison de s'intéresser personnellement à Rusty Sabich... Bien sûr qu'il s'y intéressait. Vingt-deux ans plus tard, le seul nom du juge principal de la cour d'appel, que Tommy avait vainement poursuivi pour le meurtre d'une de leurs collègues, retrouvée chez elle étranglée, le faisait toujours grincer des dents. Comme si on l'avait directement branché sur du courant à haute tension. Ce qu'il ne supportait pas, c'était les insinuations. Pas mal de gens restaient convaincus qu'il en voulait toujours à Sabich. Mais à ses yeux, une telle rancune aurait été une preuve de malhonnêteté. Seul un esprit retors pouvait ainsi s'entêter à nier la vérité, même s'il la trouvait saumâtre. Ça faisait des lustres que Molto avait accepté les résultats de cette affaire. Un procès, c'était comme un combat de chiens. Et celui-là, c'était Sabich qui l'avait remporté – lui et son chien.

— Et alors ? demanda-t-il. Le service envoie une gerbe ?

Brand, à la fois athlétique et élégant dans sa chemise impeccable, amidonnée comme un col de prêtre, lui décocha un sourire éblouissant, que Tommy ne lui retourna pas. Sa question était sincère et ne recelait pas la moindre trace d'ironie. Mais il avait l'habitude de ce genre de quiproquo. Sa propre logique interne, d'une limpidité sans faille, lui dictait des remarques qui passaient aux yeux du reste de l'humanité pour des perles d'humour noir.

— Pas vraiment, chef, fit Brand. Y a comme un os. C'était pour ça que le lieutenant appelait, style : « C'est quoi, ce bazar ? » Madame ne se réveille plus, et son mari ne se donne même pas la peine de composer le

911 ? Depuis quand Rusty Sabich se prend pour le coroner ?

D'un geste, Tommy l'engagea à poursuivre. Pendant près de vingt-quatre heures, expliqua Brand, le juge n'avait pas décroché son téléphone. Il n'avait contacté personne, pas même son propre fils. Il s'était contenté d'arranger le corps, comme pour une veillée mortuaire. Après coup, il avait invoqué le chagrin et l'état de choc, pour justifier cette surprenante conduite. Il voulait tout remettre en ordre, avant d'annoncer la nouvelle.

Ça, à la rigueur, Tommy aurait pu le comprendre. Près de deux ans plus tôt, après cinquante-sept ans d'un long désert affectif, où la frustration lui était devenue plus naturelle que l'air qu'il respirait, Tommy était tombé amoureux fou de Dominga Cortina, une jeune femme charmante mais timide, cadre administratif au tribunal. Tomber amoureux n'avait rien d'exceptionnel, pour Tommy. Jusque-là, tous les deux ou trois ans, il s'était régulièrement entiché de jeunes personnes qu'il avait croisées au boulot, à l'église ou dans son quartier. Ça lui arrivait dessus, comme un train lancé à pleine vitesse. Mais, jusqu'à présent, sa flamme n'avait jamais été payée de retour. Il aurait même interprété comme un signe de méfiance les regards fuyants que lui glissait Dominga chaque fois qu'ils se rencontraient, si l'une des amies de la jeune femme ne lui avait pas suggéré, en douce, de l'inviter à sortir. Neuf semaines après, ils étaient mari et femme – et onze mois plus tard, le petit Tomaso avait vu le jour.

À présent, s'il arrivait quelque chose à sa Dominga, ce serait comme si la terre implosait sous ses pieds, comme si toute la matière de l'univers se trouvait contractée en un seul atome. Car, maintenant, Tommy était un autre homme. Il avait effectivement changé, sur un plan essentiel, en découvrant la joie. Enfin. À un âge où la plupart des gens, y compris ceux qui en ont eu plus que leur part, renoncent à l'espoir d'en avoir davantage.

— Après quelque chose comme trente-cinq ans de mariage, commenta Tommy, au bout d'un long moment. Bon sang, y a de quoi dérailler. De toute façon, Rusty a toujours été bizarre.

— C'est ce qu'on dit, oui, fit Brand.

Jim ne connaissait Sabich que de très loin. Pour lui, le juge principal vivait dans une autre galaxie. Brand n'était pas là, du temps où Rusty sillonnait les couloirs de ce même service, avec ce petit rictus maussade qu'il semblait s'adresser à lui-même. Jimmy n'avait que quarante-deux ans. Plus un gamin, bien sûr. Il aurait pu être président, ou prendre la tête du service. Mais il n'avait toujours pas atteint l'âge mûr, au sens où l'entendait Molto. Le monde avait changé, lui aussi. Cette époque, pour Brand, c'était peut-être de l'histoire ancienne, mais pour Tommy, c'était toute sa vie.

— Sauf que les flics flairent un lézard.

Normal, pour des flics. En chaque honnête homme, ils flairent l'assassin qui sommeille.

— Qu'est-ce qu'ils soupçonnent, au juste ? Il y a des signes de violence ?

— Ils attendent le rapport du coroner. Mais, sinon, pas de traces de sang, ni quoi que ce soit. Aucune ecchymose visible.

— Et alors ?

— Alors, j'en sais rien, chef. Mais un jour entier pour réagir ? Vingt-quatre heures… ça lui a laissé le temps de planquer pas mal de choses. Des substances ont pu se dissiper dans le flux sanguin.

— Comme par exemple ?

— Merde, Tom. J'en sais rien, pour l'instant. J'extrapole. Mais les flics se demandent s'il ne faudrait pas y regarder de plus près. J'ai préféré vous prévenir.

Chaque fois que Tommy repensait au procès Sabich, une affaire pourtant vieille de plus de deux décennies, ce qui lui revenait, presque intact à travers les années, c'était ce fourmillement d'émotions qui l'avait parasité. Carolyn Polhemus, une jeune femme brillante et ambitieuse, procureur adjointe dans le même service que lui et Rusty, avait été retrouvée étranglée à son domicile. Tommy avait de bonnes relations avec Carolyn. Elle était de ces femmes qui lui inspiraient un désir ardent mais sans espoir. Sa mort était tombée comme un cheveu sur la soupe, au beau milieu de la lutte acharnée qui opposait Ray Horgan, le *prosecuting attorney* en titre, à son rival Nico Della Guardia, un ami d'enfance de Tommy. Dès le début, l'enquête était mal partie. Ray l'avait confiée à Rusty, son premier adjoint, lequel s'était bien gardé de révéler qu'il avait eu une aventure avec Carolyn. Une liaison orageuse, qu'il avait soigneusement tenue secrète et qui s'était terminée plusieurs mois auparavant. Rusty avait fait traîner l'enquête, en omettant, un peu trop commodément, certains indices – relevés téléphoniques, empreintes –, qui tous l'incriminaient.

La culpabilité de Sabich semblait donc établie, quand ils avaient demandé et obtenu son inculpation, après l'élection de Nico au poste de PA. Mais, au procès, tout avait dérapé. Des pièces à conviction avaient disparu. Le pathologiste de la police, qui avait identifié le groupe sanguin de Rusty à partir de l'échantillon séminal prélevé sur Carolyn, avait totalement oublié de tenir compte du fait que la victime avait subi une ligature des trompes, et, à la barre, sous les questions de Sandy Stern, il n'avait pu expliquer la présence d'un spermicide dans l'échantillon. L'avocat de Sabich s'était empressé de monter en épingle chaque lézarde du dossier, en mettant la disparition des pièces à conviction et la contamination de l'échantillon sur le compte de Tommy, qu'il accusait d'avoir tout manigancé pour attirer les soupçons sur Sabich. Et Stern avait réussi. Rusty avait obtenu un non-lieu, Nico avait perdu les élections et, pour couronner le tout, Sabich avait été élu à son poste.

Depuis, Molto s'était maintes fois efforcé d'évaluer objectivement les chances que Rusty ait été innocent.

En toute logique, rien ne permettait de l'exclure. C'était même sa position officielle. Mais Tommy n'avait jamais évoqué cette affaire en privé, sans ajouter : « Qui sait ? » La machinerie juridique avait fait son boulot. Elle avait disculpé Sabich. Affaire classée. Pour Molto, le meurtre de Carolyn Polhemus relevait d'un mystère aussi insondable que l'origine du temps et de l'espace, la disparition de Jimmy Hoffa, ou l'explication des déculottées successives qu'encaissaient les Trappers, saison après saison.

Mais son cœur n'avait que faire de ce genre de logique. Là, au tréfonds de lui-même, c'était resté inscrit en grandes lettres noires, comme des initiales tracées au noir de fumée sur les parois d'une caverne. Le meurtre était signé Sabich.

Au bout d'un an d'enquête, Tommy avait été lavé de tout soupçon. Il n'avait commis aucune des manipulations dont on l'avait accusé au cours du procès. Non pas qu'il fût totalement irréprochable, puisqu'il avait communiqué des informations sensibles à Nico pour l'aider pendant sa campagne – mais somme toute, rien de plus grave que ce qui se pratiquait tous les jours dans le service du PA, où aucun secret ne faisait long feu... Molto était bien placé pour savoir qu'il n'avait jamais dissimulé la moindre preuve ni menti sous serment, et la culpabilité de Sabich lui apparaissait comme le corollaire logique de son innocence. Mais il n'avait jamais fait part à personne de ses déductions, pas même à Dominga, qui ne lui posait guère de questions sur son travail.

— Ça, je ne veux pas y toucher, de près ou de loin, dit-il à Brand. Terrain miné.

Brand haussa une épaule. Il avait un physiquc avantageux. Vingt ans plus tôt, il avait été engagé les doigts dans le nez comme *linebacker* dans l'équipe universitaire de football, et avait décroché le titre de meilleur joueur de l'année pour sa catégorie. Il secoua lentement sa grosse tête, déjà un peu dégarnie sur les tempes.

— Vous n'allez pas renoncer à instruire un dossier chaque fois que le client se retrouve pour la seconde fois sur la sellette, Boss. Vous voulez que je lance une recherche dans les fichiers, qu'on fasse le compte des inculpations que vous avez demandées pour des gus qui s'en étaient déjà tirés une première fois avec un non-lieu ?

— Dans le tas, combien sont éligibles à la Cour suprême, à ton avis ? Rusty a le bras long.

— Justement, fit Brand.

— Attendons les résultats de l'autopsie. D'ici là, pas un mot. Rien ne doit filtrer. Pas de flics fouille-merde aux trousses de Rusty. Et de notre côté, calme plat. Pas de citation devant le grand jury, rien. Aucune réaction tant que nous n'aurons rien de plus consistant à nous mettre sous la dent. Et, pour ça, on peut attendre. Rusty Sabich est tout sauf un idiot. Laissons les flics de Nearing faire joujou dans leur bac à sable, jusqu'à ce que le légiste nous donne de ses nouvelles. En attendant, on ne bouge pas.

Brand fulminait, ce détail n'avait pas échappé à Tommy. Mais Jim avait servi dans les *marines*, où il avait appris à respecter la chaîne hiérarchique.

— À vous de voir, Boss, conclut-il, ce qui dans sa bouche avait toujours une connotation vaguement insolente, comme le lointain écho d'un juron.

Resté seul, Tommy s'accorda une seconde pour penser à Barbara Sabich. Un vrai canon dans sa jeunesse, cette Barbara. Une superbe crinière de boucles brunes, une silhouette à faire se damner un saint et ce petit air coriace, proclamant que celui qui lui clouerait le bec n'était pas né. Peut-être que Rusty lui-même s'y était cassé les dents. Tommy ne l'avait pratiquement pas vue, ces vingt dernières années. Elle laissait son mari assumer seul ses obligations sociales et avait sans doute préféré prendre ses distances avec Molto. Mais au procès de Sabich, vingt ans plus tôt, elle était au tribunal tous les matins et, chaque fois que Tommy glissait un coup d'œil vers elle, elle le foudroyait du regard. « Comment pouvez-vous être si sûre de son innocence, Barbara ? » aurait-il aimé lui demander. Si elle avait une réponse à cette question, elle l'avait emportée dans la tombe, à présent. Tommy se fendit d'une petite prière pour les défunts, comme du temps où il servait à la messe. *Reçois, Seigneur, dans Ton saint paradis, Ta fidèle servante Barbara Sabich – qu'elle repose en paix, amen !* Barbara était juive, pour autant qu'il s'en souvienne. Ça ne lui aurait fait ni chaud ni froid, qu'il prie pour elle. D'ailleurs, même avant l'inculpation de Rusty, elle n'avait jamais eu beaucoup d'égards pour lui. Il sentit se réveiller en lui cette pointe de douleur sourde qui l'avait aiguillonné toute sa vie, ce dépit de se sentir méprisé ou rejeté – jusqu'à ce qu'il lui impose silence, une fois de plus. Ça ne l'empêcherait pas de prier pour elle. C'était ce fond de générosité que Dominga avait su discerner et aimer en lui. C'était ce qui lui avait permis de la conquérir. Bien plus que quiconque, à l'exception peut-être de sa mère, disparue cinq ans plus tôt, Dominga était sensible à sa bonté.

À la seule évocation de sa jeune épouse, agréablement potelée et pourvue de tout ce qu'il fallait là où il fallait, Tommy se sentit en proie, comme toujours, à une bouffée de désir physique qui se traduisit par une réaction immédiate, sous son bureau. Et alors ? Quel mal y avait-il à désirer sa femme ? Rusty avait dû désirer Barbara, lui aussi, en son temps. Et, maintenant, elle était morte. *Qu'elle repose en paix auprès de Vous, Seigneur…*, se dit-il. Puis il promena son regard autour de lui, dans son bureau, en s'efforçant, une fois de plus, de cerner la part de lui-même qui avait tant changé.

L'ANNIVERSAIRE DE RUSTY (19/03/2007) — LA MORT DE BARBARA (29/09/2008) — L'ÉLECTION (04/11/2008)

3.

Rusty Sabich, 19 mars 2007

La cour d'appel de l'État pour le Troisième District siège à présent au dernier étage du Tribunal Central, un bâtiment de briques rouges à colonnades blanches vieux de soixante-dix ans mais rénové dans les années quatre-vingt, grâce aux fonds fédéraux de la lutte anticriminalité. Le plus gros des subventions est allé au réaménagement des salles d'audience, aux étages inférieurs, mais il en est resté suffisamment pour financer l'installation de la cour d'appel dans ses nouveaux locaux. Tous ces millions ont été initialement investis dans l'espoir de donner un nouvel essor à cette zone sinistrée située au-delà de Center City, et de l'infranchissable canyon que constitue l'US 843. Mais les avocats sautent dans leurs belles voitures dès la fin des audiences et très peu de commerçants ont pris le risque de s'installer dans ce quartier quotidiennement fréquenté par des centaines de repris de justice. L'esplanade de béton qui relie le tribunal au centre administratif du comté, situé de l'autre côté de la rue (un morne échantillon de l'architecture publique), s'est révélée particulièrement propice à l'organisation de certains rassemblements contestataires.

Je n'ai pas parcouru cinquante mètres hors du tribunal – pour rejoindre Ray, qui veut me parler de ma campagne – quand j'entends mon nom. Me retournant, je me retrouve nez à nez avec John Harnason. Il arbore à présent un canotier en paille dont émergent quelques mèches rebelles, façon Bozo le Clown. Il devait guetter ma sortie, planqué quelque part dans le coin.

— Si je peux me permettre, monsieur le juge… Vous auriez des nouvelles, pour mon affaire ?

— Nous ne pouvons pas en parler, Mr Harnason. D'autant que votre dossier est encore en délibération.

Un juge ne peut rencontrer l'une des parties en l'absence d'un représentant de la partie adverse. Mais Harnason a posé sur ses lèvres un index dodu.

— D'accord, Votre Honneur. Laissons ça de côté. Je voulais juste vous présenter mes meilleurs vœux, moi aussi, et vous remercier personnellement, pour ma libération. Tooley m'avait dit qu'il faudrait un juge qui s'en trimballe une paire en titanium, pour m'accorder la conditionnelle. Non pas que je la méritais pas, hein ! Mais selon lui, libérer quelqu'un qui s'est pris une condamnation pour meurtre, ça ne vous attire pas les faveurs du public. Faut dire que vous êtes passé par là. Vous savez ce que c'est.

Je reste de marbre. À présent, il peut s'écouler des mois entiers sans que j'entende la moindre allusion à mon procès ni à mon inculpation. Je m'apprête à tourner les talons, quand Harnason lève vers moi sa main étrangement griffue.

— Je dois dire que j'étais curieux de voir si vous me remettriez. Je ne dois pas vous rappeler de très bons souvenirs…

— Nous nous connaissons ?

— J'ai été avocat, monsieur le juge. Il y a des années, du temps où vous étiez procureur adjoint. Jusqu'à ce que vous m'inculpiez.

J'ai exercé quatorze ans au total dans le service du *prosecuting attorney*, dont douze comme adjoint et deux comme PA par intérim, le poste qu'occupe actuellement Tommy Molto, avant de décrocher mon siège de juge. À l'époque, il y avait déjà peu de chances pour que j'aie pu garder en mémoire tous les dossiers qui passaient sur mon bureau, alors vingt ans plus tard, c'est sans espoir. Reste qu'il était exceptionnel de poursuivre un avocat – autant qu'un prêtre, un médecin ou un chef d'entreprise. Autrefois, la loi réservait largement ses foudres aux plus pauvres.

— Je ne m'appelais pas John, à l'époque. John, c'était mon père. Moi, c'était J. Robert.

— J. Robert Harnason.

Ce nom sonne comme une incantation. Un petit sifflement m'a échappé. Pas étonnant que sa tête me dise quelque chose...

— Je crois que vous me remettez.

Il semble enchanté que le souvenir de son dossier me soit si vite revenu – même si je doute qu'il ressente pour moi autre chose que du dépit. Harnason était un obscur petit avocat de quartier, à la fois turbulent et loufoque, qui avait longtemps tiré le diable par la queue, jusqu'au jour où il s'était rabattu sur une stratégie éprouvée pour améliorer son lot quotidien. Il plaidait des affaires de dommages et intérêts, pour lesquelles il obtenait de juteuses compensations, puis, au lieu de reverser à ses clients la part qui leur revenait, il la retenait aussi longtemps que possible. Après quoi, au bout d'innombrables mises en demeure, il finissait par leur verser leur dû... avec des sommes qu'il avait obtenues pour quelqu'un d'autre. En quoi il ne faisait pas pire que bon nombre de ses confrères plus dorés sur tranche, qui avaient chaque année l'indélicatesse de payer leur loyer, leurs impôts ou l'école de leurs enfants en puisant dans les fonds de leurs clients... Les abus les plus flagrants se soldaient par des radiations temporaires ou définitives, et Harnason s'en serait probablement tiré, lui aussi, avec une simple tape sur les doigts – à un détail près : son long palmarès d'arrestations pour troubles à l'ordre public et outrage aux bonnes mœurs. En ce temps-là, les bars gays faisaient l'objet de fréquentes descentes de police. Thorsen Skoglund, son avocat, un Finnois taciturne qui nous a depuis longtemps quittés, n'avait pas pris de gants avec moi, quand il était venu me voir pour discuter de l'inculpation de son client.

— En fait, ce que vous lui reprochez, c'est d'être homo.

— Et alors ? avais-je rétorqué.

Depuis, je me suis souvent rappelé cette conversation, à défaut de l'identité de l'inculpé, parce que, à l'instant où j'ai prononcé ces mots, j'ai ressenti une curieuse impression. Je dois reconnaître que dans tous les postes que j'ai occupés, tant comme juge que comme procureur, il m'est arrivé de prendre, au nom de la loi, pas mal de décisions contestables que l'histoire a fini par désavouer et que je déplore à présent.

— Vous avez eu une sacrée influence sur ma vie, monsieur le juge.

Il ne l'avait pas dit sur un ton agressif, mais, en ces temps-là, la prison était encore plus dure pour les déviants et les marginaux – ô combien ! Plus jeune, Harnason était plutôt bien de sa personne, si j'ai bonne mémoire. Un rien affecté, avec ses cheveux auburn lissés en arrière. Un peu fragile nerveusement, mais nettement plus posé et plus sûr de lui que le curieux personnage qui vient de m'accoster.

— Voilà qui n'a pas l'air d'un remerciement, Mr Harnason.

— Non. Et je ne vous aurais sûrement pas dit merci non plus à l'époque, monsieur le juge. Mais la roue tourne, on dirait. Cette fois-ci, vous m'avez nettement mieux traité que la première. Vous savez, je suis du genre réaliste. Sans blague. La pièce aurait pu tomber côté face, il y a vingt ans. À deux reprises, je m'étais porté candidat pour un poste de procureur adjoint, et je suis passé à ça de l'avoir. En y réfléchissant, ça aurait très bien pu être moi, l'adjoint qui vous a bouclé à cause de vos galipettes. C'était bien pour ça qu'ils vous avaient épinglé, pas vrai ? Parce que, sinon, ils n'avaient pratiquement rien contre vous. Vous vous êtes juste fait prendre les doigts dans le pudding, n'est-ce pas ?

Il n'est pas tombé très loin de la vérité. En tout cas, message reçu : il a sombré, je m'en suis sorti. Et il a du mal à comprendre pourquoi.

— Cette conversation est totalement déplacée, Mr Harnason. Et pas très constructive.

Je me détourne, mais il me retient encore.

— Pardon pour le dérangement, monsieur le juge. Je voulais juste vous saluer. Et vous dire merci. Par deux fois, vous avez eu ma vie entre vos mains, et, là, vous avez fait nettement mieux qu'auparavant, du moins jusqu'à présent…

Il a atténué d'un sourire la menace à peine voilée, mais son expression s'est faite plus solennelle.

— Vous pensez qu'il me reste une chance, monsieur le juge ?

Cette question… ! Je lui trouve soudain l'air pathétique d'un enfant perdu.

— John…

Je me mords la langue – *John ?* Mais je ne peux renier ce qu'il y a entre nous. Toutes ces années écoulées depuis notre première rencontre, ce mal que je lui ai fait. Ce passé qui me force à descendre de mon piédestal. D'ailleurs, comment pourrais-je revenir sur son prénom, maintenant que je l'ai prononcé…

— Comme vous avez pu le constater à l'audience, vos arguments ont été entendus, John. Et les délibérations ne sont pas terminées.

— Alors il reste un espoir ?

Je secoue la tête pour lui indiquer que je n'en dirai pas plus, mais il me remercie tout de même et s'incline légèrement, avec un rien d'obséquiosité.

— Joyeux anniversaire, monsieur le juge ! crie-t-il dans mon dos.

Mais je m'éloigne à grands pas, encore hanté par mes propres souvenirs.

À mon retour au tribunal, après une réunion de campagne mouvementée avec Raymond, il est 17 heures passées, le seuil magique après lequel les employés de l'administration publique semblent se volatiliser, comme happés par un aspirateur géant. Anna, qui est de loin la plus bosseuse de tous mes assistants, planche toujours sur ses dossiers. Pieds nus, elle m'emboîte le pas jusque dans mon bureau, où des rayonnages entiers de volumes reliés de cuir, presque purement décoratifs en cette ère d'informatisation généralisée, côtoient mes souvenirs de carrière et mes photos de famille.

— Fin prête pour le grand départ ?

Vendredi prochain, nous célébrerons par un grand dîner son dernier jour dans le service. Je tiens beaucoup à ce petit rituel qui ponctue le départ de tous mes assistants. Ensuite, Anna rejoindra le poste qu'elle a décroché au service des litiges, dans le cabinet juridique de Ray Horgan, pour un salaire largement supérieur au mien. Ce qui lui fera prendre un départ prometteur, quoiqu'un peu tardif, dans les dures réalités de l'exercice privé. Ces douze dernières années, elle a été successivement ambulancière dans un service d'urgence, rédactrice de pub, étudiante en économie, cadre en marketing et assistante juridique. Tout comme mon fils Nat, elle fait partie d'une génération qui se laisse souvent piéger par son propre sens de la dérision. Pratiquement comme toute croyance humaine a ses incohérences et ses côtés ridicules, ils préfèrent en rire et campent sur leurs positions.

— Je crois, oui..., dit-elle, puis son sourire s'élargit. Moi aussi, j'ai une carte pour vous !

— Encore une ? répliqué-je, en prenant l'enveloppe dont je sors la carte.

« Soixante balais ! » proclame une blonde pulpeuse, moulée dans un minipull rose. « Trop vieux pour y repiquer ! » – et au verso : « Mais la vie est si courte... Profitez-en ! »

Dessous, à la main, elle a ajouté : *Love, Anna.*

En profiter… Je ne demande pas mieux ! Mais… est-ce un effet de mon imagination, ou l'appétissante blonde de l'illustration lui ressemble-t-elle vaguement ?

— Adorable, commenté-je.

— C'était trop parfait. Je n'ai pas pu y résister.

Je garde une seconde le silence. Les yeux dans les yeux, nous restons face à face.

— Allons, allons, lui dis-je finalement. Au travail.

Elle aussi, elle est adorable, hélas. Des yeux verts, des cheveux d'un blond indéfinissable, des joues vermeilles. Une belle plante, à la fois solide et gracieuse, respirant la santé. Sans être à tomber à la renverse, elle a un charme fou, fait de franchise et de naturel. Elle quitte mon bureau en ondulant dans sa jupe droite, avec en prime un petit déhanchement, pour bien mettre en valeur son postérieur, qu'elle a joliment épanoui et galbé, puis se retourne au bout de quelques pas, pour juger de l'effet produit. D'un geste, je l'engage à continuer sur sa lancée.

Anna travaille avec moi depuis maintenant deux ans et demi, un record absolu de longévité, dans mon service. C'est une juriste avisée, manifestement douée pour cette profession et dotée d'une nature positive et enthousiaste. Elle fait preuve d'une rafraîchissante spontanéité vis-à-vis de pratiquement tout le monde et, à l'occasion, d'un humour dévastateur, dont elle est la première à se délecter. Et, avec ça, Anna est la gentillesse même. Elle n'hésite pas à sacrifier sa pause déjeuner pour aller résoudre les problèmes informatiques de ses collègues – discipline où ses compétences dépassent celles de certains des techniciens maison… Autrement dit, elle aime ses semblables et ils le lui rendent bien : Anna est la coqueluche de tout le tribunal.

Mais il semble qu'elle ait plus souvent l'occasion de se réjouir du bonheur d'autrui que du sien. Sa vie amoureuse, en particulier, a l'air de laisser à désirer et son insatisfaction chronique l'amène parfois au bord du désespoir. Elle submerge les bureaux d'un flux continu d'ouvrages de « développement personnel » et de « psychologie appliquée » qu'elle échange avec Joyce, l'appariteur de ma salle d'audience. *Être aimée comme vous souhaitez l'être. Comment savoir s'il est amoureux ?* Il suffit de l'observer, plongée dans ses bouquins, à l'heure du déjeuner, pour voir se dessiner quelques lézardes, dans son bel optimisme.

Le séjour d'Anna dans mon service s'est trouvé exceptionnellement prolongé du fait de l'indisponibilité de Kumari Bata, la remplaçante que je lui avais trouvée. Kumari est tombée enceinte et a dû garder le lit plusieurs mois. Cette longévité a fini par déboucher sur une inévitable familiarité, au fil des mois. Les deux soirs par semaine où nous restons travailler pour rattraper le retard pris dans notre suivi administratif, Anna se permet de me faire quelques confidences, qui touchent le plus souvent à ses déboires sentimentaux.

— J'ai eu un certain nombre d'expériences, toujours en m'efforçant de ne pas prendre les choses trop au sérieux, pour ne pas me bercer de faux espoirs, m'a-t-elle confié un soir. Et, vous voyez, les résultats ont dépassé mes prévisions les plus optimistes : maintenant, je n'ai plus d'espoirs du tout !

Elle a souri, avec plus d'humour que d'amertume, à son habitude.

— Vous savez, j'ai même été mariée, à vingt-deux ans. Mais ça n'a duré qu'une nanoseconde et, ensuite, je ne me suis jamais trop inquiétée de ne trouver personne de vraiment bien. Au début, je me disais que j'étais trop jeune. Mais vous pensez… ! Les hommes sont tous de grands enfants ! J'ai trente-quatre ans, et mon dernier petit ami en avait quarante – mais c'était un gamin ! Un vrai bébé. Il n'avait toujours pas appris à mettre ses chaussettes sales dans le panier… Moi, c'est un homme qu'il me faut. Un vrai – et adulte, si possible !

Jusqu'à très récemment, je n'y avais rien vu que de bon enfant. Puis, ces derniers mois, j'ai commencé à subodorer que cet adulte qu'elle avait en vue, c'était moi.

— Pourquoi est-il si dur de trouver chaussure à son pied ? a-t-elle soupiré, en décembre dernier, un soir où elle me contait une autre de ses mésaventures sentimentales.

— Écoutez, Anna..., ai-je répondu, quand j'ai pu reprendre souffle. Je suis sûr que vous n'avez que l'embarras du choix.

— Pas auprès des hommes qui me plaisent vraiment, objecte-t-elle, en secouant ses cheveux coupés en une jolie crinière mi-longue, aux nuances savamment dégradées. Vous savez, je commence à me dire que – sapristi ! –, là, je suis prête à tout essayer. Enfin, pas vraiment *tout*. Pas les nains, par exemple. Ni les chevaux ! Mais je devrais peut-être fréquenter un de ces établissements auxquels j'évitais jusqu'à présent de penser – enfin, si... j'y ai déjà pensé, mais j'ai reculé devant la peur du ridicule. Parce que, jusqu'ici, je m'en suis sagement tenue à ce qu'on considère comme normal, et voyez où ça me mène... Alors peut-être que je devrais songer à m'encanailler. Ça vous est déjà arrivé, monsieur le juge ?

Ses yeux vert sombre m'ont sondé comme deux radars.

— Comme à tout le monde, ai-je répliqué, à mi-voix.

Cet instant a marqué un tournant décisif dans notre relation. À présent, chaque fois que nous sommes seuls, elle m'aguiche ouvertement et sans la moindre gêne. Clins d'œil, sous-entendus, regards appuyés – elle aurait aussi vite fait de me brandir sous le nez une pancarte : « Occasion à saisir ! »

Avant-hier soir, elle s'est tout à coup levée et a lissé le devant de son chemisier du plat de la main, en me présentant son profil.

— Est-ce que vous me classeriez dans les fortes poitrines ? a-t-elle demandé.

Mon regard s'est attardé sur elle une seconde de trop, avant que je lui réponde, d'un ton qui se voulait neutre et objectif, que la sienne me paraissait très bien.

J'ai une double excuse pour tolérer son petit manège. D'abord, du haut de ses trente-quatre ans, Anna a tout de même dépassé l'âge moyen de mes assistantes juridiques – et, à coup sûr, celui où son comportement pourrait encore passer pour de la candeur. Et, *secundo*, ce sont ses derniers jours parmi nous. Kumari, à présent bien remise, est arrivée dans le service la semaine dernière et Anna a accepté de rester le temps de lui mettre le pied à l'étrier. Pour moi, son départ sera à la fois un soulagement et une vraie tragédie.

Et, puisque le problème finira forcément par se résoudre avec le temps, j'ai indéfiniment remis au lendemain la seule réponse que me soufflait la raison : la faire asseoir en face de moi et lui dire non. Gentiment. Affectueusement. Avec une gratitude sincère pour la faveur qu'elle me faisait. Mais non, merci – pas question ! J'ai maintes fois fourbi mes arguments et préparé mon discours, mais j'ai toujours reculé. D'abord parce que je risquais fort de me retrouver en fâcheuse posture. Le sens de l'humour d'Anna, qui pourrait passer pour macho en ce règne de l'équivoque triomphant, verse volontiers dans le grivois. Je crains qu'elle ne réplique du tac au tac, en m'expliquant que ça n'était qu'une blague, telle que nous en glissons tous, de temps à autre, juste pour nous assurer que ça n'a rien de sérieux. Une autre raison, plus cruelle et moins avouable, étant que je rechigne à renoncer à cette satisfaction que procurent les avances – sincères ou feintes, par pur badinage – d'une jeune et jolie femme de plus de vingt-cinq ans ma cadette.

Mais je sais depuis toujours que je finirai par l'éconduire. J'ignore quel pourcentage de béguins se bornent à de simples flirts, faute de ne jamais franchir la mieux surveillée des frontières – celle qui sépare le rêve de la réalité –, mais il est à coup sûr très élevé. En trente-six ans de mariage et en dehors d'une soirée un peu trop arrosée qui s'est achevée sur la banquette arrière d'un break, pendant mon stage d'entraînement de réserviste pour la garde nationale, je n'ai eu qu'une aventure. Une brève folie, une escapade dans les purs sommets de l'ivresse des sens, qui m'a mené droit dans le box des accusés, où j'ai dû répondre d'un meurtre. Si je ne suis pas la réincarnation même de ce proverbial « chat échaudé »... !

Je travaille depuis une demi-heure à peine à mon bureau, quand je vois la tête d'Anna réapparaître dans l'entrebâillement de la porte.

— Vous allez être en retard, monsieur le juge.

Elle a raison. J'ai un dîner d'anniversaire, ce soir.

— Ah, flûte ! répliqué-je. Où avais-je la tête ?

Elle m'apporte la clé USB qu'elle me prépare chaque soir, avec des brouillons de décisions que je relirai chez moi. Puis elle m'aide à enfiler ma veste, et la lisse soigneusement sur mes épaules.

— Bon anniversaire, monsieur le juge, répète-t-elle, le doigt sur le bouton du milieu. Que tous vos souhaits se réalisent...

Elle me lance un regard sans équivoque, avant de se dresser sur la pointe des pieds. C'est un de ces moments si convenus et si banals que l'on se demande après coup s'ils ont réellement eu lieu – mais, l'espace d'une seconde, ses lèvres ont frôlé les miennes. Et, comme d'habitude, je n'ai opposé aucune résistance. Je m'embrase de la tête aux pieds et je m'éclipse sans un mot, sans même lui dire au revoir.

L'ANNIVERSAIRE DE RUSTY (19/03/2007) — LA MORT DE BARBARA (29/09/2008) — L'ÉLECTION (04/11/2008)

4.

Tommy Molto, 3 octobre 2008

Jim Brand frappa à la porte du bureau, restée ouverte, mais attendit sur le seuil que son chef lui fasse signe d'entrer. En 2006, Tommy avait déjà exercé les fonctions de PA par intérim, et, au cours de ce bref premier mandat, il avait souffert d'un certain manque d'égards de la part de ses subordonnés. En trente et quelques années de service, Molto s'était taillé une solide réputation de tâcheron, rivé à son poste tous les jours, de 8 heures du matin à 10 heures du soir. Au point que ses anciens collègues avaient du mal à le traiter avec toute la déférence due à la plus haute autorité du service. Mais Brand y avait mis bon ordre. Le respect et l'affection du premier adjoint pour son supérieur sautaient aux yeux. Il n'avait jamais eu à se forcer pour faire ces petits gestes symboliques qu'exigeait le protocole – frapper avant d'entrer, par exemple –, et son attitude avait fini par forcer le respect de ses collègues et par imposer à tous l'idée que, finalement, Tommy était bien le « Boss ».

— OK, dit Brand. On vient de recevoir une petite mise à jour, pour le dossier Sabich. Un rapport médical antérieur, concernant madame.

— Et alors ?

— Et alors, c'est intéressant. Vous êtes prêt ?

Bonne question. Tommy était-il vraiment prêt ? Il risquait gros à se frotter à nouveau à Rusty Sabich, comme si une fois ne lui avait pas suffi. Il était à présent de notoriété publique que l'affaire Sabich avait été le résultat d'un jugement un peu hâtif, de la part du PA de l'époque, son ami Nico Della Guardia, dont l'inculpation de Rusty avait été la première décision, au lendemain de son élection. Tommy n'avait eu d'autre choix que de suivre le mouvement. Il n'était nullement responsable des décisions qui en avaient découlé et avaient été prises en dépit du bon sens, quoique sans véritable malveillance.

Cette interprétation arrangeait tout le monde. Après avoir été démis de ses fonctions de *prosecuting attorney*, Nico avait déménagé en Floride où il avait ratissé des milliards dans les litiges provoqués par la législation sur le tabac. Il s'était offert une île, au large de la côte Sud, où il invitait Tommy et Dominga au moins deux fois l'an.

Molto et Sabich avaient tous deux repris pied sur la terre ferme, après ce naufrage. Pour eux, la vie avait repris ses droits et retrouvé son cours normal. En fait, c'était Rusty, nommé entre-temps PA par intérim, qui avait réintégré Tommy dans ses fonctions, ce qui revenait à reconnaître implicitement que la théorie de la manipulation de preuves ne tenait pas la route. Ces temps-ci, chaque fois qu'ils se croisaient, ils se saluaient avec la cordialité un peu guindée que leur imposaient leurs positions respectives – mais pas seulement. Peut-être aurait-on pu y déceler aussi la solidarité de deux rescapés qui ont survécu au même cataclysme. Ils étaient comme des frères qui ne parvenaient pas à s'entendre mais sortaient du même moule et porteraient à jamais les stigmates de leurs origines.

— La mort aurait été provoquée par un arrêt cardiaque, résultant d'une arythmie et d'une possible hypertension, poursuivit Brand.

— Et alors ? En quoi ça nous intéresse ?

— C'est mot pour mot ce qu'a dit Sabich. Qu'elle avait des problèmes d'arythmie cardiaque et d'hypertension artérielle. C'est exactement ce qu'il a dit aux flics. Comment il a pu deviner ça ?

— Attends, Jim – il y avait des antécédents familiaux, du côté de sa femme, il me semble.

— Ouais, c'est ce qu'il a dit. Que son beau-père était mort de la même façon. Mais qu'est-ce qu'il en savait ? Elle aurait pu faire un infarctus, un accident vasculaire cérébral, n'importe quoi. Non, lui, il conclut aussi sec à l'arrêt cardiaque.

— Fais voir, dit Molto.

Le PA allongeait la main vers le rapport quand il décida qu'il valait peut-être mieux commencer par fermer la porte. Depuis le seuil de son bureau, il jeta un coup d'œil dans le couloir sombre, au-delà de l'antichambre où travaillaient ses deux secrétaires. Il allait falloir faire quelque chose pour la sécurité, à cet étage – encore un truc qui le turlupinait, jour après jour. Depuis les trente ans qu'avait duré la carrière de Tommy (auxquels il fallait ajouter un bon quart de siècle), le service du PA siégeait dans un immeuble sinistre du centre administratif du comté. Il y régnait une lumière chiche qui avait la couleur pisseuse d'un vieux vernis, et, ces dernières années, tout le bâtiment était devenu dangereux : on y piétinait des câbles électriques passés dans des gaines en plastique qui ondulaient dans les couloirs, tels des chapelets de saucisses échappés de la boucherie la plus proche. Les fenêtres à guillotine, incommodes et bruyantes, restaient la seule source efficace de climatisation.

Tommy revint s'installer dans son fauteuil et se plongea dans le rapport d'autopsie. C'était là, écrit noir sur blanc : « Mort par arrêt cardiaque, survenue à la faveur d'un terrain d'hypertension. » Elle avait un terrain familial d'hypertension artérielle et d'insuffisance cardiaque. Elle était morte dans son sommeil, sans doute à la suite d'un brusque accès grippal qui avait provoqué une poussée de fièvre. Le médecin légiste avait conclu à une mort naturelle, compte tenu des antécédents médicaux de la défunte. Pour tout commentaire, Tommy continua à secouer la tête.

— Elle pesait cinquante-cinq kilos, cette bonne femme, reprit Brand. Pour un mètre soixante-cinq. Elle passait son temps à faire de la gym. On lui donnait à peine la moitié de son âge.

— Jimmy. Dix dollars que si elle faisait tout ça, c'était justement parce que, dans sa famille, personne ne dépassait les soixante-cinq balais. Tu peux pas lutter contre tes gènes. Et les analyses de sang ?

— Ils ont fait un bilan immunologique complet, ainsi que les tests toxicologiques standard.

— Et ils n'ont rien trouvé ?

— Oh, que si ! C'était une vraie pharmacie ambulante. Mais les analyses n'ont permis de dépister que des produits qu'elle prenait sous prescription médicale. Les somnifères qu'elle s'envoyait chaque soir, et tout un tas de saloperies, pour sa psychose maniaco-dépressive.

Le regard de Molto croisa celui de son premier adjoint.

— Tout un tas de saloperies susceptibles de provoquer des arrêts cardiaques, à vue de nez ?

— Pas aux doses prescrites – enfin, en principe. Mais c'est délicat de faire des dosages *post-mortem*, dans le flux sanguin.

— Nous avons donc un contexte médical à peu près cohérent. Si elle n'est pas morte de causes naturelles – une chance sur cinquante, grand maximum –, c'est qu'elle a dépassé la dose prescrite, par mégarde. Accidentellement.

Brand fit la moue. Il n'avait rien à ajouter, mais ça le laissait visiblement sur sa faim.

— Et lui, pourquoi il est resté vingt-quatre heures à se tourner les pouces ? demanda-t-il.

Tout comme un bon flic, un bon procureur pouvait parfois bâtir un dossier sur un seul détail suspect. Brand avait peut-être mis le doigt sur quelque chose. Mais ils n'avaient aucune preuve.

— Nous n'avons rien de tangible, riposta Molto. Dans un peu plus de trois mois, Sabich siégera à la

Cour suprême de l'État. Il se prononcera sur chacune des inculpations que nous décrocherons. S'il veut nous pourrir la vie, il n'aura qu'à se baisser.

Tout en discutant avec son premier adjoint, Tommy prenait peu à peu conscience de ce qui se jouait. Pour Brand, Rusty Sabich ne représentait rien. Le problème, c'était ce que Sabich était pour lui. Deux décennies plus tôt, pour pouvoir récupérer son job, Molto avait dû reconnaître qu'il avait pris quelques libertés avec les procédures de manipulation des preuves en vigueur dans le service, lors du procès de Rusty. Il avait écopé d'une punition minimale et avait dû renoncer à ses arriérés de salaire, pour l'année où il avait été mis à pied, pendant l'enquête consécutive au procès.

Mais, au fil des années, ces aveux étaient devenus une vraie casserole, pour Tommy. Plus de la moitié des juges de la Cour suprême de Kindle County étaient actuellement d'ex-procureurs adjoints. Ils avaient tous travaillé avec lui et savaient à quoi s'en tenir sur son compte. Tommy était un type fiable et compétent, parfaitement prévisible, fort d'une solide expérience qui compensait largement son manque de brio. L'administration du comté avait été enchantée de lui confier temporairement la direction du service, à la suite du départ de Moses Appleby, le PA élu, qu'une tumeur au cerveau inopérable avait contraint à démissionner, dix jours seulement après sa prise de fonction. Mais jamais le comité central du Parti démocrate n'aurait soutenu la candidature de Tommy pour ce poste, pas plus que pour le siège de juge qu'il convoitait – car, maintenant qu'il devait bâtir une famille, Tommy visait la sécurité qu'un tel poste lui aurait garantie, à long terme. Les électeurs n'avaient pas le sens de la nuance et l'intégralité du « ticket[1] » risquait de se trouver compromise, si un adversaire s'avisait de tirer à boulets rouges sur

1. C'est-à-dire la totalité des candidats qui se présentaient sur la même liste.

Tommy, en rappelant cette vieille bourde, depuis longtemps confessée. S'il avait pu se prévaloir de l'autorité d'un Rusty Sabich et de sa sulfureuse notoriété, peut-être aurait-il surmonté ce handicap. Mais il était de ceux qu'on soupçonne plus facilement du pire que du meilleur. En un sens, Brand avait donc raison : pour Molto, le seul moyen de se racheter serait de frapper un grand coup, en prouvant définitivement que Sabich était le vrai méchant. Seul un tel coup d'éclat pouvait faire oublier sa faute. Ensuite, nul ne se soucierait plus de savoir s'il avait ou non bousculé le protocole.

Mais la manœuvre était périlleuse, et il doutait que le jeu en vaille la chandelle. Pendant des années, le poste qu'il occupait à présent avait relevé pour lui de l'inaccessible, comme tant d'autres rêves. Mais, à présent, il avait pris goût à l'aisance que donne l'orgueil du travail bien fait – sans compter qu'à son poste il aurait toutes les occasions imaginables de réparer les accrocs qu'avait subis sa réputation. Dans deux ans, quand un nouveau *prosecuting attorney* serait élu, Tommy avait de bonnes chances de pouvoir ressortir sa cape de chevalier blanc, pour se trouver une bonne place dans le privé, avec un salaire *ad hoc*. À la tête d'un service de sécurité, par exemple. Mais si on découvrait qu'il avait profité de sa position pour tenter d'assouvir des rancunes personnelles, il pouvait faire une croix dessus.

— Regardons les choses en face, Jimmy. Je ne peux pas m'offrir le luxe de prendre une seconde veste, face à Rusty Sabich. J'ai un fils d'un an. À mon âge, les autres ne pensent plus qu'à raccrocher. Alors que, moi, je dois encore assurer mon avenir. Je ne peux pas courir le risque de replonger.

Cette nouvelle position qu'il occupait dans la chaîne alimentaire avait parfois quelque chose de grisant. Il n'avait jamais joué des coudes, ni pris le tour de quelqu'un d'autre, pour s'assurer une tranche de ce pouvoir qui lui avait tant manqué jusqu'ici. Il n'avait rien de ces types affligés d'un ego démesuré qui s'imaginaient pouvoir défier impunément le temps lui-même.

Mais, à présent, la mine déçue de Brand en disait plus long que tout un discours. Ça n'était pas digne de lui, ce qu'il venait d'entendre – ces calculs mesquins, ce souci de ses petits intérêts. Ce n'était pas le Molto qu'il connaissait. Tommy en eut le cœur serré.

— Putain... Qu'est-ce que tu veux au juste ?

— Laissez-moi seulement y jeter un coup d'œil, Boss, fit Brand. Comme ça, de mon côté. Juste pour vérifier. Rien ne filtrera.

— C'est avec ma vie que tu joues, là, Jimmy. S'il y a la moindre fuite et qu'on se retrouve les mains vides face à Sabich, surtout avant les élections, tu peux préparer ma notice nécrologique. Tu piges ça ?

Levant sa grosse paluche carrée, Brand posa l'index sur ses lèvres.

— Motus et bouche cousue !

— Putain..., répéta Tommy.

L'ANNIVERSAIRE DE RUSTY (19/03/2007) — LA MORT DE BARBARA (29/09/2008) — L'ÉLECTION (04/11/2008)

5.

Rusty, 19 mars 2007

Juste avant notre arrivée, il y a trente ans, une banlieue aisée s'est développée autour de l'ancien port du ferry, à Nearing. Le soir, le bus me laisse à deux pas de la pharmacie où je passe prendre les médicaments de Barbara, plusieurs fois par semaine. En 1986, quelques mois après mon procès et pour des raisons que nous sommes seuls à pouvoir comprendre, nous nous sommes séparés, Barbara et moi, et nous aurions sans doute divorcé si ses médecins ne lui avaient diagnostiqué, à la suite d'une tentative de suicide, des troubles bipolaires maniaco-dépressifs. À mes yeux, sa maladie avait fini par devenir une excuse suffisante pour revenir sur ma décision. Après le choc du procès, après ces mois de dégringolade dont je ne voyais pas le bout, après ces nuits de ruminations furibardes contre ces collègues et ces amis qui m'avaient lâchement laissé tomber, ou ne m'avaient soutenu que du bout des lèvres – quand ils n'avaient pas carrément témoigné contre moi... –, lorsque tout ça s'est enfin calmé, je n'avais plus qu'une envie, retrouver le rythme paisible de ma vie d'avant, qui m'avait tant manqué depuis le premier jour de ce cauchemar. À vrai dire, je ne me sentais pas la force de tout reprendre de zéro. Ni de laisser mon fils, un enfant de huit ans qui n'était déjà que trop fragile, devenir une victime de plus, dans ce drame absurde. Nat et Barbara sont donc revenus de Detroit où elle avait été prof de maths à Wayne State. Je n'avais mis qu'une seule condition à leur retour : que Barbara suive scrupuleusement son traitement.

Son humeur restait difficile à stabiliser, mais dans ses bons jours, et, surtout pendant la période qui a suivi leur retour, je l'ai trouvée nettement moins revêche et même agréable à vivre. Mais ses obsessions de maniaque lui manquaient. Son traitement lui ôtait la concentration et l'énergie nécessaires à ces longues séances de travail informatique où elle poursuivait, parfois des journées entières, quelque insaisissable théorie mathématique, comme un beagle haletant sur la trace d'un renard. Au bout d'un certain nombre d'années, elle a complètement renoncé à sa carrière, ce qui l'a rendue de plus en plus grincheuse. Et, ces temps-ci, elle se compare à un rat de laboratoire prêt à se jeter sur tout ce que lui propose la pharmacopée psychiatrique moderne, pour tenter de se ressaisir. En période faste, elle avale chaque jour une bonne poignée de pilules : Segretol, Seroquel, Lamictal, Topamax. Quand elle se sent un peu de vague à l'âme (un doux euphémisme, dans son cas), elle passe à la vitesse supérieure : Asendrin ou Tofranil. Ces produits la laissent groggy, somnolente, avec des pupilles plus dilatées que si on les lui avait forées à la perceuse, ce qui l'oblige à porter des lunettes noires, même dans la maison. Et dans ses périodes les plus sombres, elle va jusqu'à la phénelzine, un antipsychotique qui semble la protéger du pire et tenir l'abîme à distance prudente. Le produit n'est certes pas dénué de risques, mais ses avantages les compensent largement. En ce moment, elle doit absorber en permanence de quinze à vingt médicaments, y compris les somnifères qu'elle prend chaque soir et les pilules qui contrôlent sa tendance à l'hypertension et son arythmie cardiaque héréditaire. Pour se réapprovisionner, elle passe ses commandes *via* Internet à la pharmacie du quartier, où je vais les lui chercher, deux ou trois fois par semaine, à mon retour du tribunal.

Chez nous, les dîners d'anniversaire sont des affaires rapidement expédiées. Barbara est pourtant bonne cuisinière. Elle a préparé trois délicieux tournedos, mais on dirait que nous avons dilapidé notre stock d'entrain à la réception du tribunal. Mon fils Nat, qui semblait bien parti, à une époque, pour s'incruster sous le toit familial, n'y revient plus qu'avec réticence, ces temps-ci, et s'enferme pendant tout le repas dans son mutisme habituel. Dès les hors-d'œuvre, il devient manifeste que notre principal objectif, à tous trois, est de nous débarrasser au plus vite de cette corvée pour pouvoir dire que nous avons dîné ensemble, en ce jour mémorable, avant de se retirer chacun dans nos appartements. Nat va filer chez lui préparer ses cours de droit du lendemain, tandis que sa mère battra en retraite vers l'abri de son bureau et de son cher Internet. Quant à moi, anniversaire ou pas, je vais devoir brancher mon disque dur externe et relire quelques brouillons de décisions.

Mais entre-temps, conformément à ce rôle qui me revient de droit dans la famille, je m'efforce d'animer un peu la conversation. Ma rencontre avec Harnason est assez surprenante, à défaut d'autre chose, pour mériter d'être racontée.

— L'empoisonneur ? demande Barbara, en reconnaissant le nom.

Dès que je parle travail, elle ne m'écoute que d'une oreille, mais on ne sait jamais ce que Barbara Bernstein Sabich entend, ni ce qu'elle en retiendra. Sur ce chapitre, elle est une effrayante réplique (en nettement plus stylée) de ma propre mère, qui avait pris le pli dans ses dernières années, après le départ de mon père, de noter ses idées sur des centaines de petites fiches qu'elle classait dans une boîte, sur la vieille table de notre salle à manger. Elle compensait son agoraphobie en téléphonant plus souvent qu'à son tour aux émissions de talk-shows, à la radio – une façon comme une autre d'échapper à ses quatre murs.

Ma femme déteste sortir, elle aussi. Elle peut surfer sur le Net cinq ou six heures par jour, en écumant tout ce qui passe à sa portée – recettes de cuisine, gestion de notre portefeuille d'actions, articles de presse, papiers de ses collègues mathématiciens, sites de jeux ou d'achats en ligne. Rien au monde ne la rassure tant que cet océan d'informations qu'elle a toujours à portée de main.

— Oui. Il se trouve que j'avais inculpé ce type, il y a des années. Un avocat homo. Véreux. Il se sucrait sur les gains de ses clients.

— Et qu'est-ce qu'il te voulait ?

Je hausse les épaules, mais le seul fait d'évoquer l'affaire Harnason me fait prendre conscience d'un regret qui n'a fait que croître et embellir au fil des heures et que je rechigne à avouer, fût-ce à ma propre femme et à mon fils : je m'en veux toujours d'avoir envoyé cet homme moisir en taule pour de si mauvaises raisons. Et ce qu'il insinuait ne m'apparaît à présent que trop clairement. Si je ne l'avais pas inculpé à cause de ces préjugés dont je rougirais à présent, si je n'avais pas brisé sa carrière en le marquant du sceau d'infamie, sa vie aurait pris un tout autre tour. Il aurait eu trop à perdre, trop d'estime de soi et de contrôle sur ses actes pour se laisser aller à commettre un meurtre. C'est moi qui l'ai condamné à ce cycle infernal. Les implications morales de cet argument me réduisent un bon moment au silence.

— Et alors, qu'est-ce que tu comptes faire ? Te récuser ? demande Nat.

Refuser de me prononcer sur l'affaire, veut-il dire. Nat a vécu avec nous pendant toutes ses années de fac, et, à l'époque, il s'abstenait généralement d'intervenir dans nos discussions. Il se contentait d'un rôle périphérique, celui du commentateur de match, donnant son avis sur la forme plutôt que sur le fond : « Bien jeté, p'pa ! » ou « Vas-y, maman, dis-nous ce que t'en penses… », avec l'intention délibérée de nous empêcher l'un comme l'autre de rompre l'équilibre délicat de notre relation. J'ai longtemps craint que ce rôle de médiateur qu'il a joué à un âge si tendre ait contribué à le déstabiliser. Mais ces derniers temps, mon fils n'hésite plus à m'affronter sur le terrain juridique, et nous engageons de vrais débats de fond qui lui fournissent d'excellentes occasions d'aiguiser son esprit critique.

— Trop tard, dis-je. J'ai déjà voté. Le seul point d'interrogation, c'est le parti que prendra George Mason. De toute façon, Harnason n'a pas essayé d'amener la discussion sur les principaux arguments de son appel.

L'autre problème, si je décidais de me récuser maintenant, c'est que bon nombre de mes collègues du tribunal me soupçonneraient de vouloir revenir sur mon vote pour ménager mes électeurs – un juge qui s'avise de réformer un verdict de meurtre ne s'attire généralement pas les faveurs de l'opinion publique.

— Eh bien, tu n'as pas eu le temps de t'ennuyer, cet après-midi, dit Barbara.

— Attends, ça n'est pas fini…

Ces mots me rappellent le baiser d'Anna. Craignant de rougir jusqu'aux oreilles, je m'empresse d'enchaîner sur mon rendez-vous avec Raymond.

— Koll propose de se retirer des primaires.

« Koll », c'est N. J. Koll, un génie du droit, doublé d'un abruti de première, avec qui j'ai siégé quelques années à la cour d'appel. À ma connaissance, N. J. sera mon seul opposant aux primaires, en février prochain. Comme c'est moi qui ai l'investiture du parti, je ne donne pas cher de ses chances, mais ça exigera un énorme investissement en temps et en argent, pendant toute l'année prochaine. Les républicains n'ayant pas jugé bon, jusqu'à présent, de présenter un candidat à Kindle County, cet imprenable bastion du Parti démocrate, le retrait de Koll équivaudrait pour moi à une victoire, pour ce que les médias surnomment ouvertement le « siège de l'homme blanc » à la Cour suprême de l'État – par opposition aux deux autres sièges du comté, traditionnellement occupés par une femme et un Afro-Américain.

— Génial, s'enthousiasme ma femme. Beau cadeau d'anniversaire.

— Trop beau pour être vrai. Il n'accepte de se retirer qu'en échange de mon soutien à sa candidature à la cour d'appel, au poste de juge principal.

— Et alors ? demande Barbara.

— Je ne peux pas faire ça à George, ni à nos collègues.

À mon arrivée, il y a une douzaine d'années, la cour d'appel de Kindle County était une véritable maison de retraite pour de vieux piliers du parti, un peu trop enclins à prêter l'oreille aux pires suggestions. Mais j'y ai mis un bon ordre, en ma qualité de juge principal, et la cour d'appel du Troisième District peut à présent se targuer de ne réunir que des juges intègres et des juristes triés sur le volet dont certaines décisions sont citées dans les manuels et reprises par d'autres cours dans tout le pays. Koll et ses bouffonneries auraient tôt fait de réduire à néant ces années d'efforts.

— George ne s'en formalisera pas, réplique Barbara. Il sait ce que c'est, la politique. Et c'est ton ami. Il comprendra.

— Ce qu'il comprend surtout, c'est que le poste doit lui revenir. Si j'aide Koll à le lui souffler, tous les autres juges d'appel m'accuseront de les avoir poignardés dans le dos.

Mon fils a suivi les cours de Koll, à l'école de droit d'Easton, dont N. J. est l'un des enseignants les plus en vue, et il m'appuie sur ce point :

— Il lui manque une case, à ce connard, dit-il.

— S'il te plaît... ! proteste sa mère, qui tient à préserver un semblant de convenances à la table familiale.

Avec le tact qui le caractérise, N. J. a même assorti son offre d'une menace : en cas de refus de ma part, il passera à l'ennemi et deviendra le candidat républicain aux élections générales de novembre 2008. Ses chances n'en seront guère accrues, mais ça lui permettra d'accentuer sa pression sur moi, pour me faire payer au prix fort ma réticence.

— Ça veut dire quoi, ça ? Que tu vas devoir faire campagne ? s'exclame Barbara, avec un coup d'œil incrédule.

— À moins que Koll ne bluffe. Reste à espérer qu'il finisse par reculer devant l'énormité de l'investissement.

Elle secoue la tête.

— C'est un vrai chameau, ce type. Il va se présenter, rien que par dépit.

Malgré la distance qu'elle maintient entre elle et mon univers, ma femme a un œil de lynx et, une fois de plus, elle a vu juste. Je n'aurais pas mieux dit, et je ne peux qu'approuver – ce qui conclut temporairement notre conversation.

Barbara a rapporté du tribunal ce qui restait de l'énorme gâteau d'anniversaire préparé par Anna, mais nous nous remettons à peine, tous trois, du choc d'hyperglycémie que nous a fait frôler le cake à la carotte. Nous sortons de table et, après la corvée de vaisselle, nous nous écroulons, Nat et moi, devant un match des Trappers. Les seuls moments de paix que je partageais avec mon père, en dehors de la boulangerie familiale où j'ai travaillé dès mes six ans, c'étaient ces quelques minutes de répit qu'il s'offrait, une ou deux fois par semaine, le temps de descendre une bière devant un match de base-ball. Il aimait ce sport avec la ferveur des immigrants nouvellement débarqués, et, à chaque match, je recueillais précieusement ses commentaires. Mon fils avait pourtant commencé par briller sur le terrain, à l'école, mais, quelques années plus tard, il a échoué aux tests de passage dans l'équipe junior et a perdu tout intérêt pour ce sport. Mais, fossé des générations ou pas, Nat laisse rarement passer l'occasion de regarder quelques minutes d'un match en ma compagnie.

En dehors de nos considérations affligées sur ces éternels perdants et de nos débats juridiques, nous parlons peu, mon fils et moi. Sa mère persiste à le harceler quotidiennement au téléphone, mais Nat s'arrange pour limiter ses coups de fils à moins d'une minute. Je fais tout de même l'effort de prendre de ses nouvelles et de sonder ses états d'âme, car m'en dispenser reviendrait à violer ce contrat tacite qui nous lie sur un plan essentiel, même si je sais d'avance qu'il esquivera toutes mes questions.

— Alors, cet article ?

Il vise un poste d'enseignant et prépare un papier pour l'*Easton Law Review* sur la psycholinguistique appliquée aux instructions données aux jurys. J'en ai déjà lu deux brouillons successifs, mais je n'irai pas jusqu'à prétendre y comprendre quelque chose...

— Presque fini. Je le rends ce mois-ci.

— Formidable !

Il se contente de hocher la tête, par mesure d'économie.

— Ça t'embêterait si j'allais le terminer au bungalow, ce week-end ? me demande-t-il, parlant de la petite maison de campagne que nous avons à Skageon. J'ai envie de me mettre un peu au vert pour relire tout ça, tranquille.

La question serait éminemment déplacée de ma part, mais je suis pratiquement sûr qu'il partira, comme d'habitude, en compagnie de son meilleur ami : lui-même.

Après deux jeux perdus par les Trappers dans la neuvième, Nat jette l'éponge. De loin, il souhaite le bonsoir à sa mère, à présent rivée à son écran. Elle ne prend même pas la peine de répondre. Je referme derrière lui. Je vais chercher mon attaché-case. Nous avons retrouvé notre mode normal de fonctionnement, Barbara et moi. Plus un bruit. Ni télé ni lave-vaisselle. Silence.

Déconnexion totale. Elle s'est retirée dans son monde, et moi, dans le mien. On ne pourrait même plus capter la moindre onde radio en provenance des confins de l'univers. C'est pourtant ce que je choisis de vivre, jour après jour, en tâchant de me persuader que c'est ce que je veux.

Je transfère les fichiers de mon disque dur externe sur mon ordinateur, installé dans mon petit bureau au premier étage, et j'annote des brouillons de textes avant de consulter mes e-mails, parmi lesquels plusieurs messages de vœux pour mon anniversaire. Vers les 23 heures, comme je me glisse à pas de loup dans la chambre conjugale, je trouve ma femme bien réveillée. Elle m'a attendu. C'est mon anniversaire, après tout…

J'ai toujours soupçonné que les pratiques sexuelles des vieux couples pouvaient être bien plus variées – et donc, *a priori*, plus intéressantes – que celles d'amants d'un soir qui se rencontrent dans les bars pour célibataires. À en croire les commentaires de certains de nos amis, le sexe est largement passé au second plan, dans leur couple. Mais, pour nous, c'est loin d'être le cas. Nous avons gardé une vie sexuelle des plus actives – sans doute pour compenser un peu nos failles sur d'autres plans. Mon épouse a toujours été une femme superbe et sa beauté paraît encore plus saisissante et plus rare, maintenant que tant de ses contemporaines semblent capituler devant les années. Elle a laissé ses boucles brunes se strier de quelques fils gris et pourrait presque se passer de maquillage, malgré l'âge qui lui décolore le teint. Elle est restée fine et délicate, avec des traits précis. Chaque jour ou presque, elle fait deux heures de gym sur les appareils que nous avons installés au sous-sol, une saine habitude destinée à combattre cette tendance à l'hypertension et aux troubles cardio-vasculaires qui a fait des ravages dans sa famille. Sans compter que ces exercices réguliers ont eu l'avantage de lui conserver une silhouette de jeunette. Quand j'arrive quelque part avec elle, je ressens toujours ce petit sursaut d'orgueil du mâle qui débarque au bras d'une femme séduisante, et j'aime toujours la voir dans mon lit quand nous faisons l'amour, deux ou trois fois par semaine. Nous communions dans nos souvenirs. Nous fusionnons. La plupart du temps, nos ébats restent assez convenus, mais n'en va-t-il pas de même pour l'essentiel de notre vie quotidienne, dans ce qu'elle a de meilleur – quand on se retrouve en famille, autour de la table, ou dans un bar, entre amis.

Mais, ce soir, ce n'est pas le repos du guerrier qui m'attend. À peine ai-je fait deux pas dans la chambre que je comprends mon erreur. C'est pour une tout autre raison que Barbara est restée éveillée. La colère lui durcit les traits, les yeux, la mâchoire, comme si elle portait soudain un masque de fer.

— Il y a un problème ? lui lancé-je – question simple, mais jamais sans risque, avec Barbara.

Elle s'agite sous les couvertures.

— Tu aurais quand même pu m'en parler plus tôt, attaque-t-elle.

Je ne saisis pas jusqu'à ce qu'elle précise :

— Pour Koll.

J'en reste bouche bée.

— Pour Koll ?

— Parce que tu croyais que je n'étais pas concernée ? Tu décides de m'infliger des mois et des mois de campagne, sans même prendre la peine de me demander mon avis ? Tu crois que je pourrai encore entrer dans une épicerie après une séance de gym, les cheveux collés sur le crâne et parfumée à la vieille chaussette ?

D'autant qu'elle fait la plupart de nos courses sur Internet ! Mais je m'abstiens d'argumenter.

— Pourquoi pas ?

— Parce que mon mari m'en ferait toute une histoire. Surtout si un journaliste s'avise de me mettre un micro sous le nez ou de me prendre en photo.

— Personne ne va te prendre en photo, Barbara.

— Dès que tes spots commenceront à passer à la télé, tout le monde m'aura à l'œil. La femme d'un candidat à la Cour suprême ! C'est pire que d'être femme de ministre. C'était déjà assez assommant que tu sois juge principal, mais, maintenant, je vais carrément devoir me faire le physique du rôle !

Pendant des décennies, j'ai essayé de la raisonner. Aucun argument ne peut calmer ses angoisses. Cette dernière remarque me laisse perplexe – le physique du rôle ? Voilà un point que nous n'atteignons qu'exceptionnellement, celui où nous discutons ouvertement des termes de l'accord sur lequel nous avons repris la vie commune. Nat était notre priorité, à l'un comme à l'autre. Après le retour de Barbara, je me suis cru autorisé à reconstruire ma vie et ma carrière de mon mieux, sans avoir de comptes à lui rendre. Mais, considérant cela comme un droit fondamental, et la situation comme moralement équitable, je prends rarement la peine de réexaminer les choses de son point de vue. Pour elle, l'existence n'est qu'une longue corvée, qu'elle doit assumer par obligation ou par pur conformisme, en épouse modèle, avec le secours de la pharmacologie moderne.

— Désolé, lui dis-je. C'est vrai, j'aurais dû t'en informer plus tôt...

— Tu parles ! Ça ne t'a même pas effleuré !

— Je t'ai présenté mes excuses, Barbara.

— Non. Quelles qu'en soient les conséquences pour moi et quoi que je puisse en penser, il n'est tout simplement pas question que tu laisses à N. J. le siège de juge principal !

— Barbara, je ne peux tout de même pas me demander si ma femme n'est pas trop... (Je cherche ostensiblement le terme adéquat et nous savons l'un comme l'autre lesquels j'ai dû écarter : dingue, dérangée, dépressive)... allergique à la publicité chaque fois que je dois prendre une décision professionnelle d'une telle importance. N. J. serait une calamité, comme juge principal. Je ne calcule rien en fonction de mon propre intérêt, ce n'est pas pour faire passer le tien avant tout le reste…

— Ah, j'oubliais, saint Rusty, le dragon de vertu ! Faut toujours que tu t'infliges un vrai parcours du combattant, avant de parvenir à tes fins ! Ah ! Tu me rendras dingue !

Tu l'es déjà, ai-je failli rétorquer. Mais je me retiens toujours, quoique d'extrême justesse. Maintenant, elle va piquer sa crise, et je vais devoir l'écouter récriminer à jets continus, en me répétant comme un mantra : « Elle est malade, tu le sais, qu'elle est malade, et qu'il n'y a rien à faire. »

Et c'est exactement ça. Elle se met dans une fureur noire, qui grandit d'instant en instant. Je prends une chaise et je m'assieds, sans répliquer. Je me borne à répéter son nom, de temps à autre : Barbara… Barbara… Elle s'est levée et marche dans la chambre, tel un boxeur arpentant le ring, les poings serrés, mais, au lieu de coups, elle m'assomme d'imprécations et de reproches. Je reste froid, l'esprit vacant, absorbé en moi-même, sans réaction. Au bout d'un certain temps, je vais chercher sa Stelazine, dans l'armoire à pharmacie. Je lui montre le comprimé, avant de le poser sur sa table de nuit, et j'attends de voir si elle acceptera de le prendre avant d'entamer la phase finale, la plus dévastatrice, qui consiste à mettre en pièces un objet auquel je tiens. Jusqu'ici, elle a déjà cassé sous mon nez le service de cristal que m'avait offert l'association du barreau lors de ma nomination comme juge principal, elle a fait brûler mon pantalon de smoking avec l'allume-gaz du barbecue et a balancé dans les toilettes deux magnifiques havanes, offerts par le juge Doyle. Cc soir, elle s'attaque au cadeau de George. Elle sort la robe et, armée de ciseaux à ongles, découpe les épaulettes.

— Barbara… ! protesté-je, sans faire un geste pour l'arrêter.

Mon cri ou la violence de son acte l'a fait hésiter. Elle recule d'un pas, puis va prendre le comprimé sur sa table de nuit et l'avale. Dans une demi-heure, elle va sombrer dans un sommeil semi-comateux qui durera jusqu'une bonne partie du lendemain. Elle ne me fera aucune excuse, et, dans deux ou trois jours, nous en serons revenus à notre *statu quo* de base. Distants. Sur nos gardes. Déconnectés. Jusqu'à la prochaine fois.

Je bats en retraite vers le sofa de mon bureau. Derrière, je cache un oreiller et des couvertures, pour ce genre d'occasion. Les crises de rage de Barbara me secouent toujours, jusqu'à ce que je finisse, tôt ou tard, par me remémorer le crime commis vingt et un ans plus tôt, comme à travers un tunnel de l'espace-temps, en me demandant par quelle folie j'ai pu me persuader que nous pourrions reprendre la vie commune, comme si de rien n'était.

Je vais me servir un scotch dans la cuisine. Au début de ma carrière, je ne touchais pas à l'alcool. À présent j'en abuse. Rarement au point d'avoir un coup dans l'aile, mais je ne me couche presque jamais sans sacrifier au rituel anesthésiant de l'alcool. Je vais me soulager une dernière fois aux toilettes et je m'y attarde un moment. Certains soirs, la lune vient s'encadrer dans le vasistas... Là, dans cette lueur magique, le souvenir d'Anna affleure et s'impose à mon esprit, comme une mélodie familière. Je repense à cette réflexion de Barbara, sur les parcours du combattant que je m'infligeais, avant de parvenir à mes fins... Et, presque en représailles, je m'abandonne à cette grisante sensation – plus seulement à l'image d'Anna entre mes bras, mais à la joie, à la libération que ce serait, de pouvoir enfin m'échapper de cette prison dans laquelle ma vie s'étiole depuis tant d'années.

Je laisse s'écouler encore un long moment avant de réintégrer la réalité, et puis, ma raison l'emportant sur mes sens, je me soumets à un véritable réquisitoire. La Déclaration d'indépendance nous reconnaît certes le droit de poursuivre le bonheur, sans pour autant nous garantir de le trouver. Des enfants meurent au Darfour. En Amérique, des hommes creusent des fossés toute leur vie. J'ai du pouvoir, un travail passionnant, un fils intelligent et affectueux, trois bons repas par jour assurés, et une maison équipée de l'air conditionné. Qu'est-ce que je veux de plus ?

Je vais remplir mon verre à la cuisine, avant de m'installer sur le canapé. L'alcool commence à faire son effet. Je me laisse sombrer dans le sommeil. Et ainsi se termine cette journée, si représentative des soixante années que je viens de passer sur Terre, avec le souvenir des lèvres d'Anna frôlant les miennes et, dans ma tête, tournant en boucle, les éternelles questions…

Trouverai-je un jour le bonheur ? Puis-je me résigner à mourir sans avoir au moins essayé ?

La relation d'un juge et de son assistant est sans équivalent dans le monde juridique actuel. L'assistant d'un juge est engagé dans une sorte de contrat d'apprentissage. Ils m'arrivent bruts de décoffrage et j'ai deux ans pour leur inculquer rien de moins que la logique de la loi. Il y a trente-cinq ans, j'ai moi-même été l'assistant du premier président de la Cour suprême de l'État, Philip Goldenstein. Comme la plupart des assistants, je lui voue toujours la plus profonde vénération. Le juge Goldenstein était de ces hommes que leur foi ardente en l'humanité appelle à embrasser la vie publique, ces idéalistes convaincus que toute âme humaine recèle du bien et que leur travail de juge (ou d'homme politique) consiste principalement à ramener au grand jour ce noyau vertueux. Ce genre de conviction me paraît relever d'une autre époque et, au risque de paraître cynique, je ne l'ai jamais partagée. Mais ça ne m'a pas empêché d'apprécier l'expérience et de la trouver enrichissante, sans compter que Philip fut le premier à me prédire un brillant avenir, dans la profession. Pour moi, la loi était un palais de lumière dont l'éclat finirait par me faire oublier l'obscurité oppressante de la maison paternelle. Trouver place dans ce royaume, c'était pour moi une véritable libération. La preuve que mon âme avait réussi à s'échapper de la prison exiguë à laquelle j'avais toujours craint d'être destiné.

Je doute d'avoir réussi à suivre le noble exemple du juge Goldenstein, avec mes propres assistants. Mon père n'a jamais été pour moi un modèle de douceur ni de bonté. Je dois être en permanence sur le qui-vive, et pécher trop souvent par manque de simplicité et de spontanéité. Mais les assistants d'un juge sont ses héritiers dans la loi et je suis resté très attaché à la plupart des miens. Les sept qui assistaient à la petite fête organisée par Anna, ce vendredi soir, comptent parmi ceux que j'apprécie le plus et ils ont tous prospéré dans la profession. Ils se joignent au reste de l'équipe pour former une joyeuse tablée d'une quinzaine de personnes, dans l'arrière-salle du Matchbook. Nous avons tous un peu forcé sur la bouteille et gentiment chambré Anna, ses régimes successifs, ses lamentations sur son célibat forcé, les cigarettes qu'elle subtilise à droite et à gauche, l'air de ne pas y toucher – et ce don qu'elle a de faire du tailleur le plus strict une tenue confortable et détendue. L'un des convives lui a même offert une paire de pantoufles, qu'elle pourra porter en douce dans son futur bureau.

Après la fête, elle me ramène en voiture au tribunal, comme prévu. Je dois y récupérer mon attaché-case, et elle, ses derniers cartons, puis elle me déposera à l'arrêt du bus. En fait, il se trouve que nous avons tous deux préparé un petit cadeau. Je m'assieds sur mon vieux canapé dont le cuir craquelé me fait toujours penser à mes propres rides, pour ouvrir mon paquet. Il contient une petite balance symbolique sur laquelle Anna a fait graver :

Pour notre bien-aimé chef, avec toute ma gratitude.
Affectueusement,
Anna.

— Ravissant, lui dis-je, quand elle vient s'asseoir près de moi avec le petit cadeau que je lui ai remis.

Proximité. Distance. Ce ne sont pas que de mots. Dans la rue, nous marchons toujours plus près des gens que nous aimons. Au cours de ces derniers mois, la distance professionnelle qui nous séparait, Anna et moi, a fondu. Quand nous prenons ensemble l'ascenseur, elle vient systématiquement se mettre juste devant moi. « Oups ! » dit-elle, en se reculant contre moi, et elle rit, en me jetant un regard espiègle par-dessus son épaule.

Et ce soir, bien sûr, elle vient s'asseoir tout près de moi, épaule contre épaule, sans un angström entre nous. Mon cadeau – une parure de stylos pour son bureau, avec une citation de Philip Goldenstein qui lui prédit un grand avenir, l'amène au bord des larmes.

— Vous jouez un rôle si essentiel dans ma vie, monsieur le juge.

Sur quoi, mine de rien, et comme si cela ne portait absolument pas à conséquence, elle penche la tête et la pose sur ma poitrine, et je finis par lui passer un bras autour des épaules. Nous restons ainsi de longues minutes, sans souffler mot, sans bouger un cil. Ma main s'est refermée sur son bras musclé. Ses cheveux soyeux, où flotte encore l'odeur suave de son shampooing et de son après-shampooing, reposent sur mon cœur. À quoi bon essayer de formuler ces questions qui nous taraudent ? Nous sommes déchirés de désir et de tendresse. Mais les risques et l'absence d'issue nous sautent aux yeux... Nous restons ainsi, blottis l'un contre l'autre, tâchant chacun de déterminer ce qui serait le plus douloureux – poursuivre ou renoncer. Je n'ai toujours pas la moindre idée de ce qui va se passer, mais la leçon de cet instant n'est que trop claire : voilà plusieurs mois que je me mens. Car, en fait, je suis plus que consentant.

Je me dis : Allons-nous le faire ? Allons-nous *vraiment* le faire ? Oui…, non…, oui… ? C'est comme l'instant où le président du jury s'avance, le verdict à la main. Tout va changer. Tout va basculer. Irrémédiablement. Plus vite que de le dire…

Quand je donnais libre cours à mon imagination, je me promettais de lui laisser la décision. De ne jamais rien demander, de ne faire aucune avance. Je me borne donc à la tenir contre moi. Le contact de son corps vigoureux m'excite, mais je laisse s'écouler les minutes, peut-être une vingtaine en tout, jusqu'à ce que, enfin, je sente son visage qui se relève au creux de mon bras, et la tiédeur de son souffle dans mon cou. C'est elle qui attend, à présent. Calme, suspendue. Je me coule dans son attente. Je ne pense ni « non », ni même « attends ». Non, ce que je me dis, c'est « jamais plus. C'est ce soir ou jamais ». Plus jamais la chance de goûter à ce frisson vital, à ce flux d'excitation, le plus essentiel de l'existence.

Ma tête se penche sur elle. Nos lèvres puis nos langues se rejoignent. Je pousse un gémissement. Elle murmure « Rusty… Oh, Rusty ». Je découvre l'exquise douceur de ses seins que j'ai mille fois imaginés dans mes paumes. Elle me repousse pour mieux me voir et je la découvre, belle, sereine, libre de toute arrière-pensée. Puis elle prononce ces mots qui m'embrasent l'âme. « Embrasse-moi encore… », me dit cette jeune femme si belle et si intrépide.

Ensuite, elle m'emmène à la station de bus et, à quelques mètres de là, se gare dans une allée pour que nous puissions échanger un dernier baiser.

Moi ! hurle mon cœur. Moi, le juge principal Sabich, flirter dans la pénombre, loin de la lumière indiscrète des lampadaires, comme un galopin de dix-sept ans.

— Quand est-ce qu'on se revoit ? demande-t-elle.

— Oh, Anna…

— Je t'en prie, dit-elle. Pas juste une fois. Je me sentirais tellement méprisable… (Elle se tait.) Et méprisée. Je sais que nous n'aurons jamais de meilleur moment que celui que nous venons de passer. Moins tâtonnant, peut-être, mais jamais plus exaltant.

— Les histoires d'amour finissent mal, lui dis-je. Je sais de quoi je parle. J'ai payé pour le savoir…

— Nous devrions y réfléchir sérieusement, tous les deux, ajouté-je.

— C'est tout réfléchi, répond-elle. Depuis des mois, chaque fois que je croisais ton regard, je te voyais réfléchir. Je t'en prie. Ne serait-ce que pour se parler ?

Nous savons l'un comme l'autre que ce genre de conversation ne peut tenir lieu que d'interlude, mais je hoche la tête, avant de descendre, non sans l'avoir à nouveau embrassée. Sa voiture, une vieille Subaru, démarre dans un graillonnement de pot d'échappement percé et je regagne à pied l'arrêt de bus. *Comment ?* hurle mon cœur. Comment est-ce que tu as pu récidiver ? Comment les hommes peuvent-ils ainsi reproduire les mêmes erreurs encore et encore, celles-là même qui leur ont déjà bousillé la vie, et ce, en ayant parfaitement conscience des cataclysmes qu'ils vont déclencher… À chaque pas, je me pose ces questions. Mais la réponse s'impose, imparable. Tout ce temps, toutes ces années qui se sont écoulées depuis – ça ne méritait pas vraiment d'être vécu.

L'anniversaire de Rusty (19/03/2007) — La mort de Barbara (29/09/2008) — L'élection (04/11/2008)

6.

Tommy, 13 octobre 2008

Du temps où il suivait des cours du soir pour passer son diplôme, Jim Brand avait envoyé au PA une lettre de candidature à laquelle le service avait répondu par un formulaire de refus net et définitif. Mais, loin de désarmer, il s'était présenté à la réception en suppliant qu'on lui accorde un entretien et Tommy, qui passait par là, avait été favorablement impressionné par cette belle ténacité. Par la suite, Molto lui avait permis de franchir les barrières des différents comités de recrutement. Il lui avait appris à rédiger correctement ses rapports et comptes-rendus, avait fait de lui son protégé et son bras droit sur un certain nombre de grosses affaires. Et, au fil des années, Brand avait fait ses preuves. Sur le terrain, il avait ce sixième sens du footballeur qui sent venir l'attaque dans son dos. Les avocats déploraient son absence de tact et son style expéditif, mais guère plus que ceux de son chef.

À la différence de la plupart des gens à qui on fait une fleur, Jim Brand n'avait jamais oublié ce qu'il devait à Molto. Les années passant, son chef était devenu pour lui une sorte de grand frère. Ils s'étaient mutuellement choisis comme témoins à leurs mariages et cultivaient leurs bonnes habitudes : ils déjeunaient ensemble tous les mois, tant pour entretenir leur amitié que pour échanger leurs points de vue sur les problèmes récurrents du service qui, sinon, auraient risqué de leur échapper, dans le flot continu des urgences. En général, ils se contentaient d'un sandwich dans un snack du quartier mais, ce jour-là, Brand avait laissé un message aux secrétaires pour donner rendez-vous à Tommy en bas, à midi. Jim sortait juste sa Mercedes du parking en béton qui desservait à la fois le centre administratif du comté et le tribunal, quand Tommy arriva sur le trottoir.

— Qu'est-ce que tu as prévu ? demanda le PA, en s'installant près de Jim, sur le siège passager.

Brand en était fou, de sa Mercedes Classe E de 2006. Il se l'était offerte pour une somme modique au terme d'une quête de trois mois, au cours desquels il avait cassé les pieds à tout le service, en leur détaillant par le menu les occasions qu'il repérait dans les petites annonces classées. Il astiquait sa Mercedes tous les dimanches, avec l'aide de ses filles, et avait déniché un produit pour les sièges qui laissait une bonne odeur de cuir neuf. Tout était d'une telle propreté, dans cette voiture, que Tommy osait à peine bouger les pieds et évitait de croiser les jambes, de peur de laisser des marques dans le cuir de son siège. Le plus beau jour de la vie de Jim fut celui où un vieux pochard édenté s'était approché en titubant, tandis qu'il sortait sa voiture du parking, et lui avait lancé : « Dis donc, mon pote… ça, c'est de la bagnole ! »

Brand avait raconté l'anecdote à qui voulait l'entendre.

— Aujourd'hui, je pensais aller chez Giaccolone, fit Brand.

— La vache.

Chez Giaccolone, ils étaient du genre à vous servir une côte de veau entière dans un gros *calzone*, nappé de *marinara*. Au début de sa carrière, Tommy avait pris le pli d'y inviter les flics qui avaient travaillé avec lui sur une affaire, pendant que le jury se retirait pour délibérer. Mais en ce moment, pour lui, un sandwich représentait une semaine entière de calories.

— Je vais sortir de là plus ballonné qu'un boa qui a avalé un cheval.

— Oui, mais vous verrez, vous ne serez pas déçu, répliqua Brand, ce qui laissa penser à Tommy qu'il lui mijotait quelque chose.

Le Giaccolone était à deux pas de la fac. L'établissement devait sa prospérité à l'appétit féroce des futurs jeunes diplômés qui l'avaient lancé, voilà des années, à une époque où il fallait avoir l'inconscience de la jeunesse – ou alors débarquer en force et armé jusqu'aux dents – pour s'aventurer dans le secteur. Le quartier était une zone sinistrée, en ce temps-là. Le terrain de jeu aménagé à présent de l'autre côté de la rue n'était encore qu'un *no man's land* envahi de broussailles, où des touffes de chardons violets proliféraient, entre des tas de détritus et de gravats déversés là en pleine nuit. Des vieux barils rouillés s'entassaient à côté d'énormes blocs de béton armé, encore hérissés de leur armature de fer. Maintenant, de jolies maisons avaient fleuri à la place des ordures et Tony Giaccolone, troisième du nom à la tête de l'affaire, avait brisé un tabou absolu en ajoutant quelques salades à la carte géante affichée au-dessus de son comptoir. L'hôpital universitaire dont les bâtiments, représentatifs d'une certaine architecture moderne, évoquaient à Molto les cubes de son fils jonchant le sol du salon, avait proliféré par grappes sur quelques hectares, envahissant le terrain comme les cellules cancéreuses qu'il était censé soigner.

Derrière le restaurant était aménagée une terrasse avec des tables en béton. Brand et Molto allèrent s'y installer, munis de deux sandwichs gros comme des briques. À leur arrivée, un robuste bouddha au teint cuivré et en costume cravate sauta sur ses pieds.

— Alors, comment va ? fit Brand. Vous vous souvenez sûrement de Marco Cantu, chef… Marco, tu connais le PA ?

— Salut, Tom.

Cantu s'élança en avant, en balançant sa main dans celle de Tommy. Du temps où il bossait dans la police, sa proverbiale paresse lui avait valu le sobriquet de « No Cantu[1] ». Marco ne manquait pas de jugeote, mais il était la preuve vivante qu'on avait eu tort de mettre la clim dans les voitures de patrouille : en été, il s'enfermait dans la sienne et n'en serait sorti pour rien au monde – pas même pour prévenir un meurtre. Il avait pourtant fini par faire sa pelote, se souvint Tommy. Après avoir tiré ses vingt ans dans la police, il s'était trouvé un bon job pour ses vieux jours, en surfant sur la vague de la diversité multiculturelle et de la discrimination positive.

— Je dirige la sécurité de l'hôtel Gresham, expliqua-t-il à Molto, comme il lui demandait ce qu'il devenait.

Le Gresham était un grand hôtel construit dans le style classique, autour d'un somptueux hall tout en marbre, avec des colonnes hautes comme des séquoias. Tommy avait eu plusieurs fois l'occasion d'y aller, aux réceptions de l'association du barreau. Mais pour y prendre une chambre, mieux valait pouvoir compter sur un compte de frais bien approvisionné.

— Rude boulot, fit Molto. Vous devez vous coltiner des crises majeures, au moins une fois par mois – genre aller voir un P-DG bourré et lui glisser à l'oreille qu'il est grand temps de quitter le bar !

— Ça, en fait, c'est mes gars qui s'en chargent. Je me contente de diriger les opérations à l'oreillette.

Cantu sortit l'appareil de sa poche, à la grande joie des deux autres.

— Et des stars, tu en vois, je suppose ? fit Brand, toujours friand de la rubrique *people*. Il doit en passer des foules, chez vous… ?

— Ça, ouais, fit Marco. C'est pas toujours de tout repos.

1. Jeu de mots sur « No can do », soit *Moi pas pouvoir*.

Et de leur narrer les frasques d'une jeune rock star qui, après avoir fait la tournée des clubs de la ville, était rentré ivre mort à 3 heures du matin et s'était avisé que ce serait une expérience aussi inédite qu'exaltante, que de traverser à poil le grand hall.

— Je ne savais plus où donner de la tête ! rigola Marco. Est-ce que je devais commencer par virer les paparazzi, ou filer monter le chauffage, des fois qu'il se serait pris un rhume, le petit enfoiré ?

— Tu dois voir aussi quelques notabilités locales, fit Brand. Le premier président de la cour d'appel, par exemple. Tu n'arrêtais pas de le croiser, l'an dernier, pas vrai ?

— Si, si, répliqua Marco. En avril-mai, et chaque fois avec cette *chiquita*.

Brand échangea un coup d'œil avec Tommy, qui commençait à entrevoir ce qu'ils étaient venus faire sur cette terrasse.

— Quel âge, la fille ? demanda-t-il.

— Largement l'âge de raison. Je sais pas, la trentaine, peut-être ? Canon, la petite, avec pas mal de monde au balcon… La première fois que je l'ai vu, il poireautait tout seul, dans le hall. Pas très logique, hein ? En général, un juge principal de cour d'appel, ça a mieux à faire. Je l'ai accosté, pour lui dire salut. Mais je voyais qu'il n'était pas tranquille. Il n'arrêtait pas de surveiller le hall du coin de l'œil, comme ça, comme s'il attendait quelqu'un. Un moment, je me suis penché pour lisser mon pli de pantalon, et j'ai vu la fille filer droit vers l'ascenseur. Ensuite, genre quinze jours plus tard, j'étais monté dans les étages pour réveiller un homme d'affaires japonais assommé par le décalage horaire qui ne décrochait pas son téléphone – et qu'est-ce que je trouve dans l'ascenseur, quand les portes s'ouvrent ? Un couple en train de se bécoter. Ils se séparent en catastrophe et chacun va se planter dans son coin. C'était le juge et sa *chiquita*. Elle, elle était carrément en train de se rajuster. Le premier président faisait une de ces têtes, vous savez, style « pourvu que ma prostate tienne le coup jusqu'en bas ! ». Là-dessus, deux semaines plus tard, je le vois rappliquer dans le hall, mais, lui, dès qu'il me repère, il vire sur les pointes, plus vite qu'un petit rat d'opéra, et il détale vers les portes à tambour. Et, en me retournant, j'aperçois la fille, toujours la même, qui attendait à la réception.

— Vers quelle heure ? demanda Tommy, en jetant un coup d'œil méfiant aux tables d'alentour.

Non loin de là déjeunait un groupe de jeunes internes de l'hôpital, reconnaissables à leurs blouses blanches, avec leurs stéthoscopes dans leurs poches poitrine. Ils devisaient entre eux, sans leur prêter la moindre attention.

— L'heure du déjeuner, les deux premières fois. Et après 15 heures, la troisième.

— Le juge principal serait-il un inconditionnel de la sieste ?

— C'est ce que je me suis dit, approuva Marco.

Molto prit tout son temps pour soupeser l'information. Que Rusty soit un vieil hypocrite, ça n'était pas pour l'étonner. Sa candidature à la Cour suprême ne l'empêchait visiblement pas de cavaler. Ça existait, ce genre de faux-culs qui baisaient d'abord, et ne réfléchissaient qu'ensuite. Lui, ça ne lui serait même pas venu à l'idée, de tromper sa femme. Ça relevait de l'inconcevable. Qu'avait-il de plus précieux au monde que l'amour de son épouse ? Somme toute, l'anecdote ne pouvait que le confirmer dans son opinion. Rusty Sabich était un vrai con.

— Je crois que j'y suis déjà allé, au Gresham, déclara Tommy. Aux buffets de l'association du barreau.

— Bien sûr. Ça n'arrête pas.

— Et vos salles de conférences – toujours pleines, nuit et jour ?

— L'an dernier, oui. Maintenant, les affaires ralentissent un peu.

— D'accord, fit Tommy, mais cette dame a très bien pu s'y rendre pour un tout autre motif, et Sabich aussi. Est-ce que vous avez jeté un œil au registre de la réception, pour voir si le juge avait pris une chambre ?

— Ouais. Mais comme je l'expliquais, c'est elle qui est passée à la réception.

— Ce qui veut dire que Sabich n'a laissé aucune trace sur le registre d'entrée ?

— Aucune.

La tête de Tommy pivota vers son adjoint, lequel, satisfait du tour que prenaient les choses, était revenu à son sandwich et l'attaquait à belles dents. Même à son âge, Brand était toujours affamé. Molto aurait aimé lui dire un truc ou deux, mais pas devant Marco. Ils enchaînèrent sur l'actualité de l'équipe de foot universitaire et bavardèrent encore un moment, jusqu'à ce que Cantu replie son papier sulfurisé, en ramassant les miettes de son sandwich. Puis il se leva, prêt à repartir, les mains calées sur ses cuisses rondouillardes.

— Vous savez, Tom, ça m'est toujours resté en travers, la façon dont Sabich vous a roulé, à son procès, reprit Cantu. Je suis donc tout à fait partant pour répéter mon histoire, autour d'une bonne bière bien fraîche...

— Je vous en serais reconnaissant, fit Tommy, malgré les protestations de ses rouages internes, qui faisaient tilt.

En fait, Cantu avait ses raisons. Il avait ses propres griefs contre Sabich.

— Le seul os, poursuivit-il, c'est l'hôtel. La « vie privée de nos clients »... (Ses doigts dodus frétillèrent dans l'air, pour figurer les guillemets.) Ils se la jouent banquiers suisses, vous voyez le genre. Alors, si quelque chose venait à filtrer, moi, je ne vous ai rien dit. Mais si vous voulez avoir l'histoire, noir sur blanc, envoyez-moi un flic, que je puisse en référer à mon chef, qui en référera au sien. En fin de compte, ça sera du pareil au même, mais vous savez ce que c'est... Mieux vaut faire les choses dans les règles.

— Message reçu, répondit Molto, tandis que Marco tournait les talons et s'éloignait dans son beau costard.

Tommy balança ce qui restait de son sandwich et fit signe à Brand de lever le camp. Jim avait garé sa Mercedes de l'autre côté de la rue, sur un emplacement interdit d'où il pouvait la surveiller. En se glissant au volant, il ôta l'affichette *Police de Kindle County – mission officielle* qu'il avait laissée sur le tableau de bord et la glissa derrière son pare-soleil.

— Tu sais, Jim, ce mec était une sacrée tache, quand il bossait dans la police.

— Un vrai sac à merde, je dirais, si ça n'était pas diffamatoire pour la merde.

— Il a dû avoir quelques démêlés avec Rusty, à l'époque ?

— Je crois bien. La première fois qu'il m'en a parlé, Marco m'a dit que Sabich avait prononcé une motion de suppression contre lui dans une affaire, du temps où il était juge de première instance. Il avait carrément refusé son témoignage.

— OK. On ne peut donc exclure que No Cantu en ait vu plus qu'un autre à sa place.

— Ça se peut, oui. Mais peut-être pas. Et vous savez, si c'est vrai, cette histoire de *chiquita,* ça nous fait un mobile. *Adios,* la madame !

— Sauf que ça date de dix-huit mois. Et on fait mieux, comme mobile. Le divorce, tu connais ?

— Moi, oui, mais pas ma femme. Elle me boufferait tout cru !

Jody, qui avait elle-même débuté comme adjointe dans le service, ne rigolait pas avec la fidélité conjugale.

— Et Rusty a pu se dire qu'un divorce ferait désordre dans sa stratégie de campagne, ajouta Brand.

— Il n'avait qu'à attendre six semaines de plus.

— Et si ça urgeait ? Si la demoiselle était en cloque, et que ça commençait à se voir ?

— Ça fait beaucoup de « si », Jim…

Ils arrivaient sur Madison, juste devant l'entrée principale de l'hôpital. Près des feux s'était formé un petit attroupement de piétons, de médecins, de patients et d'employés, à en juger par leur allure générale – huit en tout, compta Molto –, tous en grande conversation avec leur portable. Qu'advenait-il de l'ici et maintenant… ?

— Boss, fit Brand. On ne va pas envoyer Rusty au grille-pain pour trois rencards. Mais vous m'aviez dit qu'il vous fallait d'autres éléments, non ? Ben ça, c'en est un. Vous avez un type déjà inculpé de meurtre. Sa femme trépasse soudainement et il laisse le corps refroidir vingt-quatre heures, comme ça, sans raison plausible. Là-dessus, on découvre qu'il avait une aventure. Alors, il a très bien pu être tenté de se débarrasser de sa femme. Je ne sais pas, mais ça n'a rien d'inimaginable. Tout ce que j'en dis, c'est que la question mérite d'être creusée. C'est pour ça qu'on nous paie, non ?

Le regard de Tommy parcourut la grande avenue ombragée de chaque côté par les vastes frondaisons des arbres centenaires, dans les contre-allées. Ça aurait été tellement plus simple, s'agissant de quelqu'un d'autre.

— Où tu l'as eue, cette information ? demanda-t-il. Qui t'a branché sur Marco ?

— Un des flics de Nearing qui jouent au billard avec lui, tous les mardis soir.

Ce détail déplut à Tommy.

— J'espère qu'ils tiennent leur langue. Faudrait pas que la moitié du poste de Nearing s'avise d'aller fouiner dans le quartier de Rusty, en demandant aux voisins s'ils ont des raisons de penser qu'il a descendu sa femme.

Brand lui jura que le secret était bien gardé, mais sur ce point, ce que Tommy pouvait se dire de plus rassurant, c'était que la presse n'en avait pas encore eu vent… Il demanda à Brand ce qu'il proposait.

— Pour moi, il serait temps de tout passer au peigne fin, relevés téléphoniques, compte en banque. On verra tout de suite s'il y a vraiment eu de la romance dans l'air, et si ça dure toujours. Suffira d'envoyer à tout le monde une lettre des quatre-vingt-dix jours. Ça les empêchera d'en parler à Rusty avant les élections.

La version du Patriot Act appliquée dans l'État autorisait les procureurs à requérir des documents en imposant le secret de l'instruction à ceux qui les leur fournissaient et qui se voyaient interdire d'en parler à âme qui vive. Ce n'était qu'une pâle version de l'arsenal juridique dont disposaient les fédéraux qui, eux, pouvaient maintenir indéfiniment le secret, concernant les documents qu'ils requerraient. Mais les criminalistes du comté avaient jeté des hauts cris, comme d'habitude, et avaient couru se plaindre à la capitale de l'État.

Tommy grogna.

— « Si tu vises le roi, débrouille-toi pour faire mouche », fit-il, citant Machiavel, un Italien qui n'était pas tombé de la dernière pluie.

Mais Brand secoua sa grosse tête dégarnie.

— Imaginons le pire, Boss. Mettons que ce soit une fausse piste. Rusty sera furax, en apprenant ça. Sûr qu'il nous sonnera les cloches, de temps en temps, mais qu'est-ce qu'il pourra faire de plus ? Il aura décroché son siège à la Cour suprême. Il sera tout heureux d'avoir eu plus de peur que de mal. Vous croyez vraiment qu'il ira crier sur tous les toits qu'il s'envoyait en l'air à l'hôtel Gresham, quelques mois avant la mort de sa femme ? Il vous aura dans le nez, ça oui, mais guère plus que maintenant.

— Génial.

— On ne fait que notre boulot, Boss. Et là, on a un tuyau.

— À moitié percé, ton tuyau.

— Ça reste à prouver. Imaginez que dans six mois un flic de Nearing aille pleurer dans la bière d'un journaliste, en lui racontant qu'il nous avait fait passer une information en or sur le nouveau juge de la Cour suprême, juste avant son élection, et que vous avez flageolé des genoux à l'idée que le Grand Méchant Rusty allait à nouveau vous filer la pâtée ? Ça aussi, ça ferait désordre.

En quoi Brand n'avait pas tort. Ils tenaient quelque chose, oui. Mais c'était risqué. Quelle blague de croire que vous étiez vraiment aux commandes. Vous aviez beau essayer de mener votre barque de votre mieux, ça n'empêchait pas le courant de vous précipiter vers les rapides. Il ne vous restait plus qu'à vous cramponner à vos rames, en priant pour échapper aux tourbillons et aux rochers.

Tommy ne desserra plus les dents de tout le trajet du retour. Il attendit qu'ils soient arrivés devant le tribunal pour donner à Brand l'autorisation de poursuivre.

L'ANNIVERSAIRE DE RUSTY (19/03/2007) — LA MORT DE BARBARA (29/09/2008) — L'ÉLECTION (04/11/2008)

7.

Rusty, mars-avril 2007

Quatre jours après être devenu son amant, j'ai retrouvé Anna à l'hôtel Gresham. Chez elle, c'était hors de question. Stiles, sa colocataire, pouvait débarquer à l'improviste, à n'importe quelle heure – et pire, l'appartement qu'elle loue dans un petit immeuble de brique, sur la rive est, n'est qu'à deux rues de la Cour suprême de l'État, où mon fils travaille quelques heures par semaine.

Condamnés à brouiller nos pistes, nous sommes convenus, en quelques e-mails sibyllins, que ce serait elle qui paierait la chambre avec sa carte de crédit. Je l'attends dans le hall en feignant d'avoir un autre rendez-vous. Quand la réceptionniste se retourne et que le regard d'Anna croise le mien, je glisse la main sous ma veste en direction de mon cœur.

Quand vous avez caressé une femme pendant des mois avec les yeux de l'imagination, une part de vous-même résiste à la réalité de son corps entre vos bras. Et en un sens, c'est vrai : ce n'est pas vraiment la même. Sa taille est plus fine que je ne me l'étais figurée. Ses cuisses un peu plus rondes. Mais la source même de votre exaltation, c'est d'avoir sauté ce mur pour atterrir de plain-pied dans vos fantasmes – une expérience aussi dépaysante que de se faufiler entre les barreaux du zoo, pour aller folâtrer avec les tigres et les chimpanzés.

Enfin, me dis-je, quand mes mains se posent sur elle. Enfin…

Après coup, pendant qu'elle se rajuste, glissant son chemisier dans sa jupe, je lui dis :

— Alors c'est vrai. C'est vraiment arrivé ?

Son sourire irradie le bonheur et l'innocence. Quand Anna est heureuse, c'est sans arrière-pensée.

— Tu ne voulais pas, hein ? Chaque fois que j'entrais dans ton bureau, je sentais tes hésitations. Tu freinais des quatre fers. Tu ne voulais pas.

— Non, je ne voulais pas. Mais tu vois, je suis là.

— Moi, quel que soit le problème, je n'y pense jamais à deux fois, me dit-elle. Je réfléchis bien, une bonne fois pour toutes, et ma décision est prise. C'est un don que j'ai, comme ça. Il y a quelque chose comme trois mois, j'ai décidé que je voulais coucher avec toi.

— Et tu fais mouche à tout coup, hein ? Tu ne loupes jamais ton homme, comme les Mounties…

Elle se fend d'un sourire à croquer le monde entier.

— Voilà, s'exclame-t-elle. Comme les Mounties !

Dans mon bureau, pendant les réunions pour ma campagne, dans la rue ou dans le bus, j'accomplis tous les gestes de la vie ordinaire, comme d'habitude, mais en fait, je suis ailleurs. J'y pense sans cesse, je passe compulsivement en revue les étapes successives que nous avons parcourues, au fil des mois, jusqu'au jour où nous sommes devenus amants, toujours stupéfait d'avoir échappé aux limites rigides que je m'étais fixées. Chez moi, je n'ai aucune envie de dormir et pas seulement parce que je rechigne à partager le lit avec Barbara, mais parce que, en l'espace de trois semaines, mon corps s'est rechargé de plus de vitalité qu'en plusieurs décennies. Et comme cette vitrine où j'avais relégué toutes les femmes hormis la mienne a désormais volé en éclats, je trouve un plaisir électrisant, presque tactile, à toute présence féminine.

Et pourtant, je ne perds jamais conscience de ma folie. Un homme mûr, influent, se compromettant avec une femme deux fois plus jeune que lui. Le scénario ne peut guère prétendre à l'originalité et fait à bon droit l'objet d'un mépris universel, que je suis le premier à partager. Mon aventure d'il y a vingt ans m'avait laissé tellement dévasté par les conflits internes que j'avais fini par consulter un psy. Mais là, l'idée ne me viendrait pas de me chercher un autre psychothérapeute (projet que j'ai remis à plus tard pendant des années). Je n'ai besoin de personne pour prendre la mesure de mon inconséquence. C'est du pur délire. Un sommet de nihilisme et d'hédonisme – et, par-dessus tout, d'irréalisme. Ça ne peut pas continuer.

Pour Anna, si nous venions à être découverts, les répercussions ne seraient sûrement pas aussi dévastatrices que pour moi, loin s'en faut. Ce serait certes embarrassant pour son début de carrière, mais ce n'est pas elle que l'on blâmerait. Elle n'a juré fidélité à personne. Elle n'assume aucune responsabilité, aux yeux du public. Au tribunal, le fait que nous ayons attendu qu'elle ne fasse plus partie du service pourrait à la rigueur me sauver la mise, mais N. J. Koll ferait instantanément figure de favori, face à moi.

Et ce serait le cadet de mes soucis. La colère de Barbara est mortelle. Et, à ce stade, elle peut devenir dangereuse, y compris pour elle-même. Mais le pire, et de loin, ce serait d'affronter le regard de Nat. Et son mépris.

Lors de ma première aventure, j'ai compris que je portais encore le lourd fardeau de la maison triste et sombre où j'ai grandi. Jusque-là, j'avais eu la candeur de croire que j'étais un genre de Hamster Jovial, un type sympa qui avait réussi, lui, le fils d'un pur sadique, sinistre et renfermé, rescapé de la guerre, et d'une recluse à moitié cinglée, à accéder au statut de citoyen américain normal, version classe supérieure. En un sens, Barbara a raison : j'ai toujours eu l'ambition d'être une sorte de modèle, l'idéal d'une insaisissable normalité. Mais en même temps, je suis hanté par une ombre qui sait qu'il n'en est rien. Personne n'est parfait ; ça aussi, je le sais. Je suis beaucoup plus sévère que quiconque vis-à-vis de mes propres failles. Et c'est justement l'un des attraits du vice. Il implique d'assumer pleinement ce que l'on est.

Comme beaucoup de mes condisciples à l'école de droit, Anna est brillante sans être vraiment intellectuelle. Elle a développé une telle virtuosité dans l'art de faire correspondre les faits et les codes juridiques que ça devient aussi passionnant de l'entendre raisonner que d'observer un grand athlète sur le terrain. Tout à coup placé sur un pied d'égalité avec elle, je trouve sa vivacité d'esprit fondamentalement stimulante. Mais il n'entre que peu de mots tendres ou de murmures dans nos conversations. Nous avons toujours une polémique en cours, de juriste à juriste, un débat mené sur le mode plaisant, avec le sourire, mais jamais dénué d'un certain tranchant, et portant sur une réalité qui aurait dû nous apparaître clairement, à l'un comme à l'autre, dès le début : ça ne peut pas bien finir. Anna va forcément rencontrer quelqu'un qui lui conviendra mieux. Ou alors nous serons découverts et ma vie se trouvera réduite, une fois de plus, à un tas de ruines fumantes. Dans un cas comme dans l'autre, je ne donne pas cher de notre avenir.

— Pourquoi pas ? demande-t-elle, comme je lui explique tout cela sur le ton de l'évidence, dès notre second rendez-vous.

— Je ne peux pas quitter Barbara. D'abord parce que mon fils ne me le pardonnerait jamais. Et ensuite parce que ça ne serait pas juste.

Je lui livre une version élaguée de l'histoire, lui décrivant même le contenu de l'armoire à pharmacie de ma femme, pour illustrer mon propos : je suis marié à une grande malade. Quand j'ai accepté de reprendre notre vie commune, c'était en toute connaissance de cause.

L'expression d'Anna semble osciller rapidement entre le chagrin et la morosité. Ses pommettes s'embrasent.

— C'était une chose entendue, Anna. Tu ne peux pas dire que tu n'avais pas compris.

— Je ne sais pas ce que j'avais compris. Ce que je savais, c'est que j'avais besoin d'être avec toi.

Des larmes roulent sur ses joues luisantes.

— C'est bien le problème. Il y a une différence essentielle, entre nous.

— La différence d'âge, tu veux dire. Pour moi, tu es un homme, et je suis une femme. L'âge, je n'y pense même pas.

— Tu devrais. Ta vie commence à peine et la mienne se termine. Tu n'as jamais remarqué que les hommes d'un certain âge perdaient leurs cheveux, contrairement aux poils de leurs oreilles qui se mettent à pousser... ? Et qu'ils commencent à prendre du ventre ? Pourquoi, à ton avis ?

Elle fait la grimace.

— Une histoire d'hormones ?

— Non. Essaie d'envisager le problème d'un point de vue darwinien. Quel avantage y a-t-il à ce que les vieux n'aient pas le même aspect physique que les jeunes, pour l'espèce ? Eh bien, cela permet aux jeunes femmes fertiles de voir du premier coup d'œil avec qui elles doivent s'accoupler. Et ça empêche les vieux lézards de canapé de mon âge de vous embobiner en vous faisant croire qu'ils ont vingt ans de moins.

— Tu n'es pas un vieux lézard de canapé, et je ne suis pas une nymphette !

Elle repousse les couvertures, indignée, et, sans un fil sur elle, va prendre une cigarette sur le bureau. Je ne l'avais jamais vue fumer, jusqu'à très récemment. J'ai été un peu estomaqué en découvrant qu'elle avait retenu une chambre fumeur. J'ai arrêté le tabac en quittant l'armée de réserve, mais pour moi les cigarettes gardent le délicieux parfum des plaisirs défendus.

— Qu'est-ce que tu crois ? demande-t-elle. Que ça n'est qu'une expérience comme une autre, pour moi ?

— Ça finira forcément par le devenir. Une folie de jeunesse que tu as tentée, à une époque, pour pouvoir en tirer une leçon.

— Arrête de me répéter que je suis jeune !

— Si tu ne l'étais pas, nous ne serions là ni l'un ni l'autre. Tu me trouverais beaucoup moins fascinant, et réciproquement.

Je suis venu derrière elle. Je la fais pivoter vers moi en promenant mes mains sur tout son torse. Elle est splendide. Elle aime disposer du pouvoir que lui donne son physique et lutte pied à pied pour le garder – manucure, pédicure, coiffeur, soins de beauté –, la « maintenance de base », précise-t-elle. Ses seins sont parfaits, idéalement épanouis et galbés, avec de larges aréoles sombres et de longs mamelons. Et je suis envoûté par son intimité féminine où il me semble que se trouve concentrée la source même de sa jeunesse. Elle se fait épiler le maillot à la cire « à la Brésilienne », comme elle dit. C'est une première pour moi et le contact soyeux de sa peau épilée éperonne mon désir plus sûrement qu'une décharge électrique. Je m'abreuve longuement d'elle, avec délectation, tandis qu'elle me prodigue tour à tour gémissements et directives.

Dans cet état de stupeur émerveillée, la vie continue. Je fais mon travail, je prends des décisions et des arrêtés, je tiens chapitre avec les différents groupes de l'association du barreau et les comités de campagne, j'arbitre le perpétuel combat bureaucratique qui se livre au tribunal, mais, dans mon esprit, l'image d'Anna dans diverses positions suggestives se bagarre avec tout le reste pour monopoliser mon attention. Le revirement de Koll, qu'il officialise dans la semaine suivant mon anniversaire, a momentanément ôté toute urgence à ma campagne, même si Ray Horgan continue à orchestrer des manifestations pour la collecte des fonds.

Nous nous parlons plusieurs fois par jour, Anna et moi. Je ne lui téléphone que du bureau pour éviter que nos conversations apparaissent sur les factures de mon domicile. Quand je suis seul dans mon bureau, j'appelle sa ligne directe à son cabinet, quand ce n'est pas elle qui me joint sur mon poste. Nous parlons en toute hâte, à mi-voix, en mêlant banalités et déclarations enflammées : « Guerner m'a refilé cette saleté de dossier. Je vais devoir y passer tout le week-end. – Tu me manques. – Toi aussi… »

Un jour, au cours d'une de ces conversations téléphoniques, elle me demande :

— Comment s'est terminée l'affaire Harnason ?

La rédaction de mon opinion contradictoire avait été sa dernière tâche dans le service, et elle s'intéresse à l'issue de l'affaire, comme à toutes celles sur lesquelles elle a travaillé. J'avais presque oublié Harnason et son procès, comme tant d'autres choses qui traversent ma vie, mais à peine ai-je raccroché que j'appelle Kumari. Répondant à mon avis contradictoire, George a courageusement exercé le droit de tout juge siégeant dans cette cour d'appel. Il a transmis l'opinion de Marvina Hamlin et ma proposition de texte à tous les autres juges d'appel, en leur demandant si l'affaire leur semblait justifier une assemblée générale au cours de laquelle les dix-huit juges pourraient statuer sur le cas. Plusieurs de mes collègues, hésitant à contrarier leur chef, ont prudemment opté pour un silence diplomatique. Je fixe un délai d'une semaine et je me fais vertement étaler : treize juges contre cinq, dont Marina, George et moi, se prononcent en faveur de la confirmation de la condamnation. Ce qui, en tout état de cause, garantit que la Cour suprême refusera elle aussi d'étudier l'affaire, sur le principe que dix-huit juges ne peuvent avoir tort. Se délectant de sa victoire, Marina demande à rediscuter la décision et à la revoir, une dernière fois. Mais dans un délai d'un mois, grand maximum, John Harnason va devoir reprendre le chemin de la prison.

Je pense à Barbara presque aussi souvent qu'à Anna. À la maison, je suis au-dessus de tout soupçon. La veille de mes rendez-vous avec Anna, je m'examine nu face au miroir de la salle de bains, en pleine lumière. Je suis vieux, bedonnant, plein de bourrelets. Armé de petits ciseaux, je me taille la toison pubienne en tâchant d'éliminer les longs poils gris. Je devrais craindre que Barbara ne soupçonne quelque chose mais, à vrai dire, elle ne remarque même pas quand je vais chez le coiffeur, ni quand je me coupe en me rasant. Au bout de trente-six ans de vie commune, elle est plus attachée à ma présence qu'à mon aspect physique.

Quand j'étais avec Carolyn, il y a vingt ans, j'étais d'une impossible distraction. Mais Anna m'a appris à faire preuve de plus de gratitude et de patience envers Barbara. Mes escapades vers le plaisir ont épuisé les réserves d'amertume et de rancœur que j'avais accumulées en moi – ce qui ne signifie nullement qu'il m'est plus facile de vivre avec le mensonge. Il empoisonne chacun des instants que je passe chez moi. Que je sorte la poubelle ou que je fasse l'amour à ma femme (car je ne peux pas complètement l'éviter), c'est comme si un autre le faisait à ma place. Et je ne mens pas seulement sur les lieux où je suis allé ou sur ce que j'y ai fait. Il s'agit plutôt de savoir qui je suis vraiment, au fond de moi.

Cet impossible désir d'être fidèle à deux femmes à la fois peut m'entraîner vers des sommets d'absurdité. Par exemple, le jour où j'insiste pour rembourser à Anna le prix de la chambre. Elle éclate de rire. Son salaire est supérieur au mien. Gagnant à présent quatre fois plus que ce qu'elle avait au tribunal, elle a l'impression de rouler sur l'or. Mais, en moi, un vieux fond de galanterie (si on peut appeler ça comme ça...) s'offusque à l'idée de coucher avec une femme de vingt-six ans ma cadette, en la laissant payer pour ce privilège.

Reste que ce problème d'argent est plus épineux qu'il n'y paraît. À la maison, Barbara a toujours été notre directeur financier et, en bonne matheuse, elle considère que les chiffres sont à la base de toute relation humaine. Elle vous citerait sans sourciller et au centime près l'exact montant de notre dernière facture d'électricité. Évidemment, je peux faire passer quelques-uns de mes retraits au distributeur automatique pour des pertes de poker – je fais quelques parties, avec mes collègues... –, mais soustraire chaque semaine plusieurs centaines de dollars à sa surveillance semble relever de l'impossible. Jusqu'au jour où me tombe une providentielle augmentation de salaire, allouée à tous les juges de l'État pour cause d'indexation sur le coût de la vie, réajustement longtemps remis aux calendes grecques à cause d'une polémique interne. Le 17 avril, je suspends donc le virement automatique de mon salaire. Je me chargerai désormais de déposer moi-même le chèque à la banque, et de le toucher en liquide, en veillant à remettre sur le compte la même somme que celle qui apparaît chaque mois sur les relevés informatiques – et je garde en espèces le montant de l'augmentation.

— Une chance que ça reste un secret...

Je suis au lit avec Anna, en début d'après-midi. Nous nous voyons deux ou trois fois par semaine, à l'heure du déjeuner ou après le travail, les jours où je peux prétexter des réunions pour ma campagne.

— Ça t'évite d'entendre des milliers de gens te dire et te répéter que tu es complètement folle.

— Pourquoi, folle ? Toujours cette fichue différence d'âge ?

— Non. Ça, ça reste normal, comme folie – ou normalement anormal. Tu n'as tout de même pas oublié que la dernière femme avec qui j'ai eu une aventure a fini à la morgue...

Cette fois, j'ai capté son attention. Ses prunelles vertes me fixent sans ciller. Sa cigarette reste à mi-chemin de ses lèvres.

— Parce que je devrais craindre pour ma vie ?

— Certains pourraient voir un parallèle entre les deux épisodes... (Elle ne bouge toujours pas.) Mais non, je ne l'ai pas fait.

Elle ne s'en rend probablement pas compte, mais c'est le plus grand degré d'intimité que je lui aie permis jusqu'ici. Depuis plus de vingt ans, par principe, je n'ai jamais pris la peine de rassurer quiconque sur ce dernier point, pas même mes amis les plus proches. S'il leur restait quelques soupçons, à ces gens qui me connaissent depuis toujours, ce n'est certes pas ce genre de protestations d'innocence qui pourrait les apaiser.

— Tu sais, dit-elle, je l'ai suivie de très près, cette affaire. Je lisais tous les jours les comptes-rendus d'audience, dans le journal. C'est même ce qui m'a donné l'idée de devenir avocate.

— Tu avais quoi... dix ans ?

— Treize.

— Treize ans, répété-je, le cœur soudain plus lourd.

Je commence à comprendre que je ne m'y ferai jamais, à ma monumentale stupidité.

— Ça aussi, j'en suis donc responsable, si c'est à cause de moi que tu as fait du droit. Le monde entier va m'accuser de t'avoir corrompue !

Elle me fait taire à coups d'oreiller.

— Sans blague... Qui l'a fait, à ton avis ?

Je secoue la tête.

— Tu ne sais pas, ou tu ne veux pas le dire ? Moi, j'ai une théorie... tu veux savoir ?

— Parlons d'autre chose.

— Alors que tu viens de me révéler que j'étais en danger de mort ?

— Rhabillons-nous, lui dis-je, sans tenter de lui dissimuler mon agacement.

— Excuse-moi. Je vois que ça te tape sur les nerfs.

— Je n'en parle jamais. Les anciens combattants détestent parler de la guerre. Ils se contentent d'y survivre. Moi, c'est pareil. Non pas que je ne me pose aucune question...

— Qui l'a fait ?

— Pourquoi tu es là, vu mes dangereux antécédents ?

Elle a déjà enfilé ses sous-vêtements mais, se ravisant, elle ôte son soutien-gorge avec la grâce ostentatoire d'une strip-teaseuse et le balance contre le mur dans une grande arabesque.

— Par amour, dit-elle, en se précipitant dans mes bras. L'amour, ça vous fait faire des folies.

Nous sommes tous les deux en retard, mais son abandon m'embrase à nouveau les sens. Nous rengageons le corps à corps...

— J'y crois pas, déclare-t-elle après coup. Je n'y crois tout simplement pas.

— Merci, répliqué-je à mi-voix. Une chance que ça ne t'ait pas arrêtée.

Elle hausse les épaules.

— Ça serait même plutôt le contraire.

Je lui lance un regard.

— Tu es une sorte de légende, dit-elle. Et pas seulement pour les juristes. Pourquoi tu crois que personne ne veuille se présenter contre toi à la Cour suprême ?

La Cour suprême. Mon sang n'a fait qu'un tour. Pendant ce temps, son regard s'échappe. Elle est ailleurs.

— Tu sais, reprend-elle, on fait parfois des choses qu'on ne comprend pas, ou pas tout à fait. Parce qu'on sent qu'on doit les faire. Logique ou pas, ce n'est pas le problème.

Notre conversation me ramène à cette éternelle question : qu'est-ce qui ne tourne pas rond, chez cette brillante jeune femme dont j'ai eu tant de fois l'occasion de constater le pragmatisme et le parfait bon sens ? Pourquoi s'éprendre d'un homme qui a deux fois son âge et qui est, de surcroît, marié ? Je ne me berce pas d'illusions. Je sais qu'elle me trouverait sûrement beaucoup moins de charme, si tout le tribunal, juges, avocats et membres du personnel, ne me donnait pas du « monsieur le premier président ». Qu'est-ce que ça peut bien lui faire, de coucher avec le chef ? Ça lui fait quelque chose. J'en suis conscient. Mais je ne parviendrai sans doute jamais à cerner ce manque secret qu'elle espère me voir un jour combler dans sa vie. Que veut-elle devenir, dans le milieu juridique ? Qui aurait-elle voulu que son père soit ? L'homme qu'elle voudrait être, elle-même, dans ses rêves les plus secrets ? Je l'ignore, tout comme elle, probablement. La seule chose de sûre, c'est ce besoin qu'elle a de s'approcher de moi d'aussi près que possible, comme si le mystérieux objet de sa quête ne pouvait se transmettre que par contact physique.

Et voilà, j'avais oublié. La douleur. J'avais oublié qu'une aventure était avant tout source de souffrance. Les mensonges, la peur d'être découvert, l'appréhension de ce qui vous attend, inévitablement, au dénouement. L'attente du prochain rendez-vous. La conscience de n'être plus soi-même que quelques heures par semaine, dans une chambre d'hôtel, quelques heures qui vous emportent aussi près du ciel que nous pouvons l'être sur cette terre et semblent tout racheter, toute cette angoisse, toute cette peine.

Chez moi, je dors rarement d'une seule traite. Je me réveille toutes les nuits vers 3 ou 4 heures du matin. Je descends me verser un verre de cognac. Je dis à Barbara que c'est ma campagne ou mes dossiers qui me tracassent. Je reste assis dans le noir pour réfléchir. Je reverrai Anna encore deux fois, et *basta*. Mais puisque je devrai fatalement arrêter un jour, pourquoi pas tout de suite ? Parce que je ne peux pas. Parce que le jour où je renoncerai à elle, il me faudra accepter que ça n'arrivera plus, plus jamais. Et que, en un mot comme en cent, j'aurai déjà commencé à mourir.

Je sens que je m'accoutume au danger, en dépit de toutes mes précautions. Que je l'affronte avec plus de désinvolture. Il est toujours là, mais, quand on a réussi à passer trois fois au travers des mailles, puis quatre, puis cinq, on prend un certain plaisir à défier la chance. Un jour que nous nous retrouvons à l'hôtel Gresham, Anna et moi, j'aperçois Marco Cantu, un ancien flic que j'ai connu autrefois, du temps où il patrouillait dans les rues. Lui aussi, il m'a vu, assis dans le hall de l'hôtel, désœuvré, sans rien de particulier à faire. Il vient bavarder un peu. Il est à la tête de la sécurité de l'hôtel, à présent. Je lui explique que j'attends un ami pour déjeuner mais, même à mes propres oreilles, mes explications sonnent faux. Je suis donc presque tétanisé de panique lorsqu'une semaine plus tard, comme nous descendons en ascenseur, les portes s'ouvrent à un étage intermédiaire sur Marco dont la silhouette trapue rappelle celle d'un sumo miniature. Ça tombe vraiment très mal... Nous nous bécotions encore, Anna et moi, au moment où l'ascenseur s'est arrêté. Nous nous sommes aussitôt séparés, mais notre précipitation n'a pu totalement échapper à Marco.

— On vous voit souvent dans le coin, monsieur le juge !

Je ne lui présente pas Anna, mais je sens son regard me transpercer de part en part. La semaine suivante, je le repère de loin, au moment où j'arrive à l'hôtel. Je fais aussitôt demi-tour et ressors, jusqu'à ce qu'il ait quitté le hall.

J'explique la situation à Anna dès que la porte de notre chambre s'est refermée sur nous.

— Il faudrait peut-être songer à délocaliser la scène du crime. Du temps où il patrouillait dans les rues, Cantu était plutôt tire-au-flanc, mais ça ne l'empêchait pas d'avoir du flair.

Entre-temps, elle s'est déshabillée. Elle a enfilé un peignoir de l'hôtel mais, au lieu de la ceinture en éponge, elle s'est passé autour de la taille un gros ruban de satin rouge, noué comme pour un paquet cadeau.

— C'est ça, l'idée que tu t'en fais ? Une scène de crime ?

— C'est trop bon pour ne pas être un péché.

J'ai suspendu ma veste et je m'assieds sur le lit pour enlever mes chaussures, avant de m'apercevoir que je l'ai dit d'un ton un rien désinvolte. Beaucoup trop. Elle me lorgne avec des yeux ronds.

— Tu pourrais au moins faire semblant de penser que tu veux être avec moi.

— Anna…

Mais nous savons tous deux qu'elle n'est pas loin de la vérité. Je n'ai jamais passé de nuit avec elle. Le vendredi de la troisième semaine, j'ai dit à Barbara que j'avais une réunion du barreau, suivie d'une réception et j'ai osé rentrer à 1 heure et demie du matin. J'avais dû, pour ce faire, quitter l'hôtel malgré les supplications d'Anna. Elle parle souvent de s'offrir une escapade ensemble, le temps d'un week-end. Pour pouvoir se réveiller ensemble et aller se promener dehors, à l'air libre. J'ai pourtant du mal à nous imaginer à découvert. Je tiens férocement à elle, mais, pour moi, notre relation a pour cadre l'espace confiné d'une chambre que nous louons pour pouvoir nous extraire de nos vêtements et saisir à bras-le-corps ces différentes choses que nous poursuivons si désespérément.

— Non, sérieux, tu ne m'épouserais pas, si ?

— Je ne suis pas libre.

— Allez ! En faisant abstraction de Barbara. Imaginons qu'elle meure subitement, ou qu'elle te plaque.

Pourquoi ma première réaction est-elle l'esquive ?

— Je n'ai pas les moyens de m'offrir une femme plus décorative.

— Tu parles d'un compliment !

— Anna, les gens me riraient au nez.

— C'est ça, la raison ? Parce que ça ferait rire les gens ?

— Parce qu'ils auraient raison de rire. Un type qui épouse une femme assez jeune pour être sa fille joue avec le feu.

— Je dirais que c'est mon problème, pas toi ? Si je suis d'accord pour pousser ton fauteuil roulant, le jour de la remise des prix du collège, ça me regarde, non ?

— Et pour changer mes couches ?

— Ça aussi, oui. Pourquoi tu veux décider à ma place ?

— Parce qu'on a généralement du mal à remplir les contrats dont on recueille d'emblée tous les bénéfices. Ensuite, il ne reste plus que les regrets et les ressentiments.

Elle se détourne. Ce genre de conversation la mène toujours au bord des larmes. Aujourd'hui, nous sommes dans une chambre dont le lit *king size* occupe presque tout l'espace. Notre fenêtre donne sur un étroit puits de lumière d'où montent les odeurs et les bruits des cuisines.

— Anna, je suis sûr qu'il existe quelque part un type charmant qui sera ravi de t'épouser.

— Qu'est-ce qu'il attend, celui-là, pour se manifester, hein ? Ne me parle pas de quelqu'un d'autre. Tu ne trouves pas que je mérite mieux qu'un prix de consolation ?

— Je ne veux pas te mentir, Anna. Je ne peux pas. Je mens à tout le monde, partout. À toi, je te dois la vérité. Tout ça n'a rien de réaliste. Tu me vois avec ce nouveau slogan de campagne : Votez Sabich, l'homme qui connaît son sujet sur le bout des doigts – et pas que des doigts !

Elle s'esclaffe. Dieu merci, je peux toujours compter sur son humour. Mais elle me tourne toujours le dos.

— Je t'épouserais si j'avais quarante ans, Anna. Mais j'en ai soixante.

— Arrête de me répéter que je suis trop jeune.

— Non, ce que je te dis, c'est que je suis trop vieux.

— C'est tout aussi exaspérant. Écoute, tu n'es quand même pas là par hasard, si ? Tu couches avec moi, et ensuite tu me bassines avec tes sermons, en m'expliquant pourquoi tu ne peux pas prendre notre relation au sérieux.

Je la fais pivoter vers moi en me penchant légèrement, pour amener mon regard au niveau du sien.

— Ça te paraît vraiment logique ce que tu viens de dire – que je ne prends pas notre relation au sérieux ? Je risque tout ce que j'ai pour être avec toi, Anna. Mon couple. Ma carrière. Le respect de mon fils.

Elle s'échappe de mes bras et revient brusquement à la charge. Le rayon vert de ses yeux s'est fait plus concentré.

— Est-ce que tu m'aimes, Rusty ?

C'est la première fois qu'elle ose me poser la question, mais je l'attendais, depuis un certain temps.

— Oui.

Et, sur mes lèvres, ça ressemble fort à la vérité. Ça en a le goût et le son.

Elle s'essuie un œil, et sourit.

Après ma dernière rencontre avec Mario Cantu, nos lieux de rendez-vous dépendent des caprices d'*Hotelrooms.com*. Il s'avère qu'il reste toujours des chambres à la dernière minute, dans l'un des hôtels du centre-ville, à des prix défiant toute concurrence. Anna se charge des réservations et me donne l'adresse par e-mail. Elle arrive dix minutes avant moi, remplit les papiers à la réception puis me donne le numéro de la chambre sur mon portable. Et nous repartons l'un après l'autre, à dix minutes d'intervalle.

Je sors donc du Renaissance par un bel après-midi de printemps, dans une petite brise qui mêle les parfums de tout ce qui s'ouvre, quand j'entends derrière moi une voix que je reconnais vaguement.

— Monsieur le juge…

Me retournant, je découvre Harnason. C'est un moment atroce, abominable. Je comprends aussitôt qu'il m'a suivi depuis ma sortie du tribunal, voilà deux heures. Et qu'il m'a attendu, comme un toutou attaché à un lampadaire. Qu'est-ce qu'il sait ? Combien de fois m'a-t-il suivi ? Ce n'est certes pas la première fois que ça m'arrive, ces jours-ci, mais j'en tomberais presque à genoux, terrassé par l'ampleur même de ma bêtise.

— Je savais bien que nous finirions par nous rencontrer, dit-il, sans la moindre trace de sincérité, ce qui ne fait que confirmer mes craintes. Je supplie mon cœur de reprendre un rythme normal, tout en tâchant de calculer ce qu'il a pu voir et ce qu'il a pu en déduire. Il sait que je fréquente des hôtels à l'heure de midi et que j'y reste trop longtemps pour qu'il puisse s'agir d'un banal déjeuner. Mais c'est tout ce qu'il a vu. Même s'il était sur mes talons, il n'a pas pu repérer Anna. Elle est arrivée dix minutes avant moi.

— Vous saviez… finis-je par dire.

Harnason serait du genre à faire du chantage, et j'attends sa menace. Elle serait vaine. Je ne peux plus rien pour lui, rien qui puisse influer sur le cours de son affaire. Au lieu de quoi je vois son visage rougeaud s'assombrir comme un coucher de soleil, à trois mètres de moi.

— Je ne supporte plus l'incertitude, monsieur le juge. Cette angoisse de chaque instant. Quand j'ai été libéré sous caution, j'étais aux anges, mais la conditionnelle, ce n'est pas la liberté. C'est comme de marcher dans la rue en sachant qu'une trappe peut s'ouvrir sous vos pieds, à chaque pas.

Je regarde cet homme que j'ai autrefois condamné pour de si mauvaises raisons et pour qui j'ai pourtant pris fait et cause, à son insu.

— La cour rendra bientôt sa décision, dis-je en me détournant.

Je sens aussitôt sa main sur ma manche.

— Je vous en prie, monsieur le juge. Quelle différence ça peut faire pour vous ? Qu'est-ce que ça vous coûte de me le dire, si mon sort est déjà scellé ? Je veux savoir, monsieur le juge. C'est terrible, de ne pas savoir.

« La loi m'interdit d'en parler », voilà la seule réponse sensée. Mais j'ai encore la peau imprégnée de l'odeur d'Anna et cette bienheureuse sensation de fatigue qui irradie de mon sexe... Qui je suis, pour me draper dans mes grands principes, et, plus important, pour lui refuser aujourd'hui la compassion que j'aurais dû lui témoigner il y a trente ans ?

— Préparez-vous à de mauvaises nouvelles, John.

— Ah ! (Le son assourdi semble remonter de ses entrailles.) Plus d'espoir, alors ?

— Plus vraiment, non. Vous avez épuisé tous les recours. Je suis navré.

— Ah, répète-t-il. Je ne voulais pas y retourner. Je suis trop vieux, maintenant.

Là, sur ce trottoir, prisonnier d'un flot continu de badauds qui font leurs courses ou se rendent à leur bureau, certains confinés dans leur propre univers *via* leur portable ou leur iPod, je me bagarre un moment avec mes propres sentiments. Je ressens à la fois une curieuse empathie pour Harnason, mais je lui en veux de la façon dont il m'est tombé dessus pour me soutirer des informations. Je sais aussi que je vais devoir lui mettre brutalement les points sur les *i*, pour me protéger de futures intrusions. Mais, sur le moment, ce qui m'exaspère par-dessus tout, c'est cette tendance qu'il a à s'apitoyer sur son propre sort. Du temps où j'étais procureur, j'ai toujours eu plus de respect pour les gars qui encaissaient leur condamnation sans sourciller et s'appliquaient la devise : « Si tu ne supportes pas la taule, abstiens-toi de sortir des clous. »

— John, ne nous voilons pas la face. Vous l'avez fait, non ?

Sa réponse ne se fait pas attendre.

— Mais vous aussi vous l'aviez fait, monsieur le juge. Et vous, vous êtes toujours là.

« Non, je ne l'ai pas fait », suis-je à deux doigts de répondre, à l'encontre de toutes les règles que je me suis imposées.

— J'ai été acquitté, et je le méritais.

— Moi aussi, j'aurais mérité d'être acquitté, dit-il.

Il sort son mouchoir et se mouche bruyamment. Il laisse libre cours à ses sanglots, à présent. Il chiale comme un gosse. Certains des clients de l'hôtel qui nous dépassent tournent la tête. Mais Harnason n'en a cure. Lui, il est qui il est.

— Mais pas parce que vous étiez innocent, John. Quel effet ça vous a fait, tous ces mois où vous vous êtes dit que vous alliez le faire, que vous alliez tuer cet homme ?

Je ne suis pas sûr de ce que j'essaie de faire, en l'attaquant ainsi, de front. Sans doute ai-je besoin de répondre à cette question : où fixer la limite ? Où et pourquoi s'arrêter ? Pourquoi m'arrêter en si bon chemin, maintenant que j'ai trompé ma femme et couché avec mon assistante, en jetant aux orties tout ce que j'ai accompli ?

— Vous voulez vraiment le savoir, monsieur le juge ?

— Oui.

— C'était dur. Très dur. Je le haïssais. Je savais qu'il allait me plaquer. Il était jeune et j'étais vieux. Au début, je l'entretenais et il restait, par gratitude. Mais là, il en avait marre de moi. Et j'étais trop vieux pour me trouver quelqu'un d'autre. Quelqu'un d'aussi bien, je veux dire – vous me suivez, jusque-là ?

Je fais « oui » de la tête, en me demandant ce qu'il sait au juste, pour Anna et moi.

— Au début, j'y pensais, mais sans y penser vraiment. Je ne croyais pas que je le ferais. Mais pour y penser, ça, j'y pensais. Je suis allé à la bibliothèque. J'ai fait des recherches. Il y avait une jurisprudence : une décision prise par une cour d'appel, en Pennsylvanie – vous le saviez, ça ? C'est ce qui m'a permis d'apprendre que l'arsenic ne figurait pas dans la liste des tests. (Il pouffe, non sans amertume.) L'idée ne leur est même pas venue, aux procs, que je puisse être juriste…

— Et où était l'arsenic ? Dans ses boissons ?

— Non, je lui faisais des gâteaux.

Il rigole encore aux dépens de l'accusation. Un PA est un historien qui tente de reconstruire le passé, avec tous les risques d'erreur que cela peut impliquer. On n'y parvient jamais à cent pour cent, parce que les témoins sont toujours influencés – soit qu'ils tentent de rejeter leurs responsabilités, soit qu'ils se trompent, purement et simplement – ou parce que, comme dans cette affaire, les enquêteurs n'ont pas posé les bonnes questions, ou n'ont pas correctement recollé les pièces dont ils disposaient…

— Les témoins qui ont affirmé que je ne cuisinais pas avaient raison. Quand Rickie était là, c'était lui qui régnait sur les fourneaux. Mais j'ai toujours fait un peu de pâtisserie, et Rickie était gourmand. Les premières fois, c'était juste pour rigoler, pour voir s'il s'apercevrait de quelque chose, ou pour savoir l'effet que ça me ferait si je parvenais à faire ce que j'avais lu dans les archives et les bouquins. J'ai dû le faire quatre ou cinq fois, en me disant que ça n'engageait à rien, que c'était la dernière fois. Ça, je me le suis dit plus d'une fois, vous savez… ajoute-t-il, tout à coup. Que j'allais arrêter.

Ses petits yeux fripés oscillent vivement entre moi et différents points de l'espace.

— Sauf que je n'ai pas arrêté, reprit-il, morose. Je n'ai pas pu. À un moment, au bout de sept ou huit fois, j'ai compris que j'irais jusqu'au bout. Je l'avais pris en grippe. Je me détestais. J'ai compris que je le ferais, quoi qu'il arrive. Et vous, monsieur le juge, qu'est-ce que ça vous avait fait de la tuer, la belle adjointe ? Crime passionnel ?

— Moi, je ne l'ai pas fait.

— Je vois.

Son regard s'est fait glacial ; il s'estime roulé.

— Vous, vous êtes mieux que moi.

— Je n'en dirais pas tant, John. J'ai sans doute eu plus de chance que vous. Personne n'est bon en soi. Nous avons tous besoin d'un coup de pouce. J'ai dû être plus aidé que vous.

— Et, maintenant, qui est-ce qui vous aide, là ? demande-t-il avec un coup de menton en direction de l'hôtel.

Nous voilà face à face, de pécheur à pécheur. J'ai honte d'être aussi prévisible.

Il y a eu beaucoup trop de vérités de dites, au cours de cette conversation, pour que je puisse m'en tirer sur un mensonge. Je me contente donc de secouer la tête une dernière fois, avant de tourner les talons.

L'ANNIVERSAIRE DE RUSTY (19/03/2007)	LA MORT DE BARBARA (29/09/2008)	L'ÉLECTION (04/11/2008)

8.

Tommy, 17 octobre 2008

Rory Gissling était la fille d'un flic, Shane Gissling, qui n'avait jamais réussi à dépasser le grade de sergent. Dans sa prime jeunesse, Rory avait tout pour elle : belle et fine mouche, avec le charisme et l'énergie d'une capitaine de *pom-pom girls*. Quant à Shane, il voulait pour sa fille ce que voulaient tous les pères, à l'époque : qu'elle apprenne un métier, avant de faire un bon mariage, qui lui éviterait d'avoir à travailler. Pas une seconde, Gissling n'avait envisagé que Rory puisse faire carrière dans la police, où les borgnes étaient rois. Elle avait fait de brillantes études d'économie et décroché son diplôme haut la main, avant de démarrer en flèche dans l'un des principaux cabinets de gestion financière de la région. Le sans-faute. Sauf qu'elle avait l'impression de purger une longue peine, derrière son bureau, au service comptable. Au bout de quatre ans, elle avait démissionné et s'était portée candidate à l'école de la police, sans même en informer ses parents. La légende voulait que Shane ait pleuré toutes les larmes de son corps, le jour où il l'avait appris.

Au bout de deux ans de patrouille dans une brigade en uniforme, Rory avait été mutée à la section des crimes financiers et, depuis, son étoile n'avait cessé de briller. En la voyant entrer avec Jim Brand, Tommy eut pourtant un sursaut de déception. Depuis leur dernière rencontre, qui datait de quelques années, Rory était quelque peu montée en graine. Lui qui avait toujours eu son physique contre lui et qui devait lutter d'arrache-pied pour avoir l'air ne fût-ce que présentable, il avait peine à comprendre qu'une beauté telle que Rory, dont la silhouette aurait jadis provoqué des embouteillages, ait pu se laisser aller au point de prendre vingt kilos, tous très mal placés. Elle n'avait pas encore cinquante ans, et c'était toujours une jolie blonde, coquette et soignée – ce qui suggérait qu'elle avait dû se battre énergiquement, mais sans succès, contre les kilos, qu'elle devait fuir les miroirs et se faire du mouron pour l'impression d'ensemble qu'elle produisait sur Phil, son mari, lieutenant à la section Trafic.

— Alors, lui demanda Tommy, qu'est-ce que vous nous ramenez ?

Tommy et Brand lui avaient confié la notification de réquisition des documents. Rory était leur meilleur choix, dans toutes les forces de l'ordre, pour se charger d'une telle opération. Elle était juste assez gradée pour pouvoir accepter la mission sans le feu vert d'un supérieur hiérarchique, et assez expérimentée pour pouvoir interpréter les réactions qu'elle provoquerait. Sans compter qu'elle était l'un des rares flics qui mettaient vraiment un point d'honneur à tenir leur langue.

— Ça, mystère, répondit-elle. Commencez déjà par me dire ce que vous savez.

Elle lui jeta un regard acéré, tandis que Brand s'installait dans un fauteuil spartiate, en face du bureau de son chef. Tommy lui avait bien recommandé de ne donner aucun détail concernant l'enquête mais, comme tous ses collègues, Rory détestait tirer à l'aveuglette. Les flics, et surtout ceux d'un certain grade, voulaient toujours en savoir le maximum. C'était l'un des principaux attraits de la fonction, cette sensation d'avoir une longueur d'avance sur tout le monde. L'ampleur de l'effet variait d'un flic à l'autre. Certains se sentaient carrément au-dessus du commun des mortels, d'autres juste un peu mieux lotis…

— Avec vous, j'ai l'impression de travailler pour les fédéraux : « Faites ce qu'on vous dit et bouclez-la ! »

Tommy n'avait rien contre Rory Gissling, mais il savait qu'il ne devait faire confiance à personne, s'il voulait éviter que la nouvelle s'ébruite. Il fallait que les médias continuent à ignorer qu'il avait Rusty dans le collimateur. C'était le seul moyen.

— Vous connaissez le suspect, je suppose ? s'enquit Tommy, comme si le seul nom de Sabich expliquait tout.

— Quand on vous demande de notifier quatre réquisitions de documents établies au nom du même type, forcément, on a tendance à entrevoir de quoi il retourne. À vue de nez, je dirais que le juge principal avait une petite aventure. Mais la dernière fois que j'ai consulté mes tablettes, ça n'était pas un crime dans cet État, pas même pour un candidat à la Cour suprême. Et vous me paraissez beaucoup trop cachottiers, tous les deux, pour qu'il puisse s'agir d'une simple opération de rétorsion, visant, par exemple, à lui tailler un costard dans les médias. Je subodore donc quelque chose de nettement plus gros. Je brûle ?

D'un regard, Brand consulta Tommy qui ne répondit pas. Le boss réfléchissait à ce que venait de lui dire Rory. Les documents qu'elle avait récoltés confirmaient donc la version de Cantu. Rusty faisait des siennes.

— Juste une question, poursuivit Rory. Homo ou hétéro, la liaison ?

Tommy sentit ses traits s'affaisser.

— C'est une femme, finit-il par lâcher.

— Merde, lança Rory, qui devait s'attendre à quelque chose de plus croustillant.

— Mais nettement plus jeune que lui, précisa Brand. Qu'est-ce que vous en dites ?

— Ouaip. C'est pas pareil.

— Et vous savez pourquoi il a pu séduire une femme qui a à peine la moitié de son âge ? insista Brand.

— Un coup de pot, je suppose ? répliqua-t-elle, avec un petit sourire méfiant.

Elle avait cru qu'il la chambrait, en lui parlant avec la même désinvolture qu'à un homme, une sorte de version « flic » de l'égalité des sexes. Mais non. Brand ne plaisantait pas.

— Parce qu'une femme plus âgée ne serait jamais tombée dans le panneau. Je doute qu'on reçoive beaucoup de réponses sur *Harmony.com*, en annonçant dans son profil, en dessous de sa photo : « Poursuivi pour le meurtre de son ancienne maîtresse ».

— Tiens ! pouffa Rory. J'aurais pourtant juré que ça inspirerait certaines.

Brand s'esclaffa.

— Pourquoi c'est jamais moi qui les rencontre, celles-là ?

— Bon, on est là pour bosser, ou quoi ? lança Tommy. Qu'est-ce qui vous fait dire que Rusty a une aventure, Rory ? Quelque chose apparaît sur les documents ?

— Pas grand-chose, en fait. Nous avons retrouvé son numéro de compte à partir de son dossier comptable, aux finances du comté. C'est ce que je vous ramène de plus révélateur. Son suivi bancaire.

Comme Tommy lui demandait si la banque avait bien reçu la lettre leur imposant le secret pendant quatre-vingt-dix jours, Rory lui balança son regard qui veut dire « Je ne suis pas totalement gourde » et ouvrit son dossier. L'exposé commençait.

Elle leur distribua des copies des relevés de Rusty et leur expliqua qu'en avril le juge principal avait cessé de faire virer automatiquement sur son compte le salaire que lui versait le comté. Ça avait coïncidé avec le moment où les juges de l'État avaient réussi à décrocher une augmentation indexée sur le coût de la vie. En lieu et place de ce virement, Rusty passait déposer son chèque à la banque, faisant virer sur son compte la même somme, au centime près, que ce qu'il percevait avant le réajustement. Quant à la différence, il la retirait en liquide.

Tommy ne voyait toujours pas le rapport.

— Comme s'il avait voulu s'en mettre un peu à gauche à l'insu de madame, lui souffla Rory.

De temps à autre, elle adoptait le vocabulaire et les expressions de son père, et jusqu'à ses fautes de grammaire, comme pour s'excuser de son brillant parcours universitaire.

— Je vous l'avais bien dit, fit Jim, l'index pointé sur son chef. Elle ira loin, cette petite.

— Non, c'est moi qui te l'avais dit. Le hic, c'est que pour moi, pépée et pépettes, ça fait deux. Le juge peut très bien jouer aux courses.

— Ça, ou prendre du crack, renchérit Rory. C'est ce que j'ai pensé en premier lieu. Enfin, pure supposition de ma part, puisque vous me laissez dans le noir total, ajouta-t-elle, avec un regard tout aussi sombre en direction de Tommy – elle n'allait pas le laisser s'en tirer à si bon compte ! Évidemment, je serais bien incapable de vous dire ce qu'il en fait, de ce liquide. Mais j'ai une ou deux idées. De temps en temps, il passe à l'agence de la First Kindle, et, avec des espèces qu'il retire, plus quelques billets qu'il sort de sa poche, il achète des chèques de banque.

— Bien vu, approuva Tommy.

— Pur coup de pot, vous voulez dire. La banque m'a craché ces chèques avec le reste des relevés. Je n'ai même pas eu à les leur demander. L'idée ne me serait pas venue. D'habitude, avec toutes les lois sur la confidentialité des transactions financières, il faut leur taper dessus comme sur un tambour pour qu'ils se décident à remplir leurs obligations légales. Mais, là, j'ai tout obtenu en moins de vingt-quatre heures. Sans doute l'effet choc de la lettre des quatre-vingt-dix jours... Ça a dû leur secouer salement les puces. Ça m'étonnerait qu'ils en voient passer des tonnes, à Nearing.

Elle leur tendit le premier chèque de banque, d'un montant de deux cent cinquante dollars, daté du 14 mai 2007 et libellé à l'ordre de LDMST.

— C'est-à-dire, en clair ?

— Laboratoire de dépistage des maladies sexuellement transmissibles.

— Fichtre !

— Comme vous dites, fit-elle.

— Pourquoi ? Il aurait trempé son biscuit dans une tasse pas nette ? s'enquit Tommy.

— Là, pour les explications, on n'a que l'embarras du choix. Et elles sont toutes plus affriolantes les unes que les autres. La première qui me vient à l'esprit, c'est qu'il s'est risqué à rouler décapoté – ou alors qu'il voulait le faire, avec sa dulcinée : ils ont passé les tests ensemble et ont attendu les résultats main dans la main, à la réception du labo. Mais, à supposer qu'il ait rapporté un truc pas net à la maison, il avait peu de chances de s'en sortir en expliquant à sa légitime qu'il avait chopé ça aux toilettes.

— On peut avoir les résultats ? demanda Tommy à Brand.

— En passant par les fédéraux. Le Patriot Act les autorise à consulter votre dossier médical sans vous demander votre avis, ni même vous en informer. Mais à nous, le conseil de l'État nous l'a refusé.

Un juge principal, candidat à la Cour suprême. Les fédéraux s'empresseraient de faire main basse sur le dossier, à la première occasion. Tout ce qui risquait de faire les gros titres les mettait en transe. Mais Tommy pouvait les contourner. Rusty n'avait pas passé ces tests par hasard. Il avait forcément quelque chose sur la conscience.

Il glissa un coup d'œil vers Brand.

— Peut-être qu'il a recours aux services d'une professionnelle.

Brand dodelina de la tête. C'était une possibilité.

Mais ça, Rory en doutait. Parce que les pros, c'était généralement une habitude bien ancrée, qui s'inscrivait dans la durée. Or, par la suite, à partir du 15 juin 2007, Rusty avait versé sur son compte la totalité de son salaire, augmentation comprise.

— Comment a-t-il pu expliquer la différence à madame, à votre avis ? demanda Brand.

— Il lui suffisait de dire qu'ils avaient enfin touché leur augmentation.

Brand hocha la tête, aussitôt imité par Tommy.

— Mais, à supposer que le liquide était destiné à une autre femme, suggéra Rory, il a dû arrêter de la voir. Au moins temporairement.

— Pourquoi temporairement ? s'enquit Brand.

— À en juger par le chèque de banque n° 3.

Le chèque, daté du 12 septembre précédent, soit un peu plus d'un mois plus tôt, était de huit cents dollars, payables à l'ordre de Dana Mann. Y figurait une annotation précisant : « 4 septembre 2008, consultation ». Prima Dana, comme on le surnommait, était un ténor du divorce, célèbre pour avoir défendu les intérêts des plus grosses fortunes de la région. La rumeur populaire le dépeignait comme un pur pignouf, plus matois que vraiment futé, dont le principal talent consistait à faire le joli cœur auprès des riches divorcées éplorées, pour leur soutenir le moral. Mais certains, dont apparemment Rusty, se fiaient tout de même à son tact et à la justesse de son diagnostic.

— Comment vous expliquez ça ? lui demanda Tommy.

— Pourquoi il a payé la consultation, vous voulez dire ?

— Non, fit Tommy.

Ça, il le voyait très bien. Prima Dana était sans arrêt amené à plaider devant la cour d'appel. Si Rusty avait décidé de rester avec sa femme et de ne pas engager Dana pour lancer la procédure de divorce, solder ses comptes avec l'avocat évitait au juge principal de se récuser, lors des futurs dossiers présentés par Dana. Sinon, autant reconnaître publiquement qu'il songeait au divorce.

— Un divorce, au beau milieu de sa campagne, ça risquait de faire désordre, fit remarquer Brand.

— Surtout avec une autre femme dans la manche, renchérit Tommy.

— Nous pourrions consulter les archives de Prima Dana ? suggéra Rory.

Tommy et Brand secouèrent la tête avec un bel ensemble.

— Uniquement la facture et le règlement, répliqua Brand. Secret professionnel. On n'en saura jamais un mot, de leur conversation. Mais ce n'est même pas la peine de poser la question. Combien de dossiers Prima Dana a-t-il plaidés, ces dix dernières années, à part des divorces ?

Brand s'approcha de l'ordinateur de son chef. Il en jouait comme s'il avait vu le jour dans des circuits imprimés. Il lui suffisait de pianoter trois secondes, le temps que Tommy se souvienne de la procédure qui lui permettait de consulter ses e-mails, pour obtenir tout un tas d'informations.

— « Cabinet exclusivement spécialisé dans la législation matrimoniale », lut Brand, sur la page d'accueil du site de Prima Dana.

Rory leur fit passer un troisième chèque de banque à l'ordre de Prima Dana, daté de juillet 2007, avec la même annotation – ce qui semblait indiquer que Rusty avait caressé quelque temps ses projets de divorce. La première consultation correspondait à peu près à l'époque où on l'avait vu en galante compagnie.

— Alors, comment vous recolleriez les morceaux, vous ? demanda Tommy.

Rory haussa les épaules.

— Ma machine à remonter le temps est en panne. Ça pourrait être un tas de choses. Ce qui est sûr, c'est qu'il a eu une aventure. Après, on ne peut qu'émettre des suppositions. Depuis les scénarios les plus classiques : elle exige qu'il largue sa femme sous peine de rupture – il refuse, ils se séparent et, un an plus tard, aux environs de septembre dernier, il a des regrets. Il s'apprête à prendre des grandes décisions… et, mince ! C'est justement le moment, fit Rory avec un trémolo dramatique, que choisit madame pour décéder par les voies naturelles… !

Elle avait planté les yeux dans ceux de Tommy, puis dans ceux de Brand. Elle avait compris. Bien sûr. Elle n'était pas tombée de la dernière pluie. Rusty avait signé son troisième chèque à l'ordre de Prima Dana moins de trois semaines avant la mort de sa femme.

— Pas un mot, menaça Tommy, l'index pointé sur elle. Pas même à Phil.

D'une main preste, elle fit le geste de sceller ses propres lèvres au moyen d'une clé imaginaire qu'elle jeta ensuite.

Tommy soupesa la théorie. Il pouvait y avoir une foule d'autres explications, mais celle-là tenait parfaitement la route.

— Vous auriez une idée de l'identité de la fille ? demanda-t-il.

Rory marqua un battement.

— Je comptais justement sur vous pour me mettre sur la voie, les gars.

— C'est de l'histoire ancienne, dit Tommy. Là, on a largement dépassé la limite de prescription.

Rory s'était heurtée au même problème. Les relevés de la ligne fixe de l'année précédente n'étaient plus consultables, à la compagnie du téléphone. Ceux du portable indiquaient quelques appels par jour, mais presque tous passés à son domicile, à son fils, ou à sa pharmacie habituelle.

— Nous pourrions faire saisir les relevés téléphoniques du tribunal, leur suggéra-t-elle avec un sourire.

Sauf que la lettre des quatre-vingt-dix jours de confidentialité aurait forcément transité par le bureau du juge principal. Et, là aussi, le détail des communications passées dix-huit mois plus tôt avait été effacé, comme pour n'importe quelle autre ligne téléphonique.

— Et ses e-mails ? demanda Brand.

— Actuellement, les fournisseurs d'accès font le ménage dans leurs serveurs tous les trente jours, ce qui ne veut pas dire que le juge n'a pas gardé la copie de ses messages sur son disque dur. Il serait particulièrement intéressant de consulter l'ordinateur de son bureau, ou de son domicile.

— C'est exclu pour le moment, fit Tommy. Surtout avant les élections, et avec le peu que nous avons.

Il remercia Rory en la félicitant de son boulot.

— Est-ce que je peux me considérer comme mise sur le coup ? demanda-t-elle depuis la porte.

Auraient-ils recours à elle pour épingler le suspect, en cas d'arrestation, si les choses allaient jusque-là, voulait-elle dire.

— Absolument, acquiesça Tommy. Vous et personne d'autre. Nous vous ferons signe.

Brand et Tommy restèrent seuls, face à face. Dans le silence revenu, on entendait le grelot des téléphones et les exclamations des adjoints qui s'interpellaient, d'un bout à l'autre du couloir.

— Cette fois, on tient vraiment quelque chose, Boss. Le test des MST, c'est pas un truc de mari modèle. Et on a la preuve qu'il pensait au divorce, moins de trois semaines avant qu'elle ne poinçonne son ticket.

Tommy se perdit dans ses réflexions.

— C'était peut-être Barbara qui avait une aventure. Peut-être que c'était un privé qu'il payait, avec le fric de ces chèques de banque, et à qui il filait rencard à l'hôtel. Un privé peut très bien être une jeune et jolie femme. C'est même parfait, comme couverture, soit dit en passant. Il n'a peut-être passé les tests que pour s'assurer que Barbara ne lui avait rien refilé. Il rumine tout ça quelques mois, puis, n'en pouvant plus, décide de consulter Prima Dana.

Brand partit d'un grand éclat de rire.

— Vous avez vraiment loupé votre vocation, chef ! Vous auriez fait des étincelles dans le camp adverse ! Vous aviez l'étoffe d'un grand défenseur.

— Mais pas l'estomac, répliqua Tommy. Réfléchis, Jimmy. Selon le coroner, Barbara Sabich est morte de causes naturelles.

— Parce que le juge a traînassé vingt-quatre heures, pour laisser le temps au produit qui a provoqué la mort de sa femme de se dissoudre dans son tube digestif.

Brand contourna le bureau de son chef.

— Là, faut plus tergiverser, Boss. Il est grand temps d'agir.

Brand avait du pain sur la planche. Saisir les ordinateurs du juge. Mener l'enquête dans son quartier pour savoir si le torchon brûlait dans le ménage Sabich. Rétablir la suite des événements dans la nuit qui avait précédé la mort de Barbara, minute par minute. Interroger le fils Sabich.

— Pas encore, rétorqua Tommy. Si ça tombe aux mains des journalistes, Rusty perdra les élections. Et quelles que soient les preuves que nous alignerons, nous aurons fait le jeu de la défense. J'entends déjà le refrain : « Le vilain PA, aigri et revanchard, a finalement réussi à écarter le pauvre juge Sabich de la Cour suprême. » Mieux vaut prendre notre temps, Jim. Ça nous évitera d'avoir à nous appuyer cette rengaine.

— Ils sont mandatés pour dix ans, à la Cour suprême, objecta Brand.

— Pas avec une inculpation pour meurtre.

— Et si on le manque quand même, juste de ça ? Ce type aura non seulement réussi à tuer en toute impunité, mais, nous, on l'aura sur le dos pendant dix ans !

Celle-là, Tommy s'y attendait. Depuis le début, il savait que Brand y viendrait. Ébruiter l'histoire, pour saper la carrière de Sabich, un minimum de justice valant mieux que pas de justice du tout. Dans le feu de l'action, Brand pouvait encore se laisser aller à prendre des raccourcis, de temps à autre. Tout comme Tommy à ses débuts, à vrai dire – et avec de meilleures excuses. Brand n'avait que huit ans quand son père était tombé mort sur son bureau, à la National Can. Il avait cinq frères et sœurs. La mère avait fait de son mieux. Elle était devenue assistante d'éducation, mais ils s'étaient retrouvés piégés dans une drôle d'existence. Ils habitaient toujours leur jolie maison de banlieue, payée par l'assurance du prêt, dans une ville où ils n'avaient plus les moyens de vivre. Pendant toute sa scolarité, Brand avait côtoyé des gosses mieux lotis que lui, mieux habillés, mieux nourris, plus gâtés, roulant dans de plus belles voitures et s'offrant de plus belles vacances. Ces temps-ci, il s'adonnait à la grande cuisine. Ils faisaient partie, Jody et lui, d'un groupe de quatre couples qui s'invitaient les uns les autres, pour essayer les recettes des émissions de cuisine, à la télé. Quelques années auparavant, Tommy lui avait demandé à brûle-pourpoint ce qui l'avait poussé à s'intéresser à la gastronomie.

— La faim, avait rétorqué Brand.

Il ne parlait pas de son appétit d'ogre, à l'heure du déjeuner. La famille Brand avait manqué de tout, dans un quartier où personne n'avait jamais manqué de rien. Leurs voisins n'avaient pas la moindre idée de ce que ça pouvait vouloir dire. Et Brand avait grandi avec le sentiment que chez lui, personne n'avait une minute à lui consacrer. Sa mère avait des jumeaux plus jeunes que lui de cinq ans, qui l'accaparaient. Et ses deux frères aînés se décarcassaient pour maintenir la famille à flot.

Au lycée, il s'était attiré sans cesse des ennuis. Il séchait les cours pour aller traîner autour des tables de poker où il avait commencé à jouer dès quinze ans. Sans le foot, il se serait fait virer. Sur le terrain, c'était une vraie brute. Il avait dû mettre violemment fin à la carrière de quatre ou cinq de ses coéquipiers, à l'entraînement – et esquinter deux fois plus d'adversaires, pendant les matchs. Mais il s'était classé parmi les meilleurs et ses tacles étaient infaillibles. On avait commencé par refuser sa candidature comme *linebacker* en première division sous prétexte qu'il n'avait pas le gabarit standard, mais, à la fac, il avait fini par s'imposer, à force de volonté, et en appliquant à peu près les mêmes méthodes que dans le service, pour peu que Tommy lui laissât la bride sur le cou : à la hussarde. C'était d'ailleurs l'une des raisons de son adoration pour son chef. Tommy était la première personne à lui avoir vraiment donné sa chance, sans rien attendre en retour. Mais à certains moments, quand la pression s'accentuait, et surtout dans le feu d'un procès, on sentait se réveiller en lui le gamin, affamé, rebelle et vindicatif, qui détestait se plier aux règles parce que pour lui, les règles, c'était fait par une bande de nantis qui ne donnaient pas un clou de lui et de ses semblables. L'adulte rationnel finissait tôt ou tard par reprendre le dessus, et il retrouvait toujours ses esprits. Mais il avait parfois besoin d'un bon coup de pied aux fesses.

— Non, fit Tommy, repoussant l'idée de la fuite avec juste assez d'agacement pour imposer le silence à son adjoint.

C'était une leçon qu'il avait apprise dans la douleur, vingt ans plus tôt, au cours du premier procès Sabich. On te paye pour poursuivre les criminels, pas pour manipuler les élections. Contente-toi de faire ton boulot. Enquête. Monte ton dossier et défends-le. Le résultat, ça n'est plus de ton ressort.

— On n'a pas le choix. Rien de public avant les élections.

Brand renâcla.

— Oui mais..., commença-t-il.

Il avait toujours un « oui mais » en réserve. Il avait longuement ressassé tout ça, avant d'en avertir son chef.

— Il nous reste peut-être un moyen de régler définitivement le problème, ajouta Brand. Et de pulvériser l'argument des représailles.

— Comment ça ?

— En prouvant qu'il était coupable, il y a vingt ans, et qu'il est passé à l'as. Ce n'est pas une quelconque revanche que veut le service du PA, c'est la justice, rien que la justice ! Les échantillons de sang et de sperme de l'affaire Polhemus sont toujours dans les frigos du laboratoire de pathologie de la police, je suppose ?

Tommy voyait très bien où il voulait en venir. Il avait lui-même envisagé plus d'une fois cette possibilité, au cours de la décennie écoulée. À compter du jour où il s'était avisé que les analyses d'ADN résoudraient définitivement le mystère de la culpabilité de Sabich dans le meurtre de Carolyn Polhemus. Mais bien sûr, jusqu'ici, il n'avait jamais eu de raison avouable pour faire pratiquer ces tests.

— Pas si vite, fit-il.

— On pourrait demander la décision d'un tribunal extérieur, en présentant ça comme une enquête du grand jury.

— Si tu fais sortir ces pièces à conviction du congélo de McGrath Hall, dit-il, parlant du poste central de la police – leur grand QG, où les secrets s'ébruitaient plus vite que de le dire, surtout s'agissant d'une décision du grand jury, tous les flics de la ville seront au courant dans les deux heures, et les journalistes cinq minutes plus tard. Non. Le moment venu, nous aurons peut-être un moyen d'agir sans décision du tribunal.

Brand ouvrit des yeux ronds. C'était la première fois que son chef se trahissait ainsi, en lui laissant entrevoir que, lui aussi, il avait longuement réfléchi à la question.

— C'est trop tôt, conclut Tommy. On en reparle après les élections.

Brand fronça les sourcils.

— Trop tôt, répéta Tommy.

L'ANNIVERSAIRE DE RUSTY (19/03/2007) — LA MORT DE BARBARA (29/09/2008) — L'ÉLECTION (04/11/2008)

9.

Rusty, mai 2007

Quel est l'ultime critère, en matière de sexe ? L'endurance ? L'inventivité ? La virtuosité des acrobaties, ou l'intensité pure ? Quel que soit l'angle retenu, mes performances avec Anna ne sont pas les plus mémorables de mon existence. Ce titre restera à jamais acquis à Carolyn Polhemus, avec qui le sexe était chaque fois un défi à relever, dans notre quête délibérée du plaisir physique et de l'absence totale d'inhibition.

Anna appartient à une génération pour qui le sexe est avant tout une distraction. L'humour en est donc une composante essentielle. Quand je frappe à la porte de notre chambre, dix minutes après son arrivée, c'est souvent une plaisanterie qui m'attend. Une infirmière perchée sur d'aguichants talons aiguille. Ses seins enveloppés d'un film plastique transparent que je dois dérouler. Une grande flèche verte, peinte à même la peau, qui plonge dans son décolleté pour rejoindre un grand V dessiné au-dessus de son sexe. Et ce gros nœud de satin rouge, refermant son peignoir sous lequel elle est en costume d'Ève… Mais ce genre de gag trahit parfois une désinvolture que je suis loin d'éprouver.

Elle a beaucoup plus d'expérience que moi, bien sûr. Anna est ma quatrième partenaire sexuelle de ces quarante dernières années. Son « score » à elle, comme elle se plaît à l'appeler, reste un secret, mais elle y fait assez souvent allusion, mine de rien, pour me laisser deviner que je suis le dernier d'une longue liste. Je m'inquiète donc un peu quand il s'avère qu'elle a parfois du mal à jouir. Pour paraphraser Tolstoï, je dirais que tous les hommes empruntent le même chemin pour parvenir à l'orgasme, alors que chaque femme a son propre itinéraire – et le sien m'échappe bien souvent. Certains jours, je peux aussi avoir mes propres problèmes, ce qui m'amène finalement à appeler mon médecin pour avoir cette fameuse pilule bleue qu'il m'a plus d'une fois proposée.

Mais malgré tous ces détails, qui semblent faire de nous de parfaits candidats pour une vidéo de démonstration à portée didactique, chacune de nos rencontres est empreinte d'une merveilleuse tendresse.

Ma main ne se pose sur elle qu'avec la vénération due aux saintes reliques, et je ne la touche qu'avec la conviction profonde que ma peau irradie toute ma gratitude et la ferveur de mon désir. Nous avons à profusion cet unique ingrédient indispensable au succès, en la matière : la parfaite concentration. Quand je suis près d'elle, plus rien n'existe au monde – ni ma honte, ni mes craintes, ni les dossiers qui me tracassent, ni les soucis de ma campagne ou du tribunal. Pour moi, elle devient l'univers lui-même. C'est un abandon magnifique, parfait.

Elle a beau m'exhorter à oublier la différence d'âge, le fossé est toujours là. Il se manifeste, entre autres, par les hiatus qu'il induit dans nos façons de communiquer. Je n'ai jamais eu d'iPod entre les mains et quand elle déclare que quelque chose « déchire », je ne sais jamais si c'est un compliment ou pas. De son côté, elle n'a aucune idée du monde où j'ai grandi. Pas le moindre souvenir de l'assassinat de Kennedy, ni de la vie sous Eisenhower, sans parler des années soixante. Et cela vient parfois troubler notre grande fusion amoureuse, ce sentiment qu'elle a de voir par mes yeux, et moi par les siens.

Ça m'amène aussi à lui parler un peu trop de Nat. Je ne résiste pas au plaisir de faire appel à ses lumières. Elle est tellement mieux placée que moi pour comprendre mon propre fils.

— Tu t'en fais trop pour lui..., me glisse-t-elle un soir, comme nous reposons dans les bras l'un de l'autre en attendant le dîner que le service d'étage ne va pas tarder à nous apporter. Je connais pas mal de gens qui étaient avec lui, à Easton, et tout le monde s'accorde à le trouver brillantissime... Tu sais, le genre qui n'ouvre la bouche en cours qu'une fois par mois, mais toujours pour dire un truc auquel le prof lui-même n'avait pas pensé.

— Pour lui, la vie n'a pas été simple.

Quand on aime ses enfants et qu'on fait de leur bonheur l'une des priorités de son existence, il est décevant de découvrir qu'ils ne sont finalement pas plus heureux que nous. Selon les critères les plus courants, Nathaniel Sabich était un enfant sage. Attentif en classe, ne contredisant presque jamais ses parents. Mais il lui a été plus difficile qu'à d'autres de grandir. C'était un garçon nerveux, agité et impatient. Il ne tenait pas en place, et voulait toujours savoir la fin de l'histoire que nous lisions. Plus il avançait en âge, et plus il devenait évident que sa nervosité avait pour source une sorte d'inquiétude sourde, qu'il enfouissait en lui de plus en plus profondément.

Les thérapeutes nous ont proposé d'innombrables explications. Nat était le fils unique de deux parents eux-mêmes enfants uniques. Le cocon d'affection et de prévenances où il avait grandi avait fini par l'étouffer – preuve qu'en matière d'éducation, l'excès d'amour peut devenir tout aussi nocif que le manque. Puis ce fut le traumatisme de mon inculpation et de mon procès, durant lequel, malgré tous nos efforts pour faire comme si de rien n'était, notre famille est restée suspendue au-dessus d'un abîme, comme dans ces films où on voit le héros se cramponner aux poutres d'un pont bombardé.

L'explication sur laquelle je me rabats le plus volontiers est celle qui me disculpe : mon fils a en partie hérité des tendances dépressives de sa mère. À l'adolescence, je l'ai vu sombrer dans cet étrange abattement. Il avait les mêmes penchants à la rumination et à l'isolement. Nous avons traversé toutes les épreuves qu'on imagine. Les bulletins scolaires où les meilleures notes côtoyaient les pires. La drogue. Il y a une dizaine d'années, j'ai atteint un sommet de honte et d'angoisse, le jour où mon vieux copain Dan Lipranzer, un inspecteur de police qui se préparait à prendre sa retraite en Arizona, a fait irruption dans mon bureau.

— Hier, m'a-t-il annoncé, la brigade des stups a coffré un élève du lycée de Nearing, avec des *poppers*[1] qu'il prétend avoir achetés au fils d'un juge...

Le bon côté de cette mésaventure, c'est qu'elle nous a fourni un bon moyen de pression sur Nat, pour lui faire reprendre sa thérapie. Quand il a commencé à prendre des antidépresseurs, vers la fin de ses études universitaires, c'est comme s'il était sorti d'une caverne pour émerger en pleine lumière. Il a entrepris des études de philo, il a enfin quitté la maison et puis, sans même nous en informer, il a décidé de s'inscrire en fac de droit. Mon fils a été l'objet d'une telle anxiété, d'une attente si passionnée, de la part de Barbara et de la mienne, que nous sommes toujours vaguement étonnés qu'il ait enfin réussi à trouver sa voie. Mais le sentiment de malaise de nous retrouver seuls face à face, Barbara et moi, n'y est sans doute pas étranger.

— Et alors ? Ça t'a fait plaisir qu'il s'inscrive en droit ? me demande Anna.

---

1. Ampoules de nitrite d'anyle, utilisées en inhalation comme euphorisant, aphrodisiaque et relaxant des sphincters, lors des rapports anaux.

— C'était un soulagement, en un sens. Je n'aurais pas été contre un doctorat de philo. La démarche m'a toujours semblé intéressante. Mais je voyais mal où ça aurait pu le mener. Note que, de ce point de vue, le droit n'est pas tellement mieux. Il parle de devenir prof, mais ça n'est jamais évident de passer de l'assistanat à l'enseignement. Et je ne crois pas qu'il ait d'autres idées.

— Et une carrière de mannequin, ça ne le tenterait pas ? T'as remarqué qu'il est à tomber, ce garçon ?

Nat a la chance de ressembler à sa mère mais en fait même si le reste du monde ne le voit pas, le côté acéré de sa beauté – le rayon concentré de ses yeux bleus, l'énergie sombre et énigmatique qu'il irradie – c'est de mon père qu'il le tient. Son physique lui attire l'attention des jeunes femmes, comme un fanal, mais mon fils a toujours été très lent à s'attacher. Actuellement, il traverse une période de solitude, une de plus, à la suite d'une rupture catastrophique avec Kat, qui a été sa petite amie pendant quatre ans.

— Il a déjà eu des propositions. Le recruteur d'une agence l'avait repéré dans la rue. Mais il a toujours détesté qu'on lui parle de son apparence. Il ne veut pas être jugé sur ce terrain. D'ailleurs, il existe de bien meilleurs plans, si on veut se faire de l'argent vite et bien.

— Ah oui ? Lesquels ?

— Un vrai filon pour tous les gens de votre âge. De quoi amasser de véritables fortunes…

— Comment ça ?

— En apprenant à enlever les tatouages.

Elle se met à rire à gorge déployée, comme si la vie se résumait à ça. Elle se tortille en pouffant de rire. Mais ce que nous venons de dire de Nat a dû éveiller quelque chose en elle, car elle se soulève sur le coude, quelques minutes plus tard, et me regarde.

— Ce n'était pas une fille que tu voulais, toi, par hasard ?

Je reste un bon moment les yeux perdus dans le vide.

— Je crois que c'est le genre de remarque que Nat aurait qualifiée de « transgression délibérée », du temps où il était en philo.

— Une entorse aux normes de la bienséance ?

— Je pense que c'était ce qu'il voulait dire, oui.

— Je ne crois pas que ce genre de norme s'applique par ici, dit-elle, en désignant les murs de notre chambre d'un coup de menton. Alors ? Tu voulais une fille ?

— J'aurais voulu d'autres enfants. Barbara se retranchait derrière toutes sortes d'excuses. Elle n'aurait jamais pu aimer un autre enfant autant que Nat. Ce genre de truc. Rétrospectivement, je pense plutôt qu'elle se savait déjà malade. Fragile.

— Mais tu aurais voulu une fille ?

— J'avais déjà un fils.

— Alors, c'est oui ?

Je m'efforce de me replonger dans mon état d'esprit de ces années-là. Je voulais des enfants. Être père, faire mieux que ce qu'on avait fait pour moi. C'était ma priorité.

— Je suppose, oui.

Elle se lève et laisse lentement glisser de ses épaules le peignoir qu'elle a enfilé, en me fixant d'un regard ardent et appuyé – celui que je lui ai si souvent vu, au cours des derniers jours qu'elle a passés dans mon service.

— C'est bien ce que je pensais, conclut-elle, en revenant se coucher près de moi.

Quand on se retrouve le soir, j'ai toujours du mal à m'en aller. Elle me supplie de ne pas la quitter et n'hésite pas, telle Jézabel, à user de manœuvres les plus perfides. Ce soir, elle se rhabille à contrecœur et, tandis que nous nous approchons de la porte, elle s'y arcboute des deux mains et se met à onduler du croupion comme une professionnelle du pole-dancing.

— Là, tu ne me facilites pas la tâche.

— C'est l'idée.

Comme elle continue sa petite danse grivoise, je viens me placer derrière elle et la rejoins dans ses trémoussements, jusqu'à ce que, n'y tenant plus, je lui retrousse sa jupe et, écartant son slip, je la pénètre. Sans capote. Un acte d'une audace folle, pour nous. Même la première fois, elle avait des préservatifs dans son sac.

— Oh, mon Dieu..., dit-elle. Rusty.

Mais nous ne cessons ni l'un ni l'autre. Ses mains restent arc-boutées à la porte. Tout le désespoir, toute la folie de notre liaison semblent se cristalliser en cet instant, pour l'un comme pour l'autre. Et quand j'explose en elle, c'est une révélation. Le moment le plus vrai que nous ayons vécu jusqu'ici.

Ensuite, nous nous rhabillons dans un silence chagrin, un peu secoués l'un comme l'autre.

— Ça m'apprendra à tortiller du cul sous ton nez, me lance-t-elle, tandis que je quitte la chambre le premier.

Le remords est un commando qui arrive sans bruit et sabote tout. Après cet instant d'oubli total, je suis en proie à une constante inquiétude. Un soir, l'un des e-mails sibyllins d'Anna m'amène au bord des larmes. « Les invités sont arrivés », m'écrit-elle en un aimable euphémisme, digne de la reine Victoria. Mais les jours suivants, je reste hanté par cet acronyme qui me serre le cœur comme une main glacée : MST. Et si Anna, qui n'en est pas à son premier écart de conduite, était porteuse à son insu d'un germe ou d'un virus que je pourrais transmettre ? J'imagine la tête de Barbara revenant de chez son gynécologue...

Je sais que mes craintes sont en grande partie irrationnelles. Mais tous ces « et si ? » sont autant de clous qui me vrillent dans le crâne. J'ai assez de sujets d'inquiétude. Je ne peux m'offrir le luxe de courir un risque de plus. Un jour, depuis l'ordinateur de mon bureau, je lance une recherche sur le Net, et je trouve un site. J'appelle le numéro depuis une cabine publique, près de la station de bus, en surveillant bien les environs pour m'assurer que nul ne peut m'entendre.

À l'autre bout du fil, la voix est patiente et réconfortante. Une jeune femme m'explique le protocole d'examen et m'informe que l'établissement accepte les paiements par carte bancaire. Les initiales qui apparaîtront sur mon relevé seront certes anodines, mais c'est exactement le genre de détail qui risque d'attirer l'attention de Barbara. Dès qu'elle repère une dépense inexpliquée, elle me demande toujours si c'est déductible.

Mon silence doit être révélateur, car ma correspondante s'empresse d'ajouter :

— Vous pouvez aussi régler par mandat postal ou par chèque de banque, si vous préférez.

Elle m'attribue un code client qui remplacera mon nom dans toutes mes démarches avec le cabinet.

J'achète le chèque de banque dès le lendemain, en passant dans mon agence faire l'un de mes dépôts soigneusement calibrés.

— Dois-je enregistrer le nom du déposant ? me demande la guichetière.

— Non, pas la peine, répliqué-je aussitôt, un poil trop vite.

De là, je file au treizième étage d'un immeuble du centre-ville où je dois laisser le chèque. L'adresse est celle d'une boîte d'import-export. Je risque un œil à l'intérieur et je bats en retraite pour vérifier les coordonnées, dans ma poche. Quand je pousse à nouveau la porte, la réceptionniste, une Russe d'âge plus que mûr me lorgne d'un œil impérial.

— Vous êtes venu apporter l'argent ? me demande-t-elle, avec un accent à couper au couteau.

Logique, comme couverture, me dis-je. Même si un privé m'a pris en filature jusque-là, le but de ma visite lui aura échappé. Elle attrape mon chèque, qu'elle fourre dans un tiroir sans plus de façons, avant de se replonger dans ses paperasses. J'imagine la ménagerie d'époux volages qu'elle doit voir défiler. Des légions d'homos. La mère de famille, flanquée d'enfants en bas âge, qui s'envoie en l'air l'après-midi avec le voisin – il est beaucoup chez lui, ces temps-ci, parce qu'il s'est fait licencier. Et des hordes de types dans mon genre : les tempes grises, morts de trouille après une soirée avec une tapineuse à trois cents dollars. Son fonds de commerce repose sur la faiblesse et la folie humaines.

À côté, l'examen lui-même me paraît relativement banal. Je vais dans un cabinet médical en face de l'hôpital universitaire, où l'on ne me demande que mon code client. L'infirmière qui se charge de la prise de sang ne se fend même pas d'un sourire. Après tout, chaque patient est pour elle une source de danger potentielle. Elle ne me prévient même pas que ça peut faire mal...

Quatre jours plus tard, un conseiller m'informe que les tests sont négatifs. Je n'ai rien. Je l'annonce à Anna, lors de notre rendez-vous suivant. J'ai longuement hésité à la mettre au courant, mais je me suis dit que l'aval de la science valait mieux que ma parole, concernant ma vie privée.

— Mais je n'avais pas l'ombre d'une inquiétude, répond-elle.

Elle me regarde, sous ses sourcils fournis.

— Mais toi, si ?

Je me suis assis sur le lit. Il est midi. Dans le couloir, on entend le préposé au minibar frapper successivement à toutes les portes, pour réapprovisionner les frigos. Ça aussi, ce serait génial comme couverture pour un privé, songé-je, toujours tenaillé par mon inquiétude.

— Il y avait des questions que je ne tenais pas à te poser.

Comment pourrais-je exiger d'Anna qu'elle me promette fidélité, puisque je ne peux m'engager à ne pas coucher avec ma femme ? Je ne sais toujours pas si elle voit d'autres hommes, mais j'ai remarqué que les brefs e-mails que j'ose lui envoyer le week-end restent souvent sans réponse. Et, bizarrement, je ne suis pas jaloux. Je ne cesse de me représenter le moment où elle m'annoncera qu'elle veut tourner la page, que l'expérience lui a suffi, qu'elle lui a apporté tout ce qu'elle pouvait en retirer et qu'elle préfère chercher à nouveau une vie normale.

— En ce moment, il n'y a personne d'autre que toi, Rusty (en ce moment, me dis-je...), et je fais toujours très attention. Désolée d'avoir un peu paniqué. Mais tu sais, je n'ai jamais eu d'avortement...

— Je n'aurais jamais dû.

— J'ai adoré ça, dit-elle tout bas, en venant s'asseoir près de moi. On pourrait le faire toujours comme ça. Maintenant qu'on sait. J'ai un diaphragme.

— Et si tu rencontrais quelqu'un d'autre ?

— Je t'ai déjà dit. Je fais très attention. Enfin...

Elle s'interrompt.

— Quoi ?

— Je ne vois pas pourquoi il y aurait quelqu'un d'autre. Si tu me dis que tu envisages de quitter Barbara...

Je soupire.

— Anna. Ne revenons pas indéfiniment là-dessus. Nous n'avons que deux heures devant nous. Ne les passons pas à nous bagarrer.

Cette fois, je l'ai blessée. Je le vois tout de suite quand elle est en colère. La part la plus dure d'elle-même, celle qui se passionne pour les cruels mécanismes de la loi, reprend le dessus. Son expression se fige.

Profondément secoué, je m'écroule sur le lit, la tête enfouie dans un oreiller. Au bout d'un certain temps, elle s'en remettra et viendra s'asseoir près de moi. Mais pour l'instant, je reste seul, plongé dans un abîme de réflexions où je me pose cette question qu'elle m'a si souvent posée. Est-ce que je l'épouserais, si par quelque concours de circonstances la chose devenait possible ? Elle me fait rire aux larmes, elle est un régal pour mes yeux et je me délecte de sa présence. Elle m'est plus chère que ma propre vie. Mais voilà bien longtemps que j'ai eu trente-cinq ans. Je doute de pouvoir la rejoindre de l'autre côté d'un pont que j'ai déjà franchi.

Pourtant, quelque chose m'apparaît soudain, aussi clair que la réponse à un problème de maths qui me résistait jusque-là. Je vois à présent la leçon que je peux tirer de ma rencontre avec Anna. J'ai fait une erreur. Une grosse bourde. Anna n'est peut-être pas la solution. Mais ça ne signifie pas qu'il n'y en a pas d'autre. Vingt ans plus tôt, je m'étais persuadé qu'après une telle cascade de mauvaises décisions, tenter de sauver mon couple et ma famille était ce que je pouvais faire de mieux. Et j'avais tout faux. Il aurait mieux valu réinventer autre chose, avec quelqu'un d'autre. Jamais je n'aurais dû revenir. Vendre mon bonheur pour celui de Nat. C'était le mauvais choix, pour nous trois. Ça a forcé mon fils à grandir emmuré dans son silence et sa souffrance. Ça a réduit Barbara à vivre le nez sur les preuves d'une réalité que n'importe qui d'autre aurait préféré fuir. À présent, mon cœur est comme un cuirassé surchargé, qu'une légère brise suffit à retourner. Je sombre dans des eaux sur lesquelles j'aurais dû naviguer. Et je ne peux m'en prendre qu'à moi-même.

À mon retour, je trouve sur mon bureau un message urgent de George Mason. Trois, en fait. Dans une cour d'appel, la vie s'écoule au ralenti. Même les requêtes prétendument urgentes, il faut un jour ou deux pour y répondre. Une heure n'y suffit jamais. Quand je lève les yeux, George est sur le seuil. Il est descendu voir si j'étais revenu. Il est en bras de chemise et passe ses nerfs sur sa cravate rayée, qu'il lisse d'une main fébrile.

— Quoi ? Qu'est-ce qu'il y a ?

Il referme la porte derrière lui.

— Jeudi, nous avons rendu notre décision pour l'affaire Harnason.

— J'ai vu, oui.

— Et aujourd'hui, en allant déjeuner, je suis tombé sur Grin Brierson, du service de Molto. Elle a appelé Mel Tooley pour arranger la reddition de Harnason et n'a eu aucune nouvelle. Finalement, au troisième coup de fil, Mel a admis que son client semblait avoir pris la fuite. Les flics sont passés chez lui ce matin. Harnason a disparu depuis au moins deux semaines.

— Disparu ? Malgré sa conditionnelle ?

Harnason s'est rendu dans un casino flottant. Muni d'une carte de crédit, il a retiré deux mille cinq cents dollars en jetons et les a aussitôt encaissés, pour financer sa cavale. Maintenant, avec une avance de deux semaines, il doit être loin.

— Les médias n'en savent encore rien, me dit George. Mais ça ne saurait tarder. Je ne voudrais pas que tu sois pris de court, quand les journalistes appelleront. Koll va sûrement t'allumer.

Le public ignore à peu près tout de ce que font les juges d'appel. Mais les électeurs comprendront instantanément que j'ai rendu la liberté à un homme condamné pour meurtre qui est à présent lâché dans la nature. Un loup-garou de plus dans leurs cauchemars. Koll ne va pas se priver de me matraquer, avec Harnason et son histoire. Je me demande vaguement si c'est vraiment une chance que je lui ai donnée, à ce crétin. Mais ce n'est pas ce qui me paralyse, quand George s'éclipse enfin, me laissant seul derrière mon grand bureau. Depuis les sept semaines que je fréquente Anna, je sens le désastre se préparer. Mais j'ignorais encore sous quelle forme. J'avais certes pris le risque délibéré de blesser les gens qui me sont le plus proches. Mais devant une telle ironie du sort, je reste frappé de stupeur en comprenant que j'ai objectivement apporté mon concours à une infraction grave. Harnason m'avait si bien embobiné... En fait, mon élection est désormais le cadet de mes soucis. Face au mauvais procureur – et je ne vois pas qui pourrait être pire que

Molto –, je pourrais très bien me retrouver sous les verrous.

J'ai besoin d'un avocat. Je suis trop désemparé et trop conscient de mes fautes pour y voir clair. Et je n'ai pas l'embarras du choix : je compose le numéro de Sandy Stern, qui m'a défendu, il y a vingt et un ans.

— Monsieur le juge ! s'exclame Vondra, sa secrétaire. Mr Stern n'est pas à son bureau. Il était un peu souffrant, ces derniers temps, mais je suis sûre qu'il sera enchanté de vous parler. Un instant, je vais voir s'il peut prendre votre appel.

J'attends plusieurs minutes avant d'avoir Sandy en ligne.

— Rusty.

Sa voix est éraillée et d'une alarmante faiblesse. Comme je lui demande ce qui lui arrive, il m'explique qu'il a une mauvaise laryngite et revient à mon cas. Je ne m'embarrasse pas de vains préambules.

— Sandy, j'ai besoin d'un coup de main. À ma grande honte, je crois que j'ai fait une bêtise.

Je me suis préparé à un déluge de reproches. Stern aurait lieu de se plaindre de moi, après tout ce qu'il a fait pour me donner une autre chance, une autre vie...

— Ah, Rusty, dit-il. (Sa respiration semble laborieuse.) Si personne n'en faisait, je pourrais fermer boutique.

Son médecin lui a prescrit un repos de deux semaines, avec interdiction de venir à son cabinet. Mais je préfère l'attendre le temps qu'il faudra, plutôt que de prendre conseil auprès de quelqu'un en qui j'aurais moins confiance. Quarante-huit heures se sont écoulées. Le premier choc passé, j'ai retrouvé un semblant de calme. La nouvelle de la cavale de Harnason est tombée. La police a exploré toutes les pistes sans retrouver sa trace. Koll a jeté les hauts cris sur mon manque de jugement, mais la controverse n'occupe qu'une modeste colonne de cinq centimètres, en bas de page, dans la rubrique des faits divers. Les élections sont encore loin. Par une amusante ironie du sort, les protestations de Koll auraient probablement fait plus de bruit s'il avait maintenu sa candidature aux primaires.

Je n'ai aucune idée des répercussions que peut avoir cette affaire. J'ignore, en particulier, si Sandy me conseillera d'avoir une franche explication avec les autres juges, ou de garder le silence. Mais si je suis sûr d'une chose, c'est que je dois cesser de voir Anna. Face à la perspective d'un nouveau désastre, l'idée de prendre le moindre risque supplémentaire m'est intolérable.

Trois jours plus tard, j'arrive en avance dans le hall de l'hôtel Dulcimer pour être sûr de l'intercepter avant qu'elle ne monte à la chambre. Mon apparition intempestive a suffi à lui mettre la puce à l'oreille. Il y a quelque chose qui cloche… Je l'entraîne derrière une des grandes colonnes.

— Il faut cesser de nous voir, Anna.

Son visage se crispe.

— Montons dans la chambre, répond-elle, avec une note d'impatience.

Je sens que si je refuse, elle ne pourra se retenir de me faire une scène.

Elle éclate en sanglots dès que la porte se referme sur nous. Elle se laisse choir dans un fauteuil, sans même prendre le temps d'ôter son petit imper. Le temps était à l'orage, ce matin.

— J'ai si souvent essayé, dit-elle. J'ai essayé d'imaginer cette scène, tant et tant de fois. L'effet que ça me ferait, quand tu m'annoncerais ça. Et je ne pouvais pas. Je n'ai jamais pu. Même là, j'arrive pas à le croire !

Après réflexion, j'ai préféré ne rien lui révéler de la cavale de Harnason. Je ne lui en avais pas parlé à l'époque de l'incident, et j'ai la paradoxale certitude qu'Anna, qui a pourtant encouragé mes passions illicites, serait atterrée d'apprendre avec quelle inconséquence j'ai failli à mes devoirs de juge. Je me contente donc d'aller droit au but :

— Il est temps, Anna. Grand temps. Plus nous attendrons et plus ça sera dur.

— Rusty, dit-elle.

— C'est la vérité, Anna. Tu le sais comme moi.

À ma grande surprise, elle acquiesce. Elle aussi a fini par se faire une raison. Huit semaines, me dis-je. Mon escapade n'aura donc duré que huit semaines.

— Prends-moi encore dans tes bras, dit-elle.

Elle y reste longtemps, juste devant la porte, en un étrange *remake* de nos premiers moments. Mais nous n'avons pas besoin qu'on nous le rappelle. Nos corps ont leur propre élan et leurs propres lois. Nous en finissons promptement, l'un comme l'autre. Comme si nos corps savaient que le temps nous était compté.

Rhabillée, elle se retourne devant la porte, pour m'étreindre une dernière fois.

— Tu crois qu'il faudra cesser complètement de nous voir ?

— Non, dis-je. Laissons le temps au temps.

Après son départ, je reste étendu sur le lit. Longtemps. Plus d'une heure. La première, maussade et sombre, de toutes celles qu'il me reste à vivre.

Je pourrais prétendre que rien ne peut calmer un tel chagrin, mais c'est faux. Je traverse ma vie comme un amputé aux prises avec la douleur fantôme du membre qui lui manque, le cœur déchiré de regrets, tandis que ma raison me souffle – ce qui est peut-être le plus désespérant – que ça aussi, ça passera. Jamais plus, me dis-je. À présent, la malédiction se réalise. Plus jamais ça.

La première semaine passée, ça va mieux. J'ai fait mon deuil. Elle me manque toujours, mais je retrouve un peu de paix. Elle était tellement hors de portée – si jeune, d'une époque si différente de la mienne… Il me serait difficile de me sentir vraiment dépossédé. Et puis, quoi qu'il puisse advenir de l'affaire Harnason, cette partie de l'histoire restera dans l'ombre. Barbara n'en saura rien et Nat non plus. J'ai évité le pire.

Je ne cesse de m'interroger : est-ce vraiment Anna qui me manque, ou l'amour ?

Deux semaines après notre dernier rendez-vous au Dulcimer, elle débarque dans le service. Je reconnais sa voix depuis mon bureau, où je travaille. Je l'entends dire à ma secrétaire qu'elle passait au tribunal pour enregistrer un dossier, et qu'elle en a profité pour faire un saut. Un sourire s'épanouit sur son visage quand elle m'aperçoit, par la porte ouverte. Elle entre dans mon bureau sans attendre d'y être invitée, comme n'importe lequel de mes assistants qui viendrait prendre de mes nouvelles. Tout ça n'a rien que de très naturel.

Elle est enjouée, et part d'un grand éclat de rire avec Joyce, en découvrant qu'elles portent toutes deux les mêmes bottes, jusqu'à ce que je referme la porte derrière elle. Ses épaules s'affaissent alors. Elle se plonge le visage dans les mains.

Mon cœur s'emballe. Elle est si jolie. Elle a mis son ravissant petit tailleur gris, qui lui va comme un gant et dont mes mains gardent un souvenir tactile aussi net que si elles l'effleuraient à nouveau.

— J'ai rencontré quelqu'un, me dit-elle à mi-voix, quand ses yeux se lèvent vers moi. En fait, il habite mon immeuble. J'ai dû le croiser des centaines de fois avant de lui adresser la parole, il y a une dizaine de jours.

— Un avocat ?

Moi aussi, j'ai parlé à voix basse.

— Ça, non ! (Elle secoue la tête avec une détermination qui suggère qu'elle ne serait tout de même pas si bête.) Il est dans les affaires. Finances, investissements. Divorcé. Quelques années de plus que moi. Je l'aime bien. On a couché ensemble, hier soir.

Je parviens à ne pas faire la grimace.

— J'ai détesté ça, confesse-t-elle. Je me suis détestée. Tu vois, je me dis qu'il y a des gens comme toi et moi, dans la vie de tout le monde. Des gens qui ne peuvent pas rester toujours mais auxquels on tient énormément, sur une brève période. Je crois que si on mène sa vie honnêtement, en gardant l'esprit ouvert, on rencontre forcément ce genre de personne. Tu ne crois pas ?

Certains de mes amis en diraient autant de toutes les relations – qu'elles sont par nature éphémères. Mais j'acquiesce d'un hochement de tête solennel.

— J'essaie tout, Rusty.

— Nous avons besoin de temps, tous les deux.

Elle secoue sa jolie crinière blonde. Elle s'est fait couper les cheveux, avec les pointes légèrement tournées vers l'intérieur.

— J'attendrai toujours que tu me demandes de revenir.

— Et moi, j'attendrai toujours que tu reviennes. Mais je ne te le demanderai jamais.

Un petit sourire lui court sur les lèvres, tandis qu'elle mesure l'absurdité délibérée de cette dernière remarque.

— Pourquoi une telle détermination ?

— Nous avions atteint la conclusion logique. Ça ne pouvait pas finir bien. Pas mieux que ça, en tout cas. Je commence à me faire une raison.

— Ah oui ? Et quel genre de raison, au juste ?

— Je n'ai pas le droit à une deuxième vie. Pas plus que quiconque. J'ai fait mes choix. Ça serait renier tout ce que j'ai vécu, que de tout balancer par-dessus bord. Et je dois un minimum de gratitude à la bonne étoile qui m'a empêché de sombrer complètement, à l'époque où ma vie ne tenait qu'à un fil. Je te l'ai dit et répété, Barbara ne doit jamais l'apprendre. Elle ne peut pas.

Elle me lance un regard dur, une expression que je lui ai déjà vue, de temps à autre, celle dont elle accueillera des centaines de témoins au cours de ses contre-interrogatoires, dans les décennies à venir.

— Est-ce que tu l'aimes, Barbara ?

Bonne question. Et, curieusement, elle ne me l'a jamais posée.

— Tu as combien d'heures, devant toi ?

— Toute la vie, si tu veux.

Je n'ai qu'un pâle sourire.

— Je crois que je pourrais faire mieux.

— Pourquoi ne pas te barrer, en ce cas ?

— Je pourrais.

Jusqu'ici, je ne l'avais jamais dit à haute voix.

— Mais pas pour une femme plus jeune, c'est ça ? Ni pour une de tes anciennes assistantes. À cause du qu'en-dira-t-on ?

À cela, je ne réponds rien. Je m'en suis déjà expliqué. Elle continue de m'observer de cet œil froid, objectif.

— Tu ne veux prendre aucun risque, pour les élections, c'est ça ? dit-elle. Ton choix est fait. La Cour suprême l'emporte sur moi.

En un éclair, j'ai jaugé la situation. Il faut mentir.

— Oui.

Elle émet un petit reniflement goguenard puis son visage se relève, glacial. Elle poursuit son examen. Elle me voit, à présent. Ma lâcheté, ma vanité. À travers mon mensonge, elle a vu la vérité.

Mais j'ai tout de même réussi, sur un point.

Entre nous, c'est bien fini.

Mes relations avec Sandy Stern sont à la fois intenses et uniques en leur genre. À la cour d'appel, il est le seul avocat dont je refuse invariablement de juger les dossiers, alors que mes anciens assistants peuvent plaider devant moi, cinq ans après leur départ. Mais nous n'avons jamais été intimes, Stern et moi. En fait, je ne lui ai pas adressé la parole, au cours des deux années qui ont suivi mon procès, jusqu'à ce que la gratitude fasse taire tous les autres sentiments que m'inspirait ce qui s'était passé pendant l'affaire. Nous entretenons à présent des rapports d'estime et d'amitié réciproques et nous déjeunons ensemble, de temps en temps. Mais il ne me fait aucune confidence. Il a joué dans ma vie un rôle trop décisif pour que je puisse faire mine de le considérer comme un avocat parmi tant d'autres. Il m'a défendu avec un art et une maîtrise exemplaires. Chacun des mots qu'il a prononcés devant la cour était aussi éloquent que chaque note d'un concerto de Mozart. Je lui dois la vie.

Dans son bureau, nous parlons de ses enfants et petits-enfants. Kate, sa cadette, en a trois. Elle a divorcé, deux ans plus tôt, mais s'est remariée. Son fils Peter a déménagé à San Francisco avec son conjoint, médecin comme lui. La plus heureuse est manifestement Marta, qui exerce avec son père. Voilà une dizaine d'années qu'elle a épousé Solomon, un consultant en management avec qui elle a trois enfants et une existence bien remplie.

Sandy ne change guère. Peut-être a-t-il pris quelques kilos, habilement dissimulés sous son costume, d'une coupe parfaite. C'est l'un des avantages des gens qui paraissent d'âge mûr dès la trentaine. Après, les années glissent sur eux.

— Vous m'avez l'air bien remis de votre laryngite, lui dis-je.

— Pas vraiment, Rusty. Je venais de subir une bronchoscopie, le jour où vous avez appelé. Je vais me faire opérer d'un cancer du poumon à la fin de la semaine.

J'accuse le choc, à la fois pour lui et pour moi. Ses satanés cigares. Ils ne le quittent pas et, dès qu'il s'absorbe dans ses réflexions, il ne peut s'empêcher d'inhaler la fumée. Je la vois fuser de ses narines, comme de celles d'un dragon.

— Oh, Sandy…

— Ça reste opérable. On m'a dit que je pouvais m'estimer heureux, qu'il y avait des cas nettement moins favorables. Ils vont enlever un lobe, et voir comment ça évolue.

Je lui demande des nouvelles de Helen, qu'il a épousée après la mort de sa première femme. Elle fait front, toujours égale à elle-même, sans se départir de son courage ni de son sens de l'humour. Et comme toujours, elle est son ultime rocher dans la tempête.

— Bon ! Assez parlé de moi, dit-il en souriant de sa propre facétie.

Je me demande si, au cas où le temps me serait compté, je choisirais de passer au tribunal les derniers jours qu'il me resterait à vivre. Stern, lui, a toujours le sentiment d'y vivre ses meilleurs moments. Quelle plus belle consécration, pour sa carrière ?

Je lui résume mon histoire à grands traits, en lui communiquant le minimum de ce qu'il doit savoir : je venais de voir quelqu'un, dans cet hôtel, le jour où Harnason m'avait suivi. Il m'est tombé dessus à l'improviste et a joué de la situation pour me faire parler, en profitant de ma colère et de mon embarras. Stern m'écoute avec cette indéfinissable expression latine, complexe et ambiguë. Ses traits se mobilisent brièvement, tandis qu'il semble passer en revue les innombrables nuances de la nature humaine.

Durant ces deux semaines où j'ai dû patienter pour le voir, mes idées ne se sont guère décantées, concernant le problème Harnason. Je veux avoir l'avis de mon avocat quant à ce que m'imposent la loi et l'éthique, dans un tel cas. Dois-je tout dire à mes collègues et à la police ? Quelles en seraient les conséquences, pour moi ?

Sans cesser de m'écouter, Stern tend machinalement la main vers son cigare, mais se reprend. Puis il se masse les tempes, plongé dans ses réflexions. Il prend son temps.

— Voyez-vous, Rusty, dans ce genre d'affaire, et avec ce genre de type… (Il laisse sa phrase en suspens, mais toute son attitude suggère qu'il a bien saisi le côté étrange de Harnason.) Il a habilement financé sa fuite et tout porte à croire qu'il a préparé tout aussi soigneusement sa disparition. Je doute qu'on le voie reparaître de sitôt. Mais, au cas où il se ferait arrêter, évidemment…, poursuit-il avec un geste évasif de la main, le problème se poserait. On espérerait qu'il tienne sa langue, bien sûr, ne serait-ce que par gratitude, mais il paraît difficile de compter sur son silence.

» Cela dit, sur un plan strictement juridique, sa parole ne pèsera pas bien lourd. Un récidiviste deux fois condamné, que vous avez déjà envoyé derrière les barreaux… On fait mieux comme témoin. Et encore faudrait-il que Molto ait réussi à trouver quelque chose à vous reprocher. Mais avec Harnason pour seul témoin – et je vois mal comment il pourrait s'en dénicher un autre – son dossier sera bien maigre.

» Sur le plan disciplinaire, vis-à-vis de la Commission des cours, c'est une autre histoire. Vous serez amené à témoigner, tôt ou tard, et quelles que soient les circonstances atténuantes que vous pouvez invoquer, votre embarras ou votre surprise, vous savez aussi bien que moi que, en tant que juge, vous avez enfreint plusieurs principes du code. Mais dans la mesure où vous ne serez pas à l'abri de poursuites judiciaires, pendant un laps de temps plus ou moins long – et avec Tommy Molto comme PA, prévoyez plutôt large –, je pense qu'il vaut mieux ne rien dire à vos collègues. Je ne garde généralement pas de traces écrites des avis que je donne à mes clients. Mais, exceptionnellement, je vais rédiger un mémo que j'archiverai, au cas où vous auriez besoin, dans un futur plus ou moins proche, de prouver que c'est bien moi qui vous ai donné ce conseil.

Il l'a dit avec un naturel consommé, et sans s'y appesantir le moins du monde, mais il faut entendre : « au cas où je serais mort, lorsque vous aurez à rendre compte de votre silence, et si vous avez un jour à le faire ».

Dans l'ascenseur, je m'efforce de digérer l'analyse de Stern, que je partage très largement. Vu les circonstances, je peux espérer que l'incident passera inaperçu. Que Harnason ne refera jamais surface. Et que ni Barbara ni Nat ne sauront jamais rien de mon aventure avec

Anna. Je vais décrocher mon siège à la Cour suprême et, avec le temps, le souvenir de cette brève période de folie finira par s'estomper. J'aurai obtenu ce que je voulais – même si je ne le méritais pas ou pas complètement –, et le fait d'avoir failli tout perdre me fera d'autant mieux savourer ce que j'ai. Mais ce raisonnement, pourtant d'une logique sans faille, me laisse sur un vague sentiment de malaise. Une nausée m'embrume le cœur.

En sortant des portes à tambour, j'émerge dans un soleil radieux, précurseur des premières vraies chaleurs de l'été. Les trottoirs grouillent de monde – des badauds qui vont déjeuner ou font leurs courses, les bras chargés de paquets. Une équipe de cantonniers répare les nids-de-poule de l'hiver. Du chantier s'échappent des effluves de bitume chaud, douceâtres et curieusement enivrantes. De l'autre côté de la rue, les arbres sont uniformément revêtus de vert tendre et la brise m'apporte les exhalaisons métalliques de la rivière. Tout semble si clair. Mon chemin est tout tracé. Je ne peux donc plus me dérober à cette vérité qui taraude.

J'aime Anna. Qu'est-ce que je vais faire ?

L'ANNIVERSAIRE DE RUSTY (19/03/2007) — LA MORT DE BARBARA (29/09/2008) — L'ÉLECTION (04/11/2008)

10.

Tommy, 23 octobre 2008

Tommy Molto n'aimait pas la prison. Le bâtiment n'était haut que de trois étages mais, même en plein jour, il était aussi sombre qu'un donjon – en 1906, pour prévenir les risques d'évasion, on avait réduit la largeur des fenêtres à quinze centimètres. Le fond sonore, ce brouhaha fébrile qui s'exhalait de trois milliers d'âmes captives, avait quelque chose d'angoissant – pour ne rien dire de l'odeur. Quelle que soit la sévérité des règles d'hygiène en vigueur, une telle multitude d'individus, entassés dans si peu d'espace et ne disposant que d'une cuvette de toilette en inox pour deux, dégageait une puanteur de marécage. Ça n'était pas le Ritz, et ce n'était certes pas censé l'être. Mais on aurait pu penser qu'au bout de trente ans de fréquentation assidue des locaux – il y venait souvent parler aux témoins ou négocier avec certains inculpés – il aurait fini par s'y faire. Mais non, ça lui retournait toujours l'estomac, et surtout parce qu'il s'y trouvait confronté aux conséquences de son travail, dans leur plus hideuse crudité. Il préférait d'ordinaire s'en tenir à une rassurante conception de sa mission : trier le vrai du faux et faire en sorte que le crime reçoive son juste châtiment. Que son activité quotidienne pût entraîner une captivité si pénible, dans des conditions auxquelles lui-même doutait de pouvoir survivre, ça restait pour lui une réalité dérangeante qu'il préférait ignorer.

— Quel intérêt de lui parler ce soir, à cet oiseau ? Ça ne pouvait pas attendre demain ? demanda-t-il à Brand, tandis qu'ils attendaient dans la salle de contrôle.

Il était 21 heures. Tommy était chez lui, quand Brand avait appelé. Le petit Tomaso venait de s'endormir et Dominga finissait de ranger la cuisine. Des parfums d'épices, mêlés à ceux des couches, flottaient encore dans la maison. C'étaient les heures les plus précieuses de sa journée, celles où il reprenait le rythme de la maisonnée et s'abandonnait à cet ordre bienheureux qu'il sentait peu à peu émerger du relatif chaos de ses activités quotidiennes. Brand ne l'aurait pas dérangé sans une bonne raison. Il devait y avoir quelque chose qui ne pouvait attendre. Tommy avait donc remis son costume. En tant que PA, il se devait d'avoir le physique du rôle, où qu'il aille. Et, ce soir-là, il s'en félicita : le directeur et le gardien chef de la prison étaient revenus dare-dare, eux aussi, en apprenant sa visite, pour lui serrer la main et lui faire un brin de causette. Ils n'étaient repartis qu'un instant plus tôt, laissant enfin Tommy en tête-à-tête avec Brand, qui lui résuma la situation.

— Tooley m'a assuré que ça valait vraiment le déplacement. Vraiment. Il a dit qu'il tenait quelque chose de fumant, qu'il ne pouvait dévoiler qu'au PA en personne. Et pour ça, 21 heures, sans l'ombre d'un journaliste à plusieurs kilomètres à la ronde, c'était l'idéal.

— Jimmy. J'ai une femme et un bébé...

— Moi aussi, j'ai une femme et deux gosses, répliqua Brand, avec un sourire attendri – il trouvait ça choupinet, la candeur avec laquelle le Boss s'imaginait qu'il était le premier à avoir fondé une famille.

Brand se méfiait moins de Mel Tooley que la plupart des gens, parce que l'avocat avait son cabinet dans le même immeuble qu'un de ses frères aînés.

— Bon. Rappelle-moi un peu le contexte, fit Tommy. Ce mec, là... l'empoisonneur ? Rappelle-moi son nom... Harnason ?

Dix-huit mois plus tôt, Grin Brieson, la responsable de la section des appels dans le service, avait supplié Molto de prendre l'affaire en main et de plaider personnellement ce dossier. De ça, Tommy s'en souvenait – ainsi que de l'avoir emporté face à Sabich. Mais les autres détails s'étaient envolés sur les ailes du temps.

— Exact. Il s'est fait la belle pendant un an et demi.

— Ça me revient, oui. C'était Sabich qui l'avait fait libérer sous caution.

Le mois précédent, dans sa campagne contre Rusty, Koll avait fait diffuser des spots publicitaires des plus virulents, dans lesquels il ne se gênait pas pour souligner que les procureurs s'étaient tous prononcés contre la libération sous caution de Harnason. Mais, depuis la mort de Mrs Sabich, N. J. Koll avait dû surveiller ses propos et il avait enlevé les vidéos, au grand soulagement de Molto, qui ne tenait pas à se retrouver, lui et son service, au milieu d'une bagarre électorale – celle-là moins que toute autre.

— Hier, ils ont serré Harnason à Coalville, un petit bled de vingt mille âmes, à cinq cents bornes d'ici, juste de l'autre côté de la frontière de l'État. C'était la nouvelle adresse de Harnason. Il s'était offert une belle plaque d'avocat, et exerçait sous le nom de Thorsen Skoglund.

— L'enfoiré, dit Molto.

Le PA observa quelques secondes de silence à la mémoire du regretté Thorsen, pour qui il n'avait jamais eu que de l'estime.

— Il exerçait donc ses talents de juriste, et imaginez un peu qu'à ses heures perdues il se déguisait en clown pour animer des goûters d'enfants – ça ne s'invente pas ! Il paraît même qu'il gagnait mieux sa vie comme clown que comme avocat, ce qui en dit long sur l'oiseau… Bref, tout roulait, jusqu'à ce qu'il succombe à son penchant naturel pour la bouteille. Il s'est pris une contredanse pour conduite en état d'ivresse. Environ deux heures après sa sortie de cellule de dégrisement, le FBI nous a envoyé le rapport de correspondance d'empreintes. Harnason a dû se dire que ça prendrait des semaines, comme au bon vieux temps. Il avait tout juste commencé à faire ses valises, quand le shérif du coin est arrivé chez lui, à la tête d'une équipe d'intervention musclée.

Mel Tooley n'ayant pu superviser l'extradition, le shérif de Coalville s'était lui-même chargé de ramener Harnason au bercail. Ça ne devait pas grouiller d'assassins en cavale, à Coalville. Le shérif n'avait pas fini d'en causer, de ce client. Pour l'instant, Harnason n'était pas encore passé au tribunal et la presse ne savait toujours pas qu'il s'était fait arrêter, mais l'histoire ne tarderait pas à se répandre. L'un dans l'autre, c'était plutôt une bonne nouvelle, pour Rusty. Si Koll essayait de revenir à la charge, avec ses spots, il ne pourrait plus agiter le spectre de l'empoisonneur fou que Sabich avait relâché dans la nature et qui courait toujours…

Tommy et Brand venaient de franchir deux séries de portes munies de robustes barreaux. Une sorte de sas entre la prison et l'air libre. Ils étaient escortés par un gardien, un certain Sullivan, qui les conduisit dans un petit parloir réservé aux avocats. Là, Sullivan frappa à une porte blanche, dont émergea Tooley. Mel, d'habitude sapé façon gravure de mode en un poil plus bedonnant, était venu en civil, ce soir-là. Il devait être occupé à jardiner quand Harnason était arrivé en ville, vers les 17 heures, à en juger par la terre qu'il avait sous ses ongles, pourtant soigneusement manucurés, et sur son jean. Il fallut une seconde de plus à Molto pour remarquer que, dans sa hâte, l'avocat en avait oublié sa moumoute – en fait, il était mieux sans, mais Tommy doutait que Mel ait apprécié ses conseils en la matière…

L'avocat commença par se fendre des courbettes et des salamalecs de circonstance, pour remercier le tout-puissant PA de s'être déplacé en personne, en dehors des heures ouvrables.

— Moi aussi, je suis content de vous voir, Mel. C'est quoi, le scoop ?

— Très bien. Tout ceci reste strictement hypothétique..., commença Mel en baissant la voix.

En prison, on ne savait jamais qui était dans quel camp. Certains gardiens travaillaient pour les gangs, d'autres étaient en cheville avec des journalistes. Tooley s'approcha tout près de Tommy, comme s'il lui tendait la joue pour recevoir un baiser.

— Mais si vous demandez à Mr Harnason ce qui l'a décidé à prendre le large, poursuivit-il il vous répondra qu'il connaissait d'avance la décision de la cour d'appel.

— Comment ça ?

— Écoutez ça, c'est le pompon, fit Mel. Il le tenait du juge principal lui-même.

Tommy eut l'impression de s'être pris un coup de planche sur la tête. Ça relevait de l'inimaginable. Rusty n'avait jamais été du genre à s'épancher.

— Sabich ?

— Oui.

— Pourquoi ?

— Alors là, c'est très curieux comme histoire. Il vaut vraiment mieux que vous l'entendiez par vous-même. Mais j'y verrais plusieurs éléments intéressants. Enfin, conclut Mel, vous allez au moins le faire dévisser de la Cour suprême, avec ça. Strict minimum. Vous pourriez même l'accuser de complicité de fait, pour le délit de fuite. Ou d'outrage à la cour, pour avoir enfreint les règles de son propre tribunal.

Comme tout un chacun, Mel croyait dur comme fer que Tommy aurait donné un de ses roustons pour se faire Rusty. Le PA lui éclata de rire au nez.

— Avec Harnason comme seul témoin ? Un bras de fer entre un individu reconnu coupable de meurtre et le premier président de la cour d'appel, avec moi dans le rôle du procureur ?

Pire, vu la manière dont cette histoire confirmerait les spots de Koll, Tommy risquait de se couvrir de ridicule, dans le rôle du faire-valoir candide de N. J. Koll.

Mel avait des joues rebondies, grêlées de petites cicatrices d'acné qui prenaient la lumière.

— Il y a un autre témoin, fit Tooley, à mi-voix. Il avait fait part à quelqu'un de cette conversation, à l'époque.

— À qui ?

Mel lui sourit de son sourire asymétrique. Il n'avait jamais pu mobiliser le côté droit de son visage.

— Je vais devoir me retrancher derrière le secret professionnel, pour l'instant.

Un pignouf d'assassin et son pignouf d'avocat. Tu parles d'une fine équipe..., songea Tommy. Tooley avait dû tremper jusqu'au cou dans toute l'affaire. Il avait dû aider Harnason à mettre les voiles. Mais Mel étant Mel, il avait dû s'assurer que son client oublierait toute cette partie de l'histoire, et, ensuite, que l'avocat viendrait témoigner, la main sur le cœur et propre comme un sou neuf. Ça ne serait pas le premier jury qu'il embobinerait. Mel pratiquait son art depuis bientôt quarante ans.

— Nous allons devoir entendre ça de la bouche même du client, déclara Tommy. Aucun accord préalable. Si ce qu'il nous dit nous plaît, on verra. Considérons ça comme une offre purement hypothétique – appelez ça comme vous le voulez – pour que ça ne puisse pas être utilisé contre lui.

Après avoir brièvement consulté son client, Tooley fit signe aux procureurs d'entrer dans la salle de consultation – une petite pièce de moins de trois mètres sur quatre, aux murs badigeonnés de blanc mais zébrés de traînées noires jusqu'à une hauteur surprenante. Molto préférait ne pas savoir comment ces traces de semelles étaient arrivées si haut... Quant au prisonnier, il faisait grise mine. Il s'était rasé la moustache en cavale. Il avait laissé ses cheveux revenir à leur couleur poivre et sel, et avait pris quelques kilos. Il les attendait, assis à la table dans sa combinaison orange vif, les menottes aux poignets et les fers aux pieds. Ses entraves étaient reliées par des chaînes à un gros anneau d'acier, scellé dans le sol. La montre qui lui avait été confisquée avait laissé une trace plus pâle sur son avant-bras, couvert d'un chaume blond roux et, toutes les quelques secondes, il jetait des coups d'œil anxieux autour de lui en faisant pivoter sa tête à cent quatre-vingts degrés. Il avait beau n'être sous les verrous que depuis quelques heures, il avait déjà appris à surveiller ses arrières. Qu'est-ce qu'ils s'emmerdaient, avec toutes leurs conneries d'extradition et d'interrogatoires sous la torture..., se dit Tommy. Il aurait suffi de les coffrer une nuit à la prison municipale, les mecs d'Al-Qaida, et le lendemain matin, on aurait l'adresse et le téléphone de Ben Laden.

Tommy décida d'interroger lui-même le prisonnier. Il commença par lui demander quand il avait commencé à préparer sa fuite.

— Du moment que j'ai su que j'allais perdre mon appel, je n'ai plus supporté l'idée de revenir. Avant ça, j'étais sûr qu'on aurait gain de cause. C'était du moins le pronostic de Mel.

Tooley n'osait pas lever les yeux, de peur de croiser le regard de Tommy. Gagner en appel, ça restait exceptionnel, pour un criminaliste. Tooley avait entubé son client de dix briques de plus pour cet appel prétendument gagné d'avance.

— Et comment vous saviez que vous alliez devoir rempiler ?

— Je croyais que Mel vous l'avait dit, répondit Harnason.

— Eh bien, répétez-le nous, suggéra Tommy.

Harnason prit le temps de contempler ses petites mains dodues, croisées devant lui sur la table.

— Vous savez, je le connais depuis toujours, Rusty Sabich. Professionnellement, je veux dire – si on peut appeler ça comme ça. (Harnason fit un geste évasif vers Molto, lequel haussa les épaules l'air approbateur.) Et quand il m'a accordé la conditionnelle, j'ai commencé à me poser des questions. Je me suis dit qu'il avait peut-être quelques remords pour m'avoir condamné en première instance, autrefois – et Dieu sait qu'il y avait de quoi.

Ni Tommy ni Brand n'étaient au courant de cet épisode. Harnason dut leur décrire ses premières rencontres avec Rusty, près de trente ans plus tôt. Tommy s'en souvenait, effectivement, de ces raids anti-homos organisés par Ray Horgan, juste avant les élections, dans les grands parcs publics, dans les bars ou dans les toilettes pour hommes de la bibliothèque municipale. On enfournait tous les suspects appréhendés dans des bus scolaires, sous l'œil des caméras. Autres temps, autres mœurs..., songea Tommy, qui ne savait toujours pas très bien que penser des mariages gays ou du droit des homosexuels à élever des enfants. Mais pourquoi Dieu les aurait-il mis sur terre, s'ils n'avaient pas fait partie de Son plan, eux aussi ? Son credo était à présent : « Vivre et laisser vivre. » Mais, à l'époque, il n'aurait sans doute pas traité le dossier Harnason avec plus d'indulgence que Rusty.

Ne sachant trop si Sabich se souviendrait de lui, Harnason avait décidé sur un coup de tête d'aborder le juge principal, après l'audience du procès en appel. Juste un petit mot, histoire de lui souhaiter bon anniversaire et de le remercier pour sa mise en liberté conditionnelle. Tommy réfléchit une seconde en se demandant dans quelle mesure cette conversation avec Harnason avait pu peser sur la décision de Sabich de se prononcer pour la révision du premier jugement.

— Mel m'a sonné les cloches, après ça, raconta Harnason. Il craignait que Sabich se récuse et refuse de juger mon affaire. Mais, dès que je l'ai vu, j'ai senti un truc bizarre.

— C'est-à-dire ? s'enquit Tommy.

— Comme s'il y avait un lien, entre nous...

Harnason prit tout son temps. Son visage mollasson, marbré de plaques roses, se contorsionna plusieurs fois autour des mots qu'il formait mentalement, avant de les prononcer :

— Deux larrons en foire.

Tommy comprit. Deux juristes. Deux noceurs. Et deux meurtriers. Il commençait à lui plaire, cet Harnason. C'était plus fort que lui.

Sur le siège voisin, Brand prenait quelques notes sur son bloc jaune. Mais la plupart du temps, il gardait les yeux rivés sur Harnason, comme s'il s'efforçait de se faire une opinion. De lui, ils n'apercevaient que le sommet de son crâne chauve et les quelques cheveux gris qui y restaient. Le prisonnier leur parlait tête baissée, comme si ses souvenirs lui pesaient terriblement, et Tommy comprenait son problème. Harnason n'avait pas oublié ce que Sabich avait fait pour lui. Et s'il passait à table, à présent, ce n'était pas de gaieté de cœur.

— Sabich m'avait vaguement dit quelque chose, poursuivit Harnason. Que les juges avaient entendu mes arguments, ou un truc du genre. Ça m'avait l'air plutôt positif, mais ça me taraudait. L'indécision, vous voyez. Le fait de rester dans l'ignorance, en attendant les résultats. Certains jours, c'est trop dur. On n'en peut plus. Alors je me suis dit, « OK, il m'a déjà parlé une fois. Peut-être qu'il acceptera de me dire ce qui m'attend. » Je l'ai donc suivi, à deux ou trois reprises. Je me planquais à la sortie du tribunal, à l'heure du déjeuner, et je le suivais.

La première fois, Rusty était allé au Grand Atheneum – tiens ! Justement pas à l'hôtel Gresham, où Marco Cantu était grassement payé à ne rien faire. Rusty semblait s'être lancé dans une grande tournée des hôtels du coin, sans doute parce qu'il avait trop vu Marco, du temps où il fréquentait le Gresham, avec sa chère et tendre. Mais Harnason, lui, ignorait tout de Marco et du test des MST. Jusque-là, son histoire semblait donc confirmée par les faits.

— Sabich était-il accompagné ?

— Je suppose, fit Harnason avec un sourire. Mais elle, je ne l'ai jamais vue. Chaque fois, le juge a filé droit vers l'ascenseur, et il a disparu longtemps. Trop longtemps pour que je puisse l'attendre, le premier jour. Il s'était mis à tomber des cordes, et j'ai préféré laisser tomber, cette fois-là... Mais la semaine d'après, je l'ai à nouveau suivi. Même topo, dans un autre hôtel. Il fonce droit vers l'ascenseur et met un moment à redescendre...

Harnason avait oublié le nom de l'hôtel mais, vu l'emplacement, ça ne pouvait être que le Renaissance.

— Et cette fois, j'ai attendu trois heures avant de le voir revenir, d'un pas guilleret, souple et dégagé. Rien qu'à le voir, j'ai deviné qu'il venait de s'en payer une tranche.

— Et toujours personne avec lui ?

— Négatif. Mais cette tête qu'il a faite, en me reconnaissant ! Vous savez, cet air « Oh, merde ! », en ouvrant les yeux grands comme des soucoupes. Au lieu d'être juste furax, je veux dire. Peut-être même que c'est ce qui l'a poussé à me parler. Il a d'abord essayé d'esquiver, mais je le lui ai demandé, d'homme à homme. Je l'ai supplié : « De grâce, monsieur le juge, dites-le moi. Est-ce que je vais devoir y retourner ? » Et, là, il a parlé. « Préparez-vous à recevoir de mauvaises nouvelles. Vous avez épuisé tous les recours. » J'ai carrément fondu en larmes.

— Et tout ça, ça se passait là, comme ça, sur le trottoir ? Vous taillez une petite bavette avec le juge principal, qui vous explique que votre condamnation va être confirmée ?

C'était à peine croyable. En pleine heure de pointe, sur Market Street, au vu et au su de tous. La scène avait dû avoir des centaines de témoins. Et Rusty qui se permet de parler à tort et à travers, en l'absence de la partie adverse ! Un bon avocat (et, à coup sûr, Rusty s'offrirait les services de Sandy Stern, s'il était toujours de ce monde) s'empresserait de passer Harnason à la moulinette, mais leur contre-offensive était toute trouvée : si Harnason avait voulu raconter des craques, il leur aurait servi une histoire plus lisse et plus plausible. Celle-là, elle était trop biscornue pour ne pas être vraie.

— Et vous avez mis Mel au courant ?

Du regard, Harnason consulta son avocat, qui lui fit signe de poursuivre. Harnason confirma. Il l'avait appelé le jour même.

Ils méditèrent un certain temps en silence. Tommy récapitula mentalement les faits. Tooley ne bluffait pas. Ils tenaient là de quoi faire couler Rusty Sabich. D'autant que le meilleur morceau n'avait rien à voir avec Tommy et son affaire. De la façon dont Harnason racontait son histoire, Sabich n'avait commis aucun crime. Il suffisait de transmettre l'information à la commission judiciaire qui, à son tour, rendrait une petite visite à Rusty – et le juge principal choisirait *illico* de se démettre de ses fonctions sans faire de vagues, et opterait pour une retraite anticipée, quitte à ouvrir un cabinet privé, plutôt que de subir une audience publique où l'histoire de son idylle à l'hôtel avait toutes les chances d'être évoquée et étalée au grand jour.

Tommy jeta un coup d'œil à Jim pour voir s'il avait d'autres questions. Brand demanda à Harnason s'il leur avait communiqué la totalité de sa conversation avec Sabich.

— Ça, c'était l'essentiel, de mon point de vue, fit Harnason sans élever la voix, et avec l'ombre d'un sourire pour lui-même. Mais on a échangé quelques autres considérations.

— D'accord, on vous écoute.

Harnason prit tout son temps, comme s'il s'efforçait lui-même de comprendre la suite.

— Eh bien, on continue à bavarder un peu et il me dit, en substance : « Allez-y, Harnason, crachez le morceau : vous l'avez tué, pas vrai ? »

— Et alors ? Vous l'avez tué ? demanda Brand.

Mel l'interrompit. Il ne tenait pas à ce que Harnason passe aux aveux, mais Tommy répliqua qu'il ne pouvait y avoir de demi-mesure et qu'il ne devait rien laisser dans l'ombre. Brand répéta sa question : Harnason avait-il tué Rickie ?

— Ouais.

Harnason s'absorba un instant dans ses réflexions, en hochant la tête.

— Je l'ai tué, ouais. Et c'est ce que j'ai dit à Sabich. Je l'ai fait, mais, vous-même, vous avez commis un meurtre en toute impunité. Alors il m'a regardé et il a dit : « À cette différence près que moi, je ne l'avais pas fait. »

Molto l'interrompit.

— C'est ce qu'il vous a dit ? En parlant de l'affaire d'il y a vingt ans ?

— Absolument. Il a dit qu'il était innocent, en me regardant dans le blanc de l'œil.

— Et vous l'avez cru ?

Harnason soupesa la question.

— Ben, je crois, oui.

Cet échange de répliques laissa Tommy sans voix pendant quelques secondes. Mais il n'en perdait pas pour autant son objectif de vue. Quoique assez fine mouche pour savoir ce que Tommy avait envie d'entendre, Harnason ne le lui dirait pas. Ce type était une crapule, mais d'un genre un peu spécial : une crapule à principes. À n'en pas douter, il avait dit la vérité.

— Autre chose ? demanda Brand.

Harnason tenta de se gratter l'oreille, avant de s'aviser que ses menottes ne lui permettaient pas un geste d'une telle ampleur.

— Je lui ai demandé avec qui il était à l'hôtel.

— Et qu'est-ce qu'il a dit ?

— Il m'a juste tourné le dos, ce qui a mis fin à la conversation.

— Il n'a pas nié ? fit Brand. Il s'est juste détourné ?

— Ouais.

— Et à part ça ? Vous vous êtes dit autre chose ?

— C'est à peu près tout.

— Pas d'à peu près ! insista Brand. Je veux tout. De quoi vous vous souvenez ?

Harnason leva les yeux au plafond, l'air de se creuser les méninges, puis il fit la grimace.

— Ben, il y a eu un autre truc assez bizarre. Quand j'ai reconnu que j'avais tué Rickie, il m'a demandé quel effet ça faisait, d'empoisonner quelqu'un.

Au soubresaut que fit Tooley, Tommy comprit qu'il découvrait ce détail en même temps qu'eux. Quant à Brand, il était trop maître de lui pour laisser échapper ne fût-ce qu'un battement de cils, mais, se trouvant à quelques centimètres de lui, Tommy perçut une nette accélération de sa respiration.

— Il vous a demandé quel effet ça faisait, d'empoisonner quelqu'un ? répéta Brand.

— Ouais. Ce que ça faisait, jour après jour. Comment c'était, quoi.

— Et pourquoi il voulait savoir ça ? s'enquit Brand.

— Pure curiosité, je suppose. On avait dépassé un certain stade, il s'est un peu lâché. C'est là que je lui ai dit qu'il le savait aussi bien que moi, l'effet que ça faisait, et qu'il a répondu que lui, il était innocent.

Brand revint deux ou trois fois sur la séquence avec lui, en tâchant de remettre un peu d'ordre dans les répliques et de préciser certains détails. Puis les procureurs s'éclipsèrent, en disant à Tooley qu'ils allaient réfléchir à tout ça et qu'ils le rappelleraient. Ils prirent soin de ne pas desserrer les dents tant qu'ils n'étaient pas à distance prudente de la prison. Le quartier n'était pas sûr. Les immeubles étaient couverts de tags et les petits caïds eux-mêmes aimaient venir rôder dans le secteur, comme si ça contribuait à leur paix intérieure, de se sentir à proximité de leurs potes reclus derrière les barreaux. Certains des petits caïds qui traînaient dans le coin n'auraient sans doute pas détesté tomber à bras raccourcis sur deux procureurs isolés, s'ils les avaient reconnus. Brand et Tommy se hâtèrent donc de rejoindre le parking qui jouxtait le centre administratif du comté. En passant près d'un abri de bus, ils aperçurent une grosse bonne femme qui répétait ses mouvements d'aérobics, un petit radiocassette à l'oreille, comme ça, en pleine rue, à 23 heures, pas plus gênée que si elle avait été chez elle, à poil devant son miroir.

— Bon, fit Brand. Vous savez ce que j'en pense.

— Je sais, oui.

— À mon avis, reprit Brand, voilà ce qui a poussé le juge principal à lui donner l'info, pour son appel : il avait cette aventure sur le feu et il commençait à envisager de se débarrasser de sa légitime. Et, pour un candidat à la Cour suprême, la pire des choses, c'était bien une vilaine histoire de divorce, au beau milieu de sa campagne, surtout si madame pouvait l'accuser publiquement d'être allé tremper son hot dog dans le ketchup de la voisine. Alors, lui, il prend les devants. Il fait un brin de recherche sur le terrain, il étudie la faisabilité du truc.

Tommy secoua la tête. On se serait cru dans la série *New York Police judiciaire.* Un peu trop facile.

— L'hypothèse tiendrait mieux la route si nous pouvions établir que Barbara Sabich est morte d'une overdose, et non d'un arrêt cardiaque.

— Il nous reste peut-être encore des indices à découvrir.

Tommy le foudroya sur place. C'était la pire des fautes, pour un procureur – espérer découvrir des preuves qui n'existaient pas. Les flics et les témoins pouvaient se méprendre sur vos intentions, et s'arranger pour réaliser vos souhaits. Tommy regarda le panache de leurs souffles s'élever dans l'air du soir. Il faisait frisquet, en ce début d'automne, et il avait oublié de prendre son pardessus. Mais ça n'était pas le froid qui lui gâchait la promenade. Non, ce qui le taraudait, c'était que, selon Harnason, Rusty lui avait dit qu'il n'avait pas tué Carolyn.

Tommy avait ses propres enjeux, il était prêt à le reconnaître. Mais ça, c'était une sérieuse faille, dans la théorie de Brand. Soit Sabich était un assassin, soit il ne l'était pas. Il avait tué les deux femmes, ou aucune, lui soufflait son expérience.

— J'accuse toujours le coup, pour ce qu'il a dit du premier meurtre, fit Tommy.

— Sabich a menti, répliqua Brand. Se laisser aller à faire quelques petites indiscrétions à Harnason, c'est une chose, lui avouer un meurtre, c'en est une autre. D'ailleurs, on a toujours le moyen d'en avoir le cœur net…

Les tests ADN, voulait-il dire.

— Pas si vite, objecta Tommy, il était encore trop tôt. Qu'est-ce qui a bien failli lui valoir l'impunité ? Rappelle-moi un peu comment il s'y est pris, ce tordu ?

— Quel tordu, Boss ? On n'a que l'embarras du choix…

— Harnason. Il avait empoisonné son petit ami à l'arsenic, c'est bien ça ?

— Oui. Mais, de nos jours, c'est un produit rare. Il est difficile de s'en procurer et ça ne figure même plus sur le protocole de tests toxicologiques.

Tommy s'arrêta net et Brand ne fit qu'un pas de plus.

— Oh ? Vous croyez ?

— Sabich a eu son dossier d'appel entre les mains, pas vrai ? Il était au courant. Il savait parfaitement quels poisons figuraient ou non dans le protocole de test.

— Ça figurait sûrement dans le dossier.

Danger, se dit Tommy. Danger. Là, il était à nouveau sur la piste du temple maudit. Mais il avait beau le savoir, ça ne l'empêchait pas de s'y précipiter la tête la première.

— Analyse complète des échantillons sanguins de Barbara Sabich, spectrométrie de masse et tout le tremblement ? demanda Brand.

— Vois ça avec le toxicologue du labo.

— Une analyse complète, fit Brand. C'est le minimum, Boss. Le strict minimum. Conduite bizarre après la mort. Une aventure en coulisse. De curieuses questions sur la mort par empoisonnement. Là, on ne fait vraiment que notre boulot. Faut qu'on vérifie, on ne peut pas y couper.

Ça semblait s'imposer, effectivement. Mais Tommy se sentait toujours mal à l'aise, face à l'ensemble de la situation. Il était troublé par sa visite à la prison, par l'étrange Mr Harnason et par l'inquiétante sensation qu'il avait d'être à nouveau derrière Sabich.

Ils discutèrent tranquillement, Brand et lui, de la meilleure façon de lancer les tests sans trop attirer l'attention, et se souhaitèrent bonne nuit. Puis Tommy descendit au troisième sous-sol récupérer sa voiture. À cette heure tardive, le parking était un endroit dangereux. On y courait encore plus de risques que dans les rues elles-mêmes. Quelques années plus tôt, l'un des juges s'y était fait agresser, mais la surveillance n'avait toujours pas été renforcée au-delà d'une certaine heure. Les étages de béton, pleins de voitures dans la journée, étaient à présent plongés dans l'ombre. Tommy veillait à marcher au milieu de l'allée. Mais cette ambiance sinistre avait éveillé quelque chose en lui, une idée qui affleurait peu à peu à sa conscience et dont il percevait, pour la première fois, non plus seulement les dangers, mais aussi les côtés jubilatoires.

Et si…, se dit-il tout à coup. Et si Rusty l'avait vraiment fait ?

II.

L'ANNIVERSAIRE DE RUSTY (19/03/2007)

LA MORT DE BARBARA (29/09/2008)

L'ÉLECTION (04/11/2008)

11.

Rusty, 2 septembre 2008

Le poste de ma ligne directe se met à sonner et, dès que j'entends sa voix, dès le premier mot, j'en reste abasourdi. Six bons mois ont passé, depuis la dernière fois que je l'ai vue, un jour où elle était venue déjeuner avec mon assistante, et plus d'un an, depuis notre rupture.

— Oh ! s'exclama-t-elle. Je ne pensais pas que ça serait toi qui décrocherais. J'imaginais que tu serais par monts et par vaux, pour ta campagne…

— Et alors ? Déçue ?

Elle rit. Elle rit, comme elle seule sait le faire, d'un éclat de rire où j'entends cascader toutes les délices de l'existence.

— C'est Anna, dit-elle.

— Je sais, répliqué-je.

Et je le saurai toujours, mais à quoi bon rendre les choses plus douloureuses, pour elle comme pour moi ?

— Il faudrait que je te voie, aujourd'hui si possible.

— Quelque chose d'important ?

— Pour moi, oui.

— Tu vas bien ?

— Je crois.

— Que de mystères…

— Je préfère te dire ça de vive voix.

— Où veux-tu me retrouver ?

— Dans un endroit tranquille. Je ne sais pas... Le bar du Dulcimer, ça te va ? Le City View, ou Dieu sait comment ça s'appelle.

Quand je raccroche, les bribes de notre conversation résonnent longtemps en moi. Pour moi, Anna, ça n'a jamais vraiment fini. La souffrance. Le désir. L'an dernier, en juillet, peu après ma visite à Sandy Stern, j'ai eu plusieurs jours la conviction d'être prêt à tout envoyer balader, pour la supplier de renouer. Je suis même allé voir Dana Mann, un vieil ami, le spécialiste local des divorces dorés sur tranche. Mon intention n'était pas de lui parler d'Anna. Je voulais juste qu'il me conseille sur la meilleure manière de mettre un terme à mon mariage, le plus discrètement possible, en supposant que Barbara soit d'accord. Mais Dana est un maître, dans sa spécialité. Du premier coup d'œil, il a repéré les failles de ma cuirasse et il lui a suffi de cinq questions pour me soutirer toute l'histoire, dans ses grandes lignes.

— Tu n'es sûrement pas venu me demander un conseil de stratégie politique, m'a-t-il dit. Mais si tu ne veux pas que ta romance s'étale à la une de toute la presse pendant ta campagne, tu as tout intérêt à temporiser.

— J'ai été trop longtemps malheureux. Je ne savais même pas à quel point j'étais désespéré, jusqu'à ma rencontre avec cette femme. Et maintenant, je ne suis plus sûr de pouvoir encore attendre... Ne serait-ce que pour ça, je regrette l'époque d'avant.

— Le désespoir n'a pas conscience de sa propre nature, a répondu Dana. C'est même à ça qu'on le reconnaît.

— Ah ? D'où tu tiens ça ?

— C'est du Kierkegaard.

Il a éclaté de rire devant ma mine incrédule. J'ai connu Dana à la fac de droit et, à l'époque, il n'était vraiment pas du genre à citer des philosophes.

— L'an dernier, j'ai représenté un prof de fac qui m'a appris deux ou trois trucs, comme ça. Même type de situation.

— Qu'est-ce qu'il a fait ?

— Il a divorcé pour une de ses étudiantes.

— Et il y a laissé des plumes ?

— Quelques-unes, oui. Il s'est fait salement taper sur les doigts à l'université. Il l'avait aidée à obtenir des bourses et des subventions. Il a dû prendre un an de congé sans solde.

— Et maintenant, ça va mieux ?

— Il me semble, oui. Du moins pour l'instant. Ils viennent d'avoir un bébé.

— Un type de notre âge ?

J'avais peine à le croire. En un sens, son histoire suffisait à me convaincre que ça relevait de l'impossible. Je ne me sentais pas capable de tricher ainsi avec la nature. Ni de supporter l'idée de l'épreuve que serait un tel divorce, pour Barbara. Avant de prendre congé de Dana, je lui ai précisé que je ne comptais pas donner suite.

Et pourtant, il y a toujours ces nuits où je me retourne, près de Barbara endormie, consumé de regrets et de désirs inassouvis, sans pouvoir trouver le sommeil. Je n'ai jamais eu le cœur d'effacer de mon disque dur cette ribambelle d'e-mails qu'Anna m'envoyait. Des messages d'une ligne pour la plupart, fixant nos prochains rendez-vous. Loin de les supprimer, je les ai rassemblés dans un sous-dossier intitulé « Documents du tribunal », que j'ouvre encore, une ou deux fois par mois, comme un coffre au trésor. Je ne relis pas les messages – ce serait trop douloureux et ils sont trop brefs pour avoir grand sens. Je me contente de regarder le nom d'Anna cascader sur toute la page, les dates, les objets. « Aujourd'hui », s'intitulaient-ils presque tous – ou alors « Demain ». Je musarde du côté de mes souvenirs. Je me languis d'une autre vie.

Et à présent, en repensant au coup de fil d'Anna, je m'interroge sur cette urgence que j'ai cru y discerner. Ça pourrait être n'importe quoi, y compris un problème professionnel. Mais j'ai entendu dans sa voix une tension, une nuance plaintive. Que vais-je faire, si elle a décidé de m'annoncer qu'elle ne peut plus vivre sans moi ? Qu'elle partage ces sentiments qui ont si longtemps été les miens ? Le Dulcimer, qui a été le théâtre de notre dernière rencontre. Aurait-elle choisi le bar de cet hôtel si elle avait été animée par autre chose que la passion ? Je me sens planer au-dessus de moi-même, comme si je contemplais mon cœur affamé. Comment se fait-il que le désir frustré semble être la seule vraie source d'énergie, dans ma vie ? Mais c'est bien le cas. Et je sais que je ne pourrai pas lui dire non, pas plus que le soir où son visage est venu à la rencontre du mien, sur le divan de mon bureau. Si elle est prête à sauter le pas, je la suivrai. Je laisserai derrière moi mon ancienne vie.

Je contemple les photos encadrées sur mon bureau. Nat à différents âges, Barbara, toujours si belle. À quoi bon tenter d'anticiper les conséquences de la décision que je m'apprête à prendre ? Elles sont si insondables et d'une telle diversité qu'un champion d'échecs russe s'y casserait les dents. Un ordinateur géant ne pourrait en prévoir chaque mouvement ni chaque étape... Mais, cette fois, je vais le faire. Je vais essayer de vivre mes désirs. J'en trouverai enfin le courage.

L'ANNIVERSAIRE DE RUSTY (19/03/2007)

LA MORT DE BARBARA (29/09/2008)

L'ÉLECTION (04/11/2008)

12.

Tommy, 27 octobre 2008

Pathologistes, toxicologues… Une tribu qui fonctionne selon ses propres lois, pas tout à fait comme le reste de l'humanité. Mais quoi d'étonnant, puisque c'était la mort qui régissait leur univers ? Tommy avait toujours soupçonné qu'une bonne partie du plaisir qu'ils trouvaient à exercer leur boulot, c'était qu'ils préféraient être à leur place qu'à celle du macchabée, sous leur scalpel. Eux, ils étaient toujours là, et tout le monde ne pouvait en dire autant… Enfin, c'était l'idée qu'il s'en faisait.

La toxicologue que Brand lui avait amenée n'était pas mal. Le Dr Nenny Strack, une jolie petite rousse aux yeux noisette, la trentaine, assez bien fichue pour porter ses jupes bien au-dessus du genou. Elle donnait des cours à la fac de médecine et travaillait pour le comté, par contrat. Pour s'assurer que le travail serait fait vite et bien, Brand s'était directement adressé au pathologiste de la police qui avait transmis le boulot à l'American Medical Service, dont le laboratoire en Ohio était l'établissement de référence pour la moitié du pays. Tommy avait craint que toutes ces manœuvres et ces allées et venues ne soient autant de fusées d'alerte, qui risquaient d'attirer l'attention sur les mouvements des échantillons sanguins de Barbara Sabich, prélevés lors de son autopsie, mais personne ne semblait avoir rien remarqué. C'était comme ça, avec les flics. Soit ils voyaient tout, soit ils ne voyaient rien.

— Alors ? leur lança Molto.

— Version longue ou abrégée ? s'enquit Brand.

— Un résumé, pour commencer, demanda Tommy.

Brand tendit la main, paume au ciel, vers la toxicologue qui avait son dossier sur les genoux.

— L'échantillon de sang cardiaque contient une concentration toxique de phénelzine, un composé antidépresseur.

Brand gardait les yeux résolument fixés sur ses genoux, peut-être pour se retenir de sourire. Il n'y avait vraiment pas de quoi, en effet.

— Elle ne serait donc pas morte de mort naturelle ? demanda Tommy.

La note stridente qui avait filtré dans sa propre voix ne lui avait pas échappé.

— N'y voyez aucune mauvaise volonté de ma part, déclara le Dr Strack, mais me prononcer sur les causes de la mort, ce n'est pas de mon ressort. Ce que je peux vous dire, c'est que les symptômes, mort par arythmie, avec une possible réaction d'hypertension, sont classiquement associés à un surdosage de ce médicament.

Le Dr Strack leur décrivit rapidement la phénelzine, un médicament utilisé dans le traitement des dépressions atypiques, souvent en combinaison avec d'autres composés. C'était un inhibiteur de la MAO, une enzyme qui désactivait différents neurotransmetteurs affectant l'humeur. Aux doses prescrites, l'effet de la phénelzine sur le cerveau améliorait certains états émotionnels, mais l'inhibition de l'enzyme pouvait avoir des effets secondaires graves, voire fatals, sur d'autres tissus, spécialement en cas d'interaction avec la tyramine contenue dans certains aliments ou médicaments.

— Il y a toute une liste d'aliments à éviter, quand on prend de la phénelzine, poursuivit le Dr Strack. Les vins rouges. Les vieux fromages. La bière, le yaourt, la viande ou le poisson marinés. Tous les saucissons secs. Ces produits accentuent la toxicité du médicament.

— Où a-t-elle eu ce truc ?

— Il y en avait dans son armoire à pharmacie. Sinon, ils n'auraient jamais pu l'identifier, chez American Medical.

Le Dr Strack leur expliqua comment fonctionnait la spectrométrie de masse, pratiquée sur un échantillon sanguin. Au départ, ça donnait une forêt virtuelle de barres colorées. Les schémas spectrographiques des cent et quelques produits testés dans le cadre du protocole standard étaient alors éliminés – puisque déjà testés –, quant aux quelques barres restantes, elles pouvaient représenter n'importe quelle molécule. L'équipe du labo avait donc consulté l'inventaire de l'armoire à pharmacie de Barbara, en tentant d'apparier les produits qu'elle contenait avec les barres spectrométriques. La phénelzine avait été identifiée du premier coup, ou presque.

— Il pourrait donc s'agir d'une overdose accidentelle ? demanda Tommy.

— Eh bien, à en juger par le degré de concentration dans le sang, on aurait tendance à dire que non. Ça équivaut à environ quatre fois la dose normale. En supposant que ce résultat soit fiable, on pourrait effectivement se demander s'il ne s'agit pas d'une banale erreur d'utilisation. La patiente a pu oublier qu'elle avait pris sa pilule et en prendre une seconde. Mais quatre, ce serait plus surprenant. Les gens qui suivent ce genre de traitement sont généralement très conscients des risques.

— Ce ne serait donc pas un accident ?

— À première vue, non, mais nous devons tenir compte de ce qu'on appelle le phénomène de redistribution *post-mortem* : certains antidépresseurs peuvent migrer vers le cœur après la mort, ce qui provoque une élévation artificielle de leur concentration dans le sang cardiaque. Je sais que c'est particulièrement vrai pour les tricycliques...

— Et pour les inhibiteurs de la MAO ?

— Le fait n'est pas scientifiquement établi. Je ne peux donc vous assurer que la phénelzine migre, pas plus que quiconque à ma connaissance. Si nous avions su que c'était ce qu'il fallait rechercher, au moment de l'autopsie, nous aurions fait le prélèvement dans l'artère fémorale, parce qu'il n'y a pas de redistribution *post-mortem*, dans une zone aussi éloignée du cœur. Mais la procédure en vigueur dans le comté ne prévoit pas ce genre de prélèvement et, maintenant, il est trop tard pour le faire. Aucun toxicologue ne pourra vous dire à coup sûr si la défunte avait vraiment absorbé une dose létale de phénelzine, ou si nous avons juste affaire à un effet de redistribution *post-mortem*.

Brand ne se serait jamais permis de s'exclamer : « Qu'est-ce que je vous avais dit ! », mais Tommy songea que s'il avait laissé son adjoint procéder comme pour un meurtre, dès le début, ils auraient eu toutes ces réponses. Molto s'absorba un instant dans ses pensées et sentit qu'un soupir lui échappait. Quelquefois, quand Tomaso se réveillait au milieu de la nuit, et qu'il le prenait dans ses bras pour le rendormir, il se demandait laquelle des décisions qu'il avait prises dans la journée se retournerait contre lui, dans un mois ou dans un an. Et il s'endormait en se répétant que personne ne pouvait faire mieux que de son mieux. Toute décision comportait un certain risque. Les erreurs faisaient partie du boulot et, à la longue, on finissait forcément par en commettre. En espérant que leurs conséquences resteraient circonscrites.

Son regard revint vers le Dr Strack.

— Ce qui veut dire que cette histoire de redistribution nous empêche de conclure définitivement à l'overdose... Elle a très bien pu prendre la dose prescrite, normalement, mais tricher avec son régime et mettre un peu trop de parmesan sur sa pizza...

— Parfaitement.

— Et le suicide ? Ça ne serait pas un de ces médicaments qui amplifient les tendances suicidaires des déprimés ?

— C'est ce qu'en disent toutes les études.

— Pas de lettre, leur rappela Brand, qui semblait exclure d'emblée cette possibilité. Les flics n'ont rien trouvé de ce genre.

Tommy leva la main. Le moment était mal choisi pour en débattre.

— Il pourrait donc s'agir d'un suicide, d'un meurtre, ou d'un accident ; vous ne pouvez rien nous en dire de plus ? demanda Molto.

— Si c'est bien la phénelzine qui a entraîné la mort ! précisa-t-elle. Et ça, vous allez devoir vous le faire confirmer par le pathologiste.

Ce Dr Strack avait l'air très bien, au premier abord, mais Tommy commençait à la cerner un peu mieux. Elle s'était fait si souvent cuisiner et malmener pendant les contre-interrogatoires qu'elle préférait ne plus témoigner du tout. Pour Tommy, la science, c'était l'audace, le plaisir d'explorer l'inconnu, mais les experts du genre de Strack se gardaient bien d'y mettre le nez, dans l'inconnu. Ils préféraient qu'il garde à jamais son mystère. Ça, il avait du mal à le comprendre.

Près d'elle, dans le fauteuil voisin, les états d'âme de Brand se lisaient à livre ouvert. Le menton rentré, il affichait la tête du type qui lutte contre de violentes brûlures d'estomac. Tommy entrevoyait ce qui s'était passé. La toxicologue avait dû abonder dans son sens, puis s'empresser de mettre de l'eau dans son vin dans le bureau du tout-puissant PA. Jim ne la lui aurait pas amenée si elle n'avait pas été nettement plus positive, lors de leurs précédents entretiens. Au cas, fort improbable, où le dossier arriverait devant le tribunal, ils devraient lui visser des plaques d'acier sur la colonne vertébrale, pour la faire témoigner, ou se dénicher un autre expert.

— Et du point de vue du timing ? demanda Brand. Si on laisse passer vingt-quatre heures après la mort, un tel délai ne risque-t-il pas de rendre plus difficile la mise en évidence d'une éventuelle overdose de phénelzine, à l'autopsie ?

La main sur la joue, le Dr Strack cherchait ses mots. Elle portait une alliance avec un brillant minuscule, pas plus gros qu'une miette de pain. Le genre de bague qui proclame : « J'ai épousé mon petit copain du lycée, à une époque où nous vivions d'amour et d'eau fraîche ! » Ce détail la rachetait un peu, aux yeux de Tommy.

— Sans doute, concéda-t-elle. Il vaut toujours mieux autopsier le plus vite possible, pour écarter les risques de redistribution *post-mortem*, justement. Et, bien sûr, plus on attend, plus l'analyse du contenu stomacal devient compliquée. Les sucs gastriques poursuivent leur travail de digestion. Il devient de plus en plus difficile de retrouver une pilule ou d'isoler la phénelzine – voire ce que le sujet a mangé, y compris les aliments susceptibles de contenir de la tyramine. Mais, là encore, un pathologiste vous expliquera tout ça mieux que moi…

— Très bien, l'interrompit Brand. Mais supposons que quelqu'un l'ait gavée de fromage, avant de lui faire prendre deux fois sa dose de phénelzine, et qu'il ait ensuite laissé le corps reposer une journée… Cela rendrait-il l'empoisonnement à la phénelzine beaucoup plus difficile à établir ?

— Théoriquement, approuva le Dr Strack, avec la prudence qui la caractérisait.

Tommy se repassa le film.

— Et, au départ, tout ça nous avait échappé, parce que… ?

— Parce que les inhibiteurs de la MAO ne figurent pas dans le protocole de tests toxicologiques.

— Et, parmi les autres médicaments retrouvés dans l'armoire à pharmacie, ceux qui présentent une toxicité connue, je veux dire, lesquels ne sont pas couverts par le protocole de tests toxicologiques ? demanda Brand.

Le Dr Strack consulta son dossier.

— C'est le seul. Tous les autres – sédatifs, antidépresseurs, anxiolytiques – sont testés automatiquement. Vu les antécédents médicaux de Mrs Sabich, il n'y avait aucune raison de rechercher spécialement la phénelzine. En l'absence de tout surdosage pour les autres produits, rien ne nous portait à soupçonner un degré de concentration toxique, pour celui-là.

Molto lui posa encore deux ou trois questions, mais, une minute plus tard, le docteur avait quitté le bureau.

— Une anguille dans un baquet d'huile, fit Brand, la porte à peine refermée derrière elle.

— Mieux vaut le savoir maintenant, lui dit Molto. Tu as regardé dans les minutes du procès Harnason ?

Brand hocha la tête. Tooley avait bien mentionné la phénelzine, ainsi que plusieurs dizaines d'autres produits, au cours de son contre-interrogatoire du Dr Strack. Mel avait tenté de démontrer que même une toxicologue chevronnée pouvait ignorer quels médicaments figuraient sur la liste des protocoles de test – alors, *a fortiori*, ce pauvre Harnason… Le contre-interrogatoire entier, y compris les allusions à la phénelzine, avait été résumé dans l'exposé des faits de la requête transmise par Harnason à la cour d'appel. Rusty était donc forcément au courant. Il leur serait facile de le prouver.

Le taux d'adrénaline de Tommy avait grimpé, au cours de la conversation. Il se rencogna dans son grand fauteuil directorial et tâcha de se reconcentrer, pour réfléchir plus calmement.

— Tu as fait un super boulot sur ce dossier, Jimmy, finit-il par dire. Mais quel que soit notre toxicologue, nous ne pourrons jamais établir la cause de la mort.

Derechef, Brand lui égrena ses arguments. La petite amie. La visite à Prima Dana. L'inquiétante question à Harnason. Ces vingt-quatre heures que Sabich avait laissées passer, pour brouiller les pistes de la phénelzine, de la tyramine et du reste…

— On ne pourra jamais l'épingler pour meurtre, si nous ne sommes pas capables d'établir, au-delà de tout doute raisonnable, qu'elle a été délibérément assassinée.

Et ils étaient loin de l'avoir prouvé, comme il l'avait prédit à Brand depuis le début. En supposant qu'un vieux renard tel que Sabich ait pu décider de commettre un tel crime, il avait dû penser à tout pour s'assurer l'impunité. L'idée que Sabich avait très bien pu tuer Barbara, mais qu'il parviendrait tout de même à s'en tirer lui tomba dessus comme un roc.

Brand, lui, ne baissait pas les bras.

— Je vais envoyer un mandat de perquisition et une lettre des quatre-vingt-dix jours à la pharmacie, histoire de voir si on peut établir un lien entre la phénelzine et Rusty.

Tommy agita la main d'un geste las. Là-dessus, il lui laissait carte blanche.

— On est à ça du but, fit Brand, l'index et le pouce séparés d'un cheveu.

Mais pour toute réponse, le PA par intérim n'eut qu'un sourire mélancolique, avec le hochement de tête assorti.

L'anniversaire de Rusty (19/03/2007) — La mort de Barbara (29/09/2008) — L'élection (04/11/2008)

13.

Anna, 2 septembre 2008

J'ai toujours eu un don pour les bourdes. Certaines de mes gaffes les plus gratinées m'ont fait perdre des années. J'ai tenté au moins deux carrières : dans la pub, d'abord, puis, après mon MBA, dans le marketing – branches pour lesquelles je n'avais aucune prédisposition –, et je me suis toujours monstrueusement gourée dans mes choix amoureux. À vingt-deux ans, j'ai épousé un garçon qui n'était tout simplement pas très intéressant (notre histoire n'a duré au total que soixante-douze jours), et j'ai fait bien pire… Deux ou trois escapades avec des hommes mariés, en particulier, aventures dont la conclusion tragique était aussi prévisible que si elle m'avait été annoncée par une intervention divine, tel le message au fond de la grotte de Daniel.

Évidemment, ma tendance naturelle serait d'en rejeter la faute sur mes parents : un père qui s'est envolé quand j'avais six ans et n'a plus donné d'autres signes de vie qu'une carte de Noël, de temps à autre, et une mère certes affectueuse mais qui semblait compter sur moi pour me charger de son éducation. À huit ans, je devais penser à régler le réveil pour avoir le temps de la sortir du lit et de l'envoyer au boulot. J'ai fini par me persuader que tout ce qu'elle désapprouvait devait valoir le détour.

Mais, cette fois, même à l'aune de mes propres standards, ce que je m'apprête à faire est tout bonnement énorme. Je contemple bouche bée le téléphone que j'ai toujours à la main, après le coup de fil que je viens de passer à Rusty. Serais-je devenue un vrai danger pour moi-même et pour autrui ? Ai-je complètement perdu la tête ?

L'un de mes profs de fac se plaisait à dire qu'à de rares exceptions près tous les conflits mondiaux ont commencé par des problèmes immobiliers – et là, c'est bien le cas. En juin dernier, j'ai décidé d'acheter un appartement. J'aimais l'idée d'avoir enfin un toit bien à moi. Mais du jour où j'ai signé l'acte de vente, un vent de panique s'est mis à souffler sur l'économie mondiale. En l'espace d'une semaine, ma colocataire (qui était d'accord pour prendre en charge le loyer de mon appartement précédent) est tombée amoureuse et a décidé d'aller vivre chez son ami. Au cabinet, on ne parlait plus que de diminutions de salaire, de suppressions de postes et de restrictions tous azimuts. Je commençais à m'imaginer vers la Noël, sans travail et toujours fourrée au tribunal – mais cette fois pour me défendre d'une foule de procédures de saisie et d'expulsion.

Dès le début de juillet, j'ai donc envoyé une vague d'e-mails pour essayer de sous-louer mon appartement. J'ai mis des annonces un peu partout, y compris, avec l'aide d'une collègue, sur le site web interne de la Cour suprême de l'État. L'appartement, situé à moins de deux blocs de la Cour suprême, pouvait intéresser un assistant ou un employé nouvellement engagé. Et l'après-midi même, j'ai reçu le message électronique suivant :

De : NatchReally1@Clearcast.net
À : AnnaC402@gmail.com
Envoyé le : mercredi 9 juillet 2008 à 12 : 09
Objet : RE : MON APPARTEMENT

Bonjour, Anna !

J'ai vu ton annonce. Ravi de voir que tu vas bien. Franchement, moi, il ne me viendrait même pas à l'idée de m'offrir un appartement. Vu d'ici, c'est plus loin qu'une autre galaxie...

Enfin bref, est-ce que ça t'embêterait si je faisais un saut chez toi le week-end prochain, pour jeter un œil à celui que tu veux sous-louer ?

Pour l'instant, je partage une maison à Kehwahnee, avec trois potes. Mais le plan va prendre fin en septembre, parce que deux d'entre eux se marient. Je n'ai toujours pas décidé ce que je ferai après mon année d'assistanat – je sais, j'ai déjà huit mois de retard, mais j'hésite encore à accepter une offre qu'on m'a faite, dans un cabinet. Si je l'accepte, je pourrai sans doute prendre mon propre appartement. Pour l'instant, je n'ai pas encore commencé à chercher mais, en reconnaissant ton nom, sur ton e-mail, ça m'a donné envie de tenter ma chance. Qui sait ? Si l'appart en question me plaît, ça me motivera peut-être, pour le boulot. Tu vas me prendre pour un empoté de première, mais jusqu'à présent, les décisions, ça n'a jamais été mon fort... D'un autre côté, même si l'appart ne m'intéresse pas, je pourrai toujours te faire de la pub auprès de mes collègues qui en cherchent.

Dis-moi juste quand tu auras le temps...

Nat Sabich

Bien sûr, ce message m'a fait un peu tiquer et j'y ai réfléchi à deux fois. Mais le désespoir a sa propre logique et je ne voyais pas d'excuse valable pour refuser. Il a donc débarqué chez moi le dimanche suivant, à 11 heures, en tee-shirt et en jean. Il était plus grand que son père d'une bonne dizaine de centimètres, mince, élancé, et effectivement d'une beauté ahurissante, avec son épaisse crinière brune, son regard bleu des mers du Sud et cette irrésistible fossette qu'il avait juste sous la lèvre. Il a fait le tour de l'appartement en s'extasiant sur chaque pièce, mais je sentais bien qu'il aurait été tout aussi enthousiaste si les plafonds avaient abrité des colonies de chauves-souris. Finalement, nous avons pris le café sur le balcon, et je lui ai montré l'angle sous lequel on avait une vue imprenable du centre-ville et de la rivière, en se penchant un peu.

— Génial ! a-t-il déclaré, avant d'enlever ses chaussures en frétillant des orteils, les pieds calés sur la balustrade.

J'ai toujours adoré Nat, dont j'avais fait la connaissance à l'occasion des visites qu'il rendait à son père. Il est si incroyablement beau qu'on évite de le regarder trop longtemps, de crainte d'en rester bouche bée, mais il est trop gauche et trop empêtré de lui-même pour entrer dans la catégorie « cool ». Son ingénuité est carrément craquante. C'est si rare de nos jours, quelqu'un de sincère, dans ce monde où tout un chacun s'applique à tenir sa partie sans rien laisser dépasser…

C'était une matinée superbe, embaumée, avec les remorqueurs qui mugissaient sur la rivière. Nous avons bullé et bavardé tout notre soûl, ce qui n'est pas gagné d'avance, avec Nat. Il répond toujours avec une seconde de battement, comme lors d'une transmission légèrement différée, ou comme s'il devait laisser les mots décanter dans sa tête, le temps de leur faire passer une brève inspection – ce qui peut devenir éprouvant, même pour quelqu'un qui, comme moi, a l'habitude de prendre les commandes dans n'importe quelle conversation.

Nous sommes tous deux venus tard aux études de droit, après avoir fait bien d'autres choses. Il m'a fait part de ses hésitations.

— J'ai longtemps voulu devenir psy, raconta-t-il. J'en ai vu passer tellement, dans mon enfance… Mais, depuis, j'ai toujours constaté que les gens s'enfermaient plus ou moins dans leur propre vision du monde. J'en suis venu à douter de parvenir un jour à savoir ce que quelqu'un d'autre peut ressentir. C'est un peu pour ça que j'avais commencé la philo. L'avantage, avec le droit, c'est que, sur ce terrain, les gens peuvent toujours se trouver quelques points d'accord.

La définition me tire un éclat de rire. Quand je l'assure que son père est très fier de ses brillants résultats, à la fac de droit, il me lorgne comme si je débarquais de Mars.

— Parce que tu sais ce que pense mon père, toi ? murmure-t-il, après un long silence. Il ne m'a jamais dit un mot de tout ça – mes études, mes publications, mes stages dans les tribunaux – alors qu'en fait je me suis contenté de marcher dans ses pas. À croire qu'il a peur de me parler, des fois que je m'en apercevrais...

Je contemple mon café.

— Et lui, ça va ?

— Il est très pris par les élections. Koll lui est tombé dessus, pour l'affaire Harnason – tu sais, ce type que mon père avait fait libérer sous caution et qui a mis les voiles. Mon père est complètement hors de lui.

Il me rapporte quelques-uns des conseils que Rusty a reçus de Ray Morgan, pour sa campagne, et s'interrompt pour me demander si je sais qui est Ray. Je lui lance un regard appuyé. J'ai sincèrement cru qu'il plaisantait.

— C'est mon patron, expliqué-je enfin. Je bosse dans son cabinet.

— Suis-je bête ! s'exclame-t-il en se claquant le front. Mais ça m'étonne que tu ne prennes pas directement des nouvelles de mon père. En général, il reste en contact avec ses anciens assistants et il parle toujours de toi comme de la huitième merveille du monde !

— Sans blague ? Vraiment ? (Mon cœur a tressailli sous le compliment.) Tu sais, je travaille tellement que je vis en ermite.

Ce qui nous entraîne dans une longue discussion sur la condition des jeunes associés dans les grands cabinets. Je lui dis la vérité. C'est soit un deal bassement matériel – vous n'êtes là que pour rembourser votre prêt d'études ou vous constituer un petit pécule –, soit un véritable sacerdoce, parce que vous croyez dur comme fer que votre boulot deviendra passionnant, dès lors qu'on commencera à vous confier les bons dossiers. Pour l'instant, ce n'est pas encore mon cas.

— Le problème étant que, le temps de comprendre ça, on se retrouve accro au fric.

— Pour s'acheter un appartement, par exemple, dit-il avec cet irrésistible petit sourire que j'ai déjà remarqué, une fois ou deux.

— Oui... ou louer seul un appartement digne de ce nom !

Nous avons éclaté de rire ensemble, et nous en sommes restés là. Comme nous quittions le balcon, je lui ai demandé les autres possibilités qui s'offraient à lui.

— Pendant la fac, je travaillais au lycée de Nearing comme prof remplaçant, deux ou trois jours par semaine. Rien ne m'empêche de recommencer. Mais ce qui me plairait vraiment, c'est d'enseigner le droit. Sauf qu'il faut publier, pour pouvoir viser un poste décent. J'ai déjà pondu un papier, mais ça ne suffit pas. Je devais passer une partie de cette année à plancher sur un grand article sur l'impact juridique des neurosciences, mais j'ai rompu avec mon ex-copine trois mois avant mon diplôme et ça m'a tellement secoué que depuis, je n'arrive plus à me concentrer sur autre chose, quand je rentre du boulot. Ça ira mieux l'an prochain, quand je serai prof remplaçant.

— Désolée, pour ta rupture.

— Oh, aujourd'hui ça m'apparaît plutôt comme une bonne chose. Sans blague... Mais c'est l'ensemble du truc qui me fout en l'air. Un jour, vous êtes au cœur de la vie de quelqu'un et le lendemain, vous lui rendez sa clé et son chien ne pisserait même plus sur vos godasses.

J'ai éclaté de rire, quoique touchée par la justesse de cette observation.

— Ça, je peux t'en causer, ai-je répondu avec un soupir. Je suis passée par là. J'y suis toujours, en fait.

Ne me sentant pas de le regarder droit dans les yeux, j'ai tourné les talons, pour mettre le cap sur la porte.

— Tu sais, je ne parle jamais autant d'habitude, dit-il. Je dois avoir l'impression de te connaître plus que je ne te connais en réalité.

Je n'ai su que répondre à cette étrange remarque et nous avons gardé le silence un moment, face à face.

Après son départ, j'ai senti mon cœur tanguer dans ma poitrine. Inévitablement, la présence de Nat avait évoqué l'ombre de son père. Depuis ma rupture avec Rusty, je m'étais efforcée de ne pas trop penser à lui. Chaque fois que je me replongeais dans mes souvenirs, je me reprochais amèrement d'avoir été assez débile pour désirer ce qu'il n'était que trop clair que je n'obtiendrais jamais. Selon Dennis, mon thérapeute, l'amour est la seule forme de psychose légalement admise, et c'est bien ce qui fait sa magie, je suppose. Ainsi que ses périls, car il peut vous transfigurer de fond en comble. Certains livres vous expliquent qu'en fin de compte le but ultime de l'amour est le changement. Mais je n'en suis pas si sûre...

Moins de deux heures plus tard, Nat m'a envoyé un e-mail pour me dire que ma première impression était la bonne – en clair, qu'il ne prendrait pas l'appartement.

D'après ce que tu m'as dit, j'ai compris que je devais être complètement naze de m'être imaginé que je pourrais bosser dans un cabinet. J'envoie un e-mail à tous les assistants de la Cour suprême que ça pourrait intéresser, en précisant que l'appartement est formidable, et le loyer tellement bas que ça frise le vol !

J'aimerais aussi m'excuser, pour hier matin. Tu as dû me prendre pour le psycho-sociopathe de service, avec mes histoires de thérapie. Mais c'était si agréable de bavarder avec toi. Justement, je me demandais si par hasard nous aurions pu nous revoir, genre dans une semaine ou deux, pour prendre un café et échanger des nouvelles – ta quête de colocataires contre ma quête de boulot...

L'autre truc, c'est qu'en repensant à notre conversation, je me suis dit que c'était vraiment dingue, qu'on en soit réduits, toi et moi, à se demander l'un l'autre ce que mon père peut bien avoir derrière la tête. Ça, c'est tellement LUI !

À très bientôt,

Nat

J'ai relu plusieurs fois ce message – et surtout la phrase où il était question de se revoir pour prendre un café. Est-ce qu'il n'en pincerait pas un peu pour toi, ce garçon ? me suis-je demandé... et j'ai passé une bonne demi-heure à rédiger une réponse qui sonne à peu près juste.

Cher Nat,

Je comprends très bien et je te remercie de faire passer le message autour de toi à la Cour suprême. Il ne me reste plus qu'à croiser les doigts...

Mais non, je ne t'ai pris ni pour un tordu ni pour le « psycho-sociopathe de service » ! Tout à fait entre nous, j'ai moi-même commencé une thérapie voilà un an, après une rupture particulièrement catastrophique et, rétrospectivement, j'ai vraiment l'impression d'avoir gâché ma vie et perdu mon temps, jusque-là. Je suis toujours un peu gênée d'en parler, parce que, ces temps-ci, ma thérapie est à la fois un besoin et un plaisir, et c'est vraiment le seul moment que je m'accorde pour m'occuper de moi-même. À part ça, je déteste prendre des rendez-vous en dehors du boulot, parce que je finis toujours par me décommander. Mais je serais heureuse de recevoir un e-mail de toi, de temps en temps. Donne-moi de tes nouvelles !

Ma réponse à peine envoyée, je me suis retrouvée face à une vérité sur laquelle j'évite généralement de m'appesantir : ma solitude. J'ai tellement roulé ma bosse, ces dix dernières années, qu'il m'a été difficile de garder quelques amies, d'autant qu'elles sont pratiquement toutes mariées, à présent, voire mères de famille. J'en suis heureuse pour elles, bien sûr, mais elles sont passées à autre chose. Il est difficile de s'épancher auprès de quelqu'un qui n'a pas l'intention d'en faire autant. Quant à mes quelques amies célibataires, neuf fois sur dix, nous finissons par parler des hommes, ce qui ne fait pas mon affaire, en ce moment. Pendant tous ces mois que j'ai passés à oublier Rusty, je me suis claquemurée dans le travail. La plupart du temps, mes week-ends, c'était télé et surgelés basses calories...

Je n'ai donc plus entendu parler de Nat, jusqu'à ce qu'un certain Micah Corfling me contacte, une dizaine de jours plus tard. Il venait d'être engagé à la Cour suprême, dans le service du juge Tompkins, et avait reçu un e-mail de Nat qui lui disait le plus grand bien de mon appartement. Je lui ai donc envoyé quelques photos, et il a fini par le prendre. Puis j'ai écrit à Nat pour le remercier et j'ai reçu la réponse suivante :

De : NatchReally1@Clearcast.net
À : AnnaC402@gmail.com
Envoyé le : vendredi 25 juillet 2008 à 16 : 20

Cool ! Si tu veux vraiment me remercier, que dirais-tu de déjeuner avec moi, demain ? Pas forcément dans l'endroit le plus tralala de la ville, parce qu'à part mes costumes du boulot, je n'ai que des tee-shirts et des jeans troués...

De : AnnaC402@gmail.com
À : NatchReally1@Clearcast.net
Envoyé le : vendredi 25 juillet 2008 à 16 : 34

Désolée, Nat, mais c'est vraiment comme je t'ai dit : boulot, dodo, boulot. Demain, je suis au bureau toute la journée.

Partie remise ?

De : NatchReally1@Clearcast.net
À : AnnaC402@gmail.com
Envoyé le : vendredi 25 juillet 2008 à 16 : 40

Il se trouve que j'ai deux ou trois trucs à faire au tribunal.

Je t'attendrai à la porte de ton immeuble...

De : AnnaC402@gmail.com
À : NatchReally1@Clearcast.net
Envoyé le : vendredi 25 juillet 2008 à 17 : 06

J'ai vraiment un texte à rendre, pour un dossier. Je risque d'être à la bourre, et de très mauvaise compagnie. À une autre fois ?

De : NatchReally1@Clearcast.net
À : AnnaC402@gmail.com
Envoyé le : vendredi 25 juillet 2008 à 17 : 18

Allez, quoi ! Un samedi ! Et n'oublions pas que tu viens de louer ton appart, grâce à moi (ou autant dire...).

Je commençais à me sentir un peu ingrate. J'ai donc consenti à le retrouver au Wally's pour grignoter quelque chose sur le pouce, en me disant que ce serait l'occasion ou jamais de le calmer un peu. Le lendemain, avant de quitter le bureau pour aller le retrouver, j'ai demandé à Meetra Billings, la secrétaire qui tapait mon texte, de me rappeler vingt minutes plus tard, en m'annonçant qu'un des principaux avocats du cabinet demandait à me voir.

Le Wally's est un traiteur avec quelques tables. En semaine, c'est la cohue permanente. Clients et employés vocifèrent sans discontinuer, et le petit vasistas rouillé, au-dessus de la porte, vibre comme si quelqu'un jouait du marteau-piqueur à l'intérieur, tandis que Wally, un immigré français originaire d'un bled à l'est de Paris hurle à tue-tête : « La porte ! La porte ! » aux clients qui font la queue pour entrer. Mais, le samedi, vous entendez enfin la voix des serveurs qui vous demandent toujours, par habitude : « C'est à qui ? »

Nat était déjà là. Il m'attendait à une table, avec deux cafés, dont l'un avec de la crème et deux sachets de sucre dans la soucoupe, comme je les aime. Délicate attention. Son portable était posé près de lui, sur la table en formica.

— Tu attendais un appel ?

— De toi, au cas où tu aurais annulé à la dernière minute.

Épinglée, j'ai fait la grimace.

— Je n'ai même pas ton numéro.

— Pas si bête ! me dit-il. Alors, est-ce que je peux te demander ce qu'il y a ?

Je m'installe à la table, en quête d'une explication à peu près rationnelle.

— Oh, rien. Je trouve juste un peu embarrassant que nous sortions ensemble, alors que j'ai si longtemps travaillé pour ton père, tu vois ?

Même à mes oreilles, l'excuse sonnait faux.

— Et moi, je me demande s'il n'y a pas autre chose, dit-il. Un amoureux jaloux, peut-être. Un fou qui essayerait de te boucler dans un placard ?

— Alors là, non ! me suis-je esclaffée. Pas d'amoureux en vue. J'ai décidé de m'offrir une année sabbatique sur le plan sentimental.

— À cause de cette rupture ? Mais qu'est-ce qui s'est passé ?

J'ai eu un hoquet de surprise, et j'ai fini par secouer la tête.

— Je ne peux pas t'en parler, Nat. C'est trop frais, et trop gênant. Mais j'ai besoin de savoir au juste qui je suis et ce que je veux, avant de me lancer dans une nouvelle histoire. Ça faisait des années que je n'étais pas restée si longtemps sans personne. Depuis le lycée, peut-être. Et, maintenant, je me sens nettement mieux, sauf quand les piles de mon petit lapin rose sont à plat, évidemment…

Bien sûr, j'essayais de prévenir ses questions quant à mes peines de cœur, mais j'ai eu peine à croire que ces mots aient pu franchir mes lèvres. J'avais pourtant eu l'occasion de constater que je pouvais compter sur son sens de l'humour. Il est parti d'un grand éclat de rire qui semblait jaillir du tréfonds de lui-même.

— Une « année sabbatique » ! s'est-il esclaffé. Ça ne peut être qu'une idée de ton psy !

Il avait raison, évidemment, et nous sommes aussitôt repartis sur notre sujet favori : nos thérapies. Il en avait fait des flopées, mais avait fini par tout laisser tomber, de peur de devenir un de ces zombies qui ne vivent que pour pouvoir en parler à leur psy. Je n'avais jamais vraiment remis en question mes séances avec Dennis et de fait, j'ai été déçue quand Meetra a appelé. Je me suis sentie immensément godiche – nous n'avions même pas commandé ! Je me suis confondue en excuses, et je me suis levée pour repartir.

— Alors, ce déménagement, c'est pour quand ? a-t-il demandé.

— Dimanche en huit, le 3 août. Pour la première fois de ma vie, j'ai engagé des professionnels. J'ai si souvent fait appel aux copains que je n'ai pas osé les mettre à nouveau à contribution. Mais je n'aurai à transporter que les objets fragiles, ceux que je ne veux pas confier aux déménageurs. Ça sera tout de même un peu de boulot, mais nettement moins.

— Moi, tu peux me mettre à contribution. Tarzan très costaud, et pas cher.

— Oui, mais je ne voulais pas...

— Pourquoi ?

Je remue les lèvres sans émettre un son, en cherchant désespérément mes mots.

— Très bien, finit-il par dire. Alors mettons les choses au clair. On est copains, sans plus. Tu t'offres une année sabbatique et, de toute façon, je suis beaucoup trop jeune pour toi. Parce que tu préfères les hommes d'un certain âge, si j'ai cru comprendre, c'est bien ça ?

— Ouais. Avec un père absent, c'était prévisible, non ?

— Bon, d'accord. Mais ça ne m'empêche quand même pas de te filer un coup de main. Dis-moi le jour et l'heure.

Je ne pouvais prétendre que je n'avais pas besoin d'aide, surtout de la part de ce grand gaillard qui pourrait m'aider à porter ma nouvelle télé – j'hésitais à la confier aux déménageurs. Une chose que ces deux brèves rencontres avec Nat m'avaient permis de constater, c'était que la compagnie masculine me manquait terriblement. J'ai toujours eu des amis proches, avec qui j'avais certaines affinités : notre goût commun pour le sport, les blagues grivoises ou les films noirs. Mais passé le cap des trente ans, quand pratiquement tout le monde est en couple, on a plus de mal à garder des amis de l'autre sexe. Les épouses sont jalouses, les frontières plus âprement défendues. Il m'était donc d'autant plus difficile de repousser les avances de Nat. Sans compter que l'un de ses colocataires avait un gros break qu'il pouvait lui emprunter...

Le samedi suivant, le 2 août, la veille du déménagement à proprement parler, Nat a donc à nouveau débarqué chez moi. C'était le pire jour pour trimbaler des paquets. Il devait faire dans les quarante degrés. Le soleil cognait si fort qu'on avait l'impression d'être écrasé dès qu'on mettait le pied dehors. L'air vous collait à la peau comme un gant. J'avais passé toute la nuit à faire mes cartons. Au matin, il m'a suffi de continuer sur ma lancée et quand nous avons commencé à descendre les boîtes et à les enfourner dans le break, nous nous sommes vite rendus à l'évidence : un voyage ne suffirait pas.

À midi, nous avions déchargé la première cargaison dans mon nouvel appartement, situé au sixième étage d'un vieil immeuble, sur les berges de la Kindle. J'avais craqué pour les beaux éléments décoratifs anciens, moulures au plafond, boiseries de chêne et d'acajou, jolies fenêtres dont le bois n'avait jamais été peint. J'avais acheté après une adjudication, et je n'avais pas prévu que la banque aurait fait couper l'électricité. Il n'y avait aucune climatisation, naturellement, et nous ruisselions l'un et l'autre. Le tee-shirt de Nat était trempé et je devais avoir l'air encore plus pitoyable, avec ma coupe à soixante-dix dollars qui me collait au front. Nous avons convenu qu'il irait chercher les derniers cartons, pendant que je m'occuperais du pique-nique. Il m'a fallu un certain temps pour me repérer, dans ce quartier où je ne connaissais rien et, à mon retour, Nat était déjà revenu. Je l'ai retrouvé à moitié nu, sur le balcon de derrière. Il avait enlevé son tee-shirt pour l'essorer et je l'ai trouvé d'une telle beauté, avec son torse à la fois mince et musclé, que j'en ai eu des fourmis dans tout le bas du corps. Je me suis retournée juste à temps pour lui cacher ma mine ébahie.

— Alors, prêt à passer à table ?

Je lui ai montré le sac de provisions, quand il m'a rejointe à l'intérieur.

— C'est vrai, ça n'est pas une blague, on va vraiment déjeuner ?

Je lui ai envoyé un petit coup dans les côtes, en représailles. Sauf que nous n'avions pas de table. Comme je cherchais un endroit où nous asseoir, il a pointé du doigt l'un des derniers cartons qu'il avait apportés. Il contenait une collection de cadres, des photos que j'avais gardées, au fil des années. Des souvenirs à la fois trop précieux pour être jetés et trop intimes pour que je les étale sur mes murs.

— Je n'ai pas pu m'empêcher d'y jeter un coup d'œil, a-t-il dit, en sortant un vieux cliché datant de mon enfance où je figurais avec mes parents.

Je suis dans les bras de mon père. Je ne dois pas avoir plus de cinq ans, et c'est Noël. La neige s'élève en grands tas, devant chez nous. Mon père est particulièrement fringant, avec son feutre et son long pardessus. J'ai un petit ensemble écossais, et un béret assorti. Près de nous, ma mère sourit. Mais cette gaieté affichée ne masque pas complètement l'atmosphère presque tangible de discorde, comme si nous avions parfaitement conscience, eux et moi, de ne sourire que pour l'objectif.

— C'est une des rares photos de famille qui me soient restées, ai-je expliqué à Nat. Je la dois à ma tante, qui l'a cachée. Quand mon père est parti, ma mère a rassemblé toutes les photos où il apparaissait et l'a décapité – symboliquement, avec des ciseaux. Je n'ai jamais réussi à la comprendre. Il était cavaleur, bien sûr, mais, à en juger par d'autres indices que j'ai réunis au fil des années, je la soupçonne d'être allée voir ailleurs, elle aussi. En fait, je n'en ai jamais eu le cœur net. C'est bizarre.

— Ouais, je connais. Mon père aussi a eu une aventure, quand j'étais gamin. Juste avant son procès. C'était plus ou moins lié à l'affaire. Mais ils ont toujours refusé de m'en parler, ma mère et lui. Je ne sais toujours pas ce qui s'est passé.

Comme nous n'avons rien trouvé à ajouter, ni l'un ni l'autre, Nat a à nouveau regardé dans le carton, dont il a tiré une autre photo, celle de mon mariage.

— Waouh !

La vérité, que je n'admettrais pour rien au monde, c'est que j'étais si resplendissante, ce jour-là, que je n'ai jamais pu me résoudre à jeter la photo.

— C'est à peu près la seule jolie chose qui me soit restée de mon mariage. On penserait que dans mon cas, sans argent mais sans enfant, repartir de zéro n'aurait pas dû poser de gros problèmes. Eh bien, c'est faux. C'est un tel acte de foi que de se marier… Quand tout se casse la figure, on met un temps fou à s'en remettre.

La photo suivante l'a scotché.

— Non, tu me fais marcher ! C'est vraiment Storm ?

Sur la photo, la célèbre star du rock affichait un grand sourire, dans sa veste en cuir cloutée, une fille à chaque bras : moi et Dede Wirklich, ma meilleure amie de l'époque. Nous avions dans les quatorze ans. J'avais gagné deux places de concert, lors d'un tirage au sort organisé par une radio locale, ainsi que le privilège de rencontrer personnellement l'artiste dans les coulisses. Et, naturellement, j'avais convié ma meilleure copine. En découvrant l'existence de Dede, en cinquième, j'avais eu l'impression de retrouver une pièce manquante de moi-même. À elle aussi, son père était parti. Nous n'avions pas besoin de mots pour nous comprendre.

Sauf qu'elle était plutôt du genre allumée et qu'au fil des années elle s'est mise à accumuler les problèmes. Nous avons comploté ensemble plus d'un tour pendable – un jour, nous nous sommes glissées dans le bureau du principal pour y cacher un criquet chanteur qu'il a fallu plusieurs jours pour retrouver –, mais les profs hésitaient à me faire porter le chapeau, parce que, par ailleurs, j'étais la meilleure élève de la classe. À onze ans, nous chapardions déjà du gin et de la vodka dans les placards de sa mère, en remplaçant progressivement le liquide subtilisé par de l'eau du robinet, pour maintenir le niveau, jusqu'à ce que les deux bouteilles ne contiennent pratiquement plus que de la flotte.

Au lycée, Dede ne jurait plus que par la mode gothique – vernis à ongles noir et fard à paupières blanc. Et sa voie semblait toute tracée. Elle ne sortait qu'avec des types louches, des solitaires, tatoués comme des Hell's Angels, la clope au bec, qui ne lui apportaient que des ennuis. En terminale, l'un de ces individus l'a mise enceinte, et ce fut la naissance de Jessie...

Nat me demande si je la vois toujours.

— Non. On a fini par se brouiller, dans des circonstances assez pénibles. Je m'étais installée chez elle, après mon divorce, mais ça n'était pas une très bonne idée. Je me coltinais tout l'entretien de la maison, y compris la préparation du déjeuner de Jessie, pour l'école. Dede m'en voulait parce que, même si ma vie n'était pas un chemin semé de roses, tout indiquait qu'elle prendrait meilleure tournure que la sienne. Et de mon côté, j'ai fini par me lasser de lui prêter de l'argent à fonds perdus, et de jouer les nounous pour Jessie, une gamine épuisante et braillarde, qui avait toujours besoin de quelque chose. La crise a culminé en une scène surréaliste que je t'épargnerai...

Nat est resté plongé dans la contemplation de la photo et, pour changer de sujet, a voulu savoir ce que j'avais pensé de Storm.

— Pour tout te dire, j'étais tellement sur les charbons ardents, ce jour-là, que, sans la photo, je ne m'en souviendrais même plus !

— Il est génial, sur scène, dit Nat. Je l'ai vu trois fois en concert. C'était tout ce que je faisais, au lycée – écouter de la musique et me défoncer. Maintenant, j'ai fait des progrès, je peux à la fois écouter de la musique, aller au boulot, et me défoncer...

Il l'a dit sur le mode farceur, mais j'ai ouvert de grands yeux.

— Nat, ne me dis pas que tu te pointes à la Cour suprême avec des joints plein les poches ?

Il a pris un air penaud avant de marmonner quelque chose où il est question de la noirceur de la période qu'il vient de traverser.

— Arrête, Nat, si jamais tu te fais pincer, c'est l'inculpation, direct. Ton père est trop en vue pour que tu puisses espérer passer à l'as. Tu risques la radiation du barreau, et tu ne pourras même plus approcher d'un lycée.

Mon petit sermon l'a plongé dans l'embarras, naturellement. Perdus dans nos pensées, nous avons mangé en silence, assis à même le sol et adossés au mur, près du balcon – ce qui s'avérera être la meilleure place de l'appartement… la plus fraîche, tout au moins. Nat semblait s'être retiré dans sa coquille. Lors de notre déjeuner manqué, il avait tout de même eu le temps de me dire que ses petites amies s'accordaient à lui reprocher sa morosité et son côté renfermé. Mais, jusque-là, je n'en avais qu'une vague idée.

— Eh ! me suis-je exclamée. Tout le monde a quelques bourdes à son actif ! Je peux t'en parler. Je suis la spécialiste mondiale.

Il m'a regardé une seconde, droit dans les yeux.

— Alors, parlons un peu de cette rupture.

— Oh, Nat… Ça, je ne pense pas que ce soit possible.

Ses yeux s'attardent sur moi une seconde de plus, puis il hausse les épaules et revient à son sandwich, sans souffler mot. Je vois comme il est facile de perdre le contact avec lui, d'une seconde à l'autre, surtout quand il se sent mal à l'aise ou confus.

— D'accord, dis-je. Mais aucune question.

J'ai fermé les yeux, en quête d'un moyen de lui raconter l'histoire sans trop lui en dévoiler, mais je sens qu'il s'est tourné vers moi.

— Juste après mon départ du service de ton père, j'ai commencé à voir un homme, nettement plus âgé que moi. Très influent, très en vue. Quelqu'un que je connaissais et que j'admirais, depuis des années. Et ça a été l'amour fou, doublé d'une belle connerie. Il était marié. Jamais il n'aurait quitté sa femme pour moi.

— Ray, c'est ça ? Ray Horgan. C'est pour ça que tu as fait cette tête, l'autre jour, quand j'ai prononcé son nom.

J'ouvre les yeux en le foudroyant du regard – je peux faire ce genre de chose, quand je veux.

— OK. Plus de questions, comme on dit à l'audience. Et, celle-là, je la retire. Désolé, Anna. Toutes mes excuses...

En quelques mots, je lui résume la fin de l'histoire : après m'avoir répété pendant deux mois que notre liaison était une pure folie, le grand homme avait fini par me quitter. Mon dernier mot prononcé, on aurait pu entendre le murmure de la télé chez les voisins. C'est moi qui ai fini par rompre le silence :

— Et, maintenant, je parierais que tu vas fouiller dans mes cartons pour y retrouver ma lettre de rupture !

— Bof, tout le monde peut se gourer, comme tu disais.

Il se lance alors le temps de me raconter la longue histoire d'une aventure qu'il a eue avec la mère de son meilleur copain, du temps où il était en terminale. Vu les circonstances, j'apprécie cette marque de confiance, de sa part.

— Tu es vraiment quelqu'un de bien, Nat.

— J'essaie.

Nos têtes, appuyées au mur, ont doucement dodeliné, tandis qu'il me racontait à mi-voix la façon dont il s'était fourvoyé dans le lit de cette femme. Nos visages ne sont plus séparés que de quelques centimètres. Son regard plonge dans le mien, dénué de toute équivoque. Et, en cet instant, tout me revient – ma solitude, ma tristesse, mes désirs inassouvis. Je pourrais foncer tête baissée dans le panneau et sauter sur la première connerie qui se présente, comme je l'ai toujours fait jusque-là. Mais la vie finit par vous apprendre à réfléchir.

J'ébouriffe ses cheveux encore humides, avant de me relever.

Il était visiblement déçu et irrité. Quelques minutes plus tard, il a annoncé qu'il devait y aller, et m'a mollement proposé de me ramener chez moi. J'ai décliné l'offre mais, un peu plus tard, de retour à mon appartement, je lui ai envoyé un e-mail pour le remercier, en lui promettant de l'inviter au premier dîner que j'organiserais.

Il m'a laissée deux jours sans nouvelles, et, à ce petit choc que j'ai eu en reconnaissant son nom dans ma boîte de réception, j'ai senti le temps se gâter pour moi.

De : NatchReally1@Clearcast.net
À : AnnaC402@gmail.com
Envoyé le : lundi 4 août 2008 à 17 : 45
Objet : MON CŒUR

Chère Anna,

Désolé de ne pas avoir donné de nouvelles, ces derniers temps, mais j'ai réfléchi. Intensément, et longtemps. Toujours dangereux.

Je comprends ce que tu ressens. Mais, de mon côté, je commence à avoir quelques sentiments. La chose ne t'a sans doute pas échappé. Et je dois me protéger un minimum. Je vais plutôt bien, en ce moment, jusqu'à ce que quelqu'un me fiche le moral en l'air et me fasse tomber en chute libre. Et là, je peux descendre vraiment très bas. Mais, toi et moi, j'ai eu l'impression que c'était une vraie rencontre, que nous avions vraiment trouvé un terrain d'entente. Et je me demande s'il n'y a vraiment pas moyen de te faire revenir sur tes positions. Parce que tu vois, si ça n'a pas marché avec les vieux, c'est peut-être que, justement, ce qu'il te fallait depuis le début, c'était un jeune. Et ne parlons pas des quelques années qu'il y a entre nous, c'est insignifiant. On en est à peu près au même point tous les deux, non ? Je suis sûr que tu comprends ce que j'essaie de te dire, parce que je suis sûr qu'on se comprend.

C'était si gentil que j'en ai eu les larmes aux yeux, comme ça, sans raison. J'ai pourtant hésité à lui répondre, jusqu'au lendemain soir.

De : AnnaC402@gmail.com
À : NatchReally1@Clearcast.net
Envoyé le : mardi 5 août 2008 à 22 : 38
Objet : RE : MON CŒUR

Moi aussi, je crois que je te comprends, Nat. Et que tu me comprends. Et ce serait sûrement très agréable de passer un peu de temps ensemble et de voir comment ça se passe, si jusqu'à présent tout ne s'était pas systématiquement effondré dans ma vie... Ce serait donc une très mauvaise idée, pour toutes les raisons que je t'ai déjà expliquées, plus une ou deux autres dont je ne veux parler à personne, pas même à toi. J'en ai discuté avec Dennis, cet après-midi, après avoir lu ton dernier message. Je ne suis pas du genre à donner prise sur ma vie à mon psy – et, franchement, lui non plus, il n'essaie pas de s'arroger un tel pouvoir. Mais il a tout de suite vu, comme moi, à quel point les choses risquaient de partir en vrille. Je ne peux pas continuer à m'investir dans des relations qui ne sont que de confortables transats sur le pont du Titanic. Je ne sais que te dire d'autre, je suis vraiment vraiment vraiment navrée.

Je n'aurais pas parié qu'il se donnerait la peine de répondre, mais il le fit, le lendemain en fin de journée, juste pour dire au revoir.

Anna,

Je pense qu'effectivement je vais devoir couper les ponts avec toi. Ne plus essayer de te voir, de t'écrire, ni quoi que ce soit. Il y a quelque chose qui passe, entre nous, une sorte d'affinité qui me semble aller de soi. Et en ce moment, au boulot, je tourne en rond toute la journée en broyant du noir, le cœur brisé. Puis je rentre chez moi pour relire tes mails – cycle dangereux, s'il en est.

Tu n'as toujours pas dit ne fût-ce qu'un mot pour m'aider à comprendre. Les problèmes d'âge ? Le fait que tu aies bossé avec mon père ? La rupture ? Mais nous pourrions les balayer en un clin d'œil, tous ces problèmes... ! Sauf que s'il y a un mot que je comprends, c'est bien « non ». Tu as sûrement tes raisons. Et je me rends compte qu'en insistant je ne réussirai qu'à paraître encore plus cinglé que je ne le suis.

Je te trouve vraiment formidable.

Je n'ai pas répondu. Qu'aurais-je pu ajouter ? Mais ce soir-là, il a envoyé un autre message.

Anna,

Je viens de relire ton dernier e-mail et j'ai enfin percuté. Enfin... Comme je suis un peu défoncé je me dis que demain matin ça n'aura sans doute ni queue ni tête. Mais, là, je voudrais te poser une question sur mon père – attention –, c'est tellement tiré par les cheveux et d'un romanesque tellement kitch que cette fois tu vas en conclure que j'ai définitivement pété les plombs.

J'ai repensé à tout ce que tu m'as dit, que ça serait bizarre pour toi qu'on sorte ensemble à cause de mon père. Et je me suis rappelé ton silence quand je t'ai dit qu'il avait peut-être eu une aventure... et puis cette histoire avec ta mère qui trompait son mari. Alors voilà...

Est-ce que par hasard tu ne serais pas ma demi-sœur ?

Je sais que cette idée n'a pu naître que dans un esprit embrumé. Mais, quand même, si tu veux bien répondre, un e-mail de plus, ça serait super.

De : AnnaC402@gmail.com
À : NatchReally1@Clearcast.net
Envoyé le : jeudi 7 août 2008 00 : 38
Objet : RE : RE : MON CŒUR

Oh, Nat ! J'hésite à éclater de rire ou à fondre en larmes... J'ai même pensé à te répondre que oui, pour que tu cesses de te tarauder. D'autant qu'en fait je trouve que ton hypothèse ne manque pas d'un certain panache, mais la réponse est non. Non.

Par ailleurs, tu as raison. Nous aurions tort d'insister. Moi, je te trouve plus que formidable. Tu es parfait. Mais je vais te dire un truc. Si on s'est si bien compris, l'autre jour, ça veut dire que ça pourra se reproduire ailleurs, une autre fois, avec quelqu'un d'autre. Trop souvent, j'ai recherché la compagnie des locomotives, des sources d'énergie que je rêvais d'être, au lieu de me trouver un homme qui me rendrait assez heureuse pour que je puisse moi-même devenir quelqu'un. Ce qui signifie que tu m'as fait un inestimable cadeau, dont je ne pourrai jamais assez te remercier.

Affectueusement,

Ton amie,

Anna

L'ANNIVERSAIRE DE RUSTY (19/03/2007) | LA MORT DE BARBARA (29/09/2008) | L'ÉLECTION (04/11/2008)

14.

Tommy, 29 octobre 2008

— Je savais que tu avais quelque chose.

Tommy Molto avait retrouvé Brand devant le tribunal central. Jim était en plein procès et avait sorti pour l'occasion son magnifique costard prince-de-galles, un luxe d'ordinaire hors de portée d'un simple adjoint. De temps à autre, Molto charriait Brand sur ses ascendants italiens cachés. L'affaire qu'il plaidait était un triple meurtre, dont l'une des victimes se trouvait être la nièce de l'actrice Vanda Pike. Chaque jour, la star venait à l'audience en grand deuil, escortée de sa petite cour. En prévision de quoi Brand avait décidé de plaider lui-même, plutôt que de refiler le bébé à un jeune collègue des homicides, moins expérimenté. Jimmy aimait se voir à la télé et n'en faisait pas mystère. L'audience avait été levée pour l'heure du déjeuner et Brand en avait profité pour donner rendez-vous à son chef. Il soufflait un vent froid, cinglant, avec un ciel uniformément bas et gris. Ils allaient se geler.

— Comment ça ? demanda Brand.

— Comment quoi ?

— Comment vous le saviez ?

— Sinon, tu ne t'embêterais pas à me filer rencard au beau milieu d'un procès, ni à me faire sortir de mon bureau par un temps pareil.

— Hé ! J'ai pu me dire que vous aviez besoin d'exercice. Peut-être que j'aime vous voir traverser la rue en trottinant, comme un pigeon.

Brand se rengorgea et, poussant le ventre en avant, fit quelques pas en parodiant la démarche de Tommy. Jim ne se sentait plus de joie. Cette fois, il devait tenir quelque chose.

D'un geste, Tommy l'invita à entrer dans le tribunal, mais ils devaient encore attendre l'inspecteur Gissling, qui accourut une minute plus tard, emmitouflée dans un gros manteau, avec une écharpe multicolore et une grande enveloppe sous le bras.

Ils franchirent la porte et montèrent à l'étage pour se trouver un coin tranquille où parler. La salle d'audience du juge Wallach était restée ouverte et ils se serrèrent au coin d'un des bancs magnifiquement ouvragés, Rory flanquée des deux procureurs.

— Montrez-lui ça, fit Brand.

— Comme convenu, dit-elle en sortant une grosse liasse de papiers de son enveloppe, nous avons mis en demeure le pharmacien de Nearing de nous communiquer toutes les factures des ordonnances et des renouvellements d'ordonnance qu'il a enregistrées au nom de Barbara Sabich, au cours du mois qui a précédé sa mort.

— Faites-lui voir la facture de la phénelzine, demanda Brand.

Du pouce, Rory feuilleta la liasse et tendit au PA une copie de la facture. Le règlement de la phénelzine remontait au 25 septembre, soit un mois plus tôt, et portait clairement la signature de Rusty Sabich. Brand affichait le sourire d'un gosse devant son sapin de Noël.

— Vous permettez ? la pria Tommy. (Il prit le reste de la liasse des mains de Rory et se mit à feuilleter les papiers.) Rusty serait donc allé chercher toutes les prescriptions, poursuivit-il. Oui… ça m'en a tout l'air.

— À quatre-vingts ou quatre-vingt-dix pour cent, précisa Rory.

— Et alors ? demanda Tommy.

— Et alors, c'est bien lui qui est allé acheter la phénelzine, affirma Brand.

— Oui, et alors ?

— Montrez-lui les documents datés de la veille de la mort, Rory.

Elle tira plusieurs feuilles de la liasse que tenait Molto. La signature du juge apparaissait sur la facture des somnifères de Barbara, le 28 septembre.

— Je croyais qu'il s'agissait d'une overdose de phénelzine, objecta Molto.

— Oui, mais regardez le duplicata de l'autre ticket de caisse, sur la page suivante, précisa Brand. C'est celle-là, la plus intéressante…

Tommy mit un instant à s'y retrouver dans les abréviations, mais sur le ticket de caisse apparaissait une bouteille de Rioja, un bocal de hareng mariné, du salami et du cheddar, ainsi qu'un grand pot de yaourt[1]. Le PA mit une seconde de plus à faire le rapprochement.

— Les produits qui réagissent avec le médicament, c'est ça ? Ils contiennent tous cette molécule de ce truc, là…

— De la tyramine. Tous, confirma Brand en hochant la tête. Il a fait un raid sur tous les aliments incompatibles. De quoi transformer une dose normale de phénelzine en poison mortel. Alors, pour une quadruple dose… ! C'était carrément une version moderne de la Cène que le juge préparait à sa femme.

Tommy examina de plus près le ticket de caisse. En haut figurait l'heure de l'achat : 17 h 32.

— Il faisait les courses pour l'apéro, tout simplement.

— Et le yaourt ? demanda Brand.

— Pour la sauce, riposta Tommy.

— Pour la sauce ?

1. Aux USA, les « pharmacies » ont aussi des rayons épicerie.

— Oui, la sauce des crudités ou des amuse-gueules. Les gens qui mangent diététique utilisent souvent du yaourt à la place de la crème. D'ailleurs, en parlant de crudités, Jim... Vu les antécédents médicaux de ton père, toi aussi, tu devrais commencer à t'y mettre. Le cholestérol, tu connais ?

Comme Tommy lui épelait le mot, Brand le rabroua d'un geste. Rory y alla de sa petite anecdote : son père à elle sortait juste d'un triple pontage. Brand fit la sourde oreille et revint à l'affaire.

— Cette fois, on le tient, pas vrai ? demanda-t-il. Tout est là, non ?

Tommy sentit peser sur lui l'attention conjuguée de son premier adjoint et de l'inspecteur Gissling, suspendus à ses lèvres. L'opinion de Brand était arrêtée depuis longtemps, mais ça n'était pas le problème. Toute l'affaire reposerait sur lui. Ce serait lui, Tommy, qui prendrait tous les risques, et c'était lui qui devait être convaincu. Or, tout bien pesé, il ne l'était toujours pas. Cette liste des courses semblait incriminer Rusty, effectivement, mais ça relevait encore de cette catégorie de preuves circonstancielles qu'un bon avocat s'empresserait de balayer comme autant de « pures coïncidences ».

— On se rapproche, oui, déclara Tommy d'un ton égal.

— Boss ! protesta Brand.

Comme il se lançait dans une grande récapitulation de leurs indices, Tommy dut lui rappeler de ne pas élever la voix. Il n'aurait plus manqué qu'un journaliste passant par là vienne à l'entendre...

— C'est vrai, Jim. Vous avez mis la main sur des trucs fumants, tous les deux. Mais tout ça reste de l'ordre du circonstanciel. Je n'y vois rien de vraiment concluant. Inutile de te dire que Sandy Stern écartera tout ça d'un geste. « Ça ne vous est jamais arrivé, de passer prendre des médicaments et d'en profiter pour faire quelques courses au rayon épicerie, mesdames et messieurs les jurés ? »

Tommy avait imité plus habilement qu'il ne s'en serait cru capable le ton doucereux de Stern, plein d'onction et de componction.

— Tu as déjà vu Stern le vendre, son élixir du Dr Miracle… ! Et reste notre éternel problème, le plus gros. À la barre, notre toxicologue préférée devra admettre qu'elle ne peut exclure seize autres causes de décès possibles, en dehors du meurtre. C'est trop léger, Jim. Il nous en faut plus. Il nous faut autre chose.

— Mais, putain, où vous voulez que j'aille trouver autre chose ? râla Brand.

Ça, bien sûr, c'était le cœur même du problème.

— Et l'ADN ? demanda-t-il, après une seconde de réflexion.

Tommy aussi y avait pensé. Il y avait beaucoup pensé, ces derniers temps, chaque fois que Tomaso le réveillait au milieu de la nuit. Et il en était venu à cette conclusion : l'ADN n'était pas la solution miracle. Mais ça, pas question d'en discuter en présence de Rory. Il se borna donc à répéter à son adjoint ce qu'il lui serinait depuis des semaines :

— Trop tôt.

Brand jeta un coup d'œil à sa montre. L'audience allait reprendre. Il n'avait plus le temps de traîner. Il se leva et se retourna juste avant d'arriver à la porte.

— Je n'ai pas dit mon dernier mot, Boss, fit-il en s'éloignant à reculons.

Tommy éclata de rire.

— Le contraire m'aurait étonné !

L'anniversaire de Rusty (19/03/2007) — La mort de Barbara (29/09/2008) — L'élection (04/11/2008)

15.

Anna, 2 septembre 2008

Au cours de ma période de cohabitation avec Dede, après mon divorce, la même question revenait me hanter. Je traînais au lit le matin, et je ruminais tout ça pendant des heures. Avais-je jamais été amoureuse de Paul ? J'avais cru l'être, mais j'en doutais à présent. Comment pouvait-on se fourvoyer à ce point ? Comment parviendrais-je un jour à trier le bon grain de l'ivraie ?

Au fil de mes aventures, ces problèmes n'ont cessé de me travailler, me laissant chaque fois sur l'impression qu'il me manquait un élément essentiel. J'avais été fascinée par certains hommes, et pour d'autres – pour Rusty en particulier –, j'avais frôlé les limites de l'obsession, tenaillée par une passion presque féroce. Mais un sentiment d'une telle violence pouvait-il évoluer en un véritable amour, durable et serein ? Aurait-il pu m'y amener ? Et j'attendais le jour J, celui où je saurais ce qu'était vraiment l'Amour, comme d'autres attendent le messie.

Les premières semaines d'août, j'avais été d'humeur massacrante. Au début, je rechignais à admettre que ça puisse être à cause de Nat. Puis j'ai fini par me rendre à l'évidence. Je le regrettais, ou plutôt, en toute honnêteté, je regrettais cette chance que j'avais entrevue en lui, cette occasion de vivre quelque chose de différent, à la fois nouveau et équilibré. Cette prise de conscience fut un choc que rien ne m'avait laissé prévoir. Ça avait remué pas mal de choses inattendues, du côté de mes sentiments pour Rusty. De la colère, en particulier. Par moments, certaines nuits, je n'arrivais même plus à y voir clair dans mon propre raisonnement. Quel tabou avais-je violé ? Qui m'efforçais-je de ménager ? Qu'est-ce qui m'empêchait d'aimer le fils, puisque le père me rejetait ? Ne serait-ce pas justement la meilleure preuve que la page avait été tournée, pour tout le monde ? Mais au matin, en y repensant, je n'en étais plus si sûre. Et il me semblait avoir perdu tout le terrain conquis, ces quinze derniers mois.

Mais je commençais tout de même à entrevoir le bout du tunnel. J'avais enfin réussi à classer cette déception parmi les autres. Ce matin-là, j'étais donc dans la salle d'audience de la Cour suprême, où j'assistais Miles Kritzler, qui plaidait pour un gros client. Une requête de mise en demeure perdue d'avance. Le règlement lui assurait un certain temps de parole, mais ces messieurs les juges rongeaient leur frein, furieux de devoir patienter jusqu'à la fin de son exposé, qu'ils n'écoutaient plus que d'une oreille. Tous les sept, du haut de leur estrade, affichaient cette mine pincée qui proclamait : « Vivement la pause ! » Le voyant rouge allait s'allumer d'une seconde à l'autre, quand j'ai vu quelqu'un se faufiler sur l'estrade pour remettre un document au juge Guinari et, comme mon regard s'attardait dans cette direction, j'ai reconnu Nat, qui s'était tourné vers moi, toujours si beau, avec ces yeux si incroyablement bleus, pleins de cette poignante interrogation muette. Un moment, j'ai craint de le voir fondre en larmes, et moi avec.

Et, à mon retour dans mon bureau, j'ai trouvé un message sur ma boîte vocale :

« À 6 heures en quittant le travail, j'irai chez toi. Je vais sonner à ta porte et, si tu n'es pas là, je t'attendrai sur les marches, jusqu'à ton retour. Alors, si tu m'as toujours en grippe et que tu ne veux toujours pas me voir, tu n'as plus qu'à aller dormir chez une copine, parce que j'ai la ferme intention de rester là toute la nuit. Cette fois, si tu veux toujours me dire non, il faudra bien que tu me le dises en face, mais, à moins que je ne me sois complètement gouré, ce qui m'étonnerait, je crois que tu n'en feras rien. »

Je me suis alors rendue à l'évidence, malgré toutes mes hésitations, mes résolutions et ma résistance. J'avais eu beau me cuirasser contre ce péril, en me répétant « non, c'est de la folie », mon cœur avait un plan que je finirais par suivre, tôt ou tard. « Sans amour on n'est rien du tout ! » comme dit la chanson. Une vérité plus vaste et plus profonde que toutes les règles de prudence que je m'évertuais à appliquer. Ça, je le savais depuis toujours.

Durant mes derniers mois de cohabitation avec Dede, je sortais avec un flic, un certain Lance Corley. Je l'avais rencontré aux cours du soir d'économie que je prenais pour finir mon diplôme. C'était un type charmant, plutôt beau gosse et bien bâti et chaque fois qu'il venait à la maison, il aimait s'occuper de la petite Jessie. Il avait eu une fille d'un premier mariage, mais il la voyait très peu. J'avais bien vu que Dede avait flashé sur lui presque au premier regard et que son béguin n'avait fait que croître, au fil des semaines. Elle était cousue de fil blanc. Elle me demandait plusieurs fois par jour l'heure à laquelle je l'attendais. Finalement, Lance avait décidé de tenter une réconciliation avec son ex, en partie parce que son amitié avec Jessie lui avait révélé à quel point sa propre fille lui manquait.

Mais, quand j'ai essayé d'expliquer ça à Dede, elle s'est braquée. Elle était persuadée que je lui mentais, que je voulais empêcher Lance de passer chez nous parce que je craignais qu'il tombe amoureux d'elle. Les choses s'envenimèrent au point que j'ai fini par demander à Lance de l'appeler pour mettre les choses au point. Grossière erreur. Humiliée de voir que j'avais mis Lance au courant de ses lubies, Dede m'en voulut à mort.

Un matin, j'ai ouvert l'œil vers les 6 heures, pour la découvrir au-dessus de mon lit, brandissant une paire de ciseaux qu'elle tenait pointés sur moi. Elle semblait en proie à une sorte de transe, tremblant de tous ses membres, comme si elle avait un moteur dans la poitrine, le nez rouge et le teint plombé. Elle restait plantée là, en larmes, caressant le projet de me tuer. J'ai sauté de mon lit en hurlant et je l'ai giflée. Je l'ai traitée de tous les noms en lui arrachant les ciseaux des mains, tandis qu'elle allait s'effondrer dans un coin de ma chambre dans un état lamentable, comme un tas de linge sale.

J'ai réécouté six ou sept fois le message de Nat, puis j'ai composé le numéro de Rusty. Je lui ai annoncé que je voulais lui parler, sans avoir la moindre idée de ce que j'allais bien pouvoir lui dire. Mais il peut arriver n'importe quoi, quand on tombe amoureux. J'ai une amie qui a divorcé, puis s'est remariée avec le frère de son ex. On m'a raconté l'histoire d'un riche avocat new-yorkais, un quinquagénaire tout ce qu'il y a de respectable, l'un des principaux associés du cabinet, qui était tombé raide dingue d'un des coursiers de la boîte. Il était allé jusqu'à changer de sexe pour que son jeune employé accepte de devenir son amant et, ma foi, ça a marché – du moins un certain temps. L'amour finit toujours par imposer sa loi. Il a sa propre mécanique quantique. La bienséance, la sagesse et le bon sens lui-même doivent s'incliner, face à lui. Quand on aime suffisamment quelqu'un, il faut se rendre à l'évidence, et tout mettre en œuvre pour le conquérir et le garder.

Ce jour-là, chez Dede, pendant que je faisais mes valises, elle n'a cessé de pleurer en me répétant : « Je ne l'aurais jamais fait, tu sais, jamais ! Je me racontais des histoires. Je m'étais monté la tête… mais je ne l'aurais jamais fait. »

Elle a dû me seriner ça une centaine de fois, *ad nauseam*. J'ai fermé mon dernier sac et je l'ai jeté sur mon épaule.

— C'est justement ce qui cloche chez toi ! ai-je répliqué.

Depuis, je ne lui ai plus jamais adressé la parole.

L'anniversaire de Rusty (19/03/2007) — La mort de Barbara (29/09/2008) — L'élection (04/11/2008)

16.

Rusty, 2 septembre 2008

Anna est déjà arrivée, quand je la retrouve au Dulcimer. Elle est nerveuse. Ses doigts tapotent un grand verre plein de bulles, mais je lui trouve une mine superbe. La vie dans l'exercice privé lui a affiné l'allure. Elle est mieux coiffée, plus élégante. Je m'installe près d'elle, sur une banquette en velours, non loin du bar.

— Tu t'es coupé les cheveux ?

— C'est moins d'entretien. Ça me laisse plus de temps pour travailler.

Elle éclate de rire. Les confessions d'une esclave de luxe…

— C'est très seyant.

Mon compliment la laisse un instant sans voix, puis elle murmure un petit merci.

— Qu'est-ce que tu as pris ?

— De l'eau gazeuse. J'ai un boulot urgent qui m'attend.

Mon cœur s'effondre sur lui-même. Elle doit retourner au bureau. Je garde le silence. Elle déplace son sac, qu'elle pose sur la banquette, dans l'espace qui nous sépare.

— Rusty, je ne sais pas trop comment t'annoncer ça. Alors, eh bien… le mieux, c'est sans doute d'aller droit au but. Je vais essayer… J'ai pas mal vu Nat, ces derniers temps, tu sais… On n'est pas encore sortis ensemble, mais ça va se faire. Je le vois tout à l'heure. Et je ne sais pas où ça nous mènera, mais ça semble assez bien parti.

— Nat, mon fils ?

Ça m'a presque échappé. L'espace d'un instant, j'en reste tétanisé, incapable de ressentir quoi que ce soit. Et puis la colère reprend le dessus. Je fulmine.

— Ça n'a pas de sens !

Ses yeux verts se sont fixés sur moi, débordants de larmes.

— Rusty, je ne peux pas te dire les efforts que j'ai faits pour éviter ça...

— Oh, de grâce ! Qu'est-ce que tu vas invoquer maintenant, hein ? Le destin ? Tu es une adulte. Tu fais tes choix.

— Je crois que je suis amoureuse de lui, Rusty. Et lui aussi, il m'aime.

— Bon sang !

Elle est en larmes, à présent. Elle plaque son verre froid contre sa joue.

— Écoute, Anna, je sais que tu veux me faire payer. Je sais que je t'ai déçue. Et qu'à la guerre comme en amour, tous les coups sont permis – je les connais, tous ces dictons débiles ! Mais ça, ce n'est pas possible. Là, il va falloir arrêter.

— Oh, Rusty, sanglote-t-elle. Rusty... J'ai fait tout ce qu'il fallait, comme il fallait. J'ai vraiment fait de mon mieux. J'espérais que tu comprendrais. J'ai tout fait pour éviter ça.

J'aimerais pouvoir réfléchir. Mais je n'arrive même pas à intégrer la nouvelle. Un tremblement nerveux me secoue tout le corps.

— Est-ce qu'il sait, pour nous ?

— Non, bien sûr. Je ne lui dirai rien. Jamais. Je sais que c'est insensé, Rusty. Et c'est vraiment dur, pour toi comme pour moi. Mais je vais tenter ma chance. Je dois vraiment essayer.

Je m'appuie en arrière contre le dossier. Je n'arrive toujours pas à reprendre souffle.

— Est-ce que tu sais seulement combien de fois j'ai eu envie de t'appeler, Anna ? J'ai eu un mal fou à m'en empêcher, mais je m'y suis forcé. Forcé ! Et maintenant, qu'est-ce que je suis censé faire ? Te recevoir chez moi, comme si de rien n'était ? Te regarder parader dans mon salon ? C'est dégueulasse... Comment tu peux me faire ça – et à lui ? Bon Dieu !

— Tu ne veux plus de moi, Rusty...

— Ne me dis pas ce que je veux !

Je la giflerais.

— Je sais parfaitement ce que tu cherches, Anna. Tu es mal placée pour venir me prêcher la franchise. Tu cherches à me forcer la main de la façon la plus écœurante qui soit. Quel choix tu me laisses, hein ? Me débarrasser de Barbara – c'est ça ? Tu veux que je m'en débarrasse tout de suite, ou tu détruis toute la famille ?

— Non, Rusty. Il ne s'agit pas de toi, mais de lui. C'est ce que j'essaie de t'expliquer. Il s'agit de lui. Rusty, Rusty..., gémit-elle en butant sur les mots. Je n'ai encore ressenti ça pour... pour personne. Je sais, je dois être un cas pathologique. Parce que je ne suis pas sûre que ça aurait pu se produire, sans ça... sans nous. Mais, cette fois, c'est différent, Rusty. Vraiment. S'il te plaît... Laisse-nous notre chance.

— Va te faire voir, Anna ! Tu es complètement folle. Tu ne sais ni ce que tu veux ni *qui* tu veux. Un cas pathologique – c'est exactement ça. Je n'aurais pas mieux dit !

Je jette un billet sur la table et j'entends son petit cri étouffé, dans mon dos, tandis que je sors en trombe du bar et de l'hôtel. Je pars à pied le long du trottoir, furieux. Je bouillonne de la colère la plus archaïque, la plus viscérale. Je marche ainsi plusieurs centaines de mètres. Puis je m'arrête net.

Parce qu'une chose me paraît sûre. J'ai beau être furieux, je dois faire quelque chose. Il le faut. Je n'ai pas de plan bien défini. Je vais devoir y réfléchir, mais rien ne semblera juste. Je dois faire quelque chose, mais quoi ? Ce mystère me semble aussi insondable que Dieu lui-même.

Qu'est-ce que je vais bien pouvoir faire ?

L'anniversaire de Rusty (19/03/2007) — La mort de Barbara (29/09/2008) — L'élection (04/11/2008)

17.

Nat, 2 septembre 2008

Voilà comment je vois les choses. Nous sommes tous en route pour quelque part, comme sur une autoroute, chacun dans sa bulle, lancé vers sa destination, en écoutant sa station de radio préférée ou en passant ses coups de fil, ou alors, juste en s'arrangeant pour rouler sans gêner le voisin.

Et puis, de temps en temps, allez savoir pourquoi, l'envie vous vient de vous arrêter pour prendre un autre passager…

Je ne saurais dire précisément à quel moment j'ai commencé à m'intéresser à Anna. La première fois que je l'ai vue, à l'époque où elle bossait encore avec mon père, je l'ai trouvée sympa et cool. Mais j'étais avec Kat, à l'époque. Et, quand on a rompu, ma mère m'a totalement découragé de tenter quoi que ce soit du côté d'Anna en me demandant, avec une certaine insistance, si je la trouvais vraiment trop vieille pour moi – ce qui a eu un effet radicalement dissuasif. Jusqu'au jour où j'ai repéré son nom sur cette annonce, cet été. Là, je me suis dit : « Mais oui, passe donc y faire un saut… » Et une fois sur son balcon, j'ai eu du mal à en croire mes yeux. Elle était vraiment épatante. Vive, belle, drôle. Sympa. Et capable d'écouter. Bien sûr, au début, ça n'était pas réciproque. J'ai dû lui faire un gringue d'enfer, et elle a d'abord dit non. Gentiment mais fermement. Non.

Quelque chose comme un mois plus tard, je suis toujours amoureux fou d'Anna et je suis sens dessus dessous – nettement moins qu'au début, parce que je n'aurais pas tenu le coup longtemps, vu l'état dans lequel j'étais, les deux premières semaines. Quand ça va mal, je me laisse piéger dans ce truc infernal où il n'y a aucun bouton *reset* sur lequel je pourrais appuyer. Je plonge, et je reste au fond. Je rembobine, je me repasse le film. Et je pleure. Une vraie madeleine. Au tribunal, je quitte mon bureau pour aller chialer aux W-C, enfermé dans une cabine. Je pleure tout mon soûl, quatre fois par jour. Ensuite, j'essaie de me surveiller. Je diminue les rations : une fois le matin, une fois le soir, et enfin une seule fois au tribunal, et puis à la maison. En un sens, ça a été plus rude que mes ruptures avec Paloma et avec Kat. Et j'ai tout de suite su que si j'avais échafaudé tout ça dans ma tête, autour de cette relation, c'était juste que parce que rien ne s'était passé. Ça restait idéal. Une idée platonicienne. Je suis fou d'elle, même si ce que j'aime, c'est avant tout l'idée de l'amour. Ce qui est peut-être pire, vrai ou pas. L'espoir, c'est un truc incroyable. Ça doit être le carburant le plus essentiel, dans la vie. C'est ce qui vous fait tenir le coup. Sans espoir, vous êtes mort.

Et aujourd'hui, quand je me suis pointé en salle d'audience, à la Cour suprême, j'étais toujours dans cet état. J'étais venu apporter un document que Max Handley, l'assistant juridique chargé du dossier, avait oublié dans son bureau. Et elle était là. Depuis un mois, il m'a semblé l'apercevoir comme ça, dans la rue, plusieurs fois par jour. Un clin d'œil plus tard, je revenais à la réalité. Non, dommage, ce n'était pas elle. Mais cette fois-ci, même en la voyant de dos et du fond de la salle, et malgré sa nouvelle coiffure, je l'ai reconnue. Tout de suite. J'ai su que c'était elle, à la table de la défense. Elle prenait des notes à toute vitesse, pendant que l'un des associés de son cabinet s'évertuait dans des démonstrations qui avaient l'air de laisser les juges de marbre. La motion serait sans doute rejetée avant même qu'il ait quitté la salle... Mais en me retrouvant devant elle, je suis resté cloué sur place, si brusquement que la moitié des juges, pas fâchés d'avoir un peu de distraction, se sont retournés pour lorgner dans ma direction – un vrai tabac !

Je me glisse donc jusqu'au juge Guinari, à qui je remets le document en me demandant comment je vais pouvoir rebrousser chemin et sortir de la salle sans attirer l'attention de toute l'assistance. Les yeux fixés devant moi, les épaules bien droites. Mais, naturellement, je suis trop naze et trop cousu de fil blanc. Ça n'a pas pu lui échapper. Et là, quand je me retourne, je vois... je vois, Dieu merci, qu'il y a bien un Dieu, comme je l'ai toujours su. Parce qu'elle a les yeux fixés sur moi. L'avocaillon continue à débiter son baratin, mais elle n'écrit plus. Son crayon reste en rade sur sa feuille. Elle me regarde. Elle ne peut plus détourner les yeux. Et là, je sais. Tout est dit, dans ce regard. Elle est aussi profondément touchée que moi, et elle capitule. Quelle que soit la raison de son refus, elle ne peut plus continuer. Elle baisse les bras. Elle s'en remet à l'amour. Comme dans un vieux film des années quarante. Le karma. La main du destin.

Je quitte la salle, pour me précipiter dans mon bureau. Là, je laisse un message sur son portable, lui annonçant qu'après le boulot je file droit chez elle et que je l'attendrai devant sa porte, toute la nuit s'il le faut, jusqu'à ce qu'elle m'ait dit entre quatre yeux ce qu'elle veut vraiment.

Et c'est ce que j'ai fait.

En rentrant, elle m'a trouvé assis devant l'entrée du vieil immeuble de pierre. J'y serais resté toute la nuit, mais, finalement, je ne l'ai attendue qu'un quart d'heure. Elle s'est assise près de moi, a posé son bras sur le mien et sa tête sur mon épaule, et on s'est mis à pleurer tous les deux. Après quoi, on est rentrés. Pas plus compliqué que ça – et c'est un ex-étudiant en philo qui vous le dit ! Voilà ce que tout être humain aimerait pouvoir se dire : je vis le plus bel instant de ma vie.

L'ANNIVERSAIRE DE RUSTY (19/03/2007) — LA MORT DE BARBARA (29/09/2008) — L'ÉLECTION (04/11/2008)

18.

Tommy, 31 octobre 2008

Depuis 1921, McGrath Hall était le QG de la police municipale. On aurait pu prendre cette grande masse de grès rouge pour une place forte médiévale, avec ses monumentales portes de chêne surmontées d'arches de pierre, et ses toits crénelés.

Brand, qui était toujours en plein procès, avait envoyé de sa salle d'audience un message à Tommy pour lui donner rendez-vous à 12 h 30, devant le centre administratif du comté. À l'heure dite, sa Mercedes s'était arrêtée le long du trottoir et était repartie si vite qu'on aurait pu croire à un enlèvement. Brand s'était faufilé dans les embouteillages de l'heure de pointe comme s'il avait le feu aux fesses. Tommy avait reçu un coup de fil du FBI. Il attendit qu'ils aient franchi la barrière de sécurité, Brand et lui, et qu'ils se soient garés derrière McGrath Hall, avant de pouvoir parler à son premier adjoint en toute liberté.

— OK, Jim. Tu peux m'expliquer ce qu'on fiche ici ?

— J'en sais encore trop rien, dit Brand. Rien de sûr. Mais le jour où Rusty a signalé la mort de sa femme, les flics de Nearing ont balancé dans un sac plastique tous les flacons de l'armoire à pharmacie de Barbara, au lieu de faire l'inventaire sur place. J'ai donc demandé à Rory de faire livrer ces flacons ici, mercredi dernier, pour voir ce que Dickerman pourrait nous en dire.

— Bien vu, fit Tommy.

— En fait, c'était une idée à Rory.

— Bien vu quand même. Et qu'est-ce qu'il en pense, Dickerman ?

— Pas si vite ! Mo m'a laissé un message comme quoi il aurait des résultats « intéressants ». Il n'aurait pas dit ça s'il n'avait rien trouvé. Mais, pour l'instant, je n'ai pas pu le rappeler. Je suis resté coincé au tribunal toute la journée. Cela dit, je préfère éviter qu'il nous fasse un rapport noir sur blanc. Ici, les écrits s'ébruitent encore plus vite que les paroles.

— Encore bien vu, approuva Molto.

En fait, s'ils avaient dû faire le trajet jusqu'à McGrath Hall, expliqua Brand, c'était parce que Mo venait de se faire opérer du genou, la semaine d'avant, et ne pouvait se déplacer. Jim s'était dit que somme toute, mieux valait lui poser eux-mêmes les questions qu'ils jugeraient utiles. Et ça aussi, c'était plutôt malin.

Ils retrouvèrent près de l'entrée une des assistantes de Mo qui leur tenait la porte coupe-feu, au sous-sol. Elle était coiffée d'un grand chapeau de sorcière noir, et d'une perruque de Halloween.

— Des bonbecs ou je vous casse les bonbons[1] ! s'exclama-t-elle.

— Sans blague ! rigola Brand. C'est exactement ce que me dit tous les matins ma femme au réveil !

Le trio s'ébranla le long des couloirs sombres, jusqu'aux profondeurs souterraines où Mo régnait en maître. À soixante-douze ans, Mo Dickerman, *alias* le Dieu des Crêtes, était le doyen des employés de la police unifiée de Kindle County, et à coup sûr le plus estimé. C'était le spécialiste du Middle West par excellence, en matière d'empreintes digitales. Il avait publié des études de tout premier plan sur un certain

1. « *Trick or treat* » – cri de ralliement des enfants déguisés qui parcourent les rues le soir d'Halloween, en réclamant des bonbons.

nombre de techniques de pointe et donné d'innombrables conférences dans les écoles de police du monde entier. À présent que les sciences médico-légales avaient les faveurs de la télé, on ne pouvait plus pianoter sur sa zappette sans tomber sur Mo et ses grosses lunettes à monture noire, invité par l'une ou l'autre des émissions spécialisées. À la tête de ce service qui était, comme à peu près tous les autres secteurs de la police métropolitaine, l'objet de nombreuses controverses et parfois de scandales, Mo restait un inaltérable symbole d'intégrité et d'objectivité scientifique.

Le Dieu des Crêtes était aussi une vraie plaie, et plus souvent qu'à son tour. Ce surnom ne reflétait pas que de l'admiration. Mo considérait ses avis comme parole d'évangile et ne souffrait pas la moindre interruption. Si vous aviez le malheur de glisser votre question au mauvais moment, il se contentait de vous laisser parler, et reprenait son exposé depuis le début. À la barre, il pouvait se montrer récalcitrant et refuser de corroborer des conclusions qui s'imposaient. Profitant de son statut de star des empreintes, il avait engagé une longue guerre de positions avec la hiérarchie des forces de l'ordre qu'il soumettait à une pression constante. Il les menaçait de démissionner si son labo de McGrath Hall n'était pas équipé des appareils les plus récents. Or les sommités rechignaient à lui allouer des sommes qui auraient pu être investies dans des gilets pare-balles ou des heures supplémentaires, bien plus utiles à leurs yeux.

Mo sautilla à leur rencontre, appuyé sur ses béquilles.

— Alors, fin prêt pour le concours de twist ? lui demanda Brand.

Mo, dont l'opulente tignasse commençait juste à s'éclaircir de quelques fils gris, plia les coudes et se tortilla de quelques centimètres, de côté et d'autre. Brand se confondit en remerciements pour la diligence avec laquelle il avait répondu à leur requête et Dickerman s'avança en claudiquant dans le labo, un obscur labyrinthe de petits bureaux et de renforcements encombrés de matériel, séparés par des piliers, avec quelques emplacements plus dégagés, où trônaient les ruineux joujoux de Mo.

Il s'arrêta devant son préféré – un caisson de métallisation sous vide, ou VMD. Les pontes de la police municipale s'étaient longtemps opposés à son achat, parce qu'ils ne se voyaient pas expliquer au Conseil général du comté et à leurs électeurs qu'ils avaient besoin d'une machine qui développait les empreintes latentes en les vaporisant à l'or pur…

Du temps où Tommy était adjoint, les empreintes n'étaient jamais que d'infimes traces de sueur et de sébum, mises en évidence par des produits relativement économiques, tels que la nihydrine. Mais si les traces avaient eu le temps de sécher, vous étiez cuit. Dans les années quatre-vingt, des experts tels que Dickerman avaient mis au point des techniques plus fines pour exposer les acides aminés contenus dans la sueur. Actuellement, dans certains cas, on pouvait même extraire un échantillon d'ADN à partir d'une empreinte latente.

Le VMD de Mo était un caisson d'acier horizontal, de quatre-vingt-dix centimètres sur soixante. Tous ses composants coûtaient une fortune. Les plateaux d'évaporation en molybdène, les pompes capables de faire le vide en moins de deux minutes, le Polycold P Cryocooler ultrarapide qui accélérait le processus en extrayant l'humidité. Sans oublier l'ordinateur qui pilotait le tout…

Une fois l'échantillon placé dans le VMD, quelques milligrammes d'or étaient déposés sur les plateaux d'évaporation. Les pompes faisaient le vide et un courant à haute tension passait dans les plateaux pour vaporiser l'or, qui était alors absorbé par les résidus de l'empreinte. On répétait l'opération avec du zinc qui n'adhérait qu'aux sillons, faisant clairement apparaître crêtes et tourbillons. Les photos HD des empreintes dorées qui en résultaient laissaient généralement les jurés bouche bée.

Mo, toujours égal à lui-même, ne put résister au plaisir de leur expliquer tout ça par le menu, alors que Tommy et Brand savaient déjà leur leçon par cœur. Ce que Mo avait placé la veille dans son VMD, c'était le flacon de plastique de phénelzine que Rusty était allé acheter. Il portait quatre empreintes distinctes, une vers le haut et trois près du bas. Le flacon brun, à présent saupoudré d'or, se trouvait dans un sachet plastique hermétiquement scellé, sur une table près de la machine.

— Alors, à qui ? demanda Tommy.

Mo leva l'index – il répondrait à cette question en temps et en heure.

— Nous les avons comparées à celles de la défunte, et nous avons rencontré les problèmes habituels. Voilà vingt ans que je leur fais la leçon, au service de pathologie, mais ils n'ont toujours pas appris à prélever correctement les empreintes des morts. Ils font ça comme s'ils passaient la serpillière, en traînant les doigts, au lieu de les faire délicatement rouler !

Dickerman leur montra les cartes préparées par les techniciens du labo, à l'autopsie.

— Il n'y a rien là-dessus qui ressemble à une empreinte identifiable, ni pour le majeur ni pour l'auriculaire de la main droite !

Effectivement, dans les cases qu'il leur montrait, on ne distinguait que de vagues traînées noirâtres. Dickerman secoua la tête, l'air abattu.

— Je peux donc vous dire avec une certitude absolue que ces quatre empreintes ne proviennent pas de huit sur dix des doigts de Mrs Sabich. Mais pour les deux autres, le doute subsiste.

— Elles pourraient donc appartenir tout de même à Barbara ? demanda Brand.

— Pas celle-ci, dit Mo, en leur montrant une photo de l'empreinte la plus large, relevée au bas du flacon.

Ça, c'est forcément un pouce. Mais, à ce stade, je ne pouvais vous garantir que les trois autres n'avaient pas été déposées par le majeur de Mrs Sabich, ou par son petit doigt.

— Et alors ? demanda Tommy.

Brand recula d'un pas derrière Dickerman, les yeux au ciel. Mo et sa danse des Sept Voiles...

— L'étape suivante était donc de voir si nous pouvions identifier les empreintes. Vous aviez votre petite idée, je suppose, mais Jim et Rory n'ont pas voulu donner de nom. Nous avons donc lancé une recherche comparative dans le système d'identification automatique (la base de données contenant toutes les empreintes relevées dans le comté ces dernières décennies, voulait-il dire), et nous avons établi des points de concordance avec deux séries d'empreintes.

Mo leur sortit les cartes qui avaient été sélectionnées dans ses propres archives. L'une portait les empreintes des dix doigts de Rusty Sabich, enregistrées trente-cinq ans plus tôt, quand il avait commencé à travailler pour le comté. L'autre carte datait de sa première inculpation.

— En fait, les quatre empreintes du flacon sont à lui...

Mo effleura ses cartes avec une ferveur de fétichiste.

— J'ai toujours eu une grande affection pour Rusty, ajouta-t-il d'un ton pénétré, comme s'il parlait d'un mort.

Jim affichait un petit sourire entendu. Il l'avait toujours su. Tommy allait devoir le lui concéder, chaque fois qu'ils évoqueraient l'affaire, dans les années à venir.

— Mais qu'est-ce qui nous dit que Sabich ne s'est pas contenté de prendre le flacon et de le sortir du sac pour aider sa femme ?

À cela, Brand avait une explication toute prête. Il avait apporté les papiers que Rory leur avait remis la veille, dans la salle d'audience de Wallach.

— L'ordonnance indiquait « dix comprimés », mais quand les flics ont inventorié le contenu du flacon, il n'en contenait plus que six.

Attrapant l'enveloppe scellée qui était restée près du précieux appareil de Mo, Brand montra à Tommy les six comprimés d'un ocre orangé qui restaient au fond du flacon.

— Ce qui veut dire que quelqu'un en a pris quatre, déduisit-il. Et Mo nous affirme que les seules empreintes relevées sur le flacon appartiennent au juge.

— Aurait-elle pu toucher le flacon sans laisser d'empreintes ? demanda Molto.

Dickerman sourit.

— Vous connaissez la réponse, Tom. Bien sûr, qu'elle aurait pu. Mais le VMD est la méthode d'identification la plus fine que nous ayons jamais eue pour détecter les empreintes. Et si j'ai bien compris ce que vient de dire Jim, Mrs Sabich aurait dû le manipuler quatre fois, ce flacon, pour prendre sa dose quotidienne. Quatre fois, sans laisser d'empreintes. Nous avons commencé à examiner les autres flacons de l'armoire à pharmacie. Pour l'instant, nous avons retrouvé les empreintes de Barbara Sabich sur huit des neuf flacons que nous avons testés. Sur le neuvième, les empreintes sont brouillées.

— Et ça pourrait être les siennes ?

— Ça pourrait. Il y a des points de concordance, mais il semblerait que quelqu'un d'autre ait touché ce flacon, ce qui rend difficiles les prélèvements d'ADN. On va avoir du mal à isoler les allèles et à en récolter assez pour pouvoir les analyser.

— Du lourd pour contrer la défense, souligna Brand. Ils auront du mal à prétendre qu'elle a pris elle-même la phénelzine, alors que tous les autres flacons portent ses empreintes, et justement pas celui-là. Comme par hasard.

Brand et Molto parcoururent en sens inverse le chemin par lequel ils étaient venus. Ils ne tenaient surtout pas à croiser les flics qui grouillaient par dizaines, là-haut, dans les couloirs, et qui se demanderaient ce qui avait bien pu pousser le PA à descendre de son Olympe. Lorsqu'ils arrivèrent à la porte coupe-feu, Brand prit le temps de remercier une dernière fois Dickerman et de discuter avec lui des tests suivants, tandis que Tommy affrontait déjà les bourrasques glacées. Il était sorti faire quelques pas dans la cour, pour réfléchir à ce qu'il venait d'entendre. Le ciel plombé, qui s'appesantirait comme un couvercle de fonte sur Kindle County durant les six prochains mois, semblait se refermer sur eux.

Il avait *récidivé*. Le mot, l'idée vibraient en lui de part en part, s'étirant comme une note de piano jouée *sostenuto*. Rusty avait *récidivé*. Le fils de pute. Ça ne lui avait donc pas servi de leçon. Tommy sentait s'agiter en lui une foule de sentiments contradictoires. Il fulminait, évidemment. Il avait toujours eu la colère facile – quoique nettement moins, ces derniers temps. La rage se calmait, avec les années. Mais ça restait pour lui une sorte de territoire familier, voire essentiel, comme un pompier qui aurait eu besoin de s'engouffrer dans une maison en flammes, pour être pleinement lui-même. Il entrevoyait aussi l'espoir d'être enfin disculpé. Il avait suffi d'attendre. Rusty s'était enfin montré sous son vrai jour. Qu'est-ce qu'ils en diraient, tous ceux qui le regardaient de haut, depuis des décennies, quand il en établirait la preuve ? Tous ces gens qui ne voyaient en lui qu'une sorte de super flic dévoyé, qui s'était laissé aller à tirer des conclusions hâtives comme un vulgaire ripou…

Le plus étrange, parmi toutes ces réactions prévisibles, songea-t-il en battant la semelle pour se réchauffer, c'était qu'il comprenait soudain quelque chose. Qu'aurait-il fait, lui, s'il n'avait pas rencontré Dominga ? Serait-il devenu un meurtrier, lui aussi ? Les gens ne désiraient rien plus que l'amour. Une rafale le transperça de part en part, aussi nette qu'une fourche glacée. Il venait de comprendre autre chose : Rusty devait l'avoir aimée, cette petite.

L'ANNIVERSAIRE DE RUSTY (19/03/2007) — LA MORT DE BARBARA (29/09/2008) — L'ÉLECTION (04/11/2008)

19.

Anna, 24-25 septembre 2008

J'aime Nat. Je suis vraiment amoureuse. Enfin ! À cent pour cent. Ça m'est si souvent arrivé, de me dire que j'y étais *presque*... Mais, cette fois, ça y est. Je me réveille chaque matin en m'émerveillant de ce petit miracle. Depuis le jour où je l'ai vu débarquer dans la salle d'audience, à la Cour suprême, nous sommes inséparables. Nous avons passé toutes nos nuits ensemble, sauf pendant un voyage que j'ai dû faire à Houston. La « nouvelle dépression » qui provoque des ravages dans le milieu juridique et me fait parfois craindre pour mon emploi s'est révélée une vraie bénédiction : je peux enfin quitter le bureau à 17 heures ! Nous faisons l'amour. Nous nous préparons de bons petits plats, et nous parlons. Des heures d'affilée. Tout ce qu'il me dit me plaît ou me touche. Ou me fait rire aux éclats. Nous nous endormons rarement avant 2 ou 3 heures du matin et nous avons un mal de chien à sortir du lit pour aller au boulot. Quand il ouvre la porte pour partir, je lui lance un regard sévère.

— Ça ne peut plus durer, chéri ! Ce soir, il va falloir dormir.

— T'as raison, répond-il.

Toute la journée, je me languis du moment où je le retrouverai et où le cycle céleste du bonheur et de l'insomnie pourra repartir de plus belle.

Il a emménagé chez moi dès la première semaine – ça allait de soi, nous n'avons même pas eu besoin d'en discuter, pour savoir où il habiterait le mois prochain... Exactement comme on me l'avait dit. Quand ça t'arrive, tu ne te poses plus de questions. C'est l'évidence même.

Dennis m'a demandé – c'est son boulot... – si l'impossibilité de la situation n'y était pas pour quelque chose. Si ce n'était pas parce que je savais que je n'aurais pas dû et qu'une catastrophe nous guettait que j'avais pu capituler si complètement. À cela, je n'ai pas de réponse. Et je m'en fiche. Je suis heureuse, et Nat aussi.

Jusqu'ici, mon plan concernant Rusty a justement été de ne pas en avoir. J'ai seulement tenté de le mettre en garde. Quand on s'est vus au Dulcimer, il s'est mis dans une rage noire, et je n'en ai été qu'à moitié surprise. Non pas que ce fût le but recherché, comme il me l'a si amèrement reproché, mais parce que, sous ses dehors froids et posés, j'ai toujours senti un noyau volcanique. Mais, avec le temps, nous finirons par nous habituer au tour bizarre qu'ont pris les événements. Nous avons tout de même un terrain d'entente essentiel : notre amour pour Nat.

Pour l'instant, j'essaie de tenir mes distances avec Rusty, ce qui est loin d'être aussi simple que je l'espérais. Barbara appelle son fils tous les jours. Nat décroche et lui en dit le moins possible. Leurs conversations sont brèves et se limitent en général à de simples détails pratiques. Une promo qui pourrait l'intéresser à la supérette du coin, des nouvelles de la famille et de la campagne de son père, des questions sur sa recherche d'emploi ou sur ce qu'il compte faire à la fin du mois, s'il a un autre appartement en vue, etc. – le dernier de ces sujets impliquant qu'il va devoir lui parler de moi, tôt ou tard. Il m'a déjà prévenue : sa mère ne lui laissera pas le choix. Elle semble caresser l'espoir de le voir revenir sous le toit familial. Quoi qu'il en soit, je l'ai supplié de ne rien dire.

— Mais pourquoi ?

— Bon Dieu, Nat ! Tu ne trouves pas que ça fait un peu beaucoup, de lui annoncer à la fois notre rencontre et ton déménagement ? Elle va chanceler sous le choc. Si tu te contentais de lui dire que tu vas partager l'appartement d'un copain ?

— Tu ne la connais pas. « Qui c'est, ton copain ? Qu'est-ce qu'il fait, qui sont ses parents, où il a fait ses études, est-ce qu'il a une copine, qu'est-ce qu'il écoute comme musique ? » Tu vois le genre. Impossible de s'en dépêtrer.

Nous avons donc convenu qu'il le lui dirait. J'ai exigé d'être là quand il lui révélerait le pot aux roses, pour entendre au moins son versant du dialogue, mais j'ai enfoui la tête sous un coussin de mon canapé en entendant mon cher et tendre se qualifier lui-même de « zombie de l'amour ».

— Elle est enchantée, m'a-t-il annoncé en raccrochant. Absolument ravie. Elle veut nous avoir à dîner.

— Bon sang, Nat... pas question !

À en juger par la façon dont il a froncé les sourcils, j'ai vu que ce qu'il prenait pour un rejet systématique de ses parents commençait à le faire tiquer.

— Mais ce n'est quand même pas comme si tu ne les avais jamais vus...

— Ça serait vraiment bizarre, Nat. C'est trop tôt. Tu ne crois pas qu'on devrait commencer par nouer des liens normaux, avec des gens normaux ? Je ne me sens pas prête à affronter ça.

— Le mieux, c'est de nous en débarrasser tout de suite. Sinon elle n'arrêtera pas de me tanner avec cette histoire, tu vas voir.

Et effectivement, j'ai vu. Il a esquivé un certain temps les interrogatoires en lui opposant les excuses habituelles. Son travail ou le mien. Mais, jour après jour, je comprends mieux l'étrange symbiose entre Nat et sa mère. Barbara rôde autour de la vie de son fils comme un fantôme affamé qui n'aurait pas d'existence propre dans le monde réel. Et, lui, il fait de son mieux pour la rassasier. Elle aimerait nous voir ensemble, mais c'est une épreuve pour elle, que de mettre le nez hors de chez elle. C'est donc à nous d'aller la voir.

— Tu pourrais juste lui dire non, lui ai-je suggéré la semaine dernière.

Il a souri.

— D'accord. Mais je te laisse le soin de t'en charger...

Et effectivement, le soir même, il m'a passé son portable :

— Elle veut te parler...

« Merde », ai-je articulé silencieusement.

L'échange fut bref. Barbara se déclara ravie et impatiente de nous voir, m'assurant que Rusty et elle étaient enchantés d'apprendre que nous nous entendions si bien, Nat et moi. Pourquoi ne viendrions-nous pas dîner chez eux pour leur faire partager notre bonheur, l'espace d'une soirée ? Comme tant de névrosés, Barbara peut déployer des trésors de finesse et d'ingéniosité, quand il s'agit de vous coincer au pied du mur. Le plus simple fut d'accepter de venir dîner la semaine suivante.

Après avoir raccroché, j'ai plongé la tête dans mes mains.

— Alors là, je ne te comprends pas, a dit Nat. Toi qui es tellement à l'aise avec les gens, d'habitude. Miss Relations publiques ! Ça fait plus d'un an que ma mère me tarabuste pour que je te file rencard. Tu es la première de mes petites amies à passer le test haut la main ! Elle trouvait Kat bizarre et accusait Paloma d'avoir mauvaise influence sur moi...

— Et ton père, là-dedans, Nat ? Tu ne crois pas que ça va lui faire tout drôle ?

— Ma mère dit qu'il est ravi. Aux anges. Absolument.

— Tu lui as posé la question ?

— Fais-moi confiance. Il est très content.

Mais je ne vois vraiment pas comment l'enthousiasme de Barbara et la perspective de nous voir ensemble, Nat et moi, pourrait avoir sur Rusty un autre effet que de le faire enrager davantage. Et ce matin au bureau, comme pour confirmer mes craintes, quand j'ouvre ma boîte de réception, je tressaille en reconnaissant deux e-mails portant l'adresse électronique de Rusty. Mais curieusement, lorsque je les ouvre, ces messages s'avèrent n'être que des accusés de réception pour des e-mails que j'ai envoyés en mai 2007, c'est-à-dire seize mois plus tôt. Il me faut un bon moment pour remettre les choses en place. Pendant ma liaison avec Rusty, c'était moi qui m'occupais des réservations pour les chambres, puisqu'il ne pouvait utiliser sa carte de crédit. Je lui faisais donc suivre la confirmation électronique de chaque réservation, en lui demandant d'accuser réception du message, pour être sûre qu'il l'avait bien reçu. Ça lui évitait d'avoir à répondre. J'envoyais souvent ces messages en série : la confirmation initiale, un pense-bête le matin même, et un dernier e-mail avec le numéro de la chambre, une fois que je l'avais. En voyant revenir les accusés de réception, j'avais remarqué que, le plus souvent, Rusty se bornait à ouvrir le dernier message qu'il devait lire sur son portable en chemin, pour ne pas prendre le risque d'ouvrir les autres e-mails en présence d'un tiers.

Or les deux accusés de réception qui me sont revenus ce matin proviennent de ces e-mails qu'il n'avait pas ouverts, l'an dernier. J'y ai d'abord vu une sorte de harcèlement pervers, une tentative de me rappeler que lui et moi, ça n'était pas une histoire si ancienne. Mais, après réflexion, je me suis dit qu'il ignorait peut-être que ces messages m'étaient parvenus. Quand on ouvre un e-mail pour lequel l'expéditeur demande un accusé de réception, un message apparaît pour vous avertir que l'accusé va être envoyé. Le *pop-up* contient aussi une petite boîte avec un message précisant « message émis automatiquement, ne pas répondre ». Il avait dû choisir cette option, à l'époque. À la fin de la journée, je décide d'y voir un signe positif : Rusty a fini par faire le ménage qu'il aurait dû faire il y a seize mois, et a décidé d'effacer tous mes e-mails. Preuve qu'il a définitivement tourné la page et qu'il se réjouit de notre bonheur.

Le lendemain, à 10 heures, il y en a trois de plus. Pire, je m'avise soudain que la suppression des messages n'aurait pas déclenché l'envoi des accusés de réception. Le but est donc de m'indiquer que les messages ont été découverts, et lus. C'est une idée troublante, voire répugnante, que d'imaginer Rusty en train de ruminer tout ça, dans son bureau. Sans plus d'autre choix que de tirer la chose au clair avec lui, je décroche mon téléphone et je compose le numéro de sa ligne directe. Elle sonne, mais c'est Pat, son assistante, qui décroche.

— Anna ! s'écrie-t-elle, comme je lui dis bonjour. Comment tu vas ? On aimerait te voir plus souvent, dans le service !

Après les civilités d'usage, je lui explique que j'aimerais poser une question au juge Sabich sur l'un de mes dossiers en cours et je lui demande si je peux lui parler.

— Il risque d'être en salle d'audience toute la matinée, ma chérie. Il est parti il y a plus d'une heure. Ils ont des exposés préliminaires qui s'enchaînent jusqu'à midi et demi. Je ne compte pas le revoir avant l'heure du déjeuner.

J'ai la présence d'esprit de dire à Pat que j'appellerai Wilton, qui était assistant en même temps que moi, pour avoir le renseignement. Mais, en raccrochant, je reste pétrifiée d'horreur, la main sur le combiné. Je me répète que j'ai mal compris, qu'il y a forcément une autre explication... Le premier choc passé, j'examine une fois de plus les accusés de réception, à l'écran. Pas de doute. Ils ont bien été envoyés depuis l'adresse e-mail de Rusty, moins d'une demi-heure plus tôt, alors que Pat vient de m'apprendre qu'il était en salle d'audience, bien loin de son ordinateur.

Et puis je comprends. La catastrophe qui menaçait depuis si longtemps s'est abattue sur moi. C'est quelqu'un d'autre. Quelqu'un qui suit à la trace les archives de mes rendez-vous avec Rusty. Hôtels, dates. L'espace d'un instant, soufflée, je crains le pire – et si c'était Nat ? Mais il était lui-même, hier soir, toujours aussi adorable, toujours aussi amoureux. Et, vu son caractère, je le vois mal passer sous silence une telle découverte. Il serait déjà parti en claquant la porte.

Mais mon soulagement est de courte durée. Parce que la solution de l'énigme m'apparaît enfin, et cette fois avec une absolue certitude qui me glace le cœur. Une seule personne au monde avait à la fois l'ingéniosité pour faire intrusion dans la messagerie électronique de Rusty et le temps de s'adonner à ce douloureux espionnage.

Elle sait.

Barbara Sabich sait.

L'ANNIVERSAIRE DE RUSTY (19/03/2007) — LA MORT DE BARBARA (29/09/2008) — L'ÉLECTION (04/11/2008)

20.

Tommy, 31 octobre 2008

Après leur rendez-vous avec Dickerman à McGrath Hall, Tommy et Brand regagnèrent la Mercedes en silence.

— Il faut réquisitionner l'ordinateur de son domicile, lança enfin Brand. C'est notre seule chance de retrouver la fille. Je demande un mandat dès aujourd'hui. Il va falloir interroger aussi le fils, et *illico*, pour qu'il nous dise ce qui se tramait entre papa et maman.

— Ça va faire la une dans toute la presse, Jim. Il va perdre les élections.

— Et alors ? Ça n'est pas notre problème, si ? Nous, on ne fait que notre boulot.

— Bon sang, non ! rétorqua Tommy.

Il s'interrompit pour rassembler ses esprits. Brand avait fait un travail d'enfer, sur ce dossier. Il avait raison, et Tommy avait eu tort. Il ne pouvait tout de même pas lui reprocher de vouloir poursuivre.

— Je sais ce que tu penses, Jim. Qu'on a affaire à un vrai tordu, à un cas pathologique, un vrai tueur en série, trônant impunément à la droite de Dieu. Et je te comprends. Mais réfléchis une seconde, bon sang. Réfléchis bien. En chassant Rusty de son poste au tribunal, nous ne réussirons qu'à apporter de l'eau au moulin de la défense.

— L'histoire du procureur revanchard ? Je vous ai déjà dit comment lui tordre le cou.

Avec l'ADN, sous-entendait-il. En faisant tester l'échantillon séminal du premier procès.

— Voilà, approuva Tommy. Ça, c'est l'étape suivante.

— Je croyais que vous ne vouliez pas demander de mandat.

— On n'a pas besoin de mandat.

Les yeux de Brand s'étaient réduits à deux fentes. Il regarda son chef, puis passa la première et se glissa dans le flot du trafic. Sur le trottoir, à deux pas du QG de la police, deux mères ramenaient un petit groupe d'écoliers, après la pause du déjeuner. Ils étaient tous déguisés. Deux des gamins s'étaient habillés en costume-cravate, avec des masques d'Obama.

L'idée de ce plan était déjà venue à Tommy, dix ans plus tôt, à l'époque où il était retourné habiter chez sa mère pour s'occuper d'elle, pendant les dernières années qui lui restaient à vivre. Ses râles et ses quintes de toux provoqués par l'emphysème le réveillaient en pleine nuit, sur le lit de camp qu'il s'était installé dans la salle à manger. Dès qu'elle se calmait, Tommy ruminait longuement tout ce qui avait foiré dans sa vie – probablement pour se convaincre que, ça aussi, il parviendrait à le surmonter. Il pensait aux milliers d'humiliations, de déceptions et, de préjudices qu'il avait injustement subis, et, de temps à autre, son esprit s'attardait du côté du procès Sabich. Désormais, grâce aux tests ADN, on aurait pu déterminer si Rusty s'était fait piéger, ou s'il avait tué en toute impunité. Et Tommy s'amusait à imaginer comment il pourrait s'y prendre, pour faire pratiquer ces tests. Mais, au matin, il renonçait. Ce genre de curiosité pouvait lui coûter cher. La vieille histoire d'Ève et de la pomme. Il valait mieux ignorer certaines choses. Mais, maintenant, il allait enfin savoir. Enfin. Il repassa son plan en revue, mentalement, avant de l'exposer à Brand.

Cet État, comme la plupart, avait une loi autorisant la constitution systématique d'une base de données d'empreintes ADN. Dans toutes les affaires où l'on avait pu établir la preuve d'une agression sexuelle, des échantillons de matériel génétique avaient été collectés, analysés et ajoutés à la base de données. Rusty n'avait été inculpé que de meurtre, et non de viol, mais la thèse de l'accusation supposait que Carolyn ait été violée, avant ou après son meurtre. Contrairement à la police municipale, la police de l'État n'avait pas besoin de demander de mandat au tribunal. Elle n'avait besoin d'aucune forme d'autorisation pour sortir les échantillons de sang et de sperme prélevés lors du premier procès de Rusty, et conservés dans le grand congélo du service de pathologie. Il pouvait les faire tester dès le lendemain. Bien sûr, dans la pratique, les flics avaient déjà assez de mal à gérer les indices collectés pour les affaires en cours. Ils ne s'embêtaient généralement pas à revenir sur des dossiers classés depuis vingt ans. Mais l'existence de cette loi sur les empreintes génétiques qui s'appliquait sans limite dans le temps impliquait que Rusty ne pourrait légalement pas invoquer le droit au respect de la vie privée, concernant ces vieux échantillons. Il pourrait toujours hurler et tempêter au procès, si les résultats l'incriminaient, ça ne le mènerait nulle part. Pour leur assurer un minimum de couverture, Brand pourrait demander aux techniciens responsables des pièces à conviction d'envoyer tous les spécimens datant d'avant 1998 à la police de l'État, en expliquant qu'ils voulaient traiter d'abord les plus anciens, pour prévenir d'éventuelles dégradations.

Brand se retint d'applaudir.

— On peut le faire tout de suite. Dès demain. On aura les résultats dans quelques jours… (Il réfléchit encore.) C'est génial, conclut-il. Et en cas de résultat positif, il est bon pour la totale, hein ? Mandat de perquisition pour son ordinateur, interrogatoires, et *tutti quanti*, pas vrai ? Pour la fin de semaine, on sera prêts. On pourra y aller. Il faudra bien, non ? Qui pourra y trouver à redire ? C'est génial, répéta Brand. *Génial* !

La main sur le volant, il passa son autre bras autour des épaules de Tommy et lui donna une petite secousse.

— Tu m'as mal compris, Jimmy, fit Tommy, sans élever la voix. Pour nous, ça serait une mauvaise nouvelle.

Le premier adjoint retira son bras. C'était ce que Tommy n'avait cessé de tourner et de retourner dans sa tête, depuis une semaine.

— En fait, nous n'aurons que des mauvaises nouvelles. Plus ou moins mauvaises, disons. Si les résultats sont négatifs, on est cuits. Cuits. Notre dossier est mort et enterré, d'accord ?

Brand lorgna vers Molto, sans exhaler ouvertement son ressentiment, mais de l'air de quelqu'un qui découvre qu'on lui cachait quelque chose.

— C'est trop mince, Jimmy. Ça ne fait pas le poids. Pas dans le contexte. Ce que je veux te faire comprendre, avant qu'on aille au labo, c'est que, pour nous, c'est quitte ou double.

— Putain, fit Brand.

Il se mit à lui énumérer, une fois de plus, la liste des indices concordants, mais Tommy l'interrompit :

— Tu avais raison dès le début, Jimmy. Sabich est un salaud. Mais si nous apportons la preuve qu'il était innocent du premier crime, nous ne pourrons plus l'accuser de celui-ci. Nous aurions tous l'air d'une bande de sales petits revanchards, s'évertuant à retaper une vérité qui nous reste en travers. Au tribunal comme à l'extérieur, il ne sera plus question que de moi et de mes éternelles obsessions. Notre dossier ne fait pas le poids. Si nous nous retrouvons acculés à étaler la preuve que Rusty a été injustement accusé par ce même service – sans même parler de son statut de premier président de la cour d'appel et de toutes les huiles qui se précipiteront pour témoigner en sa faveur et se porter garants de sa moralité… –, on n'est pas près d'obtenir sa condamnation. Nous devons donc savoir dès maintenant ce que dit l'ADN. Parce que si ça le disculpe du premier meurtre, pour nous, c'est terminus, tout le monde descend !

Brand contempla le flux de voitures qui allait s'intensifiant, tandis qu'ils approchaient du centre-ville. Aujourd'hui, c'était une sorte de mardi gras, à Kindle County. Les employés de bureau étaient allés déjeuner affublés de toutes sortes d'oripeaux. Ils croisèrent cinq types qui s'en revenaient, chargés de sacs de hamburgers et costumés comme des Village People.

— Mais comment il en aurait vent, lui, des résultats des tests ? demanda Brand. Et même s'ils le disculpent pour l'affaire d'il y a vingt ans ? OK, ça voudrait dire qu'on s'était gourés, et après ? Les mobiles des procureurs n'entrent pas en ligne de compte.

— Mais ceux des accusés, si. Tu veux déposer un dossier largement circonstanciel, ne reposant que sur un réseau d'indices concordants, pour prouver qu'un type a pris le risque de refroidir sa femme ? Et tu penses qu'il ne serait pas légitime de sa part de vouloir démontrer qu'il a été précédemment poursuivi pour un crime qu'il n'avait pas commis ? À ton avis, est-ce que ce genre de mésaventure ne l'aurait pas dissuadé de prendre un tel risque, vingt ans après ?

— Bordel, j'en sais foutre rien. Avec un tel tordu, c'est peut-être l'inverse. Ça aurait même pu avoir un effet incitatif, si ça se trouve. Voilà quelqu'un qui connaît le système à fond. Il a assez de jugeote pour avoir prévu qu'on se retrouverait pieds et poings liés, face à lui, à cause du premier procès. Il a même pu penser que, cette fois, les résultats ADN lui fourniraient une couverture...

— En quoi il aurait eu raison, dit Molto.

Ils étaient arrêtés à un feu. Ils se regardèrent dans le blanc de l'œil, jusqu'à ce que Brand détourne la tête pour consulter sa montre. Il lâcha un juron : il était en retard. Molto faillit lui proposer de garer la Mercedes à sa place, mais Jim n'était pas d'humeur à plaisanter.

— On va le coincer pour le premier meurtre, fit Brand. Cinquante dollars qu'on va se le faire !

— Et ça, ça serait encore pire, répliqua Tommy. Ce qui pourrait nous arriver de mieux, ce serait d'avoir une bonne excuse pour classer le dossier. Mais si l'échantillon séminal prélevé sur Carolyn Polhemus il y a vingt ans provient bien de Rusty, on est dedans. Parce que s'il est coupable, ce n'est plus un feu vert que ça nous donne pour l'inculper. Ça devient une obligation. On ne peut décemment pas laisser un assassin avéré siéger à la Cour suprême, en sachant qu'il a un nouveau meurtre sur la conscience. Exclu d'avance.

— C'est ce que je me tue à vous dire. Tout le monde comprendra. Ils seront bien obligés de reconnaître que nous ne chassons pas des fantômes.

— Oui, sauf que nous perdrons. Et ça, c'est le pire. On va se retrouver avec un dossier d'inculpation qu'on sera bien forcés de déposer, mais que nous serons condamnés à perdre. Parce que nous ne pourrons pas y verser les résultats des tests ADN. Hors de question. La rue est à sens unique. Il a été acquitté. Aucun juge ne nous laissera utiliser d'anciennes preuves contre lui. Ça n'aurait aucun sens, si l'ancien procès n'est pas révisé, ce qu'aucun juge ne permettra. D'ailleurs, il y a eu tellement de litiges et de problèmes à la fin du procès concernant ces prélèvements que, aujourd'hui, neuf juges sur dix refuseront de prendre en compte les résultats ADN. S'ils innocentent Rusty, ils jouent en sa faveur, mais s'ils l'incriminent, nous ne pourrons pas en faire état. On en sera toujours au même point, avec un dossier qui ne fait pas vraiment le poids, ADN ou pas. Et nous en serons réduits à croiser les doigts pour ne pas être déboutés pour cause de *corpus delicti*, parce que nous n'avons aucune preuve tangible qu'il s'agit bien d'un meurtre.

— Non ! protesta Brand, en secouant énergiquement sa grosse tête sur son gros cou. Alors là, pas question !

Vous vous faites l'avocat du diable, Boss. On fait tous ça.

— Eh non, Jimmy. Ce type est malin, tu le dis toi-même. Un vrai renard. Le pire, c'est que s'il l'a vraiment tuée, il y a sûrement pensé, à tout ça. Il a compris qu'il pourrait récidiver et s'en tirer en toute impunité. Et c'est bien ce qu'il va faire.

Ils arrivaient au tribunal. Brand jeta un dernier regard à Tommy.

— Ouais. Là, on peut vraiment pas faire pire.

L'ANNIVERSAIRE DE RUSTY (19/03/2007) — LA MORT DE BARBARA (29/09/2008) — L'ÉLECTION (04/11/2008)

21.

Nat, 28 septembre 2008

On n'est pas vraiment avec quelqu'un tant qu'on ne connaît pas son côté obscur : l'impossibilité où je suis de parler, parfois une heure entière, après la moindre discussion avec mes parents, ou la façon dont Anna se fiche en rogne dès que je prononce en sa présence le nom de Ray Horgan, le vieux schnock avec qui elle a eu une aventure. Ça peut prendre un certain temps, de découvrir ces petits recoins de folie que tout un chacun tente de cacher. J'étais avec Kat depuis près d'un an et je commençais à me demander, non sans appréhension, si elle n'était pas un peu trop « normale » pour moi, quand elle se lève un matin en se plaignant d'une douleur au genou. Et lorsque je lui demande comment elle s'est fait ça, elle me regarde bien en face et déclare, la mine grave : « C'est un coup de masse d'armes que j'ai reçu pendant les Croisades, dans une de mes vies antérieures. » Alors là, la question qui se pose est celle de la compatibilité de vos lubies avec les siennes. Pouvez-vous continuer à vous prendre au sérieux, et rester tout de même sur la même longueur d'onde ?

Jusqu'à présent, sans blague, ma vie avec Anna a ressemblé à s'y méprendre au paradis. Ces dernières semaines, le seul truc qui l'a fait partir en vrille, c'est mes parents. Je crois qu'elle supporte aussi mal que moi la tyrannie de ma mère. Quant à ses relations avec mon père, elle a toujours l'air mal à l'aise, comme si elle était persuadée qu'il ne pourrait jamais plus la considérer autrement que comme une subalterne. Je soupçonne sa passade avec Ray d'y être pour quelque chose. Elle doit se dire que mon père a eu vent de l'histoire. Elle craint sans doute de l'avoir déçu, lui qui ne tarissait pas d'éloges sur le solide bon sens de son assistante préférée…

Résultat, Anna a grimpé au lustre quand je lui ai annoncé que nous ne couperions pas au dîner chez ma mère, laquelle ne cessait de me demander où je comptais habiter à la fin du mois, etc. J'ai même failli appeler les urgences, le jour où je lui ai annoncé que nous étions invités. Finalement, ma mère, qui peut être une vraie force de la nature, a pris Anna au téléphone et l'a coincée aussi habilement qu'elle le fait avec moi. Anna a bien été obligée d'accepter, mais, depuis, cette idée a paru la plonger dans le plus total désarroi.

Jeudi dernier, en revenant du lycée (quelques jours avant le dîner chez mes parents), j'ai trouvé l'appartement plongé dans la pénombre, tous stores baissés, et Anna en larmes dans la cuisine, un paquet de clopes à portée de main, avec au moins huit mégots dans le cendrier – pas mal, pour un immeuble non-fumeur !

Comme je lui demandais ce qui se passait, elle a gardé le silence. Elle restait figée sur sa chaise, à la table de la cuisine. Quand je suis venu m'asseoir près d'elle, elle a pris mes mains dans les siennes.

— Je t'aime tellement, a-t-elle murmuré.

Les mots avaient peine à se frayer un chemin dans sa gorge.

— Moi aussi, je t'aime. Qu'est-ce qu'il y a ?

Elle m'a jeté un regard incrédule, et m'a longtemps dévisagé, au bord des larmes.

— La dernière chose, pour moi… La dernière chose que je veux, c'est de tout fiche en l'air. Je ferais n'importe quoi, pour empêcher ça.

— Arrête, tu n'as aucune raison de t'angoisser ! lui ai-je dit, mais ça n'a pas eu l'air de la calmer.

Ensuite, pendant deux ou trois jours, elle a paru s'en remettre, mais le soir du dîner est arrivé, et la voilà à nouveau dans tous ses états.

Nous traversions Nearing Bridge, quand elle a déclaré :

— Je crois que je vais être malade…

Le pont suspendu a la réputation de tanguer par grand vent. Mais, aujourd'hui, le temps est au beau fixe. On se croirait encore en plein été. Le soleil du soir jette un filet d'or sur l'eau. On a eu à peine le temps de franchir le pont. Anna a garé sa Prius neuve sur le bas-côté, en bordure du parc, et s'est précipitée hors de la voiture. Je l'ai rattrapée juste à temps pour la soutenir, pendant qu'elle rendait tripes et boyaux dans un vieux baril rouillé qui servait de poubelle.

Je lui ai demandé, sans trop y croire, si c'était quelque chose qu'elle avait mangé la veille et qui ne passait pas.

— C'est tout ça, qui ne passe pas, Nat ! Tout ce putain de truc !

— On peut décommander, ai-je proposé. On dira que tu es malade.

Toujours agrippée à son baril, elle secoue vigoureusement la tête.

— Non ! Maintenant, c'est parti, on s'en débarrasse ! On s'en débarrasse !

Dès qu'elle s'en sent capable, nous allons nous asseoir à une vieille table de pique-nique, couverte de tags et de chiures d'oiseaux.

— Oh, c'est dégueulasse ! s'écrie-t-elle.

— Quoi ?

— Je me suis gerbé sur les cheveux.

Elle inspecte ses mèches blondes d'un air chagrin.

Je lui rapporte une bouteille d'eau, ainsi qu'une provision de serviettes en papier récupérées dans les fast-foods, où elle s'essuie du mieux qu'elle peut.

— Tu n'auras qu'à leur dire que tu m'as ramassée sous un échangeur d'autoroute…

Je l'assure qu'elle a très bonne mine, mais elle est pâle comme un linge. Ses cheveux ont l'air d'avoir servi de terrain de jeu à une bande de souriceaux. Je renonce à la consoler, ainsi qu'à comprendre ce qui la met dans cet état.

Elle me demande de prendre le volant, et porte à ma place les desserts. Elle a préparé de superbes gâteaux : quatre grandes verrines, avec nos noms inscrits dessus, en lettres de sucre. Un cake à la carotte pour mon père (son préféré), et, pour ma mère, un genre de muffin à la myrtille à base de farine de soja. Pour nous, elle a apporté quelque chose de nettement plus calorique et plus affriolant, deux gros brownies – de vraies tueries, truffées de pépites de chocolat et nappées de sauce. Elle tient à deux mains le plateau posé sur ses genoux, et, coincée entre ses pieds, la boîte de crème glacée qu'elle a prévue en accompagnement.

— Je peux te demander un truc ? me dit-elle, comme je m'apprête à redémarrer. Évite de me laisser seule avec l'un d'entre eux, d'accord ? Je ne suis pas d'humeur à affronter ce genre de tête-à-tête. Emmène-moi visiter ta chambre à l'étage, par exemple, n'importe quoi, mais ne me laisse pas échouée toute seule au milieu du salon, OK ?

— OK.

Ça doit être la sixième fois qu'elle me le demande.

Quelques minutes plus tard, nous arrivons en vue de la maison de mon enfance. Ces derniers temps, chaque fois que j'y vais, elle me paraît changée, plus petite et plus désuète, comme une bicoque tout droit sortie d'un conte de fées. Le bâtiment lui-même est assez biscornu, à la base. Le genre dont ma mère raffole, pierres jointoyées et toit pointu, un style vieillot un peu en décalage avec les grappes de fleurs qui prolifèrent partout sur la façade, en pots, en vasques ou en jardinières. Toute mon adolescence, j'ai entendu maman se plaindre de la banlieue et dire qu'elle voulait revenir en ville. Mais quand mon père le lui a proposé, il y a deux ans, elle avait changé d'avis. Le fait même qu'ils soient toujours là trahit le perpétuel bras de fer qui les oppose. Elle a toujours le dernier mot. Il lui en veut.

Ma mère nous ouvre avant même que nous ayons posé le pied sur le seuil. Elle n'est presque pas maquillée et a mis pour l'occasion un de ces joggings en tissu gaufré qui sont ses tenues les plus chics, pour la maison. Elle me serre longuement dans ses bras et s'extasie sur le plateau de pâtisseries qu'elle prend des mains d'Anna, tout en trouvant le temps de lui faire la bise, dans la foulée. Nous n'avons pas franchi la porte qu'elle se confond en excuses. Ils ont jardiné toute la journée, papa et elle. Ils ont pris un peu de retard.

— J'ai envoyé ton père faire quelques courses, Nat. Il revient tout de suite. Mais entrez, Anna... Entrez donc. Qu'est-ce que je vous sers à boire ?

J'avais dit à Anna que ma mère aimait le bon vin rouge et elle en a acheté une bouteille. Comme ma mère préfère la garder pour le dîner, nous nous contentons d'une bière, que nous allons prendre au frigo.

Les humeurs de ma mère sont tellement imprévisibles qu'avant de leur rendre visite j'appelle toujours mon père sur son portable pour lui demander le bulletin météo. « Ciel plombé, m'annonce-t-il, le plus souvent. Elle a le moral à zéro, plus noir que de la crotte de poisson-chat ! »

Mais je l'ai rarement vue aussi émoustillée que ce soir. Elle s'active dans la cuisine à la vitesse de l'éclair, avec un entrain qui détonne violemment sur son état émotionnel normal.

Anna n'était jamais venue à la maison. Ma mère ouvre rarement sa porte à des personnes extérieures à la famille. Je fais visiter à Anna le living et la salle à manger, je lui montre les photos de mes grands-parents, tous morts à présent, et de mes cousins. Je me laisse chambrer de bonne grâce devant les multiples photos qui me représentent, bébé ou bambin, et nous finissons par rejoindre ma mère à la cuisine.

— J'ai fait simple, comme promis, nous prévient-elle. Ça sera steak salade et maïs grillé. Heureusement, nous avons les gâteaux d'Anna, avec ou sans glace…

Cette perspective lui tire un sourire, à cette obsédée du cholestérol, alléchée à la seule idée de commettre un écart.

Nous nous chargeons de la salade, Anna et moi. Anna, fin cordon-bleu, s'est lancée dans la préparation d'une vinaigrette à base d'huile d'olive et de jus de citron, quand mon père débarque, chargé de plusieurs sacs plastiques portant le logo orange de la chaîne Mega-Drugs. Il les dépose à grand bruit sur le plan de travail, puis vient serrer la main d'Anna et me donne l'accolade.

— Alors là, si je m'attendais ! s'exclame-t-il, en nous désignant d'un geste. Ça devait être trop évident pour que je devine !

Nous éclatons tous de rire puis, comme ma mère attire l'attention de papa sur les gâteaux préparés par Anna, il chaparde un éclat de glaçage sur le muffin de Barbara, qui jette aussitôt les hauts cris, ainsi qu'Anna.

— Hé ! C'est le mien ! proteste-t-elle.

— Oui, mais ton nom est plus long, lui fait-il remarquer. Tu es favorisée, à la base !

Comme papa boite un peu en se déplaçant, je lui demande comment va son dos.

— Pas terrible, en ce moment. D'autant que ta mère m'a fait terrasser toute la journée, pour planter ses rhododendrons.

— Prends ton Advil et tais-toi ! rétorque Barbara. Le jardinage, c'est la santé. Entre ta campagne et la blessure de George Mason, tu n'as pas fait un brin de gym, ce mois-ci.

D'ordinaire, mon père retrouve le juge Mason deux fois par semaine, le temps d'une partie de handball, mais, effectivement, il me semble un peu moins alerte que d'habitude. Il pose sur le plan de travail les comprimés que ma mère lui tend, puis va chercher un verre de vin pour elle au salon.

— Tu as pensé aux apéritifs ? demande-t-elle, tandis qu'il revient prendre une bière au frigo.

— Oui, madame est servie ! répond-il.

Une vieille blague qui a bercé mon enfance.

Pour l'apéritif, il a pris du cheddar et du salami italien, une tradition bien ancrée dans la famille, bien que ma mère n'y touche presque jamais. Elle préfère le hareng mariné, et il a pensé à lui en acheter, mais elle n'en mangera qu'un ou deux morceaux : le sel lui est déconseillé pour sa tension. Mon père a aussi rapporté du yaourt, qu'il mélange à des paillettes de soupe à l'oignon déshydratée pour en faire une sauce, tandis qu'Anna et moi disposons dans un plat les autres mets qu'il a achetés, avec les bâtonnets de carottes et de céleri qui attendaient au frigo.

Comme nous nous activons, ma mère bombarde Anna de questions sur son job puis, tout à trac, sur sa famille.

— Je suis fille unique, explique-t-elle.

— Comme Nat. Un point commun essentiel, je suppose.

Anna émince un oignon pour la salade, ce qui la fait aussitôt larmoyer.

— Oh, ça n'était tout de même pas si affreux, comme enfance, dit-elle.

Un éclat de rire général salue sa blague. Finalement, elle s'en sort très bien. Mais je comprends. Chaque printemps, et pendant tant d'années que je ne pourrais même plus les compter, j'ai vécu dans l'angoisse de ne plus savoir frapper une balle de base-ball. Et, chaque fois, j'en restais muet de stupeur, en reconnaissant le contact familier de la balle contre ma batte qui vibrait sous le choc.

Anna coupe court à la cascade de questions en demandant à mon père des nouvelles de sa campagne.

— Je commence à en avoir jusque-là de Harnason et de ses histoires, fait mon père, en tranchant le salami.

Ma mère se retourne vers lui et le foudroie d'un regard noir.

— Rien ne nous obligeait à nous infliger ce genre d'épreuve, rétorque-t-elle. Rien.

D'un coup d'œil, je mets Anna en garde, mais un peu tard, contre ce genre de sujet.

— Patience, Barbara, la calme mon père. Nous n'en avons plus pour bien longtemps.

— Ça n'a que trop duré. Voilà un mois que ton père n'a pas pu fermer l'œil !

Elle adore dévoiler les petits secrets de mon père, lequel, pas fou, se détourne sans relever. Je pensais que ses problèmes d'insomnie étaient réglés depuis longtemps. Pendant certaines périodes de mon enfance, il passait des nuits entières à arpenter la maison. Je l'entendais parfois et je me rendormais, rassuré de le savoir fidèle au poste, prêt à chasser les fantômes et les démons de la nuit que je sentais rôder autour de moi. Mais à présent, à les observer, je perçois un subtil changement atmosphérique dans la maison. Comme si cette campagne avait permis aux perpétuels conflits qui les opposent de s'exhaler plus ouvertement.

Vacciné de longue date contre les critiques de sa femme, mon père lui présente le plateau d'amuse-gueules que nous avons déjà bien attaqué, tous les trois. Puis il sort les steaks du frigo pour les assaisonner. Il lui manque de l'ail en poudre, annonce-t-il, avant de filer en chercher dans la remise.

— Les garçons aux fourneaux ? me propose mon père, quand la viande est prête à passer au barbecue.

— Maman, est-ce que ça t'ennuierait qu'Anna aille visiter ma chambre, en haut, pendant qu'on s'occupe des grillades ? Ça fait longtemps que je veux la lui montrer…

— Allez-y, Anna ! Ne vous gênez pas. Et, surtout, prenez tout ce qui vous plaît ! Nat m'interdit de jeter quoi que ce soit. Que diriez-vous d'une magnifique collection de coupes de base-ball ? Ça serait du dernier chic, dans votre bel appartement !

Nouvel éclat de rire général. Je serais bien incapable de définir ce que recouvre cet entrain – joie sincère, ou nervosité ? –, mais c'est tout à fait inhabituel, dans la maison où j'ai grandi. Anna monte au premier et, dans l'escalier, hors de vue de mes parents, elle se retourne vers moi et me regarde, avant de lever les yeux au ciel, tandis que j'emboîte le pas à mon père en direction du barbecue, qu'il a installé devant la véranda. Le soleil couchant a plongé derrière la rivière dans une débauche de couleurs, mais on sent déjà dans l'air une pointe de fraîcheur automnale.

Nous manœuvrons les boutons de commande du barbecue, papa et moi, pour l'allumer, puis nous contemplons les flammes, aussi recueillis que devant un rituel immémorial. Toute mon enfance, ma mère m'a entouré de prévenance qui rendait la parole inutile. C'est peut-être pour ça que je n'ai jamais su communiquer avec mon père. De fait, je n'avais jamais vraiment parlé à qui que ce soit, avant Anna, ce qui doit être un signe. Nous discutons, bien sûr, mon père et moi. Mais nos conversations sont généralement réduites au strict minimum, sauf quand nous évoquons des problèmes juridiques ou les déboires des Trappers, les deux sujets les plus susceptibles de nous faire sortir de nos gonds. Le plus souvent, comme à présent, la connexion s'établit entre nous par des voies non verbales. À la faveur d'une subtile communion devant le feu. Nous coexistons. Nous respirons le même air, en glissant çà et là un commentaire sur l'état des braises ou le crépitement de la graisse des steaks.

À la fin du collège, j'ai découvert que je n'aimais pas spécialement le base-ball. Je jouais avant-centre dans l'équipe junior de Nearing, à l'époque, mais je sentais que j'allais devoir laisser ma place à Joey Higgins, une brillante nouvelle recrue de l'équipe, qui, contrairement à moi, savait frapper les balles lancées avec effet et me battait au sprint. Il avait décroché une bourse complète d'études pour l'équipe junior du Wisconsin où il avait été classé All-Mid Ten. Et un jour que je regardais un long tir en cloche m'arriver droit dessus, je compris soudain une chose : si je suivais tous les matchs à la télé et si je passais tous mes étés à galoper sur les terrains, depuis mes six ans, c'était juste pour pouvoir en parler avec mon père. Je ne lui en voulais pas, mais maintenant que j'avais pigé ça, il n'était plus question pour moi de continuer. J'ai donc abandonné au grand soulagement du coach, pas fâché de ne pas avoir à y aller de son petit *speech*, pour m'expliquer que je devais m'incliner devant l'intérêt supérieur de l'équipe. Tout le monde, mon père le premier, en a aussitôt conclu que j'avais préféré laisser tomber que d'user mes fonds de culotte sur le banc de touche, et je ne les ai jamais détrompés.

Au bout d'un certain temps, mon père m'interroge sur mes projets, après ma période d'assistanat qui s'achève dans une semaine. J'ai décidé de reprendre mon poste de remplaçant au lycée de Nearing. Ça me laissera le temps de terminer mon article, que je compte publier dans une revue juridique et qui a bien avancé. Il se fend d'un hochement de tête approbateur.

— Alors, l'un dans l'autre ? me demande-t-il, en baissant la tête de côté et d'autre, pour éviter la fumée.

— Je suis vraiment bien, papa. Vraiment heureux.

Quand je me tourne face à lui, il s'est figé sur place pour me dévisager de cet air insondable, sans plus se soucier de se soustraire au nuage de fumée qui l'environne. Il y a des lustres que je n'ai pas fait ce genre d'aveu à l'un ou l'autre de mes parents. Ces dernières années, j'avais plutôt tendance à esquiver leurs questions. « Ça va, ça va... », répondais-je invariablement, quand ils insistaient.

À présent, pour échapper à l'œil de lynx de mon père, je m'envoie une longue gorgée de bière, en embrassant du regard notre jardinet, autrefois si vaste, où j'ai joué toute mon enfance. À présent, la continuité de la petite pelouse est rompue par le nouveau rhododendron qui doit bien mesurer quatre-vingts centimètres, avec son feuillage vernissé. Il se dresse au milieu du carré de terre fraîchement retourné par mon père, cet après-midi. Les choses changent et vont parfois en s'améliorant. Je suis si fier d'avoir réussi à leur amener Anna, si heureux de voir comme sa présence m'est bénéfique. Ça m'a fait tellement de bien, de la conquérir et de me faire aimer d'elle… Je suis si heureux de les voir réunies, ces trois personnes qui me sont chères. C'est l'un de ces moments dont j'espère qu'ils resteront à jamais gravés en moi.

Le soir où je suis passé si près du bonheur.

L'anniversaire de Rusty (19/03/2007) — La mort de Barbara (29/09/2008) — L'élection (04/11/2008)

22.

Tommy, 4 novembre 2008

Au fil du temps, comme toute institution, le service du PA avait développé son propre protocole. Le boss gardait ses distances. Le matin, il arrivait dans son bureau, son attaché-case sous le bras, et n'en sortait que pour aller déjeuner ou pour se rendre au tribunal. Si on voulait lui parler, on devait aller à la montagne. En signe de respect. Et, de fait, ce rituel avait l'avantage de laisser une certaine latitude, dans le reste du service. Certains adjoints discutaient de leurs dossiers dans les couloirs à vingt mètres de distance, en se passant une balle de softball. Vous pouviez brailler « putain de bordel de merde ! » aussi fort qu'il vous plaisait. Vous pouviez tailler des costards aux juges, les flics pouvaient venir bavarder et déconner tout leur soûl. Du haut de sa tour d'ivoire, le PA restait le garant d'une dignité et d'une solennité que le quotidien du service était loin de refléter.

Résultat, Molto avait parfois l'impression d'être en taule. Il en était réduit à communiquer par téléphone ou intercom interposé, lui qui avait sillonné ces couloirs plus de trente ans, passant d'un bureau à l'autre pour discuter des affaires en cours et échanger des nouvelles sur la vie du service ou des familles. Et, là, il rongeait son frein. Le matin même, à la première heure, Brand s'était rendu à une réunion au labo de la police scientifique, où il devait se faire remettre et expliquer les résultats des tests ADN pratiqués sur les échantillons séminaux datant du premier procès Sabich, et donc vieux de vingt et un ans. Tommy était déjà sorti six fois de son bureau pour voir si Brand n'était pas en vue.

Mais, pour l'instant, ses angoisses quant à ces fameux résultats qui risquaient de lui forcer la main, dans un sens comme dans l'autre, en le coinçant entre le mauvais, le pire, et le pire du pire, semblaient être passées au second plan. Il ne s'appesantissait pas davantage sur cette idée, maintes fois évoquée par Brand : s'il parvenait à épingler Rusty Sabich, Tommy pourrait viser le poste de PA en titre, dans un an. En fait, si tout se passait bien et qu'un siège de juge venait à se libérer, le premier choix de Molto aurait été de laisser Brand prendre la tête du service. Mais chaque fois que son premier adjoint se livrait à haute voix à ce genre de spéculation, il s'empressait de lui clouer le bec. La politique, ça ne serait jamais son truc. Pour lui, l'essentiel restait le but qu'il poursuivait depuis des décennies, en tant que procureur adjoint. Faire justice. Discerner le vrai du faux. Trier le bon grain de l'ivraie.

S'ils avaient inculpé un innocent, vingt ans plus tôt, il serait le premier à s'excuser platement auprès de Rusty. Et, dans le cas contraire, si c'était bien lui qui avait tué Carolyn Polhemus… eh bien, eh bien, quoi ? Mais il était sûr que c'était lui. Ça serait une renaissance, comme son mariage. Comme sa rencontre avec Dominga, comme de tomber amoureux, et d'avoir Tomaso. L'unique tache de sa carrière serait enfin lavée. Et, plus important, il en aurait le cœur net. Le sentiment de culpabilité qui le tenaillait toujours, de temps à autre, pour s'être si bêtement « arrangé » avec Nico, s'envolerait. Il serait réhabilité, et avant tout à ses propres yeux. À cinquante-neuf ans, il renaîtrait de ses cendres. Seul Dieu lui-même pouvait accorder ce genre de rédemption. Cela, Tommy le savait. Il s'accorda une minute, pour L'en remercier d'avance.

Puis, entendant Brand entrer en trombe dans le bureau voisin, il se leva et le rejoignit aussitôt. Jim avait toujours sa mallette à la main. Il n'avait même pas eu le temps d'ôter son manteau. Il parut surpris de trouver le patron sur son seuil. Le maître dans les quartiers des serviteurs. Brand le regarda longtemps, droit dans les yeux, avant de se fendre d'un grand sourire. Et de prononcer les mots que Tommy savait qu'il finirait par entendre :

— C'est bien lui.

LIVRE DEUX

III.

23.

Nat, 22 juin 2009

— Veuillez décliner votre identité, je vous prie, en épelant votre nom de famille.

Sans quitter son siège, à la table de la défense, Sandy Stern s'éclaircit la gorge. C'est devenu une sorte de réflexe, ces derniers temps, cette petite toux grasse qu'il émet avant et après chacune de ses interventions, un bruit de crécelle enrouée qui a toujours quelque chose d'alarmant.

— Rozat K. Sabich. S-A-B-I-C-H.

— Vous connaît-on sous un prénom plus usuel ?

— Rusty.

Droit comme un I dans son impeccable costume bleu marine, mon père est un modèle de dignité et de sérénité, sur l'estrade des témoins. Je serais dans tous mes états à sa place, mais, lui, ces derniers mois, il affiche l'équanimité d'un mystique. Comme s'il avait cessé de croire aux liens de causalité. Tout ça lui arrive. Point barre.

— Puis-je me permettre de vous appeler Rusty ? lui demande Stern, la main galamment levée vers lui, comme s'il craignait de trop s'imposer.

Mon père l'y autorise et Stern enchaîne, en lui demandant de décrire sa situation professionnelle pour le jury.

— En novembre dernier, j'ai été élu à la Cour suprême de l'État, mais je n'ai pas encore pris mon poste.

— Et pourquoi, Mr Sabich ?

— Parce qu'ayant eu à répondre des présents chefs d'inculpation, j'ai trouvé plus correct, vis-à-vis de toutes les personnes concernées, d'attendre le résultat de ce procès. Jusque-là, je reste le juge principal de la cour d'appel pour le Troisième District, ici, à Kindle County, bien que je sois actuellement en congé administratif.

Stern souligne que la Cour suprême, comme la cour d'appel, sont des tribunaux dits « de révision », dont la fonction principale est de juger des procès en appel.

— Pourriez-vous, je vous prie, préciser un peu ce que cela signifie, de siéger dans un tribunal de révision ?

Mon père énumère les devoirs de sa charge. À l'autre bout de la salle d'audience, Tommy Molto se lève pour faire objection. Mon père a entrepris d'expliquer que, dans les affaires criminelles, les juges d'appel n'ont généralement pas le pouvoir d'annuler la décision d'un jury.

Le juge Basil Yee dodeline de la tête d'un air dubitatif, en soupesant le problème. Yee a été spécialement détaché du comté de Ware par la Cour suprême de l'État pour présider aux procédures, puisque les juges de la cour supérieure de Kindle County, dont mon père révise les décisions depuis maintenant plus d'une décennie, se sont tous récusés en bloc. Le juge Yee est un émigrant taïwanais, arrivé à l'âge de onze ans dans la petite ville de Ware, où ses parents avaient repris le restaurant asiatique local. Il écrit parfaitement l'anglais, mais le parle toujours avec un accent à couper au couteau. Il module certaines syllabes sur des tons plus aigus, à l'Asiatique, et il lui arrive de malmener le tissu conjonctif de la langue, omettant articles, pronoms, conjugaisons et auxiliaires. Son greffier habituel n'ayant pu l'accompagner, Jenny Tilden doit constamment interrompre le juge pour lui demander d'épeler ce qu'il vient de dire, ce qui tend à le dissuader de prendre la parole.

Yee tranche en faveur de mon père, lequel en profite, comme le craignait Molto, pour en rajouter une couche, histoire de bien s'assurer que le message est passé auprès des jurés : ce sont eux qui statueront sur son innocence ou sa culpabilité, et le dernier mot leur reviendra.

— Fort bien, dit Stern.

Il tousse et doit s'agripper à la table pour se hisser sur ses pieds. Le juge l'a dispensé de se lever pour interroger les témoins. Par l'un de ces mystères que la médecine mettra peut-être encore quelques éons à élucider, son type de cancer a l'étrange particularité de provoquer une arthrite du genou qui le fait claudiquer. Sa fille Marta, assise à son côté, lui soutient discrètement le coude d'une main aux ongles laqués de rouge vif. J'ai grandi en entendant mon père chanter les louanges de Sandy Stern, de son magnétisme et de sa présence. Comme pas mal des choses dans la vie, l'aura de Stern relève de l'inexplicable. Il n'est pas très grand, un mètre soixante-dix tout au plus, et du genre à passer totalement inaperçu. On pourrait le croiser cent fois dans la rue sans se retourner sur lui. Mais dès qu'il se lève dans une salle d'audience, c'est comme si on avait allumé un projecteur. Malgré l'usure, la fatigue et la maladie, chacun de ses mots et de ses gestes garde un relief et une précision qui forcent l'attention.

— À présent, Rusty, parlez-nous un peu de votre enfance…

Stern fait récapituler à mon père tout son pedigree. Fils d'immigrés. Études supérieures financées par une bourse. Diplôme de droit préparé en assurant simultanément deux petits boulots.

— Et ensuite ? demande Stern. Après vos études ?

— J'ai été engagé comme adjoint dans le service du procureur général de Kindle County.

— C'est-à-dire dans ce même service que Mr Molto dirige actuellement ?

— Oui. Nous y avons débuté, à deux ou trois ans d'intervalle, Mr Molto et moi.

— Objection, fait Molto sans élever la voix.

Il n'a pas levé le nez du bloc sur lequel il écrit, mais la crispation de son menton trahit sa tension. Il voit parfaitement où Stern et mon père veulent en venir – rappeler au jury le lourd passé qui lie Sabich et Molto. Mais, ça, les jurés doivent le savoir par cœur. Les journaux ne perdent aucune occasion d'évoquer les rebondissements du premier procès. Chaque matin, les jurés réitèrent leur serment de s'abstenir de lire les articles concernant l'affaire, mais, d'après Marta et son père, ce genre d'information parvient toujours ou presque à filtrer dans la salle du jury.

— Assez sur ce sujet, je crois, décrète le juge Yee.

Tommy marque sa satisfaction d'un bref signe de tête, le nez toujours dans ses notes. Je le supporte nettement mieux que prévu, lui, son faciès ingrat et ses manières de babouin. Celui qui me porte sur les nerfs, c'est Brand, son premier adjoint, avec son numéro de dur à cuire. Il roule des mécaniques, voire se la pète carrément, comme s'il nous regardait tous de très haut.

Stern fait ensuite raconter à mon père comment il a gravi un à un les échelons de ce même service qui l'accuse à présent, avant de décrocher son poste de juge – le tout sans la moindre allusion à sa première inculpation ni au procès qui s'est ensuivi, comme l'a exigé le juge. Un récapitulatif lissé et aplani, revu et corrigé pour l'audience.

— Êtes-vous marié, Rusty ?

— Je l'étais, avec Barbara. Depuis plus de trente-huit ans.

— Des enfants ?

— Mon fils, Nat, qui est ici, juste au premier rang.

Stern se retourne vers moi avec un brin d'ostentation, comme s'il ne m'avait pas lui-même indiqué la place où je devais m'asseoir. Son jeu de scène est si subtil que je me surprends parfois à espérer que ses problèmes de santé en font eux-mêmes partie, mais, hélas, je sais ce qu'il en est.

Il arrive que les gens me prennent à part, au tribunal ou ailleurs, pour me demander à mi-voix de ses nouvelles. Ils semblent persuadés qu'un avocat qui a successivement assuré la défense de mon père dans deux procès pour meurtre doit être devenu un de nos intimes – en tout cas, un ami bien plus proche qu'il ne l'est. Je leur oppose toujours la même réponse : Stern fait son boulot avec un courage confondant, digne d'un champion de chute libre, mais ne laisse rien filtrer de son état de santé. Marta semble prendre la chose avec philosophie, mais, en dépit du courant de sympathie qui s'est instantanément établi entre elle et moi – tous deux juristes et héritiers de deux notabilités locales –, elle préfère éviter le sujet. Les Stern restent d'un professionnalisme sans faille ; nos relations gravitent autour des problèmes de mon père, pas des leurs.

Cela dit, pas besoin d'être docteur en médecine pour voir que Sandy va mal. L'an dernier, il s'est fait enlever une partie du poumon gauche, ce que nous avions interprété, à l'époque, comme un bon signe : le cancer semblait circonscrit. Mais ces quatre ou cinq derniers mois, il a dû subir au moins deux chimio et radiothérapies. Hal Marko, un vieux copain de lycée aujourd'hui interne en chirurgie, en a conclu que Stern avait fait une rechute. Et de préciser, avec cet insupportable détachement que je détecte aussi chez certains de mes potes de droit – et qui se veut la preuve qu'ils ont évolué du stade d'êtres humains normaux à celui de professionnels endurcis –, que l'espérance de vie de Stern était désormais estimée à moins d'un an. Je n'ai aucune idée de ce qu'il en est, mais les traitements successifs ont laissé Stern en piètre état. Il souffre de cette inquiétante petite toux et d'un essoufflement chronique, dû non pas au mal lui-même mais aux effets secondaires des radiations. Il prétend avoir retrouvé l'appétit, mais n'a pratiquement rien avalé au cours des semaines qui ont précédé le procès. Cet homme que j'ai toujours connu plutôt enveloppé, y compris lorsqu'il tentait de lutter contre les kilos, est devenu franchement maigre. N'ayant pas changé de garde-robe, il flotte dans ses costumes comme s'il venait plaider en kaftan. Il semble souffrir le martyre chaque fois qu'il doit se lever, et, pour couronner le tout, son dernier traitement a provoqué l'apparition d'affreuses plaques rouges sur tout son corps, visage inclus. Depuis le box du jury, il doit avoir l'air de s'être fait tatouer une grappe de fuchsias sur tout le côté droit de la tête. L'éruption a envahi la joue et le contour de l'œil, dessinant au-dessus de sa tempe droite un petit îlot isolé qui pointe cruellement vers son crâne chauve.

Le juge Yee lui a déjà accordé un ajournement mais, d'un commun accord, Stern et mon père ont décidé de ne pas en demander d'autres. Malgré sa mauvaise mine, Sandy a gardé toute sa vigueur et sa présence d'esprit, et s'il parvient à ménager ses forces, il est de taille à supporter physiquement l'épreuve du procès. Mais la signification de sa décision de ne pas ajourner est claire : pour lui, c'est maintenant ou jamais.

— Et dans le présent procès, Rusty, vous êtes cité comme premier témoin de la défense.

— C'est exact, oui.

— Vous n'ignorez pas que la constitution des États-Unis vous donne le droit de ne pas témoigner sous serment à votre propre procès.

— Je le sais, oui.

— Mais vous avez tout de même décidé de le faire.

— Oui.

— Et vous avez assisté aux dépositions de tous les témoins à charge du ministère public, n'est-ce pas ?

— Oui.

— Vous les avez donc entendus : Mr Harnason, le Dr Strack, la toxicologue, le Dr Gorvetich, l'expert en informatique légale ? Les quatorze personnes que les procureurs ont appelées à la barre ?

— Oui. Je les ai tous entendus.

— Vous avez donc bien conscience d'être inculpé du meurtre de votre femme, Barbara Bernstein Sabich ?

— Oui.

— L'avez-vous fait, Rusty ? Avez-vous tué Mrs Sabich ?

— Non.

— Êtes-vous intervenu en quoi que ce soit dans ce qui a provoqué sa mort ?

— Non.

Le côté inouï de l'affaire, un juge élu de fraîche date à la Cour suprême et pour la deuxième fois inculpé de meurtre par le même procureur, a naturellement défrayé la chronique nationale et internationale. Tous les matins, les aficionados font la queue devant la salle d'audience pour avoir une place. Les deux premiers rangs, réservés aux journalistes et aux portraitistes, sont pris d'assaut. L'attention du monde entier semble parfois infuser l'espace de cette salle où on sent vibrer en permanence une sorte de tension électrique, générée par le regard concentré de tous ces gens qui pèsent et soupèsent chaque mot. Ce dernier « non » de mon père plane longtemps dans l'air, comme soutenu par l'ampleur même de ce qu'il implique. Tous les regards restent fixés sur Stern, qui embrasse d'un coup d'œil la grande salle rococo. Puis il esquisse un léger mouvement de recul, comme sous le choc de cette découverte, dont seuls les initiés savent qu'il l'a lui-même mise en scène de longue date.

— Je n'ai plus de question, conclut-il, avant de se laisser choir sur son siège, rattrapé par l'épuisement.

Le procès de mon père est le premier auquel j'assiste intégralement. Les procédures juridiques ont absorbé une si grande partie de sa vie de procureur, puis de juge, que malgré l'indescriptible fardeau que c'est pour moi, l'expérience me paraît extrêmement intéressante et formatrice. Je peux enfin me faire une idée de ce que fabriquait mon père pendant tout ce temps qu'il passait au tribunal et comprendre ce qu'il y trouvait de si passionnant. Même si le prétoire n'est pas mon élément naturel et ne le sera jamais, je suis souvent fasciné par les rituels, ou les petits intermèdes tragicomiques qui s'y déroulent sous mes yeux – surtout pendant ces moments trop routiniers ou trop banals pour apparaître dans les films et les reportages télé. L'instant où les deux parties se passent le relais (l'un des protagonistes va se rasseoir, tandis que l'autre entre en lice) me rappelle le temps mort entre deux manches. Une sorte de suspension de l'action. Le clavier du sténographe cesse de cliqueter. L'assistance toussote. Les jurés s'agitent sur leur siège et en profitent pour se gratter là où ça les démange. Les papiers crissent sur les tables. Les protagonistes des deux camps rassemblent leurs notes.

Par une curieuse ironie du sort, le procès de mon père se tient dans l'une des quatre salles d'audience les plus anciennes de ce bâtiment, le tribunal central, dont la cour d'appel occupe l'étage supérieur. Il vient chaque matin répondre d'une inculpation de meurtre dans ce vénérable bâtiment sur lequel il a si longtemps régné, à deux pas de la salle d'audience où a été prononcé son acquittement, deux décennies plus tôt. Toutes ces salles où tant de crimes de sang ont été jugés, ces soixante-dix dernières années, sont des joyaux du style architectural des années vingt, avec leurs estrades et leurs tribunes délimitées par des balustrades en noyer tourné. Le même genre de garde-corps délimite le box des témoins et la monumentale estrade d'où le juge Yee surplombe la salle. Le siège du juge et celui du témoin sont surmontés d'un dais de noyer posé sur des piliers de marbre rouge et décoré des mêmes moulures un peu surchargées, en bois ouvragé.

Mon père reste assis là-dessous, inébranlable, en attendant le contre-interrogatoire de Tommy Molto. Pour la première fois, il laisse le regard de ses yeux bleus croiser le mien, avant de les fermer un instant, en serrant les paupières. « Et c'est parti ! » semble-t-il me dire. La course folle intergalactique qu'a été notre vie depuis la mort de ma mère, neuf mois plus tôt, va bientôt s'achever. Nous allons pouvoir regagner la Terre, soit pour reprendre une version quelque peu rétrécie de notre vie antérieure, soit pour affronter un nouvel épisode de ce cauchemar, dans lequel mes conversations hebdomadaires avec mon père devront se tenir de part et d'autre d'une vitre pare-balles et ce, jusqu'à son dernier jour.

Votre vie change radicalement, après la mort d'un de vos parents (ça n'a rien de bien original, tout le monde le dit...). C'est comme si l'un des pôles de votre planète avait été définitivement supprimé.

Mais ma vie à moi a toujours été *radicalement* différente. Longtemps, trop longtemps, je suis resté une sorte de grand gosse, et, là, j'ai dû atterrir en catastrophe. J'étais amoureux d'Anna, ma mère était morte, et mon père était accusé de l'avoir tuée.

Ça semble puéril de gémir sur mes propres épreuves, qui ne sont rien à côté de celles qu'ont dû affronter mes parents. Mais, chaque fois, j'ai été bousculé et meurtri. La mort subite de ma mère, à laquelle rien ne me préparait, m'a porté le plus rude coup, naturellement. Mais l'inculpation de mon père a été un cataclysme que peu de gens peuvent se représenter, pour moi qui ai toujours vécu dans l'ombre du grand homme. En m'inscrivant en droit, je savais que cet état de fait n'irait qu'en s'aggravant, que je serais toujours le fils de mon père, que je traînerais à jamais dans mes jambes ses succès, ses accomplissements et sa réputation, comme une mariée s'évertuant à passer une porte à tambour avec sa traîne. Et maintenant, le voilà devenu un objet de honte et de scandale. Quand je vois sa photo sur le Net ou à la télé, voire, de temps à autre, en couverture d'un magazine, j'ai l'impression qu'il ne m'appartient plus vraiment. Sans compter que plus personne ne sait comment se comporter avec moi. Mes amis ne savent pas quoi me dire. Ça doit faire le même effet, d'être diagnostiqué séropositif. Les gens ont beau savoir que vous n'avez rien à vous reprocher, ils ne peuvent réprimer un petit mouvement de recul, face à vous.

Mais, le pire, c'est ce qui se passe dans ma tête. D'un moment à l'autre, je ne sais même pas ce que je ressens, ou ce que je suis censé ressentir, vis-à-vis de tout ça. Nos parents sont des objets en perpétuel mouvement. Quand nous grandissons, notre point de vue sur eux ne cesse d'évoluer. Dans ce tribunal, il ne se pose qu'une question : l'a-t-il fait, ou pas ? Mais à mes yeux et depuis maintenant près d'un an, le problème est infiniment plus complexe. Il s'agit pour moi de comprendre ce que la plupart des enfants mettent une vie entière à tirer au clair : qui est vraiment mon père ? Sûrement pas celui que je croyais – voilà au moins une chose d'établie.

Cette prise de conscience a commencé le jour même de son élection. J'ai entendu des coups furibards, frappés à la porte de chez Anna. Une femme flic m'a tendu son badge.

— PUKC. Police unifiée de Kindle County. Vous auriez une minute pour répondre à quelques questions ?

C'était comme à la télé. Je savais d'avance ce que je devais répondre… « C'est à quel sujet ? Mais qu'est-ce que j'ai à voir là-dedans ? »

Elle est entrée d'autorité, sans attendre d'y être invitée. Une petite rondouillarde, avec sa casquette sous le bras et des cheveux blond vénitien, crêpelés, réunis sur la nuque en queue-de-cheval.

— Debby Diaz, a-t-elle annoncé, en prononçant *Daille-as*.

Elle m'a tendu une petite main rêche, avant d'aller s'asseoir sur le gros pouf recouvert de fourrure acrylique bleu électrique qu'Anna avait acheté deux semaines plus tôt, pour son côté kitch.

— Je connais votre père depuis toujours, vous savez ! J'étais déjà à la sécurité du tribunal, quand il a débuté à la cour supérieure. En fait, je me souviens même de vous.

— De moi ?

— Eh oui, vous étiez venu deux ou trois fois dans sa salle d'audience, du temps où j'y bossais. Pendant les suspensions de séance, vous grimpiez sur le fauteuil du juge. Le public ne pouvait pas vous voir depuis la salle, mais ça, personne ne vous l'avait dit. Et croyez-moi, jeune homme, vous y alliez de bon cœur avec le marteau de votre père ! Une chance que vous ne l'ayez pas cassé...

Ce souvenir me tire un sourire. Je revois tout à coup la scène qu'elle me décrit, y compris le raffut et l'écho de mes coups de marteau sur le billot de chêne.

— Eh oui... Faut dire que j'étais jeune et mince, à l'époque, ajouta-t-elle. Et je rêvais d'un poste dans la police.

— Votre rêve s'est réalisé, apparemment.

Je ne l'ai dit que faute de mieux, mais elle semble y voir un trait d'humour, et son sourire s'élargit.

— Oui, c'était du moins ce que je croyais vouloir.

Elle secoue la tête une fois ou deux, en songeant à sa folle jeunesse, puis elle me rend toute son attention et me fixe avec une intensité soudaine, presque inquiétante.

— Il reste un ou deux détails que nous aimerions tirer au clair, dans la mort de votre mère.

— Un ou deux détails ?

— Oui, des questions auxquelles nous essayons de répondre... Vous savez ce que c'est. Pendant un mois, on n'entend parler de rien. Calme plat. Et puis, tout d'un coup, tout doit être bouclé dans la semaine. Les enquêteurs ont pourtant pris la déposition de votre père, en long et en large, mais vous, personne n'a pensé à vous demander votre avis. Alors, quand j'ai entendu votre nom, je me suis dit que le mieux était de faire un saut chez vous et de venir vous le demander moi-même.

Certaines personnes ont le chic pour tourner autour du pot, et c'était le cas de l'inspecteur Diaz. Je me suis un instant demandé comment elle avait pu remonter jusqu'à moi avant de me rappeler que j'avais laissé l'adresse d'Anna en quittant mon boulot, au tribunal. Mais, somme toute, je préférais nettement lui parler à domicile, surtout un jour d'élection, que de la voir débarquer au lycée où j'enseigne. Il reste pas mal de professeurs qui se souviennent de mes frasques, du temps où j'étais moi-même élève au lycée de Nearing. Certains de mes collègues ont peine à croire que j'aie pu devenir un modèle de conduite.

— Je ne vois toujours pas ce que vous voulez savoir..., lui dis-je.

Elle balaie ma question d'un geste, comme si tout ça était trop vague, trop bureaucratique, trop « flic » pour pouvoir s'exprimer en langage courant.

— Asseyez-vous, me pria-t-elle. Vous allez comprendre.

Depuis son pouf, elle me fait signe de prendre un siège, dans mon propre salon. J'ai bien pensé que la chose à faire était d'appeler mon père ou au moins Anna. Mais cette idée ne m'était pas d'une grande utilité, face à la présence de l'inspecteur Diaz, assise en face de moi. Elle avait beau être haute comme trois pommes, elle avait ce côté autoritaire et tranchant qu'ont les policiers, genre « bouclez-la, c'est moi qui pose les questions ».

— Ma mère est morte d'une crise cardiaque.

— Exact.

— Alors, qu'est-ce qu'il vous faut de plus ?

— Nat, je peux vous appeler Nat ? Quelqu'un a décrété qu'il fallait interroger le fils, pour clore le dossier, alors je viens vous interroger. Point final.

Elle a attrapé un magazine, un exemplaire de *People* qu'Anna avait laissé dans le salon, et en a feuilleté quelques pages.

— Qu'est-ce que ça peut bien me faire, les démêlés de Brad et d'Angie, hein ? a-t-elle raillé, avant de le balancer. Comment ça se passait, entre vos parents, dans les mois qui ont précédé la mort de votre mère ? Tout était cool, entre eux ?

Là, je n'ai pu réprimer un sourire. *Cool*. C'était bien le mot, pour décrire la relation de mes parents. Dans le sens de « pas très concerné ».

— Bof, comme d'habitude.

— Mais, à votre connaissance, ils ne se disputaient pas, entre eux ou avec vous ?

— Pas plus que d'habitude.

— Et comment va votre père, maintenant ? Toujours aussi tourneboulé ?

Elle avait sorti de sa poche un petit carnet à spirales dans lequel elle prenait des notes.

— Mon père est plutôt du genre stoïque, vous savez. C'est difficile de savoir ce qu'il pense. Mais je crois qu'on a été très secoués, tous les deux. Il a annulé la plupart des manifestations de sa campagne. S'il m'avait écouté, il en aurait maintenu davantage, histoire de penser à autre chose.

— Il voit quelqu'un d'autre, en ce moment ?

— Purée… non.

L'idée que mon père aurait pu avoir une aventure, comme l'avaient insinué une poignée d'abrutis, après la mort de ma mère, me fait toujours sursauter.

— Comment vous vous entendez avec votre père ?

— Très bien. C'est de ça que vous êtes venue me parler… de mon père ? Pourquoi ? Quelqu'un lui cherche des poux ?

J'étais à l'école primaire, quand mon père a été inculpé de meurtre. Rétrospectivement, ça me scie toujours, le temps qu'il m'a fallu pour prendre la pleine mesure de cette petite phrase toute simple. À l'époque, mes parents m'avaient expliqué que mon père avait eu une dispute au travail, avec certains de ses collègues, une grosse dispute comme celles que j'avais avec mes copains d'école, et que ces soi-disant amis étaient furieux contre lui. Qu'ils lui faisaient subir toutes sortes de vacheries et de brimades. J'ai cru à cette version et, en fait, j'y crois toujours. Mais j'ai fini par comprendre qu'ils ne me disaient pas tout. La plupart des adultes que je côtoyais me traitaient désormais avec une sorte de méfiance, comme si j'étais moi-même soupçonné de quelque chose – les parents de mes copains, mes maîtres, le personnel de l'école... Et surtout, manifestement, mes parents qui m'entouraient d'un excès de prévenances, comme s'ils craignaient que je sois sous le coup d'une terrible menace. Mon père n'allait plus au tribunal. Il restait à la maison. Un jour, j'ai vu une bande de policiers débarquer chez nous. Et j'ai fini par savoir, tant en posant des questions qu'en laissant traîner mes oreilles, que mon père risquait quelque chose de très grave, qu'il risquait d'être séparé de nous pendant des années, et qu'il ne pourrait peut-être jamais plus revenir vivre avec nous. Je sentais cette terreur qui le pétrifiait. Et ma mère aussi était effrayée. Alors je me suis mis à avoir peur, à mon tour. Ils m'ont envoyé en camp de vacances, pendant l'été, mais l'éloignement ne faisait qu'exacerber mon angoisse. Je jouais au foot, je courais avec mes copains, mais je revenais inlassablement à cette réalité : il se passait des choses horribles, à la maison. Toutes les nuits, j'ai piqué des crises de nerfs, jusqu'à ce qu'ils finissent par me renvoyer chez moi. Et là, quand je suis rentré, ce truc qu'ils appelaient « le procès » était terminé. Tout le monde savait à présent que mon père n'avait rien fait de mal, que les mauvaises actions avaient été commises par d'autres, par ses anciens amis, exactement comme mes parents n'avaient cessé de me le répéter. Mais la vie n'avait toujours pas repris son cours. Mon père n'allait toujours pas au tribunal. Mes parents semblaient incapables de retrouver un comportement normal, l'un avec l'autre. Je n'ai donc pas été autrement surpris quand ma mère m'a annoncé que nous allions déménager, juste elle et moi. Depuis le début, je sentais ça venir, ce grand cataclysme qui nous menaçait.

— Vous pensez que certains auraient des raisons de lui chercher noise, à votre père ? m'a demandé l'inspecteur Diaz.

— Non, bien sûr.

— On va s'en tenir aux faits. (Comme j'étais toujours debout, elle me fit à nouveau signe de m'asseoir, cette fois du bout de son stylo.) Votre père, c'est pas n'importe qui... On le connaît depuis la nuit des temps. Il fait partie du décor, autant dire. Ici, chacun et son chat a son opinion sur lui. Vous savez ce que c'est... les gens trouvent toujours à se plaindre. C'est la vie, pas vrai ? Les juges, les flics, les procureurs. On est tous des grands empêcheurs de tourner en rond. Sauf que votre père, il était candidat à la Cour suprême. C'est ça, le truc. Quelqu'un a regardé dans les dossiers et a décrété : « Faut tirer ça au clair avant qu'il ne prête serment. » On va donc devoir remplir tous les blancs.

Elle me demande de lui raconter ce qui s'est passé, à la mort de ma mère. Le lendemain, plus exactement.

— C'est ça qui coince ? lui ai-je demandé. C'est ça qui vous paraît bizarre, qu'il soit resté près du corps sans prévenir personne, toute la journée ?

Elle a levé une main fataliste, l'air de dire : « Vous savez, je ne fais que mon boulot... »

— J'en sais trop rien. Moi, ma mère était d'origine irlandaise. À sa mort, ils l'ont exposée dans le living, entourée de bougies, et l'ont veillée toute la nuit. Alors, non, voyez... Quand on perd un proche, y a pas vraiment de règle. Chacun fait comme il le sent. Mais vous savez ce que c'est. Suffit que quelqu'un veuille semer le doute et commence à se dire : « Bizarre, qu'il ait tout nettoyé ! » Vous savez comment sont les gens... « Qu'est-ce qu'il y avait à nettoyer, dans cette chambre, hein ? Qu'est-ce qu'il y avait à cacher ? »

Je hoche la tête. Je ne m'étais jamais posé la question, mais ça paraît logique.

— L'un des flics a laissé une note comme quoi vous auriez déclaré que votre père refusait d'appeler la police ?

— Je crois qu'il déraillait un peu, voilà tout. Vu son boulot, il était quand même bien placé pour savoir que quelqu'un finirait par l'appeler, pas vrai ?

— Ça m'en a tout l'air, répond-elle prudemment.

— Oui, mais il faut remettre les choses dans leur contexte. Il y avait eu pas mal de problèmes cardiaques dans la famille de ma mère. Elle était en forme, parce qu'elle faisait de la gym, pour s'entretenir. Ça vous est déjà arrivé de perdre quelqu'un que vous aimez, comme ça, du jour au lendemain ? C'est comme si la gravité cessait de s'exercer. Tout d'un coup, tout se met à flotter autour de vous. Vous ne savez plus si vous devez vous asseoir ou rester debout. Vous n'arrivez plus à aligner deux idées logiques. Vous perdez pied.

— Avez-vous remarqué que quelque chose avait été déplacé, dans la chambre ?

Effectivement, un truc m'avait paru sacrément déplacé : le corps inerte de ma mère qui gisait dans son lit. Comment l'inspecteur Diaz pouvait-elle penser une seconde que j'avais pu voir autre chose ? Mon père avait posé les mains de maman sur la couverture et sa peau avait pris cette couleur grisâtre, qui ne laissait aucun doute quant à son état. Elle était bien morte. Je ne sais pas à quel âge un enfant comprend pour la première fois que ses parents ne sont pas éternels et qu'ils sont destinés à disparaître avant lui, mais les années semblaient glisser sur ma mère. Si on m'avait dit que l'un des deux devait disparaître prématurément, j'aurais plutôt craint pour mon père, qui a un peu gonflé avec l'âge et n'arrête pas de se plaindre de ses lombaires et de son cholestérol.

— Quand aviez-vous vu votre mère pour la dernière fois ?

— La veille au soir. Nous avions été invités à dîner, ma copine et moi.

— Et comment ça s'est passé ?

— C'était la première fois que nous dînions ensemble, tous les quatre. Bizarrement, on était tous un peu à cran, alors que ma copine connaissait mes parents bien avant qu'on ne sorte ensemble. Mais vous savez, le changement de contexte, ça complique un peu les choses. Et puis, je crois que mes parents se sont toujours fait du mauvais sang pour moi. Ils craignaient que je finisse seul, aigri, tout ça. Alors ils en faisaient tout un plat, de ce dîner. Vous avez des enfants, peut-être ?

— Oui. Ils sont tous adultes maintenant, comme vous.

Ça m'a fait un drôle d'effet, qu'elle me qualifie d'adulte. Ni mon père ni ma mère ne m'auraient défini comme ça. Moi-même, je ne me serais pas défini ainsi.

— Mon fils travaille chez Ford, poursuivit-elle. Il a deux enfants. Mais ma fille n'est toujours pas mariée et je ne sais pas si elle va finir par franchir le pas. Comme sa mère, sans doute. Elle préfère se débrouiller seule. Son père ? C'était un vrai rat, ce type... Sauf que maintenant, je regrette de l'avoir si souvent répété à ma fille. Elle est dans la police, elle aussi. J'ai essayé de l'en dégoûter, mais peine perdue ! Faut croire que c'est plus fort que nous...

Elle secoue la tête en arrière d'un air sidéré qui nous fait éclater de rire. Elle se marre avec moi une seconde, mais revient presque aussitôt à ses moutons :

— Dans quel état d'esprit était votre mère, ce soir-là ? Elle vous a paru contente ? Mécontente ? Y a-t-il des détails qui vous ont frappé ?

— Vous savez, ma mère... Elle a longtemps été soignée pour psychose maniaco-dépressive. Des troubles bipolaires. Et parfois, on sent bien qu'elle doit lutter contre la maladie. Enfin, on le sentait. (Cet imparfait me tire une grimace de douleur.) Alors, somme toute, je n'ai rien trouvé d'anormal, ce soir-là. En général, ma mère n'était jamais complètement détendue. Mon père, lui, était un peu plus renfermé que d'ordinaire, je dirais... Quant à ma copine, elle était carrément à cran.

— Vous disiez que c'était un dîner, enchaîne Debby Diaz. Vous vous souvenez de ce que vous avez mangé ?

— Ce qu'on a mangé ?

Elle regarde son bloc-notes.

— Oui, y a quelqu'un qui voudrait savoir ce qu'il y avait au menu. Me demandez pas pourquoi, je ne fais que mon boulot.

C'était la dernière fois que j'avais vu ma mère. Depuis des semaines, j'avais eu tout le temps de me repasser le film de cette soirée. Chaque détail était resté incroyablement frais dans ma mémoire. Je n'ai eu aucun mal à répondre aux questions de l'inspectrice, à lui décrire ce que nous avions mangé, et qui avait fait la cuisine, mais je ne voyais toujours pas où elle voulait en venir. À un moment, j'ai senti qu'il valait peut-être mieux la boucler.

— Et qui a rempli le verre de votre mère, pendant le dîner ? Toujours votre père ?

Je l'ai regardée.

— J'essaie juste de vous poser toutes les questions possibles et imaginables, pour ne plus avoir à vous déranger…

— Qui a servi le vin au dîner ? ai-je répété, comme si je ne m'en souvenais pas très clairement. Mon père, peut-être. Il avait, vous savez, un de ces tire-bouchons Rabbit, dont ma mère n'a jamais su se servir. Mais, à la réflexion, je n'en suis plus si sûr. Ça aurait aussi bien pu être moi.

L'inspecteur Diaz m'a posé encore une ou deux questions, que j'ai également esquivées. Sans doute a-t-elle fini par se rendre compte que je jouais au plus fin, mais, là, je m'en fichais. Finalement, elle s'est claqué les cuisses, s'est levée, et a mis le cap sur la porte. Elle l'avait déjà ouverte, quand elle s'est retournée, en claquant des doigts.

— Dites-moi, c'est comment, déjà, le nom et l'adresse de votre copine ? Elle aussi, je vais devoir lui parler.

J'ai dû me mordre les joues pour ne pas éclater de rire. L'idée ne l'avait pas effleurée qu'elle était dans son appartement, à ma copine. Mais j'ai secoué la tête, comme si je n'en avais aucune idée. Diaz m'a balancé un regard frigorifique. Nous ne rigolions plus, ni l'un ni l'autre.

— Attendez, ça ne peut pas résister bien longtemps, ce genre de secret. Ne m'obligez pas à faire des recherches.

Je lui ai dit de me laisser sa carte, pour que je la transmette à l'intéressée.

Elle n'avait pas traversé le hall en bas que j'avais déjà appelé mon père sur sa ligne directe. Il était allé voter dès l'ouverture des bureaux, puis était retourné travailler au tribunal, comme un jour normal. Encore que, pour lui comme pour moi, les jours « normaux », ça n'existait plus.

Il a eu l'air heureux, en reconnaissant ma voix. Il l'est toujours quand je l'appelle. Mais je suis resté sec. Je n'avais pas pensé à la façon dont j'allais lui annoncer ça.

— P'pa ? lui ai-je dit. P'pa... prépare-toi à recevoir des mauvaises nouvelles.

24.

Tommy, 22 juin 2009

Sandy Stern avait toujours inspiré des sentiments mitigés à Tommy Molto. C'était un excellent avocat, ça ne faisait pas un pli. Quand on tâchait soi-même d'être un bon cordonnier et qu'on aimait le boulot bien fait, on ne pouvait qu'admirer ceux qui ne travaillaient que du cuir premier choix et fabriquaient des chaussures d'une résistance à toute épreuve, dans lesquelles on était comme dans des chaussons. Sandy était un virtuose. Il avait débarqué de son Argentine natale à la fin des années quarante, en pleine période Perón, et, soixante ans plus tard, il avait toujours l'air d'un hidalgo, avec ses manières de directeur de palace et cette trace d'accent qui épiçait son sabir d'une pointe d'assaisonnement exotique, comme de l'huile à la truffe ou de la fleur de sel. Son style avait encore gagné en efficacité, maintenant que ses apartés *en español* étaient toujours compris d'au moins deux ou trois des membres de chaque jury, qui les traduisaient pour leurs collègues.

Mais, plus que jamais, il fallait l'avoir à l'œil, parce que son style, son élégance et sa dignité, qui lui donnaient une plus grande marge de manœuvre qu'à la moyenne des baratineurs sévissant dans les prétoires, le rendaient d'autant plus dangereux. Tommy savait que Stern était à l'origine d'une bonne partie des mensonges qui avaient circulé sur son compte, lors du premier procès Sabich. En particulier les insinuations l'accusant d'avoir bricolé des preuves pour piéger Rusty. Et, les années passant, l'avocat avait adopté une attitude dégagée, face à Tommy, comme s'il ne s'était rien passé entre eux. Comme si Stern n'avait pas introduit dans la vie de Molto une variable indéterminée, une inconnue que rien ne pourrait effacer.

Voilà qu'à présent l'avocat était aux prises avec le cancer – et, à vue de nez, il n'aurait pas le dessus. Il affichait une coupe à la Daddy Warbucks[1] et avait perdu vingt ou trente kilos, sans parler de ces grosses plaques rouges provoquées par son traitement, qui lui mangeaient la moitié de la figure. Quelques minutes plus tôt, avant la reprise de la séance, Tommy lui avait demandé comment il allait.

— Oh, on fait aller, avait répondu Stern. La situation semble stabilisée. Nous en saurons davantage dans quelques semaines. Le dernier traitement a donné de bons résultats, bien qu'il m'ait transformé en mouron rouge ambulant…

De l'index, il lui avait montré sa joue.

— Je prierai pour vous, fit Tommy, et, dans sa bouche, ce n'était pas une promesse en l'air.

Mais c'était comme ça, avec Sandy Stern. Vous pouviez prier pour lui tant que vous vouliez, ça ne l'empêchait pas de vous faire des petits dans le dos. Normalement, l'accusé ne témoignait jamais en premier. Son témoignage était toujours le dernier acte du procès, l'attraction vedette. Celui qu'on gardait pour la dernière minute, pour pouvoir le juger à la lumière de toutes les autres interventions, en l'ajustant au mieux, afin d'impressionner le jury le plus favorablement possible, juste avant les délibérations. Non pas que Tommy ait été totalement pris de court. Depuis le début, il s'attendait à ce genre de coup d'éclat. Depuis la décision

1. Personnage masculin, totalement chauve, de la célèbre bande dessinée *Little Orphan Annie*.

préalable de Yee, qui avait spécifié en audience privée, dans le secret de sa chambre et loin des oreilles des médias, qu'à aucun moment il ne serait fait mention devant lui des éléments du premier procès – ni des résultats des tests ADN, ni du meurtre de Carolyn Polhemus, ni d'aucune des procédures qui s'étaient ensuivies. Mais quitte à y passer des nuits, Tommy allait préparer sa riposte. Il soumettrait Rusty à un contre-interrogatoire serré et jouerait le jeu jusqu'au bout, avec Brand. Ça promettait d'être aussi tendu qu'à l'époque où Tommy instruisait des procès pour usage et vente de stupéfiants, trente ans plus tôt – quand il avait trop d'affaires sur les bras pour pouvoir préparer correctement aucune d'entre elles, et qu'il devait improviser sur place tous ses contre-interrogatoires. En ces temps héroïques, quand par miracle un prévenu choisissait de témoigner, la première chose qu'on avait envie de lui demander, c'était son nom...

Debout à la table des procureurs, Tommy faisait mine de relire ses notes, comme si elles avaient le moindre rapport avec la situation. Il sentait monter en lui cette paix qui l'avait porté depuis le début des procédures. Personne ne l'aurait décrit comme décontracté, dans le prétoire – pas plus pendant ce procès qu'à aucun autre –, mais le soir, alors que les débats le laissaient d'habitude dans un douloureux état d'ébullition intérieure, il se sentait plutôt détendu et dormait d'une seule traite près de sa femme Dominga, au lieu de se réveiller plusieurs fois pendant la nuit, comme ça lui était arrivé des années durant. L'impact de ce verdict sur son avenir et celui de sa famille, sur son image, sur la façon dont il serait désormais perçu, était d'une importance si décisive qu'il s'y soumettait d'avance, comme à la volonté divine. Il préférait généralement se dire que Dieu ne perdait pas son temps à s'occuper personnellement d'une créature aussi infime que Tommy Molto... Mais comment Rusty aurait-il pu récidiver, contre toute attente, si les résultats de son premier procès n'avaient pas enfreint quelque principe sacré de la justice divine ?

Il s'était senti conforté dans cette conviction par le fait que les preuves s'étaient révélées encore plus concluantes qu'il ne l'espérait. Au bout de trente ans de carrière, il savait d'expérience qu'à ce stade des procédures vous récoltiez ce que vous aviez semé. Pour convaincre le jury, vous deviez afficher une confiance inébranlable en vos chances de gagner, sans toutefois vous libérer totalement des griffes de la paranoïa. Et Dieu sait qu'il restait sur ses gardes. Nul n'aurait pu dire ce que Stern avait en tête. Tommy s'attendait à tout de sa part, et surtout à ce à quoi il s'attendait le moins.

L'exposé d'introduction de Stern au début du procès, deux semaines plus tôt, avait été une assommante litanie sur le thème du « doute raisonnable », durant laquelle la défense avait assené non moins de dix-huit fois au jury l'expression « preuves indirectes ».

« L'accusation ne pourra produire d'aveux ni de témoignages directs. Le dossier qui va vous être présenté est presque entièrement constitué de vagues suppositions et de conjectures émanant d'un certain nombre d'experts qui ne peuvent que spéculer, quant à ce qui s'est réellement passé. Vous entendrez des experts, cités par les procureurs, puis d'autres experts, tout aussi qualifiés, sinon plus, cités par la défense. Et ces derniers vous expliqueront pourquoi les experts de l'accusation ont très probablement tort. Et en effet, mesdames et messieurs, aucun d'entre eux ne pourra vous affirmer formellement que Mrs Sabich a bien été tuée, et à plus forte raison par qui ! »

Stern avait alors marqué une pause, les sourcils soudés, comme s'il venait de prendre la mesure d'une telle absurdité : comment pouvait-on inculper quiconque de meurtre sur des bases aussi minces ? Il était allé s'appuyer à la balustrade du jury, et, s'en approchant bien plus près qu'aucun des juges du comté ne l'aurait toléré, avait fini par s'y cramponner des deux mains.

Malgré la canicule estivale, Stern portait un costume trois-pièces qui devait dater de ses années de vaches grasses, car il nageait dedans. On aurait dit qu'il était venu plaider dans sa robe de chambre d'hôpital, et l'effet était sans doute délibéré. Sandy Stern faisait feu de tout bois. Il était prêt à tirer parti de tout ce qui pouvait lui donner un quelconque avantage, y compris des détails les plus sombres de sa vie privée. C'était plus fort que lui. Tout comme certains ne pouvaient s'empêcher de penser à l'argent ou au sexe. Il exploitait jusqu'à la répulsion que provoquait son état de délabrement physique, au service de son client. Sa seule présence dans le prétoire suggérait qu'il s'était relevé de son lit de mort pour se battre jusqu'à son dernier souffle contre une injustice aussi barbare. Libérez Rusty Sabich, que je puisse mourir en paix !

Évidemment, rien ne disait que les jurés mordraient à l'hameçon, mais s'ils prêtaient un minimum d'attention aux éléments à charge, ils devraient reconnaître que le ministère public avait des arguments. Après une brève rixe juridique, les procureurs avaient cité le fils Sabich comme premier témoin, ce qui n'était pas dénué de risques. Le juge Yee avait déjà stipulé qu'après avoir répondu aux questions des procureurs le jeune homme serait autorisé à rester dans la salle, pour soutenir moralement son père, alors qu'il devait être rappelé à la barre un peu plus tard, et cette fois par la défense. Cela dit, c'était toujours un régal de voir la partie adverse vous servir vos propres arguments sur un plateau. Nat était un jeune homme intègre et, jour après jour, il avait eu maintes fois l'air ébranlé par certains indices, comme si lui-même commençait à avoir quelques doutes. À la barre, Sabich junior ne s'était pas fait prier pour confirmer ce qu'il avait à confirmer : que son père avait refusé d'appeler la police après la mort de Barbara, et que la veille au dîner, c'était bien Rusty qui s'était chargé de faire cuire les steaks et de servir du vin à Barbara, ce qui lui laissait amplement l'occasion d'administrer à sa femme une dose létale de phénelzine.

Ensuite, les procureurs avaient appelé la toxicologue, qui fut nettement plus convaincante que dans le bureau de Tommy, mais se rétracta presque aussitôt au contre-interrogatoire. Et, à présent, Molto et Brand en étaient réduits à faire avec : s'ils avaient appelé un autre toxicologue, Strack serait passée dans le camp de la défense et aurait fini par contredire son collègue, en précisant bien qu'elle en avait avisé les procureurs et leur avait elle-même souligné tous ces points, tellement douteux. Brand avait donc préféré assainir le terrain en interrogeant Russell, le coroner, qui déclara qu'à son sens Barbara était morte empoisonnée à la phénelzine. Le Dr Russell avait ensuite dû en ravaler pas mal, lors du contre-interrogatoire. Marta Stern s'était fait un plaisir de le lui resservir, bouchée par bouchée, en lui rappelant que lui-même avait d'abord conclu à une mort de causes naturelles et que, dans les conditions de l'examen, vu les phénomènes de redistribution *post mortem*, personne ne pouvait exclure totalement cette possibilité.

Mais, juste après, les procureurs avaient réussi à se sortir de l'ornière, et avaient continué sur cette brillante lancée. Le pharmacien de Barbara avait fait une brève déclaration, précisant qu'il avait souvent eu l'occasion de mettre en garde sa cliente contre les effets nocifs de la phénelzine et contre son incompatibilité avec certains aliments. Quant à Harnason, il ne pouvait être qu'égal à lui-même, c'est-à-dire incongru, louche et fuyant, mais il s'en était tenu au script. Sa sentence avait été ramenée de cent à cinquante ans, en échange de son témoignage, mais il semblait être le seul dans la salle à ne pas se rendre compte qu'il était parti pour moisir en prison jusqu'à son dernier jour. Son contre-interrogatoire était le premier que Stern n'avait pas délégué à sa fille, et il en fit un modèle de subtilité, maniant la litote et l'euphémisme de main de maître, sans s'abaisser à rappeler au témoin toutes les horreurs qu'il avait déjà reconnues durant l'interrogatoire direct mené par Brand. Il avait été clairement posé que Harnason était un menteur et un tricheur invétéré, qu'il avait déjà commis un parjure en prenant la fuite alors qu'il était en liberté conditionnelle, et qu'il avait patiemment assassiné un homme auprès de qui il avait continué à dormir, nuit après nuit, tout en l'empoisonnant à petit feu. Au lieu de s'appesantir là-dessus, Stern avait mis son temps de parole à profit pour interroger Harnason sur son premier procès, trente ans plus tôt, et lui faire expliquer en quoi cette condamnation, à ses yeux injustifiée, lui avait porté préjudice – bref, à quel point la décision de Rusty avait brisé sa vie et sa carrière –, sans remettre directement en question les déclarations du témoin concernant la décision de la cour d'appel, les indiscrétions de Rusty, ou ses questions sur l'effet que ça faisait d'empoisonner quelqu'un.

George Mason, premier président de la cour d'appel par intérim, lui avait succédé à la barre. Le juge Mason, censé être un ami de longue date de l'accusé, s'était lancé dans une longue analyse du code des bons usages juridiques, portant un rude coup à la cause de Sabich – même s'il s'était empressé, lors du contre-interrogatoire, de réaffirmer la parfaite confiance qu'il avait en l'intégrité de son chef.

Élégant et hâbleur, mais visiblement mal à l'aise à la barre des témoins, Prima Dana Mann vint ensuite confirmer que son cabinet était exclusivement spécialisé dans les affaires de divorce, et admit avoir donné deux consultations à Rusty, dont l'une trois semaines avant la mort de sa femme.

Après quoi, le ministère public avait assené ses derniers arguments, les plus tangibles : le fait que Rusty soit lui-même allé acheter la phénelzine, les empreintes relevées sur le flacon dans l'armoire à pharmacie, la liste des courses ramenées par Rusty le soir de la mort de Barbara. Enfin, Milo Gorvetich, l'expert en informatique légale, vint détailler par le menu tout ce qu'ils avaient retrouvé d'incriminant sur le disque dur du PC de Rusty.

Marta s'était ensuite fendue d'un vibrant plaidoyer visant à démontrer que le ministère public n'avait toujours pas établi le *corpus delicti* et ne disposait pas de preuves suffisantes pour convaincre un jury de condamner Sabich « au-delà de tout doute raisonnable », ni même pour décider qu'il y avait bien eu meurtre. Le juge Yee avait réservé son jugement, ce qui était habituellement signe que le juge envisageait de classer l'affaire, si le jury ne s'en chargeait pas, mais Tommy inclinait à croire que ça n'était qu'un effet de la curieuse personnalité de Yee, dont les finasseries et la prudente circonspection lui évoquaient certains chats de salon.

Et à présent, comme Tommy feuilletait son bloc-notes jaune, au coin de la table des procureurs, Jim Brand, toujours environné de son nuage d'after-shave matinal, repoussa sa chaise et vint lui glisser à l'oreille :

— Vous allez lui demander, pour la fille ?

Tommy n'avait que peu d'espoir, et ça se présentait mal. Ses chances étaient minces de convaincre Yee, qui s'était d'emblée prononcé sur ce point. Il s'avança. Le juge était plongé dans d'autres papiers. Il finit par relever le nez, tandis que son regard s'abaissait vers Molto, plusieurs mètres au-dessous de lui.

— Votre Honneur, pourriez-vous nous entendre, avant que je ne prenne la parole ?

Sachant ce que cela signifiait, au bout de trois semaines de procès, les jurés s'agitèrent dans leur tribune. Par respect pour Stern, qui ne pouvait rester debout pendant les longs apartés chuchotés entre le juge et les deux parties, Yee demanda que le jury évacue la salle. Les jurés détestaient ça. Ils se sentaient mis à la porte, comme des enfants à qui les adultes veulent faire des cachotteries.

Une fois le jury sorti, Molto s'avança vers l'estrade du juge.

— Votre Honneur, puisque l'accusé a choisi de témoigner sous serment, j'aimerais pouvoir l'interroger sur la liaison qu'il a eue l'année dernière.

Marta bondit de sa chaise. Dans un revirement dont Tommy avait été le premier surpris, le juge Yee avait accédé à la requête de la défense, qui avait présenté une motion préalable déniant au ministère public le droit d'établir que Rusty avait vu une autre femme, au printemps 2007, soit près de dix-huit mois avant les faits. Marta Stern avait souligné que, même si on acceptait de prendre en considération les indices – là encore, ô combien vagues et indirects ! – suggérant que Sabich ait pu tromper sa femme (le témoignage du concierge de l'hôtel et les tests des MST), tout avait cessé quinze mois avant la mort de Barbara, comme l'indiquaient les dates des transactions bancaires effectuées par le juge principal pour retirer du liquide sans laisser de traces, prétendument en vue de financer ses frasques. En l'absence de tout élément indiquant que Sabich fréquentait toujours cette personne à l'époque de la mort de sa femme, cet argument perdait toute pertinence.

— Mais cela lui fournissait un mobile, monsieur le juge ! avait protesté Tommy.

— Comment ça ? s'était exclamé Yee.

— Sabich aurait pu vouloir se libérer pour vivre avec cette personne, Votre Honneur.

— Il *aurait pu vouloir* ? répéta le juge, en secouant la tête. Preuve que le juge Sabich avoir une aventure, pas preuve que lui tuer sa femme, Mr Molto. Si ça être preuve, beaucoup d'hommes assassins !

Un grand éclat de rire avait salué sa répartie, comme si le petit juge de la cambrousse, d'ordinaire si modeste et si réservé, s'était soudain transformé en comique troupier.

Marta s'avançait à présent, coiffée de ses boucles rousses à la Shirley Temple et vêtue d'une veste de brocart, pour contrer les efforts déployés par Tommy et l'empêcher de poser cette fameuse question que le juge avait préalablement exclue, avant même l'ouverture des hostilités.

— Ce serait un intolérable préjudice, de toute évidence, Votre Honneur. Cela reviendrait à insinuer que le juge Sabich avait une liaison, chose que la cour a déjà reconnue comme n'ayant aucun rapport avec l'affaire jugée. Et ce serait d'autant plus injuste que l'accusé a choisi de témoigner sur la foi de la décision préalable de la cour.

— Monsieur le juge, dit Tommy, la véritable raison de votre décision était qu'il n'y avait pas de preuve d'une liaison entre l'accusé et cette femme, qui qu'elle puisse être, à l'époque du meurtre. Mais maintenant qu'il est devant nous, ne devrions-nous pas lui demander de nous éclaircir un peu, sur ce dernier point ?

Le juge Yee leva les yeux au plafond en se pétrissant le menton.

— Alors maintenant, répondit-il.

— Je vous demande pardon ? le pria Tommy.

Les formules du juge pouvaient devenir sibyllines, par excès de concision.

— Demandez maintenant. Pas devant jury.

— Maintenant ? s'exclama Tommy.

En se retournant, son regard croisa celui de Rusty qui semblait tout aussi désarçonné.

— Vous vouliez poser question ? lui lança le juge. Eh bien, posez.

Tommy, qui s'attendait à se heurter à un refus net et définitif, en resta une seconde sans voix.

— Juge Sabich, fit-il, aviez-vous une liaison, au printemps 2007 ?

— Non, non, non ! protesta Yee, en secouant la tête avec cet air de maître d'école furibard qu'il prenait de temps à autre.

Le juge était un peu enveloppé, avec une face de lune, de grosses lunettes et des cheveux gris clairsemés, plaqués sur son crâne. Tout comme Tommy, Rusty le côtoyait depuis des décennies, sans pouvoir prétendre connaître cet homme discret. Yee avait grandi à Ware, où il était un personnage à part. Faisant figure de curiosité vivante, il avait été rejeté ou ignoré par à peu près tout le monde – non seulement à cause de son aspect et de son langage hors normes, mais surtout parce que c'était un de ces jeunes surdoués qui brillent à l'école. En dépit de sa grande intelligence, il était si « fayot » et si compulsivement studieux que nul n'aurait pu le comprendre, même s'il s'était exprimé dans un anglais limpide. Ce qui avait décidé Yee à devenir juge, le dernier boulot où on aurait vu un type comme lui, relevait du mystère. Il avait sans doute ses raisons, comme tout un chacun. Pour le service du procureur général de Morgan County, il aurait été exclu à l'époque de refuser la candidature d'un enfant du pays dont le palmarès et les résultats à la fac de droit, où Yee avait terminé major de sa promo, enfonçaient de si loin ceux de tous les autres candidats des vingt dernières années. Contre toute attente, Yee s'était révélé un excellent adjoint, mais ce fut comme avocat d'appel qu'il avait donné sa pleine mesure. Le PA avait finalement remué ciel et terre pour lui décrocher un siège de juge, poste auquel Basil Yee avait donné entière satisfaction. Quand il était en déplacement, lors de congrès et de conférences juridiques, il avait la réputation de se lâcher un peu. Il buvait un verre de trop, jouait au poker toute la nuit. C'était l'un de ces maris exemplaires qui ont peu l'occasion de sortir mais qui s'arrangent pour se rattraper dès qu'ils ont quartier libre.

Quand la Cour suprême avait confié l'affaire à Yee, Brand avait applaudi. Les antécédents de Yee, qui n'hésitait pas à trancher lui-même la question de la culpabilité de l'accusé, penchaient étonnamment en faveur du ministère public. Jim s'était dit que cela priverait Stern de l'option de s'en remettre à la décision du juge, s'il doutait de la réaction du jury, quant au verdict.

Mais, au fil des années, Tommy avait appris que dans chaque procès, il y avait trois parties en lice : l'accusation, la défense et la cour. Et que la plupart du temps, les véritables objectifs du juge n'avaient qu'un lointain rapport avec l'affaire jugée. Yee avait probablement été affecté à ce dossier sur la base de calculs statistiques : il était le juge dont les décisions avaient été les moins réformées en appel dans tout l'État, distinction qui faisait sa fierté. Mais s'il était parvenu à un tel degré de fiabilité, ce n'était pas l'effet du hasard. Ça signifiait surtout qu'il ne prendrait aucun risque. Dans les procès criminels, seul le défendant avait le droit de faire appel. Ainsi, le juge Yee ne se prononcerait contre Sabich que pour des questions où la balance pencherait sans équivoque en faveur de Molto. Au fond de lui, Yee restait un procureur : si Rusty était condamné, il se prendrait le maximum – la perpétuité –, mais, jusque-là, le juge lui laisserait toutes ses chances.

— Mieux vaut poser question moi-même, Mr Molto, dit le juge, tout sourire – c'était un homme naturellement affable et courtois. Ça sera plus vite. Juge Sabich, à l'époque que votre femme morte, vous aviez liaison ou aventure ou quoi que ce soit (ses petites mains esquissèrent un mouvement tournant, vaguement évocateur)... avec une autre dame ?

Rusty avait pivoté dans le fauteuil du témoin, pour faire face au juge.

— Non, Votre Honneur.

— Et un peu avant ça, disons trois mois avant... vous aviez liaison ou aventure ?

— Non, Votre Honneur.

Le juge acquiesça de tout son buste incliné et, la main levée, invita Molto à poursuivre.

Tommy s'était retiré à la table des procureurs, près du siège de Brand.

— Demandez-lui s'il avait des vues sur une autre femme, lui suggéra son adjoint à mi-voix.

Mais, quand Tommy posa la question, le juge l'interrompit, comme précédemment, d'un vigoureux signe de tête.

— Non, non, Mr Molto, pas en Amérique. Ici, personne va prison pour ce qu'il a en tête. Juge Sabich, enchaîna-t-il, en ramenant son regard vers Rusty. Vous avez fait propositions ou projets avec autre dame, disons pendant trois mois avant que votre femme morte ?

— Non, monsieur le juge, s'empressa de répondre Rusty.

— Même motif, même punition, Mr Molto, fit le juge.

Tommy haussa les épaules en se retournant vers Brand qui affichait la mine d'un type embroché sur une lame chauffée à blanc. L'épisode avait fourni à Tommy matière à réflexion, sur le compte de Yee. Le juge avait beau avoir l'air plan-plan, avec ses chemises en rayonne et ses grosses lunettes en plastique noir, il s'était peut-être permis quelques écarts, lui aussi. En matière de frasques, on ne sait jamais. Les pires noceurs ne sont pas toujours ceux que l'on pense.

— Faire revenir le jury, enjoignit le juge Yee aux vigiles postés au fond de la salle.

Au pied du mur, Tommy se sentit soudain pris de trac.

— Comment dois-je l'appeler ? demanda-t-il à Brand, à mi-voix. Stern me conseille de dire « Rusty ».

— Monsieur le juge, rétorqua Brand entre ses dents.

Et il avait raison. Le prénom n'aurait pu qu'alimenter les rumeurs de vendetta.

Tommy reboutonna sa veste, un poil trop juste pour tomber vraiment bien, comme d'ordinaire.

— Juge Sabich, commença-t-il.

— Mr Molto.

Dans le fauteuil du témoin, Rusty hocha la tête avec un sourire à la Mona Lisa qui trahissait des décennies de pratique et de relations assidues. Un geste subtil mais réfléchi. Le genre de détail qui n'échapperait pas aux jurés. Et Tommy se souvint tout à coup d'une chose qui ne l'avait plus effleuré depuis des mois. Il n'était arrivé dans le service du procureur général qu'un an ou deux après Rusty, mais ils étaient chronologiquement assez proches pour être considérés comme pairs et égaux, et, avec le temps, ils auraient dû se retrouver en compétition pour les mêmes dossiers et les mêmes promotions. Mais ça n'avait jamais été le cas. Le principal rival de Rusty avait toujours été Nico Della Guardia, un bon ami à lui. Molto n'avait jamais fait le poids, face à Sabich. De l'avis de tous, il n'aurait jamais sa carrure, son autorité, ni sa jugeote. C'était une évidence pour tout le monde, se rappela Tommy. Et d'abord pour lui.

25.

Nat, 22 juin 2009

Dès que j'entends la question que Molto veut soumettre au juge Yee, je rejoins la table de la défense et, m'accroupissant près de Stern, je le préviens à mi-voix que je vais prendre un peu l'air. Bien qu'absorbé par ce qui se trame devant lui, Sandy acquiesce d'un petit signe de tête. À peine Molto a-t-il ouvert la bouche que je file déjà vers la sortie.

Quelques heures après la visite de Debby Diaz, le jour des élections, mon père avait appris sa prochaine inculpation. Dans les semaines qui avaient suivi la mort de ma mère, il avait pratiquement cessé toutes ses activités de campagne, tout comme son rival. Koll avait respecté une sorte de trêve, lui aussi, mais, dès la mi-octobre, il s'était remis à diffuser des spots très offensifs contre son adversaire. À quoi mon père avait répondu par des messages tout aussi virulents. Mais le seul événement médiatique auquel il avait accepté de participer, ce fut un débat télévisé pour la Ligue de défense des droits civiques de la femme.

Le soir de son élection, les réjouissances s'imposaient, et il se plia au rituel des festivités, sûrement pas par plaisir, mais pour remercier les militants et sympathisants qui l'avaient activement soutenu depuis plusieurs semaines. Je suis arrivé sur les lieux vers 22 heures, sur l'invitation de Ray Horgan qui voulait me faire poser avec papa pour des photos. Anna m'avait demandé de ne pas compter sur elle et, évidemment, je n'ai pas insisté.

Ray avait retenu une grande suite au Dulcimer. Quand je suis entré, une vingtaine de personnes se pressaient devant un écran de télé géant et autour d'un buffet de petits-fours et de hors-d'œuvre. Mon père restait introuvable, mais quelqu'un m'a indiqué une autre pièce, dans la suite voisine, où j'ai fini par le dénicher, en tête à tête avec Ray. Ils étaient en grande conversation, mais Ray a filé en me voyant arriver. Mon père avait dénoué sa cravate et affichait un air défait, presque hagard. Je ne l'avais jamais vu dans un tel état, pas même au lendemain de la mort de ma mère. Ça n'avait jamais été l'extase, la vie de couple de mes parents, mais la mort de maman semblait l'avoir laminé jusqu'au trognon. Ces derniers mois, il avait sombré dans une tristesse profonde, insondable, dont l'intensité m'avait pris de court.

Je l'ai serré dans mes bras en le félicitant, mais j'étais trop perturbé par la récente visite de Debby Diaz pour pouvoir penser à autre chose.

Comme je lui demandais s'il avait eu le fin mot de l'histoire, il m'a répondu que oui et m'a fait signe de m'asseoir. J'ai pris un petit cube de fromage sur un des plateaux que j'avais sous la main.

— Tommy Molto va m'inculper de meurtre pour la mort de ta mère...

Il soutint mon regard, tandis que mon cerveau moulinait à vide.

— Pourquoi ? Ça ne tient pas debout, si ?

— Non, ça ne tient pas debout, répondit-il. Je pense qu'ils vont finir par t'appeler à la barre. Sandy est passé chez eux en fin de journée. Il a pu avoir certains éléments du dossier.

— Moi, à la barre ? Mais pourquoi ?

— Tu n'as rien à te reprocher, Nat. Mais je préfère que Sandy se charge de t'expliquer tout ça. Je ne devrais même pas t'en parler. Il y a juste deux ou trois choses que je tenais à te dire.

Il s'était levé pour éteindre la télé, mais s'est aussitôt laissé choir dans le fauteuil capitonné où il avait pris place. Il avait cet air largué des vieux qui doivent lutter pour ne pas perdre le fil de leurs phrases, ce flou qui envahit leur expression, ce léger tremblement de la mâchoire. Et moi, je ne valais guère mieux. Les larmes me montaient déjà aux yeux. J'ai toujours eu honte de pleurer devant mon père. Lui, il ne se serait jamais laissé aller ainsi en ma présence.

— Ça devrait être annoncé aux infos dès ce soir. Demain matin, ça s'étalera dans toute la presse. Ils sont venus perquisitionner à la maison tout à l'heure, dès la fermeture des bureaux de vote. Sandy était encore dans le service du procureur. Délicate attention..., ajouta-t-il en secouant la tête.

— Qu'est-ce qu'ils cherchaient ?

— J'en sais rien. Ils ont pris mon PC, ce qui va poser de sérieux problèmes – j'y gardais tellement de documents internes à la cour d'appel... Sandy a déjà prévenu George Mason.

Le regard de mon père a dérivé en direction des tentures, taillées dans un affreux brocard à ramages – ça devait être l'idée que se faisait le décorateur maison d'un intérieur cossu. Mon père a secoué la tête, en s'avisant qu'il s'était écarté du sujet.

— Nat, quand Sandy te parlera de l'affaire, tu risques d'entendre des choses qui te feront sursauter.

— Quel genre ?

Il a croisé les mains sur ses genoux. J'ai toujours eu une grande tendresse pour les mains de mon père, des grandes mains carrées, larges et épaisses, rêches et rugueuses quelle que soit la saison.

— L'an dernier, j'ai vu quelqu'un d'autre, Nat.

J'ai fait un blocage plusieurs secondes, sans percuter.

— Une femme, tu veux dire ? Tu avais une liaison ?

J'ai vu quelqu'un d'autre... L'euphémisme rendait la chose tellement anodine.

— Oui.

Il avait besoin de tout son courage pour soutenir mon regard.

— Et maman ? Elle savait ?

— Je ne lui ai rien dit.

— Bon sang, p'pa !

— Je suis désolé, Nat. Je n'ai rien à dire pour me justifier.

— Non, n'essaie pas.

J'avais beau me répéter « Pourquoi ça serait à moi d'avoir honte ? », j'avais le cœur qui battait la chamade, et les joues en feu.

— Bon Dieu, p'pa ! Qui c'était ?

— Est-ce vraiment important ? C'était une femme nettement plus jeune. Je suppose qu'un fin psychologue y verrait une tentative désespérée de renouer avec ma propre jeunesse, mais j'y ai mis fin, longtemps avant la mort de ta mère.

— C'est quelqu'un que je connais ?

Il a secoué la tête avec véhémence.

— Sacré bon sang ! ai-je répété.

J'ai toujours été un peu lent à la détente. Les choses ont besoin de mijoter longtemps en moi. Je sentais que j'étais parti pour me ressasser un bon bout de temps cette nouvelle. La seule certitude, c'était que je me sentais vraiment très mal. Pris d'un urgent besoin de changer d'air, je me suis levé en lui balançant le premier truc qui m'est passé par la tête.

— Bon Dieu, papa... T'aurais mieux fait de t'offrir une bagnole de sport !

Ses yeux se sont levés vers moi, avant de replonger vers ses godasses. Je sentais qu'il devait genre compter jusqu'à dix... Mon père se voit comme un indéchiffrable stoïcien, mais j'ai appris à interpréter le moindre froncement de ses sourcils, la moindre ombre dans son regard, le moindre tressaillement de ses pupilles. Pour moi, sentir sa réprobation, c'est comme recevoir un coup de fouet. Y compris en cet instant, où j'avais pourtant de bonnes raisons d'être en rogne. Mais j'étais encore plus effaré que lui par ce que je venais de dire.

Finalement, c'est lui qui a rompu le silence, d'une voix tranquille.

— Ça ne m'a jamais fait envie, les bagnoles de sport.

J'ai balancé sur la table la serviette en papier que j'avais machinalement froissée dans mon poing.

— Une dernière chose, Nat…

J'étais trop catastrophé pour répondre.

— Je n'ai pas tué ta mère. Tu vas devoir attendre un peu pour comprendre ce qui s'est vraiment passé, mais tu verras… cette affaire, ça n'est qu'un vieux cru qu'on nous ressert dans des bouteilles neuves. Un tas de vieilles rancœurs qui ressortent, de la part d'un névrosé qui ne se résoudra jamais à jeter l'éponge.

Mon père, qui est d'ordinaire la modération même, a paru surpris par la brutalité de son propre jugement.

— Mais écoute-moi bien, a-t-il poursuivi. Je n'ai jamais tué personne, et surtout pas ta mère. Dieu sait que je ne l'ai pas tuée, Nat !

Ses yeux bleus se sont à nouveau plantés dans les miens, et je suis resté là, près de la table, pris d'une furieuse envie de changer d'air.

— Je sais, je sais, ai-je bafouillé, avant de m'éclipser.

La tête de Marta Stern apparaît dans l'entrebâillement de la porte de la salle d'audience. Elle porte un casque de boucles rousses, savamment décoiffées, et de longs pendants d'oreilles en pâte de verre multicolore, style artisanat d'art. Elle a l'air un poil fané d'une ancienne ronde qui a réussi à devenir maigre et à le rester, à force de volonté. Elle me chaperonne, pendant tout ce procès. Elle est à la fois mon cornac et mon ange gardien.

— Ils sont prêts.

Comme je me faufile dans la salle pour regagner ma place, elle me prend le bras et me glisse à l'oreille :

— Yee a maintenu sa décision.

Je hausse les épaules. Comme sur tant d'autres points, j'hésite : suis-je plutôt soulagé de ne pas avoir à entendre mon père donner en public les détails de ses aventures, en m'efforçant de garder l'air détaché – ou aurais-je préféré les lui faire cracher moi-même, en contre-interrogatoire ?

Je m'installe à ma place au premier rang, au moment où les jurés reviennent. Tommy Molto a déjà rejoint mon père. Il a un peu l'allure d'un boxeur qui aurait quitté son tabouret et n'attendrait plus que la cloche. Près de mon père, l'écran de projection dont les procureurs se servent pour présenter aux jurés des images numérisées des divers documents du dossier est à nouveau déroulé.

— À vous, Mr Molto, dit le juge Yee, quand les jurés – ils sont seize, dont quatre remplaçants –, ont retrouvé leurs élégants fauteuils de bois dans leur tribune.

— Juge Sabich..., commence Molto.

— Mr Molto.

Mon père lui adresse un imperceptible signe de tête, comme s'il avait su depuis toujours qu'ils se retrouveraient dans cette salle, ici et maintenant.

— Lors de son interrogatoire, Mr Stern vous a demandé si vous aviez entendu les déclarations des témoins de l'accusation.

— Je m'en souviens.

— J'aimerais vous interroger à nouveau sur les déclarations que vous avez entendues et la façon dont vous les avez comprises.

— Mais bien sûr, dit mon père.

Étant cité comme témoin, je ne peux faire partie de l'équipe de la défense. Mais chaque soir, après l'audience, j'aide les Stern à remballer leur matériel et à le transporter jusqu'à leur bureau. Maintenant que j'ai répondu aux questions du procureur, j'ai tendance à rester traîner dans leur cabinet jusqu'à ce qu'Anna vienne me retrouver, après son travail. Ces trois derniers soirs, l'équipe de la défense a répété son contre-interrogatoire dans une salle d'audience factice, chez Stern & Stern. Ray Horgan était venu cuisiner papa et ensuite, Stern et Marta, avec Raymond et Mina Oberlander, la consultante qu'ils ont engagée pour la sélection des jurés, ont épluché la bande vidéo en prodiguant leurs conseils à mon père : répondre brièvement, sans détour et, s'il doit exprimer son désaccord, le faire sans avoir l'air de refuser de coopérer. Selon eux, la clé d'un contre-interrogatoire réussi, surtout pour l'accusé, c'est de donner l'impression qu'il n'a rien à cacher.

— Avez-vous entendu les déclarations de John Harnason ? lui demande à présent Tommy Molto.

— Oui.

— Est-il vrai, monsieur le juge, que, lors d'une conversation en tête à tête, vous avez informé Mr Harnason qu'il allait perdre son appel ?

— C'est vrai, admet mon père, de ce ton net et précis, dénué de toute hésitation, qu'il s'est exercé à prendre.

Je suis au courant de ça depuis novembre, soit depuis plus de six mois, mais que mon père en donne confirmation à l'audience, c'est une nouveauté. On sent courir une vague d'agitation dans le public, y compris dans la tribune des jurés, dont la plupart ont dû considérer John Harnason comme un témoin trop loufoque pour être digne de foi.

En face, de l'autre côté de l'allée, les fines lèvres de Molto se pincent en une petite moue de surprise. Avec le témoignage de Mel Tooley en réserve, Molto devait espérer que mon père nierait les faits, pour pouvoir le tailler en pièces.

— Vous avez bien entendu les déclarations du juge Mason, quand il a attesté que cette indiscrétion était une infraction à plusieurs des règles déontologiques de votre profession, n'est-ce pas ?

— J'ai parfaitement entendu.

— Et vous contestez son opinion, sur ce point ?

— Pas du tout.

— Il était tout à fait inapproprié de votre part de donner ce genre d'information à un appelant, alors que son affaire n'avait pas encore été jugée, n'est-ce pas ?

— Certainement.

— C'était une entorse flagrante à votre devoir de réserve. En tant que juge, vous ne pouvez parler à aucune des deux parties en l'absence de l'autre, n'est-ce pas ?

— C'est exact.

— Au moins un membre du ministère public aurait dû assister à cette conversation, n'est-ce pas ?

— Absolument.

— Et, en tant que juge de la cour d'appel, aviez-vous le droit de révéler la décision de cette cour avant qu'elle ne soit officiellement divulguée ?

— Il n'existe aucune loi qui l'interdise explicitement, Mr Molto, mais je n'aurais pas apprécié qu'un autre membre de la Cour le fasse. Je considère donc que c'était une grave erreur de jugement de ma part.

En réponse à cette définition de sa bourde comme une « erreur de jugement », Molto fait admettre à mon père qu'il y a à la cour d'appel des procédures de sécurité très précises, destinées à prévenir ce genre de fuite et que les assistants juridiques, comme tous les autres membres du service, sont instamment priés, avant même d'être engagés, de ne jamais communiquer à quiconque les décisions du tribunal.

— Depuis combien d'années occupez-vous cette fonction, monsieur le juge ?

— Y compris les années où j'ai siégé en première instance, à la cour supérieure ?

— Oui.

— Plus de vingt ans.

— Et depuis ces deux décennies où vous avez exercé, monsieur le juge, combien de fois avez-vous dévoilé à une seule partie une décision qui n'avait pas encore été rendue publique ?

— Je ne l'avais jamais fait auparavant, Mr Molto.

— Il s'agissait donc d'un manquement grave, non seulement au règlement, mais aussi à vos habitudes professionnelles.

— C'était une terrible erreur de jugement.

— Bien plus qu'une erreur, monsieur le juge, c'était une entorse au règlement, n'est-ce pas ?

— Comme je vous l'ai dit, il n'y a pas de règles spécifiques, mais je conviens avec le juge Mason que j'ai eu gravement tort de faire part à Mr Harnason du résultat de son affaire. Sur le moment, ça m'a paru relever d'une simple formalité, puisque je savais que l'affaire avait été jugée et la décision prise. Mais il ne m'est pas venu à l'idée que Mr Harnason pourrait prendre la fuite en l'apprenant.

— Vous saviez pourtant qu'il était en liberté conditionnelle ?

— Bien sûr, puisque c'est moi qui ai pris la décision de la lui accorder.

— C'est bien ce que je voulais souligner, enchaîna Molto.

Pas très grand, crispé, avec sa silhouette voûtée et son visage marqué par l'âge, Tommy a un petit sourire et se tourne vers le jury.

— Vous saviez donc qu'il serait condamné à la prison à vie, une fois son premier jugement reconduit ?

— Naturellement.

— Et l'idée ne vous est pas venue qu'il risquait de prendre la fuite ?

— Jusque-là, il ne l'avait pas prise, Mr Molto.

— Mais après cette décision en appel, il ne lui restait plus guère d'espoir, n'est-ce pas ? Vous ne pensiez tout de même pas que la Cour suprême accepterait de réexaminer l'affaire ? Vous avez dit à Harnason qu'il avait épuisé tous les recours, pas vrai ?

— Oui, c'est exact.

— Vous me dites donc qu'après avoir été procureur pendant quoi, quinze ans ?

— Quinze ans, oui.

— … Procureur pendant quinze ans, puis juge pendant vingt années de plus, l'idée ne vous a pas effleuré que si cet homme tenait tant à connaître d'avance le résultat de son appel, c'était justement pour pouvoir s'enfuir en cas de décision négative ?

— Il m'a semblé très perturbé, Mr Molto. Il m'a dit, comme il l'a reconnu lors de son témoignage, qu'il était rongé d'angoisse.

— Vous a-t-il piégé ?

— Je crois que Mr Harnason a dit qu'il avait décidé de prendre la fuite après avoir eu connaissance du résultat. Je reconnais que je n'aurais pas dû le lui communiquer. Je reconnais que c'était une erreur et ce, entre autres raisons, parce que cela risquait de le pousser à rompre ses engagements. Mais j'avoue que, sur le moment, non, je n'ai pas pensé qu'il irait jusqu'à disparaître.

— Parce que vous pensiez à quelque chose d'autre, peut-être ?

— Sans doute.

— Et cette chose à laquelle vous pensiez, monsieur le juge, c'était l'empoisonnement de votre femme, n'est-ce pas ?

Pur artifice de prétoire. Molto sait que mon père était probablement mort de trouille à l'idée de se faire prendre la main dans le sac avec sa jeune maîtresse. Mais il ne peut le dire. Pour toute réponse, il doit se contenter d'un simple « non ».

— Diriez-vous, monsieur le juge, que vous avez fait une faveur à Mr Harnason ?

— Je ne sais pas comment on peut appeler ça.

— Eh bien, il vous a demandé d'enfreindre les règles de votre fonction et vous l'avez fait, n'est-ce pas ?

— Oui.

— Et, en retour, vous lui avez demandé quel effet ça faisait, d'empoisonner quelqu'un, exact ?

La règle d'or du contre-interrogatoire, c'est de ne jamais poser de questions dont on ignore la réponse. Mais, comme mon père me l'a expliqué, cette règle ne s'applique pas de façon absolue. Plus précisément, mieux vaut ne jamais poser de question dont on ne connaît pas la réponse, si cette réponse est importante. Et, dans le cas présent, Molto doit avoir le sentiment de n'avoir rien à perdre : si mon père nie avoir posé cette question à Harnason, Molto va confirmer sa théorie et corroborer les dires de Harnason en passant en revue les nombreuses autres parties de la conversation que mon père a déjà reconnues comme vraies.

— Il n'y avait pas de « en retour », Mr Molto.

— Vraiment ? Vous admettez avoir enfreint les règles pour communiquer à Mr Harnason une information si sensible et ce, sans attendre de lui qu'il fasse quoi que ce soit pour vous ?

— Si j'ai répondu à sa question, c'est que j'avais pitié de lui et que je me sentais coupable de l'avoir fait condamner à plusieurs années de prison, du temps où nous étions deux jeunes procureurs, vous et moi, Mr Molto. Et ce, pour une faute dont j'estime à présent qu'elle ne méritait pas un si lourd châtiment.

Épinglé, Molto lui lance un regard surpris. Il sait, comme tous les présents, que mon père tient à rappeler ainsi le long passé commun qui les unit, lui et Tommy, mais pas seulement. Il en a aussi profité pour signaler à l'assistance que les procureurs vont parfois beaucoup trop loin.

— Alors, avez-vous entendu le témoignage de Mr Harnason ?

— Comme je viens de vous le confirmer.

Cette réponse, légèrement cinglante, est le premier signe d'impatience que donne mon père. Jusque-là, il a fait preuve d'un inébranlable sang-froid. Stern se carre contre son dossier et lui lance un regard lourd de mise en garde.

— Êtes-vous en train de nous dire qu'il ment, quand il affirme qu'après lui avoir révélé la décision de la cour d'appel pour son affaire, vous lui avez demandé ce que ça faisait d'empoisonner quelqu'un ?

— Je ne me souviens pas de cette conversation telle que l'a rapportée Mr Harnason, mais il me semble que cette question a été évoquée, effectivement.

— Par vous ?

— Oui, je lui ai demandé ça, parce que je voulais...

— Excusez-moi, monsieur le juge. Je ne vous demande pas ce que vous vouliez. À combien de procès avez-vous participé, en tant que procureur ou juge, tant en appel qu'en première instance ?

Mon père a un sourire mélancolique en contemplant le chemin parcouru.

— Dieu sait combien. Des milliers.

— Et après des milliers de procès, monsieur le juge, vous ne pouvez ignorer que vous êtes censé répondre à la question qui vous a été posée, pas à celle que vous auriez aimé que je vous pose.

— Objection ! lance Stern.

— Objection rejetée, réplique Yee.

Face à un témoin normal, ce serait sans doute du harcèlement, mais, avec un juge, c'est de bonne guerre...

— Je le sais, Mr Molto.

— Je vous répète donc ma question : avez-vous demandé à Mr Harnason ce que ça faisait d'empoisonner quelqu'un ?

Mon père répond aussitôt « Je le lui ai demandé », d'un ton réticent et laborieux, suggérant qu'il y aurait bien plus à en dire, mais sa réponse fait aussitôt courir dans la salle une de ces vagues de murmures que je trouvais si convenues, dans les émissions juridiques que j'adorais regarder dans mon enfance (j'en raffolais presque autant que des bandes vidéo de mon père au travail). Tommy Molto a marqué.

Dans l'intervalle, Brand a rappelé son chef à la table des procureurs, et lui glisse quelque chose à l'oreille. Tommy fait « oui » de la tête.

— Exactement. Mr Brand vient de me le rappeler. Pour être tout à fait précis, monsieur le juge, la police n'avait toujours pas rattrapé Mr Harnason à la mort de votre femme, n'est-ce pas ?

— Je pense que non.

— Il a donc disparu pendant plus d'une année ?

— Oui.

— Ce qui fait qu'à la mort de votre femme, monsieur le juge, vous n'aviez aucune raison sérieuse de craindre que Mr Harnason irait raconter à la police que vous l'aviez interrogé sur l'effet que cela faisait d'empoisonner quelqu'un ?

— En toute franchise, Mr Molto, je n'ai plus jamais repensé à cette partie de notre conversation. Je m'alarmais beaucoup plus d'avoir involontairement donné à Mr Harnason une raison de prendre la fuite... (Après une seconde de battement, il ajoute :) J'avais eu cette conversation avec Mr Harnason plus de quinze mois avant la mort de ma femme, Mr Molto.

— Avant que vous ne l'empoisonniez.

— Je ne l'ai pas empoisonnée.

— Eh bien, regardons-y d'un peu plus près, monsieur le juge. Aviez-vous lu les minutes du premier procès de Mr Harnason, avant de prendre votre décision en appel ?

— Naturellement.

— Serait-il juste de dire que vous les avez lues avec attention ?

— J'espère bien que c'est le cas, pour tous les procès sur lesquels je dois statuer.

— Or, le crime de Mr Harnason, c'était justement d'avoir empoisonné son amant à l'arsenic, n'est-ce pas ?

— C'était la thèse de l'accusation.

— Et Mr Harnason vous a bien confirmé qu'il l'avait fait ?

— En effet, Mr Molto. Mais je pensais que nous parlions des minutes du procès Harnason.

Molto hoche la tête.

— Correction acceptée, monsieur le juge.

— En fait, c'est précisément pour cela que j'avais demandé à Mr Harnason ce que ça lui avait fait d'empoisonner quelqu'un – parce qu'il venait d'avouer...

Molto lève la tête et Stern repose son stylo. Le reste de la conversation entre mon père et Harnason, qui concernait le premier procès de ce dernier, ne peut entrer en ligne de compte, selon les directives du juge Yee. Mon père a rattrapé un peu du terrain qu'il avait perdu auparavant, mais je sens Stern inquiet. Il craint que mon père n'outrepasse la limite et n'ouvre la porte à un sujet bien plus dangereux. Molto aussi semble l'avoir compris, mais il choisit de maintenir le cap.

— Il y avait un document qui faisait certainement partie du dossier, un document émanant de l'American Medical Laboratory : une liste détaillée des substances et médicaments dont le laboratoire, qui travaille sous contrat avec le service médico-légal de Kindle County, recherche systématiquement la présence, lors des tests toxicologiques standards pratiqués sur les échantillons sanguins dans le cadre des autopsies. Vous souvenez-vous d'avoir eu ce document sous les yeux ?

— Je pense que nous pouvons considérer cela comme allant de soi, Mr Molto.

— Et il se trouve que l'arsenic ne figure pas dans la liste des tests toxicologiques standards, exact ?

— Je m'en souviens.

— Voilà pourquoi le crime de Mr Harnason avait presque failli passer inaperçu, si j'ai bonne mémoire ?

— Sauf erreur, le coroner avait d'abord conclu à une mort naturelle, dans le cas de Mr Millan.

— Tout comme dans celui de votre femme. Pour Mrs Sabich aussi, le coroner avait initialement diagnostiqué une mort naturelle, n'est-ce pas ?

— Oui.

— Connaissez-vous cette catégorie de médicaments que l'on définit comme des « inhibiteurs de la MAO », monsieur le juge ?

— J'en ignorais tout, à l'époque, mais depuis j'ai eu l'occasion de combler cette lacune, Mr Molto.

— Et connaissez-vous un produit que l'on appelle la phénelzine ? Ce nom vous paraît-il familier ?

— Certainement.

— Comment avez-vous découvert son existence ?

— C'est un antidépresseur que ma femme devait prendre de temps à autre. On le lui a prescrit pendant plusieurs années.

— Or la phénelzine est aussi un inhibiteur de la MAO, n'est-ce pas, monsieur le juge ?

— Comme je le sais à présent, Mr Molto.

— Mais vous le saviez depuis un certain temps déjà, n'est-ce pas ?

— Je ne pourrais pas l'affirmer.

— Eh bien, vous avez entendu le témoignage du Dr Gorvetich durant l'exposé du ministère public, n'est-ce pas ?

— Oui.

— Je suis certain que vous vous souvenez de sa description des investigations pratiquées sur votre ordinateur personnel qui a fait l'objet d'une saisie. Vous en souvenez-vous ?

— Je me souviens de son témoignage, tout comme je me souviens des recherches menées à mon domicile à votre instigation et de la saisie de mon ordinateur.

Mon père fait de son mieux pour ravaler son amertume, mais il a subtilement et judicieusement souligné le caractère agressif de l'intrusion.

— Vous vous souvenez donc que le Dr Gorvetich a certifié que l'antémémoire de votre navigateur a gardé trace de recherches effectuées sur votre PC et datées de la fin septembre 2008, concernant deux sites qui traitent de la phénelzine et en détaillent les caractéristiques.

— Je me souviens de son témoignage.

— Et vous rappelez-vous avoir lu ces pages sur Internet, monsieur le juge ?

Tommy se tourne vers un de ses assistants à la table des procureurs, et lui indique un numéro. L'écran s'anime près de mon père et affiche une page de texte. Du bout de son pointeur laser, Tommy lui indique une phrase qu'il lit :

— La phénelzine est un inhibiteur de la monoamine oxydase (MAO). Voyez-vous cette phrase, monsieur le juge ?

— Bien sûr.

— Vous rappelez-vous l'avoir lue à la fin du mois de septembre 2008 ?

— Je ne m'en souviens pas, mais je vous l'accorde.

— Et la page 463 de la transcription du procès Harnason, page précédemment présentée dans la liste des pièces produites par le ministère public sous le n° 47, et qu'à ma connaissance vous venez d'admettre avoir lue, eh bien, cette page 463 nous explique que les inhibiteurs de la MAO ne figurent pas sur la liste des substances recherchées lors des tests toxicologiques standards, en cas de mort subite.

— Oui, c'est ce qui est expliqué.

Molto fait s'afficher à l'écran l'opinion rédigée par le juge Hamlin pour elle-même et le juge Mason, dans l'affaire Harnason, texte qui explique, lui aussi, que l'arsenic et bien d'autres composés ou produits médicamenteux, dont les inhibiteurs de la MAO, ne sont pas testés lors des autopsies.

— Aviez-vous lu la décision du juge Hamlin ?

— Oui, Mr Molto. J'en ai même lu plusieurs versions successives.

— Vous saviez donc, monsieur le juge, que les tests toxicologiques standards ne permettraient pas de détecter une overdose de phénelzine, n'est-ce pas ? Pas plus que l'arsenic qui avait servi à tuer l'amant de Mr Harnason.

— Argument spécieux ! lance Stern, en guise d'objection.

Le juge Yee branle du chef, l'air de dire, « la belle affaire ! », mais retient tout de même l'objection.

— En d'autres termes, juge Sabich, n'avez-vous pas empoisonné votre femme à la phénelzine, sachant que ce produit ne serait pas détecté lors des tests toxicologiques standards et en espérant que la mort de Mrs Sabich passerait ainsi pour naturelle ?

— Non, Mr Molto. Je ne l'ai pas fait.

Tommy marque une pause et arpente un moment le prétoire. CQFD, comme on disait autrefois...

— D'autre part, monsieur le juge, vous avez entendu le témoignage de l'agent Krilic, qui a vidé le contenu de l'armoire à pharmacie de votre femme, le lendemain de sa mort ?

— Je me souviens qu'il m'a demandé s'il pouvait emporter l'ensemble, plutôt que de dresser la liste de tous les médicaments de la maison. Et je me rappelle lui en avoir donné l'autorisation, Mr Molto.

— Si vous le lui aviez interdit, ça n'aurait pas manqué d'éveiller les soupçons, n'est-ce pas, monsieur le juge ?

— Je lui ai dit de prendre tout ce qu'il lui fallait, Mr Molto. Si j'avais été en quête d'un moyen d'empêcher qui que ce soit d'examiner ces flacons de pilules, je pense que j'aurais trouvé une bonne raison pour lui demander de dresser la liste des produits.

À la table des procureurs, Jim Brand feint de se frotter le menton, mais ses doigts pianotent en direction de Molto, pour lui conseiller de changer de sujet. Mon père vient de marquer un point.

— Venons-en au fait, monsieur le juge. Vos empreintes ont été retrouvées sur le flacon de phénelzine provenant de l'armoire à pharmacie de votre femme, n'est-ce pas ?

Tommy annonce un autre numéro de pièce à conviction et un de ses assistants envoie une série de diapositives, dont plusieurs représentent des empreintes dorées sur un fond bleu gris iridescent. Les empreintes, soulignées à l'or fin, ressemblent aux joyaux du trésor de l'arche d'alliance.

— J'ai entendu le témoignage du Dr Dickerman.

— Comme nous tous, monsieur le juge. Il nous a certifié qu'il s'agissait bien de vos empreintes. Mais à présent, face aux membres du jury (d'un geste Tommy inclut les seize personnes qui se trouvent derrière lui), je vous demande si vous reconnaissez formellement que ce sont bien vos empreintes qui ont été prélevées sur le flacon de phénelzine, trouvé dans l'armoire à pharmacie de votre femme.

— J'allais souvent chercher les médicaments de Barbara à la pharmacie. Il m'arrivait même de les ranger dans l'armoire. Je n'ai aucune raison d'en douter, Mr Molto. Je me souviens parfaitement que la semaine précédant sa mort, Barbara avait fait du jardinage. Quand je suis rentré, elle avait les mains pleines de terre et m'a demandé de lui sortir un des flacons que je venais d'acheter pour le ranger dans son armoire à pharmacie. Mais je ne pourrais pas vous certifier qu'il s'agissait bien de la phénelzine.

Molto le regarde une seconde, avec un petit sourire crispé. La commodité de l'explication le ravit.

— D'après vous, vous auriez laissé ces empreintes en manipulant pour votre femme l'un des flacons que vous veniez d'acheter ?

— Je vous dis simplement que ça n'est pas impossible.

— Regardons-y d'un peu plus près, monsieur le juge.

Tommy s'approche de la table des procureurs et en revient avec le flacon, scellé sous cellophane.

— S'agissant de la pièce à charge n° 1, le flacon de phénelzine que vous êtes allé chercher à la pharmacie quatre jours avant la mort de votre femme, vous nous dites que vous le lui avez simplement montré, ou quelque chose d'approchant, c'est bien ça ?

Il saisit le petit flacon à travers son enveloppe de plastique et le tend à mon père.

— Oui. En supposant que c'était bien la phénelzine que je lui ai montrée.

— Et, à présent, je tiens ce flacon entre mon pouce droit et le côté de mon index, exact ?

— Exact. Observez, monsieur le juge que mon pouce droit est orienté vers le bas, en direction de l'étiquette située sur le devant du flacon, n'est-ce pas ?

— Oui.

— Mais revenons-en à la pièce à charge n° 1A, la diapositive de l'empreinte développée par le Dr Dickerman. Trois des quatre empreintes, votre pouce droit, votre index droit et votre majeur droit, sont orientées vers le bas par rapport à l'étiquette, monsieur le juge, les voyez-vous ?

Mon père prend le temps de bien regarder la diapositive et hoche la tête, jusqu'à ce que Yee lui demande de répondre à haute et intelligible voix pour la transcription.

— J'ai dû plonger la main dans le sac pour en tirer le flacon, Mr Molto.

— Les empreintes se trouvent bien au bas du flacon, n'est-ce pas ?

— Il devait s'être renversé dans le sac.

— En fait, monsieur le juge, le Dr Dickerman a attesté que la forme de ces empreintes, leur longueur et leur largeur suggèrent plutôt que vous avez exercé une forte pression sur ce flacon, pour dévisser le bouchon de sécurité. Avez-vous entendu son témoignage ?

— Oui, mais j'aurais tout aussi bien pu le saisir fermement, juste pour le retirer du sac.

Molto le regarde avec le même petit sourire. Mon père a parfaitement négocié tout ça, en se gardant bien de mentionner le fait que les empreintes de ma mère n'apparaissent pas sur le flacon.

— Eh bien, parlons de la pharmacie, juge Sabich. Le 25 septembre 2008, soit quatre jours avant la mort de votre femme, vous y êtes allé acheter dix comprimés de phénelzine.

— Comme le confirment les documents.

— Et cette signature sur le reçu du paiement, la pièce à charge n° 42, n'est-ce pas la vôtre ?

La diapositive de cette fiche, qui circule dans les rangs des jurés sous son enveloppe de cellophane apparaît à présent à l'écran, près du box des témoins. Mon père ne prend pas la peine de se retourner.

— Oui.

— Vous avez donc acheté la phénelzine ?

— Je n'ai pas souvenir d'avoir acheté ce produit en particulier, Mr Molto. Je peux juste reconnaître que c'est bien ma signature et vous répéter que j'avais souvent l'occasion de passer prendre les médicaments de ma femme, à mon retour du travail, quand elle me le demandait. La pharmacie se trouve juste en face de l'arrêt de bus où je descends, en revenant du tribunal.

Molto parcourt sa liste de preuves et donne des instructions à mi-voix pour la prochaine diapo.

— En ce qui concerne la pièce à charge n° 1B (une photo), vous avez bien entendu l'agent Krilic reconnaître que le flacon de phénelzine que l'on voit sur cette photo est exactement dans le même état qu'au moment où il a été collecté ?

— Oui.

— Et si vous examinez de plus près la pièce à charge n° 1B, je pense que vous admettrez qu'il ne reste que six pilules dans le flacon, est-ce exact ?

Sur la photo qui a été prise à l'intérieur du flacon de plastique, on voit au fond du flacon les six comprimés ocre orangé, en tous points semblables à ceux d'Ibuprofen que je prends de temps à autre contre mes migraines. On a peine à croire qu'un médicament en apparence si anodin puisse tuer quelqu'un.

— Oui.

— Alors, savez-vous ce que sont devenus les quatre comprimés manquants ?

— Si vous voulez savoir si c'est moi qui les ai enlevés du flacon, Mr Molto, la réponse est non.

— Mais vous avez entendu le Dr Strack attester qu'administrés en une seule prise, quatre comprimés de phénelzine constituent une dose létale ?

— Je l'ai entendu.

— Auriez-vous une raison d'en disconvenir ?

— Je sais qu'en une seule prise quatre comprimés de phénelzine peuvent provoquer la mort. Mais j'ai acheté le produit le 25 septembre, comme vous l'avez vous-même souligné. Or la dose quotidienne prescrite étant d'un comprimé par jour – 25, 26, 27, 28…

Il compte les jours sur ses doigts.

— Vous soutenez, monsieur le juge, que votre femme a pris sa dose quotidienne normale de phénelzine avant sa mort ?

— Je ne suis pas ici pour soutenir quoi que ce soit, Mr Molto. Je sais que votre experte, le Dr Strack, a admis qu'un seul comprimé de phénelzine pris avec un certain type d'aliment ou de boisson suffirait à provoquer une réaction létale.

— La mort de votre femme était donc accidentelle ?

— Mr Molto, elle était bien vivante quand je me suis endormi près d'elle. Et, à mon réveil, je l'ai trouvée morte. Comme vous le savez, aucun expert ne peut certifier que c'est bien la phénelzine qui a tué Barbara. Personne ne peut affirmer qu'elle n'est pas morte naturellement, des conséquences de son hypertension, comme son père.

— Eh bien, monsieur le juge, considérons l'hypothèse de l'accident, vous permettez ?

— Tout ce que vous voulez, Mr Molto. Je suis ici pour répondre à vos questions.

À nouveau, j'ai entendu cette pointe d'acidité dans la réponse de mon père. Tommy aussi, tout comme le jury. Nous avons tous compris au moins une chose, concernant le juge Sabich. C'est qu'au bout de trente et quelques années à son poste, dont douze à celui de premier président de la cour d'appel, il n'a pas l'habitude de répondre aux questions de quiconque. Cette trace d'arrogance à peine perceptible joue en faveur de Molto. Elle lui permet de laisser planer l'idée que, pour mon père, en dernier ressort la loi, c'est lui.

— Vous avez dit que prise avec certains aliments, la phénelzine pouvait déclencher de graves réactions toxiques, n'est-ce pas ?

— C'est ce que j'ai appris, oui.

— Relativement à ce que vous avez appris, avez-vous été surpris d'entendre le Dr Gorvetich déclarer que cette information – le fait que la phénelzine puisse devenir un poison dangereux en combinaison avec des aliments contenant de la tyramine, tels que le vin rouge, le fromage vieilli, le hareng mariné ou le saucisson sec – était facilement accessible sur Internet ?

— Je savais que l'un des médicaments que prenait Barbara était incompatible avec certains aliments. Bien sûr, que je le savais.

— C'est ce que je veux dire. Et nous savons d'autre part, monsieur le juge, grâce au témoignage du Dr Gorvetich, que les deux sites que vous aviez consultés en septembre dernier donnaient ces informations, n'est-ce pas ?

Molto hoche la tête et les deux pages du Net, surlignées en jaune sur les diapositives, apparaissent à l'écran près de mon père.

— Je vois ce que contiennent ces pages, Mr Molto.

— Est-ce que vous niez les avoir consultées, le 5 septembre, l'an dernier ?

— Je ne sais pas au juste ce qui s'est passé, Mr Molto. Ma femme prenait une bonne vingtaine de médicaments différents, certains plus dangereux que d'autres. Il arrivait qu'après être allé chercher des produits à la pharmacie j'aille vérifier leurs propriétés sur Internet, pour aider ma femme à ne pas les confondre. Quant à savoir si j'ai consulté ces sites depuis mon PC, quelques jours avant la mort de Barbara…

— C'est exactement ce que je vous demande, monsieur le juge.

— Pour autant que je m'en souvienne, je ne l'ai pas fait.

— Vous ne l'avez pas fait ?

Tommy est surpris, et moi aussi. Mon père vient d'expliquer qu'il avait de bonnes raisons de consulter ces sites. Pourquoi nier y être allé ? Stern continue d'écrire, mais, à en juger par le pli soucieux qu'a pris sa bouche, il n'est pas ravi.

— D'accord, dit Tommy.

Il se remet à faire les cent pas, laissant sa main glisser le long de la table des procureurs, avant de refaire face à mon père.

— Mais nous sommes déjà convenus, n'est-ce pas, monsieur le juge, que la veille de la mort de votre femme vous étiez allé acheter du vin rouge, du cheddar, du hareng mariné, du yaourt et du salami italien, exact ?

— Je me rappelle l'avoir fait.

— De ça, vous vous en souvenez…, fait Tommy en un de ces tics de prétoire, destinés à souligner le caractère sélectif de la mémoire du témoin.

— Oui. Ma femme m'a demandé d'aller lui acheter d'autres médicaments. Elle m'a donné quelques courses à faire pour le dîner, par la même occasion.

— Vous n'avez pas gardé la liste de ces courses, malheureusement, monsieur le juge ?

— Objection ! lance Stern.

Mais mon père s'empresse de mettre les points sur les *i* :

— Je n'ai jamais dit qu'il y avait eu une liste, Mr Molto. Ma femme m'a demandé de rapporter une bouteille de vin parce qu'elle aimait ça, du cheddar, du salami et des crackers parce que nous avions notre fils à dîner et qu'il en raffole. Elle voulait aussi du hareng mariné, un de ses plats préférés, et du yaourt, pour faire une sauce d'assaisonnement. Elle avait prévu des bâtonnets de légumes, pour l'apéritif.

C'est vrai que j'adore le salami et le cheddar. J'ai toujours adoré ça, depuis mon plus jeune âge. Il paraît même qu'à quatre ou cinq ans je ne mangeais pratiquement rien d'autre – c'est d'ailleurs ce que je vais confirmer, un peu plus tard dans la semaine, quand je serai à nouveau appelé à la barre. Depuis la visite de Debby Diaz, j'ai l'image très nette de ma mère sortant tous ces articles du sac de courses en plastique blanc que mon père avait rapporté ce soir-là, pour les inspecter l'un après l'autre. Ce qui ne m'empêche pas de me poser quelques questions sur la terrible volatilité de ma mémoire, hypersensible à toutes les suggestions, et sur l'influence que peut exercer sur elle l'espoir que mon père soit enfin reconnu innocent. Je jurerais aussi avoir entendu mon père lui dire : « C'est bien ce que tu voulais ? », comme je le confirmerai à la barre. Ce que j'ignore, c'est si ma mère lui avait vraiment demandé d'acheter tout ça, ou si elle lui avait juste dit de rapporter du vin et des hors-d'œuvre pour l'apéritif. Ou même si ce n'est pas lui qui lui a proposé d'aller en acheter. Les trois possibilités semblent également plausibles mais, à vrai dire, connaissant ma mère, il me semble plus que probable qu'elle lui ait donné une liste très précise de ce qu'elle voulait, voire, si possible, avec la marque et le rayon où il pourrait les trouver.

— Bien, monsieur le juge. Qui s'occupait du planning des médicaments que prenait votre femme, pour ses troubles bipolaires ? Qui préparait ses médicaments, jour après jour ?

— Elle-même. Si elle avait un problème, elle appelait le Dr Vollman.

— Mrs Sabich était-elle une femme intelligente ?

— Plus qu'intelligente. On peut dire qu'elle était brillante.

— Avez-vous entendu le témoignage du Dr Vollmann, qui l'a maintes fois mise en garde contre les dangers du traitement à la phénelzine et lui avait recommandé d'éviter certains aliments ?

— Oui. Je l'ai entendu.

— Et le Dr Vollmann a déclaré qu'il vous avait averti, vous aussi. Vous souvenez-vous de ce qu'il vous a dit, sur la phénelzine ?

Mon père laisse errer son regard dans la salle, sur les lambris ouvragés et les motifs entrelacés qui ornent les poutres.

— C'est assez vague, Mr Molto. Mais oui, ça me dit quelque chose.

Voilà un autre point que mon père n'avait pas à lui concéder. Je me demande si les jurés lui sauront gré de sa franchise, ou s'ils n'y verront qu'une autre preuve d'habileté, de la part d'un homme qui a passé au tribunal le plus clair de sa vie professionnelle.

— Vous voulez donc nous faire croire, monsieur le juge, que votre femme vous a demandé d'aller acheter du vin, du fromage, du salami et du hareng et que vous y êtes allé, sachant qu'elle était sous traitement de phénelzine, et, pis, que vous l'avez laissée prendre du fromage et du salami, avec du vin ?

— Excusez-moi, Mr Molto, mais je ne crois pas que quelqu'un ait pu attester que ma femme avait effectivement pris du vin ou du cheddar. Moi, en tout cas, je n'ai pu le dire, car je n'en ai aucun souvenir.

— Votre fils en a témoigné, monsieur le juge. Il a clairement affirmé que votre femme avait bu du vin.

— Il a dit qu'il m'avait vu lui en verser un verre. J'ignore si Barbara l'a bu. Nous sommes aussitôt sortis faire griller les steaks, Nat et moi, ce qui fait que nous n'avons pas pu voir qui mangeait quoi.

Tommy en reste cloué sur place. C'est la première fois que mon père l'a vraiment épinglé. Papa a raison. Tout ça est vrai. Mais, en fouillant mes souvenirs, il me semble revoir ma mère le verre à la main. Sans doute au dîner.

— Soyons clairs, monsieur le juge. Supposez que votre femme ait bien pris sa prescription de phénelzine, un comprimé par jour, comme vous le suggérez. Est-ce que vos propres déclarations vous semblent vraiment cohérentes ? A-t-elle vraiment pu vous envoyer acheter une liste de courses composée de produits qui pouvaient tous lui être fatals ? Vous aurait-elle vraiment demandé du hareng, par exemple, ou du yaourt, avec l'intention d'en manger, comme vous nous l'affirmez ?

— Vous essayez à nouveau de me faire jouer aux devinettes, Mr Molto, mais, à mon avis, elle avait suffisamment l'expérience de ces produits pour savoir précisément jusqu'où elle pouvait flirter avec les risques, sans provoquer d'effets nocifs. Elle a dû commencer par prendre une gorgée de vin et un petit carré de hareng et, avec le temps, elle s'est fait une idée de la quantité exacte qu'elle pouvait supporter. Ça faisait des années qu'elle prenait ce médicament, sur de courtes périodes.

— Merci, monsieur le juge !

Une note de triomphe a résonné dans la voix de Molto. Il plante son regard dans celui de mon père.

— Mais, si votre femme s'en tenait aux doses prescrites, et si elle n'a pas bu de vin, si elle n'a pas pris de salami, de cheddar, de hareng ni de yaourt –, eh bien, il n'y a donc aucune chance pour qu'elle soit morte accidentellement, n'est-ce pas ?

Mon père laisse passer une seconde de battement avant de répondre. Il a compris, tout comme moi, que quelque chose venait de lui échapper.

— Mr Molto, vous me demandez de spéculer sur une scène qui s'est déroulée en mon absence. J'étais hors de la pièce. D'habitude, Barbara s'abstenait de boire ou de manger ces aliments en grande quantité, pendant son traitement, et je ne me souviens pas de l'avoir vue le faire. Mais, ce soir-là, elle était très excitée à l'idée de recevoir mon fils et sa nouvelle petite amie. Elle ne cessait de répéter qu'ils formaient un couple formidable. On ne peut donc exclure que sa vigilance se soit un peu relâchée, pour l'occasion. Voilà pourquoi on peut parler d'accident.

— Non, monsieur le juge, je ne vous demande pas de jouer aux devinettes. J'essaie juste de vous confronter à votre propre logique.

— Objection ! lance Stern. Argument fallacieux.

— Objection rejetée, rétorqua le juge, impliquant que mon père s'est lui-même mis dans le pétrin.

— Vous nous avez bien dit que votre femme prenait régulièrement de la phénelzine et qu'elle est morte accidentellement, n'est-ce pas ?

— J'ai dit que c'était une possibilité, à en juger par les différents témoignages.

— Vous avez déclaré que votre femme avait pris l'initiative de vous envoyer acheter tous ces aliments, dangereux pour elle, puisqu'elle prenait de la phénelzine, c'est bien ça ?

— Oui.

— Puis vous nous avez expliqué que si elle l'avait fait, c'était qu'elle n'avait pas l'intention d'en prendre, ou alors en quantités si faibles que cela ne risquait pas de déclencher de réaction toxique, toujours d'accord ?

— Pure spéculation, Mr Molto. Ce n'est qu'une possibilité parmi bien d'autres.

— Et vous nous avez dit que vous ne l'aviez vue manger ou boire aucun de ces produits, c'est bien ça ?

— Pas que je me souvienne, non.

— Mais si votre femme n'a pas absorbé de produits alimentaires contenant de la tyramine, elle n'a pu mourir accidentellement d'une réaction à la phénelzine, exact ?

— Objection ! lance Stern. Monsieur le procureur demande au témoin de donner un avis d'expert.

Le juge Yee réfléchit un instant, les yeux au ciel, avant de retenir l'objection. Mais ça ne change pas grand-chose. Mon père s'est lui-même acculé et s'est pris un bon direct à l'estomac. Molto est d'une efficacité redoutable. Il parvient à nous seriner inlassablement tous ces petits éléments d'indices qui ne cessent de me tarabuster. Le PA laisse à ce doute qu'il vient d'instiller le temps de faire son œuvre. Il feuillette un instant ses notes.

— En fait, monsieur le juge, si nous avons toute cette polémique, concernant ce que votre femme a pu manger ou boire, c'est en partie parce que le médecin légiste n'a pu répondre à cette question, lors de l'autopsie du contenu de son estomac, n'est-ce pas ?

— J'en conviens, Mr Molto. L'analyse du contenu gastrique n'a pas été concluante.

— Le coroner n'a pu déterminer si elle avait pris du steak, du vin ou du fromage, c'est juste ?

— Exact, oui.

— Mais, logiquement, monsieur le juge, si cet examen avait été pratiqué dans des délais normaux – c'est-à-dire durant les premières vingt-quatre heures qui ont suivi la mort –, nous aurions une idée bien plus précise de ce qu'elle avait mangé la veille, exact ?

— J'ai entendu le témoignage du coroner, Mr Molto et, sans déflorer le sujet, vous savez que notre expert, le Dr Weicker, de Los Angeles, n'est pas d'accord avec lui sur ce point, particulièrement sur le délai qu'il aurait fallu au salami ou au hareng mariné pour être totalement décomposés par les sucs gastriques.

— Mais il y a un point sur lequel nous sommes bien d'accord, vous et moi, monsieur le juge, tout comme nos experts : ces vingt-quatre heures que vous avez passées près du corps de votre femme sans prévenir personne n'ont pu que compliquer le travail du médecin légiste, en rendant plus difficile l'identification du contenu gastrique de la défunte.

Mon père se tait. On voit aux mouvements de ses yeux qu'il est en quête d'une issue.

— Ça l'a rendue plus difficile, oui.

Murmures dans le box du jury. Molto a encore marqué.

— J'aimerais à présent revenir sur vos propres déclarations, monsieur le juge. Vous nous avez dit il y a un instant que, ce soir-là, votre femme était enchantée de recevoir votre fils et son amie.

— Je l'ai dit, oui.

— Vous semblait-elle heureuse ?

— « Heureuse » est un terme très relatif, s'agissant de Barbara, Mr Molto. Mais elle m'a paru contente, oui.

— Vous avez par ailleurs raconté à la police, pour autant que je sache, que votre femme ne vous avait pas semblé cliniquement déprimée à ce dîner, ni les jours précédents. Est-ce bien ce que vous lui avez dit ?

— En effet, oui.

— Et alors... qu'en était-il ?

— C'était mon impression, sur le moment.

— Et la phénelzine, monsieur le juge ? Vous avez entendu le témoignage du Dr Vollmann. Votre femme avait rebaptisé ce médicament « la Bombe A », et elle réservait son usage à ses périodes les plus noires.

— J'ai entendu ça, oui.

— En trente-cinq ans de vie commune, pensiez-vous avoir appris à évaluer l'humeur de votre femme ?

— Quand elle était en pleine phase dépressive, son état sautait aux yeux, effectivement. Mais j'ai souvenir de plusieurs occasions où je me suis trompé du tout au tout dans mon interprétation de son état.

— Mais précisément, monsieur le juge... Sachant que la phénelzine était réservée à ses périodes noires, vous n'avez remarqué aucun signe alarmant ce soir-là, pendant ce dîner que vous avez pris tous les quatre, rien ne vous laissait supposer qu'elle était en « pleine phase dépressive », n'est-ce pas ?

— Non.

— Pas plus que les jours précédents.

— Exact.

J'ai moi-même témoigné dans ce sens. Je garde un souvenir positif de l'humeur de ma mère, à ce dîner. Elle semblait envisager l'avenir avec sérénité, sinon avec confiance.

— Alors, à en juger par ce que vous avez observé et rapporté à la police et en me fondant sur tous ces éléments, je ne vois pas très bien pourquoi votre femme aurait pris son traitement de phénelzine, ce jour-là, et les jours précédents.

— Je vous répète que je n'ai jamais eu la prétention de diagnostiquer l'état nerveux de ma femme.

— Et trois jours plus tôt, quand elle vous a envoyé chercher la phénelzine, lui avez-vous demandé si elle se sentait déprimée ?

— Pas que je m'en souvienne.

— Alors qu'elle vous avait personnellement chargé d'aller lui acheter sa Bombe A ?

— Je n'ai pas spécialement prêté attention aux produits que je lui rapportais.

— Bien qu'on ait retrouvé vos empreintes sur le flacon ?

— Je faisais tout ça machinalement, Mr Molto. Je sortais du sac les médicaments pour les ranger sur l'étagère.

— Et vous prétendez n'avoir pas remarqué ce que vous achetiez, alors qu'à la fin de septembre, vous aviez lancé une recherche sur Internet pour vous renseigner sur ce médicament ?

— Objection ! lance Stern. Mon client a déjà répondu à cette question. Le juge Sabich s'est déjà expliqué sur ce qu'il se rappelait de ses recherches sur Internet.

À défaut d'autre chose, l'interruption a au moins eu le mérite d'arrêter Molto dans son élan, ce qui explique que Sandy se soit donné la peine de quitter son siège. Toute l'assemblée a compris que Molto était parti pour éreinter mon père. Il peut expliquer les choses comme il veut, son histoire ne tient pas debout. Peut-être a-t-il pu se tromper sur les humeurs de ma mère. Elle avait le chic, effectivement, et surtout quand elle était en colère, de ne rien laisser transparaître, jusqu'à l'éruption finale. Et moi-même, du temps où j'habitais avec eux, je suis allé assez souvent faire ses courses à la pharmacie pour savoir que, dans cette flopée de médicaments, on finissait par ne plus remarquer lesquels on achetait. Mais le coup de la recherche sur Internet fait très mal. Le meilleur argument pour le contrer – Stern ne manquera sans doute pas de le souligner dans ses conclusions –, c'est qu'il serait curieusement inconséquent, pour un juge et ex-procureur qui préméditerait un meurtre, de lancer ce genre de recherche depuis l'ordinateur de son domicile. À quoi Molto ripostera en soulignant l'évidence : le juge n'envisageait pas de se faire prendre, puisqu'il avait prévu de faire passer la mort de sa femme pour naturelle.

Mais tout ça dépend de l'épistémologie délirante de la salle d'audience, où les innombrables détails quotidiens d'une vie se trouvent soudain disséqués, puis élevés au rang d'indices et de preuves. La vérité, c'est que, comme à peu près n'importe qui, mon père aurait très bien pu remarquer la présence de la phénelzine dans le sac de médicaments qu'il avait rapporté et aller consulter ces sites Web, juste pour se souvenir qu'il s'agissait bien de la Bombe A, et avoir ensuite tout oublié, trois jours plus tard. Surtout dans le genre de relation qu'entretenaient mes parents. Chez eux, on sentait toujours des allusions en suspension dans l'air, des tas de choses qui semblaient relever du non-dit. Et ma mère détestait qu'on lui parle de ses traitements. J'ai dû l'entendre répéter un million de fois qu'elle était capable de se débrouiller toute seule.

Le juge Yee refuse de retenir l'objection de Stern et mon père répète, placide, qu'il a beau se creuser la cervelle, il ne se souvient vraiment pas d'être allé sur ces sites, réponse qui a visiblement le don d'agacer Tommy.

— Qui d'autre vivait à votre domicile, à la fin septembre 2008, monsieur le juge ?

— Personne. Juste ma femme et moi.

— Vous sous-entendez donc que votre femme aurait pu lancer une recherche sur la phénelzine depuis votre ordinateur ?

— Pourquoi pas ? Elle a pu chercher un renseignement.

— N'avait-elle pas son propre ordinateur ?

— Si.

— Avait-elle l'habitude d'utiliser le vôtre ?

— Non. Si elle s'en servait, c'était très rare et jamais très longtemps. Mais comme mon ordinateur se trouve tout près de notre chambre, il pouvait arriver qu'elle me demande de l'utiliser quelques minutes, de temps en temps.

Première nouvelle… Mais, avec ma mère, ça n'aurait rien eu d'impossible. En fait, elle se serait promenée dans la maison avec son ordinateur en bandoulière, si elle avait pu. Molto vient d'illustrer le vieux dicton selon lequel le mieux est l'ennemi du bien. Cette dernière série de questions a joué plutôt en faveur de mon père. Molto, qui n'a pas vraiment le masque du joueur de poker, doit l'avoir compris car il se remet à faire les cent pas en plissant le front d'un air sombre. On comprend pourquoi Tommy est si efficace, dans un prétoire. Il est sincère. Il peut se tromper, évidemment, mais il donne l'impression de ne rien cacher dans ses manches.

— Pour résumer clairement les choses, monsieur le juge, reconnaissez-vous que la mort de votre femme n'était pas accidentelle ?

Mon père a demandé à Sandy de me présenter les pièces à conviction, pour que je sache à peu près à quoi m'attendre, au procès. Il voulait m'éviter d'être pris de court. J'ai longtemps ressassé tout ça. J'en ai parlé avec Anna, quand elle voulait bien m'écouter. J'ai même pris quelques notes, par-ci par-là. Mais imaginer l'un de ses parents préméditant le meurtre de l'autre, c'est pire que de les imaginer au pieu, en pleine action. Il reste toujours une part de vous-même qui se rebelle, du style « Ça, sûrement pas, mon pote ! » Ce qui fait que jusqu'ici, je n'ai jamais tenté de me représenter l'enchaînement des faits, en remontant dans le temps. Si ma mère n'est pas morte accidentellement, c'est qu'elle ne prenait pas sa dose quotidienne de phénelzine. Et si elle n'en prenait pas tous les jours, elle n'avait aucune raison de faire renouveler son ordonnance. Ce qui implique, ou semble impliquer, que c'est mon père qui a pris l'initiative d'aller acheter ces pilules. Et pour une raison qui crève les yeux.

— Mr Molto, je vous répète que je ne suis ni pathologiste ni toxicologue. J'ai mes hypothèses et vous avez les vôtres. Pour moi, la seule chose de sûre, c'est que vous vous trompez. Je n'ai pas tué ma femme.

— Vous persistez donc à dire qu'il pouvait s'agir d'un accident ?

— Selon les experts, on ne peut exclure cette possibilité.

— Si votre femme avait pris une pilule chaque jour, elle aurait dû manipuler ce flacon au moins quatre fois, n'est-ce pas ?

— Quatre, oui.

— Et pourtant, monsieur le juge, elle n'a laissé aucune empreinte sur ce flacon.

— D'après le Dr Dickerman.

— Il y a pourtant eu vingt et un flacons de pilules collectés dans l'armoire à pharmacie de votre femme et inventoriés par l'agent Krilic…

— Selon lui.

— Et, d'après le Dr Dickerman, les empreintes de votre femme apparaissent clairement sur dix-sept de ces flacons. Sur deux autres, il n'a retrouvé que des empreintes brouillées, impossibles à identifier avec certitude, quoiqu'il ait réussi à établir des points de concordance avec celles de votre femme, exact ?

— C'est bien le souvenir que j'ai de son témoignage.

— Combien de fois avez-vous eu à juger en tant que procureur, juge d'instance ou juge d'appel, des affaires où des empreintes digitales tenaient lieu de pièces à conviction, monsieur le juge ?

— Des centaines, au bas mot.

— On peut donc dire qu'avec le temps vous avez dû acquérir certaines connaissances en matière d'empreintes digitales.

— Reste à préciser ce que vous entendez par là. Mais, oui, j'ai été amené à étudier ça d'assez près.

— Depuis à présent trente-cinq ans, vous avez été amené, dans un cadre ou dans un autre, à vous prononcer sur les avantages ou les failles de ce genre de preuve, n'est-ce pas, monsieur le juge ?

— Je crois, oui.

— Diriez-vous que vous êtes expert en la matière ?

— Je ne prétends sûrement pas rivaliser avec le Dr Dickerman.

— Ça, personne ne s'y risquerait.

— Eh bien, posez-lui donc la question.

La blague aurait pu sonner faux, mais les jurés ont encore en mémoire les déclarations de Dickerman, et certains éclatent franchement de rire. De fait, la vague d'hilarité se propage dans toute l'assistance. Le juge pousse un bref gloussement. Molto lui-même s'est fendu d'un petit sourire et agite un index admiratif en direction de papa.

— Mais vous savez certainement, monsieur le juge, que certaines personnes sont plus susceptibles que d'autres de laisser des empreintes sur des surfaces lisses et réceptives, telles que les parois d'un flacon de médicaments, n'est-ce pas ?

— Ce que je sais, Mr Molto, c'est que l'élément déterminant est la sueur que secrète la peau. Certains ont les mains plus moites que d'autres. Et la quantité de sueur elle-même varie dans le temps, chez un même sujet.

— Vous conviendrez donc que si quelqu'un a laissé des traces sur dix-neuf, ou dix-sept, de ces vingt et un flacons, on voit mal comment cette personne aurait pu manipuler à quatre reprises le flacon de phénelzine sans laisser la moindre trace ? (Molto brandit à nouveau la pièce à conviction, scellée dans son enveloppe de cellophane.) Est-ce que ça ne serait pas pour le moins curieux ?

— Je ne peux me prononcer sur ce point, Mr Molto. Et, franchement, je n'ai pas souvenir d'avoir entendu le Dr Dickerman nous donner un avis là-dessus.

Effectivement, à la barre, Dickerman n'avait été ni aussi disert ni aussi précis que Brand, qui l'interrogeait, aurait pu l'espérer. En coulisses, j'ai entendu mon père glisser à Stern que ça arrivait régulièrement avec Dickerman : l'Empereur des Crêtes mettait un point d'honneur à rester imprévisible. C'était à ses yeux la preuve même de sa propre supériorité.

— Incidemment, monsieur le juge, est-ce que le Dr Dickerman serait de vos amis ?

— Je dirais que oui. Mais pas plus que des vôtres. Nous le connaissons tous deux depuis très longtemps.

En s'efforçant d'insinuer que Dickerman aurait pu infléchir son témoignage en faveur de mon père, Molto a perdu l'avantage.

— Soyons clairs, monsieur le juge. Dans toute l'armoire à pharmacie de votre femme, il n'y avait que deux flacons dont nous pouvons affirmer en toute certitude qu'ils ne portent pas ses empreintes, exact ?

— Apparemment, oui.

— L'un d'eux se trouve être le flacon de somnifères que vous êtes allé acheter la veille de sa mort, n'est-ce pas ?

— Oui.

— Et ce flacon n'est pas entamé, exact ?

— Non.

— Alors, exception faite de ce flacon de somnifères intact, le seul autre flacon de l'armoire à pharmacie dont tous les experts s'accordent à dire qu'il ne porte pas les empreintes de votre épouse, monsieur le juge, cet unique flacon est bien celui de la phénelzine, exact ?

— On n'a pas relevé d'empreintes identifiables de Barbara sur le flacon de phénelzine ni comme vous l'avez vous-même souligné, sur deux des autres.

— Motion de suppression, rétorque Molto.

Pour lui, mon père n'a pas répondu à la question.

Le juge Yee demande à réécouter la question et la réponse.

— La réponse peut être conservée, tranche Yee. Mais nous bien entendre, juge Sabich : seulement un flacon entamé qu'experts pouvoir dire, à cent pour cent sûr, lui pas porter les empreintes de votre femme, oui ?

— C'est bien ça, Votre Honneur.

— OK, acquiesce Yee, en invitant Molto à poursuivre.

— Alors que sur le flacon de phénelzine, sur ce flacon-là, les seules empreintes sont les vôtres, monsieur le juge. C'est bien ça ?

— Mes empreintes apparaissent bien sur ce flacon, et sur sept autres, y compris celui des somnifères, qui n'est pas encore entamé.

— Suppression demandée ! répète Molto.

— Accordée, concède le juge Yee, l'air quelque peu renfrogné.

Il a laissé à mon père une chance de s'en tirer sans bavure, mais il ne l'a pas saisie.

— À en juger par les empreintes, vous êtes donc le seul à avoir manipulé la phénelzine.

Cette fois, mon père soigne davantage sa réponse.

— À en juger par les empreintes, et par elles seules, oui, Mr Molto.

— Fort bien…

Molto semble s'apercevoir, un peu tard, que sa réponse a sonné comme une parodie de Stern. L'un des jurés, un Noir d'un certain âge, s'en est aperçu, lui aussi, car je le vois esquisser un sourire. Il a l'air ravi de la prestation de Tommy, lequel revient à la table des procureurs et se met à feuilleter son bloc-notes jaune, signe qu'il s'apprête à changer à nouveau de sujet.

— Bon moment pour la pause ? demande le juge.

Molto hoche la tête et Yee annonce une suspension de séance de cinq minutes. Toute la salle se lève, dans un brouhaha général. Depuis maintenant plus de trente ans, mon père est l'une des stars du milieu juridique local – surtout pour les vieux piliers de prétoire dont l'assistance est composée. On peut s'indigner de cette curiosité morbide, et de cette tendance à la délectation perverse, mais les spectateurs viennent avant tout voir tomber des têtes. Assister à la chute des puissants, pour se conforter dans l'idée que le pouvoir corrompt et qu'ils ont, somme toute, de la chance de ne pas l'exercer. Je peux donc supposer sans trop m'avancer que, à part moi, il ne doit pas y avoir grand monde dans cette salle à croire encore en l'innocence de mon père.

26.

Nat, 22 juin 2009

Tant qu'un témoin est à la barre, nul ne peut lui parler de son témoignage, pas même ses propres avocats. Depuis la table de la défense, Stern et Marta adressent à mon père de petits signes de connivence, et Sandy dresse son poing serré, comme pour lui dire « Tiens bon ! », mais ni l'un ni l'autre ne s'approchent. Ça me serre le cœur, de voir mon père ainsi isolé, ostracisé par tous. Ce n'est que trop emblématique de ce qu'il vient d'essuyer. Je le rejoins donc, pour lui demander s'il veut un autre verre d'eau, et il me répond d'un haussement d'épaules indifférent.

— Ça va, papa ?

— C'est un éreintage en règle, mais je résiste. Il a décidé de m'envoyer au tapis.

La loi m'impose le silence – et, d'ailleurs, que pourrais-je ajouter ? Je me contente donc de lui répéter cette petite phrase idiote qu'il me criait des tribunes, quand mon équipe poussins était menée par douze à zéro, dès la deuxième manche.

— Va falloir y aller, là…

— Tu parles.

Il esquisse un sourire. Ces derniers mois, il a cultivé ce fatalisme aigre-doux qui m'angoisse un peu. Qui que puisse être mon père, il ne redeviendra jamais l'homme qu'il a été. Zeus enverrait-il sa foudre pour lui rendre la liberté qu'il ne retrouverait plus son allant, cette prise directe qu'il avait sur le flot de la vie. Sa main m'effleure un instant l'épaule.

— Bon, faut que j'aille pisser, conclut-il.

Une conversation typique de ce que nous avons vécu, ces quelques mois. Nous n'avons jamais cessé de nous parler, mais je ne lui dis pratiquement plus rien, en tout cas plus rien d'essentiel. Nos conversations se sont réduites comme peau de chagrin, même en regard des discussions de pure forme que nous avions auparavant. Je suis sûr qu'il l'a remarqué, mais ça n'est pas comme si la loi nous laissait le choix. Étant moi-même cité comme témoin à son procès, je ne peux rien lui dire des pièces à conviction, ni du tour que prennent les choses. Or, là, nous sommes incapables de penser à quoi que ce soit d'autre. Son silence m'arrange plutôt. J'ignore si mon père est coupable et il y a une grande part de moi-même qui refusera toujours de l'admettre, mais j'ai la certitude que cette aventure qu'il a eue est liée de près ou de loin avec la mort de ma mère. Anna, qui évite toute discussion un peu poussée sur le sujet – elle a horreur de se sentir prise en tenaille entre moi et mon père –, m'a plus d'une fois demandé les raisons que j'avais d'en être si sûr. La réponse la plus courte serait « parce que je connaissais ma mère ». Quoi qu'il en soit, à la base, je crois que s'il y a une chose que mon père aimerait savoir, c'est ce que je pense de lui, et, plus précisément, si je l'aime toujours. Il me vient parfois l'envie de lui faire passer un Post-it ainsi libellé : « Je te dirai ça dès que j'en aurai le cœur net ! »

Comprendre mon père a toujours été une tâche épuisante. On dirait qu'il aime en rajouter, avec moi, dans le genre grand mystérieux. Un numéro que je supporte de moins en moins, en prenant de l'âge. Naturellement, je ne le connais qu'à travers le filtre impitoyable qu'est le regard d'un enfant sur ses parents – ce qui revient à peu près à étudier un cyclone du point de vue d'un observateur qui se trouverait juste dans l'œil. Je connais tous ses tics, y compris les plus horripilants, cette manie qu'il a de changer de sujet au beau milieu d'une phrase, comme si ce qui venait de lui passer par la tête était infiniment plus important que n'importe qui dans la pièce, ou de se refermer comme une huître, dès qu'on aborde une question un peu trop personnelle à son goût, même s'il s'agit d'une histoire de chaussettes ou de cors aux pieds. Sans oublier cet air autoritaire et suffisant qu'il peut prendre avec moi, comme si d'être mon père était une responsabilité plus écrasante que de détenir les codes de lancement de toutes les têtes nucléaires américaines. Mais ce procès, son inculpation pour meurtre, l'aventure qu'il a eue avec cette fille, ça ne fait que me conforter dans mon sentiment de n'avoir jamais réussi à percer sa carapace.

Tout en m'efforçant de faire le tri dans mes pensées, j'oscille perpétuellement entre deux pôles : la peur que l'état d'anxiété chronique qui a fait de lui un vrai zombie ne finisse par l'achever, me privant de mes deux parents en moins d'un an – et la fureur. Certains jours, je suis tellement remonté contre lui que je me dis qu'il n'a que ce qu'il mérite. Mais, la plupart du temps, je lui en veux de ces innombrables moments de vertige où je doute de pouvoir mettre un pied devant l'autre, où j'angoisse en me demandant si les bagnoles ne vont pas rester figées sur place dans la rue, collées à la chaussée, parce que tout a si radicalement basculé dans ma vie que je cherche vainement un point auquel me raccrocher.

— Plus qu'une ou deux questions, monsieur le juge, annonce Molto à la reprise de la séance.

— Autant que vous voudrez, monsieur le procureur.

Cette fois, mon père a presque réussi à donner une impression de sincérité.

— Bien, monsieur le juge. Si nous parlions un peu de votre couple... Étiez-vous heureux, Mrs Sabich et vous ?

— Comme dans la plupart des couples, Mr Molto. Nous avions des hauts et des bas.

— Et vous diriez plutôt en haut ou en bas, à l'époque de la mort de votre femme, monsieur le juge ?

— Nous nous entendions plus ou moins bien, mais je ne peux pas dire que j'étais spécialement heureux.

— Qu'entendez-vous au juste par « nous nous entendions plus ou moins bien » ? Que vous n'aviez jamais de disputes conjugales ?

— Je ne dirais pas que nous n'en avions jamais, mais il n'y avait sûrement pas eu de grande scène, cette semaine-là.

— Vous nous dites pourtant que vous n'étiez pas heureux. Aviez-vous une raison précise de ne pas l'être, monsieur le juge ?

Mon père s'accorde un long moment de réflexion. Je sens qu'il soupèse le fait que je suis là, assis à une dizaine de mètres de lui.

— C'était une accumulation de petites choses.

— Telles que ?

— Eh bien, tout d'abord, Mr Molto, ma femme ne me pardonnait pas de m'être porté candidat à la Cour suprême. Elle se sentait menacée par ma campagne, vulnérable, exposée. Réaction qui, selon moi, versait un peu dans l'irrationnel.

— Qualifieriez-vous sa conduite d'insensée ?

— Au sens familier, peut-être.

— Et ça vous exaspérait ?

— Oui.

— Était-ce l'une des raisons qui vous ont poussé à consulter Dana Mann trois semaines avant sa mort ?

— Je suppose.

— Est-il vrai que vous songiez à mettre fin à votre couple ?

— Oui.

— Et ce n'était pas la première fois, n'est-ce pas ?

— Non.

— Car vous aviez déjà consulté Mr Mann en juillet 2007 ?

Un subtil pas de deux s'engage. Les conversations de mon père avec Dana Mann sont protégées par le secret professionnel. Tant que mon père évite toute allusion à ce qu'ils se sont dit, l'avocat et lui, Molto ne peut l'interroger là-dessus, forcer mon père ou Stern à se retrancher derrière le secret professionnel, cela reviendrait à risquer l'annulation du procès, pour vice de forme. Mais mon père doit être très vigilant, lui aussi. S'il tentait de mentir sur ce qu'il a dit à Mann, ou ne serait-ce que de laisser planer une impression délibérément fausse, la loi obligerait l'avocat à revenir à la barre rétablir la vérité. Il était très clair, quand Dana a été appelé à témoigner pendant l'exposé des procureurs, qu'il tremblait devant Molto et Brand, que l'ensemble de la situation le terrifiait, même s'il n'est resté que quelques minutes à la barre. Il a reconnu avoir eu deux rendez-vous avec mon père et a identifié les factures qu'il lui avait envoyées en septembre dernier et en juillet de l'année d'avant, ainsi que les chèques de banque que mon père lui avait envoyés en guise de règlement.

— En fait, monsieur le juge, votre consultation avec Mr Mann, à l'été 2007, avait eu lieu peu de temps après votre conversation avec Mr Harnason, celle où vous lui aviez demandé l'effet que ça faisait d'empoisonner quelqu'un, n'est-ce pas ?

— Un mois ou deux après, oui.

— Et que s'est-il passé ensuite, monsieur le juge ? Pourquoi avez-vous abandonné votre projet de séparation ?

— Je réfléchissais aux différentes options qui s'offraient à moi. Après avoir pris conseil auprès de Mr Mann, j'ai renoncé à demander le divorce.

Ce que semblent indiquer tous les documents que m'ont montrés les Stern, ceux auxquels le jury n'a pas accès (les résultats des tests de MST et les témoignages des gens qui ont vu mon père rôder dans divers établissements hôteliers), c'est qu'au lieu de demander le divorce, il est revenu à la raison et a mis un terme à son aventure pour rester avec maman. Je ne me suis jamais décidé à poser franchement la question à mon père. La seule conversation que nous ayons eue sur le sujet était le summum de ce que je pouvais supporter. Le plus bizarre, c'est que j'ai toujours su que leur couple battait de l'aile, et qu'ils n'étaient pas heureux ensemble. Au moins une fois l'an, je m'attendais à ce que l'un ou l'autre jette l'éponge. Mais ça, mon père filant rencard l'après-midi à une fille de trente ans sa cadette… c'était trop. Ça me filait la nausée.

— Par la suite, vous avez à nouveau consulté Mr Mann. En 2008, dans la première semaine de septembre.

— Oui.

— L'empoisonnement de votre femme comptait-il cette fois au nombre des options que vous soupesiez, comme le jour où vous avez parlé à Mr Harnason, à l'époque de votre première consultation avec Mr Mann ?

Marta a poussé le coude de son père, mais Stern ne réagit pas. Sans doute parce que la question est ridiculement spécieuse et partiale. Pendant qu'elle me préparait émotionnellement à voir mon père dans le box des accusés, Marta m'a expliqué qu'étant juge il avait intérêt à se défendre seul devant la cour, et qu'il valait mieux que ses avocats ne jouent pas trop les mères poules. C'est bien la ligne de conduite que semblent tenir Stern et mon père – lequel affiche une petite moue réprobatrice.

— Bien sûr que non, répond-il à Tommy.

— Étiez-vous plus décidé à demander la séparation lors de votre seconde consultation avec Mr Mann, en septembre 2008 ?

— Je n'en sais rien, Mr Molto. Je n'avais pas les idées très claires. Nous étions ensemble depuis tellement longtemps, Barbara et moi…

— Mais vous reconnaissez avoir déjà pris conseil auprès de Mr Mann en juillet 2007 ?

— Oui.

— On peut donc logiquement en déduire que si vous avez pris un second rendez-vous, c'était parce que vous étiez cette fois bien décidé à lancer la procédure pour laquelle vous aviez consulté, et à mettre fin à votre mariage ?

Molto virevolte avec la précision d'un patineur, évitant de faire allusion aux sujets qu'ils ont abordés, pendant sa conversation avec Dana.

— Je suppose qu'au cours d'une brève période j'étais quasi décidé à demander le divorce. Mais par la suite, j'ai retrouvé mon calme et je suis revenu sur cette décision.

— Et ce qui vous faisait hésiter, n'était-ce pas que vous étiez au beau milieu de votre campagne pour accéder à la Cour suprême ?

— En aucun cas je n'aurais lancé une procédure de divorce avant le 4 novembre.

— Ça aurait fait mauvais effet, n'est-ce pas ?

— Ce que je voyais surtout, Mr Molto, c'était qu'avant cette date, mon divorce aurait fait la une dans toute la presse, alors qu'après les élections il serait passé pratiquement inaperçu.

— Mais vous reconnaissez que certains de vos électeurs auraient pu être désagréablement surpris par votre divorce ?

— J'imagine.

— Alors que, au contraire, vous pouviez compter sur leur sympathie, en cas de veuvage subit, n'est-ce pas ?

À cela, mon père répond d'un haussement d'épaules agacé, avec un geste à l'avenant.

— Aviez-vous fait part à votre femme de vos projets de divorce ?

— Non. Je ne lui ai rien dit.

— Pourquoi ?

— Parce que je n'étais pas décidé, et que j'avais à nouveau changé d'avis après avoir vu Mr Mann. Parce que ma femme avait un caractère volcanique et qu'elle pouvait entrer dans de véritables éruptions de rage. Mieux valait éviter le sujet, tant que ma décision n'était pas définitive.

— Vous n'étiez donc pas impatient d'en discuter avec elle, monsieur le juge ?

— Non. Une telle discussion n'aurait pu être qu'explosive et désagréable.

— Nous pouvons donc dire, monsieur le juge, que la mort de votre femme est arrivée à point nommé, pour vous éviter une pénible confrontation, à la fois avec elle et avec vos électeurs ?

Mon père lui refait la même grimace – une petite moue désobligée, accompagnée d'un froncement de sourcils, comme s'il s'efforçait de traiter par le mépris le piège que lui tend Molto.

— Vous pouvez le dire, si vous y tenez vraiment, Mr Molto.

— Tout compte fait, monsieur le juge, Mrs Sabich a choisi la date idéale pour mourir, n'est-ce pas ?

— Objection ! proteste vigoureusement Stern.

— Ça va suffire comme ça, intervient le juge Yee sans élever la voix. Changer autre sujet.

— Fort bien, dit Molto, d'un ton plus délibéré que précédemment, avant de retourner à ses notes.

Il ne contient sa joie qu'à grand-peine. Presque tous ses coups ont porté.

— Si nous reparlions un peu de votre ordinateur…

La nuit où mon père a appris qu'il était inculpé, ce fameux soir où sa carrière avait atteint son apogée absolu – le 4 novembre 2008, je ne suis pas près d'oublier cette date –, la police de Kindle County a débarqué chez nous à Nearing, avec un mandat d'arrêt. Les flics ont emporté les deux ordinateurs de la maison et, sous prétexte d'y rechercher des traces de phénelzine, ils ont saisi toute la garde-robe de papa et tous les ustensiles de cuisine : assiettes, verres, toutes les bouteilles entamées et toutes les boîtes qu'ils ont trouvées dans le frigo et dans les placards. Ainsi que tous les outils de mon père. Mais ça n'était qu'un début. Au cours de la première perquisition, ils ont découvert un raccord de ciment que mon père avait fait dans la cave, deux ou trois mois plus tôt – mes parents menaient une lutte acharnée contre les infiltrations –, et les flics ont carrément ouvert les murs au marteau-piqueur. Puis ils sont revenus avec un autre mandat et ont mis sens dessus dessous la cour de derrière, parce qu'un des voisins avait déclaré avoir vu mon père faire des trous dans le jardin, peu avant la mort de maman. Et c'était vrai : le jour où nous avions dîné tous les quatre, ma mère lui avait fait planter des rhododendrons tout l'après-midi. Après avoir mis la maison à sac, les procureurs ont longtemps refusé de restituer les objets saisis. Du jour au lendemain, mon père s'est donc retrouvé sans rien à se mettre, sans ordinateur et sans même une poêle pour se faire cuire un œuf. Et ça a duré des mois.

L'ordinateur, en particulier, a fait l'objet d'une guerre de positions acharnée parce que mon père, qui travaillait souvent le soir, avait l'habitude de télécharger ses documents du tribunal pour y travailler à la maison. Son PC contenait donc des dizaines, voire des centaines de brouillons de décisions, dont beaucoup concernaient des procès en appel dans lesquels le service du PA du comté intervenait, et des foules de mémos reflétant le fonctionnement des rouages internes de la cour d'appel, dans lesquels les juges se lâchaient parfois et échangeaient en toute candeur leurs impressions sur tel avocat ou telle procédure, voire, à l'occasion, sur leurs propres collègues. Les juges de la cour d'appel avaient donc vertement protesté en apprenant que tout ça était tombé aux mains des procureurs.

George Mason, à présent juge principal par intérim, ne voulait certes pas que la cour donne l'impression de couvrir mon père, mais il aurait été obligé d'engager des poursuites contre lui pour rasséréner ses collègues, n'eût été un détail particulièrement cocasse : il n'y avait personne pour juger l'affaire. Tous les magistrats de la cour supérieure s'étaient récusés les uns après les autres, se déclarant incompétents pour statuer sur le cas de mon père. Même lorsqu'on a fini par trouver un juge, le prévenu n'aurait pu faire appel nulle part, en cas de condamnation, puisque la cour d'appel elle-même aurait été juge et partie. Finalement, Molto et Mason ont trouvé un compromis : les procureurs se contenteraient d'établir un duplicata du disque dur de mon père et n'examineraient son contenu qu'en présence et sous la surveillance de George lui-même ou d'un tiers qu'il aurait désigné, pour préserver le secret des documents internes. Le même accord fut passé pour l'ordinateur du bureau de mon père au tribunal.

Après examen, l'ordinateur de mon père fut rendu au juge Mason et les deux PC, personnel et professionnel, restèrent côte à côte dans le bureau de George au cours des mois qui ont précédé l'affectation du juge Yee. Pendant toute cette période, mon père fut autorisé à prendre ce qu'il lui fallait sur ses PC pour terminer les dossiers en cours ou tenir son planning – mais toujours en présence de George ou de son délégué, qui devaient tenir un compte-rendu exhaustif de chacun des fichiers ouverts, et des commandes actionnées. Trouvant l'expérience beaucoup trop humiliante pour avoir envie de la renouveler, mon père n'est retourné qu'une seule fois à son bureau. Par la suite, les procureurs convinrent que, quand mon père aurait besoin de reprendre des fichiers ou du texte sur l'un ou l'autre de ses PC, les copies pourraient être effectuées par des intermédiaires approuvés à la fois par Mason et par les procureurs. Ces intermédiaires se révélèrent être Anna et moi, à l'instigation du juge Mason qui connaissait Anna et avait toute confiance en elle. Du temps où elle travaillait dans le service de papa, elle avait largement fait ses preuves en matière d'informatique. Une fois affecté, Yee prit le parti des procureurs et exigea que les deux PC leur soient définitivement remis. L'ordinateur du bureau de mon père ne contenait rien d'intéressant, pas plus que celui de ma mère. Mais l'autre, celui de la maison, se révéla une véritable mine d'or pour l'accusation. Les procureurs le trimbalent donc chaque jour au tribunal, enveloppé de ce même emballage de film plastique rose dans lequel ils l'ont emmailloté et placé sous scellés depuis que leur expert en informatique légale, le Dr Gorvetich, est venu l'examiner à la cour d'appel, en décembre.

— Monsieur le juge, le jour de la mort de votre femme, vous avez supprimé certains e-mails dans l'ordinateur de votre domicile, n'est-ce pas ?

— Je n'ai rien supprimé du tout, Mr Molto.

Molto hoche la tête comme s'il s'attendait à ce déni et se met à marcher de long en large, avec l'air sinistre d'un père fouettard s'apprêtant à filer une fessée à un garnement.

— Votre fournisseur Internet est bien Clearcast, sauf erreur ?

— Oui.

— Eh bien, commençons par accorder nos violons. Chaque fois qu'un correspondant vous envoie un e-mail, le message transite d'abord par le serveur de Clearcast, d'où vous l'extrayez pour le télécharger sur votre propre machine, grâce à votre adresse e-mail, votre identifiant et votre code utilisateur, c'est bien ça ?

— Je ne suis pas un as en informatique, Mr Molto, mais ça me paraît logique.

— Et selon le témoignage du Dr Gorvetich, vous avez réglé les paramètres de gestion de votre compte Clearcast, de manière à ce que le serveur efface automatiquement les e-mails vieux de plus de trente jours, exact ?

— Au risque de vous paraître contrariant, Mr Molto, je vous rappelle que c'était ma femme qui se chargeait de ce genre de chose. C'était une scientifique. Elle avait un doctorat en maths et s'y connaissait infiniment mieux que moi en informatique.

— Pouvons-nous tout de même nous accorder sur le point suivant, monsieur le juge : à la différence de votre ordinateur du tribunal, celui de votre domicile vous a servi à télécharger des e-mails en provenance du serveur Clearcast sur votre adresse e-mail personnelle.

— Ce qui revient à dire, si je vous comprends bien, que, depuis mon bureau, je me connectais directement au site Web de Clearcast pour lire mes e-mails personnels, mais que, chez moi, ces messages étaient automatiquement téléchargés par le programme de messagerie électronique de mon PC, qui les enregistrait ?

— C'est bien ça. Et une fois le délai de trente jours écoulé, c'était donc le seul endroit où ces e-mails étaient conservés, n'est-ce pas ?

— Je vais devoir vous croire sur parole, sur ce point, mais ça me paraît plausible.

— Aviez-vous l'habitude de supprimer vous-même vos vieux e-mails sur le PC de votre domicile ?

— Non. Il m'arrivait d'envoyer des fichiers du tribunal sur mon e-mail et, ne sachant jamais au juste quand j'en aurais besoin, j'avais tendance à tout garder.

— Et incidemment, monsieur le juge, vous nous avez dit que votre femme utilisait parfois votre PC.

— J'ai dit qu'elle s'en servait parfois pour faire des recherches sur le Web, parce qu'il était tout près de notre chambre.

— Mr Brand me l'a rappelé pendant la pause. N'y avait-il pas tout un stock d'informations confidentielles provenant de la cour d'appel sur l'ordinateur de votre domicile ?

— Si, bien sûr. C'est même ce qui justifiait que nous ayons deux ordinateurs à la maison, Mr Molto. Barbara savait qu'elle ne devait pas lire mes textes ni mes e-mails, et elle pouvait très bien consulter le Web sans ouvrir mes dossiers personnels.

— Je vois, dit Molto, avec ce petit sourire satisfait qu'il affiche de temps à autre, quand il trouve un peu trop commodes les explications de papa. Bien. Vous avez entendu les déclarations du Dr Gorvetich : après avoir examiné le contenu de votre disque dur, il a constaté que plusieurs messages avaient été supprimés depuis votre compte personnel et que, selon les dates enregistrées par votre ordinateur, vous les auriez effacés la veille de la mort de votre femme. Vous en souvenez-vous ?

— Oui, je m'en souviens.

— En fait, il nous a expliqué que ces messages n'avaient pas été purement et simplement effacés, mais qu'un *shredder*, un logiciel de suppression sécurisée, baptisé Evidence Eraser, avait été téléchargé et utilisé à cet effet, pour prévenir toute restitution du contenu de votre disque dur par la police scientifique. Vous en souvenez-vous ?

— Oui.

— Mais vous niez l'avoir fait ?

— Oui.

— Et qui d'autre que vous habitait à votre domicile, à cette époque, monsieur le juge ?

— Ma femme.

— Et vous nous dites que vous aviez passé un accord, elle et vous, pour qu'elle n'accède pas à vos e-mails ?

— C'est vrai, oui.

— Votre témoignage n'est pas très cohérent sur ce point, n'est-ce pas, monsieur le juge ?

— En toute franchise, Mr Molto, rien de tout ça ne tient debout. Vous me dites que j'ai délibérément supprimé des e-mails sur mon ordinateur avec un logiciel spécial, pour éviter qu'ils ne soient retrouvés, alors que, d'un autre côté, je n'aurais même pas pris la peine d'effacer les traces de mes recherches sur la phénelzine sur le Net. Sans même parler des empreintes que j'ai laissées sur le flacon des comprimés. Alors oui, Mr Molto. Tout cela me paraît plutôt mal ficelé.

On ne pourrait pas qualifier ça de coup de gueule, parce qu'il l'a dit d'un ton égal et très patient. D'ailleurs, il n'a fait que souligner l'évidence : les contradictions de l'accusation sautent aux yeux, ce qui est plutôt encourageant. C'est la première fois que mon père rive son clou à Molto. Le procureur le regarde bien en face et ne le quitte pas des yeux pendant qu'il lance au juge Yee :

— Suppression demandée, Votre Honneur ! La défense aura l'occasion de dire tout cela lors de l'exposé de ses conclusions.

— Vous pouvez relire la réponse ? demande Yee à la greffière, aggravant d'autant les choses pour l'accusation, puisque cela revient à faire réécouter au jury les objections de mon père.

À la fin, Yee secoue la tête.

— Lui n'a fait que répondre à question, Mr Molto. Évitez de demander ce qui tient debout ou pas – et vous, monsieur le juge, ajoute-t-il, avec sa patience et sa courtoisie coutumières, pas opposer d'arguments, je vous prie.

— Désolé, Votre Honneur.

Yee secoue la tête pour rejeter ses excuses.

— Bonne réponse à une mauvaise question. Beaucoup de bonnes questions, mais celle-là, non.

— J'en conviens, Votre Honneur, reconnaît Molto.

— OK, dit le juge. Alors tout le monde content.

L'ingénuité de cette remarque, en plein procès pour homicide, frappe tout l'auditoire par son côté bouffon. Yee, qui passe pour un gai luron en privé, est le premier à en rire à gorge déployée.

— Très bien, dit-il quand la vague d'hilarité s'est un peu dissipée.

— Alors, monsieur le juge, reprend Molto, y avait-il sur l'ordinateur de votre domicile des e-mails que vous avez préféré effacer à l'aide d'un logiciel spécialisé, pour que personne ne puisse les lire ?

— Il y avait beaucoup de documents confidentiels émanant du tribunal, comme je vous l'ai dit.

— Je parle de messages plus… personnels.

— Quelques-uns, répond mon père.

— Quoi, au juste ?

La première chose qui me vient à l'esprit, c'est une éventuelle correspondance avec cette fille qu'il voyait. Ses e-mails devaient être là, eux aussi, mais il y a des indices plus évidents, provenant d'une autre source…

— D'abord, comme il l'a lui-même attesté, Mr Mann a confirmé par e-mail les rendez-vous que j'avais pris avec lui.

— Et à votre connaissance, monsieur le juge, les e-mails de Mr Mann étaient-ils sur l'ordinateur de votre domicile, quand il a été saisi ?

— J'ai entendu le témoin déclarer qu'il ne les y avait pas trouvés.

— En fait, puisqu'on pouvait par ailleurs dater précisément ces messages, cela a permis au Dr Gorvetich de déterminer qu'ils avaient été traités avec ce logiciel de suppression.

— C'est ce qu'il dit.

— Vous contestez ?

— Je pense que nos propres experts vont remettre en question ses conclusions, quant au logiciel de suppression sécurisée. Mais, manifestement, ce message n'était pas là.

— Et vous niez l'avoir supprimé ?

— Je n'ai aucun souvenir d'avoir effacé le message de Mr Mann, mais, de toute évidence, j'avais une bonne raison de le faire. Ce que je sais, c'est que je n'ai jamais téléchargé ni utilisé de logiciel spécialisé sur mon ordinateur.

— En fait, sans l'application de l'Evidence Eraser, il aurait suffi au premier informaticien venu de consulter votre courrier électronique pour voir que vous envisagiez de quitter votre femme, n'est-ce pas, monsieur le juge ?

Je vois où Tommy veut en venir. Il veut démontrer que mon père appliquait un système de double sécurité – des bretelles avec une ceinture, si l'on veut – et qu'il avait préféré faire le ménage dans son ordinateur, au cas où l'empoisonnement à la phénelzine ne serait pas passé inaperçu. Effectivement, si les choses étaient vraiment allées jusque-là...

— C'est possible.

— C'est possible, répète Molto.

Et il se remet à arpenter la salle.

— Ainsi, monsieur le juge, si je comprends bien ce que vous avez dit à la police, vous avez trouvé votre femme morte à votre réveil le matin du 29 septembre, c'est bien ça ?

— Oui.

— Et ce même jour, pendant près de vingt-quatre heures, vous n'avez alerté personne. C'est bien ça ?

— Oui.

— Pas même les urgences, pour voir si on pouvait la ranimer ?

— Elle était glacée, Mr Molto. Elle n'avait plus de pouls.

— Vous avez donc porté vous-même le diagnostic, jugeant inutile d'appeler une ambulance. Exact ?

— Oui.

— Vous n'avez appelé ni votre fils, ni la famille de votre femme, ni ses amis, pour leur dire qu'elle était morte, c'est ça ?

— Pas à ce moment-là.

— Et selon ce que vous avez déclaré à la police, vous êtes resté au chevet de la défunte un jour entier, à méditer sur vos souvenirs et sur votre vie commune, exact ?

— J'ai remis un peu d'ordre dans la chambre et sur le lit, pour que ça ait moins triste mine, quand mon fils viendrait voir sa mère. Mais sinon, oui, j'ai passé le plus clair de mon temps assis dans un fauteuil ou sur le lit, plongé dans mes réflexions.

— Et vous n'avez finalement appelé votre fils qu'un jour plus tard, ou presque ?

— Oui.

— Et, comme il en a témoigné, quand vous en avez discuté avec Nathaniel (je sursaute un peu en entendant mon nom dans la bouche de Molto), vous vous êtes disputés pour savoir s'il fallait ou non appeler la police, n'est-ce pas ?

— Il n'a pas dit que nous nous étions disputés et je n'appellerai certainement pas ça une dispute. Il ne m'avait pas semblé indispensable d'appeler la police et, pour tout vous dire, je n'avais aucune envie de voir débarquer des inconnus à la maison, ce jour-là.

— Combien d'années avez-vous exercé comme procureur adjoint, monsieur le juge ?

— Quinze.

— Et vous prétendez ignorer qu'il faut appeler la police, en cas de décès suspect ?

— Pour moi, ce décès n'avait rien de suspect, Mr Molto. Ma femme avait des antécédents d'hypertension et de troubles cardiaques. Son père est mort exactement comme ça.

— Mais vous ne vouliez pas appeler la police ?

— J'étais désorienté, Mr Molto. Je tournais en rond, je ne savais pas trop que faire. On ne perd pas sa femme tous les jours.

Quelques jurés s'esclaffent, à ma grande surprise. Stern fronce les sourcils. Il ne tient pas à ce que mon père fasse de l'esprit.

— D'accord. Vous nous parlez des problèmes de santé de votre femme. Mais elle était en grande forme, n'est-ce pas ?

— Oui, elle faisait beaucoup de gym. Mais c'était justement pour tenter de contrebalancer les risques héréditaires. Son père est mort très jeune, à cinquante ans à peine.

— Ainsi, après avoir porté le diagnostic de décès vous-même et sans aucune assistance qualifiée, vous avez en outre déterminé les causes de la mort ?

— Je vous dis simplement ce que j'ai pensé. Pour vous expliquer pourquoi que je n'ai pas cru bon d'appeler la police.

— Et bien sûr, monsieur le juge, ce n'était pas pour retarder l'autopsie ?

— Non.

— Ni pour laisser aux sucs gastriques le temps de faire disparaître toute trace des aliments que vous lui aviez fait ingérer, ces produits connus pour interagir avec la phénelzine que vous aviez dissoute dans le vin que vous lui avez fait boire ?

— Non.

— Et quand vous nous dites que vous avez remis un peu d'ordre, est-ce que cette « remise en ordre » incluait de rincer à grande eau le verre dans lequel vous aviez dissous la phénelzine, la veille au soir ?

— Non.

— Qu'est-ce qui nous dit, à part vous, que vous n'avez pas rincé le verre contenant les traces du poison que vous aviez fait absorber à votre femme ?

— Tentez-vous de démontrer qu'il n'y a que moi qui puisse le dire, Mr Molto ?

— Qu'est-ce qui nous dit que vous n'avez pas soigneusement récuré le plan de travail ou le récipient où vous aviez broyé la phénelzine ?

Mon père ne prend pas la peine de répondre.

— Qui nous dit que vous n'avez pas mis ces vingt-quatre heures à profit pour tout nettoyer et faire disparaître toutes vos traces, qui, monsieur le juge ? Nous n'avons que votre parole, sur ce point, n'est-ce pas ?

Tommy s'est rapproché de mon père. Il n'est plus qu'à un mètre ou deux du box du témoin et le regarde bien en face, en tâchant de lui faire baisser les yeux.

— Je sais, Mr Molto. Vous n'avez que ma parole.

— Votre parole, seulement votre parole, répète Molto, sans cesser de soutenir le regard de mon père.

Il le fixe encore un instant, puis se retire à la table des procureurs, où il rectifie sa pile de dossiers avant de se rasseoir.

27.

Tommy, 22 juin 2009

Dans la lumière marronnasse du service du procureur, où le jour semblait n'émerger de l'obscurité que pour sombrer dans un perpétuel crépuscule, plusieurs membres de l'équipe de Tommy attendaient son retour. Chacun tenait à être le premier à lui serrer la main. Quand les portes de bronze de l'ascenseur s'écartèrent, Jim Brand apparut le premier, poussant devant lui le chariot du procès, un Caddie de métal chromé qui avait l'allure de ceux des supermarchés, en plus allongé, et leur servait chaque jour à transporter les dossiers du procès et le PC de Rusty Sabich jusqu'au tribunal, situé sur le trottoir d'en face. Puis, un pas derrière Jim, venaient les deux dames de l'équipe : Rory Gissling et Ruta Wisz, l'assistante juridique du PA. Dès qu'ils furent tous à l'abri des portes blindées du service, une salve d'applaudissements fusa de la haie d'employés qui s'était formée des deux côtés du couloir. Un certain nombre d'entre eux avaient traversé la rue pour assister au contre-interrogatoire. Tommy fermait la marche. Il descendit le couloir sombre jusqu'à son bureau, distribuant poignées de main et saluts enthousiastes, de son poing fermé. Cet accueil évoquait vaguement une scène de triomphe dans un vieux péplum où l'on voit un général vainqueur entrer dans une ville conquise, avec sur son char la dépouille de l'ancien maître des lieux.

Bons mots et blagues douteuses fusèrent :

— Comment vous l'avez retourné, Boss !

— Mieux qu'un poulet à la broche !

— Faites votre choix dans notre assortiment de sushis, notre chef Tommy les tranche plus vite que son ombre !

Juste avant de lever la séance, Yee lui-même avait échangé avec les procureurs un regard éloquent, ponctué d'un hochement de tête respectueux. Pour tout dire, Molto était allergique aux acclamations. Tout ce raffut lui donnait le mal de mer. Il avait depuis longtemps découvert que ça n'était pas son genre, de se délecter de ses succès. C'était un autre de ses petits secrets, même si l'embarras qu'il en éprouvait avait été quelque peu tempéré, depuis qu'il avait constaté qu'il était loin d'être seul dans ce cas. Lorsque tout semblait lui sourire, il lui arrivait de s'en sentir coupable, comme s'il doutait d'être digne de ses succès. Tout comme il doutait parfois de mériter l'amour de Dominga. Ça ne lui ressemblait donc que trop, après ce duel où il avait bien conscience d'avoir sérieusement égratigné Sabich, d'être aux prises avec cette vague anxiété qui le rongeait.

Cela dit, rien n'aurait pu ternir sa victoire. Il avait été excellent. Mais il n'était pas assez naïf pour s'en attribuer tout le mérite. Le contre-interrogatoire était un exercice de haute voltige. Vous aviez beau être prêt à cent pour cent et avoir tout prévu, vous pouviez tout aussi bien retomber sur vos pieds que sur la tête. C'était un coup de poker. Jusqu'à ce que Rusty ait tenté de s'en tirer en prétendant n'avoir pas vu Barbara absorber d'aliments qui aient pu entraîner sa mort, Tommy ne s'était pas rendu compte de l'absurdité de la thèse de l'accident. Pour lui, ça avait été un grand moment, parmi d'autres, mais il avait commis quelques faux pas. Une fois ou deux, il lui avait entrouvert la porte un peu trop largement, ce qui était presque inévitable. Mais, dans l'ensemble, l'exposé du ministère public avait ébranlé l'audience comme une sonnerie de trompettes.

Même les journalistes qui se bousculaient devant le tribunal avaient finalement paru impressionnés. Tommy avait peu de fans dans les rangs de la presse. Il avait tendance à se raidir devant l'objectif. Son intransigeance, ce caractère implacable qui le servait si bien dans les prétoires, déplaisait souverainement aux journalistes qui détestaient être traités comme les adversaires qu'ils étaient souvent. De toute façon, Tommy en était réduit à jouer avec une main dans le dos, face à eux. Le lendemain de l'affectation de Yee, Stern avait déposé une motion de non-divulgation pour les résultats des tests ADN du premier procès. Dans le secret de sa chambre, hors de vue du public et de la presse, Yee avait non seulement placé sous séquestre les résultats des tests, comme Tommy s'y attendait de longue date, mais il avait imposé à l'accusation de dresser la liste de toutes les personnes qui pouvaient en avoir eu connaissance, pour leur imposer le secret et leur interdire, par ordre exprès du tribunal, d'en faire état à quiconque ou de les divulguer jusqu'au verdict. Cela revenait pour le juge à annoncer qu'il y aurait des poursuites pour outrage à magistrat, si les résultats des tests venaient à s'ébruiter. Simultanément, les journaux (avec la bénédiction de Stern, à n'en pas douter) propageaient en l'amplifiant de jour en jour la thèse de la vengeance. Ils revenaient en détail sur les péripéties du premier procès et sur la façon dont le dossier de l'accusation s'était effondré de lui-même. Les articles rappelaient qu'à la suite du procès, le procureur Molto avait fait l'objet d'une longue enquête, avant d'être autorisé à réintégrer son poste. Tommy, qui avait depuis longtemps cessé d'espérer un minimum d'honnêteté et de *fair-play* de la part de la presse américaine, n'avait pu exercer aucun droit de réponse. Il avait dû se contenter de répéter que tout finirait par s'éclaircir, lorsque l'affaire arriverait à son terme. Mais après sa performance de la matinée, et surtout quand les résultats des tests ADN seraient enfin publiés, il savait qu'il leur clouerait le bec. Ils seraient tous forcés de reconnaître le bien-fondé de l'inculpation du juge Sabich. Ça, pas un juriste, pas un journaliste ne pourrait le contester.

D'autres adjoints vinrent les accueillir, tandis qu'ils descendaient le couloir. Mais, quand l'équipe arriva devant la porte de son bureau, Tommy se retourna sur le seuil, comme un maître de maison réticent, ne laissant entrer que les trois membres de sa garde rapprochée. Il distribua encore quelques poignées de mains, avant de renvoyer tout le monde au travail. Dans le service, tous savaient d'expérience à quel point il était imprudent de crier victoire à mi-parcours d'un procès. Leur enthousiasme même, après ce contre-interrogatoire, certes brillamment mené, trahissait leurs doutes quant au fond de l'affaire. Les choses avaient beau prendre meilleure tournure qu'ils ne l'avaient espéré, les plus aguerris d'entre eux savaient qu'ils risquaient de ne pas sabler le champagne après le verdict.

— Un vrai sans faute, dit Rory Gissling, comme Tommy raccrochait le téléphone.

Il n'avait réussi à passer qu'un bref coup de fil à sa femme. Le petit Tomaso, qui commençait à parler avec aplomb, ne laissait pas une seconde de paix à sa mère, ces derniers temps.

— Oh, vous savez..., répondit évasivement Tommy, sans autre commentaire.

Ils s'étaient tous les quatre installés autour du grand bureau directorial. Tommy et Jim avaient tombé la veste, et s'étaient mis à l'aise, les pieds sur le meuble monumental, propriété de l'administration publique.

— Yee aurait dû vous autoriser à parler de la fille, dit Rory.

— Il ne nous laissera jamais en parler, répliqua Tommy. Et je pense avoir compris pourquoi.

— Parce qu'il ne veut pas se faire taper sur les doigts en appel, fit Brand, entonnant sa vieille rengaine dès qu'il était question du juge Yee.

— Parce qu'il sait que nous n'en avons pas besoin. Ils sont douze dans le jury. Ils doivent totaliser, quoi, cinq cents ans à eux tous. Et qu'est-ce qui vous vient à l'esprit, automatiquement, quand on vous parle d'un sexagénaire qui décide de plaquer Bobonne ?

Rory éclata de rire. Elle avait compris.

— Qu'il y a anguille sous roche.

— C'est exactement ce que se diront les jurés. Et ce qu'ils imagineront sera forcément plus éloquent que tout ce que nous aurions pu établir, preuves à l'appui.

Brand reposa ses pieds par terre et se pencha vers lui.

— Alors, qu'est-ce qui vous chiffonne, Boss ?

Brand était le seul dans la pièce à connaître suffisamment Tommy pour avoir capté son inquiétude. Le *prosecuting attorney* s'accorda une seconde de réflexion, sans parvenir à mettre le doigt dessus.

— Sandy Stern est un battant, dit-il. Première chose. Il sait rendre les coups et exploiter les failles de l'adversaire.

Depuis toujours, Stern avait compris qu'un procès était une guerre d'espoirs et de suppositions, dans laquelle personne ne pouvait prétendre contrôler totalement la situation. Sandy savait qu'il pouvait laisser l'adversaire triompher pendant une journée, voire une semaine, pourvu qu'il puisse riposter, et rendre coup pour coup. Molto voyait mieux pourquoi Stern avait envoyé son client en première ligne. À présent il lui serait d'autant plus facile de reconstruire la crédibilité de Rusty. Il soupçonnait Sandy d'avoir souhaité que son client eût l'air carrément défait, par moments. Les jurés n'en seraient que plus gênés d'avoir douté de lui, quand Stern le réhabiliterait. Tommy avait renoncé depuis longtemps à rivaliser d'ingéniosité stratégique avec lui. Sur ce chapitre, personne ne lui arrivait à la cheville. Tommy préférait donc jouer sur son propre terrain et selon ses propres règles : en fonçant droit devant lui, jour après jour.

— Tu vas voir, dit-il. Stern ne s'avoue jamais vaincu.

— On va s'en occuper, renchérit Brand.

— Bien sûr. Mais, tu sais, ce que les jurés se rappelleront de cette audience dans deux semaines, c'est qu'ils ont entendu Rusty clamer son innocence, et qu'à aucun moment il n'a eu l'air coupable. Qu'il a répondu en gardant son calme et sans esquiver les questions, du moins pas ouvertement.

— Un peu sur la défensive, quand même, souligna Rory.

Ruta, l'assistante juridique, n'en perdait pas une miette mais gardait ses impressions. C'était une blonde bien en chair, d'une petite trentaine d'années. Elle commençait ses études de droit et n'était que trop heureuse de pouvoir assister à une telle discussion, dans le bureau du PA.

— Un peu trop, oui, reconnut Tommy. Mais il a bien négocié le truc. Vraiment bien, vu tout ce dont il devait répondre. Mais…

Tommy s'interrompit. Il avait enfin compris ce qui le tracassait. Il était tombé sur Sabich à bras raccourcis, mais il y avait en cet homme un noyau indestructible. Pas une minute, Rusty n'avait eu l'air d'avoir tué qui que ce soit. Tommy n'avait jamais pris le temps de s'interroger sur ce qui n'allait pas, chez Sabich, mais on sentait en lui un vieux fond de conflit. Quelque chose de profond et de compliqué, genre Dr Jekyll et Mr Hyde. Mais l'homme gardait un parfait contrôle de lui-même. Pas de regard fuyant. Jamais l'air de s'excuser. La balance de la logique penchait du côté de l'accusation, mais, émotionnellement, le bilan était nettement plus délicat à dresser. Il y avait cette incroyable liste de détails compromettants que Rusty essayait de faire passer pour de simples coïncidences. Harnason, les empreintes, l'achat de la phénelzine, la liste des courses – vin rouge, cheddar, hareng… – et les recherches sur le Web. Tommy n'avait pu réprimer une intense bouffée de frustration, devant la mine placide que prenait Rusty pour expliquer tout ça. Il aurait fallu tout un chapitre du *Manuel diagnostique et statistique des troubles mentaux* pour analyser la psychopathologie de Sabich. Mais, après trente ans de carrière, Tommy avait développé un détecteur naturel de mensonges auquel il se fiait plus sûrement qu'aux oscillations du polygraphe le plus sensible. Et certains des jurés, sinon tous, avaient dû voir la même chose que lui. Même s'il était le seul à le croire dans toute la salle, Rusty avait réussi à se convaincre lui-même qu'il n'était pas coupable.

— Qu'est-ce que vous en avez pensé, quand il a prétendu que c'était sa femme qui s'était servie de son ordinateur pour se renseigner sur la phénelzine ? demanda Brand. Complètement idiot, comme parade ! Depuis douze ans qu'elle prenait ce truc, elle devait savoir tout ça par cœur.

— Ça ne pouvait être que lui, renchérit Rory.

Tommy hocha la tête.

— Bien sûr. Sinon, pourquoi serait-il allé à l'épicerie lui acheter à peu près tout ce qui pouvait la tuer ? Il suffit d'avoir une vague idée de ce qu'expliquent ces sites pour comprendre que la seule chose à dire, c'était : « Pas question chérie ! Je ne te rapporte que des tortillas et du guacamole ! » Il aurait dû lui en parler, au strict minimum.

— Et il l'a aussi accusée d'avoir supprimé ses e-mails.

Rory secoua la tête.

— Ça, c'est le seul point qu'il ait marqué, dit-elle. Pourquoi aurait-il supprimé ses e-mails, sans effacer le fichier d'archives de son logiciel de navigation ?

— Il a pu oublier, fit Jim Brand. Il se préparait à tuer sa femme, putain – même lui, ça a dû le faire stresser un peu. Assez pour le pousser à l'erreur. C'est le même argument à la con qu'on nous ressert chaque fois : « Si je suis si malin, pourquoi je me serais laissé prendre, d'après vous ? » Ben si, il a merdé. Pressé par le temps, peut-être.

— Pourquoi ? Qu'est-ce qui aurait pu le presser ?

— Il a pu se fixer un délai, répondit Brand. Le délai d'expiration de sa femme... C'est un sale tordu, ce type. Il a très bien pu décider qu'il laisserait la mère de son gamin passer une dernière soirée avec son fils, avant de l'envoyer *ad patres*. Vous voyez ça d'ici, l'idée qu'un tel tordu peut se faire de la charité chrétienne...

En écoutant leurs commentaires, Tommy se sentit sombrer encore un peu plus en lui-même. Il n'aimait pas entendre Brand traiter Rusty de sale tordu. Ça le hérissait. Non pas que Jim n'ait eu aucune raison d'insulter Rusty. Comment qualifier un type qui avait si patiemment tramé un second meurtre, après avoir supprimé une première femme en toute impunité ? Mais la vérité, c'était que, lui, il connaissait Rusty Sabich. Personne ne le connaissait mieux que lui, dans tout le tribunal. Ni son avocat ni même son fils. Molto avait rencontré Sabich trente-cinq ans plus tôt, du temps où lui-même n'était encore qu'étudiant en droit. Ils avaient bossé ensemble sur l'affaire Matuzek, le procès pour corruption d'un haut fonctionnaire du comté, où Rusty était l'un des adjoints de Ray Horgan. Depuis, Tommy avait eu le temps de l'observer sous toutes les coutures. Il avait longtemps occupé le bureau voisin du sien, il avait instruit des dossiers avec lui, puis sous ses ordres. Il l'avait eu comme adversaire, quand Rusty était passé du côté de la défense, puis comme juge, quand il avait décroché son siège. Au début de leur carrière, avant la naissance de Nathaniel en particulier, ils avaient même été relativement proches. Quand Tommy avait débuté dans le service, Rusty et Nico Della Guardia, un de ses vieux copains de lycée, se retrouvaient souvent le week-end et invitaient Tommy à se joindre à eux. Ils allaient aux matchs des Trappers. Ils faisaient les bars ensemble. Ils avaient même pris quelques cuites mémorables. Quand Rusty était revenu au bureau, le lendemain de la naissance de son fils, ils avaient mis à feu trois havanes que Nico conservait pieusement, dans un de ses tiroirs. Au fil des années, Molto avait appris à se méfier de Sabich. Plus il grimpait les échelons – aux dépens de Nico, principalement –, plus il devenait puant et imbuvable. À la suite du procès pour le meurtre de Carolyn, quand Tommy avait repris son poste, un an plus tard, après avoir fait l'objet d'une enquête, il n'avait plus vu en Rusty qu'un masque mal ajusté, qui feignait mollement de lui souhaiter la bienvenue, chaque fois qu'ils se croisaient.

Mais quand même. Quand même… Dans son boulot, Tommy prenait rarement la peine de s'interroger sur les pourquoi ou les comment. Ça existait, les gens qui tournaient mal. On voyait des prêtres adulés de leurs paroissiens, des hommes qui avaient contribué à porter la parole de Dieu à des foules de gens et qui finissaient un jour par faire des bandes vidéo de leurs ébats avec des gosses de six ans. Ou des multimilliardaires propriétaires de chaînes de magasins ou de clubs de foot richissimes, qui se laissaient aller à monter une arnaque de quinze briques, pour la beauté de la chose, ou par simple rapacité. Des politiciens élus sur leur réputation d'intégrité qui, à peine en poste, se gobergeaient de pots-de-vin. Tommy renonçait à percer à jour ce besoin qu'avaient certains de brûler leurs propres vaisseaux. Il n'était pas payé pour ça. Son boulot, c'était de réunir des preuves, d'en faire un dossier qu'il présentait à douze braves citoyens avant de passer à l'affaire suivante. Mais, au bout de trois décennies et quelque, il avait au moins appris une chose sur Rusty Sabich : ce n'était pas un sale tordu. Un esprit retors et tourmenté, certainement. Un type capable de développer une véritable obsession pour une fille telle que Carolyn, au point de laisser sa passion devenir la seule réalité de son existence… Oui, ça aussi, Sabich en était capable. Il avait dû l'étrangler dans un accès de rage et tenter de maquiller les faits. Mais il y avait un point sur lequel Tommy n'avait jamais transigé, depuis qu'il avait pris place dans le grand fauteuil de cuir où s'étaient succédé les PA du district, ces vingt dernières années, une chose qu'il avait toujours exigée de lui-même : l'intégrité. Et cette confrontation avec Rusty, à l'audience, l'avait contraint à affronter certaines questions qu'il esquivait depuis près d'un an. C'était même ce qui le troublait le plus : un crime aussi prémédité, patiemment ourdi depuis des mois, puis exécuté en l'espace d'une semaine, ça cadrait mal avec cet homme qu'il connaissait depuis toujours.

Mais, s'avisa-t-il, il n'avait pas de pire ennemi que lui-même. Il aimait trop se torturer les méninges, comme en ce moment. Ça devait être son côté catholique, apôtre et martyr. Dans une minute, dans une heure, il aurait retrouvé ses esprits et son mordant. Mais inutile de se voiler la face. C'était une de ces questions que vous ne vouliez surtout pas vous poser mais qui s'imposaient d'elles-mêmes, comme de se représenter l'instant de sa mort, ou l'effet que ça lui ferait, s'il arrivait malheur à Tomaso. Et tandis que Brand continuait à deviser gaiement avec Rory, Molto s'attarda une minute sur une idée qui ne l'avait pas effleuré depuis des mois. Une idée qui allait à l'encontre de tout, des probabilités, des indices matériels et du simple bon sens, mais qu'il ne parvenait pas à s'ôter de l'esprit.

Et si Rusty était innocent ?

28.

Nat, 22 juin 2009

Nous revenons comme chaque soir dans les locaux du cabinet Stern & Stern, dont la décoration, d'une opulence quelque peu ostentatoire, flirte avec le bling-bling. Sandy, comme c'est souvent le cas des gens partis de rien, aime à s'entourer des preuves de son propre succès, alors que Marta semble avoir délibérément fait de la simplicité le plus court chemin pour s'opposer à son père. Elle m'explique en rigolant (et en l'absence de Stern), qu'elle a l'impression de débarquer dans un steak-grill de luxe, chaque fois qu'elle entre dans son propre cabinet : profusion de bois sombre, éclairage tamisé, canapés profonds, en cuir froncé, et carafes de cristal sur la table de la salle de conférence. Il y règne un calme feutré, qui tranche avec les autres cabinets que j'ai eu l'occasion de visiter. Ici, Sandy semble être hors d'atteinte des nuisances ordinaires. Les téléphones ne sonnent pas, ils clignotent. Jusqu'aux claviers d'ordinateur, qui en oublient de cliqueter.

Mais c'est un silence d'une autre sorte qui s'est abattu sur nous, depuis que nous avons plié bagage et quitté le tribunal. Stern ne badine pas avec le secret. Pas question de dire un mot du procès à portée d'oreille de quiconque : il pourrait s'agir d'un allié insoupçonné de Molto ou d'un proche de l'un des jurés. J'ai donc appris que tant que nous sommes au tribunal, nos conversations doivent se limiter aux questions d'actualité, avec une préférence pour celles qui ne prêtent pas à polémique, comme le sport ou le temps qu'il fait. Mais ce soir, nous enfilons les couloirs sans piper mot – pas même les inoffensives banalités que nous échangeons d'habitude dans l'ascenseur. Bien qu'il n'y ait que quelques blocs entre le tribunal et l'immeuble Lesueur, Sandy doit se remettre à la conduite, ces temps-ci, et il nous demande, à moi et à mon père, de l'accompagner dans sa Cadillac. Il tient à me parler de mon témoignage pour la défense, prévu pour le lendemain en fin de journée. À sa sortie du tribunal, Sandy accorde parfois un bref commentaire à la meute hurlante des journalistes qui attendent chaque soir les représentants des deux parties. Mais pas aujourd'hui. Nous nous frayons un chemin dans la cohue sans desserrer les dents, avec Sandy qui nous suit clopin-clopant, en marmonnant : « Sans commentaire... »

Une fois à l'abri de la Cadillac, nous gardons encore le silence. Nous avons tous besoin de temps pour nous remettre du choc et évaluer l'ampleur de la brèche ouverte par Molto. Mon père fixe sa vitre pendant tout le trajet et, en le regardant, je ne peux conjurer l'image qui me revient : celle d'un homme qui contemplerait, par la fenêtre du fourgon cellulaire qui l'emmène, ces rues dans lesquelles il n'ira plus flâner.

Chez Stern & Stern, la séance d'analyse post-match habituelle se trouve inversée : mon père s'éclipse avec Marta, et Stern me précède dans son vaste bureau directorial, dont il referme la porte. Il demande des boissons fraîches à un de ses assistants et nous nous installons côte à côte, dans des fauteuils en cuir bordeaux. Il règne dans le bureau de Sandy le même recueillement raffiné que dans certains musées. Les murs sont couverts de pastels qui le représentent au tribunal, souvenirs de ses procès les plus célèbres. Des pièces à conviction enchâssées dans des petits blocs de plastique décorent les tables. J'ose à peine poser mon

Coca, jusqu'à ce qu'il m'indique d'un geste un sous-verre en liège prévu à cet effet.

Mon rendez-vous avec Stern se révèle largement diplomatique. Sandy s'était lui-même chargé de mes premières séances de briefing, au cours desquelles il m'avait présenté les indices, en veillant à souligner les points les plus positifs : Molto n'avait pas parlé de peine de mort et avait donné son accord pour la mise en liberté provisoire. Mais le plus souvent, quand je suis au cabinet, c'est à Marta que j'ai affaire. J'essaie de lui donner un coup de main, dans la mesure du possible. Les Stern ont donc décidé qu'il valait mieux que ce soit elle qui présente mon témoignage. Mais son père tient d'abord à s'assurer que je n'y vois pas d'objection.

— Nous nous entendons bien, Marta et moi, lui dis-je.

— Oui. Vous m'avez semblé très *simpatico*. Je suis sûr que vous ferez bonne impression au jury, à vous deux. (Il avale une gorgée.) Alors, qu'est-ce que ça donnait, depuis le parterre ? Quels sont vos sentiments d'ensemble, pour cette journée ?

Au nombre des multiples points forts de Stern que j'ai eu l'occasion d'observer plus d'une fois ces derniers mois, il faut compter son absolue sérénité, s'agissant des réactions et des échos que soulève son travail. Sans doute veut-il en profiter pour prendre la température de l'état émotionnel dans lequel je vais témoigner…

— J'ai trouvé Molto efficace.

— Moi aussi… (Sa réplique s'achève en une petite quinte de toux.) Tommy s'est énormément amélioré avec l'âge. Maintenant, il sait arrondir les angles. Et, là, il était à son meilleur niveau.

Je me suis longtemps demandé pourquoi ils avaient choisi, Marta et lui, de faire témoigner mon père d'entrée de jeu, et je lui pose la question :

— Selon Anna, il est nettement plus courant de présenter le témoignage du prévenu en dernier, en guise de conclusion.

— C'est vrai, mais nous avons jugé qu'il serait intéressant de déroger à cette habitude.

— Pour désorienter Tommy ?

C'était l'hypothèse d'Anna.

— Pour tenter de lui couper l'herbe sous le pied, oui. Mais ce n'était pas l'objectif principal.

Son regard dérive un instant. Il s'efforce de mesurer ce qu'il peut me dévoiler, sachant que je serai dans le box des témoins le lendemain. Dans la lumière ambrée de la lampe posée sur la table, tout près de nous, la plaque rouge qui lui mange la moitié droite du visage semble d'un vermillon un peu moins vif.

— En toute franchise, Nat, je voulais surtout m'assurer d'avoir le temps de redresser la situation, au cas où le témoignage de votre père aurait tourné à la catastrophe.

Cette réponse en dit encore plus long qu'il n'y paraît.

— Pourquoi ? Vous auriez trouvé plus sûr qu'il ne témoigne pas ?

Dans les brefs intervalles où Stern faisait autrefois tourner son cigare entre ses doigts pour s'accorder un délai de réflexion, il s'interrompt à présent, l'index posé sur les lèvres.

— En général, l'accusé a tout intérêt à témoigner. Près de soixante-dix pour cent des acquittements concernent des prévenus qui ont décidé d'assurer leur propre défense. Les jurés tiennent à entendre l'accusé dire ce qu'il pense de tout ça, et particulièrement dans un cas tel que celui-ci, où ils ont affaire à un éminent juriste, rompu aux mœurs des tribunaux et habitué à parler en public.

— J'attends le « mais ».

Il me sourit. J'ai l'impression qu'ils m'apprécient, sa fille et lui. Ils doivent me plaindre, bien sûr, comme tant d'autres en ce moment. La mort de ma mère, et maintenant mon père qui se retrouve sur le banc des accusés. Je n'essaie même pas de compter tous ceux qui m'ont dit et répété que je n'étais pas près d'oublier cette période et que je m'en souviendrais jusqu'à mon dernier jour, ce qui, en pratique, revient à enfoncer le couteau dans la plaie.

— Dans une affaire telle que celle-ci, reposant davantage sur un faisceau d'indices diffus que sur des preuves bien tangibles, mon cher Nat, on prend le risque de laisser les procureurs profiter du contre-interrogatoire pour envoyer un premier résumé de leurs conclusions. Le jury peut avoir un peu de mal à faire la synthèse du dossier, à voir comment toutes les pièces s'articulent, et mieux vaut ne pas donner aux procureurs l'occasion de faire deux fois leur démonstration. Nous avons longtemps hésité mais, l'un dans l'autre, j'étais d'avis que votre père avait tout intérêt à ne pas témoigner. C'était plus sûr. C'est lui qui a insisté pour le faire.

— Vous le regrettez, à présent ?

— Absolument pas. Tommy était mieux organisé que je ne l'imaginais et, la plupart du temps, il ne s'est pas laissé distraire, pas même quand votre père le provoquait un peu. Il y a entre eux une sorte d'alchimie presque mystique, vous ne trouvez pas ? Ils ont été adversaires toute leur vie, autant dire, mais le jeu qu'ils jouent, l'un envers l'autre, semble sous-tendu par des courants trop complexes pour être de la haine pure et simple. Et somme toute, qu'avons-nous vu d'inattendu, aujourd'hui ? Votre père aurait eu un A –, et Molto, un A+, d'accord, mais ça restait dans les limites du tolérable. Si j'avais su d'avance que votre père s'en sortirait à si bon compte, je ne lui aurais jamais déconseillé de témoigner. Le jury l'a entendu clamer son innocence, et il a parfaitement gardé son sang-froid.

— De quoi aviez-vous peur, en ce cas ?

Le téléphone sonne. Stern se lève péniblement. Il ne parle qu'une minute, puis revient, après en avoir profité au passage pour suspendre sa veste derrière la porte. Il est à la fois navrant et incongru de le voir ainsi réduit à l'ombre de lui-même. Il doit porter des bretelles, comme un clown, pour retenir son pantalon surdimensionné. L'arthrite lui paralyse le genou et il doit se laisser choir en arrière d'un bloc, pour reprendre place dans le fauteuil qu'il vient de quitter. Mais il a gardé ma question à l'esprit, malgré tous ses maux :

— D'une infinité de choses, Nat. Je ne peux pas vous dresser la liste de tout ce qui peut mal tourner, quand un prévenu témoigne sous serment. L'une des éventualités qui m'inquiétaient le plus, c'était que Molto parvienne à faire accepter au juge Yee la motion qu'il lui a présentée au début de son contre-interrogatoire.

Sandy fait allusion au moment où Molto a tenté d'interroger mon père sur son aventure devant le jury.

— J'avais la quasi-certitude que Yee ne changerait plus d'avis sur ce point, mais sans pouvoir l'exclure totalement. La plupart des juges se seraient ralliés aux arguments des procureurs et auraient considéré que ces événements pouvaient effectivement avoir un lien avec l'affaire...

Je lâche un petit grognement en mesurant ce risque. Stern a insisté sur l'importance de l'impression que je produirais sur le jury. Je dois absolument leur montrer que je soutiens mon père, mais, pour moi, assister à un tel interrogatoire aurait été un cauchemar. Quand je l'avoue à Stern, il m'oppose un imperceptible froncement de sourcils.

— Je ne crois pas que votre père l'aurait laissé faire, Nat. Je n'ai jamais insisté sur ce point, mais je pense qu'il était bien résolu à ne répondre à aucune question concernant cette jeune femme, qui qu'elle puisse être. Et ce, même si le juge Yee l'avait mis en demeure de le faire face au jury, sous peine d'outrage à magistrat, ou s'il avait menacé de considérer l'ensemble de son témoignage comme nul et non avenu – ça aurait été désastreux, inutile de le préciser...

Je me bagarre un instant avec cette révélation, ce qui n'échappe pas à Stern.

— Voilà qui vous trouble, dit-il.

— Oui. Ça me met hors de moi qu'il puisse tout risquer pour protéger cette fille, à qui il ne doit rien.

— Comme vous dites, répond Stern. Ce qui me porte à croire que c'était vous qu'il protégeait, et non cette jeune femme.

Et voilà. Bravo l'artiste ! Un procès peut égaler en suspense les plus grandes tragédies, quand tout le théâtre entre en ébullition, parcouru de flux émotionnels contradictoires, et que chaque réplique fait vibrer l'instant présent, sous une infinité d'angles. Stern est comme l'un de ces magiciens de la scène, ces grands acteurs qui semblent tenir la main à chacun de leurs spectateurs. Sa faculté d'empathie tient du miracle. Sauf que là, j'ai vraiment du mal à y croire.

— Je ne comprends toujours pas ce qu'il est venu faire sur cette estrade, s'il était prêt à tout envoyer promener. Pensait-il qu'il n'avait aucune chance, s'il s'abstenait de témoigner ?

— Votre père ne m'a jamais expliqué son raisonnement. Il a pris note de mes conseils et a agi en toute connaissance de cause. Mais sa décision ne m'a pas semblé d'ordre tactique.

— Elle était quoi, alors, cette décision ?

Stern affiche l'une de ces expressions dont il a le secret, et qui suggère que les mots sont impuissants à traduire pleinement sa pensée.

— « Solitaire », dirais-je, si je devais vraiment la qualifier.

Évidemment, ça me laisse sans voix.

— Voilà trente ans que je connais votre père. Nous entretenons de bonnes relations, certes, mais toujours limitées au plan professionnel. Il ne parle pratiquement pas de lui.

— Bienvenue au club.

— Ce que je veux vous dire, c'est que, ne pouvant m'appuyer sur des choses qu'il aurait pu me confier, je dois m'en remettre à mes propres intuitions. Mais, certains soirs, nous avons eu d'intéressantes conversations, tous les deux. Vous savez, son espérance de vie est nettement supérieure à la mienne…

Son sourire s'est nuancé de mélancolie, tandis que sa main s'agite un peu, en quête d'un cigare imaginaire. L'un des points sur lesquels nous sommes tombés d'accord, mon père et moi, c'est qu'il était inutile d'interroger Sandy sur ses chances de guérison : dès que nous le verrons s'allumer un cigare, ça sera le début de la fin.

— Mais je le sens beaucoup plus détaché que moi de ce monde.

J'acquiesce d'un signe de tête.

— Oui. On dirait parfois qu'il est très loin de lui-même et qu'il regarde tout ça d'en haut, comme si ça arrivait à quelqu'un d'autre.

— Tout juste. C'est exactement ce que je voulais dire. Il ne m'a pas semblé s'inquiéter beaucoup de savoir si son témoignage jouerait pour ou contre lui. Il voulait avant tout raconter ce qui s'était vraiment passé. Ou du moins ce qu'il en savait.

Je suis le premier surpris par ma réaction :

— Lui ? Il ne dira jamais tout. Jamais, à personne.

L'avocat me sourit à nouveau, un sourire empreint d'une sagesse chagrine. Une chose est sûre, c'est qu'il se délecte de cette conversation. Ces derniers temps, il a dû passer presque autant de nuits que moi à s'interroger sur l'énigme qu'est mon père.

— Vous savez, Nat… Je peux vous assurer qu'il voulait vous en dire autant qu'il le pouvait.

— À moi ?

— Oui. J'ai la certitude que s'il tenait tant à témoigner, c'était avant tout pour vous redonner confiance en lui.

— Mais j'ai confiance en lui.

Ce qui, en un sens, est un pieux mensonge. De fait, la logique du procès de mon père joue contre lui, y compris de mon point de vue. Mais voir en mon père un meurtrier potentiel me semble tellement contraire à ma nature que je n'ai jamais pu franchir ce pas. Si je n'avais pas passé toutes ces foutues années à parler à des psys, je ne parlerais sans doute plus à personne, à l'heure qu'il est, mais aucun d'eux ne pourrait m'aider à répondre aux questions avec lesquelles je suis aux prises. Même si mon père était coupable, ça ne signifierait pas qu'il m'ait prodigué moins d'amour ou d'attention. Mais tout ce qu'il m'a transmis s'en trouverait annihilé. Ça signifierait qu'il se cachait sous un masque, et que c'était ce masque que j'aimais en lui.

— Il est persuadé du contraire.

Je hausse les épaules.

— Il aurait de bonnes raisons de le croire.

— Bien sûr, répond Stern.

Nous gardons un moment le silence.

— Pensez-vous qu'il soit coupable, Mr Stern ?

Il m'a demandé plusieurs fois de l'appeler Sandy, mais après avoir passé un an à la Cour suprême, où tous les juges portent le prénom rituel de « Justice » et où on donne du « maître » au moindre avocaillon, je ne parviens pas à m'y résoudre. J'observe les réactions de Stern. Il rumine ma question. Je sais qu'il est injuste et déplacé de poser une telle question à un avocat qui s'efforce de bâtir une stratégie de défense, et je m'attends à ce que Sandy m'oppose une fin de non-recevoir. Mais nous avons déjà franchi toutes les lignes jaunes juridiques. Stern n'est plus qu'un père, face au fils d'un de ses amis.

— Dans notre branche, Nat, nous apprenons à ne jamais présumer de rien. Mais, pour la première affaire, j'étais convaincu de l'innocence de votre père. Pour moi, les résultats des récents tests ADN ont été un terrible choc, je dois l'admettre. Cela dit, nous avons encore quelques intéressantes hypothèses à l'appui de son innocence.

— Telles que…

— Franchement, Nat, la façon dont les échantillons ont été prélevés était plus que sujette à caution, lors du premier procès, et ça n'a guère varié avec le temps.

— C'est exactement ce que m'a dit Marta. Pour elle, l'ensemble du dossier était un vrai gruyère.

— Mais même si les échantillons sont fiables, reprend Stern, ça ne prouve qu'une chose : que votre père était bien l'amant de la victime. Excusez-moi de vous parler sans détour, mais, au procès, il a été clairement établi qu'il était loin d'être le seul, à l'époque du meurtre. On peut raisonnablement supposer que quelqu'un d'autre ait vu votre père en compagnie de Mrs Polhemus, ce soir-là, et que cette personne ait attendu qu'il soit reparti pour la tuer – dans un accès de jalousie, par exemple.

Anna m'a avoué que, dans son adolescence, elle avait suivi l'affaire de mon père comme un véritable roman-feuilleton. Récemment, elle a même relu l'exemplaire qu'avait gardé Stern de la retranscription du procès – ce que je n'ai jamais eu le courage de faire. Et elle en est venue à la même conclusion. L'idée m'avait semblé très plausible, depuis le début, mais, dans la bouche de Stern, elle ne m'en paraît que plus convaincante.

— Ce qui vous explique, mon cher Nat, que, même si tout me poussait à douter, mon cœur continuerait à pencher du côté de votre père. Le dossier de ce second procès m'a toujours laissé sceptique. L'accusation ne peut même pas prouver au-delà de tout doute raisonnable que c'est effectivement ce produit qui a provoqué la mort de votre mère. Si le juge Yee ne s'était pas laissé influencer par les résultats des tests ADN, nous aurions eu toutes les chances d'obtenir son accord pour une motion d'acquittement, au terme de l'exposé final du ministère public. D'ailleurs, bon nombre des autres pièces ne permettent absolument pas d'établir ce que Molto et Brand aimeraient leur faire dire.

— Tommy a brillamment échafaudé tout ça.

— C'est le genre de métaphore architecturale qui vient à l'esprit, dans les affaires dites « circonstancielles ». Mais la lame est à double tranchant : il suffit de secouer l'un des piliers de l'échafaudage, pour que tout s'écroule comme un château de cartes. Et nous n'allons pas nous priver de les secouer.

— Je peux vous demander comment ?

Il sourit. Il aime avoir ses petits secrets.

— Je vous l'expliquerai après votre témoignage.

— Et cette histoire d'ordinateur... Avons-nous de quoi la contrer ? Le coup a été rude.

— Vous faites bien de m'en parler. (Il lève le doigt.) Marta va voir tout ça avec vous. Nous espérions que vous pourriez nous aider, sur ce chapitre.

— Moi ?

— Nous avons quelques questions à vous poser. Vous vous y connaissez un peu, en informatique, je crois ?

— Je me débrouille, oui. Mais sûrement moins bien qu'Anna ou que certains de mes copains.

— Et votre père, vous diriez qu'il se débrouille, lui aussi ?

— Tout dépend de ce que vous appelez se débrouiller... S'il s'agit d'appuyer sur l'interrupteur, à la rigueur ! Sinon, je le situerais quelque part entre un débile profond et un indécrottable ignare.

Stern rigole doucement.

— J'en conclus que vous le verriez mal télécharger un logiciel de suppression sécurisée, pour effacer toute trace de ses e-mails ?

C'est mon tour de pouffer de rire. Évidemment, j'aurais tendance à croire en l'innocence de mon père. Je veux y croire. Mais, aussi sûr que j'ai foi en la gravité, j'ai l'absolue certitude qu'il n'aurait jamais pu s'en sortir tout seul.

— Nous nous demandions si nous n'allions pas faire quelques démonstrations sur l'ordinateur de votre père, juste pour prouver au jury l'absurdité de cette hypothèse. Et vous pourriez bien être notre cobaye idéal… à plus d'un titre.

— Tout ce que vous voulez, répliqué-je.

Il jette un œil à sa montre, une Cartier qui semble concentrer en elle tout le raffinement et l'élégance de son propriétaire. Je me lève. Marta m'attend. Je me retourne sur le seuil :

— Merci d'avoir pris le temps de m'en parler, Mr Stern.

— Sandy, rectifie-t-il.

29.

Nat, 22 juin 2009

Quand je sors de mon entretien avec Marta, je trouve mon père qui m'attend. Il a roulé les manches de sa chemise et dénoué sa cravate de reps, qui pend à son col. Comme il l'a dit, il ne dort que très peu et cette longue journée à la barre semble l'avoir mis sur les genoux. Autour de ses yeux, la peau a pris une couleur violacée. Il est pâle et défait, comme s'il avait perdu tout allant. Peur et désespoir, difficile de faire pire, comme cocktail émotionnel.

— Rude journée, lui dis-je.

Il hausse les épaules. Ces temps-ci, je trouve qu'il a de plus en plus souvent l'air déjeté et confus d'un porteur de valises de la mafia.

— Ça ira mieux demain, Nat, répond-il. Tu verras, il y aura du nouveau…

J'attends une suite qui ne vient pas. Il a froncé les sourcils.

— Je ne peux pas t'en parler pour l'instant, excuse-moi.

Il reste coi, les bras ballants. Il sait que la loi l'empêche d'aborder les questions du procès avec moi, mais semble incapable de l'accepter. Je suis sûr que c'est son idée fixe, depuis des mois : trouver les points-clés qui lui permettront de dénouer l'ensemble de la situation.

— Tu as besoin de quelque chose, papa ? Tu veux que j'aille te chercher des affaires à la maison ?

La question met une seconde à filtrer.

— Quoi, pardon... ? Ah, oui, d'autres cravates, répond-il, comme il m'aurait demandé une glace, ou quelque chose dont il aurait eu une subite envie. Je porte toujours les mêmes, depuis trois semaines. Ça t'ennuierait de m'en ramener quelques-unes ? La violette que ta mère m'avait offerte pour Noël, par exemple. J'aimerais la mettre.

Je m'en souviens. Maman avait dit qu'elle ne pourrait qu'améliorer l'ordinaire de son style...

L'un des rares services que je peux rendre à mon père, vu les circonstances, c'est de faire la navette jusqu'à la maison pour lui rapporter les affaires dont il a besoin. Près d'un mois avant le début du procès, il est allé s'installer à demeure dans un hôtel du centre-ville pour la durée des procédures. Il ne voulait pas perdre un temps précieux dans les embouteillages, avant et après les longues journées qu'il passerait au tribunal. Et, plus précisément, il en avait par-dessus la tête, des excités qui surgissaient des buissons la caméra au poing, chaque fois qu'il entrait ou sortait de chez lui.

En dépit de son nom ronflant, le Miramar, où il s'est installé, ne donne sur aucun plan d'eau. C'est un de ces hôtels autrefois prospères qui ont préféré changer d'enseigne et de clientèle que de décor. Les meubles du hall, de style colonial, ont l'air d'avoir vu passer George Washington, censé avoir fait escale dans l'établissement et, dans la chambre de papa, un pan de papier peint décollé bâille au coin d'un mur, comme la langue d'un chien trop affectueux. Mais mon père n'a pas l'air de s'en apercevoir. Il ne vient là que pour dormir, après ses longues séances de préparation avec Stern. De temps à autre, il glisse une plaisanterie aigre-douce sur le besoin qu'il a de s'habituer au manque d'espace.

Mais, en fait, il ne vit plus que dans sa tête. Son esprit est presque exclusivement occupé par les détails du procès. Quand il n'est pas au tribunal, il se rend au cabinet Stern pour mener des recherches, tant sur le plan légal que sur celui des faits. Ça me scie un peu, vu le peu d'espoir qu'il semble avoir quant à l'issue de son affaire, mais, pour lui, ça doit être une manière de ne pas sombrer. Je préférerais qu'il puisse compter sur quelques amis pour se distraire un peu, mais mon père est un homme solitaire. Ce genre d'accusation ne vous attire pas des masses d'invitations, surtout quand on doit l'affronter pour la deuxième fois, et il a toujours eu des mœurs trop farouches pour avoir beaucoup cultivé sa vie sociale. Il faut dire que, sur ce point, ma mère ne l'aidait pas beaucoup. Il a peu de nouvelles de ses anciens collègues. Au tribunal, il a toujours préféré garder ses distances et George Mason, son seul véritable ami, est tout comme moi soumis à un devoir de réserve, en sa qualité de témoin. L'idée qui me chiffonnait tant, il y a quelques mois, à savoir que mon père ait pu avoir une aventure, me paraît à présent nettement plus plausible. Comment s'étonner qu'il ait eu besoin de compagnie, ne fût-ce que pour aller dîner ou le temps d'un film ? Mais il semble se désintéresser totalement de tout ce qui n'est pas son affaire et préfère passer dans la solitude ses quelques moments de répit.

Même avec nous, il n'a pas l'air particulièrement heureux. Nous avons plusieurs fois essayé de l'inviter, Anna et moi. Mais l'ambiance n'y était pas. Il semblait pourtant apprécier la compagnie d'Anna, du temps où elle travaillait avec lui, au tribunal. Mais, en cette période troublée, il n'a même plus envie de lui parler. Nous nous retrouvons souvent réduits à nous contempler en chiens de faïence, tous les trois. De temps à autre, quand Anna doit travailler tard ou qu'elle est en déplacement, je dîne avec lui. Ça reste permis, tant que nous évitons de parler de l'affaire. Il me rappelle un peu Mike Pepi, un vieux copain de fac que sa femme avait quitté pour son patron, à River National, et qui n'arrivait plus à parler d'autre chose que de son divorce. Au bout d'une demi-heure d'élucubrations sur Lee Ann et ses avocats, Mike décrétait *ex abrupto* : « Bon, si on changeait de sujet ? » pour revenir une minute plus tard à son obsession favorite. Qu'on lui parle d'une exposition de patchwork ou des dernières découvertes astrologiques sur Pluton, il finissait toujours par y dénicher un lien logique pour revenir à son affaire.

Avec mon père, c'est pareil. Il préférerait manifestement décortiquer avec moi chacune des répliques de la dernière audience, mais puisque nous n'avons pas le droit d'en parler, il radote ou divague pendant des heures sur ses humeurs et impressions, me répétant *ad nauseam* que ce procès n'a vraiment rien à voir avec celui d'il y a vingt ans ; que, cette fois, ce n'est plus du tout la même chose, et qu'il n'arrive toujours pas à croire que ça ait pu lui retomber dessus – ah, si seulement il pouvait retrouver sa vie d'autrefois... ! Il s'attend à un cataclysme majeur, qui fera basculer toute son existence et en parle comme si c'était déjà arrivé, évoquant avec désinvolture la perspective de la prison. Même s'il est acquitté, les résultats ADN du premier procès seront publiés dès que le jury aura donné son verdict. Les esprits les plus subtils s'interrogeront peut-être sur une éventuelle contamination des échantillons, ou sur la multiplicité des partenaires de la victime, mais beaucoup resteront imperméables à ce genre de nuance. D'autant que l'affaire promet de s'étaler dans tous les journaux. Si mon père retrouve un jour la liberté, il sera la bête noire d'à peu près tous ceux qui reconnaîtront son nom.

À présent, à la porte du bureau de Marta, je le prends dans mes bras comme je le fais chaque soir avant de partir, en lui promettant de lui apporter ses cravates le lendemain matin. En bas, Anna m'attend dans la petite Prius bleue qu'elle s'est offerte l'an dernier.

— Ça te dérangerait qu'on fasse un saut à Nearing ? lui demandé-je, après l'avoir embrassée. Il veut que j'aille lui chercher des cravates.

Qui voudrait porter au cou le cadeau d'une femme qu'il aurait tuée ? Mon père aurait-il vraiment pu être assez tordu et assez pervers pour prévoir que je me poserais la question ? C'est dans ce genre de chambre à brouillard[1] que je vis depuis des mois. Au cours de l'heure écoulée, j'ai beaucoup réfléchi à ce que m'a dit Stern – que mon père n'aurait choisi de témoigner à la barre que pour tenter de me redonner confiance en lui. Je sais qu'il s'efforce désespérément de ne pas me perdre. Pendant toute mon enfance, mes parents ont toujours été si avides de mes preuves d'affection que c'en devenait pénible, pour tous les trois. Mais se détacher de moi maintenant, ça reviendrait pour lui à se condamner au même genre de cul-de-sac que celui dans lequel s'est retrouvé son propre père. Ivan Sabich est mort seul dans une de ces caravanes en ferraille rouillée, quelque part dans l'Ouest.

— Comment va-t-il ? me demande Anna au bout d'un certain nombre de kilomètres.

Elle est habituée à mes longues périodes de mutisme, surtout quand je reviens du tribunal.

— Bon sang…, répliqué-je en broyant du noir, tandis que nous avançons pare-chocs contre pare-chocs dans les embouteillages du centre, en direction du pont de Nearing.

Plus loin, sur un trottoir, un coursier se balade sur un monocycle, dans un costume de lapin dont les oreilles s'agitent au rythme de ses coups de pédales. Ça doit être à ce genre de truc que pensent les gens, quand ils disent que le monde entier est un théâtre…

— Tu as lu quelque chose dans la presse ?

— La chronique de Frain, répond-elle. C'est déjà sur Internet.

Michael Frain tient une rubrique lue aux quatre coins du pays, où il consigne ses observations en une chronique passablement déjantée sur l'actualité et les

---

1. Appareil de détection de particules permettant de visualiser et d'identifier la trace caractéristique générée par les trajectoires des particules de différents types.

événements culturels, sous le titre du *Guide du survivant*. Il a épousé un juge fédéral de la région et, pour réduire ses frais de déplacements, fait son miel de tous les événements locaux qui ont des chances d'amuser ses lecteurs. Il a beaucoup écrit sur la précédente affaire et semble voir en mon père un véritable génie du mal, qui a trouvé le moyen d'assassiner à tour de bras et en toute impunité.

— Alors, qu'est-ce que ça donnait ?

— Il décrit ça comme un « raid de bombardiers sur un hameau ».

— Moi, ça ne m'a pas paru si catastrophique. Mon père a tout de même réussi à en placer quelques-unes, ici et là. Sandy garde un atout dans la manche, mais ils ne veulent pas m'en parler avant mon prochain passage à la barre.

N'empêche que l'image fait mouche. Un raid de bombardiers… ! Je repense à ce que j'ai entendu cet après-midi. Tout semblait aller de mal en pis pour mon père. Il s'est fait tailler en pièces sous mes yeux, tel Prométhée enchaîné. Mais, si j'en crois Sandy, c'est plutôt comme s'il avait juste traversé quelques turbulences au cours d'un vol particulièrement mouvementé, mais qu'il allait bientôt retrouver la terre ferme, en toute sécurité, après avoir eu plus de peur que de mal.

— Anna… Est-ce que tu te rappelles si ma mère avait bu du vin, ce soir-là ? lui demandé-je, en repensant aux déclarations de mon père.

Il y a un certain temps, j'ai enfreint la loi du silence imposée aux témoins en période de procès pour m'épancher auprès d'Anna. J'avais besoin d'en parler à quelqu'un et les chances pour qu'elle-même soit appelée à la barre étaient quasi nulles.

Deux jours après m'avoir interrogé, Debby Diaz avait réussi à la localiser, mais Anna s'attendait à la visite de l'inspectrice et connaissait la musique. Elle a donné rendez-vous à l'inspecteur Diaz dans son bureau, au cabinet, et l'a reçue en présence d'un des principaux associés qui lui tenait lieu de conseil. Quand Diaz lui a demandé qui avait fait quoi, la veille de la mort de ma mère, Anna a répondu qu'elle était trop émue d'être pour la première fois invitée chez mes parents pour pouvoir se rappeler ce genre de détail. Quoi que Diaz ait tenté de lui faire dire, elle répondait à toutes ses questions en ajoutant : « Mais je n'en suis pas sûre », « Ça n'est pas très clair dans mon souvenir », ou « Ça pourrait très bien être l'inverse »...

Diaz a fini par jeter l'éponge avant la fin de l'entretien. Les procureurs ont tout de même mis Anna sur la liste de leurs témoins, comme tous ceux qui ont répondu aux questions des flics au cours de l'enquête, y compris le teinturier de papa – un de leurs vieux trucs pour qu'on ne puisse savoir d'avance qui sera effectivement appelé. Ce qui fait qu'elle ne peut assister aux audiences, mais elle suit toujours de très près ce qui s'y passe.

Et, à présent, comme je lui pose cette question sur le vin, elle me rappelle qu'au moment où nous nous sommes mis à table, ma mère a insisté pour que mon père ouvre en priorité la bonne bouteille qu'elle avait apportée, et qu'il s'est chargé du service. Mais nous ne nous souvenons ni l'un ni l'autre si ma mère a plutôt bu de ce vin ou de celui que mon père lui avait servi dans la cuisine, un peu plus tôt.

— Et les amuse-gueules, tu l'as vue en prendre ?

— Sapristi, Nat. Là, tu me poses une colle. Des bâtonnets de légumes, je dirais. Je revois ton père lui en faire passer un plateau, mais je crois qu'il a fini par tout emporter sous la véranda, pendant que vous vous occupiez du barbecue. C'est difficile à dire.

Elle fronce le nez, perdue dans ses souvenirs.

— Et toi, comment ça va, après tout ça ?

J'agite les mains en un geste d'impuissance. Ça m'étonne toujours, l'état de vide intérieur et d'apathie où me laissent mes rencontres avec mon père. Comme si j'avais besoin de toute mon énergie pour exister en sa présence.

— Tu sais, Anna, j'ai entendu toute l'histoire et je ne peux vraiment pas te jurer que Molto et Brand sont à côté de leurs pompes, parce que leur théorie tient la route. C'est juste que je n'y crois pas.

— Mais tu n'as pas à y croire !

Anna reste la fan numéro un de mon père ; elle prendra toujours fait et cause pour lui, contre vents et marées.

— C'est tout simplement impossible, affirme-t-elle.

— Impossible ? Ça n'est quand même pas comme si ça contredisait la théorie de la gravitation.

Ses yeux verts glissent vers moi. Quand j'essaie de philosopher avec elle, je n'ai jamais le dessus.

— Non, mais ça ne lui ressemble pas, je veux dire. Ce n'est tout simplement pas lui, point.

Je rumine ça une seconde.

— Je sais que tu as longtemps travaillé sous ses ordres mais, vu de près et dans l'intimité, mon père peut être sacrément dur à percer à jour…

Ça nous arrive souvent d'avoir ce genre de conversation. J'exhale mes doutes et elle m'aide à y voir plus clair.

— Une fois, quand j'étais gosse – je devais avoir dans les douze ans, parce qu'on était revenus de Detroit et que mon père était encore à la cour supérieure –, on était en voiture, lui et moi, et il jugeait une grosse affaire, très médiatisée. La femme d'un pasteur d'une de ces méga églises qui avait tué son mari. En fait, le bon révérend était homo à ses heures et à la barbe de sa femme, jusqu'au jour où elle avait tout découvert et l'avait trucidé, en lui coupant le tu-sais-quoi pendant son sommeil. Il s'était complètement vidé de son sang.

— Aux grands homos, les grands remèdes ! pouffe Anna, goguenarde.

Les filles ont toujours tendance à goûter davantage ce genre de blague que les garçons…

— Ouais, on peut voir ça comme ça. Toujours est-il que ses avocats ne pouvaient pas faire grand-chose, à part plaider la démence temporaire. Ils ont appelé des tas de témoins, qui ont tous attesté que « ça ne lui ressemblait vraiment pas », et que « ça n'était tout simplement pas elle ». J'ai demandé son avis à mon père – j'adorais lui poser ce genre de questions, auxquelles je savais qu'il n'aurait répondu à personne d'autre. « Tu crois qu'elle est vraiment devenue folle, p'pa ? » Alors il m'a regardé et m'a dit : « Nat, n'importe qui peut faire n'importe quoi selon les circonstances. Personne ne peut deviner de quoi il est capable. »

— Rien à voir avec un aveu de meurtre.

— Je n'ai jamais su exactement ce qu'il voulait dire. Mais j'ai trouvé bizarre qu'il me sorte ça, comme ça. J'y ai vu un genre de mise en garde.

Nous sommes arrêtés par les bouchons du pont de Nearing, où la route se rétrécit. Chaque soir, à l'heure de pointe, on avance mètre par mètre, pare-chocs contre pare-chocs. Il y a des années, un copain m'avait expliqué que, selon la théorie de la relativité, chaque être vivant et chaque objet projetait en permanence dans l'espace un rayonnement lumineux et qu'il aurait suffi de se déplacer plus vite que la lumière pour remonter le temps et revivre n'importe quel moment du passé, comme un film muet qu'on aurait pu se projeter en trois dimensions. Là, je donnerais cher pour revoir ce qui a réellement eu lieu chez mes parents après notre départ, dans les trente-six heures qui ont suivi ce fameux dîner. J'essaie de me repasser le film, de temps à autre, mais la seule image qui me vient, c'est celle de mon père, assis sur le lit, près de ma mère.

— Sandy est toujours convaincu de l'innocence de papa.

— Tant mieux, répond Anna. Comment tu le sais ?

— Je le lui ai demandé, tout simplement, pendant qu'on préparait mon témoignage. Mais, bien sûr, je vois mal ce qu'il aurait pu répondre d'autre au fils de son client.

— Si on dit ce genre de chose, c'est généralement que c'est vrai. Sinon, on tâche d'esquiver la question, en noyant le poisson.

Anna n'exerce que depuis deux ans, mais je me fie à son diagnostic.

— Ça doit te réconforter, de voir que les gens les mieux placés pour connaître le dossier gardent confiance en ton père.

Je hausse les épaules.

— L'avis de Sandy rejoint le tien, pour les tests ADN du premier procès.

J'ai entendu dire de source sûre que Ray Horgan, qui était célibataire à l'époque, était lui aussi l'amant de la victime. Si mon père est innocent, Ray devrait être le suspect le plus logique, d'autant qu'il s'était ensuite retourné contre mon père et avait témoigné contre lui. Ça, on s'attendrait à ce que mon père ait fini par le comprendre... Au lieu de quoi, il s'est rabiboché avec Ray, qui, depuis, n'a cessé de jouer pour lui les larbins empressés, comme s'il avait quelque chose à se faire pardonner.

Mais c'est le genre de considération que je garde pour moi. J'évite soigneusement d'évoquer Ray ou la liaison qu'Anna a pu avoir avec lui. De temps à autre, je me rappelle que l'aventure de mon père date à peu près à la même époque. Au milieu de toutes les autres théories plus ou moins fumeuses qui me trottent dans la tête, cette coïncidence temporelle m'avait un temps intrigué : est-ce que par hasard je n'avais pas complètement raté le coche, est-ce que ce n'était pas avec mon père qu'Anna avait eu cette aventure catastrophique ? Mais je me ravise aussitôt : si c'était le cas, nous ne serions pas là ensemble, elle et moi, sur ce pont, bloqués dans les embouteillages. Je m'interroge juste sur ce qui les prend, tous ces types d'âge mûr. À croire que leur tête se barre en même temps que leurs lombaires ou leur prostate...

— Merci de faire ça pour moi, Anna, lui dis-je comme elle se gare devant chez mes parents.

Elle me répond en me serrant un instant dans ses bras. Ce n'est pas la première fois qu'elle m'accompagne pour faire ce genre de commission. La maison me fiche la chair de poule. La scène du prétendu crime, où la vérité semble rester tapie, incrustée dans les murs. Les stores sont baissés en permanence, pour décourager l'œil indiscret des caméras et une odeur de graillon tenace imprègne l'air, comme si on venait de faire frire quelque chose.

Ce procès a été une rude épreuve pour notre couple. En fait tout est très dur, depuis neuf mois, et j'ai parfois du mal à comprendre comment nous avons réussi à rester ensemble. Je m'isole régulièrement dans mon îlot intérieur, je passe des soirées entières sans desserrer les dents, incapable d'aligner deux phrases. Nos fréquentes conversations sur mon père nous amènent parfois à deux doigts de la dispute. Anna est souvent plus prompte que moi à prendre sa défense, ce qui a le don de me fiche en rogne.

Sans parler des écueils de la vie ordinaire. Les affaires tournent toujours au ralenti, au cabinet d'Anna, mais elle reste très demandée auprès des partenaires, même dans ce contexte de crise. Il s'écoule parfois plusieurs jours sans que je la voie. Je ne relève que quelques traces de son passage, la forme de son corps dans le lit ou le souvenir de m'être heurté à elle dans mon sommeil. Mais elle semble heureuse et ne cesse de me répéter que, grâce à moi, elle a enfin compris, plus clairement que jamais, à quel point elle aimait la vie. Et ça se voit. J'adore arriver le premier à un de nos rendez-vous et l'apercevoir avant qu'elle ne m'ait vu... Elle marche dans la rue d'un pas si résolu, si belle, si radieuse, si parfaitement maîtresse d'elle-même.

En revanche, moi, j'ai l'impression d'être sans arrêt ballotté par les événements. D'un jour à l'autre, je ne sais pas si je dois travailler ni à quelle heure. Je fais toujours quelques remplacements à Nearing High, mais pas pendant le procès. Ayant hérité à la mort de ma mère d'un petit pécule que m'avaient laissé mes grands-parents maternels, j'ai pu remettre à plus tard un certain nombre de décisions concernant ma carrière juridique. Je suis à présent beaucoup plus riche que je ne l'espérais.

Nous montons au premier et nous attardons un moment devant la chambre de mes parents, à la porte du petit bureau où mon père avait installé son ordinateur, avant que Tommy Molto ne décide de le saisir comme pièce à conviction.

— Ça s'est vraiment mal passé, aujourd'hui, lui dis-je, avec un signe de tête vers l'intérieur de la chambre.

Comme souvent, je lui ai résumé les choses un peu trop rapidement pour qu'elle ait pu saisir les principales péripéties et je dois revenir plus en détail sur l'effet dévastateur des e-mails effacés et des recherches sur Internet, concernant la phénelzine.

— Je croyais que Hans et Franz allaient justement contre-attaquer en attestant qu'il n'y avait peut-être pas eu d'e-mails supprimés, dit-elle.

« Hans et Franz » sont les deux informaticiens que Stern a engagés pour contrer le Dr Gorvetich, l'expert de l'accusation. Ce sont deux jeunes Polonais, un petit et un grand, arborant de magnifiques coupes en brosse hérissées et fixées au gel. Ils parlent à toute vitesse avec un fort accent, et me rappellent parfois ces jumeaux dont nul ne peut comprendre le sabir. Ils ont l'air de considérer le Dr Gorvetich, un de leurs anciens profs de fac, comme un vieux tocard et prennent un malin plaisir à prendre le contre-pied de toutes ses conclusions – ce qui n'est apparemment pas un tour de force. Quoi qu'il en soit, d'après certains commentaires que je les ai entendus échanger en coulisse, j'ai comme l'impression que le Dr Gorvetich a tout de même raison sur un point : un logiciel de *shredding* a bel et bien été téléchargé sur l'ordinateur de mon père et a servi à effacer certains messages.

Anna secoue la tête.

— J'ai tendance à me méfier de tout ce qui sort du service de Molto, dit-elle. Tu sais qu'il a été soupçonné d'avoir trafiqué certaines preuves, au premier procès. C'est un fait pratiquement établi.

— Ils n'ont pas pu faire ça.

Elle éclate de rire.

— L'une des rares choses utiles que m'ait apprises ma belle-mère, c'est de ne jamais m'étonner si les gens ne changent pas !

Dans la chambre, nous nous esclaffons devant la vaste collection de cravates de mon père. Il doit en avoir une bonne soixantaine, toutes à peu près pareilles, rouges ou bleues, rayées ou à petits motifs. La cravate violette qu'il m'a demandée détonne dans le lot, comme le gros nez rouge de Rudolph le Renne par temps de brouillard. Je vais chercher un sac au rez-de-chaussée et nous les plions sur le lit de mes parents.

— Tu veux que je te raconte un truc un peu... salace, Anna ?

Ce que j'aime, chez elle, c'est qu'il n'y a pas l'ombre d'une chance pour qu'elle réponde « non » à ce genre de proposition.

— Du temps où j'étais au lycée et que je sortais avec Paloma, elle m'emmenait en douce chez elle, avant que ses parents ne rentrent du boulot. Pour une obscure raison, elle trouvait follement affriolant de le faire dans le lit de ses vieux...

Anna esquisse un sourire en dodelinant de la tête. Ça n'a pas l'air de lui paraître si « salace ».

— Là, maintenant, ça me paraîtrait un peu osé, mais, tu sais, à dix-sept ans, on y pense tout le temps et on est prêt à le faire n'importe où. Et, évidemment, un jour, on est venus ici et l'idée lui est venue de recommencer sur ce lit. Mais ça, faut croire que c'était trop pour moi – j'y suis pas arrivé, je veux dire. Échec total.

— Dis donc… C'est quoi, ça ? Un défi ? me demande Anna et, s'approchant de moi, elle va droit au but.

La réaction ne se fait pas attendre, mais je m'écarte prudemment.

— Mais tu serais prête à tout, ma parole…

Elle éclate de rire, mais revient à la charge.

— Ah oui ? Et qu'est-ce que t'en dirais, si je relevais le défi…

La mort de maman, en mettant fin à cette bienheureuse période où nous batifolions tout le temps, a inauguré cette bienheureuse période où nous batifolons presque constamment, en dépit de tout le reste. Le sexe nous offre à la fois l'oubli et l'abandon, en nous plongeant dans une euphorie qui nous permet de survivre à tout. En janvier, nous avions tous deux chopé la grippe et nous avons dû rester trois jours d'affilée au lit, avec une fièvre de cheval et des tas de symptômes pénibles. Nous somnolions les trois quarts du temps. Mais toutes les quelques heures, nous nous retrouvions dans les bras l'un de l'autre, nos corps brûlants soudés comme dans du film plastique. Le débordement même de notre plaisir semblait n'être qu'un effet de notre fébrilité. Depuis, nous ne sommes jamais tout à fait sortis de notre transe.

Faire l'amour à Anna dans le lit où ma mère est morte, quelles que soient l'audace et l'imagination de mon amie en la matière, ça reste bien au-delà de mes limites, mais je l'entraîne vers la chambre qui a été la mienne pendant vingt-cinq ans, à l'autre bout du couloir. Le petit lit est pour moi un terrain ô combien familier, puisque c'est là que j'ai connu mes premiers émois solitaires, vers l'âge de treize ans, et où j'ai définitivement perdu mon pucelage dans les bras de la sœur de Mike Pepi (encore lui !), qui avait à l'époque une petite vingtaine d'années. Et, là, nous nous en payons une bonne tranche. Je m'apprête à engager la seconde manche quand Anna se redresse et s'écrie :

— Bon Dieu, je meurs de faim ! Si on y allait ?

Des sushis feraient parfaitement notre affaire, et je connais un japonais correct sur le chemin du retour.

Nous emballons les cravates. Quelques minutes plus tard, dans la voiture, je sens à nouveau le poids du monde me retomber dessus. C'est l'éternel problème, avec le sexe. On peut faire durer le plaisir autant qu'on veut, il y a toujours un *après*.

— J'aimerais que tu puisses assister à mon témoignage, lui dis-je. Stern pourrait demander l'autorisation à Molto, non ?

Elle y réfléchit, mais juste une seconde, avant de secouer la tête.

— Fausse bonne idée. Imagine que tu en viennes à parler de cette fameuse soirée... Il se trouvera forcément un des procureurs pour sauter sur l'occasion et tenter de sonder mes souvenirs.

Depuis le début, Anna craint de laisser échapper quoi que ce soit qui puisse aggraver le cas de mon père. Et c'est vrai : il suffirait d'un infime détail pour l'enfoncer. Rien que cette image qui lui est revenue ce soir – mon père servant le vin à table, au début du dîner, et présentant à ma mère un plateau apéritif bourré de tyramine – ferait la joie de Brand et de Molto. Stern, Marta, Anna, mon père et moi, nous sommes tous convenus qu'il valait beaucoup mieux que mon amie reste l'un de ces témoins redoutés des deux camps et qu'ils évitent d'appeler, se sachant incapables de prédire ce qui ressortira de ses déclarations et à qui elles bénéficieront.

— Ce soir, Sandy m'a confié qu'initialement il ne voulait pas laisser témoigner mon père.

— Vraiment ?

— Oui. Il craignait que ça n'aide Molto à relier les pointillés pour le jury, et, surtout, que Yee revienne sur ses positions concernant *l'aventure*. Suppose qu'il ait autorisé Molto à y mettre le nez... Il a déjà essayé de lui faire changer d'avis.

— Tu rigoles ?

— Je n'ai pas pu écouter ça jusqu'au bout. Je suis sorti dès qu'ils ont commencé à en discuter. Tu sais, je suis toujours à cran, chaque fois que ça revient sur le tapis. Ce que je peux en vouloir à mon père, de ses conneries...

Elle prend son temps, pesant soigneusement chaque mot. Nos avis divergent généralement sur ce sujet. Sans doute parce que ça n'est pas son père, à elle.

— Je sais que je ne suis pas à ta place, convient-elle, et ça n'est pas la première fois que je te dis ça, mais, tôt ou tard, tu vas devoir t'y faire.

Le sujet a été battu, débattu et rebattu, mais j'en reviens toujours au même point, opiniâtrement : de près ou de loin, la mort de ma mère est forcément liée à cette liaison.

— C'était tellement bête, et tellement égoïste – tu ne trouves pas ?

— Si, répond-elle. Mais je vais te dire ce que j'en pense. Ce que j'en pense *vraiment*. Tu te souviens, ce type dont j'étais amoureuse ?

— Ton Superman, avec ses superpouvoirs, dis-je.

— Absolument. Eh bien, mon Superman avec ses superpouvoirs était assistant juridique à la Cour suprême de l'État, ce qui se trouvait être, comme par hasard, le siège pour lequel son père s'était porté candidat. Et figure-toi que ce type hyper-méga-génial allait parfois bosser à la Cour suprême avec quelques joints au fond de ses poches. Sachant que s'il se faisait pincer, il ferait les gros titres dans toute la presse. Il risquait non seulement son boulot, mais surtout une radiation temporaire du barreau. Il aurait même pu torpiller son père, aux élections.

— OK, mais j'avais un sérieux passage à vide, à ce moment-là.

— Rusty a pu en avoir un, lui aussi. De même que la fille, pour autant que tu saches. Je peux comprendre que tu sois déçu par sa conduite, mais ça arrive à tout le monde de faire des trucs bizarres, voire complètement aberrants, de temps à autre. Des coups insensés, qui blessent ceux que nous aimons, ou croyons aimer. Si quelqu'un répète sans arrêt les mêmes erreurs, je comprends qu'on puisse lui en vouloir, à la longue. Mais on a tous nos périodes noires. Je ne te raconte pas toutes les bourdes que j'ai pu collectionner, sur le plan sexuel.

— Non, merci. (Deux ou trois anecdotes m'avaient suffi.) Mais il y a quand même une sacrée différence entre les erreurs de jeunesse et celles qu'on commet à un âge où on devrait avoir un peu plus de plomb dans la tête.

— Un peu commode, comme explication, tu ne trouves pas ?

— J'en sais rien, répliqué-je.

Ça commence à bien faire, là. Les feux de position sombrent dans un grand flou, sur le pont de Nearing. Les larmes me montent aux yeux. Chaque jour, je vois arriver le moment où tout ça me submerge. Je donnerais n'importe quoi pour pouvoir appuyer sur l'accélérateur, laisser tout ça derrière moi et accoster enfin sur la terre ferme.

— J'en ai marre. J'en ai vraiment marre, de cette situation merdique.

— Je sais, mon chéri.

— Ras le bol !

— Je sais.

— Rentrons vite, lui dis-je. Je veux rentrer.

30.

Tommy, 23 juin 2009

Une autre journée d'audience. La défense avait manifestement resserré les rangs. En dépit de la volée de bois vert que Rusty s'était prise la veille, il était arrivé frais et dispos. Il arborait même une cravate neuve, dernier cri, dont le violet vibrant proclamait que son moral restait inaltéré. Sandy communiquait ses instructions depuis son siège, comme du haut d'un trône, à sa fille et au reste de son équipe qui s'affairait autour de lui.

Marta vint à la table des procureurs. Elle comptait parmi ces femmes qui s'arrangeaient avec l'âge. À ses débuts, c'était une vraie boule de nerfs. Elle démarrait au quart de tour et s'égosillait à tout bout de champ, comme une bouilloire sur le feu. Son mariage et ses maternités semblaient l'avoir adoucie. Elle pouvait toujours vous voler dans les plumes, mais plus sans une bonne raison. Après son dernier enfant, elle avait perdu quinze kilos qu'elle avait réussi à ne pas reprendre. Bien qu'étant le portrait craché de son père, qui n'avait rien d'un Apollon, elle était devenue presque jolie. Et plus redoutable que jamais, comme juriste. Elle n'avait certes pas l'abattage du vieux Stern, ni son intensité dramatique, mais elle était rapide et fiable, et avait hérité l'instinct de son père et son discernement de jugement.

— Nous allons devoir utiliser l'ordinateur de Rusty, annonça-t-elle à Tommy. Cet après-midi, probablement.

Le procureur général leva la main d'un geste impérial, comme pour chasser d'insignifiants moucherons. Mais dès qu'elle eut tourné le dos, il nota sur son bloc : *L'ordinateur ???* en soulignant le mot plusieurs fois. Vu l'effet dévastateur qu'avait eu l'histoire des e-mails effacés et des recherches sur Internet, les procureurs mettaient un point d'honneur à trimbaler chaque jour le PC de Rusty en salle d'audience. L'appareil, emmailloté dans le cocon de plastique rose qui le protégeait de toute intervention extérieure depuis qu'il était revenu de chez Mason, en décembre dernier, trônait toute la journée sur leur table, juste sous les yeux du jury.

Brand fit son entrée en poussant le Caddie du ministère public qui ferraillait comme un train sur ses rails, escorté de Rory et de Ruta.

— C'est qui, l'autre, là, dans le couloir ? marmonna-t-il en rejoignant son chef.

Tommy ne voyait pas de quoi il parlait.

— Une petite grosse qui attend dans le hall. Une Latina. Je me demandais si vous l'aviez remarquée...

Brand fit signe à Rory d'approcher et lui demanda d'aller se renseigner. Comme elle s'éloignait, Tommy lui annonça la nouvelle, pour l'ordinateur.

— Ils vont vraiment le faire tourner ? s'étonna Brand.

— Elle a dit qu'ils allaient « s'en servir ».

— Faut prendre l'avis de Gorvetich. Rien que de l'allumer, ça risque de tout foutre en l'air.

Tommy lui notifia son désaccord en secouant la tête, mais Brand était furieux.

— Je vous le déconseille formellement, chef. Rien que d'appuyer sur l'interrupteur, ça va induire tout un tas de changements sur le disque dur.

— Ce n'est pas le problème, Jim. L'ordinateur est à Rusty. C'est nous qui avons demandé de l'examiner, comme pièce à charge. S'ils veulent démontrer quelque chose au jury et qu'ils doivent le faire sur cette machine, on ne peut pas les en empêcher. Yee ne nous suivrait pas. Ils ont besoin de faire leur démonstration sur la pièce à conviction elle-même…

— Pour démontrer quoi, d'abord ?

— Ils ne m'ont pas envoyé de faire-part, rétorqua Tommy.

Gissling était de retour, avec une carte de visite sur laquelle ils se penchèrent tous les quatre. Rosa Belanquez était la responsable du service clients à l'agence de Nearing de la First Kindle Bank.

— Sur quoi elle va témoigner ? s'enquit Brand.

— Elle a dit qu'elle n'était là que pour des questions de relevés, répondit Rory.

Aucun des trois n'avait la moindre idée de ce que ça pouvait signifier. Tous les relevés bancaires que Rory avait récupérés à l'automne précédent avaient justement été rejetés du dossier, pour cause de lien avec l'aventure de Rusty. À une exception près : le chèque de banque qu'il avait envoyé à Prima Dana, en règlement de sa consultation.

Brand soutint le regard de Tommy. Comme il le lui avait dit la veille au soir, Stern leur mijotait quelque chose.

— On pourrait essayer de l'en dissuader, fit Brand. En lui disant que son témoignage n'est pas compatible avec l'injonction des quatre-vingt-dix jours de réserve, par exemple.

— Jimmy !

Tommy n'avait pu réduire suffisamment le volume. À l'autre bout de la salle, les yeux de Stern, de Marta et du fils Sabich convergèrent vers eux. Ce que suggérait Brand était aussi bête que dangereux : le premier réflexe de la banquière, face à une telle menace, serait d'aller prendre conseil auprès de Stern, lequel irait aussitôt voir le juge Yee en accusant les procureurs d'obstruction à la justice – et non sans raison. L'obligation de réserve qu'impliquait la lettre des quatre-vingt-dix jours s'effaçait devant l'obligation de venir témoigner à la barre.

Brand était de jour en jour plus déchaîné. À présent, la victoire semblait à portée de main et le fait même qu'ils aient de bonnes chances de l'emporter, dans une affaire initialement si mal partie, le mettait dans une sorte de transe. Ce qui était en jeu, c'était l'avenir de Tom et la trace qu'il laisserait dans le service. En valeureux samouraï, Brand prétendait placer les intérêts de son suzerain au-dessus des siens, ce qui était en soi méritoire, mais, au pied du mur, le talon d'Achille de Jimmy était, comme toujours, sa tendance à l'excès de zèle. Tommy laissa donc passer quelques minutes, le temps que Brand revienne un peu à la raison, ce qu'il finit par faire, comme toujours.

— Désolé, Boss, fit-il, et il lui réitéra ses excuses encore deux ou trois fois. Le truc, c'est que je ne sais vraiment pas ce que Stern a derrière la tête.

— Messieurs, la cour ! annonça l'huissier, tandis que Yee débouchait au pas de charge de la porte donnant sur son estrade.

Tommy tapota la main de son premier adjoint.

— On ne va pas tarder à être fixés, lui dit-il.

31.

Nat, 23 juin 2009

Mon père sort du sac sa cravate violette et se la passe au cou, face au miroir des toilettes des hommes. Puis il se tourne vers moi et me consulte du regard.

— Parfait.

— Encore merci d'être allé me la chercher.

Nous nous dévisageons mutuellement et, l'espace d'une seconde, je vois une ombre de chagrin lui assombrir les traits.

— Tu parles d'un bordel, dit-il.

— Ouaip. T'as vu ça, le match des Trappers, hier soir ?

Il gémit.

— Est-ce qu'ils vont finir par se trouver un *pitcher* digne de ce nom ?

Vaste question. Il s'examine encore un instant dans la glace.

— Tous en scène, décrète-t-il. Aujourd'hui, on met le feu !

Toujours respectueux de l'étiquette, mon père attend que le juge Yee l'y ait invité, avant de retourner prendre place sous le dais de bois sombre, face aux jurés. Stern, Marta et Mina, la consultante spécialisée dans la sélection et la composition des jurys, sont tous trois satisfaits de celui-ci. Ils voulaient des Noirs du centre-ville et quelques banlieusards, plus susceptibles de s'identifier à mon père, et neuf des douze premiers sièges sont occupés par des citoyens de sexe masculin, appartenant à ces deux catégories. J'observe les réactions des jurés pour voir comment ils dévisagent mon père, après la débâcle de la veille. S'ils le regardent en face, il paraît que c'est bon signe. Je note avec satisfaction que deux des Afro-Américains – des voisins, habitant à quelques rues de distance, dans le North End – l'observent en hochant la tête avec un petit sourire, tandis qu'il s'installe.

Au même moment, Stern a pris appui sur la table et, avec l'aide de sa fille, se hisse péniblement sur ses pieds. Aujourd'hui, les plaques rouges de son visage semblent s'être un peu atténuées.

— Eh bien, Rusty… Hier, en répondant aux questions de Mr Molto, vous lui avez fait remarquer à plusieurs reprises qu'il vous demandait de vous prononcer sur différents éléments – concernant la mort de votre femme, en particulier – à propos desquels vous ne pouviez former que de simples suppositions. Vous souvenez-vous de ces questions ?

— Objection ! lance Molto, qui préférerait éviter ce genre de rappel, mais le juge Yee rejette sa requête.

— Rusty, pouvez-vous nous dire de façon certaine de quoi votre femme est morte ? demande Stern.

— La seule chose que je puisse affirmer, c'est que je ne l'ai pas tuée.

— Vous avez entendu les déclarations des témoins ?

— Bien sûr.

— Et vous savez que le coroner avait initialement conclu à une mort naturelle ?

— Oui.

— Puis vous avez évoqué avec le *prosecuting attorney* la possibilité que, troublée par l'émoi que lui causait la visite de votre fils et de son amie, invitée chez vous pour la première fois, votre femme ait doublé par mégarde sa dose habituelle de phénelzine ?

— Oui, je m'en souviens.

— Vous avez ensuite évoqué une autre possibilité : Mrs Sabich aurait pu prendre une dose normale de phénelzine, mais mourir accidentellement à cause d'une interaction toxique de ce produit avec une substance qu'elle aurait absorbée dans ses aliments ou ses boissons ?

— Oui.

— Alors, Rusty, puisque Mr Molto ne vous l'a pas demandé, est-ce que l'une ou l'autre de ces trois théories quant à l'origine du décès de votre femme – causes naturelles, overdose accidentelle ou conséquences toxiques d'une interaction avec certains aliments – vous semble incompatible avec les pièces présentées par l'accusation ?

— Pas vraiment, non. Les trois sont possibles.

— Auriez-vous néanmoins, monsieur le juge, une autre hypothèse, tout aussi compatible avec les pièces du dossier, quant à la mort de votre femme, une supposition qui, au vu de tous les indices dont nous disposons, vous semblerait plus probable ?

— Objection ! lance Molto. Cette question suppose des compétences que le témoin ne possède pas.

Yee, pensif, tambourine sur son bureau du bout de son crayon.

— Est-ce que c'est théorie de la défense ? s'enquiert-il.

— Comme nous l'avons spécifié, Votre Honneur, répond Stern. C'est effectivement l'hypothèse de la défense pour expliquer la mort de Mrs Sabich, sans exclure d'autres possibilités.

Les prévenus disposent d'une certaine latitude pour proposer des hypothèses à l'appui de leur innocence, s'ils peuvent expliquer autrement l'existence des preuves ou leur donner une interprétation qui leur ôte leur caractère incriminant.

— Très bien, dit Yee. Objection rejetée. Poursuivre, Mr Stern...

— Vous souvenez-vous de la question, Rusty ? demande Stern.

— Bien sûr, dit mon père, avant de prendre une seconde de plus pour se redresser sur son siège, en regardant le jury bien en face, ce qu'il a rarement fait jusque-là. Je pense que ma femme a délibérément mis fin à ses jours en prenant une surdose de phénelzine.

J'ai souvent constaté que dans une salle d'audience, l'impact d'une déclaration pouvait se mesurer à l'oreille. Certaines réponses éveillent un bourdonnement ou une rumeur d'essaim. À d'autres moments, tels que celui-ci, l'effet produit peut s'évaluer à la profondeur du silence qu'elles provoquent. Toute l'assistance semble plongée dans ses réflexions. Mais, au fond de moi, cette réplique a réveillé une vieille angoisse enfouie très loin et depuis très longtemps, qui remonte vers la surface en irradiant vers la périphérie, du plexus aux poumons puis aux membres. Et dans une bouffée d'un ineffable soulagement, je sens, je sais que c'est l'absolue vérité.

— Ce n'est pourtant pas ce que vous aviez déclaré à la police, lui fait remarquer Stern.

— À l'époque, Mr Stern, je ne savais qu'un fragment de ce que je sais aujourd'hui.

— Tout juste, réplique Stern.

S'appuyant d'une main au coin de la table de la défense, l'avocat pivote de deux ou trois pas autour de son point d'appui.

— Mais on n'a retrouvé aucune lettre, Rusty.

— Non. Je pense que Barbara espérait faire passer sa mort pour naturelle.

— Comme l'avait initialement diagnostiqué le coroner..., enchaîne Stern.

— Objection ! lance Molto.

Le juge Yee retient l'objection, mais glisse un petit sourire, en aparté, pour l'habileté stratégique de Stern.

— Et, à votre avis, pourquoi votre épouse aurait-elle voulu maquiller ainsi son propre suicide ?

— Probablement pour ménager notre fils.

— Quand vous dites « notre fils », vous parlez bien de ce beau jeune homme, là-bas, au premier rang ?

— Lui-même, oui.

Mon père me sourit, à la grande joie des jurés. Je ne meurs pas d'envie de me donner en spectacle dans ce genre de situation, mais je me débrouille pour lui retourner son sourire, non sans un certain effort.

— Pourquoi votre femme aurait-elle voulu cacher à votre fils sa décision de mettre fin à ses jours ?

— Nat est notre fils unique et il serait le premier à reconnaître qu'il a eu quelques problèmes psychologiques, dans son enfance. Tout cela appartient au passé, et son avenir s'annonce sous de bien meilleurs auspices. Mais sa mère a toujours eu une attitude surprotectrice, vis-à-vis de lui, et je suis persuadé que si Barbara avait décidé de se suicider, elle aurait tenu à limiter les conséquences d'un tel choc pour son fils.

Stern n'ajoute rien, mais hoche imperceptiblement la tête, comme si l'affaire lui semblait limpide, et, pour moi, elle l'est. C'est le genre de mythe qui ne fait que croître et embellir dans les traditions d'une famille – dans la mienne, ma dépression passait pour le contrecoup de celle de ma mère. Si elle avait dû capituler devant la férocité de cette force implacable au point de mettre fin à ses jours, elle aurait sûrement préféré me cacher son acte. Elle ne pouvait quitter ce monde en me laissant en héritage un pronostic aussi sombre.

— À votre connaissance, Rusty, votre femme avait-elle déjà tenté de se suicider ?

— Vu la gravité de ses phases dépressives, le Dr Vollmann m'a toujours recommandé d'ouvrir l'œil. Et, effectivement, j'ai connaissance d'une tentative datant de la fin des années quatre-vingt, à l'époque de notre séparation.

— Suppression demandée, dit Molto. Si ça a eu lieu pendant leur séparation, le juge Sabich ne peut en témoigner qu'indirectement.

— Accordé, dit Yee.

Stern hoche la tête avec civilité et poursuit :

— Nous devrons donc appeler un autre témoin.

Molto a bondi sur ses pieds.

— Même motion, Votre Honneur ! Ça n'était pas une question, c'était une indication scénique.

— S'agit-il d'une objection dans les règles, Votre Honneur, ou d'une simple remarque sur mon jeu de scène ?

Le juge Yee ne manque pas d'humour. Son vaste sourire s'épanouit, dévoilant une rangée de petites dents.

— Allons, allons, messieurs..., intervient-il.

— Je retire la question, dit Stern.

Pendant ces quelques répliques, le regard de mon père intercepte à nouveau le mien. Je comprends tout à coup pourquoi il s'excusait, hier. Ce déménagement à Detroit, dont ma mère attendait tant, ne l'avait pas rendue plus heureuse. Avec ce sixième sens que peuvent avoir les gosses, je sentais que quelque chose ne collait pas. J'avais sans arrêt des cauchemars. Je me réveillais dans mon lit défait, et j'appelais ma mère en hurlant. Parfois, elle venait. Mais, d'autres fois, je devais me lever et aller la rejoindre. Je la trouvais pratiquement toujours dans sa chambre, assise dans le noir, et dans un tel état de confusion qu'il lui fallait parfois plusieurs secondes pour s'apercevoir de ma présence, même si j'étais à deux pas d'elle. De plus en plus souvent, je me réveillais juste pour aller m'assurer que tout allait bien. Une nuit, ne la trouvant pas dans sa chambre, j'ai fouillé tout l'appartement en hurlant « Maman ! Maman ! » Jusqu'à ce que je pense à la salle de bains. Elle était là, dans la baignoire pleine. Le choc fut intense. Je n'avais plus l'habitude de la voir nue, mais ce détail m'a totalement échappé, sur le moment. La seule chose que je voyais, c'était la petite lampe qu'elle avait à la main, branchée à l'autre coin de la pièce, au bout d'un prolongateur.

J'ai eu l'impression de rester planté là une bonne minute, mais, en fait, il n'a dû s'écouler qu'un instant, quelques secondes tout au plus – bien trop longtemps, en tout cas – avant qu'elle ne se retourne vers moi, vers la vie.

— Tout va bien, Nat... Je voulais juste lire un peu.

— Non, ça ne va pas. Pas du tout !

— Si, ça va, a-t-elle répété. J'ai juste eu envie de lire dans mon bain.

Effaré, ivre de désespoir, j'ai fondu en larmes. Elle est sortie de son bain, toujours sans un fil sur elle, pour venir me prendre dans ses bras, mais j'ai eu le bon sens de courir jusqu'au téléphone et d'appeler mon père. Quelques jours plus tard, les troubles mentaux de ma mère étaient diagnostiqués et pour nous, la vie reprit son cours. Mais, par la suite, et jusqu'au dernier jour de ma mère, le spectre de cette scène n'a cessé de me hanter, chaque fois que j'étais en sa présence.

— Avez-vous reparlé de cette tentative de suicide avec votre femme ?

— Objection, dit Molto. La question fait appel à un témoignage indirect.

— Avez-vous parlé, vous et votre femme, des risques qu'il y avait pour qu'elle récidive ?

À l'autre bout de la salle, Tommy fronce les sourcils, mais il est coincé. Pour d'obscures raisons que je n'ai jamais vraiment réussi à élucider, pendant mes cours de droit, ce que ma mère a pu dire du passé constitue un témoignage indirect, mais ce qu'elle a dit de l'avenir peut être versé au dossier.

— Nat avait dix ans, quand nous avons repris la vie commune, à la fin des années quatre-vingt, et Barbara m'a plusieurs fois assuré qu'elle ne lui ferait plus jamais vivre une scène aussi traumatisante.

Ça aussi, je sais que c'est vrai. Elle me l'a juré des centaines de fois.

— Est-ce que votre fils vivait sous votre toit l'année dernière, à l'époque de la mort de votre épouse ?

— Non.

— Et est-ce que cette promesse qu'elle vous avait faite, de ne plus jamais infliger ce genre de traumatisme à votre fils, vous conforte dans votre conviction qu'elle aurait pu choisir de faire passer son suicide pour une mort naturelle ?

— Absolument.

— À votre connaissance, Rusty, votre femme a-t-elle à nouveau tenté de se suicider, au cours de votre vie commune ?

— Non.

— Vous n'aviez donc aucune expérience de l'attitude qu'elle aurait pu adopter, au cas où elle aurait décidé d'attenter à ses jours ?

— Non.

— Mais si elle avait montré des signes de préparer une telle tentative, qu'auriez-vous fait ?

— Objection, dit Molto. Pure spéculation.

— Auriez-vous tenté de l'en empêcher ?

— Bien sûr.

La deuxième question et sa réponse se sont enchaînées sans laisser à Yee le temps de statuer sur la première objection.

— Objection retenue, dit le juge.

— Et donc, si Barbara avait résolu de se tuer, elle aurait dû, pour avoir des chances d'y parvenir, vous cacher soigneusement son geste, à vous et à votre fils ?

— Monsieur le juge ! lance Molto.

Sur l'estrade, la tête de mon père a vivement pivoté en direction de Molto.

— Oui ? répond-il, avant de se reprendre, sidéré par sa propre méprise. Oh, mon Dieu… pardon ! dit-il.

Yee, ce joyeux drille, s'amuse comme un petit fou et toute l'assistance s'esclaffe avec lui. Un moment de détente, dans cette austère passe d'armes. Les rires durent quelque temps, puis, dans le silence revenu, Yee agite l'index en direction de Stern.

— Ça suffire comme ça, Mr Stern. Nous tous compris.

Stern lui répond d'un petit signe de tête déférent, un début de révérence à peine esquissé, avant de poursuivre :

— À votre connaissance, votre femme avait-elle eu vent du procès Harnason ?

— Nous en avions parlé, à l'époque où j'ai dû statuer dessus, puis à nouveau, quelque temps après. Elle avait lu des articles concernant l'affaire. Elle s'y intéressait d'autant plus que je lui avais raconté la façon dont Mr Harnason m'avait abordé, après l'exposé préliminaire de son avocat devant la cour d'appel. Et, bien sûr, au cours des semaines qui ont précédé la mort de Barbara, le cas Harnason a fait l'objet d'attaques répétées, sous forme de spots télévisés, de la part de mon adversaire à l'élection pour la Cour suprême de l'État. Et je peux vous assurer que ma femme les avait vus, car elle ne cessait de s'en plaindre.

— Mrs Sabich avait-elle lu la décision rendue par la cour dans l'affaire Harnason ?

— Oui. Il est exceptionnel que je contredise mes collègues. D'habitude, Barbara ne s'intéressait pas beaucoup à mon travail, mais, comme je l'ai dit, cette affaire-là, elle l'avait suivie. Elle m'avait même demandé de lui apporter une copie de la décision.

— Pour rappeler un point déjà établi par l'accusation et étayé par plusieurs pièces à charge, il est question dans cette décision des médicaments et produits toxiques (y compris les inhibiteurs de la MAO) ne figurant pas dans la liste des substances testées par le protocole de tests toxicologiques standards.

— C'est exact.

Stern enchaîne alors sur d'autres sujets. Mon père explique longuement qu'en 1988 ma mère et lui ont repris la vie commune, à la condition expresse qu'elle s'engage à suivre le traitement qui lui avait été prescrit pour ses troubles bipolaires, et que c'était justement pour cela qu'il se chargeait de lui acheter ses médicaments. Il lui arrivait même de les ranger dans l'armoire à pharmacie. Tout ceci pour expliquer la présence de ses empreintes sur le flacon de phénelzine… Stern glisse un mot à l'oreille de Marta, qui traverse le prétoire pour aller demander quelque chose à Jim Brand et revient avec entre les mains l'une des pièces, scellée sous son enveloppe de cellophane.

— Bien, Rusty. Mr Molto vous a aussi interrogé sur vos deux visites à Dana Mann. Vous vous en souvenez ?

— Bien sûr.

— Votre femme connaissait-elle Mr Mann ?

— Oui. Dana et sa femme, Paula Kerr, étaient de vieux amis. Nous avons fait nos études ensemble et nous nous invitions souvent les uns les autres, en couple, quand nous étions plus jeunes.

— Votre femme connaissait-elle la spécialité du cabinet Mann ?

— Bien sûr. Par exemple, il y a cinq ou six ans, quand Dana a été élu président des affaires matrimoniales, à l'association du Barreau, il m'a demandé d'intervenir à la tribune lors d'un colloque de l'organisation. Paula y assistait et Barbara était venue au cocktail.

— Mr Molto vous a interrogé sur vos deux rendez-vous avec Mr Mann. Je crois que vous avez dit que, lors de votre seconde entrevue, le 4 septembre 2008, vous aviez un moment envisagé de lancer une procédure de divorce, c'est bien ça ?

— Oui.

— Mr Mann vous a-t-il envoyé sa facture, pour ces deux consultations ?

— À ma demande, oui. Je ne tenais pas à ce qu'il m'en fasse cadeau, pour de multiples raisons.

— Parce qu'on est mieux servi quand on paye rubis sur l'ongle ? demande Stern, avec un sourire.

Comme mon père lui retourne son sourire, en opinant du chef, le juge lui demande de répondre à haute voix.

— Exactement, dit mon père.

— J'aimerais attirer votre attention sur la pièce à charge n° 22, présentée par le ministère public. S'agit-il bien de la seconde facture qu'il vous a envoyée, en septembre 2008 ?

La facture s'affiche à l'écran.

— Oui.

— Et elle vous a été adressée à votre domicile de Nearing, n'est-ce pas ?

— Oui.

— Est-ce bien à ce domicile que vous avez reçu cette facture ?

— Non. J'avais reçu une copie numérisée, par Internet. J'avais demandé que tout se fasse par e-mail.

— Mais vous l'avez bien réglée, cette facture, cette pièce n° 22, n'est-ce pas ?

— Oui. J'ai retiré de l'argent à un distributeur automatique, en deux fois, et j'ai acheté un chèque de banque dans mon agence, la First Kindle, à Nearing.

— Le chèque de banque qui constitue justement la pièce n° 23, exact ?

— Exact.

Le chèque s'affiche à l'écran. Dans l'espace prévu à cet effet sont notés le numéro de la facture et la formule : « 4 septembre 2008/consultation ».

— Vous aviez donc payé au moyen d'un chèque de banque, et non d'un chèque normal. Pourquoi ?

— Pour n'avoir pas à expliquer à Barbara que j'avais consulté Mr Mann, ni pour quelle raison.

— Fort bien, dit Stern, avec un imperceptible clin d'œil du côté de Molto, histoire de lui faire savoir que ses facéties de la veille ne sont pas passées inaperçues. J'attirerai enfin votre attention sur la pièce n° 24 qui a été présentée, elle aussi, pendant le témoignage de Mr Mann. Pourriez-vous nous expliquer ce que c'est ?

— Le reçu de mon règlement.

— Et, là aussi, ce document vous a été envoyé par la poste, à votre adresse de Nearing. Est-ce par cette voie que vous l'avez eu ?

— Non. Par e-mail.

— Si j'ai bien compris, Rusty, toutes ces pièces que vous avez reçues par e-mail – les pièces 22, 23 et 24, présentées par le ministère public et la confirmation de votre rendez-vous – auraient donc été supprimées de votre PC. Est-ce exact ?

— C'est ce qu'a déclaré le Dr Gorvetich.

— Est-ce vous qui les avez supprimées ?

— J'admets que cela pourrait sembler logique, Mr Stern. Parce que, comme je l'ai déjà souligné, je ne voulais pas annoncer à Barbara que j'avais pris rendez-vous avec Dana, tant que je n'étais pas sûr de vouloir demander le divorce. Mais, pour autant que je m'en souvienne, je ne les ai pas effacées et j'ai l'absolue certitude de n'avoir jamais téléchargé sur le Web le moindre logiciel de suppression sécurisée.

— Vous n'avez jamais informé Mrs Sabich que vous aviez consulté Mr Mann, ni que vous envisagiez de demander le divorce ?

— Non.

Stern se penche un instant vers Marta, avant de conclure :

— J'en ai terminé, monsieur le juge.

Yee hoche la tête en direction de Molto qui saute sur ses pieds comme un diable sortant de sa boîte.

— Monsieur le juge, s'agissant de votre théorie sur le prétendu suicide de votre femme par overdose de phénelzine, a-t-on retrouvé les empreintes de Mrs Sabich sur le flacon de phénelzine qui était dans son armoire à pharmacie ?

— Non.

— À qui appartenaient les empreintes retrouvées sur ce flacon, monsieur le juge ?

— C'étaient les miennes.

— Les vôtres, et uniquement les vôtres, n'est-ce pas ?

— Oui.

— Et ces sites Web qui donnent des informations sur la phénelzine, à partir de quel ordinateur ont-ils été visités, à la fin septembre 2008 ?

— Du mien.

— Le PC de votre femme a-t-il été examiné par les experts de l'informatique légale, lui aussi ?

— Comme l'a certifié le Dr Gorvetich.

— A-t-on retrouvé trace de recherches concernant la phénelzine, sur le disque dur de son ordinateur ?

— Aucune qui ait pu être identifiée.

— Et quant à votre théorie du suicide, monsieur le juge... De 1988 à 2008, soit pendant vingt ans, Mrs Sabich n'a plus récidivé, n'est-ce pas ?

— Pas que je sache, non.

— Y avait-il quelque chose qui avait changé dans la vie de votre épouse, à la fin septembre 2008, à votre connaissance ?

Mon père transperce Molto d'un regard acéré. Je ne sais pas au juste ce qui se passe, mais c'est manifestement le moment qu'il guettait.

— Oui, monsieur le procureur. Quelque chose avait changé. Radicalement.

Molto se fige sur place, comme s'il s'était pris une gifle. Il a posé une question de trop. Une question d'apparence anodine, mais qui le laisse au bord d'un gouffre. Le PA jette un coup d'œil à Brand, dont la main s'ouvre sous la table du ministère public, paume vers le bas. « Reviens t'asseoir, Tom, semble-t-il lui dire. N'aggrave pas notre cas... »

Et Molto suit ce judicieux conseil. Il déclare qu'il n'a plus de questions pour le témoin et le juge Yee donne congé à mon père, qui reboutonne sa veste et descend les trois marches du box, lentement, d'un pas martial, les épaules redressées, la tête haute et le regard planté droit devant lui. Ce qui semblait relever de l'impensable, pas plus tard qu'hier, s'est produit. Mon père m'a tout l'air d'avoir remporté cette manche.

32.

Nat, 23 juin 2009

Le juge Yee invite Stern à appeler son témoin suivant et Marta se lève pour aller chercher Rosa Belanquez, laquelle se révèle être un cadre du service clients de la banque de mes parents.

Mrs Belanquez est une jolie jeune femme plutôt bien en chair, d'une petite trentaine d'années. Elle s'est visiblement pomponnée pour se présenter au tribunal. Elle porte au cou une petite croix en or et à son annulaire brille un diamant minuscule. Elle incarne l'Amérique à elle toute seule. La bonne Amérique. Celle qui fait ses preuves et gravit les échelons à la force du poignet. Pour Mrs Belanquez, tout semble s'être bien passé. Elle a immigré (elle ou ses parents) pour venir travailler ici, a décroché un bon job à la banque, a été promue, a gagné de l'argent, pas énormément, mais assez pour fonder sa petite famille qu'elle élève honnêtement, comme elle-même a été élevée. Elle apprend à ses enfants à travailler dur, à faire les bons choix, à aimer Dieu et leurs prochains. Une personne charmante. Ça se voit rien qu'à sa façon de prendre place sur l'estrade, en souriant à Marta.

— Mrs Belanquez, avez-vous eu l'occasion de parler à une cliente qui s'est présentée à votre bureau sous le nom de Barbara Sabich, le 23 septembre 2008 ?

Je fais mentalement la soustraction. Le 23 septembre 2008, c'était le mardi d'avant la mort de ma mère.

— Oui, effectivement.

— Que vous a dit Mrs Sabich, et que lui avez-vous répondu ?

Jim Brand s'est levé, colossal dans son costume prince-de-galles un poil trop lourd pour la saison.

— Témoignage de seconde main, objecte-t-il.

— Rien de tout cela ne servira à établir les faits, monsieur le juge. Il s'agit seulement de prouver que Mrs Sabich était au courant.

Le juge opine du chef. Marta souligne que la défense ne tentera pas de prouver la véracité des propos de ma mère, mais juste d'établir qu'elle les a tenus.

— Une réponse à la fois, réplique Yee.

Il statuera au cas par cas, pour ce qui est de l'objection de témoignage indirect, veut-il dire, réponse après réponse – un avantage pour la défense qui aura ainsi l'occasion de dérouler tout l'écheveau de son raisonnement devant les jurés, même si le juge finit par considérer qu'ils n'auraient pas dû l'entendre.

— Tout d'abord, attaque Marta, est-ce que Mrs Sabich vous a montré quelque chose ?

— Elle avait apporté un reçu d'un cabinet d'avocats.

— J'attire votre attention sur ce qui était présenté par le ministère public comme la pièce n° 24, Mrs Belanquez. Reconnaissez-vous ce document ?

Le reçu du cabinet de Dana Mann réapparaît à l'écran.

— C'était bien le document que m'a présenté Mrs Sabich.

— Vous a-t-elle dit comment elle l'avait reçu ?

— Objection, Votre Honneur ! lance Brand.

Marta lui décoche un petit sourire pincé, mais retire sa question.

— D'accord, dit-elle. Vous souvenez-vous dans quoi Mrs Sabich avait apporté ses reçus ?

— Ils étaient dans une enveloppe.

— Quel genre, cette enveloppe ?

— Une enveloppe commerciale ordinaire, avec une fenêtre.

— Y avait-il un timbre sur cette enveloppe ?

— Une vignette d'affranchissement Pitney Bowes, me semble-t-il.

— Avez-vous vu une adresse expéditeur ?

— En fait, dit Mrs Belanquez, elle m'a tendu une enveloppe dont j'ai sorti le reçu. C'était visiblement un pli postal, reçu au courrier.

Brand s'est déjà relevé, prêt à faire objection, mais la main de Molto se pose sur sa manche et l'adjoint se rassied, sans piper mot. Tommy ne veut pas que le ministère public ait l'air d'avoir quelque chose à cacher. À la différence de son chef, Brand a tendance à nier l'évidence, même quand elle saute aux yeux : le secrétariat de Prima Dana s'est emmêlé les pinceaux. Ils ont envoyé par la poste le reçu de la facture que mon père avait payée, et ma mère, qui s'occupait généralement de toutes les factures de la maison, a ouvert cette enveloppe. Après quoi elle est allée à la banque pour essayer de tirer ça au clair.

— Pourriez-vous à présent nous résumer la conversation que vous avez eue avec Mrs Sabich ?

— Ce reçu indique un numéro de chèque de banque, explique Mrs Belanquez en pivotant sur son siège pour pointer le numéro à l'écran, derrière elle. Ma cliente voulait savoir si ce chèque provenait bien de chez nous et à quoi il correspondait. Je lui ai dit que j'allais vérifier dans les fichiers, ce que j'ai fait, mais, pour la suite, j'avais besoin du feu vert de mon supérieur…

Marta prend une enveloppe de cellophane sur la table de la défense et va l'apporter à Brand, qui l'examine et bondit à nouveau sur ses pieds.

— C'est la première fois que nous voyons cette pièce, monsieur le juge !

— Votre Honneur, ce document nous a été présenté par le ministère public en novembre dernier, au cours de l'exposé préliminaire des deux parties.

Ça doit être vrai, car l'inspecteur Gissling hoche vigoureusement la tête, avec un geste en direction de Brand. Marta glisse quelques mots à l'oreille de l'adjoint, qui tend la main. Le document est admis au nombre des pièces du procès, tandis qu'un des assistants de Stern en projette une diapositive à l'écran, pour en faire profiter le jury. C'est une demande de chèque de banque que j'ai vue à l'automne dernier, effectivement. Le papier ne m'avait pas spécialement accroché l'œil, éclipsé par le chèque remis au laboratoire qui avait pratiqué les tests pour les MST.

— J'attire à présent votre attention sur la pièce à décharge n° 1, Mrs Belanquez. De quoi s'agit-il ?

— C'est le relevé que j'ai consulté dans nos fichiers d'archives. Le double de notre chèque de banque.

— Vous me disiez que vous aviez dû prendre avis auprès de votre supérieur ?

— Oui.

— Et après lui en avoir référé, avez-vous à nouveau parlé à Mrs Sabich ?

— Oui, bien sûr.

— Que lui avez-vous dit ?

— Je lui ai dit... (Mrs Belanquez sourit et s'humecte les lèvres, en s'excusant de sa nervosité.) Eh bien, je lui ai rapporté les propos de mon chef.

— C'est-à-dire ?

— Témoignage indirect ! objecte Brand.

— J'aimerais entendre ça, réplique le juge.

— Eh bien, voilà... Monsieur le juge Sabich avait payé ce chèque de banque avec du liquide qu'il avait sur lui, additionné de trois cents dollars qu'il venait de retirer, quelques minutes plus tôt, au distributeur automatique de la banque. En fait, c'était de l'argent qu'il venait de prendre sur son propre compte, et nous ne lui avons donc pas facturé de frais pour l'émission de ce chèque, puisqu'il était titulaire d'un compte chez nous. Alors, nous nous sommes posé la question – s'agit-il d'une demande de relevé de compte ? – et, si oui, que pouvions-nous montrer ou pas à Mrs Sabich, qui était titulaire du compte joint, elle aussi ? Alors mon chef a tranché : « Eh bien, vu que nous lui avons émis un chèque de banque gratuit parce qu'il a un compte chez nous et que madame est cotitulaire du compte, nous pouvons considérer qu'il s'agit d'une demande de relevé tout à fait normale. Fournissez-lui tous les documents qu'elle voudra consulter. » Et c'est ce que j'ai fait. Je lui ai montré le talon d'émission ainsi que le chèque lui-même.

— Voici à présent la pièce à charge n° 23 : est-ce bien le chèque de banque que vous avez présenté à Mrs Sabich ?

Il est établi à l'ordre de « Mann et Rapini », et porte la mention « règlement facture n° 645322 », dans la section « mémo ».

— Oui, confirme Mrs Belanquez.

Marta conclut en déclarant qu'elle n'a plus de questions à poser au témoin.

Un silence pensif s'abat sur la salle. On sent qu'il vient de se passer quelque chose. Quelque chose d'énorme. Mon père a dit que ma mère avait mis fin à ses jours. Et, à présent, nous savons pourquoi. Elle venait d'apprendre que son mari avait consulté Dana Mann, le roi du divorce. Elle savait qu'il s'apprêtait à la quitter.

De l'autre côté du prétoire, Jimmy Brand n'est pas ravi – les procureurs le sont rarement, en découvrant que la défense savait quelque chose qu'ils ignoraient. Il s'est rassis, les jambes allongées devant lui. Il lance son stylo en l'air et le rattrape, avant de bondir hors de son fauteuil, comme un cow-boy s'élançant aux trousses d'un troupeau indiscipliné.

— Est-ce tout ce que vous vous êtes dit, Mrs Sabich et vous, au cours de cette conversation ?

— Non, loin de là.

— Alors racontez-nous ce qui s'est passé, demande-t-il, comme s'il s'agissait de la question la plus naturelle du monde et qu'il ne comprenait pas pourquoi Marta ne la lui avait pas posée elle-même.

La dramaturgie du prétoire ne laisse pas de m'impressionner, ce jeu d'improvisation et d'inférences, toutes ces manœuvres détournées, pour communiquer avec le jury.

À quoi Marta répond en se relevant, dans sa petite veste de soie imprimée, mais elle écoute la réplique de Mrs Belanquez sans mot dire.

— Eh bien, après avoir vu ce chèque de banque, elle a demandé à savoir s'il y en avait eu d'autres, comment ils avaient été payés, à qui, etc. Nous avons donc dû retrouver tous les autres chèques, relevés, fiches et bordereaux d'émission et de dépôt. Une foule de transactions. J'y ai passé le plus clair de ma journée.

— Monsieur le juge, intervient Marta. Je crois que nous outrepassons largement les limites de l'interrogatoire direct. Il est à présent question de documents que Votre Honneur a plusieurs fois exclus des débats, parce qu'ils sont sans rapport avec cette affaire.

— Autre question, Mr Brand ? demande le juge.

— Il ne me semble pas, non, répond Brand, mais il a reconquis un peu de terrain, en laissant entrevoir au jury qu'il y avait anguille sous roche.

Yee remercie Mrs Belanquez, qui quitte la salle en faisant cliqueter ses hauts talons, non sans un dernier petit sourire à Marta. Le courant semble passer, entre elles. Son sillage parfumé s'attarde un moment, tandis que je la regarde s'éloigner depuis les bancs du premier rang.

Je ne suis pas sûr qu'autour de moi les autres membres de l'assistance, jurés y compris, mesurent tous l'impact du témoignage de Mrs Belanquez, mais j'ai à nouveau l'impression d'avoir du plomb bouillant dans les veines. Ça ne devrait pourtant pas me surprendre. J'ai toujours subodoré, que ma mère savait, mais ça ne m'en est pas moins insupportable, particulièrement si je me remémore la teneur de ces documents dont le jury n'aura jamais connaissance. Je vois d'ici toute la scène. Mrs Belanquez derrière son bureau, à la banque, les meubles de faux style colonial, les clients et les employés qui vont et viennent dans les couloirs, et ma mère qui a dû se bourrer de Xanax pour pouvoir affronter les dangers du monde extérieur et se montrer en public, elle qui détestait se sentir exposée, observée. Elle a tout de même dû se faire violence pour venir s'asseoir face à la charmante Mrs Belanquez, et attendre qu'elle ait fini de rassembler les documents. Pièce par pièce, elle a recomposé le puzzle. D'abord, quelques semaines plus tôt, la visite de son mari à Dana Mann, illustre spécialiste du divorce, pour avoir l'avis éclairé d'un professionnel, puis la preuve que mon père avait astucieusement jonglé avec l'argent de son salaire, quinze mois auparavant, pour régler des dépenses telles que des analyses de laboratoire pour des tests de MST. Ça lui a amplement suffi pour comprendre qu'il la trompait, et qu'il lui avait sans arrêt menti, sur d'innombrables détails et, pour couronner le tout, sur sa volonté de continuer leur mariage. Et elle qui encaisse tout ça sans sourciller, le cœur brisé, en opposant à la charmante banquière un visage lisse et serein. À cette charmante Rosa Belanquez qui a dû repérer son alliance et ne peut qu'imaginer l'ampleur de son humiliation…

J'ai battu en retraite vers le couloir, en larmes. Ça n'est que trop clair, à présent. Ma mère est rentrée chez elle, ce fameux mardi et, à un moment ou à un autre, elle est tombée sur le courrier électronique de mon père, où elle a appris tout ce qu'il y avait à savoir, sur ses galipettes – où, quand, comment et avec qui. Ont-ils passé la semaine suivante à s'engueuler ? Est-ce qu'ils ont hurlé, tempêté et renversé les meubles, tout en s'arrangeant pour faire bonne figure, le soir où nous sommes venus dîner, Anna et moi ? Ou est-ce que ma mère a préféré tout emporter dans la tombe ? Je pencherais plutôt pour cette seconde solution. Le soir du dîner, elle était déjà au courant depuis une semaine, mais elle n'avait manifestement rien dit à mon père. Elle souriait, malgré ses idées noires. Elle soupesait les choix qui s'offraient à elle et, j'en suis à présent convaincu, préparait déjà sa sortie. Deux jours après la visite de ma mère à la banque, mon père était allé acheter la phénelzine…

Marta Stern m'a rejoint dans le hall. Nettement plus petite que moi, elle m'arrive à peine à l'épaule. Elle porte au cou un lourd collier d'or martelé que je n'avais pas remarqué jusque-là.

— C'est tellement dégueulasse…, balbutié-je.

Je doute qu'elle puisse comprendre de quoi je parle. Même moi, je ne le savais pas très bien, avant de l'avoir dit. Aux yeux de la loi, mon père n'a pas tué ma mère, mais, pour moi, ça ne change rien à rien. Même s'il est innocent, et mérite de sortir libre du tribunal, même s'il est finalement acquitté, pour moi, il sera toujours coupable.

33.

Tommy, 23 juin 2009

Marta demanda une suspension de séance, le temps d'installer le PC de Rusty pour son prochain témoin. Yee fit la grimace. Depuis deux jours, la patience du juge semblait à deux doigts d'atteindre ses limites. Il devait camper à des centaines de kilomètres de chez lui avec sa valise, tout en tâchant de gérer par téléphone ses dossiers en cours, au tribunal de Ware. Il allait lui falloir des mois pour se remettre à jour, à son retour. Plutôt que de perdre une heure de plus à ôter le film plastique et les scellés posés sur la machine, le juge avait demandé aux deux parties de préparer l'ordinateur pour le lendemain matin, ce qui lui permettrait de renvoyer les jurés dans leurs foyers aussitôt après l'audience, et de passer le reste de la journée au téléphone avec son service qui lui demandait de statuer sur deux motions d'urgence.

Et cette pause était la bienvenue. Tommy avait besoin de souffler un peu, tout comme son équipe. Brand et Marta étaient convenus que les techniciens du ministère public enlèveraient le film plastique et que les experts des deux parties décolleraient les derniers adhésifs inviolables qui tenaient lieu de scellés, avant d'apporter l'ordinateur au tribunal pour l'audience du lendemain matin. Là-dessus, les procureurs avaient regagné leur service avec leur Caddie, chargé du PC de Rusty. Une fois à l'abri d'oreilles indiscrètes, dans l'ascenseur du centre administratif, Rory Gissling se confondit en excuses.

— Désolée... Punaise ! C'était gros comme une maison.

— Pas vraiment, répliqua Tommy.

— Si ! J'aurais dû flairer ça. Poser des questions à la banque. Surtout en voyant qu'il ne leur avait fallu que trente secondes pour rassembler tous ces relevés. J'aurais dû deviner que le boulot avait déjà été fait pour quelqu'un d'autre.

— Vous êtes enquêtrice, dit Tommy. Pas télépathe.

En soi, ce que les Stern venaient d'établir, à savoir qu'une semaine avant sa mort Barbara Sabich avait compris que son mari s'apprêtait à la quitter (sans parler de ses écarts de conduite antérieurs, dont le jury ne saurait jamais rien), ce n'était pas si catastrophique. « OK, elle savait, auraient-ils pu dire, et alors ? » Ça ouvrait la porte à un million de possibilités qui ne pouvaient qu'apporter de l'eau à leur moulin. Rusty et Barbara s'engueulaient comme chien et chat ; il a fini par la refroidir. Elle le menaçait de tout révéler à leur fils, ou au *Tribune*... ou à Dieu sait qui ! C'était ça, un procès, merde ! Ils finiraient bien par trouver une théorie qui correspondrait aux faits. Suffisait de creuser le sujet et d'improviser un peu.

Restait que la défense avait établi un point qui portait bien plus à conséquence : le ministère public ne savait pas tout. Ces deux sympathiques procureurs, là-bas, à leur table, ignoraient tout de l'existence d'un document pourtant essentiel pour l'ensemble de l'affaire. C'était un peu comme s'ils avaient essayé d'établir une carte du monde, en omettant l'Amérique du Nord. Ils avaient démontré par A+B que Rusty avait tué Barbara et la défense avait contre-attaqué en disant : « Vous voyez, ces mecs, ils n'y pigent que couic : en fait, Barbara Sabich avait toutes les raisons de broyer du noir, et elle a préféré s'éclipser en douce, pour ne pas faire de peine au petit. »

Les quatre membres de l'équipe – Brand, Tommy, Rory et Ruta – s'étaient réunis dans le bureau du chef, à l'abri de la porte close. Tommy feuilletait distraitement les messages qui l'attendaient sur son bureau, mais il n'avait qu'une chose en tête : évaluer leurs perspectives et l'étendue des dégâts qu'ils venaient de subir.

Brand sortit s'acheter un soda et revint une minute plus tard.

— Comment ils peuvent nous les vendre quatre-vingt-cinq cents, leurs putains de sodas, dans ces putains de machines ? s'exclama-t-il. On pourrait pas faire une réclamation au service technique ? Chez Safeway, Jody ne paie les siens que vingt centimes la cannette. Quelle bande de margoulins, ces putains de détaillants !

Tommy lui tendit une pièce de vingt-cinq cents, qu'il venait de tirer de sa poche.

— Vas-y, demande à ta femme de me ramener un Coca Light avec de la glace. Tu pourras garder la monnaie.

— Préparez-vous à terminer le procès tout seul, s'il lui fait ce genre de blague ! s'esclaffa Rory.

Jody était procureur adjoint, quand Brand l'avait rencontrée. Elle aurait pu avoir sa photo dans le dictionnaire, en face de l'expression « peau de vache ».

— Je n'arrive même pas à leur faire réparer le chauffage ou repeindre le couloir, au service technique, râla Tommy, quand la tempête de rires se fut un peu calmée.

Le silence se fit.

— Et Harnason ? C'est une pure coïncidence, ça aussi ? finit par lâcher Brand.

Il tentait d'imaginer les arguments que Stern présenterait au jury dans ses conclusions.

— Ils ont répondu à la question, dit Rory. Barbara était au courant de l'affaire.

— Exact, enchaîna Tommy. Ils ont réponse à tout. Le cas d'Harnason lui a inspiré l'idée d'utiliser un produit qui donnerait à son suicide les apparences d'une mort naturelle, et n'apparaîtrait pas lors des tests de routine. Pour pouvoir tirer sa révérence en douceur, sans traumatisme supplémentaire pour le gamin. Et c'est sans doute ce que s'apprête à nous seriner le petit Nat, que sa mère était une vraie mère poule, une perle de surprotection. Histoire de bien enfoncer le clou.

Et ça risquait de marcher, s'avisa Tommy. Rusty avait de bonnes chances de s'en tirer à nouveau, grâce à la théorie du suicide.

— Et que font ses empreintes sur le flacon de phénelzine ? demanda Brand.

— Maintenant, il ne leur reste plus qu'un fait troublant à expliquer, au lieu de six. Pour tout le reste, ça colle. Ils vont aussi prétendre que c'était Barbara qui avait trafiqué l'ordinateur de son mari, tu t'en doutes un peu, non ? C'est pour ça qu'ils ont demandé à s'en servir au tribunal. Ils vont démontrer qu'elle a très bien pu accéder à ces e-mails. Et, toi, tu vas te retrouver à demander au jury de déclarer Rusty coupable, alors que notre propre expert reconnaît que Barbara aurait parfaitement pu manipuler ce flacon sans y laisser de traces et qu'il est établi que Rusty est allé lui-même le lui chercher à la pharmacie.

Brand en resta cloué à son fauteuil, perdu dans la contemplation du mur. Tommy n'avait jamais achevé l'installation de son bureau. Il n'était que PA par intérim. À ses yeux, il aurait été présomptueux d'étaler sa photo et ses diplômes sur ces murs. Il s'était contenté de quelques jolis portraits de Dominga et de Tomaso, et d'un vieux cliché de lui avec ses parents le jour de son diplôme, à la fac de droit. Mais la peinture s'écaillait en de multiples endroits et laissait voir le plâtre à l'emplacement des cadres que Muriel Wynn avait emportés en partant, quatre ans plus tôt. En dépit de multiples coups de fil, les services techniques n'étaient jamais venus réparer ça. C'était à l'un de ces trous laissés dans le plâtre que le regard de Brand restait accroché.

— On va pas le perdre, ce putain de procès ! s'exclama-t-il tout à trac.

— Je t'avais prévenu que ça ne serait pas de la tarte, lui fit remarquer Tommy. Dès le premier jour.

— Mais tout s'est très bien passé, jusqu'ici. On ne va pas perdre, je vous dis.

— Allez, Jimmy. Allons dormir là-dessus. La nuit porte conseil…

— Il y a forcément un os dans leur nouvelle théorie, dit-il.

— Et sans doute plusieurs, si tu veux mon avis, répliqua son chef.

— Pourquoi aurait-elle effacé les messages sur le PC de son mari ? demanda Brand. Qu'elle les lise, d'accord. Mais pourquoi les supprimer, et avec un logiciel de *shredding*, encore !

— Exact, acquiesça Tommy.

Ils auraient bien d'autres questions de la même eau à opposer à la défense, le lendemain. Ils avaient juste besoin de temps. Pour s'adapter à ces nouveaux rebondissements et, en toute honnêteté, rattraper leur retard. Ça faisait des mois que Stern et Marta travaillaient sur ces questions. Ils y avaient apporté des réponses de leur cru. Ils avaient eu le temps de tout prévoir. Jim en rajouta une petite couche, pour se remonter le moral :

— Pourquoi aurait-elle laissé ces traces, en effaçant ces e-mails avec le logiciel spécialisé, si elle voulait vraiment se supprimer en douce, sans faire de vagues ?

Ce fut Rory qui entrevit la première la parade de la défense :

— Pour que Rusty comprenne. Il devait avoir une raison de les garder, ces messages. Il aimait peut-être relire les mots doux de sa belle. Mais, quoi qu'il en soit, il aurait forcément fini par découvrir que les e-mails avaient été supprimés et il aurait compris que sa femme avait tout découvert, avant de faire le grand saut. C'est peut-être pour ça qu'elle a lancé ces recherches sur le Web, concernant la phénelzine, pour qu'il comprenne comment elle avait fait. Mais il fallait que Rusty soit le seul à savoir. Le gamin et le reste du monde devaient rester convaincus qu'elle était morte de sa belle mort, en laissant Rusty face à ses remords.

Brand la fixait en silence, la bouche entrouverte, l'air de se dire, « Oh, putain… ! »

— Eh merde, dit-il, en balançant sa cannette de soda contre le mur.

Il n'était pas le seul à s'autoriser ce genre d'écart. Au fil des années, Tommy et son équipe avaient creusé un triangle grisâtre dans le plâtre, au-dessus de la corbeille à papiers, à force d'y jeter des vieux papiers, des cannettes de bière et divers objets, pour passer leurs nerfs… Mais Brand, lui, avait la main sûre. La boîte fit mouche, pile poil au centre du triangle, avant d'achever sa course dans la poubelle, stratégiquement placée.

Les trois autres le regardèrent faire sans souffler mot. Tommy se promit d'inspecter le fond de la poubelle, le lendemain matin. Qui sait… peut-être y trouverait-il autre chose, leur dossier, par exemple… ?

34.

Nat, 24 juin 2009

7 h 30. Les rues du centre commencent à grouiller de piétons et d'automobilistes pressés. Anna gare sa Prius le long du trottoir, et me dépose devant l'immeuble de Stern.

— Tout va bien se passer, me dit-elle, en allongeant le bras pour prendre ma main. Dès que tu as fini, tu m'envoies un SMS, d'accord ?

Je me penche vers elle pour la serrer dans mes bras et je descends de voiture. N'ayant toujours pas réussi à renoncer à mon look d'éternel étudiant, je mets un point d'honneur à froisser mon costard neuf sous les lanières du sac à dos dont je me harnache, avant d'entrer dans l'immeuble.

La nuit a été agitée. Anna a été aussi secouée que moi par le témoignage de la banquière, quand je le lui ai résumé. Elle n'arrêtait pas de me répéter qu'elle était désolée, désolée… Ça a même fini par me taper sur les nerfs. J'avais l'impression qu'elle comptait sur moi pour lui remonter le moral. Elle devait être aux prises avec les mêmes regrets, les mêmes souvenirs de ma mère, la revoir mettre la table sous la véranda pour nous quatre, au cours de cette fameuse soirée, où elle savait que sa vie avait déjà pris fin.

Hier soir, je n'avais pas vraiment la tête à réfléchir à mon témoignage, avec Marta. Nous avons donc remis à ce matin notre séance de travail. Elle est arrivée plus tôt. Ce qui n'a pas dû être simple, avec leurs trois enfants, ni pour elle ni pour Solomon, son mari. Mais elle repousse d'un geste mes excuses et mes remerciements, et m'entraîne vers la machine à café.

Depuis plusieurs semaines que je l'observe, j'ai eu l'occasion de m'apercevoir qu'elle ne ferait jamais la même carrière que son père. Non pas qu'elle soit moins compétente que lui, mais il lui manquera toujours l'aura de Stern. Elle est chaleureuse et cordiale, alors que son père joue de son côté distant et se retranche derrière le protocole. Mais ça ne la trouble pas plus que ça. Elle est de ces gens heureux d'être ce qu'ils sont, qui savent se contenter de ce que la vie leur apporte. Pour moi, Marta est un véritable modèle, et je ne me prive pas de le lui dire.

— Quel effet ça vous a fait, le jour où vous avez décidé d'exercer au côté de votre père ? Ça a dû vous sembler un peu bizarre, non ?

La question me trottait dans la tête depuis plus d'une semaine, mais dans le tourbillon du procès, je n'avais pas encore trouvé le temps de la lui poser.

En riant, elle m'explique que ça n'a pas été une vraie décision de sa part. Les Stern ont traversé une crise majeure, à l'époque de la mort de sa mère. Elle n'en parle jamais, mais je suis pratiquement sûr que Clara, la première femme de Stern, s'est suicidée, et, ce matin, je trouve à cette idée quelque chose de singulièrement troublant.

Sandy était sens dessus dessous, m'explique-t-elle. Il avait besoin d'être secondé, et elle s'est tout naturellement glissée dans le rôle, sans y réfléchir à deux fois.

— Je crois que c'est exactement ce qu'on entend par « à quelque chose malheur est bon », me confie-t-elle. Pour moi, tout s'est bien goupillé. J'ai découvert que j'adorais travailler avec mon père. En fait, sans la disparition de maman, ça ne m'aurait même pas effleurée. Mon père est le meilleur avocat qu'il m'ait été donné de connaître et, au bureau, nous avons institué entre nous une certaine harmonie, qui ne s'exerce nulle part ailleurs. Il ne me semble pas qu'il nous soit arrivé une seule fois d'élever la voix, au travail, alors que dès qu'il vient dîner chez moi – les soirs où Helen est en voyage, par exemple – il n'a pas franchi la porte qu'on se chamaille déjà. Il faut dire qu'il enfreint systématiquement *toutes* les règles que j'ai fixées pour les enfants. J'adore mon père, vous savez, Nat..., ajoute-t-elle, comme si elle se ravisait soudain, et ses joues virent à l'écarlate.

Il me faut quelques secondes pour déchiffrer sa réaction. C'est la première fois que quelqu'un reconnaît clairement devant moi que Stern est un mort en sursis. Marta fixe le fond de sa tasse.

— Je ne me suis toujours pas remise de la mort de ma mère, me confie-t-elle. Et ça va faire bientôt vingt ans.

— Sans blague ? Moi qui espérais que ma vie finirait par retrouver son cours normal !

— Ça finit par arriver, répond-elle. Mais ça n'est plus la même « normalité ».

La distance professionnelle qui devrait nous séparer s'est largement volatilisée. Nous avons trop de points communs, Marta et moi. Avocats, l'un et l'autre, avec des mères prématurément disparues et des pères d'une carrure exceptionnelle, qui semblaient bien partis pour nous faire de l'ombre encore très longtemps, mais se retrouvent à présent en pleine tourmente. Nous avons traversé ce procès main dans la main – au figuré, mais aussi au propre : l'espace d'une minute, mon bras se pose spontanément sur son épaule, tandis que nous revenons vers son bureau. Marta semble promise à rester pour moi une amie précieuse, auprès de qui je prendrai régulièrement conseil.

Nous survolons rapidement ce que j'aurai à dire. Après les événements d'hier, une bonne partie de mon témoignage risque d'appuyer douloureusement là où ça fait mal, mais quand faut y aller... Ça ne se discute même pas.

— Quel est le programme, avec l'ordinateur ? lui demandé-je.

— Nous allons nous amuser un peu. C'est une idée de votre père. Selon lui, il n'y a aucun risque. Ça, nous verrons… Mais je préfère ne rien vous dire ; je tiens à ce que vous puissiez regarder les jurés droit dans les yeux, quand vous déclarerez que rien n'est prémédité de votre part. Vous n'aurez qu'à suivre mes instructions. Vous verrez, ça ne sera pas compliqué.

L'objectif est clair : démontrer qu'il aurait été très facile pour ma mère de trouver le mot de passe du PC de mon père et d'accéder à son courrier électronique.

En allant aux toilettes, juste avant notre départ pour le tribunal, je tombe nez à nez avec mon père. Hier, il a prudemment gardé ses distances. Et, maintenant, nous ne trouvons pas grand-chose à nous dire, ni l'un ni l'autre.

— Désolé, Nat.

Ma mère était une petite femme, et ça a été une surprise pour tout le monde, y compris pour moi, quand il s'est avéré que je dépasserais mon père de cinq ou six centimètres. Pendant des années, ça m'a fait bizarre, de devoir le regarder d'en haut, ne fût-ce que de si peu. Il m'empoigne les épaules et je me laisse aller contre lui en une sorte d'accolade hâtive, puis il fait demi-tour et nous repartons, chacun de son côté.

La première fois que j'ai témoigné au tribunal, j'étais complètement retourné. Je n'étais jamais intervenu dans un procès public, jusque-là, et je me retrouvais dans le rôle du principal témoin à charge, cité par les procureurs contre mon père, accusé du meurtre de ma mère. J'en suis resté cloué à ma chaise, effondré sur moi-même et j'ai répondu le plus vite possible à toutes les questions qu'on me posait. Yee n'arrêtait pas de m'exhorter à parler plus fort. Quand Brand en a eu fini, Marta m'a posé deux ou trois questions visant à démontrer que mon père était en état de choc quand nous avons discuté pour savoir s'il fallait appeler la police. Après quoi, elle a annoncé à Yee qu'elle réservait ses autres questions pour le jour où je serais cité par la défense.

Cette fois, quand je monte sur l'estrade pour aller m'asseoir sous le dais de noyer, tout est plus facile. Cette salle d'audience hantera mes rêves jusqu'à mon dernier jour, mais, curieusement, je m'y sens chez moi.

— Veuillez décliner votre identité en épelant votre nom de famille, je vous prie, attaque Marta.

— Nathaniel Sabich. S-A-B-I-C-H.

— Êtes-vous bien le Nathaniel Sabich que nous avons précédemment entendu, cité par le ministère public ?

— Le même, oui.

Au premier rang du jury, une jeune Latino me sourit. La première fois déjà, il m'avait semblé qu'elle m'avait à la bonne.

— Et depuis, jour après jour, vous avez assisté à toutes les audiences, n'est-ce pas ?

— Oui. Mon père n'a plus que moi et le juge m'y a autorisé, pour le soutenir.

— Mais soyons bien clairs, Nat : avez-vous discuté avec votre père de l'une ou l'autre des pièces du dossier, ou du témoignage que vous allez porter aujourd'hui ?

— Non. Vous savez, il assure qu'il est innocent, et je le crois, il le sait, je le lui ai dit. Mais, sinon, nous ne parlons jamais des déclarations des autres témoins, ni de celles que je dois faire.

Ces dernières réponses flirtent un peu avec les limites imposées. Elles ont été soigneusement orchestrées par Marta, qui n'aurait pas été mécontente que Brand fasse objection, quand j'ai dit que je croyais en l'innocence de mon père, histoire de rappeler ce détail au bon souvenir des jurés, mais j'ai vu la main de Molto se poser sur le poignet de Brand qui s'apprêtait à réagir. Molto passe pour avoir été du genre exalté, dans sa prime jeunesse, mais, l'âge et le poids des responsabilités aidant, il a dû se calmer un peu. Il sait que les jurés m'ont vu aux audiences, jour après jour, et qu'ils ont eu tout le temps de comprendre dans quel camp j'étais. Après tout, le type dans le box est mon père, non ? Que je le croie quand il clame son innocence, c'est la moindre des choses...

— Vous êtes diplômé en droit, n'est-ce pas ?

— Oui, c'est exact.

— Vous savez donc ce que ça implique de témoigner sous serment ?

— Bien sûr.

— Nat, j'aimerais que nous abordions tout d'abord le cas de John Harnason. En aviez-vous déjà parlé avec votre mère ?

— Avec ma mère ?

— Oui. Avez-vous assisté à l'une des discussions entre vos parents, concernant cette affaire ?

Je raconte alors ce qu'ils se sont dit, le soir du soixantième anniversaire de mon père, où j'ai pu constater que ma mère s'était documentée sur cette affaire. Puis nous enchaînons sur les provisions achetées par mon père, la veille de la mort de maman. Je confirme que j'ai toujours adoré le salami, depuis que j'ai l'âge d'en manger. Et que, oui, comme toutes les mères, la mienne adorait me servir mes plats préférés. Et oui, elle envoyait tout le temps mon père faire ce genre de courses – ou alors c'était moi qui y allais, quelques années plus tôt –, parce qu'elle détestait sortir de chez elle. Au point qu'elle en était venue à commander ses provisions sur le Net. J'explique ensuite au jury qu'effectivement c'était toujours mon père qui passait à la pharmacie prendre les médicaments de maman. Il les emportait au premier, où il se changeait, en revenant du bureau, et en profitait généralement pour ranger boîtes et flacons sur l'étagère. Tap, tap, tap... Mon père disait que Stern travaillait comme un bijoutier, avec son petit marteau. Marta me fait corroborer l'histoire de mon père, chaînon par chaînon.

Tout roule, jusqu'à ce que nous en venions à la tentative de suicide de ma mère, quand j'avais dix ans.

Là, les procureurs se lèvent comme un seul homme, sans me laisser le temps de piper mot, et le jury est prié de sortir, ce qui est franchement grotesque, puisque je n'ai rien à dire de plus que ce qu'ils ont déjà entendu hier, de la bouche même de mon père. Mais une fois le jury revenu, nous avons à peine commencé à retracer les faits que je perds complètement les pédales. Jusqu'à présent, j'ai dû raconter ça à quatre personnes, tout au plus. Anna elle-même n'en avait jamais entendu parler avant hier soir. Et me voilà face au public dans cette immense salle d'audience, devant les journalistes et les portraitistes massés au premier rang, m'échinant à expliquer pour le journal télévisé que ma mère était une déséquilibrée, affligée de sautes d'humeurs aussi dévastatrices qu'incontrôlables.

— Et quand je suis arrivé dans la salle de bains..., bafouillé-je, quand je parviens à reprendre contenance, avant de fondre presque immédiatement en sanglots.

Je fais encore deux ou trois tentatives, mais peine perdue. Je craque.

— Avait-elle tenté de s'électrocuter ? me demande finalement Marta.

Je ne parviens qu'à hocher la tête.

Le juge Yee intervient :

— Le témoin confirme faisant « oui » avec sa tête, pour transcription. Nous tous compris, je crois, Mrs Stern, conclut-il, avant d'annoncer une suspension de séance de dix minutes, pour me laisser le temps de retrouver mes esprits.

Je m'excuse auprès du juge et des jurés avant qu'ils ne se retirent.

— Excuses pas besoin, dit le juge Yee.

Une fois sorti de la salle, je vais me poster au bout du couloir, près d'une fenêtre qui donne sur l'autoroute. La vérité, c'est que je n'arrive toujours pas à parler de ma mère. Je l'aimais et je l'aimerai jusqu'à mon dernier jour. Mon père, lui, me semblait planer à une certaine distance de nous. Il allait et venait, imposant, lumineux et satellitaire, un peu comme la lune. Mais la force gravitationnelle qui me retenait au sol, c'était ma mère, même si j'ai l'impression d'avoir dû lutter toute ma vie contre son affection envahissante. Quelque part, je savais qu'elle m'aimait trop, que ça n'était pas sain, qu'elle exerçait sur moi une force trop écrasante. Résultat, je tentais de me cabrer, pour échapper à ce fardeau. Quand j'étais petit, elle me murmurait sans cesse des trucs à l'oreille. Jusqu'à mon dernier jour, je sentirai son souffle dans mon cou. Ça me filait la chair de poule. Elle ne voulait pas que les autres entendent ce qu'elle avait à me dire. Et elle m'envoyait ce message implicite : « Nous deux, juste nous deux ! » Elle me l'a même carrément dit, à plusieurs reprises. « Je n'ai que toi au monde, mon chéri. Que toi. »

Bien sûr, j'étais fier et ému qu'elle me dise ça, mais, en même temps, ces mots étaient chargés de quelque chose de trop lourd, de trop sombre. Tout petit, je me suis senti responsable d'elle. C'est peut-être un sentiment commun à tous les gamins, je n'en sais rien. Mais je sentais que, pour elle, j'étais plus qu'important. J'étais son horizon, sa ligne de vie. Je savais que les seuls moments où elle se sentait vraiment bien, c'était quand j'étais avec elle et qu'elle s'occupait de moi, me parlait, pensait à moi. C'étaient les seuls moments où elle était en phase avec le monde.

Rétrospectivement, il me semble évident que mon principal sujet d'inquiétude, dès mes treize ou quatorze ans, fut le cataclysme que ça déclencherait, le jour où je la quitterais. Et, tout en laissant mon regard s'échapper vers les voitures qui filent sur l'US 843, je m'avise soudain d'une chose qui m'avait jusque-là échappé : j'ai rejeté la responsabilité de sa mort sur mon père, pour ne pas avoir à m'en blâmer moi-même. Mais j'ai toujours su, en quittant la maison, que ce genre de chose me pendait au nez. Je le savais, mais ça ne m'a pas empêché de partir. Je devais le faire. Personne, et ma mère la dernière, n'aurait exigé de moi que je renonce à vivre pour la protéger de la mort. N'empêche. Papa a vraiment déconné. Mais je dois commencer par me pardonner, moi, avant même de me pencher sur le cas de mon père.

— Parlons un peu d'ordinateurs, à présent, lance Marta, à la reprise de la séance.

Le PC de mon père m'attend sur une table au milieu du prétoire. Marta a pointé l'index dessus.

— Au fil des années, avez-vous vu votre père se servir d'un ordinateur ?

— Bien sûr.

— Où ça ?

— À la maison, ou dans son bureau, quand je passais lui rendre visite au tribunal.

— À quelle fréquence ?

— Sans arrêt. Plusieurs fois par jour.

— Vous est-il arrivé de parler d'informatique avec lui ?

— Souvent, oui.

— Vous est-il arrivé de l'aider ?

— Bien sûr. C'est assez naturel, pour les gens de mon âge. C'est un échange de bons procédés, avec nos parents, histoire de les remercier de nous avoir appris à faire du vélo...

Les jurés semblent ravis, tout comme le juge Yee, à qui je découvre chaque jour des côtés cool.

— Comment se débrouille votre père en informatique ?

— Si pour vous « se débrouiller » se résume à savoir appuyer sur un interrupteur, alors, oui, il se « débrouille ». Mais sinon...

Éclats de rires épars dans le box du jury. Toute l'assistance doit avoir le cœur un peu serré pour moi, d'où ma popularité.

— Et vous, Nat ? Vous vous « débrouillez » ?

— À côté de mon père, c'est pas difficile. Je m'y connais carrément mieux que lui.

— Et à côté de votre mère ?

— Ma mère, c'était une bête en maths. Elle avait un doctorat. Jusqu'à ce que mes copains fassent eux-mêmes des études plus poussées en informatique, elle aurait pu en remontrer à n'importe qui. Certains de mes amis l'appelaient pour lui demander des conseils. Elle était chez elle, dans le monde virtuel.

— Connaissez-vous le mot de passe de l'ordinateur de votre père ?

— Je crois. Il utilisait toujours le même.

— C'est-à-dire ?

— Il utilisait son propre prénom, enfin, sa version anglicisée, Rozhat. C'était aussi le mot de passe de notre répondeur téléphonique, à la maison, ainsi que celui du système antivol, des distributeurs automatiques ou des comptes en banque. Il prenait toujours le même, R-O-Z-H-A-T. Comme tout le monde... Qui pourrait jongler avec quinze mots de passe différents ?

— Vous est-il arrivé d'en parler avec votre mère, de cet unique mot de passe que votre père utilisait pour tout ?

— Des centaines de fois, oui.

— Vous souviendriez-vous d'une occasion, en particulier ?

— Je me souviens qu'il y a deux ans, un jour que je leur rendais visite, mon père avait reçu une nouvelle carte de crédit par la poste. Il devait rappeler un numéro pour l'activer, et on lui a demandé de choisir un mot de passe pour ce nouveau compte. Il a recouvert le téléphone de sa main et a demandé à ma mère : « Qu'est-ce que je dois donner, comme mot de passe ? » Elle a levé les yeux au ciel, genre, « Non mais... je rêve ! » et s'est tournée vers moi, vous savez, l'air de se retenir de pouffer de rire. Moi, j'étais à deux doigts d'exploser. Comme mon père nous regardait toujours, nous lui avons corné en chœur : « ROZ-HAT ! », et il a fait « Oh, merde ! », avant de raccrocher en secouant la tête, d'un air effaré. Ça s'est terminé en crise de fou rire.

Mon père se marre, lui aussi, à l'autre bout de la salle. Il laisse parfois échapper un sourire, pendant l'audience, çà et là, mais ça doit être la première fois que je le vois rire à gorge déployée. Le jury aussi semble apprécier l'histoire.

— Excusez-moi, vous savez, pour le mot de cinq lettres..., leur glissé-je.

— Très bien, Nat, dit Marta. Avez-vous été prévenu que j'allais vous demander de faire une démonstration sur l'ordinateur de votre père ?

— Oui.

— Mais savez-vous précisément ce que je vais vous demander de nous montrer ?

— Non.

— Vous avez entendu les témoins parler d'un logiciel de *shredding*, n'est-ce pas ?

— Oui, bien sûr.

— Avez-vous déjà eu l'occasion d'en télécharger un ?

— Non, jamais.

— À votre connaissance, votre père a-t-il déjà pratiqué ce genre d'opération ?

— Il en serait totalement incapable.

Brand fait objection et ma réponse est aussitôt supprimée de la transcription.

— Désolé, dis-je au juge, qui lève une main indulgente.

— Répondez juste la question, réplique-t-il.

— Très bien, Nat, enchaîne Marta. Je vais donc vous demander de descendre nous rejoindre, pour allumer l'ordinateur de votre père. Puis vous entrerez le mot de passe, « Rozhat », et, si c'est le bon, vous téléchargerez le logiciel de suppression sécurisée dont nous a parlé le ministère public, pour voir si vous y arrivez.

— Objection ! lance Brand.

Le jury doit à nouveau quitter la salle. Brand fait valoir que je connais peut-être le mot de passe, mais que ça n'implique pas que ma mère, elle, le connaissait. Et que, même si j'ai des problèmes pour télécharger le logiciel, rien ne dit que mon père n'y serait pas arrivé, en s'exerçant un peu.

Le juge Yee tranche en faveur de Marta.

— Voyons d'abord si bon mot de passe, puisque Mrs Sabich connaître ce mot de passe. Comme, selon les procureurs, le juge Sabich aurait utilisé logiciel, la défense a droit de démontrer si possible ou pas possible. Si Sabich fils a du mal à utiliser, la défense pas pouvoir établir que le juge Sabich, lui, n'a pu réussir. Mais la défense pourra alors dire que c'était trop compliqué pour le juge, aux procureurs de démontrer le contraire. OK, faites rentrer le jury.

Le temps qu'ils réintègrent leurs sièges, j'ai rejoint l'ordinateur. Le juge Yee est descendu de son estrade, et toute l'équipe des procureurs s'attroupe autour de moi. Marta demande au juge l'autorisation de faire pivoter le moniteur du côté du jury et il la lui accorde, bien que l'image soit simultanément projetée à l'écran, près du box de l'accusé. J'actionne donc l'interrupteur de la machine qui se réveille et, dans un ronronnement, commence à charger. L'écran d'accueil s'affiche et demande le mot de passe. Marta reprend la parole.

— Monsieur le juge, avec l'autorisation de la cour, je vais demander à Mr Sabich d'entrer au clavier les lettres R-O-Z-H-A-T, en guise de mot de passe.

— Procédez, dit le juge.

Ça marche, évidemment. L'ordinateur émet son petit jingle synthétique et sous mes yeux ébahis s'affiche une carte de Noël adressée à mon père. Un silence de plomb s'abat sur toute la salle.

« Meilleurs vœux pour 2008 ! » proclame la carte. Des caractères animés viennent s'inscrire, ligne par ligne. La rumeur qui s'élève de l'assistance s'enfle à chaque mot.

UN PEU, BEAUCOUP, À LA FOLIE...
TE REVOILÀ DANS LE PÉTRIN,
ET DEVINE QUI T'Y A MIS !
À TOI POUR TOUJOURS,

TU-SAIS-QUI

35.

Tommy, 23 juin 2009

Sur le moment, la réaction de Tommy fut celle du type qui s'avise tout à coup qu'une conduite d'eau vient de claquer dans sa salle de bains, ou que son correspondant ne respire plus, au bout du fil. Rien ne va plus… C'est tout ce qui vous vient à l'esprit. Le cours normal des choses s'est arrêté net.

Comme il lisait le message à l'écran, Tommy sentit naître et croître autour de lui un tourbillon d'agitation. Les jurés, qui s'étaient jusque-là contentés de se pencher, quittaient à présent leurs sièges pour s'approcher du moniteur. Ce qui avait décidé plusieurs des journalistes du premier rang à franchir à leur tour la ligne symbolique les séparant du prétoire, pour venir aux nouvelles, finalement suivis d'un certain nombre de spectateurs qui s'agglutinèrent à l'attroupement, émoustillés par le raffut. Les huissiers arrivèrent à la rescousse et les enjoignirent à grands cris de regagner leur place. Ce ne fut que lorsque les coups de marteau du juge Yee firent vibrer toute la salle que Tommy s'avisa que le juge, qui s'était lui aussi approché de l'ordinateur pour assister à la démonstration, avait déjà regagné son estrade.

— Assis, tout le monde ! Tout le monde en place ! répétait-il, ponctuant ses injonctions de grands coups de marteau rageurs.

La foule finit par refluer vers les bancs, à l'exception du fils de Rusty qui restait planté là, tout seul au milieu du prétoire, l'air aussi stupide qu'un mannequin nu dans une vitrine. Au bout d'un certain temps, Marta lui fit signe de regagner le box du témoin. Le juge se remit à jouer du marteau en réclamant le silence.

— Du calme, du calme, je vous prier !

Mais le brouhaha ambiant ne donnait aucun signe d'essoufflement. Yee, pourtant peu enclin à donner de la voix, se mit à cogner de plus en plus fort, en s'égosillant :

— Silence ! Du calme, ou je faire évacuer la salle !

La salle d'audience, telle une classe d'adolescents, finit par obtempérer.

— OK, dit le juge. Avant tout, Mr Sabich fils, j'aimerais que vous retournez près l'ordinateur lire à nous ce qui s'inscrit sur l'écran, afin que monsieur le greffier peut transcrire, d'accord ?

Nat revint donc sur ses pas et décrivit d'une voix blanche ce qu'il voyait à l'écran.

— C'est une carte de Noël, avec une bordure et des guirlandes noires, un peu comme pour Halloween. Je lis une inscription, « Meilleurs vœux pour 2008 », avec, dessous, ce petit paragraphe…

Il lut le poème.

— OK, dit le juge. OK, Mrs Stern, comment vous souhaite procéder ?

Après un bref aparté avec son père, Marta demanda une suspension de séance de quelques minutes.

— Bonne idée, approuva le juge Yee. Madame, messieurs les avocats et procureurs, nous réunir dans mon bureau, s'il vous plaît.

Les interpellés lui emboîtèrent le pas et sortirent par la porte qui s'ouvrait au fond de l'estrade du juge, avant d'enfiler le couloir interne séparant la salle d'audience des bureaux des magistrats. Comme Stern n'avançait qu'à grand-peine, Tommy et Jim avaient déjà distancé d'une dizaine de mètres l'équipe de la défense. Brand, vert de rage, ne cessait de marmonner « C'est du flan ! » tout en allongeant le pas.

Le juge Yee s'était installé pour toute la durée du procès dans la chambre de Malcom Marsh, qui avait pris une année sabbatique pour aller enseigner en Australie. Le juge Marsh était un violoniste amateur d'un bon niveau. Pour son soixante-sixième anniversaire, il avait organisé un concert privé avec un orchestre symphonique où il avait lui-même joué quelques solos. Les murs de son bureau étaient décorés de disques encadrés et de partitions dédicacées. Yee ôta sa robe et invita les interlocuteurs à s'installer, tandis qu'il allait lui-même prendre place derrière le grand bureau de Marsh, sans toutefois s'asseoir.

— OK, attaqua-t-il. Qui peut m'expliquer ce qui vient de passer ?

Suivit un long silence, que Marta finit par rompre :

— Votre Honneur, il semblerait que quelqu'un ait implanté ce message dans le système du PC du juge Sabich, avant sa saisie, et ce message semble impliquer que son auteur a sciemment manipulé les preuves pour faire inculper Mr Sabich.

— C'est du flan ! lâcha Brand.

Yee leva l'index, la mine soudain plus austère.

— Brand, s'il vous plaît.

Jim lui réitéra ses excuses.

— C'était idiot, complètement idiot..., répéta-t-il, encore et encore.

— Quoi faire ? demanda le juge.

Au bout d'un moment, Marta reprit la parole.

— Il me semble que nous devrions commencer par faire réexaminer l'ordinateur. Nous pourrions le remettre aux mains des experts des deux parties, qui pratiqueront ensemble les tests de diagnostic nécessaires – à condition de ne rien changer aux données, évidemment – pour déterminer à quelle date ce message a été implanté dans le système et s'il leur semble ou non authentique.

— Parfait, déclara Yee, apparemment convaincu.

Les Stern convoqueraient de toute urgence leurs deux virtuoses, tandis que les procureurs rappelleraient le professeur Gorvetich. Brand et Marta se levèrent aussitôt pour aller passer leurs coups de fil. Marta contacta ses experts sur leur portable, mais Brand, qui n'avait pas le numéro de Gorvetich sur lui, dut traverser la rue pour aller le chercher dans son bureau. Entre-temps, Yee demanda aux huissiers de renvoyer les jurés dans leurs foyers, tandis qu'avocats et procureurs convenaient de se retirer dans leurs bureaux respectifs pour attendre la conclusion des experts. La machine, elle, resterait en salle d'audience, sous la surveillance de la sécurité du tribunal.

Comme ils regagnaient la sortie, Stern décocha à Tommy l'un de ses sourires les plus cryptiques. De fait, le vieil homme avait meilleure mine. Son visage semblait moins raviné, ses plaques d'un rouge moins vif. À point nommé, songea Tommy. Putain, juste à temps pour aller annoncer sa victoire aux caméras, avec un grand sourire...

— Intéressante, cette affaire, n'est-ce pas ? lui dit Stern, juste comme il franchissait la porte.

Dans la salle d'audience, Tommy, Rory et Ruta remballèrent tout leur attirail sur leur chariot. Brand pouvait se montrer assez tatillon, pour le rangement de ses pièces et de ses dossiers. Les trois compères s'efforcèrent de se remémorer l'ordre dans lequel Jim empilait son matériel. Aucun d'eux ne tenait à déclencher l'un de ces éclats dont Brand était coutumier, quand les choses n'allaient pas à son gré.

Milo Gorvetich arriva juste au moment où Tommy s'apprêtait à regagner son service. Milo était un tout petit bonhomme, encore plus petit que Tommy et que Stern, couronné d'une crinière blanche passablement rebelle. Son collier de barbe, d'un gris où il entrait plus de sel que de poivre, avait gardé quelques traces de nicotine jaunes, laissées par sa pipe. C'était Brand qui avait eu l'idée de l'engager. Il avait suivi une formation de programmeur, vingt ans plus tôt. En sa qualité de premier membre de l'équipe de foot universitaire à mettre le pied dans un de ses cours, Jim s'était suffisamment fait repérer par Gorvetich pour obtenir une note relativement indulgente. Mais le professeur était un vieil homme, à présent. Il radotait et avait perdu son aura d'autorité. Les deux petits génies de Stern l'enfonçaient à tous les coups et, à ce stade, Tommy doutait de pouvoir s'en remettre à lui les yeux fermés. Quand il lui résuma le dernier rebondissement, Milo ouvrit de grands yeux et en resta confondu. Tommy craignit tout à coup qu'il n'y comprenne guère plus que lui-même.

Escorté de ses deux comparses féminines, Molto traversa la rue à son tour. Le premier adjoint était dans son bureau, écumant, les pieds calés sur un de ses tiroirs, et mâchonnait une paille d'un air féroce. Brand était doté de pratiquement tous les traits physiques avantageux que Tommy avait enviés à ses collègues, au cours de sa carrière. Grand, bien charpenté, bel homme. Il dégageait cette puissance inoxydable que les jurés appréciaient par-dessus tout, particulièrement chez un procureur. Mais Tommy avait sur lui au moins un avantage, crucial en période de procès : la capacité à fonctionner à son meilleur niveau, même s'il n'avait pas son compte de sommeil.

Sans ses huit heures, Jim devenait capricieux et grognon comme un gosse mal léché. Il n'avait guère fermé l'œil, cette nuit-là. Il avait travaillé jusqu'à pas d'heures avec les techniciens, pour tâcher de se frayer un chemin dans la nouvelle théorie de la défense – celle du suicide. Dans sa corbeille à papier se mêlaient les emballages de cellophane provenant du dîner qu'il s'était concocté avec ce qu'il avait pu extraire des distributeurs, et les filaments rose du film plastique dont ils avaient dépouillé l'ordinateur de Sabich, avant que les scellés n'en soient levés, le matin même, au procès.

— Ça ne vous paraît pas un peu facile, à vous, Boss ? La victime qui se relève d'entre les morts pour nous annoncer qu'elle a elle-même piégé l'accusé ! Allez, quoi… Sans blague ! C'est du flan, cette histoire… Un jour, ils nous expliquent que c'est un suicide, et le lendemain, la dame confirme : « Exact, ouais ! Ne l'ai-je pas bien niqué ? »

Tommy s'assit dans le fauteuil en bois, près du bureau de son adjoint. Brand y avait mis une nouvelle photo de Jody et de ses filles, sur laquelle le regard de Tommy s'attarda une seconde.

— Jolies, tes petites, dit-il.

Brand eut un fin sourire. Tommy l'avisa que Gorvetich venait d'arriver.

— Alors ? Qu'est-ce qu'il a dit ? demanda Brand.

— Qu'ils allaient consulter le calendrier et l'horloge interne du système, lesquels devraient leur permettre d'établir la date de création de « l'objet ». Je n'ai pas tout compris, mais je me suis dit que, pour toi, ça serait plus clair. L'objet en question, c'est la carte, je suppose…

— Oui.

Brand réfléchit un instant, en mâchouillant sa paille.

— En fait, les fichiers de paramétrage du système stockent la date de création en même temps que l'objet, comme s'il en faisait partie intégrante. Gorvetich m'a expliqué ça un jour, au téléphone.

— Oui, mais l'ordinateur de Rusty est resté sous clé chez nous, depuis novembre, c'est bien ça ?

— À peu près, oui. Au début de décembre, plus précisément. Il est resté un mois à la cour d'appel, sous la garde de George Mason, pendant qu'on l'assiégeait pour pouvoir y jeter un œil, vous vous souvenez ?

Tommy s'en souvenait, oui. Et très bien. Il avait même craint un moment que les juges de la cour d'appel ne traversent la rue pour venir faire une manif devant le centre administratif du comté. Les juges peuvent devenir sacrément chatouilleux, quand on met le nez dans leurs petites affaires. De vraies princesses au petit pois !

— D'accord, mais si la carte était authentique…

— Elle ne l'est pas, l'interrompit Brand.

— OK, dit Tommy. OK. Mais envisageons une minute qu'elle le soit.

— C'est du flan, répéta Brand.

Ses narines palpitaient comme celles d'un taureau. Que le chef puisse envisager cette possibilité, ne fût-ce qu'une seconde, ça le dépassait. Mais, cette fois, le sort en était jeté : soit la carte avait été implantée à dessein dans le système, et Sabich était cuit, soit elle était authentique et il ne leur restait plus qu'à déclarer forfait. Pas plus compliqué que ça.

Tommy et Brand restèrent face à face une minute de plus, sans mot dire. Malvern, l'assistant de Tommy, l'avait vu entrer chez Brand. Il vint frapper à la porte pour lui dire qu'il avait Dominga au bout du fil. Elle avait dû entendre les nouvelles à la radio : « Coup de théâtre dans l'affaire du juge Sabich… ! »

— Préviens-moi quand nous aurons le rapport de Gorvetich, lui dit Tommy, en quittant son fauteuil.

Le téléphone de Brand se mit à sonner. Il décrocha sans cesser de hocher la tête. Tommy n'était pas encore arrivé à la porte…

— C'est Gorvetich ! lança Brand dans son dos.

Quand Molto se retourna, Jim avait levé l'index.

Le regard de Tommy restait fixé sur le visage de son adjoint, dont les yeux noirs ne cillaient pas. Ses traits s'étaient figés en un masque renfrogné et solennel. Tommy n'aurait pas juré qu'il respirait encore…

— OK, finit-il par lâcher, avant de répéter : Je comprends, oui… Je comprends…

À la fin, Brand raccrocha d'une main rageuse et resta cloué à son siège, les yeux clos.

— Alors ?

— Ils ont fini l'examen initial.

— Et alors ?

— Et alors, cette foutue carte a été créée la veille de la mort de Barbara Sabich.

Jim s'accorda un instant de réflexion.

— C'était pas du pipeau, dit-il, en shootant dans sa corbeille à papier, qu'il envoya valser, répandant tout son stock de détritus. Putain, elle est on ne peut plus vraie !

36.

Nat, 24 juin 2009

Le juge Yee donne congé aux quatre protagonistes, et nous retournons, mon père, les Stern et moi, à l'immeuble Lesueur, où nous nous réunissons dans le vaste bureau de Sandy. L'avocat, qui semblait plus mort que vif, toutes ces dernières semaines, s'efforce à présent de contenir sa jubilation – pour ménager mon père, je suppose. Mais on sent briller dans son regard quelque chose qui suggère qu'il a retrouvé son mordant. Le téléphone du bureau clignote sans arrêt, les journalistes l'assiègent et Stern leur répond invariablement que la défense n'a aucun commentaire à faire pour le moment. Finalement, il appelle sa secrétaire et la prie de ne pas lui passer d'autres appels.

— Ils veulent tous savoir si nous pensons que Molto va classer l'affaire.

— Et il va le faire, selon vous ? demandé-je.

— Avec Tommy, on ne sait jamais. Brand essayera peut-être de le ligoter à son siège, pour l'empêcher de jeter l'éponge…

— Molto ne renoncera pas pour si peu, souligna Marta. À la dernière minute, ils vont nous concocter je ne sais quelle théorie tordue, visant à prouver que Rusty a lui-même implanté la carte dans son système, pour se disculper.

— Mais il n'a pas touché à cet ordinateur depuis bien avant son inculpation, dit Stern.

Il regarde mon père qui s'est laissé choir dans un fauteuil, le dos voûté. Il nous écoute, mais ne trouve rien à ajouter. Depuis une heure et demie, il a l'air d'accuser le coup. Il s'est refermé comme une huître. Pendant mes études de psychologie, j'ai visité un hôpital psychiatrique où j'ai vu plusieurs patients qui avaient subi des lobotomies, dans les années cinquante. Ils avaient les yeux enfoncés dans le crâne de plusieurs centimètres, à cause du vide créé dans la boîte crânienne par la partie opérée. La tête de mon père m'y fait penser...

— S'ils essaient de nous sortir ce genre de théorie, ils seront les premiers embarrassés, dit Stern.

— Oui, façon de parler, nuance Marta. Et les journalistes ? Eux aussi, ils supposent que Barbara est l'auteure de la carte ?

— Qui ce pourrait être d'autre ? rétorque Stern.

Depuis une heure ou deux, c'est la question que je me pose. Voilà belle lurette que j'ai renoncé à élucider les relations de mes parents. Qu'ont-ils été au juste, l'un pour l'autre ? Dans leur sphère privée qui me demeurait en grande partie inaccessible, quelque chose persistera toujours à m'échapper. C'est un peu comme d'essayer d'entrevoir la vraie personnalité d'un acteur, sous le vernis de ses personnages. Quelle part de lui reste sincère, laquelle est factice ? Anna ne cesse de me dire que c'est exactement pareil avec sa mère.

Mais quand je me demande si ma mère a vraiment pu se tuer en maquillant les faits pour jeter les soupçons sur mon père et lui faire expier sa mort, brutalement un mécanisme interne enfoui en moi enregistre cette possibilité sans faire tilt. Ma mère pouvait piquer des crises de rage qui la mettaient hors d'elle, au point d'en devenir méconnaissable.

Et, là, tout coïncide. Ça expliquerait qu'on n'ait retrouvé que les empreintes de mon père sur le flacon de phénelzine. Qu'elle l'ait envoyé chercher du vin et du fromage, et que les recherches sur les médicaments n'aient pas été effacées dans les fichiers de l'ordinateur.

— Mais pourquoi se serait-elle empoisonnée avec un produit provoquant une mort qui puisse passer pour naturelle ? demande mon père, intervenant pour la première fois dans la conversation.

— Eh bien..., commence Stern, immédiatement interrompu par une petite quinte de toux qui le plie en deux. C'était bien plus incriminant ainsi, il me semble. Et n'oublions pas l'affaire Harnason, que vous étiez en train de juger à l'époque, et que Barbara connaissait en détail.

— Incriminant, effectivement, répond mon père, mais seulement si c'était découvert.

— C'est là qu'intervient Molto, répond Stern. Vu votre passé commun, il était plus ou moins prévisible que le PA refuserait de fermer les yeux sur une autre mort prématurée, intervenant dans votre entourage. Barbara a manifestement compté sur les vieilles rancœurs qui vous opposaient.

Mon père secoue la tête, une seule fois. Il n'est qu'à moitié convaincu.

— Pourquoi n'aurait-elle pas signé la carte, en ce cas ? demande-t-il.

— Inutile ! Ça tombait un peu sous le sens, vous ne trouvez pas ?

— Mais pourquoi prendre finalement la peine de me disculper, après s'être tant démenée pour me faire accuser ?

Là, Sandy me regarde, non pas tant pour observer mes réactions que pour souligner sa démonstration.

— Vous renvoyer sur le banc des accusés, c'était à ses yeux la juste rétribution de votre trahison. Mais elle ne voulait pas vous laisser moisir en prison pour le restant de vos jours. Ç'aurait été trop grave, surtout pour Nat.

Mon père filtre et soupèse longuement tout cela. Son esprit semble plus lent que d'habitude.

— C'est une feinte, dit-il. Si c'est encore un coup de Barbara, il y a forcément un piège quelque part. C'est comme de l'encre invisible. Dès que nous croirons toucher la terre ferme, il y aura encore quelque chose, quelque chose que nous ne voyons pas.

— Eh bien, pour ça, nous pouvons compter sur Matteus et Ryzard, dit Stern, obstinément réfractaire à leurs surnoms. S'il y a un piège, ils le découvriront.

— Sur ce terrain, ils ne lui arrivent pas à la cheville, réplique mon père, définitif.

Il avait pris le pli de couvrir maman de ce genre d'éloges propitiatoires. Sa ligne. Sa cuisine. Ses multiples talents... Et je crois qu'il en pensait une bonne partie, encore qu'il dût lui en vouloir, de lui forcer ainsi la main. Mais il n'était jamais plus sincère que quand il disait qu'il ne connaissait personne de plus fine mouche que Barbara Bernstein. À présent, il semble persuadé qu'elle s'est assuré une bonne longueur d'avance sur nous tous. Je trouverais ça plutôt touchant, si ça ne jetait pas une ombre sur les intentions de ma mère. Elles n'étaient somme toute pas aussi bienveillantes que veut le croire Stern : elle ne s'est sûrement pas contentée de l'effrayer un peu, veut-il dire. Même depuis sa tombe, elle continue à lui empoisonner la vie et c'est peu de le dire.

Dix minutes plus tard, la secrétaire de Sandy vient nous annoncer qu'elle a Hans au bout du fil. Les experts ont fini d'examiner l'ordinateur. Gorvetich lui-même reconnaît que la carte semble authentique. Elle a été créée la veille de la mort de ma mère, quelques minutes avant que nous n'arrivions pour dîner, Anna et moi. Stern en informe le secrétariat du juge et tous les participants sont reconvoqués au tribunal, afin que les trois experts fassent leur rapport au juge Yee. Nous descendons au garage et nous nous entassons dans la Cadillac de Sandy pour le court trajet qui nous sépare du tribunal.

— Sale temps pour Tommy, dit Marta. J'aurais aimé voir leur tête, quand Gorvetich leur a annoncé que la carte était authentique.

Dans l'équipe Stern, tout le monde avait anticipé ce résultat. Nous savions tous que mon père n'avait eu ni le temps ni les compétences techniques nécessaires pour monter un coup pareil.

À notre arrivée, il règne dans la salle une atmosphère de ville fantôme. Depuis des semaines, les locaux sont pris d'assaut et, à l'audience, on ne pourrait pas glisser une épingle dans le public. Mais ni les journalistes ni les rats de prétoires qui écument les couloirs en quête de divertissements gratuits n'ont eu connaissance des récents développements, ni, *a fortiori*, de la reprise de séance. Marta et son père sortent un instant pour se concerter avec Hans et Franz, mais ils doivent revenir précipitamment. Le juge Yee a fait son entrée et s'installe sur son estrade.

Le professeur Gorvetich doit mesurer dans les un mètre soixante. Sur sa tête, une masse mousseuse de cheveux blancs se hérisse à partir de divers points de son cuir chevelu. Il porte un petit bouc embroussaillé et son veston a grand-peine à contenir sa brioche. Il s'est pointé en baskets – faute de goût bien pardonnable, vu le peu de temps qu'on lui a laissé pour se préparer. Hans et Franz non plus n'ont pas fait d'efforts vestimentaires. Matteus est plus grand et un peu plus âgé, mais ils sont aussi fringants l'un que l'autre, avec leurs jeans délavés sur lesquels ils laissent flotter leurs chemises, et leurs impressionnantes coupes en brosse, savamment sculptées. Les deux parties sont convenues que Gorvetich se chargerait d'exposer au juge les résultats de leurs observations, puisque c'est la théorie de ses clients qui est mise à mal. Il s'avance vers l'ordinateur qui trône toujours au milieu du prétoire.

— La carte, explique-t-il, est un fichier graphique standard qui s'ouvre en association avec un pense-bête en *pop-up*, programmé pour s'afficher automatiquement à l'écran à partir du 1er janvier 2009, ce qui explique qu'aucun des informaticiens ne l'ait repéré, à l'époque où ont été pratiqués les différents examens du disque dur, demandés conjointement par les procureurs et par la défense, au début de décembre.

Et, pour moi, cette date fait sens. Chez nous, les fêtes de fin d'année ont toujours été une période trouble. Ayant grandi dans la tradition juive, ma mère allumait chaque année les bougies de Hanukkah avec moi, mais le rituel restait principalement protestataire. En fait, elle détestait en bloc toutes les fêtes religieuses, et tout particulièrement Noël, alors que pour mon père, c'était l'une des rares périodes fastes de l'année, dans son enfance. Il l'attendait toujours avec la même impatience. Et le pire, du point de vue de ma mère, c'était que Noël se célébrait le 7 janvier selon le calendrier serbe, ce qui signifiait que dans notre famille « les fêtes » tiraient désespérément en longueur. Elle avait particulièrement horreur des traditionnels repas de Noël auxquels nous invitaient les innombrables cousins serbes de mon père, et auxquels on nous servait d'énormes rôtis de porc. Ça tombait le plus souvent la veille de jours d'école, et tous les cousins s'alcoolisaient à la prune. Après ça, il fallait généralement attendre la mi-février pour que mes parents retrouvent des relations normales.

— Nous avons examiné les fichiers de paramétrage du système, dit à présent Gorvetich. Avec une attention toute particulière aux fichiers « .pst », qui contiennent les objets régis par le calendrier interne. La date de création d'un objet est contenue dans l'objet lui-même. Le fichier « .pst » indique la date qui correspond à la dernière utilisation du calendrier, y compris les opérations en simple ouverture/lecture. La date de création associée à l'objet qui nous intéresse est le

28 septembre 2008, à 17 h 37. À ce stade, nous pouvons donc certifier à la cour que cet objet a toutes les apparences de l'authenticité. Malheureusement, comme le fichier a été ouvert ce matin au tribunal, ce que j'avais formellement déconseillé, le fichier « .pst » porte à présent la date d'aujourd'hui. Mais nous avons tous comparé nos notes et, à l'automne dernier, le jour où le disque dur a été examiné et dupliqué à l'identique pour les deux parties, la date du « .pst » était le 30 octobre 2008, soit plusieurs jours avant la saisie de l'ordinateur. Comme je l'ai souligné lors de mes précédentes déclarations, on observe dans les fichiers de paramétrage des traces d'utilisation d'un logiciel de suppression sécurisée, traces qui ont été constatées et identifiées par les deux parties, lors de leur examen des duplicatas du disque dur, en décembre dernier.

Tommy Molto se lève.

— Puis-je poser une question, monsieur le juge ?

Yee l'y invite d'un geste.

— Et si quelqu'un avait eu accès à l'ordinateur après octobre et avait implanté cette carte, après avoir trafiqué le compteur de l'horloge interne ?

Brand sait que c'est impossible. Il tend la main vers son chef, qui lui tourne le dos. Hanz et Franz eux aussi secouent la tête et Gorvetich résume l'opinion générale :

— Le système ne permet pas une telle opération. Pour assurer un fonctionnement fiable du calendrier, il n'existe pas de fonction permettant de faire reculer l'horloge système.

Le juge Yee tambourine du bout de son crayon sur son sous-main, placé sur son bureau, devant lui.

— Mr Molto, dit-il enfin. Quoi pensez faire ?

Tommy se lève.

— Avec votre permission, Votre Honneur, nous aimerions avoir la nuit pour y réfléchir.

— OK, dit le juge. Reprise demain, 9 heures, pour faire le point. Le jury sera placé en attente.

Il abat son marteau.

Je me hisse sur mes pieds et j'attends mon père pour l'accompagner jusqu'à la sortie. Il va sans doute être acquitté et relâché dès le lendemain, mais mon père, cette énigme vivante, ne s'est toujours pas fendu d'un sourire.

37.

Tommy, 25 juin 2009

Estoy embarazada.

Le jeudi matin, comme Tommy sortait du parking pour rejoindre son service, la petite phrase de sa femme vibrait encore en lui, ainsi que la fierté à peine voilée avec laquelle elle lui avait annoncé ça. « *Estoy embarazada* », avait-elle dit, la veille au téléphone, quand il était sorti du bureau de Brand. Dominga avait toujours eu des cycles capricieux et ça faisait déjà un moment qu'ils essayaient, persuadés l'un comme l'autre qu'il valait mieux pour Tomaso ne pas être fils unique. Mais, jusqu'à présent, ça n'avait rien donné. Ce qui était aussi bien. S'estimant déjà comblé par le sort, Tommy n'aurait pas songé à s'en plaindre. Mais voilà, elle était à nouveau *embarazada*, de six semaines. La vie avait à nouveau germé en elle.

Ce genre de coïncidence confirmait à Tommy qu'il y avait un dieu. C'était même à ça qu'il reconnaissait Son existence. On pouvait n'y voir que le fruit du hasard : sa femme découvrait sa grossesse à l'instant même où il apprenait qu'il avait échoué, une fois de plus, dans sa longue lutte contre Rusty Sabich. Tout semblait si précisément dosé, avec juste assez de joie pour contrebalancer les peines. Mais quelle était la logique qui sous-tendait tout ça ?

La veille, il était rentré tôt, l'esprit relativement en paix. Il avait fêté ça en passant la soirée en compagnie de sa femme et de son fils, puis tout le monde s'était endormi. Mais il s'était réveillé à 3 heures du matin. Assis dans le noir, dans leur jolie maison où ils n'allaient pas tarder à être à l'étroit, il avait dû affronter tous les doutes qu'il avait jusque-là balayés sous le tapis, tant que la perspective d'un deuxième enfant n'était encore qu'une vague possibilité. Était-ce une si bonne chose, à son âge, d'avoir un deuxième enfant – une fille, cette fois, espérait-il pour Dominga –, qui aurait toutes les chances d'enterrer son père avant ses vingt ans, trente grand maximum ? Tommy n'aurait su le dire. Il aimait sa femme. Il s'était éperdument épris d'elle, et tout le reste en avait découlé. La vie qu'il menait à présent n'avait pas grand-chose à voir avec ce qu'il avait imaginé au cours des cinquante et quelques années précédentes. On suit son cœur, en espérant se rapprocher du bonheur. Et on accepte avec gratitude tout ce qui vient.

Même pour le procès, il n'aurait pu mieux faire. Après une journée de réflexion, il en était venu à la conclusion qu'il était préférable de classer le dossier. Ça valait mieux pour tout le monde. Les procureurs s'étaient fait berner, et par la victime, s'il vous plaît ! Qui pourrait leur jeter la pierre ? Rusty serait relâché, mais ce qu'il venait de vivre était le fruit de la situation merdique qu'il avait laissée s'installer sous son propre toit, plutôt que d'une quelconque mauvaise foi de la part de Tommy. Tout bien réfléchi, ça aurait dû être à Sabich de s'excuser. Mais, pour ça, on pouvait toujours courir.

Le problème, ce serait Brand. Jim s'était remis à cogiter, dès la fin de l'audience. À supposer que cette carte soit authentique, disait-il, qu'est-ce qui prouvait que ça n'était pas Rusty qui l'avait implantée, en septembre ? C'était son ordinateur, non ? Il projette de tuer Barbara en espérant faire passer ça pour une mort naturelle, et il prévoit une solution de repli. Au cas où quelqu'un soupçonnerait quelque chose, il pourrait toujours se rabattre sur le scénario du suicide, déguisé en meurtre…

Et, à y regarder de plus près, il n'était pas exclu que Jim ait raison. Après tout, qui irait se tuer pour le plaisir de faire accuser un mari volage ? Restait ce détail essentiel que Tommy avait pointé à son adjoint depuis belle lurette : Sabich était trop retors et trop méfiant pour s'être risqué à supprimer sa femme sans assurer ses arrières. Même et surtout s'il avait tout comploté, Rusty détenait les clés de l'édifice. Il s'était assuré une bonne mesure d'avance sur eux. Aurait-il pu créer cette carte, tout en laissant ses empreintes sur le flacon de phénelzine ou les traces de ses recherches sur son ordinateur ? Tommy et Brand étaient refaits. S'ils tentaient de contester l'interprétation de cette nouvelle preuve, ils en seraient réduits à ajouter un troisième étage à leur théorie, alors qu'ils avaient déjà crépi la maison et l'avait fait visiter aux jurés. Évidemment, s'ils avaient pu leur prouver que, vingt ans plus tôt, Rusty avait déjà prémédité et exécuté le meurtre d'une femme en toute impunité, les jurés auraient été nettement plus enclins à croire qu'il ait pu tramer un plan aussi diabolique pour en supprimer une seconde. Mais Yee ne reviendrait sûrement plus sur sa décision. Pas à ce stade. Et, comme tous les témoins étaient prêts à le confirmer, c'était Barbara, et non Rusty, qui s'y connaissait suffisamment en informatique pour avoir pu créer en septembre cette carte destinée à apparaître le 1er janvier sur l'ordinateur de son mari.

S'ils se montraient trop insistants, Yee risquait de ne pas les suivre et de prononcer un non-lieu. Il l'avait lu à livre ouvert sur le visage du juge. Ils pouvaient encore tenter de le convaincre de laisser le dernier mot aux jurés, en faisant valoir que c'était à eux de décider quels témoins ils préféraient croire. Mais Yee n'accepterait pas. Le problème n'était plus celui de l'intime conviction du jury. Les pièces à charge ne permettaient tout simplement pas d'établir « au-delà de tout doute raisonnable » qu'il s'agissait bien d'un meurtre et non d'un suicide. Leur dossier était un « ensemble vide », comme disaient les matheux. Leurs preuves s'annihilaient d'elles-mêmes.

Alors, l'un dans l'autre, ils avaient tout intérêt à jeter l'éponge, comme des procureurs consciencieux qui n'avaient fait que leur boulot en suivant le fil des pièces dont ils disposaient. En insistant, ainsi que l'y poussait Brand, ils risquaient de passer pour deux jusqu'au-boutistes enragés, s'obstinant à nier l'évidence.

Après avoir mûrement détaillé et passé en revue ses réflexions de la nuit précédente, Tommy arrivait à présent dans le vieux hall de marbre du centre administratif, saluant quelques connaissances qui venaient comme lui s'atteler à une nouvelle journée de travail. Personne ne s'arrêta pour bavarder avec lui, ce qui était mauvais signe. Les nouvelles de la veille avaient frappé vite et fort. Goldy, le garçon d'ascenseur qui avait déjà l'air vieux trente ans plus tôt, du temps où Tommy avait débuté dans le service, lui fit monter les cinq étages. Molto franchit la porte du service.

Au bout du long couloir sombre, il aperçut Brand qui l'attendait déjà. La discussion s'annonçait âpre. Molto cherchait ses mots, le long du couloir, en se maudissant de n'y avoir pas pensé plus tôt. Que dire à cet homme qui était à la fois son meilleur ami et son adjoint le plus dévoué ? Ils n'étaient plus séparés que d'une quinzaine de mètres, quand il vit Brand esquisser quelques pas de danse.

Trop sidéré pour faire un mètre de plus, Tommy regarda son ami exécuter un genre de hip-hop en zigzag, une version personnelle de la petite danse triomphale à laquelle se livrent les joueurs de la National Football League, derrière la zone de but.

Molto le connaissait assez pour deviner que Brand, qui avait marqué son compte de beaux *touchdown*, en son temps, avait dû s'exercer plus d'une fois à exécuter ce pas devant le miroir de sa salle de bains, en regrettant d'être né vingt ans trop tôt…

Les pirouettes et les entrechats de Brand l'avaient rapproché de Tommy et quand ils ne furent plus qu'à quelques mètres, Molto put même l'entendre chanter, quoique ça n'eût pas grand-chose à voir avec une mélodie. Il braillait un mot ou deux, chaque fois qu'il sautillait d'un pied sur l'autre :

— *Rus-ty – T'es fou-tu – Rus-ty – T'es cuit – Rus-ty – T'es bon-pour le-placard !*

Bien qu'avec un léger contretemps, il avait déclamé ce dernier vers dans un style digne de Broadway, les bras écartés et *fortissimo*. Une poignée de secrétaires, de flics et de collègues s'étaient arrêtés pour voir ça.

— C'est bon, ma poule, t'es engagée ! lança l'un d'eux, déclenchant un éclat de rire général dans le couloir.

— Quoi ? demanda Molto.

Brand était trop heureux pour parler. Souriant d'une oreille à l'autre, il s'avança vers Tommy et se pencha de quinze bons centimètres pour le prendre dans ses bras et le serrer en une fougueuse accolade. Puis il pilota le PA jusqu'à son bureau où l'attendait Gorvetich. Ce matin-là, le professeur ressemblait à une version échevelée d'Edward G. Robinson dans *Soleil vert*.

— Allez-y, dites-lui ! s'écria Brand. Hier soir, Milo a eu une idée géniale…

Gorvetich gratta sa barbichette.

— En fait, c'était une idée à Jimmy, dit-il.

— Alors là, sûrement pas ! protesta Brand.

— Aucune importance, trancha Tommy. Vous vous partagerez le Nobel… Alors, ce scoop ?

Gorvetich haussa les épaules.

— La première fois que je vous ai vu, Tommy, vous étiez aux prises avec les juges de la cour d'appel qui faisaient tout un foin – vous vous rappelez ?

Tommy hocha la tête.

— Ils refusaient de nous laisser accéder aux documents internes que contenait l'ordinateur de Rusty.

— Exact. Nous avons donc dupliqué le disque dur.

— Vous en avez fait une copie, traduisit Molto.

— Une copie à l'identique, oui. Quant à l'ordinateur, nous l'avons rendu au juge principal.

— À Mason.

— Au juge Mason, tout juste. Eh bien, hier soir, nous discutions de choses et d'autres, avec Jim, quand nous nous sommes avisés que nous avions un bon moyen de savoir ce qu'il en était, de cette fameuse carte de Noël. Il suffisait d'aller vérifier sur la copie du disque dur de Sabich que nous avons effectuée en novembre, juste après la saisie de la machine. C'est ce que nous avons fait. Eh bien, figurez-vous que la carte ne s'y trouve pas.

Tommy se laissa choir dans son grand fauteuil, sans les quitter des yeux. Son premier mouvement fut le déni. Il se méfiait de Gorvetich. Le vieil homme ne faisait pas le poids, face à Brand. Il avait très bien pu se laisser enjôler par son ancien élève. Au point de déraper sur un détail essentiel.

— Je croyais que la carte avait été faite en septembre dernier, avant la mort de Barbara, objecta Molto.

— Moi aussi, je l'ai cru, dit Gorvetich. Et ça en avait tout l'air. Mais en fait, pas du tout. Parce qu'elle n'est pas sur nos duplicatas. Elle a été implantée sur le disque dur après la saisie de l'ordinateur.

— Quand ça ?

— Mystère ! Maintenant, le fichier « .pst » porte la date d'hier.

— Normal, dit Brand. La défense l'a ouvert au tribunal, en allumant l'ordinateur.

Tout à sa joie, il en oubliait de rappeler à Tommy qu'il lui avait formellement déconseillé de laisser Marta Stern appuyer sur l'interrupteur…

— Tout juste, confirma Gorvetich. Mais la carte a dû être chargée au cours du mois où le PC était en face, chez le juge Mason. Il a été enveloppé dans du film plastique et placé sous scellés dans le bureau même de Mason, le jour où Yee a ordonné qu'il nous soit restitué.

Tommy réfléchit. Pour une obscure raison, ce fut la remarque glissée par Stern, la veille, qui lui revint en mémoire : « Intéressante, cette affaire… »

— Où se trouvait le duplicata ?

— Une copie du disque dur était conservée sur un disque externe, dans la salle où vous rangez les pièces à conviction. Jim l'a sortie et en a fait une copie pour moi, hier soir.

Ce détail déplut à Tommy.

— Vous avez fait ça tous seuls ? Sans les experts de la défense ?

— Pas de problème de ce côté-là, intervint Brand. S'ils nous accusent d'avoir trafiqué le duplicata, ils ont leur propre copie, établie en même temps que la nôtre, et ils peuvent vérifier dessus : la carte n'y est pas.

Gorvetich lui expliqua que le duplicata avait été fait avec un programme baptisé Evidence Tool Kit. Les algorithmes du software étant brevetés, le duplicata ne pouvait être ouvert qu'avec le même programme, et en lecture seule, de manière à éviter toute modification ultérieure des fichiers dupliqués.

— Je peux vous garantir, conclut Gorvetich, que Rusty a trouvé un moyen ou un autre de charger cette carte à notre insu.

Comme Molto lui demandait comment il avait pu le faire, Gorvetich répondit qu'il n'avait aucune certitude sur la question, mais qu'en cherchant bien il avait tout de même élaboré une théorie. Il existait un logiciel baptisé Office Spy, mis au point par des pirates informatiques mais à présent disponible sur Internet, qui vous permettait de bricoler le programme de l'horloge système et de modifier ces paramètres – vous pouviez, par exemple, avancer ou retarder la date d'un mémo, effacer un fichier gênant, le nom de tel ou tel participant à une réunion critique, etc. Une fois le nouvel objet – la carte de vœux, le cas échéant – chargé sur le disque dur du PC de Sabich, il ne restait plus qu'à supprimer toute trace d'Office Spy avec un logiciel de suppression sécurisée, lequel devait être supprimé à son tour, ce qui supposait de faire quelques changements à la main, dans les bases de données des paramètres du système. Non seulement la carte – l'objet – ne figurait pas sur le duplicata établi à l'automne dernier, mais, à présent que Gorvetich avait pu comparer les deux, il avait retrouvé de subtiles différences dans les traces de code laissées par le logiciel de suppression sur différents secteurs vides du disque dur, ce qui signifiait que ce fameux logiciel avait dû être téléchargé et effacé à deux reprises sur le disque dur de Rusty – une première fois avant la mort de Barbara, et une seconde après la saisie de l'ordinateur.

— Je croyais que le juge Mason avait entreposé la machine en lieu sûr.

— Lui aussi, il le croyait, dit Gorvetich.

— Putain de merde, chef… Je ne vous fais pas un dessin ! Rusty a régné treize ans sur ce service. Vous croyez peut-être qu'il n'a pas gardé les clés de toutes les salles ? On aurait mieux fait de le revérifier, ce putain de disque dur, quand on l'a récupéré. Mais Mason avait dit qu'il avait tenu le suivi de tous les fichiers ouverts et copiés par les employés de Rusty, et Yee avait ordonné que la bécane soit placée sous scellés, avant de nous être rendue. Il était délicat de discuter sa décision.

Tommy récapitula mentalement toute l'histoire, en tentant de se l'expliquer. Barbara ne pouvait être l'auteur de la carte de Noël, puisqu'elle était morte à la date de création de l'objet. Et la seule personne qui eût intérêt à charger cette carte dans le programme d'agenda de son ordinateur, c'était Rusty Sabich, *exit* toutes ces salades, comme quoi il ne s'y connaissait pas en informatique !

Il partit d'un grand éclat de rire. Mais, en lui, l'étonnement l'emportait encore sur l'allégresse.

— Bigre… ! s'exclama-t-il, j'ai hâte de lui dire deux mots, à ce petit frimeur d'Argentin… Bigre ! répéta-t-il.

Brand, qui était resté debout à l'autre bout de la pièce, lui tendit les bras :

— Alors, chef… on danse ?

38.

Nat, 25 juin 2009

Comme pour confirmer les prédictions de Marta, les procureurs ont débarqué ce matin avec une nouvelle théorie pour expliquer la culpabilité de mon père. Jim Brand se lève et déclare au juge Yee que, pendant la nuit, le ministère public en est venu à la conclusion que la carte de Noël était un faux, chargé sur l'ordinateur de Sabich après la mort de sa femme.

— Votre Honneur ! proteste Stern depuis son fauteuil.

Ses mains patinent désespérément sur la table en tentant d'y prendre appui, comme celles d'un personnage de dessin animé, jusqu'à ce que Marta intervienne pour l'aider à se lever.

— L'expert de l'accusation nous a lui-même certifié, pas plus tard qu'hier, que le fameux « objet » était authentique.

— C'était avant que nous n'examinions le duplicata, réplique Brand, avant d'appeler Gorvetich à la barre pour détailler ses nouvelles conclusions.

Avant même la fin de son exposé, Marta a tiré son portable de son sac et sort de la salle au pas de charge pour alerter Hans et Franz.

Le juge Yee se retient visiblement d'exploser. Son crayon s'est remis à tambouriner à mi-chemin de l'exposé de Gorvetich.

— Messieurs, messieurs ! finit-il par dire. Que nous faire ici ? Nous prévu appeler Mr Sabich fils à la barre. Tous les jurés attendre devant téléphone. On continue procès, ou quoi ?

— Votre Honneur, dit Stern. J'espérais que messieurs les procureurs mettraient un terme à la procédure de ce matin. J'ai peine à en croire mes oreilles ! Ont-ils au moins des preuves solides à l'appui de leur nouvelle théorie ?

— Et comment, qu'on en a ! rétorque Brand. Il y a eu faux et usage de faux, devant cette cour.

Stern secoue la tête, l'air désespéré.

— La défense ne peut répondre à cela sans faire ses propres vérifications, Votre Honneur.

Nous retournons tous chez Stern pour attendre le diagnostic de Hans et Franz, qui ont un duplicata du disque dur dans leurs propres locaux. Entre-temps, j'appelle Anna pour lui raconter ce dernier rebondissement. Elle m'a toujours dit que, le dos au mur, Tommy Molto essayerait de l'emporter à l'arraché, et au besoin en trichant. Elle a la certitude que c'est ce qu'il tente de faire, une fois de plus.

— Le léopard ne peut renier ses taches ! dit-elle.

Hier soir, son pronostic rejoignait celui de Marta : Molto allait sauter sur le premier prétexte pour éviter de classer l'affaire.

Une heure plus tard, Hans et Franz arrivent au cabinet Stern. Même look que la veille, jeans et cheveux fixés au gel, on jurerait qu'ils font tous les soirs la fermeture des clubs et que le coup de fil de Marta les a tirés du lit !

— Même une horloge arrêtée donne l'heure juste deux fois par jour, décrète Hans, le plus grand. Gorvetich a raison.

— Pas trace de la carte sur le duplicata ? s'exclame Marta, qui manque de s'étaler en entendant ça – elle avait ôté ses talons et posé ses petits pieds courtauds, gainés de nylon, sur l'une des tables basses du bureau de son père.

Je lâche un grognement. Ras le bol, de ne jamais savoir que croire ! Le dernier à réagir est mon père, qui lance un éclat de rire strident.

— Signé Barbara ! dit-il.

Il se pince l'arête du nez en hochant la tête, l'air sidéré. L'idée peut paraître bizarre, mais ma première impression est qu'il pourrait bien avoir raison.

— Elle a trouvé un moyen pour le faire sans que ça apparaisse sur le duplicata.

— Est-ce que ça serait possible ? demande Marta aux deux experts. Aurait-elle pu utiliser un équivalent informatique de l'encre sympathique pour créer un fichier invisible au logiciel de copie ?

Hans fait non de la tête et consulte du regard son collègue, qui confirme :

— Ça, sûrement pas, dit-il. Pas avec le logiciel qu'on a utilisé. L'Évidence Tool Kit, c'est de la bombe, mec. Un standard, pour toute la profession. Ça te fait des copies parfaites, plus fiable, tu meurs. Il a été utilisé dans des milliers d'affaires, sans le moindre pépin.

— Vous ne connaissiez pas Barbara.

— Moi aussi, j'ai une ex, m'sieur. Et, certains jours, je jurerais qu'elle a des superpouvoirs, elle aussi. Les jours où je touche un gros chèque, surtout. J'ai à peine le temps d'aller le déposer à la banque qu'elle demande déjà une augmentation pour sa pension !

— Vous ne connaissiez pas Barbara, répète mon père.

— Écoutez, monsieur le juge, dit Franz. Il aurait fallu qu'elle sache d'avance quel logiciel de copie serait utilisé.

— Vous venez de nous expliquer que c'était le standard absolu dans la profession, votre Evidence Tool Kit…

— Soixante pour cent du marché, ça n'est pas cent pour cent. Elle aurait dû accéder aux algorithmes et coder son propre programme pour contrecarrer les effets du logiciel, un programme qui se serait déclenché au démarrage de l'ordinateur, et qui serait resté totalement indétectable sur le duplicata, ainsi que sur le disque dur lui-même, quand on l'a vérifié hier. Tu peux prendre tous les fondus de programmation de la Silicon Valley et les faire gamberger ensemble, mec, ils n'y arriveront pas. Là, ça ne relève carrément plus du domaine du possible.

Mon père le dévisage de ce regard fixe et vacant qu'il a si souvent, ces temps-ci.

— À quel moment la carte aurait-elle pu être chargée, en ce cas ? demande Marta.

Franz lance un coup d'œil interrogatif à Hans, qui hausse les épaules.

— Ça n'a pu se faire que dans le bureau de l'autre juge.

— Chez George Mason ? Pourquoi, et pourquoi pas plus tard ?

— Plus tard, la machine était hermétiquement emballée dans du film plastique scellé et paraphé, jusqu'à hier matin. Comme vous l'avez tous vu. Gorvetich nous a même fait vérifier les scellés au tribunal, avant de les enlever. Et, *a priori*, je dirais que c'était bien ceux d'origine. Après quoi, on a décollé avec Gorvetich ce qui restait de l'adhésif des scellés, et on a branché le moniteur sur l'unité centrale, toujours ensemble, au tribunal.

— Et à aucun moment ils n'auraient pu enlever le film plastique et les adhésifs, pour les remettre ensuite ?

Hans et Franz se lancent dans de longues explications – le mot « ouvert » serait apparu en bleu sur les adhésifs, dès que quelqu'un y aurait touché – quand Stern les interrompt :

— De toute façon, on voit mal pourquoi les procureurs seraient allés forger une pièce à décharge, pour disculper l'accusé. Si la carte est un faux, nous ne convaincrons ni le juge ni le jury en accusant Molto d'en être l'auteur. Soit nous nous en tenons à la théorie de Rusty concernant Barbara, soit nous trouvons une autre manière d'expliquer comment le logiciel de duplication a pu ne pas copier un fichier qui se trouvait pourtant là.

— Exclu d'avance, risposte Hanz, catégorique.

— Alors, voyons comment nous pourrons contrer l'interprétation que vont en donner les procureurs.

Ces deux ou trois derniers jours, Stern s'est muni d'une canne, grâce à laquelle il se déplace nettement mieux qu'au tribunal. Il s'appuie dessus pour contourner son bureau et va composer un numéro sur son téléphone.

— Qui tu appelles, papa ? demande Marta.

— George.

George Mason, qui est toujours premier président par intérim, n'est pas disponible, mais il rappelle vingt minutes plus tard. Quand Stern décroche, Mason lui parle visiblement de sa santé, car l'avocat réplique à plusieurs reprises : « Oui… Oui, comme prévu… Oui, bien mieux qu'on ne l'espérait. » Finalement, Stern demande au juge s'il peut le mettre sur haut-parleur, pour que le reste de l'équipe entende ses réponses. Je ne devrais sans doute pas assister à cette conversation, mais je n'ai aucune envie de quitter la pièce. Avec Anna et papa, je suis une des trois personnes qui ont utilisé le PC pendant qu'il était chez Mason.

— J'en ai déjà parlé ce matin à Tommy Molto, dit le juge. Comme vous vous en souvenez, Sandy, quand nous avons récupéré l'ordinateur, nous étions convenus de ne laisser personne l'utiliser seul, et je me suis engagé à tenir le suivi de tous les utilisateurs et de chaque document examiné ou copié. Tom m'a demandé un exemplaire de ce journal de bord et je le lui ai envoyé par mail. Je vais vous l'envoyer, à vous aussi.

— S'il vous plaît, répond Stern. Quand nous l'aurons consulté, nous en reparlerons.

Pendant les quelques minutes que mettent les documents à transiter sur le Net, Stern et Marta demandent à Hans et à Franz quelle serait la procédure nécessaire, sur le plan informatique, pour réaliser un tel tour de passe-passe. Après un instant de réflexion, les deux jeunes prodiges échangent leurs points de vue – un bref aller-retour d'idées, qui sifflent et ricochent comme des balles dans un stand de tir – et en arrivent, comme Gorvetich, à la conclusion que cela supposerait d'avoir recours à un logiciel du type Office Spy, en effaçant toutes les traces de son utilisation, après coup, avec un logiciel de suppression sécurisée.

— Combien de temps faudrait-il pour faire tout ça ? s'enquiert Stern. Installer l'Office Spy, charger l'objet, puis supprimer le logiciel, ainsi que ses traces dans le registre de paramétrage du système ?

— Bof, une heure ? lance Hans, en consultant son camarade du regard.

— Je pourrais peut-être le faire en trois quarts d'heure, en m'entraînant un peu, dit Franz. Je pourrais, par exemple, charger préalablement le Spy et le fichier image sur un disque externe, ce qui me permettrait d'économiser pas mal de temps de transfert. Et je m'exercerais d'abord sur une autre machine, pour savoir exactement où je dois chercher les traces de la suppression d'Evidence Eraser, qu'il faudra effacer à la main. Mais quelqu'un qui le ferait pour la première fois mettrait deux fois plus de temps, minimum.

— Minimum, ouais, renchérit Hans. Disons plusieurs heures.

Quand le journal de bord arrive, il contient le relevé de quatre visites distinctes. Le 12 novembre, soit une semaine après son élection, mon père s'est rendu dans le bureau où George avait installé son PC, et l'expérience l'a tellement démoralisé qu'il ne l'a plus renouvelée par la suite. Il est resté au total vingt-huit minutes dans le bureau, toujours en présence de George. Il a copié quatre fichiers sur un disque dur externe, trois brouillons de décisions, et un compte-rendu de recherches rédigé par un de ses assistants. Il a ouvert son agenda et y a noté les quelques rendez-vous qui lui restaient, avant la fin de l'année administrative.

Je suis venu une semaine plus tard. J'ai copié trois autres brouillons de décisions et j'ai dû y retourner le lendemain pour refaire une copie – la veille, j'avais mal compris les instructions de papa. Riley, une des assistantes de Mason, ne m'a pas quitté d'une semelle pendant ces deux visites. Je suis resté vingt-deux minutes la première fois, et six, le lendemain.

Finalement, juste avant Thanksgiving, Anna y est allée à ma place. Mon père voulait absolument consulter une version antérieure d'une décision sur laquelle il avait pris du retard, pour relire son texte à la maison. Il commençait aussi, dans ses moments d'optimisme, à prendre des rendez-vous pour 2009 et tenait à revoir son agenda. Le matin même, j'avais été appelé d'urgence au lycée pour un remplacement, et, ne voulant pas lui refuser ce service, j'ai envoyé Anna à ma place. Quelques jours plus tôt, elle m'avait proposé de faire les copies de mon père, puisqu'elle prévoyait d'être de passage dans le quartier, et le juge Mason avait accepté qu'elle s'en charge à ma place. Selon les relevés du juge, elle était restée dans le bureau près d'une heure – mais uniquement parce qu'elle avait reçu un coup de fil urgent de son cabinet, sur son portable. Elle avait passé le plus clair de cette heure au téléphone.

— Est-ce que Riley Moran y a assisté ? demande Stern au juge Mason.

Le juge appelle son assistante, qui connaît très bien Anna, pour l'avoir côtoyée pendant deux ans. Elle avait débuté dans le service de mon père avant le départ d'Anna. La version des faits que donne Riley coïncide parfaitement avec ce que m'en avait dit Anna, à l'époque. Peter Berglan, l'un des plus redoutables emmerdeurs pour qui Anna ait eu à bosser, l'a appelée sur son portable en lui imposant, *grosso modo*, de participer à une conférence téléphonique. Riley explique qu'Anna avait fini par se lever et par s'éloigner de l'ordinateur pour aller s'asseoir sur une autre chaise, à l'autre bout de la pièce. Riley était sortie, parce qu'il s'agissait visiblement d'une affaire confidentielle avec un client et qu'elle ne devait pas entendre la conversation, mais, au cours des quarante minutes qui ont suivi, elle est revenue plusieurs fois, pour voir si Anna avait terminé, et, chaque fois, elle l'a trouvée sur sa chaise, à bonne distance du clavier de l'ordinateur. Finalement, Anna est venue frapper à la porte de Riley pour lui dire qu'elle avait terminé son coup de fil et celle-ci est revenue avec elle, tandis qu'Anna finissait de charger le fichier et de noter les prochains rendez-vous de mon père. Les relevés indiquent que l'agenda électronique était ouvert au même jour que lorsqu'Anna s'était levée pour aller répondre à son coup de fil, à l'autre bout de la pièce.

— En avons-nous terminé ? demande George, après le départ de Riley.

Stern remercie le juge Mason et nous restons tous plongés dans un silence songeur.

— Que va dire Molto ? demande finalement Sandy. On voit mal comment quiconque aurait pu trafiquer l'ordinateur.

— Une heure, dit Marta, parlant d'Anna.

— Une heure n'y suffirait pas, dit Stern. Rusty, ou même Nat, auraient pu anticiper et imaginer de faire ce genre de chose, comme moyen de défense. Mais Anna n'aurait manifestement pas pu prévoir tout ça. Dans le pire des cas, nous pourrions consulter les relevés de son portable et demander confirmation à Peter Berglan.

J'en étais arrivé aux mêmes conclusions. Techniquement, mon père aurait été incapable de planifier et d'exécuter une telle manipulation – et moi aussi, en toute franchise... Sans compter que, bien sûr, je sais que ça n'est pas moi. Quant à Anna, comme l'a résumé

Stern, elle n'avait aucune raison de risquer ainsi sa carrière. Aucun de nous trois ne fait un coupable bien convaincant.

La main de Stern s'avance en direction de mon père.

— Rusty, aviez-vous encore les clés de votre service, à l'époque ?

— Celles de mon bureau, répond papa. C'est tout.

— Les avez-vous toujours ?

— Personne ne m'a demandé de les rendre.

— Y êtes-vous allé, en dehors des heures ouvrables ?

— Avant ou après m'être mis en congé ?

— Après.

— Non, jamais.

— Et avant ?

— Une fois ou deux. J'avais oublié quelque chose dont j'avais besoin, pendant un week-end prolongé. Mais, franchement, c'est un vrai casse-tête. Il n'y a qu'un gardien. On doit attendre en tambourinant sur la porte, pour tenter d'attirer son attention. Une fois, il m'a fallu vingt minutes rien que pour entrer.

— Et dans quel bureau est l'ordinateur ?

— Celui de George.

— En tant que juge principal par intérim, occupe-t-il votre bureau ?

— Toujours pas, pour autant que je sache.

— Et le garde, est-ce qu'il a les clés de toutes les salles ?

Mon père réfléchit un instant.

— En tout cas, il en a un sacré trousseau. On l'entend venir de loin. Il est arrivé que l'un ou l'autre des juges se retrouve enfermé hors de son bureau. Il a fallu appeler la sécurité pour lui ouvrir sa porte. Mais est-ce que le gardien de nuit a toutes les clés... ? Ça, je ne pourrais pas vous le dire.

— Ça sera leur théorie, n'est-ce pas ? en déduit Marta. Complicité interne. Rusty aurait pu s'introduire nuitamment dans son propre service, avec un conseiller en informatique.

— Parlez-en au gardien de nuit, suggère mon père.

— Je vous parie que Tommy est déjà en train de le cuisiner, répond Marta. Et vous savez comme moi ce qui va se passer, Rusty. Soit ils l'accuseront d'être un vieil ami à vous, soit ils découvriront qu'il a oublié de signaler une ancienne condamnation, quand il s'est porté candidat à son poste, et ils le menaceront d'engager des poursuites contre lui. Jusqu'à ce qu'il se souvienne de vous avoir fait entrer. Ou alors ils trouveront un jour où le garde attitré était absent, et Jim Brand va harceler le remplaçant jusqu'à ce qu'il accepte de dire que, eh bien, oui, il ne se souvient pas au juste lequel des juges c'était, mais, effectivement, une nuit, il se souvient d'en avoir vu passer un à une heure indue. Ils arriveront toujours à bricoler quelque chose...

— *Res ipsa loquitur*, commente Stern – « cela va sans dire ». Et de tous les juges, Rusty était le seul à avoir une bonne raison de le faire. En novembre, personne d'autre n'aurait pu prévoir où les preuves nous mèneraient, ni le genre de défense qui serait efficace. Nous n'avions même pas fini l'exposé préliminaire des pièces du dossier.

— Ça ne tient pas, dit Marta. Et nous nous retrouverons avec un procès dans le procès. Vous imaginez, la cohorte de témoins ? Le juge Mason, Riley, le gardien de nuit, et Nat, et Anna, et encore Rusty ! Les procureurs pourront s'estimer heureux si les jurés arrivent à se rappeler quelle affaire ils doivent juger, quand on en aura fini...

Stern soupèse tout cela. Sa main se porte machinalement vers son visage et effleure les contours écorchés de ses plaques rouges. Ça a l'air de faire encore très mal.

— C'est vrai, dit-il. Mais ne nous berçons pas d'illusions. Dans l'ensemble, tout ça n'est pas très bon pour la défense.

Là-dessus, toutes les têtes se tournent vers mon père. Chacun peut voir comment il réagit à ce diagnostic. Il s'est affaissé dans son fauteuil de cuir, pâle, défait, les traits tirés par l'insomnie. Il semble avoir oublié notre présence et, quand il lève enfin les yeux, il sursaute en découvrant qu'il est au centre de l'attention générale. Il m'adresse un sourire faiblard, un rien penaud, avant de se replonger dans la contemplation de ses mains, croisées devant lui sur ses genoux.

À 16 heures, nous sommes tous convoqués par le juge Yee, qui veut faire le point pour pouvoir établir un emploi du temps. Plusieurs journalistes sont au courant de cette réunion et Yee accepte que nous nous réunissions en séance ouverte. Une poignée de procureurs adjoints ont traversé la rue dans le sillage de leur chef pour assister à l'événement, dont ils se délectent d'avance. Je me suis assis sur un banc, au premier rang, à un mètre de mon père qui ne desserre pas les dents. Il reste effondré sur lui-même, tel un grand sac vide.

— Que se passe-t-il ? finit-il par demander.

Stern s'avance vers l'estrade. Pour la première fois, il a apporté sa canne à l'audience.

— Votre Honneur, nos experts ont réexaminé le duplicata établi en novembre dernier et ils s'accordent à constater que cet objet n'y apparaît pas. Ils ont besoin d'au moins vingt-quatre heures pour comprendre pourquoi.

Brand se lève à son tour pour répondre au nom du ministère public.

— Tiens, pourquoi ? s'exclame-t-il avec une inflexion ironique. Avec tout le respect que je dois à Mr Stern, monsieur le juge, la réponse s'impose d'elle-même. Cette carte est un faux. Bricolé de toutes pièces ! Le fichier a manifestement été chargé sur l'ordinateur du juge Sabich entre la date de sa saisie, en novembre, et celle où il a été rendu au service du procureur, après l'affectation de Votre Honneur au dossier. Il n'existe aucune autre explication.

— Monsieur le juge, réplique Stern, les choses ne sont pas aussi limpides que Mr Brand aimerait qu'elles le soient. Ni le juge Sabich ni aucun membre de son équipe n'ont eu accès à cette machine plus longtemps que cinquante-huit minutes. Or les experts des deux parties s'accordent à dire que le genre d'opération dont parle l'accusation n'aurait pu être exécutée dans un laps de temps si bref, pas même par un professionnel chevronné, ce que n'était aucune de ces personnes.

— Ça, rien ne nous permet de l'affirmer, monsieur le juge, réplique Brand, soudain plus évasif. Il faudrait faire des tests appropriés.

Le ton de sa réponse me laisse penser que Gorvetich lui a donné une estimation supérieure à celle que nous ont transmise Hans et Franz. Ils vont devoir trouver une autre théorie… Mais ils en ont déjà une, comme l'avait prédit Stern.

— D'ailleurs, Votre Honneur, enchaîne Brand, est-ce que le juge Sabich avait rendu les clés de son service, au tribunal ?

— Le juge Sabich n'a jamais eu celle du bureau du juge Mason, où se trouvait l'ordinateur, objecte Stern.

— Est-ce à dire qu'il n'est jamais arrivé au juge Sabich de venir au tribunal en dehors des heures ouvrables ? Et qu'il ne connaît pas les membres du personnel de sécurité, qui ont les clés de tous les bureaux ?

Yee, la main sur la bouche, observe cet échange de répliques mais son crayon se met à frétiller frénétiquement entre ses doigts, en proportion inverse d'une queue de chien, donnant l'exacte mesure de son mécontentement.

— Le ministère public est bien prompt à accuser mon client, Votre Honneur, mais nous attendons toujours une preuve concluante.

— À qui d'autre aurait pu profiter la falsification ? rétorque Brand.

— Monsieur le juge, je dois avouer que j'ai peine à faire abstraction de certains souvenirs. Il y a vingt ans,

Mr Molto a reconnu avoir délibérément enfreint le règlement, concernant la procédure de manipulation des preuves, faute pour laquelle il a été dûment sanctionné par le service du *prosecuting attorney* de l'époque.

S'ensuit un de ces coups de théâtre juridiques qui me laissent bouche bée. Stern n'avait rien dit de tel, à son cabinet, et l'effet produit sur Brand est proprement cataclysmique. Il se dresse sur l'estrade en hurlant, les joues en feu, les veines battant aux tempes. À la table des procureurs, Tommy Molto s'est levé, lui aussi.

— Monsieur le juge ! s'écrie-t-il, mais sa voix ne couvre pas celle de Brand, qui s'époumone :

— C'est ignoble ! C'est scandaleux !

Il tourne le dos au juge, le temps de balancer une épithète malsonnante à Stern, et se remet à s'égosiller de plus belle.

Le juge Yee semble submergé.

— Attends, attends, attends, intervient-il. Une seconde… Ça suffit, les deux parties… Assis, s'il vous plaît. Assis !

Il laisse s'écouler quelques secondes, le temps que la meute hurlante se calme un peu.

— J'ai dit rien vouloir entendre d'il y a vingt ans, dans procès. Voilà une chose. Et ensuite, la question est « Qui a tué Mrs Sabich ? » – si elle a été tuée – et non de savoir si quelqu'un a traficoté l'ordinateur du juge. Je vais vous dire, moi, mesdames et messieurs, ce que j'en pense. Moi pense que rien tout ça devrait être présenté comme preuve – les trousseaux de clés, les programmes d'espions et combien d'heures pour faire ci ou ça. Je donne instruction au jury de considérer nul le message à l'écran, et nous finir procès. Écouter Mr Sabich junior demain matin, à la barre. Voilà, ce que je pense moi, le mieux.

Brand se lève, à la table du ministère public.

— Monsieur le juge, dit-il. Monsieur le juge, pouvez-vous nous entendre ? Je vous en prie.

Yee l'invite à s'avancer au pied de son estrade, ce qu'il ne fait qu'après un bref aparté avec Molto – le PA l'a rattrapé par la manche au passage. Je jurerais qu'il a enjoint Brand de se calmer un peu. En effet, le ton du premier adjoint semble nettement plus mesuré, à présent.

— Monsieur le juge, je comprends que la cour préférerait que nous ne nous dispersions pas ainsi. Mais qu'elle nous permette d'insister sur le point suivant, Votre Honneur : qu'elle mesure le tort qu'une telle disposition porterait à l'accusation. Le jury connaît à présent, comme nous tous, la teneur de ce message. La défense va désormais soutenir que Mrs Sabich s'est tuée. Ils pourront affirmer qu'elle s'est servie de l'ordinateur de son mari, et même insinuer qu'elle a sciemment tenté de le faire accuser. Ils se serviront de tous ces arguments, et, en les entendant, les jurés ne pourront pas ne pas penser à ce message, alors qu'aucun des éléments venant à l'encontre de cette théorie, qui repose entièrement sur une falsification, ne pourrait être pris en compte ? Vous ne pouvez pas nous refuser d'exercer notre droit de réponse, monsieur le juge !

La main de Yee se plaque à nouveau sur sa bouche. Même moi, je peux comprendre l'argument de Brand, et son indignation.

— Cela sera vite établi, monsieur le juge, dit-il. Quelques témoins suffiront.

Stern, toujours prompt à saisir la balle au bond, répond depuis son siège.

— Quelques témoins pour l'accusation, peut-être, Votre Honneur. Mais la défense n'aura d'autre choix que de réfuter intégralement ces allégations. Nous allons droit vers un procès pour des charges d'obstruction à la justice, totalement extérieures à cette affaire.

— Quoi pensez vous ? demande le juge à Brand. Vous inculpez le juge Sabich d'obstruction à la justice, et lui faire un autre procès, mais après.

Yee n'a plus qu'une idée : rentrer chez lui. Il cherche désespérément le moyen de refiler le bébé à quelqu'un d'autre.

— Monsieur le juge, dit Brand. Vous nous demandez de terminer ce procès, mais en nous liant les mains dans le dos.

— OK, dit le juge. Moi réfléchir cette nuit. Demain matin, nous entendre témoignage de Mr Sabich fils. Et après, débattre des autres preuves qui doivent entrer en compte. Mais, demain, le procès continue. Aucune décision pour l'instant, sur qui peut prouver quoi. D'abord nous entendre le témoin. Bien compris, tout le monde ?

Les protagonistes opinent du chef. Le marteau du juge s'abat. La séance est levée.

39.

Tommy, 25 juin 2009

Le problème de Tommy, si on pouvait l'appeler ainsi, avait toujours été son hypersensibilité. En prenant de l'âge, il avait acquis la certitude que tout le monde ou presque avait son point sensible, et, avec le temps, il avait appris à encaisser les coups bas : les sarcasmes des journalistes, les entourloupes des avocats, ou les critiques perfides des groupes de pressions qui lui mettaient sur le dos toutes les bavures policières du comté. Mais n'empêche, il avait ses failles. Et quand une flèche parvenait à s'immiscer dans une des brèches de sa cuirasse, ça faisait mal. Très mal.

Quand Stern s'était dressé devant le juge Yee pour rappeler au monde entier que Tommy avait admis avoir pris des libertés avec des pièces à conviction, lors du premier procès Sabich, le cœur lui avait manqué. Il n'avait jamais fait mystère de cet aveu, comme le savaient tous ceux qui avaient voix au chapitre. Mais les initiés avaient bien compris que l'aveu n'était qu'une façade, une formalité à laquelle Tommy avait accepté de se plier, pour récupérer son boulot. À l'époque, rien n'était parvenu aux oreilles des journalistes. Et, comme la presse se contentait le plus souvent de ressasser ce qui avait déjà été publié à l'époque, rien n'avait filtré de ces prétendus aveux, dans les nombreux papiers qui avaient récemment paru, concernant le premier procès de Rusty. Pendant toute sa carrière, Tommy s'était battu pour faire régner l'ordre et la justice. Pour lui, c'était vraiment le pompon, de se faire épingler comme un vulgaire chauffard qui aurait flirté d'un peu trop près avec la ligne jaune. Sa première pensée, après s'être un peu calmé, fut pour Dominga. Il n'en avait jamais parlé à sa femme.

Yee n'avait pas plutôt abattu son marteau pour lever la séance qu'une grappe de cinq ou six journalistes se forma autour de Tommy.

— C'est de l'histoire ancienne, protesta le procureur. Et, dès le début, le juge Yee a décidé que c'était sans rapport avec l'actuel procès. Je ne ferai aucun commentaire là-dessus, tant que le dossier ne sera pas clos.

Il dut le leur répéter six ou sept fois et quand la meute finit par se disperser pour aller rendre leurs papiers, Tommy demanda à Rory et à son assistant juridique de rapporter le chariot des pièces à conviction. Puis il fit signe à Brand de le rejoindre au coin de la tribune du jury, à présent déserte, où ils pouvaient s'asseoir et parler tranquillement. Il ne tenait pas à descendre, pas tout de suite. Ça l'aurait forcé à affronter les caméras qui restaient sans doute postées en bas, et la cohue des journalistes qui lui brandiraient leurs micros sous le nez pour pouvoir le filmer en flagrant délit de déni, refusant de démentir qu'il avait pris des libertés avec les preuves, lors du premier procès Sabich.

À la table de la défense, Sandy Stern finissait de rassembler ses papiers. Il leva les yeux un instant, les regarda, puis mit le cap sur eux, clopin-clopant, avec sa canne. Tommy soutint son regard en secouant la tête, alors que Stern était encore à six ou sept mètres d'eux.

— Arrêtez, lui dit Tommy. Laissez tomber.

— Tom, je me suis laissé emporter…

— Putain de merde, Sandy. Vous saviez très bien ce que vous faisiez. Et moi aussi.

En trente ans de carrière, Tommy avait rarement dit ce genre de choses à un adversaire. Stern avait levé les mains, mais Tommy continuait à secouer la tête.

Comme Stern renonçait enfin et tournait les talons, Brand l'apostropha dans son dos :

— T'es qu'un vieux sac à merde dans un costard de luxe, Stern !

Tommy retint son adjoint par la manche.

— Au fond de la mer, je suis sûr qu'il y a des étrons de baleine qui sont tombés moins bas ! murmura Brand, pour Tommy.

Il y avait pourtant un truc qu'il fallait lui reconnaître, à Stern : il avait toujours quelque chose dans la manche pour tirer son client de l'ornière. Soucieux d'éviter que le jury découvre le lendemain, en première page du *Tribune*, un article expliquant que la carte de Noël était un faux, Stern s'était empressé de fournir un meilleur titre aux journalistes : « Molto reconnaît avoir manipulé certaines preuves au premier procès Sabich ! » Et, à vue de nez, dans la tête des jurés ou d'une majorité d'entre eux, cela se résumerait à cette conclusion : d'une façon ou d'une autre, c'était le PA qui était derrière cette histoire de carte de Noël.

— On devrait ébruiter les résultats des tests ADN, murmura Brand.

Tommy y réfléchit un moment, mais secoua la tête. Ça se terminerait par une annulation pour vice de forme. Yee voulait regagner ses pénates. Il saisirait le premier prétexte venu pour liquider l'affaire, faire sa valise et fiche le camp. Sans compter que Tommy n'avait nullement l'intention de mentir sous serment, ni de laisser quiconque le faire dans l'enquête qui ne manquerait pas de s'ensuivre, concernant cette fuite. Bien sûr, ça aurait été de bonne guerre. Stern et Sabich ne l'auraient pas volé. Mais la nouvelle tomberait de toute façon dans une semaine ou deux. La répandre dès maintenant ne pouvait qu'envenimer les choses.

— Si Yee continue à exclure du débat les preuves de la falsification, nous allons devoir faire appel, dit Brand.

Faire appel avant la fin du procès. La procédure restait exceptionnelle, mais l'accusation pouvait toujours y recourir, dans certains procès criminels, parce que le ministère public ne pouvait faire appel d'un acquittement. Brand avait mis le doigt dessus : ils allaient devoir faire appel. Sinon, c'était pratiquement cuit, avec le jury. D'ailleurs, une simple allusion suffirait peut-être à faire reculer Yee. Éviter un recours en appel serait pour lui le plus sûr moyen de préserver son précieux record... Et le juge serait vert, en apprenant qu'il devrait rester sur le pied de guerre, comme tous les jurés, pendant les deux ou trois semaines supplémentaires que requerrait la procédure d'appel.

— Comment l'affaire a-t-elle pu se barrer ainsi en vrille, en l'espace de seulement deux ou trois jours ? demanda Tommy.

— Tout rentrera dans l'ordre, dès qu'on pourra lui présenter nos preuves, Boss. Rory a déjà envoyé quelques flics au tribunal, pour interroger le personnel de nuit. Quelqu'un a forcément vu ou entendu quelque chose, concernant les visites nocturnes de Rusty. Dès que nous aurons un témoin direct, Yee changera d'avis.

Jim avait peut-être raison. Mais Tommy, accablé de honte, accusait le choc. Il n'avait jamais été du genre indulgent envers lui-même. Il n'avait jamais ni détourné ni fabriqué de preuves. Ébruité quelques informations, tout au plus. Et il avait reconnu ses torts. Ça ne se faisait pas. Il avait commis une bourde idiote, et Stern ne s'était pas gêné pour le rappeler à tout un chacun.

— Je vais pisser, annonça-t-il à Brand.

Dans les toilettes des hommes, il tomba sur Rusty Sabich, déjà penché sur l'un des urinoirs, qu'aucune cloison n'isolait. Tommy gardait les yeux résolument rivés devant lui, mais ne put s'empêcher d'entendre les ratés de Rusty – les débuts laborieux, le jet chiche et irrégulier. Sur ce terrain, Tommy pétait la santé, à côté du juge Sabich. Cet avantage décupla son audace :

— Dans le genre coup bas, on ne fait guère mieux, Rusty, lui dit-il, et d'enchaîner sur la métaphore inspirée à Brand par les cétacés...

Sabich garda le silence. Molto perçut le mouvement de ses épaules, tandis qu'il se rajustait, puis il entendit le bruit d'une fermeture éclair qu'on remontait et, une seconde plus tard, l'eau qui coulait dans le lavabo. Quand Tommy se retourna, Rusty était toujours là. Il s'essuyait les mains dans une serviette de papier brun, les traits pétrifiés en un masque indéchiffrable, le regard de ses prunelles bleues toujours fixé droit devant lui.

— Oui, Tommy, c'était un coup bas, finit-il par reconnaître. Et, franchement, c'était indigne de Sandy. Mais tu sais qu'il n'est pas au mieux de sa forme, en ce moment. Je suis désolé. Je ne m'attendais pas à ce qu'il te balance ça, comme ça, et je l'en aurais sûrement dissuadé, s'il m'avait demandé mon avis. Ma parole, Tom.

De fait, les excuses de Rusty ne firent qu'ajouter à la honte et à la colère de Tommy. Le pire, c'était ce qu'il pouvait désormais s'attendre à lire sur le visage des juges et de ses subordonnés. Dès la fin du procès, il devrait publier une déclaration, voire étaler toute l'affaire au grand jour, en faisant son *mea culpa*. Reconnaître publiquement qu'il avait bousculé les règles, mais en soulignant qu'il s'agissait tout de même d'une infraction mineure, qu'il en avait largement payé le prix et n'avait plus jamais oublié la leçon. Sabich le regardait se débattre dans un sac de nœuds. Voilà. C'était ça, un procès. Une lame à double tranchant. Personne n'était à l'abri d'un sale coup. Les médecins se plaisent à dire qu'il vaut mieux être à leur place qu'à celle de leurs patients, et mieux valait à coup sûr être dans la peau du procureur que dans celle de l'accusé, mais ça ne signifiait pas que le procureur ne risquait rien. Voilà une leçon que Molto aurait dû retenir, dès le premier jour où il s'était mesuré à ce type. S'en prendre à Rusty, c'était ramper dans un tunnel de barbelés acérés.

— Tommy, dit Rusty, l'idée ne t'a jamais effleuré que je n'étais peut-être pas aussi mauvais que tu le penses, et inversement ?

— Un enfant de chœur, autant dire…

— Un enfant de chœur, non. Mais sûrement pas un assassin. Barbara s'est suicidée, Tommy.

— Que tu dis. Et Carolyn ? Elle s'était violée et étranglée toute seule ?

— Ça non plus, je ne l'ai pas fait. Il faut poser la question au vrai coupable.

— C'est tout de même terrible, toutes ces pauvres femmes qui tombent comme des mouches, autour de toi.

— Je n'ai jamais tué personne, Tommy. Et tu le sais. Au fond de toi, tu sais que je ne suis pas un assassin.

Tommy entreprit de s'essuyer les mains.

— Ah non ? T'es quoi, au juste ?

Sabich eut un petit reniflement d'autodérision.

— Un idiot, Tommy. J'ai commis ma part d'erreurs et j'aurais besoin de réfléchir longtemps, pour pouvoir dire laquelle était la pire. Vanité. Luxure. Arrogance. Candeur de croire qu'on parviendra à faire changer ce qui ne peut changer. Je l'ai sûrement bien cherché, je ne dis pas le contraire. Mais elle s'est tuée.

— En essayant de te faire porter le chapeau ?

Il haussa les épaules.

— Ça, je n'en ai toujours pas le cœur net. Peut-être. Mais sans doute pas.

— Alors qu'est-ce que je dois faire, Rusty ? Remercier les jurés, et les renvoyer dans leurs foyers ?

Sabich lui lança un regard.

— Et on règle ça entre nous ?

— Pourquoi pas ?

Reculant de quelques pas, Rusty alla jeter un œil sous les portes des toilettes pour s'assurer qu'elles étaient inoccupées. Puis il revint vers Molto.

— Et si on liquidait carrément l'affaire, Tommy ? Cette saloperie de procès est devenue une locomotive folle. Tu sais comme moi que personne ne peut prédire où elle va s'arrêter. Je plaide coupable d'obstruction à la justice pour avoir trafiqué l'ordinateur, et tu laisses tomber les autres charges[1].

Sabich l'avait dit sans sourciller et sans l'ombre d'un sourire. Il ne plaisantait pas. Le cœur de Tommy s'emballa dans sa poitrine.

— Et le meurtre, il passe à l'as ?

— Le meurtre, je ne l'ai pas commis. Ne lâche pas la proie pour l'ombre, Tommy. Prends ce qui est à ta portée.

— Combien, pour l'obstruction ?

— Un an.

— Deux, répliqua Tommy, négociant à vue.

Sabich haussa à nouveau les épaules.

— Deux, d'accord.

— Je vais en parler à Brand.

Il dévisagea Sabich encore une seconde, en tâchant de comprendre ce qui venait de se passer, puis il tourna les talons mais s'arrêta à la porte. Cet étrange dialogue s'acheva sur une poignée de main.

— T'es bien assis ? demanda Tommy, en retrouvant son adjoint là où il l'avait laissé, au fond du box du jury.

La salle d'audience achevait de se vider. L'équipe de Stern était toujours dans le couloir, et le personnel du tribunal continuait à vaquer dans la salle. Dans un souffle, Molto résuma à Brand l'offre de Sabich. Jim

1. Rusty propose à Molto une négociation de charges : un accord passé entre la défense et le ministère public, qui accepte de revoir les chefs d'inculpation à la baisse, si l'inculpé accepte de plaider coupable sur des charges moins graves qu'à l'origine des poursuites.

resta les yeux perdus dans le vide, mais son regard avait la dureté du silex.

— Il a dit quoi ?

Tommy répéta ce qu'il venait de lui expliquer.

— Il ne peut pas faire un truc pareil, objecta Brand.

— Il peut. Si on le laisse.

Rester le bec dans l'eau ne ressemblait pas à Brand. Même quand il explosait de colère, il n'était jamais à court de mots. Sauf cette fois.

— Et le meurtre ? Il s'en tire les doigts dans le nez ?

— Il a souligné un détail qui a fait mouche : ce procès est totalement hors de contrôle. Nul ne peut dire jusqu'où tout ça va aller.

— Deux meurtres ! Et on le laisse s'en sortir blanc comme neige ?

— Ça risque de se terminer comme ça, quoi qu'on fasse. Il a plus de chances de s'en sortir que nous d'obtenir sa condamnation pour quoi que ce soit d'autre.

— Impossible, Boss ! Vous ne pouvez pas. Il a deux meurtres sur la conscience, ce connard.

— Allons en discuter en face, Jim. Les journalistes ont dû lever le camp.

Dehors, c'était toujours la canicule. Il faisait un soleil de plomb et, comme souvent dans la région, le printemps s'était effacé d'un coup devant l'été, plus vite que si on avait appuyé sur un interrupteur. On avait eu un printemps maussade, pluvieux, imprévisible. L'espace d'un mois, on se serait cru en Amazonie. Un effet inattendu du réchauffement climatique planétaire. On ne savait plus au juste quelle partie du globe on habitait...

De retour au bureau, ils prirent cinq minutes pour consulter leurs messages. Tommy avait reçu une bonne dizaine d'appels des journalistes. Plus tard dans la journée, il devrait passer voir Jan de Frazia, l'attachée de presse du service, pour en discuter avec elle. Puis il rejoignit Brand dans son bureau.

Ils s'installèrent chacun à un bout de la pièce. Un ballon dédicacé par une ancienne star du foot était considéré comme une pièce inamovible du mobilier du premier adjoint. D'aussi loin qu'ils s'en souviennent, ce ballon avait toujours été là, même du temps de John White, qui était premier adjoint quand Tommy et Rusty avaient débuté dans le service. Ils se faisaient des passes, pendant les discussions. Brand, dont les grandes mains englobaient le ballon, comme si elles faisaient elles-mêmes partie de son enveloppe de cuir, était généralement le premier à l'attraper, et, s'il n'avait sous la main personne qui fût d'humeur à jouer avec lui, il le lançait en l'air en le faisant tourner en une spirale parfaite et le rattrapait à la descente, presque d'un seul geste. Apercevant la balle sur le bureau de Jim, Tommy l'attrapa et l'envoya à son adjoint, en s'asseyant. Pour la première fois de mémoire d'homme, Brand le laissa tomber et dut se pencher pour le récupérer, en poussant un juron.

— Vous savez, d'un côté, ça coule un peu de source, dit-il. Que Sabich plaide coupable, je veux dire…

— Comment ça ?

— Jamais il ne les reconnaîtrait, ces charges d'obstruction, s'il n'avait pas tué sa femme.

— Imaginons qu'il ne l'ait pas tuée, mais qu'il ait tout de même bidouillé l'ordinateur.

— Pourquoi aurait-il bidouillé l'ordinateur, s'il ne l'avait pas tuée ? rétorqua Brand.

La bonne vieille logique de la loi, selon laquelle la fuite, le mensonge ou la dissimulation pouvaient tenir lieu de preuves. Mais, ça, Molto n'y croyait pas. Pourquoi quelqu'un que l'on accuserait à tort se conformerait-il à ce genre de logique foireuse ? Il suffisait de voir fonctionner les rouages de la loi, avec leurs ferraillements, leurs grincements et leurs ratés absurdes, pour se dire « pas question de m'en remettre à cette machine folle. » Il était tout aussi judicieux de mentir pour se soustraire à une accusation fausse qu'à une accusation vraie, voire davantage. C'était du moins l'avis de Tommy, et il n'était pas près d'en changer.

Quand il exposa son point de vue à Jim, son premier adjoint parut le prendre en considération. On avait rarement vu Brand s'abîmer dans d'aussi profondes réflexions, mais cette fois les enjeux étaient considérables. Ni l'un ni l'autre n'avait prévu de se retrouver dans un tel cul-de-sac.

Ramassant le ballon entre ses pieds, Brand le lança en l'air et le rattrapa plusieurs fois. Il venait d'avoir une idée, Tommy en aurait juré.

— Effectivement, finit-il par dire. Je crois qu'on devrait l'accepter, ce deal.

Tommy garda le silence. Il avait beau en être le premier convaincu, ça l'effrayait un peu de l'entendre dans la bouche de son adjoint.

— Je pense qu'on devrait accepter, oui, répéta-t-il. Mais pas pour les mêmes raisons que vous.

— Ah ? Pourquoi ?

— Parce que vous le méritez, Boss.

— Ah, oui ?

— Oui. Aujourd'hui, Stern vous en a fait baver, et ça n'est qu'un début. Si Rusty gagne ce procès, vous n'avez pas fini d'en entendre, s'agissant de vos fameux aveux d'il y a vingt ans ; pour eux, ça deviendra la seule manière d'expliquer les résultats ADN, dans la première affaire : « C'est Molto qui avait bidouillé les pièces à conviction, à l'époque. »

Tommy hocha la tête. Il en était venu à la même conclusion, et Dieu seul savait pourquoi ça ne lui avait pas sauté aux yeux bien plus tôt. Parce qu'il n'avait pas fait ce dont on l'avait accusé, sans doute.

— OK, poursuivit Brand. Maintenant, imaginez que Sabich plaide coupable d'obstruction. Un juge élu de fraîche date à la Cour suprême, se levant dans une salle d'audience pour reconnaître qu'il a manipulé des preuves, afin de se disculper – s'il avoue ça, tout le monde saura à quoi s'en tenir sur son compte. Tout le monde devinera qu'il a réussi à perpétrer deux meurtres à la barbe de la justice, deux ! Vous essuierez sans doute quelques critiques, çà et là, pour avoir accepté de négocier, mais Yee s'empressera de vous couvrir. Vous avez même toutes les chances de vous en tirer avec ses compliments. Il va nous servir un de ces petits *speechs* dont les juges se fendent quand ils sont trop heureux d'être débarrassés d'un dossier. Il ne tarira pas d'éloges pour l'équité et la sagesse de votre décision. Les gens finiront par piger que, depuis des décennies, vous étiez sur les traces d'un putain de vieux renard et que vous avez finalement réussi à l'envoyer là où il aurait dû être depuis des lustres, au trou. Et ça, entre nous, vous ne l'aurez pas volé.

— Ce n'est pas la question, Jim. Je ne fais pas mon travail en fonction de ce que je mérite.

— Mais vous pouvez tout de même le faire en vous arrangeant pour préserver la confiance qu'ont les citoyens en la justice de leur pays. Putain de merde… Bien sûr que vous pouvez faire ça. Vous *devez* le faire !

Brand lui servait son ego dans un paquet cadeau enrubanné.

— Vous ne l'aurez pas volé, Boss, répéta Brand. Acceptez-le, ce deal. Ça vous déchargera d'un putain de fardeau. Et, l'an prochain, rien ne vous empêchera de vous porter candidat au poste de PA, si ça vous dit.

Et revoilà ce vieil argument…, songea Tommy. Il le soupesa une seconde. Il n'avait jamais vraiment envisagé de se présenter, sauf peut-être une ou deux fois, le matin, sous la douche, dans le brouillard du demi-sommeil. Il confia à Brand une chose qu'il ne lui avait jamais révélée : s'il devait un jour se présenter à des élections, ce serait plutôt pour viser un fauteuil de juge.

— J'aimerais me trouver un boulot que je puisse exercer pendant encore quinze ans, Jim. N'oublie pas que j'ai un bambin de vingt et un mois.

— Et un autre en route, lui fit remarquer Brand.

Tommy sourit, le cœur gros. La vie était belle. Il s'était hissé au sommet, grâce à son travail. Pour rien au monde il ne serait allé le crier sur tous les toits, mais Jim n'avait dit que la vérité : il ne l'avait pas volé ! Il méritait d'être enfin reconnu pour ce qu'il était : un homme intègre et consciencieux.

— Un autre en route, oui, acquiesça Tommy.

40.

Nat, 26 juin 2009

Il se passe quelque chose.

En arrivant au cabinet Stern, le vendredi matin, je trouve porte close. Mon père s'est enfermé avec ses avocats dans le bureau de Sandy, avec ordre de ne les déranger « sous aucun prétexte ».

J'attends depuis déjà quarante-cinq minutes à la réception, dans les fauteuils du style « spécial steak-grill de luxe », quand l'assistant de Stern émerge du bureau pour me dire d'aller au tribunal, où toute l'équipe de la défense me rejoindra dans quelques minutes.

Quand j'entre dans la salle d'audience, les procureurs ne sont toujours pas là, eux non plus. Depuis mon siège du premier rang, j'envoie un texto à Anna : « Il se passe quelque chose. Est-ce que l'état de Sandy se serait subitement aggravé… ? Mystère ! »

Je vois enfin débarquer Marta qui traverse la salle d'audience au pas de charge, et file droit vers la chambre du juge. Quand elle en ressort, elle s'arrête une seconde près de moi.

— Nous sommes en grande discussion avec les procureurs dans le couloir, m'annonce-t-elle.

— Mais qu'est-ce qu'il y a ?

L'expression de son visage est trop confuse pour que je puisse y lire quoi que ce soit.

Quelques minutes plus tard, le juge Yee vient risquer un œil dans la salle d'audience, comme pour s'assurer que tout est calme. Sans sa robe, on dirait un gamin qui essayerait d'épier les adultes en tâchant de passer inaperçu. Il me repère dans l'assistance et me fait signe de le suivre.

— Un café ? me propose-t-il, dans le couloir qui mène à son bureau.

— Oui, merci.

Une fois dans la chambre, je passe un moment à inspecter les partitions anciennes, magnifiquement encadrées, qui ornent les murs. L'une d'elles est carrément un manuscrit de Vivaldi ! m'avisé-je.

— Nous devoir attendre les autres, déclare le juge, sans autre explication.

Me voilà enfermé dans mon rôle de témoin, sans pouvoir poser la moindre question, à Yee moins qu'à quiconque.

— Alors, que vous comptez faire ? me demande-t-il en apportant deux cafés avant d'ouvrir l'un des tiroirs du grand bureau, qu'il utilise comme repose-pieds. Vous vouloir devenir juge, comme papa ?

— Je ne crois pas, non. Je n'ai pas les nerfs assez solides.

— Ça oui, dit-il. Très dur nerveusement, pour tout le monde. Beaucoup boivent au tribunal. Les procès, ça faire beaucoup d'alcooliques.

— Bien sûr, c'est du souci. Mais je n'en ai pas vraiment l'étoffe. Je n'aime pas être sous les projecteurs. Ça n'est pas dans mon caractère.

— Ça, on sait jamais, dit Yee. Regardez, moi, comment je parle ? Tout le monde disait : « Pas pour toi, ce boulot ! » Tout le monde rigoler. Ma mère la première, elle qui parler pas trois mots d'anglais.

— Et alors, que s'est-il passé ?

— J'avais cette idée, vous comprenez. J'étais tout gamin, et je regardais *Perry Mason* à la télé. Oh, *Perry Mason*, j'adorais ! Au lycée, j'avais pris un boulot avec le journal, pas journaliste, hein ! Non, juste vendre le journal. Le *Tribune* d'ici, de Kindle County. Le *Tribune* vouloir faire nouveaux abonnés dans la région de Ware. Alors, moi, je frappais les portes. La plupart des gens, très gentils, très polis, mais tous détester la ville. Pas vouloir journal de la ville. Mais tous très gentils. « Non merci, Basil. Toi, on t'aime bien, mais pas le journal. » Tous, sauf un monsieur. Grand, costaud. Un mètre quatre-vingt-dix, cent cinquante kilos. Cheveux blancs et ses yeux, vous voyez... des yeux fous, comme ça. Dès qu'il me voit, il sort de chez lui, comme si lui vouloir me tuer. « Dégage de chez moi, sale Jap. Les Japs, ils ont tué trois de mes copains. Fous le camp, vite ! » J'ai essayé d'expliquer : les Japonais tuer mon grand-père, moi aussi... Mais lui pas écouter. Rien vouloir entendre.

» Et quand je suis rentré, mon père et ma mère, ils m'ont dit : « Les gens sont comme ça, Basil. Pas écouter. Voilà comment ils sont... » Mais moi j'ai dit non ! Moi, je peux les faire comprendre. Si eux écouter, je peux les faire comprendre. Alors j'ai rappelé *Perry Mason*. Et les jurés. Eux, forcés d'écouter. C'est leur travail, d'écouter. Et, OK, je parle pas bien l'anglais. J'ai essayé, essayé. À l'école, j'écrivais comme le professeur. Toute mon école. Que des A+, en anglais ! Mais quand je parle, plus pouvoir réfléchir. Sans blague, c'est comme si moteur bloqué. Mais je me suis dit, les gens me comprennent, quand eux devoir écouter. Le PA de chez moi, Morris Loomis, moi le connaître depuis école primaire. Bons copains à l'école, son fils Mike et moi. Alors, après la fac de droit, Morris m'a dit : « OK, Basil. Je te prendre à l'essai. Mais si pas marcher, tu dois te contenter d'écrire les comptes-rendus. » Et pour mon premier dossier, je me suis levé et j'ai dit : « Moi pas bien parler anglais. Très désolé. Je vais parler lent, pour que vous bien comprendre. Mais dans le procès, l'important c'est pas moi. L'important, c'est témoins. C'est victime. Et eux, vous allez comprendre. » Et alors, les jurés tous hocher la tête. OK. Et vous savez, au bout de deux, trois jours, tous avaient compris. Le moindre mot. Et j'ai gagné procès. Gagné ! J'ai gagné comme ça avec vingt jurys, l'un après l'autre, avant de perdre, une fois. Quelquefois dans le box, les jurés demander l'un l'autre : « Mais qu'est-ce qu'il dire ? » Et moi toujours expliquer : « Dans l'affaire, l'important, c'est les témoins. Pas moi. Pas l'avocat de la défense, même s'il parle beaucoup et mieux que moi. Les témoins. Les preuves. Écoutez témoins, avant de décider. » Les jurés se dire toujours : « Voilà un qui nous cache rien. » Et chaque fois, je gagne. Alors, vous voyez, on sait jamais. Procès, grand mystère – ce que les jurés comprend ou comprend pas –, on sait jamais !

Je l'adore, ce juge Yee. On se marre bien, avec lui.

Puis nous parlons musique. Yee connaît ses classiques. Il a longtemps joué du hautbois et en joue toujours, dans l'orchestre régional. Il lui arrive de sauter sa pause déjeuner pour travailler son instrument. Il s'est même fait faire un hautbois qui ne joue qu'en sourdine et que l'on n'entend qu'à quelques mètres. Il se met à jouer l'une des pièces de Vivaldi qui sont affichées aux murs. Je suis totalement inculte en la matière, même si la musique m'a toujours intéressé, en tant que langage. Comme pas mal de gamins, je me faisais tirer l'oreille pour aller à mes cours de piano. Ma mère a tenu bon des années, avant de baisser les bras. Pour moi, la musique, c'est l'un des nombreux trucs que je me promets de faire sérieusement, quand je serai grand…

Le juge se prépare à attaquer le deuxième mouvement, quand on frappe à la porte. C'est Marta.

— Monsieur le juge, dit-elle. Nous n'en avons plus que pour quelques minutes. Mr Stern aimerait parler à Nat.

— À moi ?

Je la suis dans le long couloir, jusqu'à ce qu'on appelle la salle des avocats en visite – un minuscule cagibi aveugle, avec un vieux bureau bancal et deux fauteuils en bois. Stern a déjà pris place sur l'un d'eux. Il n'a pas l'air en grande forme. Les plaques de son visage sont d'un rouge nettement moins vif, mais il semble au bout du rouleau.

— Nat, me dit-il, sans se lever pour m'accueillir.

Je contourne le bureau pour venir lui serrer la main, mais il me fait signe de m'asseoir.

— Nat, votre père m'a demandé de vous parler. Nous avons passé un marché avec les procureurs.

Depuis le début de cette affaire et presque chaque jour, je me dis : « Alors là, c'est le bouquet ! » mais l'avenir me réserve toujours quelque chose de plus incroyable.

— Je sais que ça a de quoi vous surprendre, poursuit Stern. Les charges de meurtre qui pèsent sur votre père vont être abandonnées, et il va plaider coupable d'obstruction à la justice. Le ministère public va enregistrer le dossier d'inculpation dans quelques minutes. Nous avons eu quelques échanges ce matin, avec Molto et Brand. J'ai essayé de leur faire accepter des charges d'outrage à magistrat, à la place, ce qui aurait laissé à votre père de bonnes chances de garder sa retraite. Mais ils tenaient à ce que ce soit un délit d'une certaine gravité. La peine sera la même. Votre père écopera de deux ans fermes, après quoi il pourra reprendre sa vie là où il l'a laissée.

— Deux ans fermes ! En prison, vous voulez dire ?

— Oui. Nous sommes convenus qu'il purgerait sa peine à la ferme pénitentiaire de l'État. Sécurité minimum, et ce n'est pas très loin d'ici.

— Pour *obstruction à la justice* ? Mais qu'est-ce qu'il a fait au juste ?

Stern me sourit.

— Eh bien, c'est justement un des problèmes que nous avons dû résoudre, ce matin. Il admettra s'être rendu coupable d'une obstruction délibérée à la justice au cours de ce procès, sans entrer dans les détails. Je crois qu'il a pris ce parti pour éviter d'impliquer quelqu'un d'autre, mais, en toute franchise, il a refusé *mordicus* de le reconnaître. Molto s'est fait un peu prier pour accepter le marché, mais il sait qu'en fin de compte il ne peut guère espérer mieux. Nous sommes donc tombés d'accord, et votre père m'a chargé de vous le dire.

— Je veux lui parler, riposté-je aussitôt.

— Nat…

— Il faut que je lui parle.

— Vous savez Nat, quand j'ai débuté dans le métier, je me suis juré de ne jamais laisser un innocent plaider coupable. Mais ma résolution n'a pas survécu à ma première année d'exercice. Un jour, j'ai dû défendre un jeune homme. Un type bien. Pauvre. Il avait vécu vingt ans sans jamais avoir affaire à la justice, dans le pire quartier de Kehwahnee, ce qui en disait long sur son caractère. Mais, un soir, il est monté en voiture avec des copains d'enfance. Ils avaient vidé quelques bouteilles de bourbon et l'un d'eux a reconnu dans la rue l'un des anciens amants de sa mère, qui l'avait trompée. Le copain avait un revolver dans sa poche. Il l'a sorti et a descendu l'infidèle par la vitre de la voiture, sans réfléchir davantage que pour dire : « T'es mort ! » Mon client n'y était donc pour rien, pour strictement rien. Mais vous savez comment ça se passe, dans ce genre d'affaire. Pour échapper à la peine capitale, fréquemment appliquée à l'époque, le meurtrier a déclaré que tous les copains présents dans la voiture l'avaient aidé à pourchasser la victime. Et mon client s'est retrouvé accusé de meurtre. Avec un minimum de jugeote, les procureurs auraient dû comprendre que ce jeune homme n'y était pour rien. Mais ils avaient un témoin. Ils ont proposé à mon client une libération conditionnelle, à condition qu'il accepte de plaider coupable pour une charge moins grave. Or ce jeune homme voulait devenir agent de police, et il aurait sûrement fait un excellent policier. Mais il a préféré plaider coupable et le cours de sa vie s'en est trouvé irrémédiablement modifié. Et, finalement, c'était la bonne décision. Il est devenu carreleur, a monté sa propre entreprise et a réussi. Il a trois enfants qui sont tous allés à l'université. L'un d'eux n'a que deux ou trois ans de plus que vous, Nat. Il est avocat.

— Qu'essayez-vous de me dire, Sandy ?

— Que l'expérience m'a appris à me fier aux jugements de mes clients, en la matière. Ils sont toujours les mieux placés pour évaluer les risques et décider si le jeu en vaut la chandelle.

— Vous pensez donc que mon père est coupable ?

— Je l'ignore, Nat. Tout ce qu'il m'a dit, c'est qu'il a la certitude absolue que c'est la meilleure solution.

— Il faut que je le voie.

J'ai cru comprendre que mon père était dans la salle des témoins avec Marta. Stern veut lui parler avant que je le voie. Je l'aide à se relever. Je ne reste seul que quelques minutes, mais, au moment où mon père arrive, quelques minutes plus tard, je suis déjà en larmes. Le plus incroyable, c'est qu'il affiche une mine splendide, ce matin. Ça fait des mois que je ne l'ai pas vu en si bonne forme. Il a retrouvé tout son sang-froid.

— Dis-moi la vérité, attaqué-je, dès qu'il entre dans la pièce.

Il me sourit et se penche pour m'embrasser, avant d'aller s'asseoir en face de moi, à la place que vient de quitter Stern.

— La vérité, c'est que je n'ai pas tué ta mère, Nat. Je n'ai jamais tué personne. Mais j'ai fait obstruction à la justice.

— Comment ça ? Je ne crois pas une seconde que tu aies pu monter le coup de la carte, avec ton ordinateur. Je n'y crois tout simplement pas.

— Nat. J'ai largement l'âge de savoir ce que je fais.

— Mais tu vas tout perdre !

— Pas mon fils, j'espère.

— Comment tu feras pour vivre, après ça ? C'est une charge gravissime, p'pa.

— Je sais, oui.

— Tu renonces à ton siège de juge, à ta licence. Tu n'auras plus le droit d'exercer. Tu n'auras même plus de retraite.

— J'essaierai de ne pas venir m'échouer sur ton paillasson ! (Je n'en crois pas mes yeux, mais il sourit...) C'est un compromis, Nat. Je plaide coupable pour une faute que j'ai commise et j'accepte de purger ma peine, sans risquer d'être condamné pour un meurtre dont je suis innocent. Est-ce une si mauvaise affaire ? Quand le juge Yee aura donné l'autorisation de produire toutes les preuves, concernant cet ordinateur, l'une des parties aura l'avantage et ce genre d'arrangement ne sera plus possible. Mieux vaut tourner la page et reprendre le cours de nos vies. Tu vas devoir me pardonner toutes les bêtises que j'ai faites ces deux dernières années, mais elles sont faites. J'en paie le prix, et ce n'est que justice. Je me suis préparé à l'accepter. Tu vas devoir te faire une raison, toi aussi.

Nous sommes au diapason, à présent. Je le prends dans mes bras, en chialant tout ce que je sais. Quand nous nous séparons, l'homme qui ne pleure jamais est en larmes, lui aussi.

La cour est convoquée quelques instants plus tard. La rumeur s'est répandue dans tout le tribunal. Procureurs et aficionados refluent dans la salle d'audience, avec une bonne dizaine de journalistes. J'hésite d'abord à y entrer. Je reste dans le couloir, près de l'entrée, par faveur spéciale des gardiens qui m'autorisent à regarder par la vitre de la porte. On sent une telle détresse dans ce vieux bâtiment, à jamais imprégné de l'angoisse des victimes, des prévenus et de leurs proches, que les gens qui y travaillent quotidiennement doivent se permettre quelques entorses au règlement, pour des gens qui, comme moi, se trouvent happés bien malgré eux par cette grande moissonneuse qu'est la Justice. L'un des gardes, un vieux Latino, me pose une main sur l'épaule au moment où la séance reprend et que mon père se lève, entre Stern et Marta, devant le juge Yee. Brand et Molto sont plus loin, du côté de Stern. Mon père hoche la tête et prend la parole. Les procureurs tendent un papier. Un formulaire de négociation de charges, définissant probablement les nouveaux chefs d'inculpation. Le juge commence à interroger mon père. Le dialogue a déjà commencé depuis quelques minutes, quand je vois venir Anna. Je lui ai envoyé un bref texto, cinq minutes plus tôt : « Mon père va plaider coupable d'obstruction à la justice, pour accélérer les choses. » Et je la vois à présent dévaler le couloir, aussi vite que le lui permettent ses hauts talons, et la main plaquée au creux de son décolleté – le soutien-gorge qu'elle met pour aller au bureau n'est pas prévu pour piquer un sprint...

— J'y crois pas ! dit-elle.

Je lui explique de mon mieux la situation, et nous entrons dans la salle, bras dessus bras dessous, pour aller prendre place au premier rang, sur les chaises réservées à la famille, enfin, à ce qu'il en reste. Le regard de Yee s'élève vers moi et il esquisse un sourire, presque imperceptible, qui se veut rassurant. Puis son regard replonge vers le manuel qu'il a ouvert devant lui et où il lit les questions qu'un juge doit obligatoirement poser avant d'enregistrer le résultat d'une négociation de charges. Évidemment, les questions lues par Yee sont exemptes des barbarismes et des autres erreurs exotiques dont il émaille ordinairement ses propos, mais son accent reste à couper au couteau.

— Monsieur le juge Sabich, vous plaidez coupable pour cet acte d'accusation à charge unique, parce que vous êtes effectivement coupable du délit ci-après mentionné, est-ce bien ça ?

— Oui, Votre Honneur.

— Très bien. Messieurs les procureurs, veuillez à présent procéder à l'exposé des faits.

Jim Brand prend la parole. Il passe en revue les détails techniques concernant l'ordinateur et « l'objet » qui se trouve à présent sur le disque dur du PC de mon père, alors qu'il n'y était pas en novembre 2008, date à laquelle le contenu de ce même disque dur a été dupliqué et examiné. Puis il ajoute qu'un certain Anthony Potts, veilleur de nuit au tribunal, est prêt à attester qu'il se rappelle avoir reconnu mon père dans un couloir, une nuit, à l'automne dernier, et que le juge Sabich a pressé le pas et s'est éloigné à toutes jambes quand il a vu que Potts l'observait.

— Très bien, dit le juge Yee en revenant à son manuel. Mr Stern, la défense reconnaît-elle que les faits exposés constituent une preuve valide et suffisante pour déclarer le juge Sabich coupable, si les faits faisaient l'objet d'un procès ?

— Nous le reconnaissons, Votre Honneur.

— Juge Sabich, êtes-vous d'accord sur ce point avec Mr Stern ?

— Oui, monsieur le juge.

— Parfait, déclare Yee.

Il referme son bouquin. Il va devoir continuer en mode improvisation...

— La cour veut remercier toutes les parties pour la solution trouvée, dans affaire très très complexe. Le compromis proposé par la défense et l'accusation être équitable, tant pour le ministère public que pour le prévenu, aux yeux de la cour.

Le juge ponctue sa déclaration d'un vigoureux hochement de tête, comme pour mieux insuffler ce point de vue aux journalistes qui s'alignent à ma droite, à l'autre bout du premier rang.

— OK, poursuit-il. La cour considère exister une suffisante base pour négociation de charges et accepte la proposition du prévenu, Roz... (Il bute sur le prénom de mon père, qui, dans sa bouche, finit par ressembler à quelque chose comme « Rosy ») Sabich, acte d'accusation n° 09-0872. L'inculpation 08-2456 se trouve donc annulée sur toutes les charges, et sans recours possible. Juge Sabich, vous être placé sous la garde du shérif de Kindle County, pour une période de deux ans de détention. La séance est levée.

Son marteau s'abat.

Mon père échange une poignée de mains avec Stern et embrasse Marta sur les deux joues, avant de se tourner vers moi. Il sursaute en me découvrant, et il me faut une seconde pour comprendre qu'en fait c'est la présence d'Anna qui a provoqué sa réaction. Elle n'était jamais venue à l'audience. Il ne s'attendait pas à la voir. Elle a passé les dix dernières minutes à pleurer en silence, tout comme moi. Son maquillage n'est plus qu'un souvenir. Il lui adresse un de ses insondables petits sourires, puis son regard se pose sur moi. Il hoche lentement la tête. Après quoi il se détourne et, sans attendre l'ordre de quiconque, met les mains derrière son dos. Il semble fin prêt à affronter ce moment, sans doute parce qu'il l'a mentalement si souvent anticipé.

Manny, le shérif adjoint, lui passe les menottes et lui glisse quelques mots à l'oreille – pour s'assurer que les bracelets ne le serrent pas trop, probablement – avant de piloter mon père vers la porte latérale de la salle d'audience, qui donne sur une petite cellule. Il y sera détenu jusqu'à ce qu'un fourgon cellulaire l'emmène à la prison, avec les autres prévenus de la matinée.

Mon père quitte la salle, sans un regard en arrière.

IV.

41.

Tommy, 3 août 2009

L'été et sa bienheureuse indolence… Il était 17 heures. Comme un certain nombre d'autres pères abonnés au bac à sable, Tommy avait pris le pli d'emmener son fils au jardin public, pour soulager Dominga pendant les heures épuisantes d'avant le dîner. Le terrain de jeu était manifestement le paradis sur terre, pour le petit Tomaso. À peine arrivé, il courait vers les jeux, s'agrippait au tourniquet, s'évertuait à escalader le filet du portique… Tommy trottinait dans son sillage, vibrant de la même fébrilité que le bambin de deux ans qui trépignait de ne pouvoir tout faire à la fois.

La seconde grossesse de Dominga était plus difficile que la première. Elle souffrait plus de la fatigue et de ses nausées matinales. Elle se plaignait de la chaleur qui la faisait gonfler, comme un fruit trop mûr, sur une treille. Maintenant qu'il avait officiellement annoncé qu'il ne serait pas candidat à son propre poste, Tommy avait moins de mal à quitter son bureau et s'efforçait de rentrer chaque soir avant 16 h 30 pour laisser sa femme souffler un peu. À leur retour, Tommy et Tomaso la trouvaient dormant à poings fermés. Le garçonnet se jetait sur sa mère et, en gigotant, tâchait de se faufiler entre ses bras. Dominga souriait dans son sommeil puis s'étirait et prenait sur son cœur son fils adoré, noir de crasse.

La vie était douce. Tommy allait sur ses soixante ans et, aussi loin qu'il pût remonter dans ses souvenirs, il n'avait jamais été aussi heureux. Alors que le premier procès Sabich et ses suites délétères l'avaient laminé, deux décennies plus tôt, le second procès avait été un agréable tournant dans sa vie, qui était désormais celle d'un notable estimé. Le public avait réagi conformément aux prédictions faites par Brand, le soir où ils avaient décidé d'accepter la négociation de charges de Rusty. La condamnation de Sabich avait donné raison à Tommy sur tous les points. Les résultats des tests ADN du premier procès étaient tenus pour discutables, à cause des doutes qui planaient sur les échantillons. Mais ce cas de figure rappelait étrangement celui du procès d'O.J. Simpson, qui avait réussi à échapper à une condamnation pour meurtre à cause des multiples erreurs commises par le laboratoire d'analyse. Toute la presse s'était accordée à reconnaître les mérites du procureur Molto. Il avait finement joué les cartes qu'il avait en main, et avait enfin réussi à épingler un homme qui aurait dû être depuis longtemps derrière les barreaux. Ces dernières semaines, les journalistes avaient eu tendance à omettre de préciser « par intérim », quand ils déclinaient ses titres. On ne l'appelait plus que « monsieur le procureur général », et l'administration du comté avait fait savoir que sa candidature serait la bienvenue, l'année suivante, s'il souhaitait se présenter pour le poste.

Il avait envisagé cette possibilité, mais s'était vite ravisé. Il était grand temps pour lui de profiter un peu de son bonheur. Il avait dix fois plus de chance que tous les autres pères du service, qui avaient dû s'arranger pour mener de front leur carrière et l'éducation de leurs enfants. À présent, il pouvait briguer un siège de juge, un poste à la fois respectable et valorisant qui lui laisserait le temps de profiter pleinement de ses enfants et d'être autre chose qu'une rumeur en arrière-plan de leur vie. Deux semaines plus tôt, il avait annoncé qu'il se présenterait au poste de juge à la cour supérieure et qu'il appuierait la candidature de Jim Brand à celui de PA. Ramon Beroja, un ancien adjoint qui siégeait à présent au Conseil général du comté se présenterait contre Jim aux primaires, mais Brand avait les faveurs du parti, principalement parce qu'on se méfiait de son adversaire, largement soupçonné de vouloir faire de l'obstruction systématique vis-à-vis de l'administration du comté. Jim pouvait donc s'attendre à livrer une rude bataille, ces six prochains mois, mais il partait gagnant.

De l'autre côté du bac à sable, un vieil homme gardait les yeux fixés sur Molto. Un type aux cheveux en bataille et d'allure passablement débraillée, dont le bermuda beige dévoilait des mollets d'une effroyable blancheur, au-dessus de ses chaussettes. Pour Tommy, ça n'avait rien d'exceptionnel de se sentir ainsi dévisagé. Il était devenu un habitué des plateaux de télé, et les gens avaient souvent une impression de déjà-vu, en le croisant. On le confondait parfois avec d'autres personnalités, appartenant à un passé plus ou moins récent. Mais le vieux le regardait avec plus d'insistance que les habituels badauds du voisinage. Comme les deux fillettes qu'il surveillait s'approchaient de l'endroit où jouait Tomaso, l'homme mit le cap sur Tommy. Ils échangèrent une poignée de mains avant même que Molto ait reconnu Milo Gorvetich, l'expert informaticien du procès Sabich.

— Ah ! Les petits-enfants ! N'est-ce pas notre plus belle récompense, dans la vie ? lui demanda-t-il, avec un signe de tête en direction de ses deux petites-filles, deux gamines à lunettes qui avaient entrepris d'escalader le toboggan tandis que Tomaso, perché sur le premier barreau de l'échelle, les couvait d'un œil admiratif, sans toutefois oser les suivre.

Le petit drame se renouvelait quotidiennement. Le bambin finissait toujours par fondre en larmes, jusqu'à ce que son père le hisse au sommet du toboggan. Là, Tomaso hésitait à nouveau puis, prenant son courage à deux mains, se décidait à plonger au bas du toboggan, où son père courait le réceptionner.

— C'est mon fils, dit Tommy. Je m'y suis mis sur le tard.

— Sapristi... ! répliqua Gorvetich, mais Tommy s'esclaffa.

Il avait dit en riant à Dominga qu'il finirait par faire imprimer pour Tomaso un tee-shirt proclamant : « Le vieux schnock, derrière moi, c'est mon père ! » D'habitude, le temps pour Tommy d'expliquer son cas aux autres parents du bac à sable, ils l'avaient reconnu et, à en juger par les commentaires qui s'ensuivaient, il devinait que la plupart le prenaient pour une sommité de l'administration locale jouant les papas gâteau avec un enfant qu'il avait eu d'un deuxième, voire d'un troisième mariage, avec une femme de trente ans sa cadette, qui lui servait de vitrine. Personne ne comprenait vraiment la vie de personne.

— Un beau petit garçon, fit Gorvetich.

— Le soleil de ma vie, répondit Tommy.

Ils découvrirent que la fille cadette de Gorvetich était la voisine de Tommy. Elle habitait juste derrière chez lui, à deux pas des quais. Elle était mariée à un ingénieur et enseignait la physique. Gorvetich, qui était veuf, emmenait souvent ses petites-filles au parc à cette heure-ci, car leurs parents étaient encore au travail.

— Alors, Tommy, vous êtes déjà sur votre prochaine grosse affaire ? demanda-t-il, pour amorcer la conversation.

— Pas pour l'instant.

En fait, le PA était avant tout un administrateur, chargé de la coordination du service, et la plupart des prédécesseurs de Tommy n'avaient jamais mis les pieds dans une salle d'audience. Il commençait déjà à se faire à l'idée que le dossier Sabich serait probablement le dernier de sa carrière, comme procureur.

— Pour vous, cela relève sans doute de la routine, dit Gorvetich, mais je dois dire que je n'ai cessé d'y repenser, à cette affaire. On se figure que le verdict devrait être le couronnement d'un procès, l'ultime moment de sa conclusion, mais, pour celui-ci, c'était loin d'être le cas.

Cela arrivait, lui expliqua Tommy. En fait, on disposait d'une poignée de critères très limitatifs – coupable, non coupable, etc. – pour condenser tout un univers de faits et de données.

— Mieux vaut faire un tant soit peu de justice, que pas de justice du tout, vous savez…

— Une idée quelque peu déconcertante, pour un non-initié. Mais vous devez avoir suffisamment l'habitude de pêcher dans ces eaux troubles pour y trouver une sorte d'humour noir, je suppose ?

— Je ne crois pas avoir eu beaucoup l'occasion de rigoler, au cours de ce procès.

— C'est toute la différence entre Brand et vous, commenta Gorvetich.

Tommy gardait un œil sur Tomaso qui restait perché sur le premier barreau de l'échelle, alors qu'une petite queue commençait à se former, derrière lui. Tommy accourut et tenta de le décrocher, mais le bambin se mit à couiner, en lançant sa réplique favorite : « Non ! » Tommy parvint finalement à le convaincre de laisser grimper les autres, mais dès que les gosses furent engagés sur l'échelle, Tomaso retourna se jucher sur le premier barreau et s'y cramponna comme un faucon à son perchoir.

Son père restait posté derrière lui, à portée de main.

— Il a de la suite dans les idées, ce petit, plaisanta Gorvetich.

— Aussi têtu que son père ! On n'échappe pas à son hérédité. Vous disiez, à l'instant… à propos de Brand ?

— Que j'ai longtemps repensé à quelque chose qu'il m'avait dit, le soir où nous avions dîné ensemble, une semaine après le procès. Nous avions organisé une petite sortie, pour marquer le coup. Vous étiez invité, je crois…

Tommy s'en souvenait. Après avoir passé un mois à travailler d'arrache-pied sur le dossier, presque sans dételer, il avait rechigné à sacrifier une soirée de plus au boulot. Il venait d'apprendre que sa femme était enceinte, à ce moment-là. Tommy accepta les compliments de Gorvetich, puis le vieux professeur reprit son histoire.

— C'était en fin de soirée. Nous étions sortis nous dégourdir les jambes devant le restaurant, le Matchbook, et nous étions d'humeur guillerette, l'un comme l'autre. J'ai fait remarquer à Jim qu'il devait être frustrant de travailler pour un système susceptible de produire des résultats aussi déconcertants. Il a éclaté de rire et m'a dit que, plus les années passaient, plus il goûtait l'ironie un peu perverse de ce genre d'affaire, où l'auteur d'un crime parfait finissait par se faire épingler pour une faute qu'il n'avait pas commise.

— Que voulait-il dire ? demanda Tommy.

— Ça, mystère ! Quand je lui ai demandé de préciser sa pensée, il a esquivé toutes mes questions. Je me disais que vous auriez peut-être une idée.

— Pas plus que vous.

— Depuis, j'ai repensé à tout ça. Quand Sabich a plaidé coupable, j'en ai conclu qu'il avait bénéficié d'une complicité extérieure. Quelqu'un qui avait bricolé son PC pour lui. Car, pour un type aussi nul en informatique, ça relevait du prodige, d'avoir fait ça tout seul. Souvenez-vous qu'il n'avait même pas prévu que son logiciel de navigation garderait trace des mots-clés qu'il rechercherait sur le Web…

— Exact, dit Tommy.

— Je me suis alors demandé si Jim ne sous-entendait pas que le complice en question n'était pas un acolyte, au sens propre, mais plutôt quelqu'un qui aurait agi de son propre chef, sans aucune directive de Sabich.

Tommy haussa les épaules. Il n'avait pas d'opinion sur le sujet. Il s'était efforcé d'examiner toutes les possibilités, le jour où ils avaient découvert que la carte n'apparaissait pas sur les duplicata. S'attendant à devoir répondre aux objections et aux accusations de la défense, ils avaient passé et repassé en revue toutes leurs démonstrations pour s'assurer qu'elles tenaient la route. En décembre, quand le juge Yee avait ordonné que l'ordinateur leur soit rapporté, Gorvetich et Orestes Mauro, un jeune technicien du service, avaient recouvert l'écran, le clavier, l'interrupteur et même la souris, d'un adhésif spécial, sur lequel ils avaient apposé leurs initiales avant d'emballer toutes les pièces de film plastique. Le jour où Nat Sabich devait témoigner, le film plastique avait été découpé dans le service, avec l'assentiment de la défense, mais l'adhésif inviolable des scellés n'avait été enlevé qu'en salle d'audience, en présence de Sabich et des deux petits génies de la défense, qui avaient vérifié que la mention « ouvert » n'apparaissait sur aucun d'eux, ce qui prouvait que personne n'avait tenté de les décoller.

Restait donc la possibilité que la manipulation ait été faite pendant que l'ordinateur se trouvait encore dans le bureau de George Mason. D'après le suivi tenu par le juge Mason, Gorvetich avait conclu que personne n'avait matériellement eu le temps de procéder à toutes les opérations nécessaires, et surtout pas aux suppressions dans le registre de paramétrage du système, qui devaient être faites une à une, à la main. Un long travail, complexe et minutieux, même pour un utilisateur chevronné. La seule explication logique était donc que Sabich, accompagné d'un expert dont l'identité restait à établir, s'était introduit dans les locaux en dehors des heures ouvrables. Mais, apparemment, Brand avait trouvé une autre explication, au cours des semaines suivantes...

— Pure spéculation de sa part, je suppose, fit Molto.

— Peut-être, oui. À moins que je n'aie mal interprété ses propos. Nous avions un bon coup dans l'aile, vous savez...

— J'imagine. Mais je lui poserai la question.

— Oh, ne prenez pas cette peine…

D'ordinaire, le vieil homme avait toujours l'air un peu confus et emberlificoté dans ses pensées, mais l'espace d'une seconde, sans comprendre ce qui avait pu lui passer par la tête, Tommy vit une étincelle s'allumer dans ses yeux. Puis, s'avisant que ses petites-filles étaient déjà arrivées à l'autre bout du terrain de jeu, Gorvetich s'excusa et courut les rejoindre. Ce qui tombait bien, car, au même moment, Tommy entendit un cri perçant qu'il aurait reconnu entre mille. En levant les yeux, il vit que son fils avait enfin réussi à escalader l'échelle. Perché sur le dernier barreau, Tommaso hurlait à tue-tête, épouvanté de sa propre audace.

42.

Rusty, 4 août 2009

La prison ne lui fait pas peur…

C'était un diagnostic que nous portions souvent, s'agissant de délinquants endurcis, escrocs, membres des gangs, arnaqueurs et braqueurs professionnels, pour qui le crime était un métier comme un autre et que la réclusion ne dissuadait nullement, soit qu'ils ne s'en étaient jamais souciés, soit, au contraire, parce qu'ils avaient depuis longtemps accepté la perspective d'un éventuel séjour en prison comme une composante obligée de ce qui leur tenait lieu de plan de carrière.

J'ai constamment cette petite phrase en tête, parce que je ne cesse de me répéter qu'on n'est pas si mal en prison. C'est une constante préoccupation. J'ai survécu hier, je survivrai aujourd'hui, tout comme demain. Les dangers qu'on s'imaginait devoir redouter le plus, la férocité des codétenus, l'épreuve mythique des douches, vous occupent certes l'esprit, mais ils comptent pour beaucoup moins que certains détails qui, vus de l'extérieur, semblent n'être qu'accessoires. Rien ne peut vous donner la mesure du plaisir que vous procure la présence amicale de vos semblables ou l'énergie de la lumière naturelle, jusqu'à ce que vous soyez contraint de vous en passer. Vous ne pouvez évaluer le prix de la liberté tant que les détails les plus infimes et les plus bêtement pratiques de votre journée – l'heure à laquelle vous vous levez, les endroits où vous pouvez aller, les vêtements que vous portez, vous sont rigidement imposés de l'extérieur. Le pire, quand on est en prison, est aussi, paradoxalement, le plus évident : vous ne pouvez pas partir.

Comme ma sécurité serait difficile à assurer dans la population générale de la prison, je bénéficie de ce qui s'appelle une détention en section administrative, un régime pour VIP. Je me demande souvent s'il ne vaudrait pas mieux pour moi prendre le risque de rejoindre le gros du peloton, ce qui aurait au moins l'avantage de me permettre de travailler huit heures par jour. Ici, les détenus sont plutôt jeunes. Ce sont en majorité de jeunes Noirs ou Latinos affiliés aux gangs et tombés pour des problèmes de drogue, qui n'ont que peu d'antécédents de violence. Savoir si l'un ou l'autre s'en prendrait à moi relève de la divination. J'ai déjà appris de la bouche des gardiens, qui sont le Net de l'institution, qu'il y a deux détenus dont j'ai confirmé la sentence et, par pure inférence statistique, je peux en déduire qu'il y en a bien d'autres dont j'ai envoyé le père ou le grand-père derrière les barreaux, il y a vingt ou trente ans. Dans l'ensemble, je me rallie au point de vue du directeur adjoint qui m'a encouragé à demander le régime spécial. Je suis trop connu pour ne pas risquer de devenir une sorte de trophée, pour quelque jeune forcené qui ne détesterait pas ferrer une si belle prise au bout de son hameçon…

Je suis donc détenu dans une cellule de deux mètres sur trois, éclairée par une ampoule nue, avec des murs en ciment et une petite porte blindée percée d'une trappe par laquelle on me passe mes plateaux-repas. J'ai une fenêtre de quinze centimètres sur soixante, qui laisse à peine filtrer la lumière. Dans cet espace, je suis libre d'employer mon temps à mon gré. Je lis un livre tous les jours ou tous les deux jours. Stern m'a conseillé de m'atteler à mes mémoires. Selon lui, l'ouvrage aurait de bonnes chances de trouver son public. J'en écris chaque jour quelques pages, que je brûlerai probablement, à ma sortie. Les journaux arrivent par le courrier avec deux jours de décalage. Les articles concernant les prisons de l'État y sont préalablement découpés aux ciseaux. J'ai commencé à apprendre l'espagnol, et je m'exerce avec deux ou trois gardiens qui acceptent de me donner la réplique. Et, tel un honnête homme de l'époque romantique, je tiens ma correspondance. J'écris chaque jour à Nat et je reçois souvent des nouvelles de plusieurs personnes, rescapées de ma vie antérieure, dont j'apprécie immensément la loyauté. George Mason et Raymond Morgan, en particulier, ainsi qu'un de mes ex-voisins. Il y a en outre une bonne vingtaine de cinglés, majoritairement des femmes, qui m'écrivent pour proclamer leur foi en mon innocence et me faire part de leur propre expérience de l'erreur judiciaire, en général commise par ce pourri de juge qui a prononcé leur divorce.

Au moment où les trois autres détenus du régime VIP sont lâchés dans la cour pour leur heure d'exercice, je suis parfois pris d'une soudaine impulsion de les serrer dans mes bras, qui me passe très vite. Rocky Toranto est un travesti séropositif qui a persisté à tapiner quand il était en régime général. Les autres, qui me regardent sautiller, faire mes pompes et courir au petit trot autour de la cour, sont deux fous criminels. Manuel Rodegas a une trogne de scarabée écrasé. Il doit mesurer quelque chose comme un mètre soixante et sa tête semble directement posée sur ses épaules. Sa conversation, quoique parfois sensée, se perd la plupart de temps dans un inintelligible galimatias. Quant à Harold Kumbeela, c'est un cauchemar vivant. Un mètre quatre-vingt-quinze pour cent cinquante kilos. Il a estropié un de ses codétenus et a failli en tuer un second, du temps où il était à l'étage du dessous. Nettement trop violent pour avoir été affecté dans ce genre d'établissement pénitentiaire, il ne s'y trouve qu'à la faveur d'un accord passé, moyennant finances, avec le département de la Sécurité intérieure, qui loue cinq ou six cellules pour les détenus du service de l'Immigration attendant leur expulsion – qui ne saurait arriver trop tôt, dans le cas d'Harold. Hélas pour moi, il a découvert que j'étais juge et me demande régulièrement mon avis, concernant son affaire. J'ai eu beau lui répéter que je n'y connaissais rien dans la législation de l'immigration, ça ne m'a assuré qu'une semaine de répit.

— Ouais, *brother*, m'a-t-il dit, il y a quelques jours. Mais t'sais, tu pourrais peut-être, genre, te documenter un peu, tu vois, mec. Histoire d'aider un frère, quoi !

J'ai insisté auprès des gardiens pour qu'ils le gardent à l'œil, mais ils n'avaient pas attendu que je le leur demande.

Tous les dimanches, Nat vient me voir. Outre un nouveau sac de livres, dûment inspectés par le personnel, il m'apporte mes quatorze dollars hebdomadaires réglementaires qui me permettent de faire quelques achats à la supérette de la prison. Je les dépense intégralement en confiseries, puisque, quels que soient le temps et l'énergie que je dépense en exercices physiques, les menus de la prison m'aiguisent rarement l'appétit.

Nous nous asseyons de part et d'autre d'une petite table de pique-nique repeinte en blanc, Nat et moi. N'étant soumis qu'à un régime de sécurité minimum, je peux lui effleurer la main et le serrer dans mes bras à son arrivée et quand il repart. Nous ne disposons que d'une heure. Les deux premières fois, il en a eu les larmes aux yeux, mais nous avons appris à apprécier ces visites, à présent. C'est lui qui se charge d'alimenter la conversation. Il m'apporte des nouvelles du monde, de son travail, de la famille, ainsi qu'un florilège des meilleures blagues de la semaine sur le Net. Nous passons une bonne partie de l'heure à rire, bien qu'il y ait toujours un moment plus mélancolique, celui où nous parlons des Trappers, qui semblent bien partis pour enchaîner catastrophe sur catastrophe, cette saison.

Nat est pour l'instant mon seul visiteur. Pour de multiples raisons, il serait imprudent de la part d'Anna de l'accompagner. Elle garde donc ses distances, comme elle l'a fait ces deux dernières années. Je ne tiens d'ailleurs pas à ce qu'on me rende visite. Le dimanche, quand Nat vient me voir, un gardien du nom de Gregg m'escorte jusqu'au parloir en me faisant franchir les différents postes de garde, comme s'il me faisait littéralement remonter vers la lumière.

Je sursaute donc en voyant s'ouvrir la porte de ma cellule sur le passage de Torrez, l'un des obligeants gardiens qui m'aident à apprendre l'espagnol.

— *Su amigo*, m'annonce-t-il.

Puis il s'efface et laisse passer Tommy Molto, qui doit baisser la tête pour franchir la porte. J'étais allongé sur ma couchette avec un livre. Je me redresse vivement, mais je ne trouve rien à dire. Tom aussi reste le bec dans l'eau, planté sur le seuil, l'air de se demander ce qu'il vient fiche ici.

— Rusty. (Je serre la main qu'il me tend.) Formidable, ce collier de barbe, me dit-il. Ça te va très bien.

Je me suis laissé pousser la barbe. En partie parce que, dans la pénombre ambiante, le rasage devient une opération délicate et potentiellement dangereuse, et en partie à cause de l'état des lames des rasoirs de sûreté – les seuls auxquels nous ayons droit – qui ne coupent pas grand-chose.

— Comment tu t'y fais, ici ? demande-t-il.

J'écarte les mains.

— La salle de gym et le restau laissent un peu à désirer. Mais je n'ai pas à me plaindre du service d'étage…

Il sourit. Dans mes lettres, je sers cette vieille blague à toutes les sauces.

— Je ne suis pas venu te narguer, si c'est ce que tu crains. On avait une réunion ici, avec les autres procureurs et les directeurs des prisons de l'État.

— Bizarre, comme endroit, pour une conférence au sommet.

— À l'abri des journalistes.

— Ah.

— Le département de l'administration pénitentiaire nous demande d'approuver un plan de libération conditionnelle pour un certain nombre de détenus de plus de soixante-cinq ans.

— Parce qu'ils ne sont plus réputés dangereux ?

— Par mesure d'économie. L'État n'a plus les moyens d'assurer leurs dépenses de santé.

Je me fends d'un sourire. Quel monde ! Dans le système judiciaire, personne ne parle jamais des coûts qu'entraînent les peines. Tout le monde semble penser que la justice n'a pas de prix.

— Peut-être Harnason n'a-t-il pas fait une si mauvaise affaire, en ce cas ? lancé-je à Tommy.

Il apprécie mon trait d'humour, mais se contente d'un haussement d'épaules.

— Je suis persuadé qu'il a dit la vérité.

— Moi aussi. Ou pas loin.

Tommy hoche la tête. La porte de ma cellule est restée ouverte. Torrez s'est posté juste à l'extérieur. Pour détendre un peu l'atmosphère et se mettre à l'aise, Tommy s'adosse au mur, et je me garde bien de lui dire de faire attention à sa veste. Le crépi du mur est rongé par l'humidité.

— Enfin bref, reprend-il. De l'avis de certains, tu pourrais te porter candidat à une libération anticipée.

— Moi ? Qui a dit ça ? Quelqu'un d'extérieur à ma famille ?

— Apparemment, tu aurais plaidé coupable pour un délit que tu n'as pas commis. C'est du moins la théorie qui court dans mon service...

— Elle est à mettre dans le même sac que toutes les autres, qui étaient fausses.

— Comme j'étais dans le coin, je me suis dit que je pourrais passer te voir, pour avoir ton point de vue sur la question. Le hasard fait bien les choses... mais peut-être faut-il y voir un signe.

Molto a toujours eu ce petit côté catholique mystique. Je soupèse mentalement ce qu'il vient de me dire, en hésitant entre la satisfaction et la colère, quand je me rends soudain compte, à ma grande stupeur, que Tommy semble toujours prêt à me croire sur parole. J'ai peine à me figurer ce qu'il pense de moi. Rien de bien cohérent, probablement. C'est le problème, avec lui.

— Eh bien, tu l'as, mon point de vue. On peut savoir d'où elle sort, cette fameuse théorie ?

— Hier, je suis tombé par hasard sur Milo Gorvetich, qui m'a rapporté un truc qu'on lui avait dit. Ça ne m'a pas fait tiquer, de prime abord, mais je me suis réveillé, cette nuit. Et j'ai réfléchi.

Tommy survole les lieux du regard puis passe la tête par la porte pour demander une chaise à Torrez. Au bout d'une minute, le gardien revient. Il n'a rien trouvé de mieux qu'une caisse en plastique. L'idée m'effleure de proposer au PA le siège des toilettes en inox, dépourvu de couvercle, mais je doute que Tommy goûte la plaisanterie. Ça ne serait ni drôle ni confortable...

— Tu y as réfléchi une partie de la nuit..., lui rappelé-je, quand il est installé.

— Tu vois, ce qui me tracasse... c'est que, maintenant, j'ai un fils. Je vais même en avoir un deuxième, dans six mois.

Je lui présente les compliments d'usage.

— Là, tu me rends l'espoir, Tommy.

— Comment ça ?

— Il n'est jamais trop tard pour renaître de ses cendres. Pour toi, ça a eu l'air de marcher. Qui sait, peut-être que je repartirai d'un meilleur pied, moi aussi, une fois ma peine purgée.

— Je te le souhaite, Rusty. La foi soulève les montagnes, si tu me permets.

Je doute que ce soit la solution qui me convienne, mais j'accepte de bonne grâce ce conseil charitable, dont je le remercie. Puis nous nous emmurons chacun dans son silence.

— Enfin bref…, finit-il par dire. Si quelqu'un m'annonçait que je dois passer deux ans au trou pour sauver la vie de mes fils, je le ferais tout de suite, sans marchander.

— C'est tout à ton honneur.

— Et si je pensais que quelqu'un qui m'est cher a traficoté cet ordinateur, même sans que je le lui demande, eh bien, je crois que je prendrais les mesures qui s'imposent, et que je plaiderais coupable, juste pour conclure l'affaire et mettre fin à tout ce bazar.

— Peut-être, oui. Mais si c'était le cas, je serais innocent. Or, comme je ne cesse de te le répéter, je suis coupable.

— Que tu dis.

— Tommy. Voilà vingt ans et plus que je te serine que je n'ai jamais tué personne, et vingt ans que tu refuses de me croire. Tu tombes enfin sur un délit que j'ai commis et que j'avoue, mais là encore, tu refuses de te rendre à l'évidence.

Il sourit.

— Je vais te dire. Puisque tu es d'une si parfaite intégrité, explique-moi juste comment tu as fait pour trafiquer cet ordinateur. Entre quatre yeux. Ça ne sortira pas d'ici, et tu as ma parole qu'il n'y aura aucune poursuite, contre personne. Dis-moi juste comment tu as fait.

— Désolé, Tom. On a conclu un marché. Nous sommes convenus que je ne répondrais plus à aucune question, si tu acceptais mon offre de négociation de charges. Je ne fais qu'appliquer le contrat.

— Tu veux que je te mette ça noir sur blanc ? T'as un crayon ? Tiens, je vais te l'écrire. Vas-y, déchire une page vierge dans un de tes bouquins…

Il a pointé l'index vers la pile de livres, sur ma petite étagère.

— « Je soussigné Tommy Molto, *prosecuting attorney* de Kindle County, m'engage à renoncer à toute poursuite ultérieure concernant le PC de Rusty Sabich, et à conserver sous le sceau du secret toute information qui viendrait à m'être transmise. » Tu ne crois pas que je puisse tenir cette promesse ?

— J'en doute un peu, pour tout te dire. Mais ça n'est pas le problème.

— Dis-le-moi, Rusty. Dis-moi ce qui s'est passé, d'homme à homme. Que je puisse définitivement tourner la page.

— Et tu me croirais ?

— Ça, Dieu seul sait pourquoi ! Mais oui. Je ne pourrais toujours pas dire quel genre de sociopathe tu es, mais je ne serais pas autrement surpris de découvrir qu'en fait tu n'as jamais menti, du moins pas selon l'idée que tu te fais de la vérité.

— Sur ce point au moins, tu vois clair. OK. Je vais te la dire, la vérité. Une bonne fois pour toutes.

Je me lève de mon lit, pour pouvoir le regarder droit dans les yeux.

— J'ai fait obstruction à la justice, Tommy. Et maintenant tournons la page.

— C'est ce que tu veux ?

— C'est ce que je veux.

Il secoue à nouveau la tête et, ce faisant, remarque la tache d'humidité qui s'est formée sur l'épaule de sa veste. Sourcils froncés, il s'efforce de la brosser de la main et, comme nos regards se croisent, je ne peux réprimer un sourire. Son regard se fait plus tranchant. J'ai mis le doigt sur un vieux point névralgique entre nous. Rusty-Tommy, un à zéro ! J'ai fait de lui le Monsieur Propre de Kindle County, mais, dès que nous nous retrouvons en tête à tête, je garde l'avantage.

— Va te faire voir, Rusty ! me lance-t-il.

Il met le cap sur la porte, puis se ravise et rebrousse chemin, mais juste pour venir récupérer la caisse.

43.

Tommy, 4-5 août 2009

Tommy s'interrogeait souvent sur ce qu'il adviendrait des gamins tels qu'Orestes Mauro, le jeune technicien chargé des pièces à conviction numériques dans le service. À son âge, il aurait dû en avoir au moins une vague idée, mais il ne se rappelait pas avoir croisé d'individus de la race d'Orestes, de son temps. O. était un jeune homme pointu et efficace, à sa façon. Mais il évoluait dans un monde virtuel. Les écouteurs de son iPod semblaient soudés à ses oreilles et ne les quittaient que temporairement lorsque exceptionnellement il avait besoin de communiquer avec le monde extérieur. Chaque fois que Tommy reconnaissait la voix d'Orestes dans le couloir, il l'entendait invariablement parler de l'un de ses deux thèmes favoris : les jeux *on-line* et les dernières nouveautés qu'il venait de s'offrir pour sa X-Box. S'il s'intéressait aux « ordos », comme il disait, c'était qu'ils constituaient pour lui une sorte de puzzle à niveaux multiples, et le travail qu'on lui confiait, quel qu'il soit, n'était jamais qu'une sous-rubrique, forcément accessoire, de cette passionnante énigme : comment ça marchait, tout ça ? Orestes voulait bien s'imposer l'ennuyeuse contrainte du travail, mais seulement si cela ne lui prenait pas trop de son temps. À part ça, c'était un jeune homme charmant, souriant et chaleureux – dès lors qu'il s'apercevait de votre présence.

Tommy le trouva dans le secteur des pièces à conviction, le nez dans des cartons sur lesquels il tambourinait en rythme. Il allait être 19 heures quand le PA avait franchi la porte de son service. Il était resté coincé dans les embouteillages en revenant de la ferme pénitentiaire de Morrisroe. De guerre lasse, il avait fini par sortir de l'autoroute pour emprunter des petites rues qui l'avaient amené à proximité du centre administratif. Ayant déjà largement dépassé l'heure du dîner avec Dominga et Tomaso, il y avait fait escale, en se disant qu'il en profiterait pour prendre quelques dossiers pour son rendez-vous du lendemain, à la cour d'appel. Ça lui ferait économiser une demi-heure sur son horaire de la matinée, et ça permettrait à Dominga de se lever un peu plus tard.

Apercevant Orestes, Tommy obliqua vers la salle de stockage des pièces à conviction, un petit entrepôt aménagé derrière le monte-charge réservé au matériel. La loi exigeait que les pièces collectées par réquisition du grand jury soient conservées dans le service du PA, et non par les forces de l'ordre. Tout était donc classé, rangé et catalogué sur place. En voyant débarquer le chef, Orestes décrivit un tour complet sur la pointe des pieds, dans le plus pur style jacksonien.

— Yo, Boss !

Avec ses écouteurs, il avait tendance à hurler.

— Salut, O., répliqua Tommy, l'index pointé sur son oreille.

Orestes ôta l'un de ses écouteurs et, comme Tommy tapotait son autre oreille, le jeune homme obtempéra, mais il s'attendait manifestement à une nouvelle d'une gravité exceptionnelle…

— Qu'cst-ce qui vous amène ?

— Le dossier Sabich, répondit Tommy.

O. émit un grognement.

— Le juge, là ?

— Oui, le juge.

— Oh la vache, la prise de tête. Trop relou, ce truc !

Finement analysé, se dit Tommy. Il avait eu tout le temps d'y repenser, pendant le trajet du retour. Il avait été profondément troublé de voir Sabich dans sa cellule, mais s'il s'en tenait aux apparences, cette incarcération semblait moins traumatisante pour Rusty que pour lui. Tommy s'attendait plus ou moins à trouver Sabich en pleine dépression, ou au minimum profondément désemparé, comme une majorité des prisonniers placés en détention administrative. Mais, bien au contraire, le juge lui avait paru libéré d'un fardeau. Ses cheveux avaient poussé, tout comme sa barbe, dont la blancheur l'avait surpris. Ça lui donnait l'allure d'un naufragé sur une île déserte. Il avait toujours ce petit air supérieur : « Je suis hors de ta portée, semblait-il dire. Maintenant que le pire m'est arrivé, tu ne peux plus rien contre moi. » Sabich restait donc égal à lui-même. Il n'y avait probablement rien de faux dans ce qu'il lui avait dit, mais il l'avait dit à sa manière, d'une façon suffisamment évasive et détournée pour pouvoir continuer à se considérer comme un honnête homme, tout en s'assurant de détenir seul la vérité. Du Rusty tout craché. Et ça laissait Tommy dans la cruelle incertitude où il pataugeait depuis maintenant plusieurs décennies. C'était quoi, au juste, cette foutue vérité ?

— J'essaie toujours de comprendre comment ils ont pu y avoir accès, à cet ordinateur.

— Yo, *man* ! fit Orestes. Moi non plus, j'y pige que dalle. Le seul truc de sûr, c'est que c'était pas moi, s'esclaffa-t-il.

— Ni moi. Mais j'ai l'impression qu'on a laissé passer quelque chose. En fait, je me demande si Sabich n'a pas plaidé l'obstruction pour protéger son fils. Qu'est-ce que t'en penses, toi ?

— OK, fit Orestes, qui se résigna, par mesure exceptionnelle, à éteindre son iPod en se laissant choir sur un tabouret métallique. OK. Personne ne m'a posé la question, jusqu'à présent, mais rappelez-vous la grande réunion qu'on avait eue à votre retour du tribunal, le jour où vous aviez vu que la carte était bidon, quand Milo n'arrêtait pas de nous bassiner comme quoi aucun de ceux qui avaient touché à la machine dans le bureau de Mason – ni Sabich, ni son fiston, ni son ancienne assistante – n'aurait eu le temps de bidouiller le truc et de faire toutes les manips nécessaires pour charger la carte. Vous vous rappelez ?

— Oui.

— C'est là que Jimmy B. nous a sorti sa théorie comme quoi Sabich avait dû s'introduire en douce dans les locaux, hein ?

— Exact.

— Mais voilà le truc. Supposons qu'ils s'y soient mis à trois, en se partageant le boulot, pour charger la carte ? Le premier l'importe depuis un disque dur externe, le deuxième fait tourner le Spy et le troisième s'occupe de bidouiller dans le registre système, pour effacer leurs traces. À eux trois, ils avaient le temps. Et même à deux.

Tommy se plaqua une main sur le front. Bien sûr. Orestes avait peut-être plus d'avenir qu'il ne l'imaginait, dans le service…

— C'est donc ce qui s'est passé, d'après toi ? s'enquit Molto.

Orestes partit d'un grand éclat de rire.

— Yo *man* ! s'exclama-t-il. J'en sais foutre rien, quoi ! Les ordos, c'est toujours un trip, mon pote. Y a jamais personne qui puisse tout savoir sur tout. C'est même pour ça que c'est si fendard.

Tommy médita un instant là-dessus. On nageait en pleine science-fiction… À en croire Orestes, les ordinateurs étaient déjà de véritables petites personnes dont une part d'âme vous demeurait foncièrement insaisissable…

— Mais comment tu t'y serais pris, toi, si tu avais eu à le faire ?

— Moi ? (Orestes lança un nouvel éclat de rire, suraigu et modulé.) Moi, j'aurais sûrement pu le faire, ouais. Mais moi, c'est moi.

Cette assurance tranquille était un brin inquiétante, de la part du jeune technicien. Le boulot d'Orestes consistait justement à s'assurer que les pièces placées sous sa garde restaient hors d'atteinte de toute tentative d'interférence. Tommy lui demanda ce qu'il entendait par là.

— Ben déjà, fallait voir comment il était emballé. Il nous a fallu pratiquement une nuit, avec Jimmy B., pour le débarrasser de son emballage de film plastique…

— Je croyais que vous aviez fait ça le matin même, juste avant l'audience ?

— Non, chef. De minuit à 8 heures du mat. (Du pouce, O. gratta l'une des rayures multicolores de sa chemise.) Moi, j'ai cours, le matin. Faut que je m'instruise, quoi. Faut se prendre en main, dans la vie.

Il ponctua son propos d'un bref roulement de tambour, exécuté sur l'un des cartons.

— Alors je suis allé rejoindre Brand dans son bureau parce que le PC était encore sur le Caddie pour le procès et, à nous deux, on a commencé à enlever le film plastique, ce qui a pris des plombes, parce qu'y avait des initiales sur deux ou trois couches et après, quand on a déballé tous les périphériques et que j'ai pu me faire une idée de l'ensemble, j'ai dit : « Putain, la vache, mais il y a un putain d'os, ma parole ! »

— C'est-à-dire ?

— C'est-à-dire que l'adhésif des scellés sur l'unité centrale, voyez, il aurait dû être collé au bouton On/Off. Mais il était dans un creux, ce bouton, quoi. Et ça laissait un poil d'espace, sous le ruban, alors j'ai dit à Brand : « Là, on a un peu merdé, mon pote. N'importe qui aurait pu l'allumer, cette bécane !» « Sûrement pas », qu'il a fait. Alors j'ai pris ce truc-ci, là (Orestes avait sorti de sa poche poitrine un minuscule tournevis, assez fin pour pouvoir serrer la vis d'une branche de lunettes)… et je l'ai fait passer dessous. Mais le Brand, mon pote, en me voyant faire, c'est tout juste s'il m'a pas étranglé. Il avait cru que j'allais dégoupiller l'adhésif ! C'était le jour où la *chiquita* de la banque était venue à la barre, quoi, et Brand était plutôt genre « Waouh, *coolio* ! On s'en est assez pris dans la tronche pour aujourd'hui ! » Mais, moi, j'avais rien fait du tout. C'était juste pour lui montrer. Et ça lui avait filé les jetons. Le lendemain, Gorvetich et les autres ont enlevé la bande, sans problème. Ils n'y ont vu que du feu. Mais ce que je vous dis, là, Boss, c'est que si j'avais voulu le bidouiller, ce PC, j'aurais très bien pu le faire à ce moment-là.

— Tu aurais pu allumer le PC ?

— Eh ! Je l'ai pas fait !

— Je sais que tu ne l'as pas fait, O. Mais est-ce que tu aurais vraiment *pu* le faire ? Toutes les autres pièces – le clavier, l'écran, la souris – tout ça, c'était encore sous scellés, non ?

— Ouais, bien sûr. Mais pas les ports, derrière ! Une fois le film plastique enlevé, y avait plus rien dessus. Suffisait de brancher n'importe quelle souris et n'importe quel écran compatibles. Et ça, doit y en avoir genre un million, dans les bureaux des alentours. C'est pour ça que ça m'a fait un peu tiquer… Mais c'est pas ce qui s'est passé, ni rien, hein ! il était resté sous scellés pendant des mois, cet ordo. Les initiales étaient toujours là, et tout était en place, normal. Mais puisque vous me demandez, moi je vous dis : ouais, j'aurais pu le faire, mais je l'ai pas fait. Ceux qui l'ont fait, c'est Sabich et ses potes. Mais comment, me demandez pas. J'en sais rien. Règle numéro un, Boss : ce qu'on sait pas, on le sait pas. Y a pas à tortiller.

O. se fendit d'un vaste sourire, sous le fin duvet qui lui tenait lieu de moustache. Pas bête, ce gamin, songea à nouveau Tommy. D'autant qu'au fil des ans il finirait bien par le comprendre, ce qu'il ne savait pas.

Brand était dans son bureau, le lendemain matin. En revenant de sa réunion à la cour d'appel, vers 11 heures,

Tommy le trouva en plein rangement. Jimmy empilait des dossiers sur son bureau. L'ordre du jour de la réunion rejoignait *grosso modo* celui de la conférence de la veille à la prison : le manque de moyens. Sur quoi auraient-ils encore pu rogner ?

La veille, Brand avait pris sa journée pour rencontrer ses consultants politiques, en vue de sa campagne. Beroja, son adversaire, avait l'avantage de pouvoir déjà compter sur un réseau. Brand avait l'appui du parti, mais il lui restait à mettre en place sa propre organisation.

Molto lui demanda son avis sur les consultants qu'il avait rencontrés.

— Très bon contact avec les deux. O'Bannon et Meyers. Vraiment pointues, ces petites. Mais devinez un peu sur la campagne de qui elles étaient, la dernière fois ?

— Celle de Sabich ?

— Tout juste, s'esclaffa Brand. Des vraies mercenaires, prêtes à suivre le plus offrant.

— Je l'ai vu hier, incidemment.

— Qui ça ?

— Rusty.

À ça, Brand ne trouva rien à répondre. Il continua à ranger les piles de dossiers sur son bureau, sans piper mot. Le chariot du procès Sabich restait échoué dans un coin de la pièce, toujours chargé des dossiers et des pièces à conviction, que le juge Yee leur avait retournés au terme des procédures. Pendant un procès, il fallait faire abstraction de tout le reste – la famille, les actualités, les autres dossiers en cours – et une fois l'affaire classée, tout ce que vous aviez mis en attente vous retombait dessus, de façon toujours plus pressante que quelque chose d'aussi bêtement pratique que le ménage. Dans les bureaux de la plupart des adjoints s'entassaient des cartons qui traînaient sur place des mois après les procès. Et, quand on trouvait enfin une minute pour les ranger, c'était aussi troublant que de tomber sur les reliques d'une vieille histoire d'amour. Toutes ces paperasses, ces flacons de médicaments qui vous semblaient naguère aussi précieux qu'autant de fragments de la Vraie Croix et qui avaient à présent perdu toute importance, dans le tourbillon de la routine quotidienne. Dans quelques mois, Tommy ne saurait même plus situer ces objets dans le labyrinthe d'inférences et de conclusions qu'il avait patiemment entrecroisées pour constituer son dossier… À présent, seul comptait le résultat : Rusty Sabich était à l'ombre.

— Je suis passé à Morrisroe, annonça Tommy avant de résumer la réunion pour Brand.

La libération anticipée de certains détenus pour cause de restrictions budgétaires, ça risquait de faire du bruit, quand la presse en aurait vent. Mais Brand semblait nettement plus captivé par le cas Sabich :

— Vous avez vraiment débarqué dans sa cellule, comme ça, sans avocat ni rien ?

— On a bavardé comme deux vieilles copines, dit Tommy.

Ça ne l'avait même pas effleuré, que Rusty aurait pu refuser de le recevoir. Mais, apparemment, l'idée n'était pas davantage venue à Sabich. Ils étaient tous les deux bien trop engagés dans cette longue rivalité qui les opposait pour envisager de faire intervenir qui que ce soit d'autre. Entre eux, c'était un peu comme de se disputer avec son ex…

— Comment était-il ? demanda Brand.

— Mieux que je ne l'aurais cru.

— Merde, fit Brand.

— Je voulais lui demander entre quatre yeux de m'expliquer comment il avait fait pour trafiquer l'ordinateur.

— Encore ?

— Il a refusé de répondre. Je crois qu'il protège son fils.

— C'est ce que je dirais, moi aussi.

— Je sais. Je suis tombé sur Gorvetich, avant-hier. Il m'a raconté que vous aviez pris une petite cuite ensemble, pour fêter la fin du procès, et que tu lui avais dit un truc bizarre. Qu'à ton avis, Rusty avait plongé pour quelque chose dont il était innocent. Dans un premier temps, je n'ai pas percuté. Et puis j'ai compris. Tu pensais qu'il avait accepté de porter le chapeau pour son fils.

Brand haussa les épaules.

— Qui sait ce que je pensais, sur le moment ? J'étais complètement pompette, ce soir-là, au moins autant que Milo.

— Mais ce que je ne vois toujours pas, c'est ce qui a pu t'amener à la conclusion que Rusty protégeait son gamin.

Brand eut une petite moue crispée et se plongea dans la contemplation de son bureau. Les piles s'élevaient devant lui, alignées avec une précision toute militaire et régulièrement espacées, comme des lits dans une caserne. Attrapant une liasse de chemises en papier kraft, Jim survola son étagère du regard, en quête d'une place pour les ranger.

— Une intuition, comme ça, dit-il.

— Mais pourquoi ?

Brand posa le tas de paperasses au coin de son bureau, où elles n'étaient manifestement pas à leur place.

— Quelle importance, chef ? Rusty est au placard pour quelque temps et il ne l'a pas volé. De quoi vous avez peur ?

Peur. C'était bien le terme. Cette nuit-là, Tommy s'était réveillé à 3 heures, avec l'impression d'avoir cauchemardé toute la nuit. Il voulait se convaincre qu'il se torturait les méninges, à son habitude, faute de pouvoir se faire à l'idée de son propre succès ou de s'y résoudre. Toujours cette vieille allergie. Mais il savait qu'il allait devoir tirer l'affaire au clair, s'il voulait pouvoir se regarder en face.

— Ce que je crains, Jim, c'est que tu sois bien placé pour savoir, toi, que Rusty n'a pas chargé cette carte sur son PC.

— Qu'est-ce qui vous fait dire ça ? demanda Brand en se rasseyant derrière son bureau.

— J'y ai pas mal réfléchi, ces derniers jours. Et tout s'emboîte. Ce que tu as dit à Gorvetich. Ta présence dans le service, la nuit où l'ordinateur a été déballé. Sans compter qu'Orestes t'avait montré comment allumer l'unité centrale sans toucher aux scellés... C'était juste le soir du témoignage de la banquière, au moment où notre dossier était soudain menacé de se barrer en vrille. Et tu t'y connais en informatique, Jim. Tu as suivi les cours de Gorvetich. Alors, la question s'impose, n'est-ce pas ? Nous n'avons toujours pas l'ombre d'une explication. Ce n'est quand même pas toi qui l'aurais chargée sur le disque dur de Rusty, cette foutue carte ?

— Comment j'aurais pu le faire ? demanda Brand avec un calme désarmant. Je n'aurais pas pu allumer cette bécane, ni bricoler dessus sans laisser de traces dans le fichier de paramétrage du système, ce qui aurait prouvé qu'il avait été rallumé, entre-temps. Vous vous rappelez ?

— Oui. Mais précisément. L'ordinateur devait être allumé, le lendemain, à l'audience. Cette nouvelle date allait forcément écraser l'autre, dans les fichiers du système.

Cette fois, Tommy avait capté l'attention de Brand. Son adjoint le fixait d'un regard concentré.

— Une idée brillantissime, fit Tommy. Créer de toutes pièces un argument au service de la défense, un argument qui expliquait tout et que Stern ne pouvait que faire sien. Et puis, quand il l'a eu bien repris à son compte, tu fiches tout par terre en accusant la défense d'avoir monté le coup. Imparable. Brillant.

Le regard de Brand survola un instant la pièce, au-delà de son bureau, avec une expression vacante. Puis, imperceptiblement, il se mit à sourire, d'un sourire qui s'épanouit peu à peu en une expression de jubilation familière, comme chaque fois qu'ils se trouvaient tous deux confrontés à la cocasserie, à l'ironie, au ridicule de cette vieille comédie de la fourberie humaine, et des vaines tentatives de la loi pour s'y opposer.

— Putain, ouais, dit-il. Ç'aurait été salement bien joué.

Tommy sentit quelque chose se rompre en lui. Son cœur, peut-être. Il se laissa choir dans un des fauteuils de bois, à l'autre bout de la pièce. « Non », c'était tout ce que Brand aurait eu à dire, pour se disculper. Entre-temps, le sourire du premier adjoint s'était quelque peu fané, devant la réaction morose de son chef.

— Ce type a tué quelqu'un, Tom. Par deux fois. Il est coupable.

— Mais pas du délit pour lequel nous l'avons fait coffrer.

— Et alors ? Qu'est-ce que ça change ?

— Tout. Pour moi, ça change tout.

Pendant les trois décennies où il avait exercé dans ce service, Molto avait successivement entendu tous les procureurs sermonner leurs adjoints en leur expliquant que leur devoir était de frapper fort, mais juste. Certains étaient sincères. D'autres ne le disaient qu'avec un clin d'œil. Ils savaient comme il était difficile de jouer aux Indiens et aux Tuniques rouges, de descendre la rue en formation sans rompre les rangs, à portée de tir des méchants qui vous guettaient, embusqués dans tous les coins. Avant la naissance de Tomaso, il aurait probablement envoyé balader tout ça. Mais, un enfant, ça change tout. Vous deviez miser sur lui et sur l'avenir. Lui apprendre à distinguer le bien du mal. Sans réserve, sans pinailler. Les gosses découvraient bien assez tôt le bourbier de la vérité – il s'étalait partout, dans la rue. Mais si le PA lui-même ne s'imposait pas les limites qu'il était censé faire respecter, quel espoir leur restait-il ?

— Sabich s'est reconnu coupable devant la cour, affirma Brand.

— Tu n'en aurais pas fait autant, pour protéger ton fils ? Il savait qu'il ne l'avait pas fait, Jim. Son fils était la seule personne au monde qui avait une raison de le faire, pour le sortir du pétrin. Il a choisi de s'accuser pour que ça n'aille pas plus loin.

— C'est un assassin.

— Tu vois..., rétorqua Tommy, même ça, je n'en suis plus si sûr. Dis-moi pourquoi cette femme, qui était déjà en pleine déprime, n'aurait pas choisi de jeter l'éponge une bonne fois pour toutes, en découvrant que son mari la trompait et se préparait à la quitter ?

— On a retrouvé des empreintes à lui sur tous les flacons. Il a lancé des recherches sur la phénelzine.

— Et c'est tout ce que nous avions contre lui ? Vraiment tout ? Tu ne crois pas qu'on y aurait réfléchi à deux fois avant d'inculper Sabich, si nous avions su que sa femme était passée à la banque ?

— Il ne méritait pas de s'en tirer une deuxième fois, Boss. Et ne parlons pas de vous. Voilà vingt ans que vous vous traînez Sabich, comme un boulet.

Il ne voulait pas endosser ce que Jim avait fait. Ça n'était vraiment pas un cadeau. Mais la nuit précédente, comme il était resté assis dans le noir, à écouter la respiration hoquetante de son fils endormi, à laquelle répondait de temps à autre celle de sa femme, en un rythme inexplicablement accordé, Tommy avait compris ça : quoi que Jim ait pu faire, il l'avait fait pour lui.

— Toi aussi, ça t'arrangeait, Jim. Tu es candidat à mon poste. Tout le monde te donne comme le prochain PA...

Jusqu'à présent, Brand avait gardé une attitude cordiale, franche et ouverte, quoique sur la défensive. Mais cette fois, il se pencha en avant, les poings serrés.

— Je me suis écrasé devant toi pendant des années, Tommy. Parce que je te le devais bien. Et tu le méritais, totalement. Tu m'as fait plus de bien que mes propres frères réunis. Jamais je n'ai essayé d'empiéter sur tes plates-bandes. Je t'aime, putain, tu le sais, ça !

Pour le savoir, il le savait. Et lui aussi, il aimait Brand. Il l'aimait comme un frère d'armes, comme les soldats apprennent à aimer les hommes et les femmes qui assurent leurs arrières dans les tranchées et qui sont à peu près les seuls à comprendre vraiment la peur, le bain de sang et le chaos où vous plonge la guerre. On finissait par devenir des frères siamois, réunis par le cœur ou par quelque autre organe, tout aussi vital. Brand était à la fois malin et loyal. Mais ce n'était pas par hasard qu'il s'était attaché à Tommy : il avait besoin d'une conscience.

— Écoute, fit Brand. Ça arrive, qu'on fasse des conneries. Et là, au beau milieu de la nuit, tu te sens cuit, tu es en rogne et il te vient une idée foireuse. D'autant que tu sais que tu peux le faire, que c'est à ta portée. Alors tu commences et, une fois lancé, tu ne peux plus t'arrêter. L'idée germe d'elle-même. Pour tout te dire, j'ai pas arrêté de rigoler, pendant les trois heures que ça m'a pris. Sur le moment, ça m'a semblé vraiment fendard.

Tommy soupesa ce détail. Ça aussi, c'était peut-être vrai. Mais ça ne changeait rien.

— Je ne vais pas laisser quelqu'un au trou pour un délit qu'il n'a pas commis, Jim.

— T'es fou.

— Pas du tout, non. J'appelle le juge Yee. Nous allons présenter une motion de suspension de sentence dès cet après-midi. Sabich sera dehors demain matin. Il faut juste que je décide ce que je vais dire, et ce que je vais faire de toi.

— De moi ? (Brand se raidit.) De moi ? Mais j'ai rien fait, Tom ! Pas de faux témoignage. Je n'ai pas présenté de fausses preuves. Ça n'est pas moi qui l'ai allumé, cet ordinateur. Relis la transcription… Tu n'y trouveras pas un seul mensonge. Je n'ai cessé de répéter à la cour que la carte était bidouillée de toutes pièces. J'ai même présenté des éléments, à l'appui, pour empêcher le tribunal de se fourvoyer. Où est le mal ?

Tommy le regarda, sidéré. Ces temps-ci, le crime l'attristait. Quand il était plus jeune, ça le mettait en rogne. Maintenant, il savait que ça faisait partie de la vie. La roue tournait, les gens bouillaient intérieurement et, pour la plupart, se retenaient de céder à leurs pulsions. Ceux qui y cédaient, Tommy se chargeait de les punir, non pas que ce qu'ils avaient fait soit si impardonnable – du moins pas si on examinait honnêtement la nature humaine –, mais parce que les autres, ceux qui tentaient de se contenir, jour après jour, avaient besoin de recevoir cette mise en garde et, par-dessus tout, de savoir que les brebis galeuses finiraient par recevoir la monnaie de leur pièce, tôt ou tard. Les gens honnêtes avaient besoin qu'on leur rappelle pourquoi ils s'imposaient le fardeau de l'honnêteté. Pour se sentir confortés dans leurs efforts.

— Tu ne peux pas me poursuivre, dit Brand. Si tu m'accuses, tu sais comment ça va finir. C'est contre toi que ça se retournera.

À ces derniers mots, Tom sentit son cœur se serrer. Il laissa échapper un gémissement de douleur. Mais avant de répondre, il s'assit pour réfléchir. Brand était plus rapide que lui et il avait eu plusieurs semaines pour analyser la situation. Comment tout cela finirait-il ?

Il faudrait affecter un procureur spécialisé dans les affaires internes. Les arguments que venait d'invoquer Brand, une minute plus tôt, en lui expliquant qu'il n'avait rien fait pour induire la cour en erreur, ne trouveraient pas beaucoup d'écho auprès de ce procureur spécial. Bricoler les preuves pendant un procès, c'était forcément un crime réprimé par la loi. Mais le prouver, c'était un autre problème. Il n'y avait qu'eux deux, dans cette pièce. Même si ce que Tommy pourrait rapporter de cette conversation était pris en compte, Brand n'avait toujours pas fait d'aveux complets et détaillés.

Mais le point le plus important, c'étaient ses derniers mots et la menace voilée qu'ils recelaient. Une fois la balle tirée, Tommy pouvait s'attendre à la voir ricocher et revenir le frapper, lui, de plein fouet. Si un procureur s'avisait d'inculper Brand, son adjoint n'aurait plus qu'à négocier les charges en déclarant que son supérieur était au courant et que, quoi qu'il ait fait, il n'avait agi que sur ses ordres, et à son initiative. Si Tommy s'en prenait à lui, il lui renverrait l'ascenseur, en l'accusant. Et si Brand était suffisamment convaincant, Tommy risquait l'inculpation. Mais, même si les choses n'allaient pas si loin, il se retrouverait dans le même purgatoire que vingt ans plus tôt : tout le monde goberait les accusations de Brand, parce que Tommy avait reconnu avoir falsifié des preuves au premier procès Sabich.

La justice n'était décidément pas de ce monde, songea-t-il, pour la énième fois.

— OK, reprit-il après avoir ruminé tout cela quelques minutes de plus. Voilà ce qui va se passer : je vais en aviser le juge Yee. Nous avons découvert que la sécurité des indices contenus dans l'ordinateur n'avait pas été assurée, que la machine était restée sans emballage dans ton bureau, la nuit précédant l'audience où elle a été rallumée et, contrairement à ce que nous avions toujours pensé, nous avons constaté que les adhésifs des scellés n'étaient pas absolument inviolables, et que les fichiers du PC auraient donc pu être modifiés par n'importe qui dans notre service, au cours de la nuit, ou le lendemain matin aux premières heures. Nous n'affirmons pas que c'est bien ce qui s'est passé, mais, puisque Sabich n'aurait jamais plaidé coupable s'il avait su que nous ne pouvions garantir la parfaite conformité de la pièce à conviction, nous demandons l'annulation de cette condamnation, ainsi que des charges correspondantes.

» Et, toi, tu me présenteras ta démission dans les trente jours, parce que ça va faire un sacré raffut, quand Rusty se retrouvera à l'air libre, et que c'était à toi d'assurer la sécurité de l'ordinateur. Tu vas assumer les conséquences de la libération de Sabich, Jim, parce que tu en es responsable.

— Ce qui va totalement niquer ma candidature.

— Ce qui va totalement niquer ta candidature.

— Et je suis censé te dire quoi, là ? Merci ?

— Tu pourrais. Je pense même qu'à long terme tu finiras par me remercier.

— Quelle merde, fit Brand.

Tommy haussa les épaules.

— Nous vivons tous dans un monde plus ou moins merdique, Jim. Et le temps peut salement se gâter, à l'occasion. Bien. Je vais appeler Sandy Stern, conclut-il en se levant.

Pris au piège, amer et furieux, Brand mâchonnait machinalement un de ses ongles.

— Il n'est toujours pas clamsé, celui-là ?

— Pas aux dernières nouvelles. J'ai même entendu dire qu'il allait beaucoup mieux. Une leçon pour toi, Jim.

— Ah oui ? Laquelle ?

— C'est ce qui nous fait lever chaque matin : personne ne sait ce que lui réserve l'avenir.

Il contempla Brand, cet ami qui lui avait été si cher, puis secoua la tête.

— Personne, répéta-t-il.

44.

Anna, 5-6 août 2009

— Tu ne vas pas le croire ! me lance Nat, quand je prends son appel sur mon portable, dans mon bureau. Tu ne vas pas le croire ! répète-t-il.

À peine ai-je l'impression d'avoir gravi le dernier sommet, avec Nat, à peine ai-je réussi à me persuader que rien ne peut plus nous surprendre et que nous allons enfin retrouver la pente naturelle vers une vie normale, que les événements trouvent encore le moyen de me contredire.

— Je viens d'avoir Sandy au téléphone. Ils laissent tomber les charges. Ils vont libérer mon père. Qu'est-ce que tu dis de ça ? Incroyable, non ?

— Oh, Nat !

Incroyable. Le mot est faible.

— Il paraît qu'en interrogeant le technicien de son service Molto a découvert que la sécurité de l'ordinateur n'avait pas été garantie, juste avant qu'on l'ait rallumé au tribunal. Ce qui crée une énorme faille dans leur argumentation : s'ils ne peuvent prouver que l'inviolabilité de l'ordinateur a été assurée, les charges d'obstruction ne tiennent plus.

— Alors là, je ne pige pas…

— Moi non plus, et Sandy pas davantage. Mais Yee a déjà donné son accord. Stern n'a pas encore pu joindre mon père, parce que les détenus du secteur administratif ne peuvent pas être appelés en dehors de certains horaires. Qu'est-ce que tu en dis, dans le genre casse-tête chinois, hein ? Le directeur de la prison doit rappeler Stern. Il attend son coup de fil d'une minute à l'autre.

L'instant d'après, le téléphone de Nat signale un double appel, et il doit me quitter pour prendre Marta.

Je regarde la photo de Nat sur mon bureau. Quel soulagement… Et quelle joie, pour lui. Mais il reste cependant une ombre glacée dans mon cœur. Je n'aurais jamais formulé un tel vœu, bien sûr… mais l'affreuse vérité, c'est que ma vie aurait été nettement plus simple sans Rusty, sans ces horribles moments de malaise que je dois affronter en sa présence, sans ces signes d'impatience, réprimés de part et d'autre par un effort de volonté concertée, tandis que nous comptons les secondes qui nous séparent du moment où nous pourrons enfin repartir… Depuis la mort de Barbara, nous ne nous sommes qu'à peine parlé et nous n'avons pratiquement pas laissé nos regards se croiser. La seule exception notable est ce bref moment, le jour où il a décidé de plaider coupable, quand il s'est retourné et n'a pu dissimuler sa surprise en me reconnaissant dans la salle d'audience, au côté de Nat.

Je n'ai pas de mot pour décrire ce regard. « Complexe » paraît faible. J'y ai lu de la nostalgie, une tristesse désapprobatrice, de l'incompréhension. Tout ce qu'il avait pu ressentir pour moi jusque-là se trouvait résumé en cet instant, juste avant qu'il ne se détourne, les mains derrière le dos.

Je reste clouée à mon siège pendant les quarante minutes qui suivent, incapable de faire quoi que ce soit. J'attends que mon téléphone se décide à sonner à nouveau et, quand Nat me rappelle, c'est pour m'apprendre que les Stern ont finalement mis quelque chose au point. Rusty sortira de sa prison (la ferme pénitentiaire de l'État) à 3 heures du matin. L'idée vient de Sandy. Nul ne sait à quelle vitesse s'ébruitera la nouvelle, mais il a pensé qu'en ces temps de vaches maigres les rédacteurs en chef hésiteraient à payer des heures supplémentaires à leurs journalistes pour les envoyer à Morrisroe au beau milieu de la nuit.

— Tu pourras venir ? me demande Nat.

— Tu ne préfères pas que je te laisse seul avec ton père ?

— Non, dit-il. Marta et Sandy seront du voyage, eux aussi. Mon père n'a plus que nous, à présent. Nous sommes sa seule famille. Il faut que tu viennes, j'y tiens.

Les minutes s'égrènent au compte-gouttes avant notre départ. La soirée s'éternise. Nat ne tient pas en place. Le jeune homme morose et replié sur lui-même qui partage ma vie depuis maintenant près d'un an n'est plus qu'un souvenir. Il tourne en rond, fait les cent pas dans l'appartement, cherche sur le Web les derniers commentaires concernant son père, allume la télé pour passer en revue les bandeaux qui défilent sur les chaînes du câble spécialisées dans les infos...

Apparemment, un petit peloton de reporters s'est déplacé jusqu'à Ware pour filmer le juge Yee à sa sortie du tribunal, à 17 h 30, cet après-midi. Le juge n'a fait aucun commentaire. Il s'est contenté de sourire aux caméras en agitant la main, avec une mine à la fois perplexe et amusée, à son habitude, face aux détours inattendus que peuvent prendre la vie et la loi. « Incroyable », « stupéfiant », tels sont les mots qui reviennent dans les commentaires des journalistes pour qualifier ce dernier rebondissement. Stern leur a communiqué une déclaration qu'ils lisent mot pour mot, quelques phrases où il rend hommage à l'intégrité du PA, et précise que son client devrait être libéré dès le lendemain.

Vers les 21 heures, je propose à Nat d'aller faire quelques courses pour Rusty. Excellente diversion : il adore aller acheter des trucs dont il sait qu'ils feront plaisir à son père. Après quoi nous décidons de nous mettre au lit, au moins le temps d'une petite sieste. Et nous devons finalement nous dépêcher pour arriver à l'heure au rendez-vous, fixé à 1 heure du matin à la maison de Nearing. Nous devons y retrouver les Stern, ce qui nous permet de nous assurer que les journalistes n'ont toujours pas pris position sur les lieux. À supposer que tout se passe comme prévu, Rusty devrait arriver ici vers 4 heures, pour repartir aussitôt pour leur maison de campagne de Skageon, avant la ruée des hordes médiatiques. Il peut sembler bizarre, pour un prisonnier sortant d'isolement, de replonger immédiatement dans la solitude, mais, d'après Stern, Rusty l'a assuré que le seul fait de savoir qu'on peut descendre en ville s'acheter un journal ou une place de cinéma fait toute la différence.

Les Stern arrivent quelques minutes plus tard, dans la Navigator de Marta. Nat et elle s'étreignent longuement dans l'allée, puis Nat court ouvrir la portière passager et se penche pour serrer Stern dans ses bras, quoique plus brièvement. J'ai eu l'occasion de faire la connaissance de Marta et de Sandy Stern quelques mois plus tôt, à l'époque du procès, mais Nat refait les présentations. À la lueur du plafonnier, Stern me paraît nettement plus solide que la dernière fois que je l'ai vu, au tribunal. L'affreuse plaque rouge qui lui avait envahi le visage n'est plus qu'une vague trace, et il n'a plus cette allure étique d'un prisonnier de guerre épuisé par les privations. Nat ne sait pas au juste, et Sandy peut-être pas davantage, si cette rémission est partie pour durer, ou si ce n'est qu'une brève embellie. Quel que soit le sens que cela puisse revêtir pour lui, il m'assure, tout en s'excusant de ne pouvoir se lever pour me saluer, qu'il se promet de prendre des mesures pour « remettre au pas ce genou récalcitrant », dès qu'il pourra se faire à l'idée de retourner à l'hôpital.

Pendant le trajet, Nat bombarde Sandy de questions concernant l'avenir de son père. Peut-il encore espérer toucher sa retraite ? Pourra-t-il reprendre son travail au tribunal ? Il semble être le seul à ne pas voir ce qui crève les yeux : la libération de Rusty pour des raisons aussi subtilement techniques ne peut que l'enfermer davantage dans son statut de paria. Les résultats des tests ADN ont été publiés en juin, et certains commentateurs des médias ont dépeint le juge Sabich comme un véritable génie du mal, pervers et calculateur, capable de commettre deux meurtres en manipulant en virtuose un système qu'il connaissait mieux que personne, pour s'en tirer avec le châtiment minimum. À présent, la meute va crier au scandale, en le voyant s'en tirer dans une impunité presque totale...

Stern répond aux questions de Nat. Il lui explique patiemment que son père récupérera sa pension, mais que ça risque d'être plus compliqué, pour son siège de juge.

— La condamnation est annulée, Nat. Et puisque votre père avait été automatiquement destitué de son poste en choisissant de plaider coupable, il va être réintégré. Mais Rusty a publiquement reconnu avoir fait obstruction à la justice et cela, il ne peut le retirer. Sans parler de tout ce qu'il a admis, au cours du procès – la transmission d'informations confidentielles à Harnason, le fait qu'il ait accepté de parler unilatéralement à l'une des parties au cours d'une affaire qu'il avait à juger. Je vois mal comment le conseil de discipline des cours pourrait fermer les yeux sur de telles entorses. Ils exigeront au moins sa démission.

» Dans l'ensemble, mon cher Nat, conformément au souhait de votre père, je serais extrêmement satisfait si nous parvenions à obtenir, en échange de sa démission, l'assurance que l'ordre des avocats et le conseil de discipline du Barreau ne prendront pas de sanctions supplémentaires contre lui. Rien de trop grave, tout au moins. C'est ce que nous pouvons espérer de mieux. J'aimerais faire en sorte qu'il puisse un jour exercer à nouveau. Dans un délai raisonnable évidemment.

La perspective de la vie qui attend Rusty dans un futur plus ou moins proche – sans travail, sans amis ou presque, et copieusement traîné dans la boue par les médias – donne le vertige. Un silence navré s'est abattu sur nous.

Nous arrivons à la prison avec une heure d'avance. Nous faisons escale dans un bar routier ouvert toute la nuit, où nous prenons des cafés bien serrés, pour garder les yeux en face des trous. Marta nous montre les photos de ses enfants sur son téléphone portable, et finalement, vers 3 heures moins le quart, nous traversons la petite ville pour rejoindre l'établissement pénitentiaire. Il s'élève sur une parcelle jadis vacante de l'enceinte de la seule prison de haute sécurité pour femmes de cet État. Le camp lui-même est une série de baraquements préfabriqués, couverts de toits en tôle semi-cylindriques, alignés autour d'un bâtiment administratif en brique dans lequel Rusty occupe une cellule au dernier étage. Cette structure est entourée de plusieurs granges et de deux vastes champs de haricots mûrs et de maïs, dont les plants sont assez hauts, en cette saison, pour agiter au vent leurs flèches vertes. Bien que le camp bénéficie d'un régime de sécurité minimum, l'établissement pénitentiaire voisin est entouré d'une robuste clôture métallique surmontée de rouleaux de barbelés acérés, et, à l'intérieur, d'un haut mur de brique avec des miradors tous les cent mètres.

Pour mieux semer la presse, Stern et le directeur de la prison sont convenus que Rusty sortirait du côté ouest de l'enceinte, par la grille de service qu'empruntent habituellement les bus destinés au transport des détenus. Et c'est là que nous nous garons, sur une allée de gravier, devant les grandes portes d'acier.

Quelques minutes avant 3 heures, des voix s'élèvent dans le silence. Puis, sans crier gare, l'une des portes s'ébranle en grinçant, pour s'entrouvrir d'un petit mètre. Rusty s'avance dans la lumière des phares de Marta, en se protégeant les yeux d'une enveloppe de papier kraft qu'il tient en visière. Il a le même costume bleu que celui qu'il portait au tribunal, le jour de sa condamnation, mais sans cravate, et ses cheveux ont considérablement poussé, ce qui me surprend encore plus que ce collier de barbe poivre et sel que Nat me décrivait, au retour de ses visites. Il a considérablement maigri. Nat va à sa rencontre et ils tombent finalement dans les bras l'un de l'autre. Malgré les huit ou dix mètres qui nous séparent d'eux, nous les entendons sangloter, dans le silence de la nuit.

Puis ils se séparent, en s'essuyant les yeux, et reviennent vers nous, bras dessus bras dessous. Stern s'est aidé de sa canne pour se hisser sur ses pieds. Rusty commence par étreindre longuement ses deux avocats, avant de venir m'embrasser, plus hâtivement. Dans l'émotion du moment, je n'ai pas remarqué qu'une autre voiture s'était arrêtée derrière nous et je suis prise d'une soudaine inquiétude, jusqu'à ce que Sandy nous explique qu'il s'agit de Felix Lugo, un ancien photographe du *Tribune* que Stern a convoqué en grand secret. Parce qu'il voulait une photo pour son expo personnelle, certes, mais surtout pour pouvoir négocier ces images, en échange d'un article où Rusty pourra, si nécessaire, donner sa propre version des événements, dans les prochains jours. Les Stern posent avec Nat et Rusty devant l'objectif de Lugo qui les mitraille quelques minutes, puis le photographe s'éclipse et Rusty prend place sur le siège passager, près de Marta. Elle a déjà mis le contact quand une autre silhouette franchit la porte et nous rejoint au pas de course – celle d'un garde en uniforme. Rusty rouvre sa portière et lui serre la main en baragouinant quelques mots d'espagnol puis, après une dernière poignée de main, il referme sa portière, relève sa vitre et nous démarrons enfin, dans le nuage de poussière soulevé par les roues de Lugo. Nous ramenons Rusty Sabich.

Le trajet du retour paraît toujours plus rapide. Le compteur de Marta reste bloqué à cent trente. Aucun de nous n'a envie de flâner en chemin. Maintenant qu'il a vu Rusty, Sandy semble avoir renoncé à l'idée de publier les photos : il a tellement changé, physiquement, que cette nouvelle apparence semble suffire à garantir son anonymat – à supposer que nous réussissions à éviter les journalistes devant sa porte…

L'ex-prisonnier garde longtemps le silence. Il regarde le paysage défiler derrière la vitre et laisse échapper un petit grognement, de temps à autre, comme pour dire : « Ah, oui… ! J'avais oublié tout ça, tout cet espace… »

Il a décacheté la grande enveloppe qui contient ses effets personnels, et en sort toutes les cartes de son portefeuille. Il les inspecte toutes, une à une, comme s'il tâchait de se rappeler à quoi elles servent. Et il semble transporté d'une joie ineffable en constatant que son portable fonctionne toujours, même si l'appareil se met presque aussitôt à clignoter, faute de batterie.

— Est-ce que vous pourriez m'expliquer un peu tout ça ? demande-t-il, au bout de quelques dizaines de kilomètres.

— Vous expliquer quoi ? rétorque Stern, à qui la question était adressée depuis le siège arrière.

— Ce qui a pu pousser Tommy à faire machine arrière.

— Je vous ai déjà tout dit, Rusty. La sécurité de votre PC avait été mal assurée dans leur service, la nuit qui a précédé notre petite démonstration au tribunal. Jeu, set et match ! Ils ne peuvent plus garantir le lien entre vous et cet ordinateur, ni établir qu'il y a bien eu obstruction.

— Mais il doit y avoir autre chose, vous ne croyez pas ? Pourquoi Tommy avouerait-il ce genre de défaillance, juste là, maintenant ?

— Il n'a fait que son devoir. Tommy a vraiment changé. Ça, tout le monde vous le dira. Et, entre nous, qu'est-ce qu'il pourrait bien y avoir d'autre ?

Rusty ne répond pas mais, une minute plus tard, il rompt à nouveau le silence pour décrire la visite que Tommy Molto lui a rendue, deux jours plus tôt dans sa cellule, et au cours de laquelle il lui a dit que, selon certains membres de son service, il n'aurait pas commis le délit pour lequel il avait plaidé coupable. Stern lui-même ne peut s'empêcher de sursauter.

— Excusez-moi, Rusty... Je sais bien que je ne suis que votre avocat, mais il aurait été judicieux de m'en aviser.

— Désolé, Sandy. Ça va vous paraître un peu ridicule... mais j'ai pris ça pour une conversation privée.

— Je vois, dit Stern.

Depuis le siège passager, Rusty se dévisse le cou pour regarder Sandy à l'arrière, tandis que Marta, hors de son champ visuel, fait silencieusement le geste de se frapper le front de la paume de la main. Assise à l'arrière entre Nat et Sandy, je sens la main de mon cher et tendre resserrer sa prise sur la mienne, tandis qu'il hoche la tête. Aucun d'entre nous n'en aura jamais le cœur net...

Nous arrivons à Nearing quelques minutes après 4 heures. Tout semble calme, dans le quartier. Dans l'allée s'échangent une autre série d'accolades et d'embrassades. Nat et moi transportons les sacs de course de ma voiture à celle de Rusty, qui l'attend dans le garage, et nous nous effaçons sur son passage, prêts à agiter la main en guise d'adieu, tandis qu'il tente de faire démarrer sa Camry pour rejoindre Skageon.

Le démarreur émet une petite toux polie, évoquant vaguement celle de Sandy, avant de garder un silence définitif. La batterie est morte.

— Même les meilleurs plans ont leurs failles ! dit Rusty en remettant pied à terre.

Je lui propose de prendre ma voiture, quand Nat me rappelle que j'ai une déposition le lendemain à Greenwood County. Nous convenons alors, tous les cinq, d'un plan de rechange : Marta ne veut pas trop tarder à ramener son père chez lui pour ne pas l'épuiser davantage, mais elle a des câbles de démarrage dans son garage et elle habite le quartier. Elle aurait juste besoin de bras robustes pour déplacer les deux gros sacs d'engrais qui bloquent l'accès au placard où ils sont rangés. Si la Camry refuse toujours de démarrer, nous n'aurons plus qu'à trouver une autre voiture que Rusty puisse louer ou emprunter.

Je me mets au volant, pour y conduire Nat, mais il se penche vers ma vitre et me glisse à l'oreille :

— Ne le laisse pas seul, chérie. Pas dans un moment pareil...

Je le dévisage un instant avant de lui remettre les clés. Nat est déjà au volant quand il passe la tête par la portière et me lance à nouveau, à mi-voix :

— Pendant ce temps, tu pourrais peut-être lui proposer de quoi petit-déjeuner, tu veux bien ?

Rusty est déjà dans la maison, quand je le rejoins, en passant par le garage, avec mes deux sacs de provisions. Il a branché le chargeur de son téléphone et glisse un œil entre les rideaux.

— Des journalistes, déjà ? lui demandé-je.

— Non, non. J'ai cru voir de la lumière chez les voisins. Les Gregorius ont toujours une voiture ou deux dont personne ne se sert.

Pour tout dire, il a infiniment meilleure mine que je ne l'espérais. Pendant le procès et au cours des mois qui l'ont précédé, il avait changé si radicalement et à une telle vitesse que j'avais peine à en croire mes yeux. Stern semblait moins ébranlé par ses chimiothérapies à répétition. Rusty était comme un navire en perdition, vidé, dévasté. Parfois, quand nous sortions avec lui en ville, je le regardais saluer des gens qu'il connaissait. Il se souvenait de ce qu'il fallait dire et parvenait à tendre la main au bon moment, mais on aurait cru qu'il craignait d'occuper sa propre place sur terre. Je ne savais pas trop si Nat voyait tout ça, occupé qu'il était à régler ses propres problèmes avec son père. Il ne semblait pas se rendre compte que l'homme qu'il avait connu n'existait pratiquement plus. Mais, à présent, Rusty est de retour. Et ce n'est pas un simple effet de la liberté retrouvée, ça, je l'ai compris au premier coup d'œil.

C'est d'avoir payé sa dette. D'avoir accepté de bonne grâce sa punition.

— Nat pensait que vous aimeriez peut-être prendre un petit déjeuner ?

Il s'avance, jette un œil aux provisions.

— Est-ce qu'il y a des fruits, là-dedans ? Si on m'avait dit que la première chose qui me ferait envie, en sortant de prison, ça serait des fraises !

Nat a dû développer un sixième sens, à force d'observer ses parents, mais il a pensé à acheter des barquettes de fraises et de myrtilles. Je les sors, pour les préparer. Comme je les rince à grande eau, j'entends Rusty murmurer, dans mon dos :

— Barbara voulait la refaire, cette cuisine. C'était l'idée d'avoir des ouvriers dans les jambes toute la journée qui la faisait reculer…

Je jette un regard autour de moi. Il a raison. La pièce est vieillotte, étriquée. Les placards de merisier sont toujours très beaux, mais les autres meubles datent un peu. Reste que l'allusion à Barbara m'a fait sursauter. Comme c'est souvent le cas, je me sens un instant transpercée par la présence poignante de Barbara, dont le fantôme hante toujours cette maison. La ferveur de son amour pour son fils, et l'ampleur de son mal-être. Elle était de ceux qui ont besoin d'un grand courage, pour survivre, jour après jour.

— Je ne l'ai pas tuée, dit-il.

D'un rapide coup d'œil par-dessus mon épaule, je vois qu'il s'est assis à la vieille table de merisier, avec ses bords festonnés à l'ancienne. Il me regarde, à l'affût de mes réactions.

— Je sais. Vous pensiez que j'en doutais ?

Une réponse honnête de ma part, mais qui ne tient pas compte du bon mois qu'il m'a fallu pour en venir à cette conclusion. Mon problème, bien que je n'aie jamais voulu me prononcer sur les preuves, c'était mon propre logiciel de base. Je raccorde et recouds les pièces et les indices, comme certaines font du *patchwork*.

C'était précisément ce qui me prédestinait à une carrière juridique... Une gamine vive et plutôt futée, qui avait dû s'occuper d'elle-même et de sa mère dès l'âge le plus tendre, toujours en quête de signes à raccorder, pour reconstruire le monde. Il m'avait donc été impossible de ne pas rapprocher les indices dont je disposais : la consultation que Rusty avait demandée à Prima Dana quarante-huit heures après que je lui eus annoncé ma décision de sortir avec Nat, ou le regard féroce qu'il m'avait lancé en sortant du Dulcimer, ce jour-là, le regard d'un homme livré à la fournaise de sa propre fureur. Et, pire, ces accusés de réception électroniques qui semblaient indiquer que Barbara avait découvert mes e-mails sur l'ordinateur de son mari. Elle avait ravalé sa colère, le soir du dîner à Nearing, mais j'ai souvent imaginé la scène dévastatrice qui avait dû s'ensuivre, entre elle et Rusty, après notre départ.

Malgré tout, je n'ai jamais pu me résoudre à croire l'hypothèse du meurtre. Mon aventure avec Rusty me semble bien loin, à présent, mais j'en ai vu assez de lui, au cours de ces quelques mois d'intimité, pour avoir la ferme conviction que ce n'est pas un assassin.

— Par moments, oui, je l'ai craint, répond-il à présent.

— C'est peut-être pour ça que vous pensiez que j'avais trafiqué votre ordinateur ? Parce que Tommy a raison, n'est-ce pas ? Vous avez plaidé coupable pour un délit que vous n'avez pas commis.

J'avais réfléchi à tout ça, mais la conversation avec Stern, dans la voiture de Marta, m'a permis d'y voir plus clair et d'en venir à cette conclusion.

— Je ne sais pas que je pensais, Anna. Ce dont je suis sûr, c'est que je ne l'ai pas fait. Je n'avais pas grande confiance en leurs prétendus experts, mais ils avaient certifié que l'ordinateur était resté parfaitement emballé et scellé, jusqu'à son arrivée au tribunal, ce qui excluait toute manipulation frauduleuse de la part d'un membre de l'équipe de Molto. Mais entre nous, à présent, je ne vois aucune autre solution. Qu'est-ce que tu en penses ? Tommy peut bien dire ce qu'il veut en public, lui, il doit savoir que c'est quelqu'un de chez lui qui a réussi à contourner les scellés pour charger cette carte, et tenter de nous envoyer au tapis.

Ce point n'a jamais été très clair, pour moi. Mais maintenant qu'il le dit, ça s'impose comme une évidence. Je n'avais pourtant pas oublié que Molto avait déjà trafiqué des preuves, il y a vingt ans. Je me sens même un peu sotte de n'y avoir pas pensé. Nous ne saurons jamais ce qui a pu pousser le PA à changer d'avis. La peur d'être pris la main dans le sac, pour une raison qui risque de nous échapper encore longtemps...

— Quoi qu'il en soit, reprend-il, en juin dernier, je pensais que Nat et toi, vous étiez les seuls à avoir pu le faire – ensemble ou séparément. Ça n'a jamais semblé faire tiquer les experts, que vous auriez pu vous concerter et vous partager le travail pour la charger, cette carte. Et je ne tenais pas à ce que les choses s'éternisent jusqu'au jour où Tommy et Gorvetich auraient fini par y penser... Mais je ne m'expliquais pas ce qui avait pu vous pousser à faire une chose pareille, l'un ou l'autre. Un millier de suppositions m'ont traversé l'esprit, chacune me paraissant plausible, l'espace d'un instant. Un moment, j'ai pensé, entre autres choses, que tu me croyais coupable et que tu essayais de m'en sortir parce que tu te sentais responsable de cette débâcle. Parce que tu croyais que j'avais tué Barbara pour que nous puissions renouer.

Je finis d'égoutter les myrtilles dans un bol. Pendant un certain temps, j'évite de lui faire face. Le pire moment que j'aie eu à vivre, ces dernières années, c'était le jour où j'ai trouvé ces accusés de réception, sur mon ordinateur, record absolu, suivi de près par celui où Nat m'a appelée du tribunal, après le témoignage de la banquière, pour me dire : « Elle savait ! Ma mère savait ! » Là-dessus, Nat était sorti pleurer dans le couloir. Ça ne me dérange pas, qu'il pleure. Au contraire, je ne l'en aime que plus. Je me suis rendu compte l'an dernier qu'en fait, je n'attendais que ça : un homme qui ne se prétende pas inaccessible au mal de vivre, comme l'insigne mystificatrice qui me sert de mère.

« Elle savait ? lui ai-je demandé. Mais qu'est-ce qu'elle savait ? » Et, en recoupant tous les indices qui avaient surnagé au cours du procès, j'ai compris que, le soir du dîner, Barbara avait organisé une petite mise en scène pour protéger son fils, la veille de sa mort. Reste que, sur le moment, elle avait été plus que convaincante. Au cours de l'année passée, il m'est arrivé d'avoir l'ombre d'un espoir que ces accusés de réception électroniques aient été déclenchés par autre chose – par le programme de nettoyage qui avait tourné sur l'ordinateur de Rusty, par exemple – et que Barbara soit finalement morte sans savoir. Et ce « Elle savait ! » m'a renvoyée au fond de mon propre désespoir. J'ai été si souvent malade d'angoisse et de culpabilité, que j'aurais refusé de croire qu'elles pouvaient me laminer davantage. Mais là, j'avais carrément l'impression d'être découpée au scalpel. J'ai toujours réussi à donner le change, et surtout à cacher ma souffrance. Mais mon impuissance à sonder mes propres motifs a parfois quelque chose de tétanisant. Pourquoi ai-je tant désiré Rusty ? Et, mystère encore plus vaste, pourquoi n'ai-je jamais pensé à Barbara ? Ces deux derniers mois, j'ai traversé une foule de moments où la seule idée de la douleur monumentale que je lui avais causée, pendant cette dernière semaine de sa vie, me laissait clouée au sol. Comme ai-je pu rester sourde et aveugle aux conséquences que tout ça entraînerait, pour elle, à l'époque où je me jetais à la tête de son mari ? Qui étais-je, dans ces moments-là ? C'est un peu comme d'essayer de comprendre pourquoi j'ai sauté du haut d'un rocher de quinze mètres dans la Kindle, du temps où j'étais encore au lycée. J'avais perdu connaissance quelques secondes en plongeant dans l'eau glacée et j'ai bien failli y rester. Qu'est-ce qui m'avait poussée ? Pourquoi l'expérience m'avait-elle semblé si amusante, sur le moment ?

À ma décharge, je me dis qu'à l'époque j'ignorais à quel point Barbara vivait sur le fil du rasoir. Avant que nous ne devenions amants, Rusty me l'avait toujours décrite comme quelqu'un d'invivable, mais jamais comme une véritable malade. Il parlait de sa femme un peu à la manière dont les Indiens parlent des Pakistanais, ou les Grecs, des Turcs, comme d'un ennemi traditionnel avec qui il cohabitait dans une paix instable, le long d'une frontière perpétuellement menacée. J'y voyais une ouverture, une occasion à saisir. Pas une seconde, je n'ai pensé à la souffrance que je lui infligeais. Parce que, comme tous les gens qui se conduisent mal, j'avais réussi à me persuader que nous ne nous ferions jamais prendre.

Je pose le bol de baies devant lui sur la table, avec une fourchette.

— Tu en veux ? me demande-t-il.

— Je n'ai pas très faim, répliqué-je, avec un pâle sourire. Et alors, c'était vrai ?

— Quoi ?

— Que tu voulais toujours renouer avec moi, à la mort de Barbara ?

— Non. Pas vraiment. Plus à ce moment-là.

J'ai des dizaines d'excuses pour ce qui s'est passé avec Rusty. La carrière juridique me semblait être un tel sommet, une telle réussite, un objectif que je visais depuis si longtemps… Je voulais tout faire, tout absorber. C'était comme d'attendre à la porte d'un temple, et je sentais en lui tant de désirs qui restaient inassouvis. On aurait presque pu les entendre gronder en lui, comme des plaquettes sur un disque de freins. Je m'imaginais, bêtement, que ça lui ferait du bien. Et je savais que, quel que fût le sésame, avec les hommes, je ne l'avais pas encore trouvé. Ça n'était qu'une clé de plus que j'essayais. Mais, en fin de compte, je me servais de lui et je le savais. Je désirais si désespérément me trouver un homme comme lui, quelqu'un d'important qui me désirerait follement, comme si ça pouvait m'investir, mystérieusement, de tout ce pouvoir que le monde mettait entre ses mains et auquel il était prêt à renoncer pour moi. Ça semblait logique, voilà tout ce que je peux dire. Dans cet entre-deux irrationnel où le cœur et l'esprit se répondent, ça me semblait logique, à l'époque, mais plus maintenant. J'aimerais parfois pouvoir remonter le temps, pour comprendre qui était cette fille, deux ans plus tôt. Mais quelle importance, à présent ? Je vais devoir vivre avec mes regrets.

— C'est bien ce que je pensais. Le soir où nous sommes venus dîner ici, Nat et moi, juste avant sa mort... Il m'a semblé que tu avais déjà tourné la page. Pour moi, c'était une raison supplémentaire de refuser de croire que tu aies pu la tuer. Ce que j'ignorais, c'était ce qui t'avait fait renoncer à moi si vite.

— La découverte que je tenais moins à toi qu'à mon fils. Le constat te paraît un peu brutal ?

— Non.

— Ça m'a aidé à remettre les choses en perspective. La situation était détestable, manifestement. Et elle l'est sans doute toujours...

Il ne m'accuse pas, mais je me sens trop coupable pour ne pas le prendre comme un reproche.

— Tu es amoureuse de lui, n'est-ce pas ? demande-t-il.

— Je l'aime à la folie. De toutes mes forces. Ça ne t'ennuie pas trop, que je dise ça comme ça ?

— Du tout. C'est ce que je voulais entendre.

Rien que de parler de Nat, ça me met du baume au cœur. Je sens déborder mes larmes.

— C'est l'homme le plus adorable de la terre. Brillant. Drôle. Mais surtout tellement gentil, tellement bon.

Pourquoi m'a-t-il fallu tout ce temps pour ouvrir les yeux ? C'était exactement ce qu'il me fallait, quelqu'un qui ait besoin de mon affection et qui soit capable de me rendre la pareille.

— Nettement plus que moi, en tout cas, dit Rusty. Et nous savons l'un comme l'autre que c'est la pure vérité.

— Il a eu de meilleurs parents.

Rusty détourne les yeux.

— Il ne soupçonne toujours rien ?

Je hausse les épaules. Qui sait ce qui peut lui passer par la tête, ou ce qu'il a dans le cœur ? Quelles sont nos chances, à nous qui demeurons un mystère pour nous-mêmes, de percer ceux d'autrui ?

— Je ne crois pas, non. J'ai été à deux doigts de le lui dire, des milliers de fois, mais j'ai toujours reculé.

— Tu as bien fait, Anna. Personne n'aurait rien à y gagner.

— Non, rien.

Je suis souvent retournée consulter mon psy, depuis, mais il ne m'a pas fourni d'explication pour l'extravagant mélodrame dans lequel je me suis fourrée, après la mort de Barbara, sans doute, en partie, parce qu'il avait été le premier à me déconseiller de voir Nat, au début. Mais il reste un point sur lequel nous avons toujours été bien d'accord, Dennis et moi : à présent, un tel aveu n'aurait pu avoir que des conséquences destructrices, et pas seulement pour notre couple, mais surtout pour Nat. La plupart de ses certitudes quant à sa propre existence ont déjà vacillé, l'an dernier. Comment pourrais-je lui infliger un second cataclysme de la même ampleur, pour le seul plaisir de soulager ma conscience ? Pour moi, notre relation sera toujours suspendue en équilibre instable au-dessus d'un volcan. Et je dois me résoudre à affronter seule ce dangereux abîme.

Mais on s'habitue à tout. Rusty s'est bien fait à la prison... Les amputés apprennent à vivre sans bras ou sans jambes. Si je parviens à rester avec Nat, le temps finira par enterrer le passé. Je nous vois déjà dans notre maison, avec nos enfants, courant toute la journée entre nos deux boulots, en nous demandant lequel des deux pourra se libérer à l'heure pour aller chercher les gamins, après le foot. Je nous imagine très bien, ancrés dans cet univers que nous nous serons construit, toujours lancés dans la passionnante découverte de ce que nous sommes, l'un pour l'autre. Ça, je le vois très bien. Ce qui reste plus flou, c'est le parcours, d'ici à là-bas. À l'époque du procès, je me répétais que si nous résistions à cette épreuve, nous parviendrions aussi à survivre au-delà, jour après jour. Et j'y crois toujours.

— Je vais vous laisser en paix, tous les deux, dit Rusty. Je ne peux vraiment plus vivre ici. Pas pour l'instant. Je finirai peut-être par revenir, dans un certain temps.

Il marque une pause, perdu dans ses pensées.

— Je peux te poser une question indiscrète, Anna ?

J'ai une seconde d'angoisse, mais il ajoute :

— Tu crois que je peux espérer être grand-père, un jour ?

Je lève la tête et je lui souris.

— N'espérez pas me mettre sur la touche, sur ce coup-là ! lance-t-il, en me retournant mon sourire.

Dehors, la porte du garage a grincé. Nat est de retour. Nous tournons la tête en même temps, Rusty et moi, avant de nous lever. Je prends Rusty dans mes bras en une brève étreinte, qui est cette fois on ne peut plus sincère. Je le serre sur mon cœur avec toute la tendresse et l'estime que l'on doit à quelqu'un qu'on a aimé.

Puis je me dirige vers la porte du garage pour aller accueillir mon très cher Nat. Mais, la main sur la poignée, je me retourne.

— Tu sais, Rusty... j'ai une excellente raison de l'aimer.

— Ah ?

— Il te ressemble beaucoup, par certains côtés.

La Camry finit par démarrer. La batterie aura tout le temps de se recharger, au cours du long trajet que Rusty entreprend vers le nord. Nat lui laisse les câbles de démarrage, au cas où, puis nous le regardons partir, en agitant la main. La voiture descend l'allée en marche arrière, mais s'arrête. Rusty met pied à terre et revient serrer Nat dans ses bras une dernière fois.

L'un des écueils, dans un couple, c'est d'accepter la manière dont l'autre se comporte avec ses parents et de s'en faire une raison. J'ai appris ça d'expérience, pendant mon mariage avec Paul, qui refusait de voir à quel point sa mère le menait par le bout du nez. Et, depuis, j'ai maintes fois eu l'occasion d'observer le phénomène. C'est comme de regarder quelqu'un qui tente d'ôter ses doigts d'un de ces attrape-nigauds chinois… On crie intérieurement : « Arrête, imbécile ! Arrête donc de tirer, pousse, au contraire, pour que le piège ne puisse pas se resserrer ! » Et le pauvre « nigaud », cet homme que vous aimez ou que vous tâchez d'aimer, continue à s'enfoncer…

Je suis heureuse pour Rusty et pour Nat, heureuse d'avoir vécu cette nuit avec eux, même si je sais qu'il leur reste encore quelques océans à traverser…

Et puis nous rentrons, Nat et moi. L'homme que vous aimez, c'est votre vie. Le principe même de votre existence. Ce qui lui donne le pouvoir de tout faire changer, en vous et autour de vous. C'est comme de lire une carte à l'envers, en mettant le sud en haut. La carte est exacte et vous pouvez toujours vous y repérer, pour vous rendre où vous voulez, mais rien ne s'y présente plus comme avant. Intellectuellement, je me souviens d'avoir été l'assistante du père de Nat et d'avoir été folle de lui. Je n'ai pas oublié que je connaissais Rusty bien avant d'avoir rencontré son fils. Mais, à l'époque, Nat, c'était quelqu'un d'autre, une pâle doublure de l'homme qui fait à présent pour moi la pluie et le beau temps. Alors que Rusty ne m'affecte plus qu'à cause de l'influence qu'il exerce, inévitablement, sur son fils. Ma vie, c'est Nat. Et à présent que Rusty sera loin, je sens toute la solidité de ce qui nous unit.

Nous gardons tous les deux le silence, perdus dans nos pensées. La nuit a été longue.

— J'ai un truc à te dire, lui annoncé-je tout à trac, en traversant le pont de Nearing.

Une lueur rose commence à filtrer à l'horizon, mais les immeubles du centre sont toujours illuminés, projetant sur l'eau de somptueux reflets.

— Oui. Quoi ?

— Un truc qui me chiffonne un peu, mais je veux que tu le saches, OK ?

Quand je jette un coup d'œil de son côté, il a l'air plongé dans de sombres pensées, sous ses sourcils noirs.

— Quand j'ai emménagé chez Dede Wirklich, après mon divorce, je travaillais chez Masterson Buff, comme rédactrice de pub, tout en prenant des cours du soir pour obtenir mon diplôme. Et j'avais une UV de macroéconomie dans une école de commerce. J'avais décroché un A+ en éco générale et comme j'avais un niveau correct en maths, je pensais pouvoir m'en sortir. Le prof, c'était Garth Morse, le nom ne te dit rien ? Un des conseillers économiques de Clinton. Il passait sans arrêt à la télé, parce qu'il avait de la tchatche et de la prestance. Alors, je me suis dit que cétait le *must*, de l'avoir comme prof, ce type. Mais son cours était bourré d'équations qui me passaient très loin au-dessus de la tête, alors que pour les vrais matheux, c'était le b.a.-ba, tu penses. Sans compter que j'étais dans tous mes états, après avoir quitté Paul, et que j'avais un mal de chien à me concentrer sur mes cours. Ce qui fait qu'au deuxième trimestre, je me suis retrouvée avec une note catastrophique et que je suis allée voir Morse. Je suis restée une dizaine de minutes dans son bureau, et, à la fin, il me lance un de ces regards appuyés, style le mec qui a vu trop de vieux films de la grande époque hollywoodienne, et il me dit : « C'est un peu compliqué et j'aimerais que nous puissions voir ça plus en détail. Si nous nous retrouvions quelque part, pour dîner... ? » OK, ça n'était pas vraiment une surprise. Le mec était précédé d'une réputation d'enfer, et il se prenait visiblement pour un don de Dieu... Dede m'a dit : « T'es dingue ou quoi ? Tu veux prendre des cours du soir toute ta vie ? » Faut dire qu'il était vraiment très bien, très sexy, avec un charisme fou, et très intéressant, ça va sans dire. Mais n'empêche. Sa femme était enceinte. Je ne sais pas comment je l'avais su, peut-être qu'il l'avait dit en cours... Mais, franchement, ça me chiffonnait. Sauf que Dede n'avait pas tout à fait tort. J'avais vraiment besoin de le décrocher, ce diplôme. Je ne pouvais pas me permettre de rester sur le sable après mon divorce. Je devais réussir au moins quelque chose, et alors...

Nat donne un coup de frein si brutal que je m'agrippe à mon siège, avec une pensée pour l'airbag, quand mon esprit se remet à fonctionner, tout au moins. Je regarde au-delà du pare-brise, en tâchant de voir ce qu'on a percuté. Nous sommes sur une bretelle, au pied du pont.

— Ça va, toi ? lui demandé-je.

Il défait sa ceinture pour pouvoir amener son visage plus près du mien.

— Pourquoi tu me racontes tout ça, hein ? Pourquoi juste là, maintenant ?

Je hausse les épaules.

— Parce que je dois manquer un peu de sommeil.

— Est-ce que tu m'aimes ? demande-t-il.

— Bien sûr. Bien sûr. Comme je n'ai jamais aimé personne.

Et c'est vrai. Il le sait. Je sais qu'il le sait.

— Et moi, tu crois que je t'aime ?

— Oui.

— Je t'aime, dit-il. Je t'aime. Et je n'ai pas besoin de savoir ce que tu as fait de pire. Je sais que tu as galéré avant notre rencontre. Pour moi non plus, ça n'a pas été simple. Mais ça y est. Maintenant, on est ensemble. Et ensemble, nous sommes tous deux de bien meilleures personnes que celles qu'on était avant. Et ça, pour moi, c'est une certitude. Point final.

Il se penche vers moi pour m'embrasser et ses yeux plongent une seconde dans les miens, puis il jette un coup d'œil aux rétroviseurs, avant de redémarrer et de se faufiler dans la circulation.

À vingt ans, on sort de son œuf. On est tout frais, on espère encore découvrir l'Élu. Tous les autres sont des sortes de marchepieds pour y arriver. Ça ne compte pas, ou pas vraiment. Mais à trente-six ans – trente-six ! – ce n'est plus le cas. Vous avez connu l'amour fou, vous y avez cru, vous avez atteint des sommets sur le plan sexuel, les plus hauts sommets que vous pensiez pouvoir atteindre. Et pourtant, vous avez poursuivi votre quête d'autre chose. La personne avec laquelle vous êtes à présent, vous ne l'avez rencontrée qu'après avoir parcouru tout un chapelet d'expériences. Et vous le savez, l'un comme l'autre. On ne peut ni renier le passé ni feindre de l'ignorer. Mais c'est le passé. Tout comme Sodome et Gomorrhe gisant sous leurs cendres derrière la femme de Loth, qui aurait dû avoir le bon sens de filer sans un regard en arrière. À cet âge, tout le monde peut comprendre que vous ayez un passé. Que vous ayez pu vivre un amour ou une période qui ne se laissent pas si facilement oublier. Pour Nat, c'est Kat, je sais qu'elle lui envoie toujours des mails, de temps en temps, en s'arrangeant au passage pour jouer avec ses nerfs. Eh bien, pour moi, ce sera Rusty et ce que j'ai vécu avec lui. C'est une certitude, à présent : Rusty sera ce « cœur révélateur » que j'entendrai toujours battre, de temps à autre, à travers le mur. Mais de loin. Il sera le passé que j'ai laissé derrière moi, un passé follement intense, mais révolu. Une histoire qui, en un sens, m'a ouvert la porte vers cette vie que je voulais et que je veux vraiment. Celle que je vis, jour après jour, avec Nat.

45.

Rusty, 25 août 2009

J'étais déjà adolescent quand j'ai remarqué que mes parents étaient mal assortis, physiquement. Leur mariage avait été arrangé, selon la coutume de leur pays d'origine. Mon père était un réfugié serbe sans le sou, d'une beauté saisissante, et ma mère une vieille fille de vingt-trois ans, plutôt bien en chair, dont la famille avait un peu de bien, c'est-à-dire l'immeuble de trois étages où elle a toujours vécu, jusqu'à son dernier jour. Je pense qu'elle avait d'abord été très éprise de lui, même si on peut douter qu'il ne se soit jamais donné la peine de feindre, vis-à-vis d'elle. D'année en année, mon père devenait plus morose et plus aigri.

Le vendredi soir, pendant toute mon enfance, il disparaissait après le dîner. À vrai dire, j'attendais ce moment comme une bénédiction. Pour moi, ça signifiait que je n'aurais pas à dormir par terre, barricadé avec ma mère dans sa chambre, où nous nous cachions pour échapper à la fureur paternelle, quand il rentrait fin soûl. J'ai longtemps cru que mon père passait ses vendredis soir au bistrot ou à jouer au pinochle, ses deux passe-temps préférés, mais en général, ce soir-là, il ne rentrait pas de toute la nuit. Le lendemain matin, il allait directement à la boulangerie préparer le pain. Mais un vendredi soir, je devais avoir dans les treize ans, ma mère a provoqué un début d'incendie dans sa cuisine. Elle fut la plus traumatisée par l'accident – c'était une femme par nature inquiète et nerveuse – et la longue procession des pompiers qui avaient défilé dans sa cuisine l'avait mise dans tous ses états. Au point qu'elle était incapable d'articuler un mot. Elle hurlait sans discontinuer, en appelant mon père de ses cris.

J'ai alors filé à la taverne, où l'une des connaissances de mon père – car il n'avait pas de vrais amis – me prit en pitié et, voyant ma détresse, me lança comme je tournais les talons : « Eh, petit ! Va donc voir à l'hôtel Delaney, sur Western. »

Là-bas, quand j'ai dit au réceptionniste que j'étais à la recherche d'Ivan Sabich, il m'a lancé un regard larmoyant et renfrogné, mais a fini par me lâcher le numéro de la chambre. À l'époque, il était exceptionnel d'avoir le téléphone dans les chambres, dans ce genre d'établissement. Comme je gravissais les marches crasseuses du vieil escalier, avec son tapis usé jusqu'à la corde, et que je m'aventurais dans les longs couloirs qu'on avait dû traiter à la naphtaline pour lutter contre la vermine, je n'avais toujours aucune idée de ce qui m'attendait. Mais quand j'ai frappé à la porte de la chambre, j'ai reconnu la femme : Ruth Plynk, une veuve qui devait bien avoir dix ans de plus que mon père. Elle est venue en combinaison entrebâiller la porte.

Je ne saurai jamais pourquoi c'est elle qui était venue m'ouvrir. Peut-être que mon père était aux toilettes, ou alors, peut-être craignait-il une visite du réceptionniste, qui serait monté lui demander de l'argent.

— Prévenez-le qu'il y a le feu à la maison, lui ai-je lancé, avant de tourner les talons.

Je n'aurais su dire ce que je ressentais au juste, un mélange de honte et de colère, probablement. Mais, par-dessus tout, de l'incrédulité. Le monde n'était donc pas tel que je me l'imaginais ? Après ça, chaque vendredi soir au dîner, je bouillais de rage. Parce que ce soir-là, mon père ne cessait de fredonner, et que c'était le seul moment de toute la semaine où on pouvait l'entendre émettre un son qui ait vaguement quelque chose à voir avec de la musique.

Bien sûr, le souvenir de Ruth Plynk me lorgnant par l'entrebâillement de la porte ne m'a jamais effleuré, à l'époque où j'écumais les chambres d'hôtel en compagnie d'Anna. Ce ne fut qu'au moment où j'ai dû annoncer à Nat que j'avais eu une liaison que cette scène m'est revenue. Depuis, elle n'a cessé de me hanter, chaque fois que je sens le malaise de mon fils en ma présence.

Et c'est bien ce que trahit son expression, quand je le découvre sur le seuil de ma porte. Son malaise. Je l'ai appelé la veille, pour lui annoncer que j'allais devoir rentrer pour signer les accords préparés par Sandy. Il m'avait bien dit qu'il passerait me voir, mais il arrive plus tôt que prévu. Aujourd'hui, les premiers orages de l'automne se sont succédé toute la journée. Il porte son grand sweat-shirt à capuche. Le vent ébouriffe ses cheveux sombres.

Je suis toujours heureux de voir mon fils, profondément heureux, même si sa présence provoque chez moi une vague détresse. Nous voudrions bien faire, avec nos enfants, mais tant de choses échappent à notre contrôle. Nat souffre d'une nervosité diffuse que trahit son regard, et d'une tendance à la distraction qui est partie, j'en ai bien peur, pour durer. Il affiche en permanence ce même froncement de sourcils que je vois chaque matin dans la glace, depuis plus de soixante ans. Comme je lui ouvre la porte, nous nous embrassons rapidement et je m'efface pour le laisser entrer. Il bat la semelle sur le sol, afin de se débarrasser de la pluie qui ruisselle sur ses chaussures.

— Un café ?

— Oui, avec plaisir.

Il s'installe à la table de la cuisine et regarde autour de lui. Ça ne doit pas être facile, pour lui, de revenir dans cette maison où tant de choses se sont passées, l'an dernier. Le silence s'éternise, jusqu'à ce qu'il finisse par me demander si je me suis plu à Skageon.

— Oui, beaucoup, répliqué-je.

J'hésite à m'étendre davantage sur le sujet mais, pour maintes raisons, je préfère m'en tenir à cette ellipse prudente.

— J'ai pas mal vu Lorna Murphy, tu sais, la voisine.

La maison de campagne des Murphy occupe quelques hectares, qui jouxtent notre petit *cottage*.

— Non, sans blague ?

En dépit de tout ce qui nous est arrivé ces deux dernières années, Nat semble plus stupéfait que troublé.

— Elle m'avait écrit, l'automne dernier, après la mort de ta mère et, depuis, on a maintenu le contact.

— Ah, je vois. SOS amitié..., raille-t-il, pince-sans-rire.

Il a raison, il y a de ça. Quatre ans plus tôt, Lorna a perdu son mari, Matt, un magnat du bâtiment. Cette grande blonde gracieuse et déliée qui me dépasse de quelques centimètres m'a toujours témoigné un intérêt et une confiance tenaces. Sans doute parce qu'il lui avait fallu si longtemps pour se décider à penser à quelqu'un d'autre, qu'elle n'a tout simplement pu se résoudre à changer d'avis, en apprenant ma condamnation. Elle m'a écrit toutes les semaines, en prison, et c'est à elle que j'ai passé mon premier coup de fil en arrivant à Skageon, le matin où j'ai été libéré. Je serais bien incapable de dire si j'aurais eu le courage de l'inviter, mais, finalement, je n'ai pas eu à le faire. Elle m'a d'emblée déclaré qu'elle viendrait dès que je serais prêt à la recevoir. Il était grand temps, pour l'un comme pour l'autre, de tisser de nouveaux liens.

C'est une femme charmante, à la fois calme, affectueuse et réservée. Je soupçonne que ce n'est pas encore la femme de ma vie, ça, l'avenir nous le dira. Mais j'aurai au moins appris une chose, à son côté : même si ce n'est pas l'amour fou, entre nous, je finirai bien par le rencontrer. Car je récidiverai. On ne se refait pas.

— Tu es allé à la pêche, là-bas ?

— Et comment ! J'ai pris le canoë et j'ai attrapé deux magnifiques brochets vairons. Un délice.

— Vraiment ? Ça serait sympa d'y retourner, un week-end, ensemble, cet automne. J'adorerais aller à la pêche avec toi.

— Quand tu veux.

Le café est prêt. Je prépare deux tasses avant de venir m'installer à notre vieille table de merisier, qui a vu passer toute l'enfance de Nat. L'histoire de la famille s'est inscrite dans ses multiples taches, traces et balafres. Je me rappelle l'origine de chacune d'elles, ou presque – projets picturaux avortés, crises de colère, casseroles ou plats brûlants trop hâtivement posés à même le bois.

Le regard de Nat se perd dans le vide. Je plonge ma cuiller dans mon café. J'attends.

— Alors, comment ça va, ton boulot ? finis-je par lui demander.

Il pense continuer à faire des remplacements au lycée de Nearing, à la rentrée, mais il a été engagé à Easton pour donner des cours de jurisprudence, au deuxième trimestre. Il prendra la relève d'un de ses anciens professeurs qui part en retraite. Voilà des mois que Nat prépare ça d'arrache-pied. Et il s'est remis à la rédaction de son grand article, où il établit le parallèle entre les modèles de conduite cognitive dans le domaine juridique et les dernières découvertes des neurosciences. Ça s'annonce palpitant…

— Papa, me dit-il, en évitant mon regard. Je voudrais que tu me dises la vérité.

— OK, dis-je.

J'ai senti filer une maille dans mon cœur.

— Pour maman, précise-t-il.

— Elle s'est suicidée, Nat.

Il ferme les yeux.

— Pas la ligne officielle du parti. Dis-moi ce qui s'est vraiment passé.

— C'est ce qui s'est vraiment passé.

— Papa... (Il s'agite à nouveau, son regard s'affole comme celui d'un oiseau.) Papa... un des trucs que je détestais vraiment, ici, c'était tous vos secrets. Maman avait les siens, toi aussi, et vous en aviez l'un pour l'autre, ce qui fait que moi aussi, je devais vous cacher des choses. J'ai passé mon enfance à attendre désespérément que tout le monde se décide à cracher le morceau, tu vois ?

Une revendication que je comprends, mais devant laquelle je me sens impuissant.

— Je veux savoir ce qui est arrivé à maman. Ce que tu en sais.

— Elle s'est tuée, Nat. Je n'essayerai pas de prétendre que ma conduite n'y était pour rien dans son suicide. Mais je ne l'ai pas tuée.

— Ça, je le savais déjà, papa. Tu croyais que je ne le savais pas ? Je suis ton fils et je te comprends, OK ? Et j'ai beaucoup réfléchi à tout ça. Il y a au moins deux trucs que je sais. *Primo*, ce n'est pas pour cuver ton chagrin que tu es resté vingt-quatre heures sans rien faire, dans votre chambre, après sa mort. Ça, franchement, ça ne te ressemble pas. Ton genre, ça serait plutôt de ravaler tes émotions, comme de la bourre qu'on enfonce dans un canon, en se disant que ça n'explosera pas tout de suite. Plus tard, peut-être, mais pour toi, la vie continue. Tu relèves toujours la tête. Tu aurais peut-être pleuré ou broyé du noir une demi-heure, mais tu aurais sûrement fini par décrocher ton téléphone. Non, si tu les as laissées passer, ces vingt-quatre heures, c'est que tu tentais de comprendre quelque chose. Ça, j'en suis sûr. Et, le deuxième truc, c'est que je t'ai observé, quand tu as plaidé coupable, pour cette charge d'obstruction à la justice. Et j'ai vu que ça ne te troublait pas. Tu t'es déclaré coupable sans la moindre arrière-pensée. Et, comme je *sais* que tu n'as pas pu trafiquer cet ordinateur – tu l'as dit toi-même à Anna –, j'en ai déduit que le grenouillage que tu as avoué devait remonter à plus loin que ça. À l'époque de la mort de maman, par exemple. Je brûle ?

Pas bête, ce gamin. Le fils de sa mère. Il a toujours été très futé. Débordant de fierté, je ne peux réprimer un petit sourire avant d'acquiescer.

— Maintenant, je veux tout savoir, dit-il.

— Nat, tu connaissais ta mère. Ce que j'ai pu être pour elle, ou elle pour moi, ne change rien à l'affaire. Et ne crois surtout pas que j'aie voulu te traiter comme un gosse, loin de là. La vérité, c'est que je me suis honnêtement demandé si, à ta place, j'aurais aimé les savoir, ces choses que je n'ai pas dites. Et je suis profondément convaincu que non. Je voudrais que tu prennes une minute pour réfléchir à ça.

Mon fils n'éprouve vis-à-vis de personne le genre de colère que je lui inspire. La colère était une arme dangereuse, face à sa mère. À tort ou à raison, il a toujours eu le sentiment que je le fuyais, ou que je m'efforçais d'esquiver les problèmes, et ça l'a toujours fait enrager. Mais, à l'évidence, c'est d'abord de Barbara que lui vient cette colère sourde qui rapproche ses sourcils et assombrit le bleu de ses yeux.

— OK, répliqué-je. OK. La vérité, Nat, c'est que ta mère s'est tuée, et que je voulais t'épargner de l'apprendre. J'ai donc tenté de le cacher au reste du monde. Je voulais t'éviter ce genre de choc, ce terrible fardeau qui retombe sur tous les enfants de suicidés. Et je voulais encore moins avoir à t'expliquer les raisons de son suicide. Ni que tu finisses par découvrir ce que j'avais fait pour l'y pousser.

— L'aventure.

— L'aventure.

— OK. Mais comment est-elle morte, en fait ?

Je lève la main.

— Je vais te dire. Je vais tout t'expliquer.

Je reprends mon souffle. À soixante-deux ans, je souffre toujours des vieilles blessures du gamin serbe qui ne s'était jamais senti intégré. Moi aussi, j'étais futé. Dès l'âge le plus tendre, j'ai su me faire respecter dans la cour de l'école. Il était dangereux de me provoquer. Mais je n'ai jamais été considéré comme un type « cool ». Il ne serait venu à l'idée de personne de m'inviter à une fête, ni à faire une balade le week-end, ni même de venir bavarder ou rigoler avec moi, dans les couloirs. J'ai toujours été seul, et angoissé par ce qu'impliquait cet isolement. J'ai vécu ici, à Kindle County, toute ma vie. J'y ai fait toute ma scolarité, de la maternelle à l'université, et j'y ai exercé le droit pendant plus de trente-cinq ans. Mais je n'ai toujours pas de véritables amis, surtout depuis que l'arthrite rhumatoïde a chassé Dan Lipranzer, mon meilleur allié dans les forces de l'ordre, vers l'Arizona. Non pas que je n'apprécie pas la compagnie de mes collègues, tels que George Mason, mais ce qui me manque, c'est une personne à qui je me sentirais lié de façon plus intime et plus essentielle. Je crois qu'Anna avait senti en moi ce manque fondamental et qu'elle en a tiré parti. De fait, mes plus grands espoirs se sont toujours trouvés investis sur mon fils, ce qui n'est pas très équilibrant, pour un gamin. Et, résultat, j'ai toujours eu spécialement peur d'être rejeté par Nat. Je vais devoir me cuirasser, sur ce point, à présent…

— Le jour où vous êtes venus dîner, Anna et toi, tu te souviens que j'avais travaillé dans le jardin.

— Pour planter un rhodo, oui.

— Le rhododendron du jardin. Je l'avais planté pour ta mère. Et, comme j'avais un début de tour de reins, elle m'a apporté quatre Advil, pendant que nous préparions le dîner.

— Je m'en souviens.

— Je ne les ai pas pris. J'étais trop occupé par le dîner et par la grande nouvelle, pour toi et Anna, tout ça. J'ai donc oublié les cachets. Et, après votre départ, comme je me préparais à me coucher, ta mère me les a montés dans la chambre. Elle les a posés sur ma table de nuit en me disant de les prendre, si je voulais avoir une chance de pouvoir me relever, le lendemain matin. Et elle est allée dans la salle de bains me chercher un verre d'eau. Et, là, je ne sais pas ce qui m'est passé par la tête, Nat... mais les comprimés de phénelzine y ressemblaient comme deux gouttes d'eau, à ces cachets d'Advil. Même forme. Même couleur... Je crois qu'un témoin avait souligné cette ressemblance, au procès. Mais il y avait une petite différence, malgré tout. Un détail infime, à peine perceptible. Je n'ai jamais pris le temps de mettre deux cachets l'un à côté de l'autre, pour comparer vraiment, mais, ce soir-là, j'ai eu un doute. Je les ai gardés un bon moment au creux de ma main et quand j'ai levé les yeux, j'ai vu ta mère arriver avec le verre d'eau. Et là, nous avons échangé un regard, et c'était comme si le monde entier s'était figé, autour de nous. Un de ces moments de pur vertige...

— Pourquoi ?

— Parce que, l'espace d'un instant ou de quelques secondes, j'ai senti qu'elle jubilait. Qu'elle était enchantée. Victorieuse. Ravie de voir que j'avais compris.

— Qu'est-ce que t'avais compris ?

Je regarde mon fils. Il n'est pas toujours simple d'accepter la vérité. C'est parfois même la pire tâche qu'ait à accomplir un être humain.

— Qu'elle avait essayé de te tuer ? demande-t-il enfin.

— Oui.

— Maman a essayé de te tuer ?

— Elle était passée à la banque. Elle avait trouvé mes e-mails. Elle avait tout découvert, et elle m'en voulait à mort.

— Elle aurait décidé de te tuer ?

— Oui.

— Ma mère était une meurtrière ?

— Appelle ça comme tu veux.

Maintenant que la teneur du message a filtré, les mots ont peine à franchir ses lèvres. Je sens la pulsation du sang, au bout de ses doigts. C'est un sale moment à passer, pour lui comme pour moi.

— Bon Dieu ! s'exclame mon fils. Tu me sors ça, comme ça, que ma mère était une meurtrière... (Il émet un bref reniflement, avant de déclarer tout à trac, avec cette logique fulgurante :) Y avait forcément un de vous deux qui l'était, pas vrai ?

Il me faut une seconde pour saisir l'allusion. Soit je dis vrai, soit je mens, et c'est moi qui l'ai tuée.

— Exact, lui dis-je.

Il s'accorde un délai de réflexion, les yeux rivés au frigo où sont toujours exposées les photos de Noël 2007. Les bébés, les familles réunies.

— Maman savait qui c'était, la fille ?

— Elle avait lu mes e-mails, comme je t'ai dit.

— Je ne te demanderai pas de me dire qui c'est, à moi...

— Tant mieux. Je ne te le dirai pas.

— Ça a dû lui faire péter les plombs.

— Elle était dans une rage noire. Et pas seulement pour elle-même, mais aussi vis-à-vis d'autres personnes, qu'elle voulait protéger.

— C'était donc la fille de quelqu'un. D'un de tes amis ? Quelqu'un qu'elle connaissait, forcément.

— Je ne t'en dirai pas plus, Nat. Je ne veux mettre en danger la vie privée de personne.

— Ça devait être Denise, n'est-ce pas ? J'ai toujours soupçonné quelque chose, entre vous. Tu as eu une liaison avec Denise.

Denise est la cousine de Nat, la fille d'un oncle de Barbara. Elle est son aînée de deux ans. Une jeune femme remarquable, soit dit en passant. Elle a eu plus que sa part d'épreuves et lutte pour sauver son couple. Elle est mariée à un policier, avec qui elle a un enfant de deux ans.

— À quoi bon, Nat ? Je sais que je me suis conduit comme un triple crétin, point final.

— Ça, merci, p'pa ! J'étais au courant.

Touché. Il vient s'asseoir à la table, les yeux à nouveau perdus dans le vide. Une fois de plus, il ravale sa déception. Je sens qu'il se dit que sa mère avait raison. Que les choses auraient été plus faciles, sans moi. Et que si l'un de nous deux avait dû quitter la scène, il aurait préféré que ce soit sa mère qui survive, puisque, après tout, c'était moi qui avais créé de toutes pièces cette situation où il était condamné à se retrouver orphelin d'un parent. D'ailleurs, Barbara en était venue à la même conclusion : je n'avais pas le droit de mettre en péril le bonheur de son fils, ni son couple avec Anna.

Dans l'intervalle, Nat a poussé un soupir laborieux. Il a enfin pris le temps d'enlever sa veste.

— OK. Alors, vous vous regardez, toi et maman, et tu vois cette lueur de folie, dans son regard…

— Je ne le dirais peut-être pas comme ça. Mes yeux ont oscillé entre elle et les comprimés et j'ai eu l'impression d'avancer sur le fil d'un rasoir glacé. J'ai dû lui sortir un truc débile, dans le genre : « T'es sûre que c'est de l'Advil, ces machins ? » Elle a répondu : « Oui, un équivalent générique. » Et mon regard s'est à nouveau posé sur les cachets. Je ne peux pas te dire ce qui m'a traversé l'esprit. Je n'avais pas la moindre idée de ce que j'allais faire. Il y avait quelque chose qui n'allait pas, mais j'ai hésité sur la conduite à tenir : avaler les comprimés ou lui demander de me montrer le tube. Et je ne saurai jamais ce que j'aurais fini par faire, parce qu'elle est venue récupérer les cachets et les a aussitôt avalés, tous les quatre. « Parfait », a-t-elle conclu, avant de quitter la pièce, en fulminant… Je me suis dit qu'elle me jouait un de ces sketches dont elle avait le secret.

— Elle a donc préféré mourir que de se faire prendre ?

— Je n'en sais rien. Et personne ne le saura jamais. Sur le moment, elle n'a pas dû trouver ça si drôle, de me regarder m'empoisonner. Elle devait être aux prises avec tout un tas de sentiments contradictoires, dont une forte composante de honte, probablement.

— Elle t'aurait sauvé de ses propres manigances ?

Je hoche la tête. Je n'en suis pas tout à fait sûr, mais ça me paraît plus approprié, comme souvenir à léguer à mon fils, concernant sa mère.

— La phénelzine. En fait, elle avait choisi ce produit à cause de la ressemblance des comprimés avec ceux que tu avais l'habitude de prendre ?

— Je crois. Elle devait avoir remarqué la similitude depuis des années. Et, là, elle a sauté sur l'occasion. Mais son plan de base, c'était de faire passer ma mort pour naturelle. Personne n'y aurait regardé à deux fois.

— Comme pour Harnason ?

— Exactement. Elle a même dû avoir un frisson de satisfaction, en découvrant dans un de mes dossiers le moyen idéal de me liquider définitivement.

Il a un petit sourire mélancolique, que j'interprète comme un signe d'estime indéfectible pour sa mère.

— Elle avait même prévu un plan B, au cas où l'overdose de phénelzine aurait été découverte : elle l'aurait fait passer pour un suicide. Ce qui explique qu'elle ait tenu à m'envoyer acheter cette prescription et à me faire manipuler le flacon à mon retour, pour s'assurer que j'y laisserais mes empreintes. D'où, aussi, cette liste de courses d'aliments toxiques qu'elle m'avait préparée. Elle avait déjà lancé quelques recherches sur la phénelzine et ses effets depuis mon ordinateur. Elle avait pensé à tout.

Il hoche la tête. Jusque-là, il me suit.

— OK. Mais comment pensait-elle expliquer que tu te sois suicidé juste avant les élections ? C'était un sommet absolu dans ta carrière.

— Justement. Ça peut être très éprouvant, ce genre de campagne. Il y avait mon divorce, et ces consultations avec Dana, auxquelles je n'avais pas donné suite, l'année précédente. Elle aurait dit que je n'arrivais pas à faire face à la situation.

— Et ça ne risquait pas d'attirer les soupçons sur elle, de dévoiler tout ça après les faits ?

— Elle aurait versé quelques larmes. Qui aurait reproché à une veuve éplorée de vouloir préserver la réputation de son défunt époux – surtout s'il s'agissait d'un notable connu – ainsi que l'équilibre fragile de son fils ? Il lui suffisait de prétendre qu'elle avait retrouvé le flacon de phénelzine sur le lavabo de ma salle de bains, après ma mort. Les empreintes auraient corroboré sa version des faits, et personne ne lui aurait posé de question, surtout pas Tommy Molto, dont la seule réaction, en apprenant ma mort, aurait été « Bon débarras ! » D'autant qu'ils auraient pu démonter la maison jusqu'à la dernière pierre, sans rien trouver. Ni pilon ni mortier, pas un atome de phénelzine, nulle part. Même s'ils avaient exhumé mon corps, rien n'aurait contredit la thèse de l'overdose de phénelzine, qui aurait effectivement été la cause de ma mort...

Il se collette avec tout ça, en faisant tourner sa tasse de café entre ses doigts. Et puis, comme je commençais à le craindre il éclate en sanglots.

— Bon sang, p'pa. Tu sais... Ton côté juriste. J'ai parfois l'impression d'avoir affaire à un mutant. C'est bien ce que je disais. Tu n'aurais pas pu passer une journée entière dans cette chambre, à pleurer. Toi, ton truc, c'est de réagir à froid. Comme si tu étais à des années-lumière d'ici. À t'entendre, on croirait que maman était une sorte de *serial killer* ou de tueur à gages, quelqu'un qui fait ça méthodiquement, comme un vrai boulot. Quelqu'un qui a appris à tuer les gens. Et sûrement pas une femme blessée, torturée par la colère.

— Nat..., répliqué-je, avant de m'interrompre.

Ça s'est toujours passé comme ça, entre nous. Mon mécontentement ne peut s'exprimer que par son seul prénom, sans autre commentaire. Je pourrais lui rappeler que c'est lui qui m'a demandé la vérité, mais à quoi bon ? Il se lève et va chercher une serviette en papier, près de l'évier, pour s'essuyer les yeux et se moucher.

— Comment tu as fait pour tirer tout ça au clair ?

— Pas à pas. Ça m'a pris toute la journée.

— Ah.

Il revient s'asseoir et me fait signe de poursuivre.

— À mon réveil, les draps étaient trempés de sueur. Et Barbara était morte. J'ai tout de suite pensé à un malaise. Je lui ai fait un massage cardiaque et quand je me suis approché de sa table de nuit, pour téléphoner, j'ai vu des papiers qu'elle avait laissés sous le verre d'eau, celui qu'elle m'avait apporté, pour me faire avaler les cachets.

— Quel genre de papiers ?

— Les relevés de la banque. Le reçu du cabinet de Dana. Les copies des chèques de banque avec lesquels j'avais payé Dana et le laboratoire pour les tests des MST. Des relevés mensuels, où elle avait souligné mes dépôts. Elle avait dû attendre que je me sois endormi pour les déposer là.

— Pourquoi ?

— Ça valait toutes les lettres d'explication, et elle tenait à ce que je sache qu'elle savait.

— Ah, dit mon fils.

— J'étais vert, tu imagines. Et pas très content de moi. J'ai compris à quel point elle m'en voulait. Et, bien sûr, j'ai compris que ça n'avait rien d'un accident. De fil en aiguille, je me suis souvenu des cachets et je me suis demandé pourquoi elle avait fini par s'administrer ce qu'elle voulait me faire prendre. Je suis allé voir dans son armoire à pharmacie. Le flacon de phénelzine était là, à sa place, sur l'étagère. Je l'ai ouvert pour m'assurer qu'il s'agissait bien des mêmes comprimés.

— Voilà d'où venaient tes empreintes.

— Puis j'ai allumé mon ordinateur pour avoir plus de détails sur ce produit et, tu sais comment ça se passe, si le logiciel de navigation reconnaît le mot que tu saisis, il le complète – et le mot *phénelzine* s'est affiché presque instantanément. J'en ai déduit qu'elle s'était servie de mon ordinateur, et j'ai aussitôt soupçonné la vérité : elle était allée farfouiller dans mes e-mails. Vérification faite, elle était passée par là, effectivement. Elle avait effacé certains messages.

— Ceux de cette femme ? Pas très malin de ta part, de les avoir gardés !

Je hausse les épaules.

— Comment pouvais-je prévoir que ta mère irait y mettre le nez ? Elle aurait fait tout un foin, elle, si j'avais jeté ne fût-ce qu'un coup d'œil à son courrier électronique !

La vérité, c'est que je savais c'était un risque, mais que je l'avais sciemment pris. Je ne pouvais me résoudre à effacer ces dernières traces d'un passé qui m'est toujours cher et qu'il m'arrive encore de regretter. Mais comment avouer ça à mon fils...

— Pourquoi elle avait pris la peine de les supprimer, ainsi que les factures de Dana ?

— À cause de toi.

— De moi ?

— Je ne vois pas d'autre solution. Si tout s'était déroulé suivant ses plans, si ma mort était passée pour naturelle, il restait une bonne chance pour que tu les trouves, toi aussi, ces messages. Et tu les aurais lus, non pas pour mener l'enquête, mais juste pour te souvenir de ton père. Les gens qui ont perdu une personne chère aiment relire leurs vieilles lettres... Elle a donc fait un peu de ménage dans mon courrier, pour s'assurer que rien ne pourrait ternir le souvenir que tu garderais de moi... Mais peut-être aussi parce que, s'il y avait tout de même une enquête, il valait mieux pour elle que personne ne trouve ces e-mails.

— Pourquoi ?

— Parce que, quoi qu'elle dise, ça lui garantissait qu'il n'y aurait personne pour la contredire. Elle aurait dû expliquer la présence des relevés bancaires et reconnaître qu'elle était au courant de la liaison que j'avais eue, un an plus tôt. Mais elle aurait pu dire qu'elle ne savait pas avec qui. L'enquête aurait révélé que j'envisageais le divorce, mais que j'y avais finalement renoncé, pour des raisons indéterminées. Peut-être que la fille en question m'avait plaqué en apprenant que j'allais divorcer pour elle... Vu la profusion d'indices concordants à l'appui de la thèse du suicide, l'enquête se serait probablement arrêtée là.

Il s'accorde à nouveau un temps de réflexion.

— Mais, à propos, où sont passés les papiers, papa ? Les relevés bancaires que tu as trouvés sur la table de nuit.

J'éclate de rire.

— Tu es plus futé que Molto et Brand réunis ! Du jour où la banquière est venue déclarer à la barre qu'elle avait remis ces relevés à ta mère, je m'attendais à ce que les procureurs s'avisent de me demander ce qu'ils étaient devenus. Les flics ont fouillé plusieurs fois la maison de fond en comble. Mais tout allait trop vite et, de leur point de vue, il était probable qu'elle les ait fait disparaître.

— C'est toi qui t'en es chargé, n'est-ce pas ?

— Oui. J'en ai fait des confettis, avant de les balancer dans les toilettes, ce jour-là. Mais seulement après avoir reconstitué toute l'histoire.

— D'où le délit d'obstruction à la justice.

— Exactement, acquiescé-je. Mon témoignage au procès n'a pas été un modèle de sincérité. Il y avait pas mal de choses que j'aurais dû dire, si j'avais vraiment voulu dire toute la vérité. Mais je ne crois pas avoir commis de parjure. J'ai tenu à éviter ça, coûte que coûte. Ça aurait réduit toute ma vie professionnelle à une sombre bouffonnerie. Mais voilà : le jour de la mort de ta mère, j'ai fait disparaître une preuve. J'ai délibérément égaré la police. J'ai fait obstruction à la justice.

— Pourquoi ?

— Comme je t'ai dit, à ce moment-là, je ne voulais pas que tu découvres ce qui avait poussé ta mère à mettre fin à ses jours. Ni que tu comprennes le détonateur qu'avaient été mes écarts de conduite. En me documentant sur la phénelzine, j'en ai déduit qu'il y avait toutes les chances pour que le coroner conclue à une mort naturelle par défaillance cardiaque. Mais comme je savais d'autre part que Molto serait le principal obstacle, je préférais éviter tout recours à la police et au service médico-légal. Mais toi, tu ne l'entendais pas de cette oreille, d'ailleurs, le funérarium non plus ne m'aurait probablement pas laissé passer à l'as. Mais j'ai tout de même décidé de tenter le coup.

Nat se plonge un instant dans la contemplation de sa tasse puis il se lève sans un mot et va se resservir. Il ajoute un peu de lait dans son café, avant de se rasseoir, à la même place et dans la même position. Je sais ce qu'il rumine. Il se demande s'il doit me croire ou non.

— Je suis navré, Nat. Navré de devoir te dire tout ça. J'aimerais qu'il existe une autre explication, pour rendre compte des faits. Mais il n'y en a pas. Quand les choses commencent à tourner au vinaigre, personne ne peut vraiment prédire jusqu'où elles iront.

— Pourquoi tu n'as pas tout dit au procès, papa ?

— Je ne tenais pas à ce que tu apprennes cette histoire, concernant ta mère. Mais le plus gros problème, c'était d'admettre que j'avais empêché la police de faire son travail, en détruisant les papiers de ta mère. Tu connais le refrain : mentir sur un point, c'est mentir sur toute la ligne, une règle d'or, au tribunal. Le jury n'aurait pas été enclin à l'indulgence, pour un juge capable de tricher ainsi avec la vérité. J'ai dit ce que je pouvais dire, Nat. Et je n'ai pas menti.

Il soutient longuement mon regard, toujours aux prises avec la même question.

— Je me suis fourré dans un sacré pétrin, Nat.

— Tu parles...

Il ferme les yeux et se masse un moment la nuque.

— Qu'est-ce que tu comptes faire, maintenant, p'pa ? Pour ton avenir ?

Sandy doit me faire signer les papiers, cet après-midi.

— Comment va-t-il ?

Je cogne sur la table de mes phalanges repliées, solide comme un chêne…

— Et qu'est-ce qu'il t'a obtenu, comme accord ?

— Je démissionne de mon siège à cause de l'histoire avec Harnason, mais je garde ma pension. Quatre-vingt-dix pour cent de mes trois meilleures années. Financièrement, ça devrait aller. D'ailleurs, ta mère m'a laissé une petite somme en héritage. Il est déjà question de ma succession à la cour d'appel et devine un peu le nom que Sandy entend le plus souvent, ces temps-ci ?

— N. J. Koll ?

— Tommy Molto.

Il sourit, sans aller jusqu'à en rire.

— Qu'est-ce qui va se passer avec le conseil de discipline du Barreau ? Qu'est-ce qu'ils vont faire ?

— Rien. Je garde ma licence. La condamnation pour obstruction a été annulée, et les infractions judiciaires de pure forme ne relèvent pas de leur juridiction.

— Et toi, qu'est-ce que tu vas faire ?

— J'ai pris quelques contacts avec le service des avocats commis d'office, à Skageon. Ils ont toujours besoin d'un petit coup de main. Je me suis dit que ça pourrait être intéressant, après une carrière de procureur et de juge. Je ne sais pas si je vais m'installer là-bas définitivement, ou si je reviendrai, au bout d'un moment. Je vais laisser passer un an ou deux, le temps qu'on oublie un peu les détails de l'affaire.

Mon fils lève les yeux vers moi, et c'est reparti. Le voilà à nouveau en larmes.

— Je suis tellement triste, pour maman. Réfléchis un peu, papa. Elle a avalé ces cachets, comme ça, en sachant qu'elle ne s'en relèverait pas. Elle a pris ses somnifères, comme d'habitude, au lieu de foncer à l'hôpital. Elle est venue s'allonger près de toi pour mourir.

— Je sais.

Nat se mouche à nouveau, puis il se lève et met le cap sur la porte de derrière. Je reste à trois pas de lui. Sa main se pose sur la poignée.

— Ne le prends pas mal, papa, mais je crois que tu ne m'as toujours pas tout dit.

J'écarte les mains, comme pour dire : « Qu'est-ce que tu veux de plus ? » Il me regarde, puis revient sur ses pas et m'ouvre ses bras. Nous nous étreignons quelques secondes.

— Je t'aime, Nat, lui dis-je, près de l'oreille.

— Moi aussi, p'pa. Je t'aime très fort.

— Dis bonjour à Anna.

Il hoche la tête et s'en va.

Depuis la fenêtre de la cuisine, je le regarde descendre l'allée, où il a garé la petite voiture d'Anna. Nous l'avions submergé de nos problèmes, Barbara et moi, mais il va s'en sortir. C'est quelqu'un de bien. Il s'est trouvé une femme formidable. Tout va s'arranger, pour lui. Nous avons fait de notre mieux pour l'élever, sa mère et moi. Nous avons eu le tort de faire un peu d'excès de zèle, comme tant d'autres parents de notre génération. Mais, au fil des années, j'ai commis bien d'autres erreurs, dont la pire fut de ne pas accepter que le changement était inévitable, voilà plus de vingt ans. De m'accrocher à mon ancienne vie, au lieu de m'en créer une nouvelle. Et j'ai payé mes erreurs au prix fort. Dans mes mauvais jours, je me dis que c'était trop cher payé et que le sort s'est injustement acharné sur moi. Mais la plupart du temps, quand je pense à tout ce qui aurait pu aller plus mal, je reconnais que j'ai eu de la chance.

Mais qu'importe ! La vie continue. Ça, je n'en ai jamais douté.

Mes premiers jours de liberté n'ont pas été faciles. Je m'étais déshabitué de la compagnie d'autrui et du surcroît de stimulation. La première semaine, en compagnie de Lorna, je ne tenais pas en place. Je ne fermais pas l'œil de la nuit. Mais j'ai fini par reprendre le rythme, et par redevenir moi-même. Le temps était splendide. Les beaux jours se succédaient. Je me levais avant elle, pour ne pas la réveiller, et j'allais m'asseoir dehors, avec mon gilet en mouton retourné. Je regardais le lac. Je savourais la vibration profonde de la vie, en me disant qu'il me restait peut-être une chance de faire de moi une personne meilleure.

Je passe dans le living. Nos photos de famille s'alignent sur les étagères : mes parents et ceux de Barbara, tous morts, à présent. Notre photo de mariage, des photos de moi, de Barbara, et de Nat, à des âges divers. Une vie. Je m'attarde plus longtemps devant un portrait de Barbara à Skageon, peu après la naissance de Nat. Elle regarde l'objectif en souriant, avec cet air d'indéfinissable sérénité. Elle est d'une beauté radieuse.

J'ai souvent repensé à ses dernières heures, à peu près dans le même état d'esprit que mon fils, qui a toujours été d'une extrême réceptivité à la souffrance de sa mère. Je suis sûr que Barbara avait mûrement prémédité tout ça, qu'elle avait prévu la façon dont les choses se dérouleraient. Quand le message est apparu à l'écran de mon ordinateur, au tribunal, je me suis demandé si elle avait planté cette carte, tel le dernier clou de sa vengeance, et si sa dernière volonté avait vraiment été de faire mon malheur. Mais je sais à présent que c'est Nat qui a raison : Barbara est morte désespérée. En particulier parce qu'elle s'est toujours sentie flouée, par rapport à moi. Les mauvais mariages sont généralement plus complexes que les bons, mais ils sont tous empoisonnés par le même reproche : Tu ne m'aimes pas assez.

Dans les mois précédant le procès, j'ai pensé à elle plus qu'à Anna, à laquelle j'avais fini par renoncer. Je revenais souvent contempler ces photos et pleurer ma femme. Certains jours, elle me manquait vraiment. Mais, le plus souvent, je tentais juste de comprendre qui elle était vraiment, dans ses périodes noires. J'aimerais pouvoir dire que j'ai fait de mon mieux, vis-à-vis d'elle, mais je ne veux pas me mentir. Au bout de quatre décennies, je n'ai toujours pas une idée claire de ce que j'attendais d'elle, de cette aspiration profonde qui me liait à elle, contre toute raison. Ce lien, quel qu'il puisse être, appartient désormais au passé.

Je reste un instant planté au milieu de mon living. Je tâte les poches de ma chemise et de mon pantalon, pour m'assurer que je n'oublie rien. Que je suis toujours là, bien entier. Oui, je suis là. Dans une minute, je me rendrai au cabinet de Sandy Stern, qui doit me faire signer ma démission. J'ai accepté de renoncer à ma carrière de juge, pour prix de cette folie qui s'est abattue sur moi, ces dernières années. Et c'est aussi bien. Je suis prêt pour la suite.

Remerciements

De nombreuses personnes m'ont fait profiter de leur expertise, pour la documentation de cet ouvrage. J'aimerais remercier ici le Dr Carl Boyar, directeur médical du Clearbrook Center, à Arlington Heights, Illinois ; les Drs Michael W. Kaufman, Jerrold Leikin, et Nina Paleologos qui sont respectivement pathologiste, toxicologue et neurologue au NorthShore University Health System d'Evanston et de Glenview ; ainsi que le Dr Sydney Wright, psychopharmacologue au Northwestern University Hospital de Chicago, Illinois. Un grand merci également à mon associé, Marc J. Zwillinger, du cabinet Sonnenschein, Nath & Rosenthal de Washington D.C., et à Russ Shumway, responsable de notre service d'investigation numérique légale, qui m'ont efficacement guidé dans la jungle de la terminologie informatique. Qu'ils soient tous assurés de ma profonde gratitude. Je reste, bien sûr, seul responsable des erreurs que j'ai pu commettre en dépit de leurs avis éclairés.

J'ai bénéficié des conseils de trois lecteurs de la première heure, qui sont aussi trois amis très chers – James McManus, Julian Solotorovsky et Jeffrey Toobin. Je tiens à les remercier, pour leur contribution à la mise en forme du manuscrit.

Et, une fois de plus, toute ma gratitude à ma fille, Rachel Turow, et à Ben Schiffrin, son mari, dont les avis m'ont été précieux – une mention spéciale à Rachel Grass, qui m'a évité plusieurs erreurs embarrassantes.

Un grand merci également à Deb Futter, mon éditeur à Grand Central, à Gail Hochman, mon agent et, tout particulièrement, à Nina, qui sont toutes trois restées à mes côtés et m'ont soutenu, jour après jour, au fil des versions successives de cet ouvrage.

Je n'ai pas de mot pour dire ce que je leur dois.